中国比较文学年鉴
2020

曹顺庆　主　编
杨　清　副主编

中国社会科学出版社

图书在版编目(CIP)数据

中国比较文学年鉴.2020/曹顺庆主编.—北京：中国社会科学出版社，2023.4
ISBN 978-7-5227-1547-6

Ⅰ.①中… Ⅱ.①曹… Ⅲ.①比较文学—中国—2020—年鉴
Ⅳ.①I0-03

中国国家版本馆CIP数据核字(2023)第040835号

出 版 人　赵剑英
责任编辑　郭晓鸿
特约编辑　杜若佳
责任校对　师敏革
责任印制　戴　宽

出　　版　中国社会科学出版社
社　　址　北京鼓楼西大街甲158号
邮　　编　100720
网　　址　http://www.csspw.cn
发 行 部　010-84083685
门 市 部　010-84029450
经　　销　新华书店及其他书店

印刷装订　北京君升印刷有限公司
版　　次　2023年4月第1版
印　　次　2023年4月第1次印刷

开　　本　880×1130　1/16
印　　张　22.5
插　　页　2
字　　数　537千字
定　　价　188.00元

《中国比较文学年鉴》编委会

编　　者：

刘　颖　梁　昭　王一平　杨　清　夏　甜
幸佳丽　王熙靓　曹　敏　杨溢雅　李歆蕤
金书妍

目　录

Ⅲ　重要论著简介及要目

Ⅳ　2020年度中国比较文学大事记

V 文献索引

编辑说明

比较文学在中国已有一百多年的学术发展史，20 世纪 80 年代以来，成为中国学术中最具前沿性、国际性和最具活力的人文学科之一。为中国比较文学编纂年鉴，是中国比较文学学科建设的需要，也是中国比较文学及学术文化进一步繁荣发展的必然要求。

1987 年，北京大学出版社出版了由杨周翰、乐黛云主编，张文定编纂的《中国比较文学年鉴 1886》，编辑整理了 1985 年以前中国比较文学学科史上的重要文献。但出于种种原因，《中国比较文学年鉴》此后一直未能续编。鉴于此，四川大学曹顺庆教授和北京师范大学王向远教授决定继北大版《中国比较文学年鉴》后继续编纂，目前已由中国社会科学出版社出版 2008 年卷，但因为客观原因再一次中断。然而，中国比较文学界不能没有年鉴。四川大学双一流学科“中国语言文学与中华文化全球传播”首席科学家曹顺庆教授再次承担起比较文学年鉴编纂任务，从 2020 年卷开始往前溯源，分别以一年一卷（2020，2010，2009）、二年一卷（2004—2005，2006—2007）、三年一卷（2001—2003）、五年一卷（1986—1990，1991—1995，1996—2000）的体式，用五六年的时间，陆续编完 1987—2020 年各年度年鉴，补齐了二十多年来年鉴编纂的空缺，陆续出版发行。自 2020 年度后，可做到按部就班一年一卷。

《中国比较文学年鉴》的编纂宗旨，是为读者系统全面地提供和保存中国比较文学的信息资料。本着明确学科边界、恪守学术规范、甄别轻重、去粗取精、科学定性、恰当定位的原则，对严格意义上的比较文学成果加以初步的整理、筛选与评介。为此，本年鉴将比较文学分为以下五个分支学科。

一、比较文学学科理论与学科史研究，包括：（1）比较文学学科基本理论与方法；（2）比较文学学术史与学科史研究；（3）民族文学、区域文学、世界文学的理论与实践问题。

二、比较诗学研究，包括：（1）中外文论与诗学的平行比较研究；（2）中外文论与诗学交流史研究；（3）文化与诗学的跨学科、跨文化研究及相关理论问题。

三、东方比较文学研究，包括：（1）中国与东方各国文学关系研究；（2）东方各国文学之间的关系研究；（3）东方文学的综合研究与总体研究。

四、中西比较文学研究，包括：（1）中西作家作品比较；（2）中西各体文学比较；（3）中国与西方各国文学关系研究（含华人文学的跨文化问题、各国汉学中的比较文学问题）；（4）西方文化文学思潮与中国文学；（5）西方各国文学之间的文学关系与比较研究。

五、翻译文学研究，包括：(1) 翻译文学基本理论与方法论；(2) 翻译文学家及其译作的评论与研究；(3) 中外翻译文学史的研究。

在此基础上，本年鉴除卷首的年度概观外，共分五个栏目：(1) 分支学科研究综述；(2) 重要论文摘要；(3) 重要论著简介及要目；(4) 2020年度中国比较文学大事记；(5) 文献索引。其中，各分支学科综述力求眉目清晰重点突出，重要成果的遴选力求科学公正，成果摘要与简介力求简明扼要，文献索引的收集编排力求齐全可靠。

在电子化、数字化时代的今天，信息资料的查阅越来越便捷，但即便如此，资料查寻的电子化仅仅是文献资料收集的一种方便、快捷的手段。在人文科学的研究中，如果仅仅依赖电子途径查阅资料，就不免造成许多莫名其妙的遗漏。因此，在文献目录的齐全、信息的可靠、编纂的系统化方面，纸质本的年鉴及其文献索引仍然是无可替代的。我们希望《中国比较文学年鉴》能为学习与研究者提供方便，也能为今后的中国比较文学学术史与学科史保存基本史料并奠定研究基础。

2020 年度中国比较文学概观

曹顺庆　杨　清　夏　甜

2020 年，是人类历史进程中具有分水岭意义的一年。一场突如其来的新冠肺炎疫情，扰乱了正常生活节奏，引发了全球性危机，全球往来按下“暂停键”，世界经济增长挂上“倒车挡”，国际形势动荡加剧、风云变幻，人们忧心忡忡，谈疫色变……疫情的肆虐暴露了全球存在的冲突和分化，但也在经验教训中给人类带来启示和警示，使得人类对自然生态、合作共赢、命运共同体的认识更为深刻。与此同时，数字技术正以惊人的发展速度颠覆着人们工作和生活的方式，疫情的出现更是加剧了这一进程，促使“云”上生活方式常态化。

2020 年，是中国比较文学研究持续发展的一年。尽管，疫情的到来影响了部分学术活动的正常开展，比如原定于 2020 年在广西南宁举行的第十三届中国比较文学年会暨国际研讨会，就因新冠肺炎疫情而顺延一年。然而，疫情席卷的这一年，也为中国比较文学的变革、转型和发展，提供了诸多契机。中国比较文学学会终身荣誉会长乐黛云先生在 2021 年 7 月广西南宁召开的第十三届中国比较文学年会暨国际研讨会开幕式上谈到，如今我们正面临世界发展的百年大变局，怎么对待疫情、怎么对待世界的变化，每个人、每一天都在面临各种新的考虑、新的思考，而交流和对话十分重要，若是没有对话，则会走向对抗。新冠肺炎疫情是全人类共同面对的一场灾难，世界各国、不同文明，在这场灾难中彼此依存，必须加强相互理解与交流而非采取冲突和对抗的方式，才能携手战胜疫情。跨文化、跨文明对话，一直是中国比较文学学者努力的方向。如今应对疫情和构建人类命运共同体的现实需求，使得这一问题成为关切人类命运和世界未来的重大课题。跨文化、跨文明对话的一个重要前提是走出“西方中心主义”，尊重和理解不同文化、不同文明的异质性，这也是比较文学中国学派长期以来的诉求与主张。近年来，哈佛大学达姆若什（David Damrosch）、鲁汶大学西奥·德汉（Theo D’haen）等国际学者重新发出“世界文学”的呼声，提出重构世界文学史，拥抱不同文学文化传统，引进更多包括东方文学在内的世界文学经典。世界多元文化的发展互动、疫情时代西方主导的世界秩序的衰落、国际社会对西方文明和东方文明的重新审视，都推动比较文学研究走向更广阔的世界语境。

疫情虽然阻隔了人们面对面的交流，但也加速了社会生活方式的数字化转型，数字科技和互联网技术的发展，“云”讲座、“云”会议、“云”对话的常态化，颠覆了传统的学术交流模式。2020 年 8 月至 12 月，首季中国比较文学学会云讲堂成功举行，邀请叶舒宪、王宁、张隆溪等知名专家作为主讲人，通过网络学术平台的搭建，倡导不同文学之间的平等对话，共同探讨比较文学新时期的发展方向。11 月，四川大学国家级重点学科比较文学研究基地开设的“比较文学国际系列讲座”拉开帷幕，邀请一系列国内外著名学者，包括四川大学曹顺庆教授、金惠敏教授、傅其林教授、徐新建教授、阎嘉教授，欧洲科学院院士、奥尔胡斯大学比较文学教授斯文·埃里克·拉森（Svend Erik Larsen），欧洲科学院院士、比利时鲁汶大学教授西奥·德汉（Theo D'haen），美国宾州州立大学教授托马斯·比比（Thomas Beebee）、普渡大学比较文学系教授托托西（Steven Totosy de Zepetnek），四川大学伍晓明（新西兰籍），韩国成均馆大学西蒙·C. 埃斯托克（Simon C. Estok）等著名教授，以及其他青年学者通过云端国际对话平台，促进国内外比较文学研究的碰撞、交流与创新。线上平台保证了疫情期间比较文学学术活动的正常开展，甚至给这些学术活动提供了更多时间和空间上的自由，使得不同国度、不同地区的学者得以在云端相聚，进行更为频繁和便利的学术互动与思想交锋，也让这些学者更加深刻地认识到科技对人文的影响。与此同时，中国比较文学的跨学科研究，尤其是人文学科与自然科学和技术学科的跨界比较研究，随着科技与人文联系的日益密切，并且在推进“新文科”建设的大背景下，正迅猛发展，建树颇丰。诸多学者从现实出发，在这个“网络化—全球化”时代思考多学科对话给文学研究方法带来的创新，并抛出诸多颇具价值的跨学科新思考，推动比较文学跨学科研究不断拓展与深化，当前正是中国比较文学在新文科视域下进入国际前沿并发挥领军作用的一个极好机遇。

自 20 世纪七八十年代以来，经过中国比较文学界几代学者持之以恒的努力以及在世界舞台上的不断发声，凭借中国学者在国际比较文学研究取得的丰硕收获，具有中国特色、注重中西文明和文化差异、致力于世界诗学理论建构的比较文学中国学派已然形成，并且不断从边缘向中心运动。当前中国的比较文学研究从中国语境出发，与当下的中国文学和文化密切相关。王宁教授在第十三届中国比较文学年会暨国际研讨会上归纳了十个当前中国比较文学研究的主要课题：全球化与文学研究、流散写作和海外华裔文学研究、文学人类学和神话学研究、汉语的普及和书写新的汉语文学史、比较文学和当代文化研究中的翻译转向、走向世界文学阶段的比较文学研究、生态批评研究、后人文主义和数字人文研究、图像写作的崛起以及文学与艺术的比较研究、比较文学与医学人文研究。

2020 年度的中国比较文学研究在比较文学学科理论与学科史、比较诗学、中西比较文学、东方比较文学、翻译文学研究等五个传统分支领域有条不紊地进行，囊括了当前中国比较文学研究的前沿课题，在全球化视野中不断加强跨文化对话的范围和力度，同时呈现出新文科背景下文化转型与革新的诸多特点。

在比较文学学科理论与学科史研究方面，中国学者对学科理论的探讨和研究越发深入且富有创见，其研究涉及四个方面：一是在比较文学基本理论问题的论述方面，国内学者持续关注“世界文学”研究，不仅关注国外各个时期对“世界文学”的讨论，同时也基于中国语境对“世界文学”做出整体性观察，对学科理论的讨论不断深入；“跨学科研究”作为比较文学学科重要的研究领域，相关的讨论层出不穷，2020 年度中国学者对“跨学科研究”的重要性、学科史、具体问题等方面做出了进一步阐释，并不断推进“跨媒介研究”“跨文化研究”。二是比较文学学科史研究方面，中国比较文学学科史研究的研究对象较为丰富，包括对重要人物的代表作品与思想进行研究和对比较文学中国学派的考察，同时密切关注后理论时代对于中国文论的国际化走向和理论建构的重要意义。三是比较文学理论建设的新发展方面，中国学者对变异学这一比较文学新理论的合理性与重要性也有了更深入的理解，围绕变异学展开的研究层出不穷，有关译文学的探讨也相当丰富；而在大数据技术不断扩展的当下，数字人文取得了中国比较文学学者的关注，中国学者开始积极探讨比较文学学科中的具体理论概念与数字人文的联系，并从整体视角出发，考察数字人文与比较文学两个领域的互动。四是比较文学课程建设方面，2020 年度对比较文学课程的相关研究也更加具体与深入。

2020 年度的比较诗学研究展现出诸多具有话题性、前沿性的论题，分别体现在数字人文、世界文学、变异学、阐释学、中国问题与中国学派、中外诗学与汉学、跨学科研究七个方面。对“数字人文”进行探讨是 2020 年度重要的研究热点。中国学界对数字人文理论与研究方法的探讨，主要包括如数字人文研究的学术价值、发展源流、基本方法，以及数字人文技术可能带来的新的文学研究范式、其在诸多领域内的具体应用等。而对“世界文学”论题的探讨依然是 2020 年度比较文学和比较诗学界的重要焦点，不少论文再次对歌德的“世界文学”概念及其内在特点加以厘清，并对比较文学名家视野中的“世界文学”理念展开了梳理辨析，同时围绕莫莱蒂的“世界文学”理论和“远读”问题进行评析。此外，不少学者还关注到地理批评、系统论方法等一些新的研究视角，借以反思世界文学问题。比较文学变异学方面，研究成果主要集中在变异学理论与中国话语、翻译中的变异等方面。继提出“强制阐释论”“公共阐释论”等阐释学相关命题后，2020 年度的阐释学研究继续推进，文史哲等领域的众多学者参与到“构建中国阐释学”的讨论和争鸣中，发表了一系列成果。文艺理论的“中国问题”始终是海内外学者关注的重要论题，2020 年度的比较诗学研究围绕“文明互鉴与对话：文艺理论的中国问题”等议题展开了一系列讨论，积极思考中国学派、中国文论的自身建构与如何“走出去”的问题。中外诗学与汉学方面，2020 年度学界对海外汉学及诗学关系的探索，主要是关注总体诗学的构建、中国文论的重要概念、经典著作等在海外的接受和理解，以及海外学界对中国文学史的书写等方面。此外，2020 年度比较诗学的跨学科研究在“新文科”建设与发展的大背景下涌现出不少创新性成果，中国学者从学科间性以及多学科对话给文学研究方法带来的创新出发，不断拓展跨界范围，并提出通过“聚焦文学问题”和“注重整体思维”来实现和完善比较文学的跨学科研究。

中西比较文学一直是比较文学研究的重要组成部分。顾名思义，“中西”的“中”指的是中国，出于历史影响的原因，自中国比较文学研究复兴以来，“西”主要指的是欧洲和美国，因此“中西比较文学”的“比较”主要在中国与欧美之间进行，其研究主要包括中西文学总体比较研究、中欧（中英、中法、中德、中国与其他欧洲国家）比较文学研究、中美比较文学研究三个方面的内容。2020 年度的中西文学总体比较研究进一步通过文学史的关键概念来展开中西比较，推进中西文论话语的对话和互释、国外文学与中国文化的互动关系等研究，同时考虑到全球化时代的到来和国际比较文学的

“多元化转向”，思考中国文学与世界文学的关系成为2020年度研究的热门议题，与此同时，学界也聚焦研究中国文学在海外的研究现状等。中欧比较文学研究方面，2020年度的中英比较文学研究主要聚焦在英国作家对中国作家的创作影响上，尤其重在发掘一些被学界忽视的文学现象上；中法比较文学研究在全球化的语境下进一步推进；2020年度的中德比较文学仍多聚焦于德语世界的中国文学研究；此外，在地理和历史上与中国有着紧密关联的“北方邻居”俄罗斯，也逐渐成为中国比较文学学界关注的重点，中荷和中意的比较研究在2020年度也受到中国学者的关注。2020年度的中美比较文学更加注重文学之间的对话，中国文学在美国不仅仅体现了东方“他者”受到美国人猎奇式的关注，而且更深入地加入了美国文学的发展中。总体上看，2020年中西比较文学研究有以下特点：一是重视中国文学与世界文学之关系，尤其重视思考中国在世界文学史中的书写；此外，2020年度还关注中国文学在海外的研究状况，了解中国文学在海外的发展动态。二是对海外汉学家的研究更加深入全面，海外汉学家的研究不仅对我国的文学研究有借鉴意义，而且使中国文学能以更活跃的姿态去影响西方文学。三是研究的广度和深度有所提高，对戏剧、民间故事、神话等的比较研究有所推进，注重挖掘被国内学界忽视的研究点。

中国比较文学发展至今，形成了“东方比较文学”与“中西比较文学”两大特色研究范式，所谓“东方比较文学”其实就是指东方文学的比较研究，包括《中国比较文学年鉴》对这一研究范式一贯划分的“中国与东方各国文学关系研究”“东方各国文学之间的关系研究”“东方文学的综合研究与总体研究”三个方面。近几年来，我国学界掀起了“东方”研究之热，内容涵盖“东方学”“东方文艺理论”“东方文学”等内容，2020年度的东方比较文学研究亦涌现诸多成果，分别体现在东方文学总体研究及学科史研究、中日文学比较研究、中朝及中韩文学比较研究、中印文学比较研究、中国与越南及泰国文学比较研究、中国与阿拉伯及伊朗文学比较研究六个方面，尤其是东方文学总体研究、中韩（韩国）、中朝（朝鲜）、中阿（阿拉伯）、中伊（伊朗）、中越（越南）、中泰（泰国）文学比较方面成果可观，以往不受重视的东方国家或地区的文学比较逐渐受到学界重视，丰富了东方比较文学研究内容。东方文学总体研究及学科史研究方面，2020年度的研究呈现出东方文论的发展与新动向，进一步探讨东方共同诗学、东方学等问题。中日文学比较研究历来是东方比较文学研究的重要内容，2020年度继续推进，聚焦变异研究、比较异同点以观文化的共同性与差异性、影响研究等问题。得益于国家社会科学基金重大项目“中韩近现代文学交流史文献整理与研究”（项目号：16ZDA189）和《中国比较文学学会》“中国与周边：中韩文学交流的历史转型与现代价值”专栏的助推，2020年度国内有关中朝、中韩文学比较研究成果蔚为大观，对中韩近现代文学交流史、中韩文学译介等问题进行了一系列探讨。作为东方比较文学中的重头戏，2020年度的中印文学比较研究相较于往年研究成果较少，主要聚焦于印度汉学家的中国史、中印文学比较研究综述、中印关系等主题上。中国与越南、泰国文学比较研究方面，2020年度有关中越文学与艺术的比较研究以艺术方面的研究表现突出，中越文论比较研究取得进展，中泰文学的比较研究继续关注中国文学经典及形象在泰国的传播、从比较艺术学的层面审视泰国艺术中的中国元素等主题。2020年度中国与阿拉伯文学比较研究成果数量较为可观，主要呈现出两种研究视域：一是解析阿拉伯文学与艺术中的中国元素或形象，二是中国文学在阿拉伯文化中的译介与传播，而有关中国与波斯文学的比较研究在 2020 年度基本没有出现相应成果。

翻译是跨文化和跨语言文学交流的重要途径，翻译文学研究已然成为比较文学中自成体系又不可或缺的重要组成部分。2020 年度，翻译文学研究界依然围绕翻译文学的理论问题和翻译文学史等问题进行探讨。翻译文学的理论问题研究方面，2020 年度国内学者所探讨的问题聚焦于翻译的性质、目的、任务等本体问题，对翻译的标准、翻译的技巧、翻译的批判等问题进行了更为深入的思考，并重点讨论了“创造性叛逆”“译文学”等问题。作为近年来翻译研究的热点问题，2020 年度关于中国文化典籍外译相关问题的探讨成果颇丰。此外，翻译文学研究对西方文学理论的借鉴与运用，成了近年来翻译文学研究中的突出现象，2020 年度出现了一系列成果，将阐释学、接受美学、符号学、功能语言学等理论视角与翻译文学研究相结合。翻译文学史研究方面，2020 年度有不少值得注意的研究成果，包括“外译中”学科史研究、“中译外”学科史研究、其他专题研究三个部分。“外译中”学科史研究部分，2020 年度一些国内学者关注到《圣经》的翻译研究，继续推进作为翻译文学“外译中”研究重点的莎士比亚作品的翻译研究，以及法国文学、俄苏文学、中日文学的翻译研究；关于鲁迅的文学翻译研究，在 2020 年度研究中也有不少成果。“中译外”学科史研究部分，中国文化典籍的英译研究成果引人瞩目，其中诗词的外译研究是中国文学外译研究中的一个重点，中国四大文学名著在国外的译介研究也得到了相应推进；此外，还包括一些对中国现当代作品外译情况进行讨论研究的成果。2020 年度的翻译文学史研究，还包括若干其他专题研究成果，如少数民族文学的翻译研究等。

从 2020 年度《年鉴》所囊括的研究成果来看，2020 年度中国比较文学在比较文学学科理论与学科史、比较诗学、中西比较文学、东方比较文学、翻译文学研究等分支领域成果颇丰，并且一如既往地体现出比较文学研究的前沿性、交叉性、开放性特征，同时引导了诸多新颖的论题供学界探讨，比较文学学科和比较文学中国学派的建设在 2020 年度进一步加强。2020 年不仅是人类历史进程的分水岭，也是中国比较文学走向革新与转型的转折点。随着新一波全球化浪潮和构建人类命运共同体的时代潮流的到来，跨文化、跨文明对话越来越重要，国内学者也在这种语境中进一步思考中国与西方、东方和西方之间的关系，推进比较文学的变异学、阐释学，以及中西比较文学、东方比较文学等方面的革新与发展。与此同时，伴随学科交叉融合趋势的加强，以及疫情时期加速的数字化转型，比较文学跨学科研究在本年度得到迅猛发展，涌现出数字人文、远程阅读、图像写作与跨媒介比较、比较文学与医学人文研究等新时代的重点议题。经过 40 余年中国比较文学学者的不懈努力和在世界舞台的持续发声，比较文学中国学派在国际比较文学界的影响力和渗透力日益增强，并即将在比较文学的转型过程和前沿领域研究中发挥不可替代的作用。

Ⅰ　分支学科研究综述

一　2020年度比较文学学科理论与学科史研究综述

刘　颖

（一）对比较文学基本理论问题的论述

1. “世界文学”研究

“世界文学”是比较文学学科涉及的基本理论范畴之一。进入21世纪以来，学者们对这一理论范畴的讨论不断深入，2020年度也有许多学者对此进行了探讨。

首先，国内学者关注了国外各个时期对“世界文学”的讨论。方维规的《起源误识与拨正：歌德“世界文学”概念的历史语义》（《文艺研究》2020年第8期）一文就考察了歌德所提出“世界文学”这一概念的生成语境与具体含义。他认为这一概念属于事情范畴和行为范畴，并指出：“歌德从人文精神出发，突出不同文化民族之间对彼此优长的认识，从而获得思想和审美的裨益以及和平相处的好处。在他眼里，世界文学思想和交流是实现人性社会的理想行为，即他所倡导的‘普世养成’（universelle Bildung），并把促进世界文学的发展看作每个文学家和思想家的道德使命。”除此之外，曾洪伟还发现了哈罗德·布鲁姆的“世界文学”观。他在《哈罗德·布鲁姆的“世界文学”观》（《外国文学研究》2020年第1期）指出：“布鲁姆的‘世界文学’观萌芽于20世纪八九十年代。在作品/文本层面，他认为，世界文学意味着一种泛化的、经典性的文本；在模式/机制层面，他一方面从其误读理论出发，探掘文本之间的世界性‘影响’、‘误读’机制，另一方面，在后期的经典普及和大众美育中，他积极推动文学的‘世界文学化’，使文本的‘世界文学性’得到进一步提升。同时，他还特别重视翻译在世界文学建构过程中的重要作用。”不仅如此，张墨研在《莫莱蒂“世界文学猜想”再讨论》（《中国比较文学》2020年第3期）一文中再次关注了莫莱蒂于21世纪初发表的“世界文学猜想”，旨在“说明莫莱蒂的‘世界文学猜想’是基于马克思主义思想尤其是‘世界体系理论’的关于‘世界文学’的创新性理论”。这些文章对“世界文学”这一概念进行了深入研究，使得学界对于国外学者的世界文学理论有了更加全面的认知。

其次，中国学者也对“世界文学”做出了整体性观察，并提出了自身的相关思考。成中英就在《世界的文学性与文学的世界性》［《深圳大学学报》（人文社会科学版）2020年第4期］一文中探讨了世界与文学的相互关系，他提出了一个基本命题：“世界有文学性，而文学也构成了一个世界性”，在文中他也进一步解释道：“这个世界是以虚构的方式，或者把真实故事进行改造，直接影响人的感受和对世界的认识”，在此基础上他也指出了五个世界文学的评判标准，阐述了中西方的世界文学作品。王宁在《当代马克思主义的世界文学叙事》（《人民论坛・学术前沿》2020年第21期）一文中不仅关注了西方马克思主义的世界文学研究，还关注了苏联与中国的马克思主义世界文学研究，更提出了当代马克思主义世界文学叙事的建构设想，认为：“建构一种马克思主义的世界文学叙事就提到了中国学者的议事日程上。”无独有偶，在张隆溪的访谈录［《中国与世界：从比较文学到世界文学——张隆溪先生访谈录》，《吉首大学学报》（社会科学版）2020年第1期］中也有对中国文学与世界文学的关系的谈论。张隆溪说道：“中国文学的经典也能成为世界文学经典的组成部分”，他还说：“世界文学不是纯粹外来的观念，而是中国现代文学本身就融入世界文学之中，变成世界文学的一部分”，他强调“要从中国学者的立场，以中国自己的学术传统作为根基，从中国文学的事实中去发现一些理论的问题，要和西方平等对话，既要避免仰视西方的心态，也要避免简单的民族主义倾向”。这些论述都为中国文学进一步融入世界文学提供了理论支撑与方法路径。

总的来说，2020年度中国学者关于“世界文学”这一比较文学基本理论范畴的讨论是广泛且深入的，不仅涉及了世界范围内不同学者的不同理论阐发，更是提出了带有中国特色的“世界文学”新看法。

2. 跨学科研究

“跨学科研究”作为比较文学学科重要的研究领域，相关的讨论层出不穷。2020年度中国学者对“跨学科研究”的重要性、学科史、具体问题等方面做出了进一步阐释。

首先，关于“跨学科研究”的重要性，中国学者从不同角度进行了探讨。周宪从经典文本的角度对此进行了分析，在《说不尽的“拉奥孔”——文学与其他艺术关系史的一个考察》（《中国比较文学》2020年第3期）一文中，周宪通过对拉奥孔的三个经典文本的考察，分别解析了其中的三种不同话语，并对文学与其他艺术关系史进行了探讨，认为：“研究文学不能就文学谈文学，有必要跳出文学的圈子，从文学与其他艺术复杂的交互关系角度来审视文学。”蒋承勇从现实的角度出发，在《跨学科互涉与文学研究方法创新》（《外国文学研究》2020年第3期）一文中对当今这个“网络化—全球化”的时代进行了考察，指出：“无论是中国文学研究还是外国文学研究，都不仅始终离不开学科间性基础上的跨学科互涉，而且这种跨学科乃至‘超学科’研究的不断提升、拓展与深化，又永远是整个文学研究的观念与方法创新方面的必由之路”，点明了“跨学科研究”在推动文学研究进一步发展中的重要作用。

其次，中国学者对“跨学科研究”的学科史、具体问题等方面也进行了讨论。江玉琴、周小玲在《论比较文学跨学科研究的问题与可能路径》（《江西科技师范大学学报》2020年第1期）一文中梳理了比较文学跨学科研究的发展过程，指出："比较文学跨学科研究本身呈现了文学研究的必然趋势"，并在此基础上，探讨了比较文学跨学科研究三方面的问题与争议，即"是否应该以文学为中心""是否应该同时'跨文化'""如何进行比较文学跨学科研究"，强调通过"聚焦文学问题"和"注重整体思维"来实现这一领域的原理把握和实践运用。

除此之外，有一篇文章角度新颖，在英国文学中探讨"跨学科"问题。李维屏在《论英国文学中的命运共同体表征与跨学科研究》（《外国文学研究》2020年第3期）一文中，关注了英国文学中"命运共同体"这一特殊题材，并全面论述了这一题材在英国文学中的历史成因、发展轨迹和审美批评，并揭示了其跨学科研究的意义和理论价值。

总的来说，中国学者意识到了"跨学科研究"对于文学研究的重要性，并对这一研究领域有了更加全面的认识。

3. 跨媒介研究

"跨媒介研究"也是比较文学学科讨论的重要领域范畴。本年度中国学者不仅与国外学者进行积极的交流对话，也有自身对跨媒介的相关研究。裴亚莉、闪金晴翻译了维尔纳·沃尔夫所写的《文学与音乐：对跨媒介领地的一个测绘》（《中国比较文学》2020年第3期）一文。该文在讨论跨媒介研究中所使用的基本术语"媒介"（medium）和"跨媒介性"（intermediality）的基础上，概述了跨媒介性的外部的和内部的种种构成形式，并特别强调了音乐与文学的超媒介性、跨媒介转换、多媒介性、跨媒介指涉这四方面的关系，为跨媒介的研究提供了理论性的论据。不仅如此，詹悦兰也指出了中国学者在跨媒介研究中所遇到的问题。在《比较文学视域中的跨媒介研究——美国比较文学的一个文献学考察》（《中国比较文学》2020年第3期）一文中，詹悦兰通过对比较文学美国学派文献进行考察，梳理出了文学与音乐、文学与视觉艺术、文学与建筑、文学与电影以及文学与戏剧的比较研究类型。作者在回顾这一研究领域的历史时同时考察其关注的问题与发展现状，从而揭示了其学术贡献和影响力，并指出："中国传统文学和艺术理论以及美学中，存在着大量的跨媒介艺术研究的资源，诗书画印不分家是中国艺术的特质，古代文人更是诗书琴棋画融会贯通，所以如何在这一领域做出中国比较文学新的贡献，是一个值得我们深省的问题。"这些研究都推动了跨媒介研究的进一步发展。

4. 跨文化研究

"跨文化"也是比较文学讨论的重要领域。陶家俊在《文化全球化视野中瑞查兹的跨文化异位认同研究》（《外国文学研究》2020年第5期）一文中就对I. A. 瑞查兹的跨文化异位认同的两种模式（同位中的跨文化异位认同和异位中的跨文化异位认同）进行了考察，并重点分析了三个方面：文化全球化与跨文化异位认同、瑞查兹同位中与中国的多重异位认同、瑞查兹异位中与中国的多重异位认同。这种分析"颠覆了传统的本体、本位、同质的文化认同观，而且颠覆了西方全球化文化霸权话语的西方中心观和西方后殖民主义、后结构主义极端的反西方中心观"，也发现了"跨文化发现之旅而显露的文化全球化之流在中国与英国、东方与西方之间形成多源、多元、多位的横向流动和影响”。

（二）比较文学学科史研究

总体而言，2020年度的比较文学学科史研究主要分为中国比较文学学科史研究和国际比较文学学科史研究两部分。

中国比较文学学科史研究的研究对象较为丰富。第一种研究模式就是对重要人物的代表作品与思想进行研究。例如，崔文东在《青年鲁迅与德语“世界文学”——〈域外小说集〉材源考》（《文学评论》2020年第6期）一文中就对鲁迅所编撰的《域外小说集》进行了研究，认为“《域外小说集》主要出自鲁迅的构想，可谓中国文学史上建构‘世界文学’的首度尝试”。

第二种研究模式就是对比较文学中国学派的考察。纪建勋在《走向世界文学的国际比较文学中国学派》（《社会科学战线》2020年第7期）一文中对“越是民族的越是世界的”与“外国文学研究方向与方法探讨”这两个学科热点进行进一步阐发，提出了对“中国学派”的理解：“它首先是属于国际比较文学的，它不是独断论的中国学派，它是国际比较文学的中国学派，不是国际比较文学与中国学派；更不是排他性的，此种意义下的‘国际比较文学中国学派’，它更多强调的是国际比较文学大家庭里的中国比较文学一派；此种意义下的‘国际比较文学中国学派’必然有着自己的‘中国道路’与‘中国模式’，有着中国比较文学发生的特色路径。”李伟昉在《文化自信与比较文学中国学派的创建》（《中国社会科学》2020年第9期）中不仅考察了比较文学中国学派的缘起与发展，还关注了创立学派的两个争论焦点，即“跨文化研究”与“阐发研究”，在此基础上更是对比较文学中国学派所面临的挑战进行了论述并且还探寻了相关的规律性问题。

除此之外，还有学者关注了中国比较文学的未来。王宁在一次访谈中对“后理论时代”的概念、内涵、特征予以界定，并且阐述了后理论时代对于中国文论的国际化走向和理论建构的重要意义。在访谈中，他进一步指出翻译与出版的重要性，并且强调了在后人类语境下开展后人文主义研究的意义（参见王琦《后理论时代中国文论的国际化走向：中国比较文学学会会长王宁教授访谈录》，《英美文学研究论丛》2020年第2期）。

2020年度中国学者对国际比较文学学科史的关注也是广泛的。在前述的西方学界对“世界文学”“跨学科”“跨媒介”“跨文化”的相关讨论中，就有对相关学科史的讨论。例如，江玉琴、周小玲在《论比较文学跨学科研究的问题与可能路径》（《江西科技师范大学学报》2020年第1期）一文就对比较文学跨学科研究的学科史进行了考察。再如，在《比较文学视域中的跨媒介研究——美国比较文学的一个文献学考察》（《中国比较文学》2020年第3期）一文中，詹悦兰也对比较文学美国学派的跨媒介研究的历史进行了回顾。除此之外，黄丽娟与赵践所写的《诗与远方：世界文学理念与比较文学研究方法》［《沈阳师范大学学报》（社会科学版）2020年第6期］一文更是对比较文学学科三个阶段的发展进行了梳理。

（三）比较文学理论建设的新发展

1. 变异学

比较文学变异学由中国学者提出，其将“异质性”“变异性”作为其研究的可比性基础。2020年度，变异学的相关研究也较为丰富，使得其理论进一步拓展与深化。

曹顺庆曾指出“中国文论失语”的现象（参见《文论失语症与文化病态》，《文艺争鸣》1996年第2期），2020年度他将此观点进一步深化。在《变异学与他国化：走出东方文论“失语症”的思考》（《文艺争鸣》2020年第12期）一文中，曹顺庆、夏甜进一步指出“‘失语症’不仅仅是中国一个国家的现象，而是一个世界性现象”，从而意识到了东方文论的“失语症”现象。在此基础上，作者进一步指出若要重新构建东方文论话语体系就要用变异学作为方法论基础，认为“东方古代文论话语体系构建，前提是承认‘异质性’存在、理解‘异质性’内涵；所构建出来的‘同’，也必然包含着‘异’”。不仅如此，文章还指出了“他国化”在东方古代文论重要范畴发展创新过程中的重要作用。

中国学者对变异学这一比较文学新理论的合理性与重要性也有了更深入的理解。曹顺庆、刘诗诗在《变异学：中国本土话语的世界性意义》［《济南大学学报》（社会科学版）2020年第1期］一文中论述了变异学作为中国本土话语的理论缘起与理论优势、学理依据、理论构成、国际影响等方面。对这一问题的梳理让我们进一步认识到了变异学在当前比较文学研究中的合理性与创新性。除此之外，曹顺庆、李甡在《变异学：探究人类文明交流互鉴的规律》［《成都大学学报》（社会科学版）2020年第3期］中重申了比较文学变异学在人类文明交流中的重要作用。文章指出：“变异学作为重要的创新理论，是文学横向发展变异规律的总结，也是人类文化及文明发展研究的重大突破，是对学界长期以来文明研究盲点、文明偏见的补充和纠正。变异学对横向变异规律的探究，也揭示了人类文明交流互鉴的规律”，这一论述表明比较文学变异学不仅仅只是比较文学这一学科的新发展，更是人类发展的重要规律。

还有中国学者研究了变异学与“世界文学”等比较文学基本问题之间的关系。例如，王超在《比较文学变异学与世界文学史新建构主义》［《西南民族大学学报》（人文社会科学版）2020年第3期］一文就对比较文学变异学与世界文学的关系进行了考察。文章首先对歌德提出的传统世界文学观进行了反思和批判，并对丹穆若什提出的世界文学观进行了分析，在此基础上，论述了比较文学变异学与构建新的世界文学之间的联系，认为两者的相似性在于“聚焦跨文明比较、异质性与变异性等关键问题”。

中国学者还关注了变异学与其他相关理论的关系。曹顺庆、王超在《“间距/之间”理论与比较文学变异学》［《西南交通大学学报》（社会科学版）2020年第6期］一文中论述了朱利安“间距/之间”理论与比较文学变异学的关系。文章在详细阐述“间距/之间”理论后，指出两者在研究内容上有三方面的相似性：“之间”与移位阐释变异、“之间”与译介变异、“之间”与他国化变异。不仅如此，两者在研究方法上也有相似性：将变异性作为可比性；将他者性作为可比性；将他国化变异作为目的。但文章也指出了朱利安“间距/之间”理论的局限性，一方面“间距将他者性与无关性绝对化，否认了异质文明之间的通约性、同源性及类同性”；另一方面“‘之间’将阐释变异扩大化，忽视了流传变异等其他形式”。文章又进一步指出变异学将其与丹穆若什的变异学思想进行整合，形成了流传变异、阐释变异、他国化变异三种形式的变异研究，“既呼应了当前国际比较文学的理论前沿，也结合实践进行了包容性创新，在对话交流与批评发展中构建起了比较文学的中国话语”。

值得一提的是，王超在《数字媒介与比较文学变异学之传播变异》一文中对新时代下的数字媒介与变异学的关系进行了探究。文章认为在数字时代的媒介形态与文本形态都发生了变异：数字时代的媒介形态有了“媒介场”的特征，而文本形态有了“超文本”特征。文章进一步指出在这两种变异的基础上，我们阐释文本的形式也具有了“遍历性”，具体来说有以下三方面的特征：从线性结构到播散结构、从可读文本到可写文本、从元叙事到共叙事。这篇文章对变异学研究的当下情境进行了考察，有利于推进变异学的当下关注。

2. 译文学

译文学主要由王向远提出。“译文学”将“译文”看作中国比较文学研究的特有文本，它包含了“译文生成”和“译文评价”两个层面上相互关联的学术概念与学科范畴。自 2018 年王向远出版了《译文学：翻译研究新范型》这一学术理论著作后，有关译文学的一系列讨论就此展开。其中就有对“译文学”与“译介学”关系的讨论。

2020 年，王向远就此问题撰写了《宽泛的学科界定难有精细的术语辨析——从译文学看译介学的范畴界定并答谢天振先生》（《中国社会科学评价》2020 年第 1 期）一文，在文中对谢天振的《“创造性叛逆”：本意与误释——兼与王向远教授商榷》（《中国社会科学评价》2019 年第 2 期）进行了回应。两位学者在以下问题上进行了探讨：“创造性叛逆”者究竟指的是“译者”还是“译文”、“译介学”所处理的是“广义上的翻译”还是“狭义上的翻译”。在文中，王向远指出从“译文学”的角度看，问题的关键在于译介学学科范畴界定过于宽泛，之所以有很多人误用“创造性叛逆”这一译介学的核心概念，原因也在于这一学科缺乏精细的界定。对于“译介学”与“译文学”的关系，王向远在文中进一步指出“‘译文学’学习借鉴了‘译介学’，事实上，‘译文学’一开始就是受益于‘译介学’……然后，《译文学》才在‘译介学’之外，提出了自己的一系列概念范畴，建构了一个理论体系，向翻译研究的内部推进，向译文的深处和细部开拓，这是在‘译介学’之外的探索与延伸”。

3. 数字人文与比较文学

在大数据技术不断扩展的当下，数字人文值得比较文学学者的关注，2020 年度中国学者就有相关研究。

首先，中国学者探讨了比较文学学科中的具体理论概念与数字人文的联系。都岚岚在《论莫莱蒂的远读及其影响》（《中国比较文学》2020 年第 3 期）一文中就对目前莫莱蒂所提出的“远读”在数字人文领域的发展状况进行了评析，指出“远读在数字人文领域更多地指对数字形式的文本信息的计算机加工，主要使用计算机分析将实证发现进行可视化”。

其次，中国学者还从整体视角出发，考察了数字人文与比较文学两个领域的互动。赵渭绒、叶诗嘉在《数字人文时代四川比较文学：学科动态及发展前景》（《中外文化与文论》第45辑）一文中首先从学术会议、学术活动、学科教学、研究基地等方面论述了21世纪以来四川比较文学在数字人文领域的发展历程，并指出：“从运用比较文学理论分析数字时代的文化现象，到相关学术概念的明确提出以及大型学术活动的展开，数字人文时代的四川比较文学经历了一个从摸索尝试到理论创新的成长过程。”其次，文章对数字人文与比较文学新命题之间的联系进行了论述，主要探讨了“数字人文时代的文学变异与‘失语症’”“数字思维时代的符号学”等问题。最后，文章对数字人文时代四川比较文学进行了学术上的反思与展望，并指出“专家和学者们与时俱进，力求革新，结合本学科专业的理论资源，进行比较文学与数字人文的跨学科研究，为四川比较文学注入新活力，将数字化带来的冲击转化成学科转型和突破的机遇”。冉从敬、何梦婷、黄海瑛在《数字人文视阈下的比较文学可视化研究》［《厦门大学学报》（哲学社会科学版）2020年第5期］一文中指出了以往的比较文学研究方法的问题：主要采用定性研究方法，较少使用定量方法。文章进一步指出，如果引入数字人文对比较文学领域展开研究并以可视化方法展示结果，可对比较文学进行量化研究。作者使用此方法对比较文学研究主题、研究热点等方面进行研究，并指出：“比较文学领域研究主题呈现大致以文学翻译、现代主义、比较研究为三大核心领域扩展延伸；研究热点以比较文学这一主题为发轫，文本批评、互文性、民族主义、文学融合等系列新热点以时间线性方式逐步演化产生；领域作者之间关系紧密，具有明确的核心作者群；重要文献具有不断突破欧洲中心主义、侧重翻译与世界文学的特点；国际力量上，重镇仍在美国，同时波兰、罗马尼亚、斯洛伐克等新兴国家也发展迅速；国际合作上，美国、中国、巴西国际合作态势明显，新兴研究国家仍主要以国内作者合作为主。”

（四）比较文学课程建设

20世纪90年代后期，“比较文学”作为一门课程进入国内高校课堂。经过20余载的发展与改革，比较文学课程出现了新的面貌。2020年对比较文学课程的相关研究更加具体与深入。比如，邹赞在《如何设计和组织高质量的课堂教学——以第四届全国高校青年教师教学竞赛参赛课程“比较文学”为例》（《兵团教育学院学报》2020年第5期）中就对比较文学课程的课堂教学的准备工作、设计基本要素、教学组织等方面提出了意见。还如，丁跃斌在《翻转课堂教学模式在“中日比较文学”课程中的应用》（《牡丹江大学学报》2020年第8期）一文中首先厘清了翻转课堂的概念，然后分析了吉首大学“中日比较文学”课程存在的问题，进而将翻转课堂教学模式应用在该课程的教学中，以期为相关教学提供些许借鉴。魏晏龙在《“一带一路”语境下关于比较文学本科教学困局的再思考》［《陕西教育（高教）》2020年第3期］中对比较文学的本科教学出现的问题进行了思考。

二　2020年度比较诗学研究综述

王一平

唐珂的《中国比较诗学研究动态（2018—2020）》（《国际比较文学》2020年第4期）一文认为近期中国比较诗学研究的新进展主要体现在如从“元诗学”的维度反思比较诗学的方法论、在古今跨学科对话中思考文艺的本质与生成方式、西方诗学在中国与中国诗学的海外传播、中外诗学议题平行比较的拓进、诗学思想的跨文化影响源流的考掘等方面。而本综述则通过对大量相关论文的考察，梳理了2020年度中国比较诗学研究的重点、热点、趋势以及具有话题性、前沿性的论题。尽管不免挂一漏万，但本综述将尝试从数字人文、世界文学、变异学、阐释学、中国问题与中国学派、中外诗学与汉学、跨学科研究七个方面出发，对2020年度中国比较诗学的研究情况加以论述。

（一）数字人文研究

与“数字人文”相关的探讨是2020年度重要的研究热点。学界对数字人文理论与研究方法的探讨，主要包括如数字人文研究的学术价值、发展源流、基本方法，以及数字人文技术可能带来的新的文学研究范式、其在诸多领域内的具体应用等。

严程在《文艺研究需要“数字”吗?》（《文艺理论与批评》2020年第2期）中指出了数字人文研究遭遇的价值质疑，并通过分析为其正名。钱钟书在《谈交友》中指出：“时髦的学者不需要心，只需要几只抽屉，几百张白卡片，分门别类，做成有引必得的‘引得’，用不着头脑更去强记。但得抽屉充实，何妨心腹空虚。”在数字时代汹涌而来的今天，这段话的新揶揄对象可以说由“卡片”变成了“数据库”。该文认为可以从三方面来讨论文艺研究是否需要“数字”：研究对象与数字文献问题、呈现方式和可视化问题、理论方法与技术手段问题。该文最终提出，“数字”为文艺研究提供了多样的可能性且多有裨益，数字技术可以辅助人文学者拥有新的视野，提出过去不曾有过的问题；将数字技术引入文艺研究有可能性与必要性，也可能推动文艺研究理论与方法的进步。

关于数字人文的发展源流，王军的《从人文计算到可视化——数字人文的发展脉络梳理》（《文艺理论与批评》2020年第2期）一文探究了从“人文计算”到数字人文的演变历程和原因，并且分析了其中“可视化”研究方法所具有的重要意义。该文指出，数字人文的前身是“人文计算”，一种以简单地以统计文本中关键词为手段的研究方法。但当代研究面临文本过多，无法用传统细读方式研究的问题，因此产生数字人文，即用计算机来处理全体文学文本。“远读”则是计算机将文本集合数据化之后，执行统计、分类、查询等操作，但它并没有理解文本的内容，“远读”的结果仍然需要人的阅读。不过值得关注的是，数字人文也赋予了人们提出一些前人不会想到的新问题的能力，并以此获得观察超长历史时段文化现象的新视角。该文进而收集了数字人文领域规模最大的国际会议“国际数字人文大会”2016—2018年间收录的各种形式的会议论文约1700篇，统计了这些论文的标题和文摘中的关键词词频，发现排在第一位的是“可视化”。该文强调，数字人文的可视化为人文语料提供了一个全局图景，其本质上是一个更多特征维度、更细知识粒度的目录和索引。相应地，“远读”是数字文本的可视化目录，描述了文档集合的全局特征。这种可视化的价值，在于帮助人们在海量的数字媒体环境下筛选应当去关注的学术问题和有必要细读的文本。此外，赵薇的《数字时代的“世界文学”研究：从概念模型到计算批评》（《外国文学动态研究》2020年第3期）也通过对“世界文学”与数字人文早期发展历史的思考，讨论了意大利著名学者弗朗科·莫莱蒂及其领衔的文学实验室的早期探索，揭示其所提倡的“远读”研究的实质和局限，追踪它随后汇入数字人文大潮的轨迹。

在各学科领域中数字人文研究的具体运用方面，李天的《数字人文背景下的文学研究——量化方法在中西文学研究中的比较》［《厦门大学学报》（哲学社会科学版）2020年第5期］简要梳理了从早期人文计算的单纯量化研究到数字人文背景下跨学科的研究发展历程，探讨了数字人文研究的量化方法在中西文学研究运用中呈现出的不同发展特点。如在英语古典文学研究中，文学数据库的庞大与检索技术的成熟，使其研究方法突破传统的风格辨析与著作权判断，呈现出多样化与大跨度的特性，并能与读者接受结合，发展出互联网时代特色。而中国的相关文学研究则主要表现为数据库的充分发展、理论研究的方兴未艾，以及实证研究的薄弱。中国文学的数字人文研究虽然同样显现出跨学科特性，但受制于语言契合度与技术发展，在研究方法上仍有待开拓。而胡开宝、黑黟的《数字人文视域下翻译研究：特征、领域与意义》一文分析了数字人文视域下的翻译学研究所具有的特征：兼具数字人文研究和实证翻译研究的特征，其研究领域包括翻译文本研究、译者研究、翻译史研究和翻译教学研究等。该文指出，翻译研究经历了四次研究范式的转变，即语文学范式、语言学范式、文化研究范式和包括语料库研究范式在内的数字人文视域下的翻译研究范式。数字人文视域下的翻译研究是一种新的研究范式，具有数字化、实证性、文本数据挖掘技术的应用、微观描写和宏观解释并重的特点。数字人文视域下翻译研究的问世使翻译研究方法发生了重要变革，也拓展并深化了翻译研究。同样关注翻译研究，邹常勇的《大数据视域下翻译学数字人文研究》［《西南交通大学学报》（社会科学版）2020年第1期］，王赟、张政的《翻译研究新路径：数字人文新释》（《外语教学》2020年第2期），等等，也在大数据视域下考察翻译研究的简史、方法、特点及前景、趋势等。而刘卫东、范天玉的《创意写作的数字转向：背景、现状与问题》（《山东青年政治学院学报》2020年第2期）关注了创意写作的数字转向现象。该文认为创意写作数字转向的背景与数字技术的不断发展、数字技术在教育中的广泛应用、数字化叙事对写作教育的多重影响密切相关；创意写作的数字转向主要体现为创作与教学、实践方式的数字化、新型创意作家的系统培养、创意写作与新媒体课程、学位的涌现等突出现象。

对于数字人文在各具体研究领域中的运用，冉从敬、何梦婷、黄海瑛的《数字人文视阈下的比较文学可视化研究》［《厦门大学学报》（哲学社会科学版）2020 年第 5 期］深入比较文学研究领域，重点探索了 1970—2020 年国际“比较文学研究”中的研究主题热点、核心学者、重要文献、国际研究重镇等总体数据，将其进行排序和可视化呈现。王兆鹏、邵大为的《数字人文在古代文学研究中的初步实践及学术意义》（《中国社会科学》2020 年第 8 期）则提出数字人文技术或许能解决以往古代文学研究中资料离散和时空分离这两大问题，如“文学编年地图平台”解决了文献资料分散的难题，也在一定范围内解决了时空分离的难题。该文认为数字人文技术不仅可以解决以往文学研究中的具体问题，也可以促进古代文学研究更新观念、改变方法、转换范式。文章也指出，数字人文不会影响或替代文学研究主体的文本解读、审美感知。而刘石的《大数据技术与古代文学经典文本分析研究》（《数字人文》2020 年第 1 期）中介绍了清华大学的大数据技术与古代文学经典文本分析研究项目。邱伟云、严程的《心寄乐园，凝望人间：中唐诗空间方位的数字人文研究》［《西南民族大学学报》（人文社会科学版）2020 年第 8 期］以及李斌、王璐、陈小荷、王东波的《数字人文视域下的古文献文本标注与可视化研究——以〈左传〉知识库为例》（《大学图书馆学报》2020 年第 5 期）等则为此类研究提供了具体的运用实例。而王贺的《“数字人文”取向的中国现代文学研究：问题与方法》（《文艺理论与批评》2020 年第 2 期）一文提出需要尊重“数字人文”在现代文学研究领域刚刚开始试验的事实。文章设想的研究路径分为“数字文献学”与“数字现代文学”两脉。该文厘清了“数字现代文学”的七个研究方面，澄清了关于可视化的两点问题，也提出了要防止数字人文的过度理论化倾向。而吉云飞的《作为“计算批评”的“远读”——以网络小说“升级文”中的节奏与情绪为例》（《中国现代文学研究丛刊》2020 年第 8 期）从对“远读”概念的反思开始，用数字人文的统计方法，探究了网络男频小说中“升级文”类型的升级节奏，提出升级节奏在 2005—2019 年间的变化，并指出升级节奏的快慢与作者意图以及时代情绪有关。同期刊登的李强的《作为数字人文思维的“网文算法”——以“明穿”小说为例》、高寒凝的《网络文学研究中的数字人文视野——以晋江文学城积分榜单及“清穿文”为例》，也都借助数字人文的研究方法与问题意识，审视了当代中国网络文学，集中研讨其中的“穿越”类型小说。

项蕾、许婷、谭天、雷宁、蔡翔宇的《数字与文学的对话——“数字人文规范对传统文学研究方法的挑战”研讨会纪要》（《中国现代文学研究丛刊》2020 年第 8 期）一文记录了姜文涛、邱伟云、赵薇三位学者对当今数字人文规范与传统文学研究方法的讨论和回应。姜文涛提出了优秀数字人文文学研究的七条标准。邱伟云认为学术需要研究方法的多元性，数字人文领域与传统文学研究范式的关系应该是数字人文“增益文学研究方式”，而非“取代传统文学研究方法”。赵薇强调数字人文需要有较强的问题意识来加以指引，应避免数字人文的工具化；问题和方法需要互相寻找、对接。她用网络分析方法解析李劼人《大波》，并剖析了数字人文运用中的具体问题。

（二）世界文学研究

对“世界文学”论题的探讨依然是2020年度比较文学和比较诗学界的重要焦点。方维规的《起源误识与拨正：歌德“世界文学”概念的历史语义》（《文艺研究》2020年第8期）再次对歌德的“世界文学”概念及其内在特点加以厘清。文章指出，与世界文学概念相关的许多思考并不自歌德始。赫尔德对于跨民族文学持开放态度，施莱格尔兄弟在这方面也有结构性的思考，这都在很大程度上启发了歌德的“世界文学”概念。该文特别强调，在歌德那里“世界文学”既不在于数量（所有文学），亦非见重质量（文学经典），而在于文学的国际交流、相互接受和影响。世界文学方案的运作形式是创办文化刊物、从事翻译工作和广交文友等。从歌德“世界文学”概念的生成语境和具体含义来看，世界文学行为就是他喜用的“精神贸易”，即对外交流，开展国际文学活动。所谓的“世界文学”，正是各种国际文学文化交流行为。

此外，许多论文也围绕比较文学名家的“世界文学”理念展开了梳理辨析，如张墨妍的《莫莱蒂“世界文学猜想”再讨论》（《中国比较文学》2020年第3期）提出当下中外学界对莫莱蒂的“世界文学”理论有简化和误读的问题。该文重新回顾莫莱蒂早年的研究，从学术脉络的线索梳理他的理论发展，发现了他在新历史语境下的含义以及常被忽略的文学政治性，指出莫莱蒂对“世界文学”体系研究的贡献所在。而曾洪伟的《哈罗德·布鲁姆的“世界文学”观》（《外国文学研究》2020年第1期）探讨了美国当代著名文学批评家哈罗德·布鲁姆含而未露的“世界文学”观念。该文指出，在作品/文本层面，布鲁姆从泛文本和经典性的角度来看待“世界文学”；在模式/机制层面，他从误读理论出发的“影响诗学”构成了世界文学批评中的一个重要范式；在后期的经典普及和大众美育中，布鲁姆使世界文学文本的“世界文学性”得到了加强。另外，布鲁姆非常重视翻译对于世界文学的作用，肯定译本对于世界文学的生成。而从内在意涵上看，“美国”“美学”“莎士比亚”构成了布鲁姆世界文学观的核心和架构。该文通过对布鲁姆的世界文学文本目录和话语分析，认为他的“世界文学”观有突出的西方中心主义倾向，显示出具有等级性和不平等性的世界文学谱系带来的消极影响。因此对于布鲁姆的“世界文学”观，人们既要意识到其开放积极的意识，又要批判地看待其中隐含的以西方为中心的思维定式。龚曰心的《卡萨诺瓦的“文学世界”与丹穆若什的“世界文学”》（《福建江夏学院学报》2020年第4期）和刘诗环的《亚历山大·比克罗夫特的世界文学理念》［《文学教育（下）》2020年第12期］等也分别研讨了当代比较文学学者卡萨诺瓦、达姆罗什、比克罗夫特等对于“世界文学”的不同理解。

迪特·兰平、王诗齐的《什么是世界文学？——一个概念与它的诸多涵义》［《三峡论坛》（三峡文学·理论版）2020年第5期］认为“文学世界”这一概念通过歌德的研究而扩大了自身的影响，并被赋予了“交际性”的概念，即世界文学通过作家间的新式交流而被建构起来。其后这一词语在发展中衍生出超越歌德研究范畴的其他内涵，尤其是"规范性"和"全球性"两个内涵；此外这一词语还具备了"互文性"的内涵。这一概念还在全球化时代具有"分布性"的内涵，即跨越自身本土文化的范畴而广为流传。最后，这一概念还具有"跨文化性"的内涵，即对全球化进行反思并成为文化间平衡的媒介。总之"世界文学"的概念富有活性，并在持续流变之中。

而姚达兑的《"世界诗歌"事件及其理论启示》（《中国比较文学》2020年第1期）则回顾了20世纪90年代宇文所安的《什么是世界诗歌?》引发的"世界诗歌"大讨论，文章对宇文所安对英译北岛诗集的批评背后蕴含的当代文学现象及其文化逻辑进行了分析。文章指出"世界诗歌"事件覆盖了与"世界文学"和"世界文学理论与中国文学研究"相关的各种问题，如"世界性的文类"、国际性大奖、全球化时代边缘文化的焦虑、世界体系、文化中心主义、经典化、翻译研究、通用语与文化霸权、民族文学与世界文学、国际性与本土性之间的关系，甚至是汉语传统诗歌与新诗的关系和矛盾，以及世界文学文本的流通、翻译、变形和读者接受情况等。该文认为，在全球化时代讨论世界文学和翻译必须考虑欧美文化或政治势力的影响、本土文学的焦虑，以及世界文学作品的类似命运等。姚达兑的另一篇文章《诺贝尔文学奖与制造世界文学》（《文艺理论研究》2020年第4期）指出"诺贝尔文学奖"是衡量世界文学的一个重要标准，它对定义和构建世界文学或文学经典有着多方面的影响力。该文认为，从福克纳获得诺贝尔文学奖后，诺奖委员会将马尔克斯和莫言都置于这一传统之下，而更早时期的获奖者泰戈尔更是被"收编"到西方传统之中，这显示出强烈的帝国主义和欧洲中心主义色彩。诺贝尔文学奖反映出当下文学世界的诸多问题。一方面，它对于当代文学圣典化并树立为标准的行为，忽略了经典形成所要经历的时间维度；另一方面，它所创造的体系性的诗学标准，反映出的全球化时代文学世界体系的不平衡性，代表了一种"伪普遍主义"。

围绕着著名学者弗朗哥·莫莱蒂影响重大的"远读"问题，都岚岚的《论莫莱蒂的远读及其影响》从莫莱蒂的世界文学观入手，对于莫莱蒂为何提出"远读"方法、其主要贡献是什么、在哪些地方引发了争议，以及目前"远读"在数字人文领域的发展状况等方面进行评析。莫莱蒂把"远读"的研究对象——"世界文学"分为"进化论"和"世界体系理论"两种体系。面对庞大的文本，莫莱蒂指出传统的文本细读已无法胜任世界文学的研究工作；他认为构成文学史的力量是形式而不是文本，并以进化论、文化地理和形式主义作为的三种主要研究工具，进行定量的宏观分析。许多学者不赞同莫莱蒂的"远读"，但其研究无疑具有开拓性，也与近年来的学界热点"数字人文研究"有着千丝万缕的联系。刘耘华的《远程阅读时代诗学对话的方法论建构》［《华东师范大学学报》（哲学社会科学版）2020年第2期］也以"远读"为关键词。该文不展开对莫莱蒂"远读"概念的具体分析和评判，而是尝试探寻在已成现实的"远程阅读时代"如何构建研究诗学对话的方法论。该文认为数字人文利用其强大的数据库、文件检索和储存能力，对传统人文研究的学术格局造成了根本性影响。在这种境况中，跨文明的诗学对话已处于"面对面"的碰撞之中。对于如何处理其中的自我与他者的问题，该文最终诉诸弗朗索瓦·朱利安的"vis-à-vis"的路径：首先秉持"不比较"原则，将自我与他者的关系变成内生性、属于一个空间整体的互动关系；其次，他者对于自我的内在意义不再被单单视为一种“否定性的迂回”；最后，不在自我和他者这两者之间寻求一种统一性，以此走向一条新的道路。

贝尔唐·韦斯特法尔、乔溪的《地理批评与世界文学——2018年的一次讲演》［《复旦学报》（社会科学版）2020年第2期］从新的世界文学研究视角——“地理批评”出发，指出世界文学在当今全球化背景下备受关注，然而由于一些地区的文化在全球占有相对主导的地位，导致目前所讨论的世界文学具有以个别文化、语言为中心的特点，无法真正覆盖到全球范围。若要让来自世界各个角落的文学都发出声音，同时避免陷入种族中心主义，则须上升到更宏观的层面看待他者文化，这意味着交叉视角和去中心化。而地理批评的“越界性”能够为学者提供工具，帮助他们从某些虚构的表征中观察和归纳去领域化的迹象与进程。地理批评思想主张将文化的多样性阐释为多重聚焦，提倡以跨越边界的态度消解空间的壁垒，通过与各自的文化身份保持适度距离而达到去中心化，从而化解以欧美语言、文化为中心的局面。此外，当代视觉艺术中千变万化的艺术地图反映着对世界格局的隐喻，文学与地理学以及地图绘制学的交叉视角也能够为世界文学研究带来新的启发。

范劲的《中国文学史的世界文学起源——基于德国19世纪以来世界文学史书写的系统论考察》（《文艺研究》2020年第2期）则从世界文学史书写的角度出发，借用系统论的方法来反思世界文学问题。该文指出，19世纪德国的精神史传统中，世界文学史书写和德国文学史书写受到同样重视，在世界文学史中呈现普遍的文学精神成为文学史家的理想。在这些世界文学史中，开始出现对中国文学的历时性描述，成为汉学家书写中国文学史的准备。世界文学史家充分利用欧洲汉学对中国文学的有限了解，结合通行的文学观念，第一次给出了中国文学的基本结构。这对于文学理论的启示是文学史不是简单的历史记录，而是让文学意义实现的阐释工具；世界文学史是国别文学史的母概念，文学自治系统的构建依赖文学比较。但如果世界文学史最初是一个先验概念，就必然给它孕育的中国文学史打上烙印，让后者也成为某种脱离实证的结构，为各种幻想和偏见提供土壤。

（三）变异学研究

2020年度比较文学变异学领域的研究成果主要集中在变异学理论与中国话语、翻译中的变异等方面。在变异学理论与中国话语方面，曹顺庆、刘诗诗在《变异学：中国本土话语的世界性意义》［《济南大学学报》（社会科学版）2020年第1期］中指出，变异学是中国学者立足《周易》“变异”所提出的具有世界性意义的、普适性的比较文学学科理论，也是比较文学中中国学者对于学科理论话语建设的新反思与实践。《周易》构建了“变易、简易、不易”三位一体的意义生成系统，这种思辨化的变异模式与西方的哲学思想不同。该文回溯了比较文学中国学派提出变异学的理论缘起，分析了变异学的理论优势、学理依据、理论构成等，说明在法国学派影响研究以及美国学派平行研究的理论基础上，中国学者从文学作品的跨文化、跨语际角度，发现了西方比较文学学科理论研究所忽略的异质性因素——追求“同中之异”，注重在有同源性和类同性的文学现象的基础之上找出异质性和变异性。该文强调了“文化过滤”、“文学误读”和“他国化”三种变异现象。可以看到，中国学者提出的变异学理论是一种国际学界所能理解和接受的新概念、新范畴、新表述，受到国际学界的高度评价和广泛关注，而中国学术话语也开始产生了世界性影响。

王超则在《比较文学变异学与世界文学史新建构主义》［《西南民族大学学报》（人文社会科学版）2020年第3期］指出中国学者提出的变异学理论主张与当今学界最前沿的世界文学新建构主义思潮形成了呼应。该文说明了歌德及“传统”的世界文学观念在当代文化语境中的“不适应性”，并指出达姆罗什重新设想的以世界、文本和读者为中心的“世界文学”实现了从“世界文学”到“民族文学”、从“单向反射”到“椭圆折射”、从“一元中心”到“交互主体”的三重转向。该文认为，变异学的理论思想与比较文学学科发展所呈现出的这三种转向有相似性。正如达姆罗什所指出的，“当今世界文学的一个主要特征是变异性：不同的读者会被不同的文本体系所沉迷”。这正是变异学提供的有用视角。在这种思想指导下，民族文学、“非西方”的经典文学作品得到更多关注，一元中心被打破，呈现出一种世界文学史新建构的趋向。而变异学将跨文明异质性作为可比性，为世界文学赋予“新”的结构版图；变异学将文学交流与阐释中的变异性作为可比性，为世界文学赋予“新”的生成路径。变异性也贯穿在达姆罗什提出的三个重要概念——流通、翻译和生产中。该文认为，无论是巴特的“可写文本”、德里达的“延异”、萨义德的“旅行”、达姆罗什的“生产”、曹顺庆的“变异”，这些术语在哲学思想上是基本一致的，都更加重视读者及其创造性的意义生产活动，新世界文学的阅读模式，本质上就是民族文学的跨文明流传变异模式。

在运用变异学观照文学、文化理论与实践等方面，李安斌、盛国诚的《从“不可译”到变异学》（《中外文化与文论》第45辑）从艾米莉·阿普特的《反世界文学：不可译原则》出发，讨论世界文学概念中的不平等因素。《反世界文学：不可译原则》发展了一种新的世界文学方法，即“认识到不翻译、误译、不可比和不可译的重要性”，围绕认识到差异性及其衍生的“不可译”的重要性，展开了针对“共同性”宗旨的质疑与批判。该书还介绍了布尔迪厄的“翻译区”构想——“翻译区”试图创造一个中立的空间来安置差异性。但该文认为，福柯“知识/权力”的构型在其中依然奏效，去政治化仍然是一种难以达到的目标；阿普特从未给出一种行之有效的方法论来解决此种困境。而变异学立足于跨越性和文学性两个支点，认识到差异的恒存和变异的必然，以历史动态的眼光看待差异和研究变异，则完成了对“求同”的立场颠覆，这将为饱受攻击的文化多元主义带来新的希望。曹顺庆、王熙靓的《文学他国化与“变文格义”：隋唐佛学中的变异思想》［《暨南学报》（哲学社会科学版）2020年第5期］认为，“变文”是中国古代文明与印度文明互鉴与交流的成功实践，是异质文明之间相互对话碰撞、最终融合创新的产物，“格义”则是产生于中国佛教史的重要概念；该文通过分析“变文”与“格义”中蕴藏的变异思想，以分析隋唐佛学中的“他国化”变异在碰撞交流的基础之上催发新的文化现象，论证“他国化”不仅能解决历史上的中国文学如何实现“中国化”的重大现实问题，而且能促进文明互鉴、文化的碰撞交流与文化创新。

在以变异学来指导具体的翻译与文学研究方面，关熔珍、麦红宇的《比较文学变异学：少数民族文学外译研究新视角——以壮文学外译为例》（《文化与传播》2020 年第 1 期）关注壮文学如《布洛陀史诗》的外译案例，指出其是一种涉及从壮语到汉语再到外语的三语跨国际外译活动。该文认为比较文学变异学关注不同国家、不同文明的文学相互阐发中出现的变异现象，突出异质文化之间的跨国变异、跨语际变异和跨文化变异等，这与少数民族文学外译研究有着天然的共通之处。在跨国际的变异与翻译实践中，需要关注各国民族文学之间的差异，允许差异的存在，允许翻译的变异，不拘泥于语言文字符号的束缚，才有可能真正有效实现民族文学之间的翻译。比较文学变异学理论主张允许翻译的变异存在，关注少数民族文学文化的多元展示，给民族文学翻译提供了一个全新的研究视角。而唐雪的《文学变异学视域下的〈道德经〉德译研究——以“物”为例》（《外语学刊》2020 年第 4 期）同样考察了不同翻译中体现的变异性。该文主要关注了德语世界对于《道德经》的翻译，并以“物”为例分析从汉语翻译到德语过程中所发生的变异现象。该文对比分析了德语译者在译词选择上的异同和各自的翻译策略，并通过个案分析提出，在跨语境翻译活动中源语与目的语的差异是造成变异的重要客观原因，作者和译者的文化差异产生的文化过滤是造成变异的主观原因，这种差异在东西方语言的互译中尤为明显，因此中国典籍在德语世界的译介历程中出现的各种变异并不能简单以“错译”一言概之。通过德语译者对“物”的不同翻译和阐释可见，他们并非只为消除异质文化交流的障碍一味“求同”，而是在正视东西方文化差异的同时力图“存异”，体现出对“他者”文化的尊重。黄剑、王任坤的《变异学视角下〈红楼梦〉霍译本和杨译本对比研究》［《江西师范大学学报》（哲学社会科学版）2020 年第 2 期］在变异学视角下审视霍克斯以及杨宪益和戴乃迭的《红楼梦》英译本；戴文静的《〈文心雕龙〉元范畴“气”的英译及其变异研究》［《暨南学报》（哲学社会科学版）2020 年第 8 期］则探索了海外汉学家在英译《文心雕龙》的元范畴“气”时所采取的语词符号层面的陌生化变异、语义层面的可读性变异及意义层面的阐释性变异。赵渭绒、周红麦的《从变异学看〈此恨绵绵〉对〈呼啸山庄〉的改编》（《中国现代文学论丛》第 15 卷）则借助变异学理论观察中国作家赵清阁的五幕话剧《此恨绵绵》对《呼啸山庄》的改造，讨论在不同文化语境和创作诉求下两部作品中人物形象的差异性塑造，并从中西文化意象的转换与择取层面探究其中变异现象的发生原因。

此外，王超的《数字媒介与比较文学变异学之传播变异》（《中外文化与文论》第 45 辑）从当下备受瞩目的“数字化”现象出发，从传播媒介的角度探索、发展了变异学理论。该文指出，传播变异是比较文学变异学的重要分支，主要研究在源文本经由某种媒介向新文本传播的过程中，源文本受到媒介的影响而发生的意义变异的现象。该文认为数字时代的媒介，已经从中间体转为新主体，从意义传递者转为话语生产者，实现了从单一实体模式到多元虚拟模式的根本性变革。数字媒介通过数字化、超链接、多界面等路径，构建新的媒介场、次文本、遍历性和超文本符号变异体系，并推进文学传播从线性结构到播散结构、从可读文本到可写文本、从元叙事到共叙事三大转向。

（四）阐释学研究

继提出“强制阐释论”“公共阐释论”等阐释学相关命题后，张江教授在《探索与争鸣》杂志2019年第10期上发表了《论阐释的有限与无限——从π到正态分布的说明》一文，引起了学界的关注和讨论。《探索与争鸣》于2020年开辟了“构建中国阐释学”年度专栏，邀请文史哲等领域的众多学者参与讨论和争鸣，取得了一系列成果。

其中，刊发于《探索与争鸣》2020年第1期的《抽离了社会历史范畴的π还有效吗——与张江教授对话》（南帆）针对张江教授提出的问题进行了反思。该文表示，《论阐释的有限与无限——从π到正态分布的说明》采用正态分布描述各种阐释观点获得接受的概率，以π表示阐释中的无限性。该模型从各个方面协调文本与阐释之间的多种张力，从而构想了一幅既稳定同时又富于弹性的理论图像。该文认为，张江认为独立主体的阐释目的是确定的，文本的意义由作者创造。然而阐释主体远非如此自由。从“新批评”的“意图谬误”角度来看，作者不过是语言结构自我展示的平台，读者的历史身份决定了他们对于文本进行阐释的空间和角度。张江引用圆周率π和正态分布分别形容阐释之中的“诠”与“阐”，其引入数学语言的目的是追求一种精确的、逻辑的理性主义再现，但这个设想并未成功，π仅仅是一个不那么精确的隐喻。此外，该文认为在约束阐释主体的意义上，“公共理性”这个概念的重点是“公共”而非“理性”——某些时候公共关系的基础并非理性。正态分布肯定的概率默认了公共理性的前提。然而，数学语言的抽象性滤掉了社会历史范畴——数学语言擅长的是表述各种超历史的现象，但概率无法说明为什么一些偏执的文本阐释可能在特定的时间与空间突如其来地成为正统，并且形成特殊的效应。在中国阐释学的语境下，垄断式的文本阐释已经撤走，阐释主体可能对于同一文本提出不同的理解，但仍然需要面对公共、理性、有效边界、从历史语境提取真实的含义等问题。

同期发表的周宪的《作为阐释学根据的公共理性》同样富有问题针对性。该文指出，张江提出文学阐释学可以被置于“语言学转向”的思潮中来理解，即从对阐释意义的讨论转向阐释本身规则的探索。在阐释行为中普遍存在着有限与无限两种不同的理路——诠之有限性和确定性，与阐之无限性与不确定性，这构成了阐释学的内在张力。张江将这二者做出区分，从而引入对于阐释中“有限”与“无限”关系的讨论。该文认为，张文最具创新性的地方在于引入科学的原则和公式，具体清晰地揭櫫阐释的有限性与无限性之关系，使限于语言层面的说明得到精确化的科学阐释。另外，对“公共理性”的讨论是张文中的一个重要环节。《作为阐释学根据的公共理性》指出，赫什把批评家努力重现作者的逻辑、态度和文化传承当作文学批评的理性原则，意在强调批评阐释的有限性和确定性。他赓续了维特根斯坦的理念：阐释的目标不是认识言者说了什么，而是要搞清在“公共语言规范”所认可的意义是什么。赛尔认为文献阐释最重要的是阐释者需要某种“阐释背景”，一个知识、信念、欲望等构成的复杂网络，卡勒提出了“惯例和期待系统”。该文认为，首先是存在着文学的“惯例和期待系统”，文学阐释者或批评家熟知这些惯例与期待，并深谙如何通过语言的诗意用法与历史的和现有的惯例对接，并通过惯例的创造而形成种种文学的期待。而对文学的这些惯例与期待的研究，必然发展出文学研究中对文本意义阐释的“惯例和期待系统”。这些惯例与期待往往以学术共同体的共识或协商的形式呈现出来，成为学者们的共同游戏规则。文学阐释在相当程度上基于这些阐释的惯例与期待。回归阐释学所根据的公共理性，此处的“公共”应意指文学研究的学科或学术共同体，还应包括一般文学读者公众，因为文学文本的阐释不仅是给学术共同体看的，亦是给普通读者看的。

以此为始，《探索与争鸣》陆续发表了从多个角度探讨相关论题的商榷与论争文章，极大地丰富和深化了该讨论。如高楠的《论有限与无限的共时性——重思“阐释”》（第1期）、王宁的《阐释的循环和悖论》（第2期）、刘成纪的《阐释的无限及限界：以中国经学阐释学为例》（第2期）、朱立元的《阐释逻辑中的精神科学与自然科学之辨——与张江先生商榷》（第2期）、曾军的《总体阐释的量化分析是否可能——对南帆教授一文的延伸讨论》（第3期）、李春青的《从意义的二重性看阐释的辩证法》（第3期）、傅其林的《究竟什么是公共阐释——与周宪教授对话》（第3期）、高建平的《作为阐释活动中预设存在项的作者意图》（第4期）、段吉方的《冲突与共在：阐释学视域中的有限与无限——对高楠教授一文“接着说”》（第4期）、张政文的《阐释逻辑的诠与阐法则——基于思想史与科学史的思考》（第4期）、周宪的《公共理性使有效阐释得以可能——回应傅其林教授》（第5期）、南帆的《数学语言的洞见与盲视——回应曾军教授》（第5期）、丁帆的《“我们的需要就是解释世界的需要”——中国现当代文学批评史中的阐释学现象》（第5期）、张福贵的《文学史学研究中技术分析法的有效性问题》（第5期）、张任之的《“阐释”阐释了什么——兼论作为现象学的“深层阐释学”的可能性》（第6期）、程光炜的《文学史研究的公共理性与有效阐释》（第6期）、吴晓明的《绝对精神的瓦解与解释学视域中的有限—无限》（第7期）、江怡的《阐释问题之哲学拓扑学分析》（第7期）、程乐松的《阐释的双重界限：意蕴预设与有效性判定——兼论“阐释的有限与无限”问题的理论空间》（第8期）、邓安庆的《重提人文科学的真理要求——阐释学如何切中时代“真问题”》（第8期）、刘梁剑的《数学人文：科学抑或人文学——南帆、曾军教授相关讨论引义》（第8期）、成祖明的《从“六经注我”到“我注六经”——现代经学阐释的限度与公共性展开》（第9期）、李帆的《阐释学与历史教科书史的研究》（第9期）、王利红的《浪漫主义阐释学：从方法论到存在论》（第10期）、李红岩的《从阐释学到历史阐释学：何为历史的“正用”》（第11期）、肖士英的《解释学的重建：由前见依赖性形态向非前见依赖性形态拓展》（第11期）、王艳丽的《“意图”之辨与学术范式的建构》（第12期）等。

2020年底，《探索与争鸣》与中国社会科学杂志社共同举办“当代中国阐释学论坛”。与会学者聚焦人文科学与自然科学的关系、如何阐释现实世界、构建当代中国阐释学等阐释学基本理论问题再次展开深入研讨和激烈交锋。

在《视域融合、形式建构与阐释的当下性》（张江、周宪、朱立元、丁帆、邓安庆、曾军、成祖明、李红岩，《探索与争鸣》2020年第12期）中，张江从“合理破除人文与科学的研究方法藩篱”角度出发，指出他的《论阐释的有限与无限》尝试借鉴自然科学中的理论与方法，探讨在当代阐释学理论和实践中阐释本身是否开放的问题，对阐释的有限与无限的问题进行说明。其观点可概括为：第一，文本本身的意义是有限的。第二，人的阐释是无限的。第三，阐释不一定有效。第四，阐释的有效与否由公共理性决定，而公共理性的发展和变化也决定其未来有效与否。

周宪指出，自然科学与精神科学或人文科学的关系一直是学界热议的难题。在讨论阐释的有限和无限的关系时引入一些数学原理和方法，对于改变人文学科在探讨该问题时具有的惯性思维和模糊描述，是具有明显功效的。同时，也要重视自然科学与人文学科之间存在的根本差异，即对自身学术传统的不同态度。自然科学追求唯一正确的最新答案，而人文学科则由于学科研究对象和观念方法的多元性，形成了阐释的多元性和复杂性。另外，人文学科区别于自然科学的最重要特质在于它关心的焦点问题是意义。人文学科是关于价值的讨论，是一门规范性的学科，而不是自然科学那样的经验的或描述的科学；而人文学科的学者会对科技文明带来的问题非常敏感，往往采取反思性和批判性的立场。

朱立元认为，张江分别借用数学和物理的方法对文本和阐释的有限与无限的关系问题做出比较明晰的说明，有所突破，值得肯定。但这种对自然科学方法的借鉴，大致上还是一种不同问题域之间的类比，其意义和适用范围比较有限，似不具备可推广的普遍性。他认为，自然科学的方法可以借鉴，但是应用于人文学科和社会科学时应该谨慎。有不少人文领域的问题，特别是精神现象，只能做定性的分析，很难做数学化的定量分析。此外，“公共理性”的问题应该有更为深入、全面地分析和阐释。公共理性有不同的层次与范围，不同时间或时代的公共理性都存在区别。没有公共理性是不可思议的，不过有时公共理性也是有限度的。不承认公共理性则阐释学立不起来，但需要对不同时期、不同层次、不同群体（共同体）的公共理性做进一步的分析。而如当今国内外许多极为错综复杂、瞬息万变的社会、文化现象，就很难简单地用自然科学的方法加以解释，即使使用抽样调查、数据分析等社会科学方法也很难奏效。所以，朱立元不反对阐释学有条件地引进自然科学方法，但认为对此应持谨慎态度。

从“中国阐释学如何阐释分裂的现实世界”的角度出发，丁帆提出，倘若阐释学仅仅成为一种空悬着的理论模式，而不能参与到当下的文学活动中来具体指导和实践文学文本的解析，不能进入实验现场，其就是一台废弃的机器。而批评与阐释必须在明白易懂的语言表述下才能进入接受美学的语境，不能用“名词轰炸”吓唬人，应该追求个人的“艺术趣味”和“审美情趣”。“批评”与“阐释”的本质就在于它是建立在哲学层面上对文学的审视；还应消除以作家论说为中心的低端文本图像艺术解析。批评的属性是用真理去公允地阐释文本，使其朝着人类精神健康发展的道路前行。

邓安庆表示，伽达默尔创立的哲学阐释学奠定在存在论的基础之上。一个经典文本具有理解与阐释的“需要”意味着时代（存在）提出了有待解决的“问题”，带着这个时代的“问题”我们向经典文本的“作者”提问，要求他/她来“解答”，于是在

“作者”与“读者”（阐释者）之间形成“阐释学对话”，如果在“对话”中能达成“共识”，那么文本的“意义”就“生成”出来，产生有效的效果，意味着对时代的“问题”给出了有意义的回答。因此，这种效果意义既不是我们主观阐释的效果，也不完全是作者文本的原意，而是文本蕴含的“无限”意义在当下的“呈现”，因而是以“有限”、“有效”且“确定”的形式实现其自身意义生成的存在方式。而讨论自然科学和精神科学的关系非常重要。直接借用自然科学的方法来规定阐释学时，必须十分谨慎。阐释学作为哲学有其自身的使命，它的方法论是基于存在论之上，而不是基于实验科学给出的“经验事实”。文本和阐释的有限性与无限性，都是指语言所表达的既有限也无限的意义。而语言共同体，本质上是一个精神共同体，塑造着具有共识性的理解和阐释。只有在精神共同体中达成的相互承认的意义理解，才具有规范的有效性，这就是公共理性的基础。而我们理解任何一个文本都要有一个“问题史”的梳理，找到其意义变化的有效性，从而解决今天的问题。解决不同阐释间的冲突，只有借助于对问题本身的理解，才有可能获得确定性的意义。

从“构建当代中国阐释学的核心问题与关键思路”看，曾军认为，可以先给“阐释”做一个描述性定义，以便圈定讨论问题的范围。他把阐释描述为“人对意义的一种追求活动”。关于构建当代中国阐释学，他的建议是：首先需要有一个直面阐释问题本身、超越不同类型阐释的“元阐释学”的基本判断；然后可以进一步扩展不同类型的阐释学，比如“文学阐释学”等。我们需要立足于作为社会关系总和的人，同时兼顾作为个体的人和作为民族、种族意义上的人的不同层面，进入人类意义阐释的一个历史公共性、具体性和文明复杂性的过程中进行讨论。在方法和手段上，他认为科技和人文并不排斥，而是相互融合的。

成祖明指出，现代阐释学从一开始就是现代科学认识论的一部分。虽然阐释学重点在于对意义的理解，自然科学研究方法的重点在对规律的说明，但在主体科学意识、起点和原则上是相通的——都是主体从寻求一个自明或坚实起点出发对对象或存在的科学认知和阐释活动。人存在着主体间性，从认识论的角度说，我们彼此之间是可以理解的，这就提供了公共性的坚实基础。阐释被公共理性接受的同时又受到公共理性的制约，就产生了阐释的边界和限度，而在边界限度内阐释则表现出开放性和无限性。历史阐释追求真相和客观性，虽然可能不能达及真相，但能够接近真相或呈现真相的一些面相。科学性原则更容易被公共理性接受，并将公共理性自身扩展。按照科学原则发展建立阐释学方法和理论是现代阐释学的应有之义，阐释学需要发展出自己的科学理论，也需要与其他学科的理论进行交叉和融合。未来的中国阐释学就是一个从中国视域出发，遵循科学原则，不断创新，多学科共建的阐释科学理论体系。

李红岩表示，阐释学是一种思想形式研究。张江所从事的阐释学研究与建构，就是在揭示思维规律的基础上，试图确立当代中国阐释学的形式规则。过去，在直接反映论影响下，我们对于主客之间的关系、主体间性的意蕴、主体内部的种种关系的认识带有机械唯物主义的特征，从而导致了历史认识论方面的简单化倾向。但反映论本身并没有错，坚持历史的客观性、历史认识的确定性同样没有错。反映论与客观性概念并没有被颠覆。人类的创造同样是历史的客观性内容，历史唯物主义对于人类创造历史的积极性、主动性、目的性，同样给予充分肯定和揭示。历史阐释研究离不开上述大框架，只有从上述大框架出发，才能达到对历史客观性真实而又辩证的认识。

除了《探索与争鸣》的专栏论文外，许多学者也撰文参与到对该话题的研讨中。如陈嘉映的《谈谈阐释学中的几个常用概念》（《哲学研究》2020 年第 4 期）提出，近代阐释学倾向于把概念从它们从前比较确定的用法那里松解开来，但有些论者把阐释等同于对话，把对话等同于读后感，反而掩盖了原始洞见；其实形形色色的参与并不都可以适当地称作阐释。阐释的目标是帮助读者理解原文本；质疑、反驳、生发新论，都可能帮助我们更好地理解原文本，然而这不是它们的目标。在阐释学发展的当今阶段，应当注意把阐释叫阐释，把阐发叫阐发，把对话叫对话，让诠注、阐释、对话、误读这些概念各归本己。只有当一个概念限制在它自身的意义之中得到使用，概念之间的联系才会富有活力。

（五）中国问题与中国学派研究

文艺理论的“中国问题”始终是海内外学者关注的重要论题。如“文明互鉴与对话：文艺理论的中国问题”研讨会希望从文艺理论领域出发，追问思想史、大历史、现代性以及普世理念与特殊论诸问题；发现中国问题的缘起、症候、表征及其后果。该会议于 2020 年发表了一组笔谈，包括刘康的《对话与反思：理论的中国问题》，王宁的《西方文论的幽灵：中国文论话语建构之我见》，李松、吴婧的《华语语系文学：后殖民主义的中国问题》［均载《湖北大学学报》（哲学社会科学版）2020 年第 3 期］。

其中，刘康梳理了学者们围绕会议主题展开的讨论——西方理论与中国的关系、中国古代文论的现代转换问题等，并认为，提出理论（或西方理论）的中国问题这个学术命题，其目的是以文明互鉴与对话作为方法，去考察世界中的中国与世界中的其他文明传统的融合与互动关系。从思想史的分析方法、学术范式的反思出发，这有助于超越中西二元模式的思维定式。在分析框架上，将中国视为“世界的中国”这种互动模式，而非“世界与中国”这种对立关系，有助于在追问思想史、大历史、现代性等问题的基础上进一步思考普世理念与特殊论等更广泛的问题。此外，刘康的《西方理论的中国问题：兼论研究方法、古代文论的现代转换》［《武汉大学学报》（哲学社会科学版）2020 年第 5 期］、《西方理论的中国问题：中国文艺理论与政策的谱系学思考》（《文艺争鸣》2020 年第 5 期）也同样针对前述几个重大问题进行了研讨。在《西方理论的中国问题》中，刘康力图超越中西二元划分思维，把中国置于世界的大环境中加以思考。第一，该文把中国问题视为西方理论之中的内在问题；第二，在全球民族主义情绪高涨的时刻，强调“世界的中国”这一不可分隔的关系；第三，在方法上，强调历史和元批评的角度，不仅思考西方理论的中国问题的角度，也强调自我反思的角度。该文指出，西方启蒙运动以来将自身的理论看作普遍理性和真理观的代名词、现代性思想的基石，从而产生了“西方理论的中国化”这一单向的传播与接受，但“西方理论的中国问题”这个命题就是要质疑“（西方）理论”所蕴含的本质论、普世论和真理观的基本预设，包括种种内在与外在、内容（对象）与形式（方法）的关系。该文还指出，学界认为西方文论的流行与中国文论界的失语症、强迫症等各种“阐释的焦虑”有着因果关联，而对西方文论大加讨伐，这是21世纪以来中国学界西方理论话语流行的一体两面的另一面；不过这种讨伐的学理支撑堪疑，多有焦虑情绪宣泄与政治表态性质。而在文学学界之外，中国马克思主义理论研究、哲学和思想史等学科近年来有许多有价值的专著和论文问世。理论的中国问题之一是西方理论与中国问题双向重读和重置，国际思想界知识界对其中不断涌现的大量问题充满兴趣，中国学者应当仁不让地思考这些问题，与国际知识界展开对话。

李松的《中国现代文学研究的范式危机：美国学界的论争及其反思》［《武汉大学学报》（哲学社会科学版）2020年第5期］回顾了1993年《近代中国》杂志围绕文学范式危机展开的争论，分析其中展现的不同族裔、专业、立场与学术传统的学者对于如何阐释中国、如何理解文学的政治属性、如何在解构之后再重构文学理论新范式的思考。该文在分析范式危机理论背景的前提之下，梳理应对这一危机的可能出路。该文认为，20世纪80年代以来，欧洲和北美学界在人文与社会科学领域掀起的理论革命强烈冲击了原有的文学研究模式，深刻影响了人文学术的版图以及学术体制的变革。1993年刘康等学者在美国《近代中国》杂志发起的关于中国现代文学研究范式危机的论争，集中反映了美国的中国学内部的方法论冲突以及人文学科之间的断裂与调整。该文回顾了刘康对夏志清、李欧梵、普实克等的学术批评，指出其反映了比较文学与中国现代文学之间方法论的学科分歧，也分析了杜迈克对刘康的回应。该文认为，全球化背景下亟须被重新确定本质的中国现代文学，及其与西方理论话语的关系，构成了这场争论的张力和焦点。阐释中国文学的焦虑以及运用何种西方理论进行阐释的困惑，始终萦绕在美国的中国现代文学研究者的心头。作者认为，杜迈克、林培瑞、张隆溪等学者围绕理论和文学的本质问题、“第三世界的文学和理论”等问题的讨论在今天依然需要被正视并重新解决，如文学批评与个人体验、林培瑞对批评理论的反思与批判等值得关注。

而在文学理论创新与文学研究实践方面，时胜勋的《中国文论话语创新：从话语体裁到知识生态》（《文艺争鸣》2020年第7期）对文论话语本身的文体问题进行了探索。该文通过对文论话语体裁的梳理，探讨了文论知识生态本身所遭遇的危机，意在表明中国文论创新需要有一个对话语机制的反思。该文将文论话语体裁分为15个类别：论文体、论著体、项目体、教材体、书评体、综述体、史论体、词典体、提要体、译介体、讲说体、对话体、辩驳体、召议体、诗文体，并提出其中论文、论著、史论、项目是目前最重要的四种文体。面对中国当代文论不断强调创新却单一的话语，该文的分类提供了一种新的思路，有利于打造更良好的文论话语生态，帮助中国文论的发展。

高楠的《对中国百年文学理论两道褶痕的理论思考》（《中国文学研究》2020年第4期）用“两道褶痕”这一比喻来说明中国文学理论百年发展中的历史顿挫：辛亥革命推翻帝制引发的文学理论否定传统的事件、20世纪70年代的文学理论与社会政治划分域界的事件。该文认为，这两道褶痕都由与国体命运密切相关的社会政治事件引发，这表明中国文论界群体性的政治依附心态；这一群体也具有取鉴西方而图新的历史心态。该文认为，“两道褶痕”的理论启示在于对传统的否定往往造成族体与国体的理论性否定，由此形成的理论自体褶痕是西论得以律中的理论原因。中国传统文论拥有自己严密的体系性；而对传统的批判否定不能是丢弃传统，而应是积极延续传统。

高玉的《文学理论与中国现当代文学研究》（《社会科学》2020 年第 2 期）论述了文学理论和现当代文学作为理论和实践不可分割的辩证关系。该文认为文学理论和中国现当代文学研究表面上相互独立，但在学术实践中难以分开，具有辩证统一的关系。该文以鲁迅的相关研究等为例，展现了西方理论给中国现代、当代文学研究带来的创新与活力。该文指出，21 世纪以来中国现当代文学研究中的文学理论越来越弱化，史料的发掘和甄别等现实材料的搜集整理则得到了越来越多的重视。虽然中国现当代文学的研究确实应该从材料出发，而在研究中运用西方理论确实产生了不少问题，如理论先行使得文学文本变成了理论的印证，但摒弃理论同样给学术研究带来了诸多问题。如由于不重视理论，缺少哲学、历史、文化学等方面的理论深度，研究变得越来越平面化，造就了大量对现象的描述、资料的堆叠、内容的集成，观点上却是老调重弹。该文表达了对现当代文学研究中弱化理论、过于重视材料整合的倾向的担忧。杨辉的《中国当代文学研究中的“古典转向”》（《文艺争鸣》2020 年第 10 期）探究了在五四新文学将中国文学传统割裂之后，20 世纪 80 年代的学者如何开始重新接续，并在中国当代文学研究中形成了“古典转向”。该文认为这一古典转向面临的最大问题在于，如何超克奠基于五四所开启的文化的古今中西之争所形塑的文学史观念的基本模式，超越今胜于古、西胜于中的单向度模式。

而在中国比较诗学、文学与中国学派的发展历史与前景方面，曹顺庆、陈思宇的《70 年来我国比较诗学研究的得与失》（《英语研究》第 11 辑）梳理了近 70 年来中国比较诗学研究的阶段性特点、取得的成绩、尚待解决的问题与发展前路等。该文指出，这 70 年大致可以分为前学科时期、学科创立时期、巩固时期、拓展时期与深化时期：从 1949 年前学科时期的沉寂，到 1979—1989 年比较诗学学科的创立，到 1990—1999 年比较诗学学科的体系性完善，再到 2000—2009 年呈现出来的百家争鸣、百花齐放局面，最后到 2010—2019 年在世界范围内具有了话语权的成就。文章总结了中国学者经历了建立比较诗学学科的筚路蓝缕与艰辛，终于迎来了繁盛的局面。同时，当下的比较诗学学科仍有一定缺失：一是平行类比研究多而诗学影响关系研究少，二是片面求同而缺乏对变异和差异的关注。

李伟昉的《文化自信与比较文学中国学派的创建》（《中国社会科学》2020 年第 9 期）指出，创建比较文学中国学派既是学科自身发展的需要，又是历史逻辑的必然，这代表着一个国家的学术创新能力和文化自觉程度，也体现了中国学者为世界学术做出贡献的远大志向。回顾比较文学中国学派 40 年来的发展历程不难发现，中国学派理论的形成与发展都是在激烈的争论中实现的，争论孕育着创新，创新又伴随着质疑，循序渐进，不断突破。对跨文化研究和阐发研究等核心问题的争论，是中国比较文学发展进程中最引人注目、最持久的焦点。该文认为，建立中国学派首先是看能否开辟、拓展出属于自己的、新的特色研究领域，并不一定要提供独特的方法。从对阐发研究的争论看，存在过度纠结于方法独特性的倾向，流露出学者们对追寻学派独特方法论的焦虑与渴望。但方法的使用不在于是否具有独特性，而在于所选用的方法与所解决的问题之间是否存在适应性和融合度，是否对解决问题切实有效。客观辩证地审视跨文化研究和阐发研究，正视已取得的成就和存在的不足，既有利于中国学派可持续健康发展，又对其他人文社会科学学科的建设与发展具有借鉴意义。而纪建勋的《走向世界文学的国际比较文学中国学派》（《社会科学战线》2020年第7期）回顾了20世纪90年代学界关注的、今天仍具有重要意义的热点问题："越是民族的越是世界"，借此厘清走向世界文学的国际比较文学中国学派的学术空间。该文回顾了《外国文学评论》在1994年推出的"外国文学研究方向与方法探讨"专题；梳理了中国比较文学与外国文学的发展并界定"三个阶段"的划分及其意义，明晰"第三阶段"中国比较文学的使命及其挑战。该文认为，当今国际比较文学中国学派必定会直面"世界文学难题"，并在文化间性的游走中激发出有益于国际比较文学发展、有价值的问题意识与独特的研究方法。苏晖的《比较文学与世界文学理论和方法研究与中国话语建构》（《华中学术》2020年第4期）则指出，中国的比较文学与世界文学理论和方法研究越来越致力于中国学术话语体系的建构，尤其在比较文学变异学、世界诗学理论、文学伦理学批评、"双重叙事进程"理论、比较视野中的中国叙事学研究、外国文学中国化进程研究、文学经典的生成与传播研究、马克思主义文学理论与批评、中国视角下的西方文论研究以及中国外国文学学术史研究等方面，为中国特色的文学理论建构与话语转型做出了重要贡献。

此外，关于中国学派、中国文论的自身建构与如何"走出去"的问题，陶国山的《从"失语"到"走出去"：中国文论的当代建构与影响》、胡友峰的《重建本文诗学：中国文论走出去的路径与方法》（均载《中国文学批评》2020年第2期）及任淑坤的《中国文学"走出去"的传播路径和影响因素》［《河北大学学报》（哲学社会科学版）2020年第3期］等均提出了对具体的建构思路与传播路径的设想。

（六）中外诗学与汉学研究

2020年度学界对海外汉学及诗学关系的探索，关注了总体诗学的构建、中国文论的重要概念、经典著作等在海外的接受和理解，以及海外学界对中国文学史的书写等方面。

在构想跨文明的"东方诗学"方面，王向远的《"味"论与东方共同诗学》（《社会科学研究》2020年第2期）提出，"东方诗学"的建立需要突破国别研究的界限，探寻东亚、南亚、西亚三个区域诗歌系统的形成机制，在此基础上对各自的诗学概念加以相互比较、相互阐发，提炼出最能凸显各自特点、又共通使用的基本概念或核心概念。该文认为，从风格上看，南亚诗歌以浓艳、繁复为美，西亚诗歌以激昂、夸饰、张扬为宗，东亚诗歌则以冲淡、含蓄、清雅为上。另外，东亚诗歌有"书写中心主义"，南亚诗歌有"吟诵中心主义"，西亚诗歌系统对口头传诵与文字书写同样注重。东亚、南亚、西亚三大诗歌系统的异同造成了其诗学的不同风貌。该文以"庄严"与"韵意"

两个概念统括南亚诗学，“风”与“气”的概念流贯东亚诗学，“对比”与“律动”的概念贯穿西亚诗学；以“味”这个共用诗学范畴为纽带，认为南亚、东亚、西亚三个区域诗学形成了三元一体的“东方共同诗学”。而在“味”的浓度上，西亚、南亚诗学主张浓烈之“味”，而东亚则推崇“清淡”乃至“无味之味”；在“味”的嗜好上，西亚诗学偏于咸味，印度诗学偏于甜味，而东亚诗学则由“淡味”进而偏于“茶味”那样的“涩味”与“苦味”。而陶家俊的《钱锺书〈谈艺录〉中的中西诗学共同体意识》（《外国语文》2020 年第 2 期）则从比较诗学视角聚焦钱锺书《谈艺录》中的中西诗学共同体意识及其文明精神面向。该文重点分析了《谈艺录》的中西比较诗学体系、历时诗学论、本体诗学论、钱锺书批评意识的精神面向，揭示了《谈艺录》秉持的诗学认识论公理：异类互补、异中证同；彰显了《谈艺录》表征的异质多元诗学和异质多元文明认知模式；反思了现代批评意识的内在张力，即精神化运动与文化物质实践，不同文明之间知识、观念、审美品位等的迁徙流动，传播变异与跨文化的文化物质实践之间的张力；等等。

在中国文论的重要概念、作品在海外的接受、理解、阐释等方面，姚爱斌的《从“文章整体”到“语言形式”——中国古代文体观的日本接受及语义转化》（《文学评论》2020 年第 3 期）探索了中国古代文体观在日本的接受及语义转化。该文认为，汉魏时期出现的以“体”论文现象和“文体”概念，标志着论文重点开始从文章的外在功用转向文章自身，转向文章的内部关系。但在古代文体论的现代阐释中，出现了多种误读和“偏差”，一是未能把握文章整体存在的内涵，二是误把整体性的“体”概念切分成“体裁”和“风格”，三是把文体特征和构成因素当作“文体”本身。在古代汉语中，“文体”概念是对“文”概念的进一步发展，蕴含着一个从偏重符号、形式等外饰功能到文章本体自觉的观念发展过程。而在日语中，“文体”被还原为“文”的内涵，使得本体重新符号化、形式化。日本学界普遍以“文体”译“style”，而日语“文体”概念与同样以“语言表达方式”为基本规定的西方 style 概念，在内涵上高度契合，源自汉语的“文体”一词的语义由此完成了第二次形式化、符号化和工具化。在日本近代以“言文一致”为目标的“文体改良”运动中，日语“文体”一词获得了更加本土化的运用，并成为各种理论话语的核心概念。总体来说，日语化的“文体”一词在明治以后日本近代西学引进和“国语”建构过程中，使用非常广泛，成为相关理论话语的一个基本概念。无论是作为 style 的日语译词用以表示不同类型、具有不同特征的语言表达方式，还是用来指称日语中存在的具有不同来源的多种形式的语言文字，日语“文体”一词的基本内涵都与一般文章或文学作品的语言形式紧密相关，成为一个描述语言形式及其特征的理论范畴，失去了其在传统汉语中的基本语义。

宋莉华则在《中国古代“小说”概念的中西对接》（《文学评论》2020 年第 1 期）中探索了中国“小说”概念的中西对接与变化。18 世纪初到 19 世纪中期，中国古代小说开始在欧洲流传，“romance”是“小说”的主要对译语。19 世纪上半叶，随着“novel”这一新的现代文类的兴起，西方汉学界也逐渐用“novel”代替“romance”作为“小说”的主要对译语。“novel”指虚构叙事作品，描写现代社会普通人的生活故事，与“romance”相区别。尽管西人越来越趋于以“novel”对译“小说”，但它并没有完全取代“romance”成为唯一的对译语，而“小说”一词在中国延续久远。西人通过对小说进行逻辑分层，并运用多种术语对应小说的诸多亚文类来实现二者的中西对接，以此构成了“小说”术语的重建。20 世纪初，“小说”也在中国逐渐取代了“说部”等传统术语。早期西方以“romance”指代中国白话小说，随着汉学发展，文言小说、翻译小说也被纳入“小说”范畴，小说变为用散文写作的叙事文类的通用术语。自先秦两汉以来，“小道观”制约着中国的小说创作和理论发展；而“小说”与西方学术语对接后，小说的文学地位及其虚构性的现代文体内涵得到了确认和强化。“小说”作为现代文学术语，经过移植重建，古今转换才最终得以完成。在汉学中，与“小说”对应的西方术语的内涵和外延较之其古典渊源发生巨大改变，而“小说”则吐故纳新，生成为现代学术新语。朱振武、郭然的《中英小说的源起比较与阅读机制的变迁考论》［《上海大学学报》（社会科学版）2020 年第 2 期］考证了小说文体在中英两国的演变史，揭示了小说文体从贵族群体娱乐活动到市民阶级消费品，到中产阶级精英审美产物，再到回归传统叙事的共性演变。

闫月珍的《陆机〈文赋〉在美国的流传与影响》（《江西社会科学》2020 年第 5 期）则讨论了陆机的《文赋》在美国的流传及其影响。自 20 世纪四五十年代以来，海外汉学界对《文赋》投入了相当精力，并取得可观的成就。1948 年，加州大学伯克莱分校东方语言文学系的陈世骧对《文赋》进行了英译。1951 年，加利福尼亚大学的修中诚出版了《文赋》的另一个英译本。在 1951—1954 年间还出现了方志彤、麦克利什、海陶玮和刘若愚等人的书评。1951 年出版的另一个英译本为哈佛大学东亚系的方志彤所作，刊登在《哈佛亚洲研究学报》。陈世骧和方志彤的英译本受到海外学界的关注和认可。此外，《文赋》被理解的过程渗透于现代主义诗人对中国文化的思考，如从《诗歌与经验》的作者麦克利什的评论可以看出他是以意象主义的方式来解读《文赋》的。《陆机〈文赋〉在美国的流传与影响》表示，美国汉学界对《文赋》进行理论阐释，尝试通过中西比较的方法对《文赋》所蕴含的理论价值进行研究，探讨《文赋》体现出的中国抒情传统、悖论诗学、非虚构传统，以试图概括中国诗学传统，实现他们的理论建构。而美国汉学界以前述的三种阐释方式解读《文赋》，与 20 世纪下半期以来的“平行研究”潮流直接相关。但是，阐释学方法在比较研究中运用二分法以彰显“中国性”，却也相应地遮蔽了中国问题的复杂性。

谷鹏飞的《阐释的记忆与技艺——〈文心雕龙〉在美国汉学界的“中国性”与“世界性”问题》（《文学评论》2020 年第 1 期）则探索了另一部重要文论巨著《文心雕龙》在 20 世纪美国汉学界的传播与研究情况。该文认为，美国在 20 世纪 50 年代后逐渐成为国际汉学的研究中心，而美国文学批评在 20 世纪 60 年代后对阐释学格外倚重，为《文心雕龙》在美国重建自我身份提供了新的阐释契机。《文心雕龙》作为边缘文学文本于 50 年代正式进入美国文学批评空间，是美国文学通过“非我”的交流肯诺，建构异域空间的“经典”自我、获得象征性的“经典”身份表达的结果。《文心雕龙》在 70 年代后能够持续受到美国文学批评界的关注，亦是美国文学批评建构“世界文学批评”的需要——其吸纳了部分尚处于世界文学批评空间边缘、但具有“文学创新”价值的“少数”文学批评。从60年代起，美国汉学家在研究取向上转而强调汉学文本的历史语境与文学现场。汉学界通过语境还原与互文诠证，重建《文心雕龙》的“中国性”文学身份；而《文心雕龙》“世界性”身份建构，则是通过将《文心雕龙》置于美国当代的现实文学批评空间中，实现源文本与美国文学批评的互文阐释。该文还强调，当一部分美籍汉学家利用现代西方文学批评的研究框架与阐释技艺来对《文心雕龙》进行阐释时，不能简单理解为后殖民主义式的削足适履、西方中心主义的强制修辞策略，而应理解为本土文本在跨文化传播中进行身份重估与经典重构的必要技艺、中国文学经典重新走向世界的一种阐释学遭遇。而秦中书的《中国古代文论的英译阐释与中西诗学会通——以〈二十四诗品〉英译研究为例》（《广东外语外贸大学学报》2020年第1期）、戴文静的《现代阐释学视角下中国文论外译研究——以〈文心雕龙〉三个英译本为例》（《北京第二外国语学院学报》2020年第6期）分别通过对比探讨了《二十四诗品》和《文心雕龙》的英译情况等。

杨莉馨、白薇臻的《论汉学家之于英美现代主义运动的意义——以阿瑟·韦利为例》（《中国比较文学》2020年第4期）以20世纪英国汉学家阿瑟·韦利为中心，探讨其汉学译介对英美现代主义运动的助推作用。韦利的翻译理念和实践与西方反思启蒙现代性的美学现代性相互依存，体现出鲜明的革新色彩和现代特征，因而其汉学研究既深受英美现代主义影响，又为其发展提供了来自异域的鲜活资源。韦利对中国道家哲学的重视，对中国诗文中人与自然和谐境界的赞美，促进了英美现代主义运动在价值层面的新追求。此外，美学现代主义除了从道家、佛教禅宗等观念中汲取滋养以强调感性的回归、天性的舒展，努力将主体从现代社会的异化状态中拯救出来的价值取向之外，还高度强调艺术审美的独立性。现代主义者的形式美学追求，是美学现代性追求的自然延伸——这一方面其同样在韦利的汉学译介中获得了滋养。韦利重点阐释了公元6世纪中国南朝齐梁之间的画家兼理论家谢赫在《画品》中提出的绘画“六法”；“六法”之首法为“气韵生动”。而通过对该美学原则的阐发，韦利推崇并强调了“精神”在文学艺术中的核心地位。韦利对中国艺术美学的阐发，为弗莱的现代主义美学探索提供了重要的理论支持，对“布鲁姆斯伯里团体”成员摒弃物质主义的精神主义追求，亦形成了强大的声援。此外，谢云开的《论宇文所安对杜甫诗的译介与研究》（《中国比较文学》2020年第3期）则以宇文所安的《杜甫诗》及其相关研究著作为对象，从比较诗学的视野出发，结合中国文学传统，对跨文化语境下宇文所安的杜诗译介与研究进行讨论。该文辨析宇文所安对杜甫诗人形象的解读与阐释，考察宇文所安在译介与研究中对杜诗历史性的呈现，对宇文所安兼有“诗”“史”性质的译介与研究做出综合评价，并借此发现杜诗作为世界文学经典在跨文化语境中的张力。

在考察海外的中国文学史方面，周睿的《他者视野下的两部域外中国文学史书写——〈哥伦比亚中国文学史〉与〈剑桥中国文学史〉对比研究》（《国际汉学》2020年第2期）对照了《哥伦比亚中国文学史》和《剑桥中国文学史》。该文认为二史在域外中国文学书写史上的特殊地位：具有时段通史性、文类并包性、接受普及性。该文从编者学养、读者受众、文化视野、历史细节、解构精神、多元聚焦等方面考察了二史的中国文学史观，指出了一些问题。第一，《哥史》仍然以文类为纲，篇幅难以统一，且每一文类都要经历一次回溯；《剑史》则坚持以时代为纲，并在某种程度上逆转了文学史书写重古轻近的传统思维模式，说唱文学也被置于口头文学的发展脉络中予以独立考察。第二，《哥史》团队有多达45位学者，风格难以统一；《剑史》团队精简，在沟通上较为通畅，撰稿人在写作过程中不断地互相参照，成书更为连贯。第三，《哥史》对中国文学传统的把握略显落伍；《剑史》则相对积极地把握了海外中国研究的发展趋势，如全书采用汉语拼音拼写中国文学专名术语。而左安秋的《关于顾彬〈二十世纪中国文学史〉若干史实的辨析》[《福建论坛》（人文社会科学版）2020年第1期]一文指出了德国著名汉学家顾彬教授的《二十世纪中国文学史》中的若干史实错误。庄佩娜的《文学史分期再思考——从剑桥版〈中国文学史〉谈起》（《社会科学论坛》2020年第3期）则以剑桥版《中国文学史》分期为例，指出文学史的建构性确保了文学史分期的必然性和必要性，引出了划分文学时期的多样性和复杂性，由此也间接证明了各种分期方法的不足和欠缺，没有完美的分期方式。该文认为文学史的分期应该体现以文学为主的特点，以文学形式的嬗变为依据进行划分，但这并非否认外在因素的影响，而是应找到合适的中介如语言，以探寻此种外在因素是如何内化成文学形式的发展与变化、文学形式又是如何通过语言反作用于外在因素的。

《深圳大学学报》（人文社会科学版）在2020年第6期组织了关于《海外中国现代文学批评专题》的讨论专栏，选录了韩晗的《从预设立场到内在超越：海外中国文学研究中“现代性”范式嬗变及多元面向》、苏文健的《审美之维与海外华人学者中国现代文学研究的诗学取径》、沈一帆的《从“文类研究”到“文化政治”：“中国抒情传统”论述的典范建构及话语更迭》。专题主持人李凤亮表示，学界对于现代性、世界性、中国性、审美性等核心理论的持久兴趣和探问，可视为西方理论在海外中国现代文学研究的自我建构史上留下的印记。而前述三篇文章注意到了审美性与政治性的纠葛在海外中国现代文学研究中的主线意义，而二者势力的消长和对话，又与20世纪西方文学理论的自身演进构成一种隐秘的呼应关系——由文学研究走向文化政治；三文皆显示出对海外华人学者中国现代文学/文论研究的某一面向或论域展开“再历史化”考察的一种自觉——这不仅意味着这一日渐成熟的学术传统逐步“学科化”和“学术史化”，也反映出将其纳入20世纪中国现代文学研究的“整体过程”加以理解的迫切需求。

（七）跨学科研究

跨学科研究也是比较文学和比较诗学界长期关注的重要主题。而在当代“新文科”建设与发展的大背景下，这一论题更显示出其独特的重要性。蒋承勇的《跨学科互涉与文学研究方法创新》（《外国文学研究》2020年第3期）思考了从学科间性出发，多学科对话给文学研究方法带来的创新。该文认为，文学研究中表现出的对跨学科研究的热衷，背后反映出的是对文学研究方法创新的渴望。文学研究的“方法论”热给文学跨学科研究带来的影响大致有三点：一、文学研究方法由单一社会学向美学、心理学、人类学、历史学等多元层面拓展；二、除了人文学科之间的跨学科互动，自然科学对于文学研究的影响也正在逐步显现；三、比较文学研究的兴起加速了跨学科研究的发展。当然，跨学科互涉也给文学学科带来的危机，部分学者过度运用非文学学科的理论来研究文学，丧失了文学研究的自我立场，文学研究被“异化”后蜕变为非文学的研究。然而，文学研究虽然要坚守审美意义上的“文学性”，但不应因此囿于审美性的规设而无视文学与其他学科之间存在的“学科间性”，拒斥多学科互涉与对话。即便是在现代学术体制背景下学科分工愈趋细致、完善的条件下，文学研究也应该依旧坚守知识生产的多学科综合性和研究方法的丰富多样性。文学研究不仅永远离不开学科间性基础上的跨学科互涉与对话，而且这种跨学科乃至“超学科”研究的不断提升、拓展与深化，正是“网络化—全球化”时代中外文学研究观念与方法创新的一种重要途径。江玉琴、周小玲的《论比较文学跨学科研究的问题与可能路径》（《江西科技师范大学学报》2020年第1期）也在梳理比较文学跨学科研究发展历程的基础上，提出通过“聚焦文学问题”和“注重整体思维”来实现和完善比较文学的跨学科研究。

詹悦兰的《比较文学视域中的跨媒介研究——美国比较文学的一个文献学考察》梳理了比较文学美国学派在文学与其他艺术门类的关系研究方面的具体贡献。韦勒克和沃伦的《文学理论》中的“文学与其他艺术”一章奠定了美国学派比较艺术研究的基石。从重要期刊如《比较文学》《比较文学研究》《比较文学家》等所发表的文章来看，文学与其他艺术的比较研究主要表现在文学与音乐、“艺格敷词”专题、文学与绘画、文学与建筑、文学与电影、文学与多种视觉艺术等方面。其中文学与音乐、绘画的比较研究出现时间最早，关注度也一直很高；此外，文学与多种视觉艺术或其他多门艺术的综合比较也占了相当的比重，并且突破了单一对比的比较模式。该文认为中国传统文学和艺术理论以及美学中存在着大量跨媒介艺术研究的资源，但我国的比较文学知识生产中对该研究领域有所忽略，学界可以在这一领域为中国比较文学做出新贡献。

周宪的《说不尽的“拉奥孔”——文学与其他艺术关系史的一个考察》利用著名的文艺论题“拉奥孔”来梳理和考察了文学与其他艺术的关系。该文聚焦于拉奥孔的三个经典文本，分别解析了拉奥孔讨论中的三种不同话语：莱辛《拉奥孔》中“诗画分界”的古典话语，白璧德《新拉奥孔》中各门艺术融合的浪漫主义话语，以及格林伯格“走向更新的拉奥孔”中“告别文学”的现代主义话语。该文认为，莱辛的古典话语是一种文学优越论的理论；白璧德的浪漫主义话语在各门艺术平等关系中凸显音乐至上说；而格林伯格的“走向更新的拉奥孔”是对现代主义中的抽象表现主义绘画的形式主义美学合法化的证明。文学在西方美学和文学理论话语中从中心走向平等的一员，反映出各门艺术复杂的关系史，以及社会文化变迁对理解各门艺术及其关系的影响。

欧荣的《语词博物馆：当代欧美跨艺术诗学概述》［《上海交通大学学报》（哲学社会科学版）2020年第4期］同样探讨了诗学的跨艺术性和“艺格符换”这一重要概念。该文认为，诗歌从诞生之日起就与其他艺术密不可分。可以说诗歌的本质便是跨艺术的，诗学的本质也是跨艺术的。跨艺术诗学在20世纪60年代兴起，90年代发展为一门显学，其核心概念“艺格符换”一直是研究热点。“艺格符换”源于希腊语“ekphrazein”，意为“说出来”，是一种修辞手段。20世纪中后期，学界对“艺格符换”的讨论不再限于修辞学研究，而是将其放到更广阔的跨艺术诗学的语境中考察。“艺格符换”经历了从修辞学用语到诗歌体裁，进而到文艺批评术语的演变。“艺格符换”作为西方当代文艺批评的核心概念，在美国现代派诗歌批评领域研究成果非常丰富，而我国的欧美跨艺术诗学研究还比较薄弱，跨媒介、跨艺术研究还处于起步阶段。该文勾勒了一幅当代跨艺术诗学的图景，以供后来者在具体的研究领域深入探究。欧荣的另一篇文章《〈缪斯之艺〉：奥尔布赖特的跨艺术诗学研究》（《外国文学》2020年第3期）则具体介绍了跨艺术领域的重要学者奥尔布赖特的《缪斯之艺：泛美学研究》。该文认为，《缪斯之艺》对跨艺术诗学进行了哲学性思考，探究了艺术的核心问题，包括艺术的本质、功能、起源与结局，以及艺术品的意义。该书既阐释了文学、绘画、音乐等各门艺术的独特性，也论证了艺术之间的共通性和相互转换的可能，对比较文学、艺术史和跨艺术诗学研究有重要的参考价值。

另外，聂珍钊的《文学伦理学批评的价值选择与理论建构》（《中国社会科学》2020年第10期），赵炎秋的《图像中的表象与思想——艺术视野下的文字与图像关系研究》（《文艺理论研究》2020年第1期），李维屏的《论英国文学中的命运共同体表征与跨学科研究》（《外国文学研究》2020年第3期），维尔纳·沃尔夫著、裴亚莉、闪金晴译的《文学与音乐：对跨媒介领地的一个测绘》（《中国比较文学》2020年第3期），曾巍的《跨学科视域下文学—传播学研究的三个维度》［《华中师范大学学报》（人文社会科学版）2020年第6期］，钟华、杨宇的《文学与法律：跨学科研究中的困惑、误区及理性回归》［《湘潭大学学报》（哲学社会科学版）2020年第1期］，王艳的《文学民族志的概念、方法及实践——一个跨学科的文体实验》（《青海社会科学》2020年第3期），程朝翔的《免疫、自启免疫与自启免疫共同体：文学理论与跨学科的隐喻》（《社会科学研究》2020年第6期），王书婷的《博物诗学：一种现代文学研究的跨学科视角》（《长江文艺》2020年第1期），等等，分别从文学伦理学、图文关系、文学与共同体、文学与音乐、文学—传播学、文学与法律、文学民族志、文学与生命政治、博物诗学等诸角度进行了跨学科研究的探索。

而刘琼的《艺术与科技的变奏：从机器美学到生物艺术》（《文艺理论研究》2020年第4期），李睿的《基于语料的新诗技：机器诗歌美学探源》（《外国文学动态研究》2020年第5期），韩伟的《论当下人工智能文学的审美困境》（《文艺争鸣》2020年第7期），陶锋、刘嘉敏的《文心与机芯：中国古代文论视阈下的人工智能文学》（《文艺争鸣》2020年第7期），等等，则考察了新的审美对象如人工智能文学等，思考了新审美形式的可能性及遭遇的困难等。

除此之外，杜卫的《论艺术学理论学科与文学、美学学科的关系》（《文艺研究》2020年第11期）从学科建设的角度讨论了艺术学理论作为一级学科建制之后，如何处理好自身与文学、美学的关系的问题。该文认为，艺术学理论理应注意自身与美学和传统文学理论的区分，但是文学与其他艺术门类之间有着悠久而深刻的内在联系，且中外美学理论都把文学归入艺术范畴，这是不容否认的事实。艺术学科门类、艺术学理论如果与文学“划清界限”，将是非常不合适、不可能的；艺术学理论与美学的关系同样十分密切，应把美学与艺术学理论相融合。该文认为，学科可以独立建制，知识领域和知识体系却切割不断。因此在艺术学学科门类特别是艺术学理论学科所对应的知识领域中，应当包括文学；艺术学理论学科与文艺学和美学应当是一种相互包含的关系。该文建议，艺术学理论学科应该同时可以授予艺术学和文学学位，这才合理且符合目前我国艺术学理论学科建设的现状，更加有利于人才的培养。

三　2020年度中西比较文学研究综述

梁　昭　曹　敏

中西比较文学一直是比较文学研究的重要组成部分。顾名思义，“中西”的“中”指的是中国，由于历史影响，自中国比较文学研究复兴以来，“西”主要指的是欧洲和美国。因此“中西比较文学”的“比较”主要在中国与欧美之间进行。

从总体上看，2020年度中西比较文学研究有以下特点：（1）重视中国文学与世界文学之关系，尤其重视思考中国在世界文学史中的书写。此外，2020年度还关注中国文学在海外的研究状况，了解中国文学在海外的发展动态。（2）对海外汉学家的研究更加深入全面，海外汉学家的研究不仅对我国的文学研究有借鉴意义，而且使中国文学以更活跃的姿态影响到西方文学。（3）研究的广度和深度有所提高，对戏剧、民间故事、神话等的比较研究有所推进，注重挖掘被国内学界忽视的研究点。

为了尽力勾勒中西比较文学的全貌，本综述从“中西文学总体比较研究”“中欧比较文学研究（包括中英、中德、中俄等）”“中美比较文学研究”三个方面展开。

（一）中西文学总体比较研究

中西文学总体比较研究把“西方”的文化与文学视为一个具有连续性的整体，从中西双方各自的文化结构及其相互的关系中展开文学比较与对话。

通过文学史的关键概念来展开中西比较是通行的研究范式。张隆溪《从中西文学艺术看人与自然之关系》（《文艺研究》2020年第8期）讨论了中西文学艺术中不同的自然观。无论东方还是西方，在描绘山水自然的诗文中，在山水画和风景画中，都往往把自然理想化，使之代表与城市文明很不相同的纯朴与真诚，而城市则往往是虚伪、腐化、阴谋、欺诈的场所。论文开头引《淮南子》高诱注，文字的发明将使人脱离自然之本朴而产生“诈伪”，就是这种观念比较早的表现，而自然与文明、田园与都会、乡村与城市之对比，在文学艺术中历来都是一个普遍的、永不会枯竭的主题。申丹《“隐含作者”：中国的研究及对西方的影响》（《国外文学》2019年第3期）认为，中国学者若从事外国文学研究，需要尽力扩大在国际学术界的影响。从理论研究来说，可以从两方面入手：一是发现西方学者在理论阐释上的偏误，抓住机会予以纠正。我们在向西方学界介绍中国学者的研究时，可注意扬长避短，重点介绍中国学者论述中的长处。此外，需要旗帜鲜明地剖析西方学者的错误阐释，指出正确的解读方式，以求减少不必要的批评争议，并看到相关概念当今的理论意义和应用价值。二是提出新的理论概念和研究模式。就作品阐释而言，我们要善于发现西方学者阐释中出现的偏误。此外，宋莉华《中国古代“小说”概念的中西对接》、索朗卓玛《他者与自我：东西方文化中的空行母》、项静《异邦客的“非虚构”写作与中国故事》从中西文学中的特定关键词出发，梳理其在异质中西文学文化土壤下的流变与发展。郭西安《回到什么语文学？——汉学、比较文学与作为功能的语文学》则提出要以比较文学学科的理念和方法来自觉探讨汉学的学术研究将扮演重要的中介角色，将语文学、汉学与比较文学无可回避地汇聚到了一起。

中西文论话语的对话和互释也是中西文学总体比较研究的重点。张丹丹《他者视域下中国文学的谱系构建与翻译选择——20 世纪英美五部中国文学史集考察》考察了他者视域下 20 世纪英语世界五部中国文学史集所呈现的中国文学谱系与翻译文本选择演变。冯伟《独白、协商、争论：当代跨文化戏曲的中外“对话”模式研究》研究了进入新时期以来，海峡两岸戏曲界出现了许多改编外国（尤其是西方）经典戏剧、挪用其戏剧形式和观念的“跨文化戏曲”。马祯妮《当代形象学视角下〈侠女奴〉汉译本研究》研究在当代比较文学形象学理论的关照下对比细读《侠女奴》的原文本与译文本，并结合译本特定的社会历史语境，对周作人在汉译本《侠女奴》中偏离原作的“异域他者形象”进行解读。李臻《试论索恩伯〈生态含混〉对东亚文学作品生态意识的揭示与误读》认为，《生态含混》对包括东亚国家文学作品所做的生态批评研究，准确地揭示了目标文本中生态意识与相关实践的复杂性和矛盾性现象。张细珍的《华人如何“自塑形象”——旅外艺术家形象认同症候考察》将 1978 年以来中国小说（仅限大陆小说）中的旅外艺术家形象作为华人的“自塑形象”，置于本土/域外、民族/世界的关系场域中进行考察，探究他们的海外身份认同问题。作为对照，也考察了中国作家如何塑造来华的国外艺术家形象。刘剑梅的《“变形”的文学变奏曲》比较了中西“变形”母题，认为“变形”具有无穷的多元的象征意味和叙述张力，即使到了后现代，仍然是一个充满创意和想象力的文学表现形式。奚密的《镌琢之名：杨牧诗中的古典希腊与罗马》指出古希腊罗马文学对诗人兼学者的杨牧有长远而深刻的影响，绝不亚于中国古典诗或西方中世纪、浪漫主义和现代主义诗歌。

近现代时期，国外文学和文论的引介对中国文学的转型和发展起到了较大影响。学者以文学思潮、理论方法、文学期刊、重要学人等为聚焦，研究国外文学与中国文化的互动关系。黄永林、邹蓓、袁渊的《我国民间文学对国外理论的借鉴与创新（1979—2000）》梳理了改革开放初期 20 年，我国民间文学领域有史以来翻译介绍的外国理论成果。曾繁亭和张照生的《“个人”与“革命”的变奏：西方浪漫主义中国百年传播省思》认为，作为西方浪漫主义内核的“个体自由”观念在本土文化土壤上始终水土不服难以落地，当为根本因由。王爽和黄光芬《王佐良与英美现代诗歌在中国的译介》研究了王佐良与英美现代主义诗歌的关系。高玉《外国文学影响研究作为现当代文学研究之方法论》认为中国现当代文学研究中，中西文学关系即“影响关系”层面的比较研究一直是重要的内容，中国现代文学作为学科确立时它就是重要的研究方向。

民国时期是中西文学文化交流的发展期，回顾民国时期的外国文学研究，能够帮助我们厘清其研究脉络。杨克敏《话语转型与民国时期的外国文学研究：以若干重要文学期刊为中心》依据中国现代文学期刊总目，从中详细梳理了各个文学期刊中外国文学研究的史料，将民国时期的外国文学研究作为独立的考察对象，以《新青年》《小说月报》《现代》《西洋文学》《时与潮文艺》等若干重要文学期刊为经线，以中国现代社会的话语嬗变为纬线，在经纬交织中呈现民国时期外国文学研究的总体风貌，阐释其在中国百年外国文学学术史上的地位与价值，并为其“正名”。杨汤琛的《晚清域外游记的现代性考察》以晚清域外游记为追溯文学演变理路之线索，从精神结构的转折、思想的流变以及游记文体的裂变等方面深入发掘了晚清域外游记的现代性元素，并细致勾勒了其文本书写存在的复杂流变。

随着全球化时代的到来和国际比较文学的“多元化转向”，歌德提出的“世界文学”似乎越来越成为现实。中国文学是世界文学的一部分，而思考中国文学与世界文学的关系就成了本年度研究的热门议题。范劲《中国文学史的世界文学起源——基于德国19世纪以来世界文学史书写的系统论考察》考察了德国19世纪以来的世界文学史书写。崔文东《青年鲁迅与德语“世界文学”——〈域外小说集〉材源考》认为，鲁迅在留学期间，不仅借助日语书刊汲取新知，也深受德语读物影响。《域外小说集》就是他吸收转化德语“世界文学”资源的典范之作。陈礼珍和大卫·达姆罗什的访谈也探讨了中国文学与世界文学的关系。达姆罗什教授捍卫了自己有关世界文学的观点，并对现今批评界试图用“全球文学”和“星球文学”取代“世界文学”的构想进行了评论。达姆罗什教授重申了他的世界文学理念和立场，修正了自己早先将世界文学视为在全球市场内一种传播与阅读模式和一种过程的主张，更加关注世界文学如何走进一个特定国家的文学市场。

除探讨中国文学与世界文学之关系外，学界也聚焦研究中国文学在海外的研究现状。中国文学在海外的译介与研究既是中国文学外传的重要代表，也是中国文化在异域被接受的最佳体现。因此，深入系统地研究中国文学在海外的译介与研究，既具有重要的学术价值，也具有重大的现实意义。张丹丹和范兴萌《英语世界中国文学史集所呈现的〈红楼梦〉》梳理了20世纪以来英语世界具有代表性和重要影响的中国文学史与文学选集中对《红楼梦》的收录、呈现情况，通过对比其编撰体裁、选文角度、译本选择、编者目的、编译思想等方面内容，从他者视域中管窥中国文学在英语世界的呈现脉络。

2020年度“英语世界的中国文学研究”取得了重大的进展。周娇燕《英语世界的茅盾研究》以英语世界中的茅盾研究为研究对象，在文本细读的基础上对英语世界中茅盾作品的译介、研究成果进行细致系统的梳理和研究，评介从西方文化的视域所解读的茅盾及其作品的译介及研究情况，进而为国内的茅盾研究乃至现当代文学研究提供参考和借鉴。鉴于异质文化话语间所存在之差异，该书在梳理和研究国外的茅盾研究成果之外，还将中国的茅盾研究及英语世界中的茅盾研究加以比较研究，探讨在中西异质文化批评话语背后的生产机制及其规律。杜萍的《〈西游记〉在英语世界的译介与传播研究》按时间顺序呈现了《西游记》英文翻译的发展情况，讲述了英文译作经由片段译文、单行本，再到英文全译本的发展轨迹，针对韦利、余国藩和詹纳尔三个译本，从跨语际、跨文化角度做出重点分析。郭恒《英语世界的中国神话研究》通过对不同时期研究特点、研究内容、特色学者以及代表性成果的梳理和探讨，试图揭开英语世界中国神话研究这一错综复杂的学术世界，结合国内相关研究进行比较分析，从而对中国神话海外研究情况进行整体的介绍和研究，其中也包括对承载了中国古代神话的主要典籍《山海经》的译介、多译本比较和研究情况的归纳和讨论。崔蕴华《欧洲藏中国明清至民国俗曲唱本研究：以英、德、法为中心》对欧洲藏中国唱本尤其是英、法、德地区的文献进行了整理与研究，其中很多地区的文献均为首次发现。任增强《英美聊斋学研究》以英美聊斋学为研究对象，采用汉学与国学双向阐释的研究思路，为我们重新认知与评价《聊斋志异》的特质及其在世界文学史以及文化交流史上的意义和价值提供一种参照与标准。孙亚鹏《追根寻源：〈韩非子〉海外传播“经过路径”中的放送者研究》通过回顾这一个半世纪以来的学术史和对放送一方的研究，大致勾勒出了《韩非子》传播的“经过路线”，从整体上掌握了《韩非子》译介的来龙去脉。戴文静《〈文心雕龙〉海外英译及其接受研究》厘清《文心雕龙》的海外英译谱系，以及借助世界最大的联机书目数据库 WorldCat，对五位《文心雕龙》的重要传译者进行考察，对他们的译介与研究实践以及效度问题作具体分析。

（二）中欧比较文学研究

1. 中英比较文学研究

2020 年度的中英比较文学研究主要聚焦在英国作家对中国作家的创作影响上，尤其重在发掘一些被学界忽视的文学现象上。张锐《威廉·莫里斯与田汉的思想转向》认为，田汉译述的《穆理斯之艺术的社会主义》一书揭示了他政治转向前的某种心路历程。田汉对莫里斯的深入研究，为田汉的思想转向提供了理论资源，也为他后来政治上的进一步左转埋下了伏笔。张静《基于同情的浪漫认同——论雪莱传记在 20 世纪 20—40 年代中国的接受》认为，在 20 世纪二三十年代的中国语境下，诗人雪莱作为浪漫的生活方式、人生态度和价值观念的代表，契合了五四新人追求自由解放和浪漫爱情的潮流，为他们追求浪漫的爱情生活提供了仿效资源。徐志摩、吴宓、于赓虞、沈从文等作家都曾被放置在“像雪莱”的人物谱系中。宛小平《朱光潜与莎士比亚——以英文博士论文〈悲剧心理学〉为中心》通过研究朱光潜英文博士学位论文《悲剧心理学》，对朱光潜与莎士比亚在悲剧上的异同进行了比较，主要讨论了朱光潜“人生艺术化”命题和莎翁悲剧的悲剧观、莎翁对“分享者”的抨击与朱光潜“冷静的回味”等方面。

汉学家对中国文学的研究，不仅加深了英国对中国文学的印象，更是让中国文学加入英美国家的现代主义运动中，体现了中国文学的价值。杨莉馨、白薇臻《论汉学家之于英美现代主义运动的意义——以阿瑟·韦利为例》考察了在汉学家与英美现代主义者之间的互动关联被低估的背景下，以 20 世纪英国汉学家阿瑟·韦利为中心，探讨其汉学译介对英美现代主义运动的助推作用。

对中英关键文本现象的平行研究有利于我们审视中英在异质文化土壤中生发出的异质之美。吴伏生《朝露与戏剧：中、英诗歌中的人生比喻及其诗学与文化意义》通过对“朝露”与“戏剧”（play）这两个具体文本现象的细微分析，去探讨文学作品如何通过其独特的语言规范来反映更加宽广的人类内心世界。张旭春的《“以诗证史”与“形而上学的慰藉”——以华兹华斯〈康伯兰的老乞丐〉为例》运用陈寅恪先生所创立的“以诗证史”研究方法对华兹华斯的名诗《康伯兰的老乞丐》中蕴含着的与18世纪英国济贫问题相关的丰富史料信息进行了研究。

中国文化西传以后，英国文学中就不断地出现有关中国的迷人想象。施晔《柳碟缘：一个中国爱情母题在英国文学中的流变》指出，柳碟缘这一具有动人力量的中国爱情母题约于18世纪西传，被陶艺家及马克·莱蒙等化用，又掺入西方神话“王子化鸟”、鸟形恋人等元素，根据集体想象再造出了一个“Chinese Fairy Tale”。杜磊《重构历史与演述文明——17世纪下半叶英国戏剧之中国书写》指出，17世纪下半叶，英国戏剧中出现中国题材和中国元素是两个方面共同作用的结果：一是17世纪的英国长期处于一个中国知识较为匮乏的状态，这是推动“中国”作为一种异域元素与英国戏剧发生交叉互动的汉学因素；二是英国戏剧自身的发展是中国题材戏剧产生的直接动力。朱振武、郭然《中英小说的源起比较与阅读机制的变迁考论》（*A Comparison of the Origin of Chinese and English Fiction and the Changes of Reading Mechanism*）认为，中国小说的源头及当下走向可以英国小说为镜鉴，在考察自身发展沿革之余，探究其与西方小说的互动交流，对于当今小说文体维新，可资借鉴。

19世纪末和20世纪初，欧洲掀起了中国文化热。不少英国作家从中国文化中寻找创作灵感和创作源泉。中国成了许多作品的背景，中国古代小说、诗歌和历史故事被再次创作。力勇《异趣·影响·意识形态——英国浪漫主义东方想象的三大研究范式》认为，英国浪漫主义文学作品对于“东方”的描述可以溯源至18世纪初，英国“东方”想象所呈现出来的分裂的、多重的特征，正是当时英国社会转型之际现代性焦虑、现代性审美对抗和现代性的世界主义等多重因素作用于浪漫派作家的结果，英国浪漫主义东方想象的多重面相在本质上是浪漫派借助异域——异质因素对西方启蒙现代性的审美批评。

2. 中法比较文学研究

中国和法国是两个有着悠久历史和灿烂文明的国度，两国文化是东西方文化的优秀代表。中法之间的文化交流成果丰硕，源远流长，文学作为文化园地的一朵奇葩，在这种文化交融和渗透中占有特殊的地位。韩亮在《从〈碧丽蒂斯之歌〉到〈古希腊恋歌〉——论李金发对法国象征主义的一次无意识接受》中研究了李金发唯一系统翻译过的诗集——19世纪末法国诗人皮埃尔·路伊斯（Pierre Louis，1870—1925）托名虚构的古希腊女诗人碧丽蒂斯所作的《碧丽蒂斯之歌》（*Les Chansons de Bilitis*，李金发译为《古希腊恋歌》），为我们深入理解诗人与法国象征主义之间的互动关系，全面辨识他的文学版图与美学资源起到了积极作用。其他的还有涂慧《罗曼·罗兰思想在民国时期的阐释演变》，王宁《启示与建构：法国文学和文化理论在中国的接受》，黄婷、刘云虹《生成与建构：凡尔纳作品在中国的百年译介》。

法国曾是海外汉学研究的中心，法国汉学家为中国文化的传播作出了巨大的贡献。萧盈盈《“兴”是象征？——从葛兰言的〈诗经〉研究说起》认为，葛兰言1919年出版的《古代中国的节庆和歌谣》参照了顾赛芬的翻译，他从对“兴”的质疑开始，通过国风研究中国古代社会生活，把法国社会学派（主要指涂尔干和莫斯）的理论创造性地用在了《诗经》解读中。宋丽娟《巴赞〈元代〉及其文学史学史价值》认为，巴赞《元代》不仅对元代典籍进行了系统的整理与著录，而且融通中西文学观念。姚达兑《凡尔纳东游记：〈十五小豪杰〉的政治书写》认为，“凡尔纳东游”至日本，在日深受欢迎，满足了日本读者对近代西方科学的期待；而“凡尔纳东游”至中国则有异于此，因为译者梁启超、罗普有着确切的翻译目的，即在于借助译本传递其国家主义观念，以求展现西方少年的勇敢智慧和独立冒险精神，激励中国读者（并不限于少年）模仿学习。

此外，在全球化的语境下系统研究中国文化和文学在国外的传播和接受已经成了中西比较文学的一个重要的研究方向，如梁海军的《传播学视域下鲁迅形象在法国的建构》。

钱林森和阿尔诺·维维昂的访谈也为我们了解中法比较文学的发展提供了新的思考。钱林森教授与维维昂先生从学术贡献、学术理想与研究视角等几个方面回顾了艾田蒲教授的学术生涯，并以其著作《中国之欧洲》为切入点，就中国形象、西方中心主义、世界文化观、比较文学方法论以及中国文学的世界文学坐标等问题进行了深入交流。

3. 中德比较文学研究

中德比较文学的交流可追溯到18世纪的歌德时代——从那时起到现在，中德展开了300年左右的文化互鉴和学术交流。早在18世纪歌德时代，经由欧洲传教士翻译介绍的中国文学作品就已经在德国流传。当时的文学家和学者，如歌德、席勒、海涅和洪堡等，都深入研究过中国文学。陈敏《弗·施莱格尔的中国观与18—19世纪之交的欧洲汉学》以19世纪初欧洲杰出的东方学者，德国早期浪漫主义文学重要奠基人弗·施莱格尔的中国观为研究对象，梳理其1802—1828年间关于中国文化的著述。采用比较文学与海外汉学相结合的研究方法，结合时代背景，阐释18、19世纪之交的欧洲汉学对施莱格尔的影响，并从宗教、哲学、语言学和道德伦理学四个方面论述其中国观。

与近年的中德比较研究一致，本年度的中德比较文学仍多聚焦于德语世界的中国文学研究。而关于“中国文学”的“文学”特性，范劲《世界文学家孔子：德国文学史系统的孔子塑造》以中国古代圣哲孔子在德国的接受为例，从当今“世界文学”的复杂体系出发，反思被西方文学系统编码的“文学”如何塑造了孔子的“文学性”，进而提出“世界文学”的应然性的问题。孔子以一种特别的方式在支撑西方的中国文学想象，帮助维系世界文学史系统。从文学理论角度来说，孔子在圣哲和文学家之间身份切换的案例证明：文学是一个功能系统，能够制造文学现象，实现非文学和文学的范畴转化。从启蒙时代至今，孔子符号在德国参与了社会整体系统、“文学”部分系统、汉学家专门的中国文学交流系统的发展运作，每个系统都有自己的专门需求，它们之间的不对称关系和交互作用也造成孔子在世界文学场域的命运沉浮。如果说范劲揭示了西方近代“文学”话语误读了中国传统的文学形态，那么方维规《佛学既昌，新意杂陈——德国早期中国文学史纂中的佛教影响论说》一文则反驳了西方学界认为中国文化缺乏原生性的讨论。

由于顾彬等汉学家、翻译家的贡献，中国现当代作家作品的译本在德语文坛具有较大的影响。顾文艳《“道德惯例”的文学挑战：德语文坛争议中的莫言》解读了诺贝尔文学奖获得者莫言及其作品在德语世界的接受历程。作者认为，莫言作品中展露出来的对东西方社会都存在的“道德惯例”无所忌惮的、兼具政治和诗学意义的文学挑战，才使他成功跻身“世界文学”之列，也在德语文学公共领域众声喧哗的争议与辩护中实现中国当代文学之“正名”。

4. 中国与其他欧洲国家的比较文学研究

在地理和历史上与中国有着紧密关联的“北方邻居”俄罗斯，至今也是比较文学学界关注的重点。王立群《李福清中国神话研究：在国际视野下构筑中国神话体系》探析了俄罗斯当代杰出的汉学家李福清教授对中国神话的研究。张冰的《中俄文学译介的“迎汇潮流”》梳理了中俄文学交流的发生和热潮。刘亚丁《类型学的文学移植：袁枚和杰尔查文自然诗比较研究》从微观的角度，尝试将语言学中的类型学移植到文学研究领域的可能性。蔡朝辉《冯雪峰与俄国马克思主义文学理论关系研究》将冯雪峰与俄国马克思主义文学理论的关系研究置于20世纪中外文学理论关系的整体背景下，历史地审视冯雪峰对马克思主义文学理论的译介、接受、转化与创新的过程。沈杏培、王雨《模仿与反模仿：四十年来“文学苏军”接受外国文学资源的策略摭谈》分析了江苏作家群构成的“文学苏军”的创作历程。

除了中俄文学比较，中荷和中意的比较研究也受到学者的关注。张晓红、丁婕《对话性与成规性：佛克马经验式中国现当代文学研究》讨论了荷兰汉学界最早关注中国现当代文学的学者佛克马。佛克马多从文学史、文学关系、文学影响和文学伦理等视角管窥鲁迅、老舍、赵树理、张贤亮、韩少功、莫言和王安忆等作家的作品中的社会文化变迁现象，坚持打通文学内部研究和外部研究的屏障，从文学生产和接受的具体语境中挖掘文本内在联动的成规性和文本内外互动的对话性。彭倩《文学场域中的权力与象征资本——莫言在意大利的传播与接受》指出，莫言在意大利的翻译、介绍与研究具有显著特征。意大利对莫言的译介起步早，翻译规模大，介绍评论文章数量多。译者群体具备良好的专业素养，译著质量极高，在海外文学场域及西方大众传媒中传播和拓展了中国现当代文学的影响。

（三）中美比较文学研究

2020年度的中美比较文学更加注重文学之间的对话。中国文学在美国不仅仅体现了东方“他者”受到美国人猎奇式的关注，而且更深入地加入了美国文学的发展中。

洪越《七个译本，两种形象：王维诗在美国》在美国现代诗的发展和汉学研究这两个脉络中勾勒了王维诗的英译和研究状况。洪文说明，美国读者之所以偏爱王维诗，是因为其中蕴含的画意和禅意，契合了美国本土两次“反传统”的诗歌革新运动体现的文化思潮。一方面，美国诗人以异质的中国古典诗作为资源，将王维的山水隐逸诗看作中国诗的典范；另一方面，美国汉学家试图“纠正”美国读者对王维诗的片面认识，在研究中揭示王维人和诗的复杂性、丰富性。张加生《劳森与鲁迅作品的民族观比较研究》讨论了劳森丛林作品中蕴含的民族思想及民族情感和鲁迅创作的民族思想有着深刻的相通性，他们立足各自民族殖民和半殖民语境的文学创作表达了他们各自的民族理想和民族诉求。梁霞《美国中国古代文学研究管窥》是国别研究与文学研究的产物，跨越了古代与现代、域内与域外的时空界限，认真梳理了美国汉学家对中国古代文学的研究与贡献，具有重要的现实意义。朱骅《论20世纪前期中美跨国英文书写的审美中心主义倾向》认为，审美中心主义者书写的前现代中国的确美轮美奂，在中国现代性阵痛的动荡背景下，让人产生玉碎帛裂般的心痛。

20世纪是中美文学文化深入交流的一个时期，许多当时的美国诗人、作家都深受中华文化的影响。徐畔都《华莱士·史蒂文斯诗歌中的中国意象》研究了20世纪美国意象派杰出代表诗人华莱士·史蒂文斯如何深受中国传统文化的影响。曾军《中西文论对话中的身份重构与话语转型——希利斯·米勒中国行的意义》。立足于“20世纪西方文论中的中国问题”这一论题，探讨了中国问题进入西方文论的路径与方法，以美国著名理论家希利斯·米勒的中国行为个案，讨论了中西文论对话中的身份重构与话语转型问题。杨国静《中国之行对W. H. 奥登中后期诗歌转型的影响》试图弥补中美奥登研究的内在不足。在《战地行纪》，特别是其中的《在战时》组诗中，奥登借助巧妙的“去中国化”策略和对里尔克“赞颂诗学”的招魂，首次将他的“非政治化”艺术人格理念付诸系统的诗歌表达，从而不仅对“动乱时代下诗人何为”这一重大命题做出全新的回应，而且也发出其中后期诗歌转型的第一声。

李松《中国现代文学研究的范式危机：美国学界的论争及其反思》讨论了美国重要的中国学杂志《近代中国》（*Modern China*）在1991年、1993年和1998年就中国研究的范式危机组织过三次专题讨论。当今全球进入了一个价值多元的时代，每个学者都代表着各自不同的声音，中西学术理念之间固然存在差异，但不同文化也在走向对话、互鉴与融合。反思学术史上的焦点与对话，可以为激发新的学术生长点提供参照与思路。

自海外汉学研究的重镇从欧洲移向美国后，学界对美国汉学的关注也日益加深。谷鹏飞《阐释的记忆与技艺——〈文心雕龙〉在美国汉学界的“中国性”与“世界性”问题》从比较研究阐释学的角度，将《文心雕龙》在美国的传播与研究，理解为中国文学理论由民族性走向世界性，并在世界文学理论空间中获享“世界性”经典身份的重要步骤。刘云春《美国汉学家论明清戏剧文学中的身份认同》指出，北美汉学界在重新解读明清戏剧的过程中表现出诗学转向的高度自觉。刘丽丽《海陶玮汉学研究的源起及其“东方因素”》《美国汉学家海陶玮对陶渊明的研究和接受》两篇论文，基于原始档案和文献，研究了汉学家海陶玮研究中国文学的兴趣缘起，以及他对陶渊明诗文研究的贡献。

中国与美国发生的深入文学交流还体现为：两国人员在彼此来往的过程中，产生了以异国为书写对象和研究对象的作品，而这些作品同时成为两国文化的一部分。陆丽霞《从“世界外”到“世界中”——美国中国现代文学史观变迁的一个侧面》认为，美国中国现代文学史写作本质上是北美文化结构中一部分。美国中国现代文学史观念的变迁呈现的是中国现代文学“重新被发现”的过程。卢章平、郭新辰、苏文成的《多元数据视角下的中国赛珍珠研究主题演化分析》回首总结数十年来我国赛珍珠研究的发展历程，在赛珍珠作品研究、作家研究、比较研究、翻译研究已形成稳固的研究领域及阵地，而与文史、艺术、文化传播及社会文化建设相关的研究主题处在迅速发展的阶段。余小梅《十九年华裔美国作家哈金研究综述》，从刊载期刊、发表时间、研究作品和主题、研究视角和情态立场等四个方面对哈金现有研究做一个历时和共时的全面梳理。王鹏《边缘者的吟唱：以 A. T. 何巴特为中心的中国叙事》以 A. T. 何巴特为中心，考察了她初到中国、经历了南京事件，以及返回美国后三个不同时期的文学创作，从移民、性别、边缘人等角度探讨了这位女性作家对时代与文明的深切思考。在上述研究中，从已成为经典的赛珍珠，到当代知名华裔作家哈金，再到 A. T. 何巴特，体现了两国的文化互动的多层级性。

2020年是不平凡的一年。由于新冠肺炎疫情的影响，“去全球化”“逆全球化”的言论似与“全球化”的信念共存；实际上，它们同为由交通、通信和分工联结且日益深嵌的“世界”驱动的两种趋势。由于现实影响，“世界”始终被各式各样的动态实践形塑。本文回顾的2020年度中西比较文学研究，体现了文化比较话语实践所思考、揭示的“文学世界”的态势和结构。无论是将中国文学置身于世界文学的范畴之下的思考，还是深入中西文学之间的对话，抑或是对中西文学关键词深入细致的探究，都体现了2020年度中西比较文学的鲜明特征。从研究方法上来说，平行研究和影响研究依然是当前的主要研究方法，也有学者从变异学的角度挖掘中西文学的深层流变。在研究文类上，对中西小说和诗歌的比较研究依然占很大比重，对其他文类如史诗、散文乃至口头文学的关注明显不够。相信在未来的中西比较文学研究上，学界能够延续现有的成果，突破新的高度，促进比较文学这一知识形态的深入发展。

四　2020 年度东方比较文学研究综述

杨　清

与“中西比较文学”相比，“东方比较文学”这一命名在国内似乎用得不算多，其成果数量也无法与“中西比较文学”的成果相媲美。但实际上，两者共属于中国比较文学独具特色的两大研究范式。作为比较文学的重要组成部分，东方比较文学究竟研究什么？为何要在“比较文学”这一学科下面单设“东方比较文学”？按孟昭毅在《季羡林与东方比较文学》一文中的定义，所谓东方比较文学其实就是指东方文学的比较研究，包括《中国比较文学年鉴》对这一研究范式一贯划分的“中国与东方各国文学关系研究”“东方各国文学之间的关系研究”“东方文学的综合研究与总体研究”三个方面。单从这一研究范式的命名便可窥见其中的内涵。东方比较文学这一比较文学研究范式的落脚点在于“东方”，其充分认识到了国际比较文学学科中存在的“西方中心主义”色彩，同时认识到了东方文学内部的多样性、类同性与差异性，力图突破传统的“中西比较”“东西比较”模式，将研究视域聚焦于东方内部。

近几年来，我国学界掀起了“东方”研究之热，内容涵盖“东方学”“东方文艺理论”“东方文学”等内容，诸如曹顺庆领衔的国家社会科学基金重大项目“东方古代文艺理论重要范畴、话语体系研究与资料整理”（19ZDA289）、黎跃进领衔的国家社会科学基金重大项目“丝路文化视域下的东方文学与东方文学学科体系建设”（19ZDA290）、穆宏燕领衔的国家社会科学基金重大项目“新世纪东方区域文学年谱整理与研究（2000—2020）”（17ZDA280）、陈明领衔的国家社会科学基金重大项目“古代东方文学插图本史料集成及其研究”（16ZDA199）、王邦维领衔的国家社会科学基金重大项目“中国‘东方学’学术史研究”（14ZDB084）、王向远领衔的“‘东方学’体系建构与中国的东方学研究”（14ZDB083）的立项，再次证明了近年来我国学界对东方文学的高度重视。同时，得益于上述国家级重大研究项目的落地，国内学界在东方比较文学研究方面的成果逐年增多。这种研究热度并非是一时的学术时髦，而是我国学者长期致力于东方研究的结果。我国学者立足当前国内外比较文学与世界文学研究现状，力图突破国际比较文学现有学科范式，回到“东方”，不断溯源、挖掘自身文化圈的丰厚文化内涵，补足国际比较文学研究中缺失或误读的“东方”，从而还原“东方”。这种“还原”也并非是仅仅停留在勾勒出客观真实的东方样貌这项工作之上，而是立足东方，放眼世界，建设完整而又系统的东方文学体系。

总体而言，2020年度东方比较文学研究成果颇丰，尤其是东方文学总体研究、中韩（韩国）、中朝（朝鲜）、中阿（阿拉伯）、中伊（伊朗）、中越（越南）、中泰（泰国）文学比较方面成果可观，反而是东方比较文学中的重头戏中印文学比较的成果较少。这也反映出来，以往不受重视的东方国家或地区的文学比较逐渐受到学界重视，并相继推出成果，丰富了东方比较文学研究内容。同样值得注意的是，2020年度东方比较文学研究总体以文学作品的比较为主（其中以形象学方法为主，关注中国及中国人物形象在他国的流变），只有极少成果进行总体研究和文论研究；与此同时，中阿、中伊、中越比较以艺术作品比较为主，甚少涉及文学作品、文论的比较；另外，东方比较文学的比较研究大多以中国文学或文论作为参照，甚少避开极具主体性的"中国视角"去审视除中国以外的其他东方国家或地区的文学比较，这与中国学者的学术立场与学术视野不无关系。这是今后仍需加强研究的地方。

（一）东方文学总体研究及学科史研究

2020年，国内学界有关东方文学的研究主要有两种类型：一是总体研究，二是国别与区域比较研究。其中，总体研究主要包括东方文论的发展与新动向、东方共同诗学、东方学等内容。

曹顺庆、夏甜的《变异学与他国化：走出东方文论"失语症"的思考》（《文艺争鸣》2020年第12期）一文就立足当前东方文论研究欠缺的现状，探讨东方研究的未来路径。该文从比较文学变异学理论与文学他国化理论视角，剖析当前东方文论的研究困境，思考东方文论的研究方式问题。该文首先从东方文化、东方文明无法言说自身的"失语症"困境出发，认为东方文论话语体系的构建，需要走出"西方话语"对"东方"的想象和建构，重建真正属于东方的"东方"概念；其次是要立足"变异学"方法和研究视野，尊重各文化圈、各地域的文化异质性，探究文化传播、交流过程中出现的横向变异现象；最后指出，"他国化"作为比较文学变异学的核心理论，是研究东方各地域文化、文学变异的重要方法，可以从文化结构变异的层面重新审视外来文化本土化对一国文化、文学的影响。曹顺庆教授的这篇文章偏重于方法论的研究。值得庆幸的是，近年来，国内学界正在分层次对东方文论与东方文学进行研究，并相继出现了研究新动向、新方法。曾琼在《东方文学研究的新动向（2018—2020）》［《国际比较文学（中英文）》2020年第4期］一文中，认识到东方文学研究因其语种繁复、内容多元，大多数语种的文学研究存在资料匮乏的问题，导致其在外国文学、比较文学学界长期处于弱势地位。该文站在东方文学总体研究的高度，概括了2018—2020年间东方文学研究的特点与走向：我国东方文学界重新整体思考东方文学学科，经典作家作品研究出现新动向，从经典作家作品研究转向文学史、文学思潮与文学理论研究，东方诗学与美学研究的加强，东方各地区、各语种文学之间的比较研究，语种文献细读尤其是"冷门"语种文学的原典研读。

2020年度有关东方文学研究的另外一个显著特征就是"东方学"研究，主要贡献者则是王向远及其领衔的国家社科基金重大项目"'东方学'体系建构与中国的东方学研究"。在《"味"论与东方共同诗学》(《社会科学研究》2020年第2期)一文中,王向远从东方诗学的本体与体系问题出发,通过东方各国、各区域古典诗学文献的研读、比较分析各区域诗学概念,提出"味"是东方诗学共用诗学范畴,形成了南亚、东亚、西亚三元一体的"东方共同诗学"助力于东方诗学体系的建构。在《从东方学史看百年来我国东西方文化问题的四次论争》(《山东社会科学》2020年第4期)一文中,王向远回顾了我国百年来关于东西方文化异同优劣的四次论争,从20世纪初对"东洋文明—西洋文明"的明确划分,到20世纪末21世纪初"河东—河西"论争对21世纪文化世界走向的不同判断,再到21世纪初围绕《白银资本:重识经济全球化中的东方》一书展开讨论,最后到由此书此衍生出来的"疑西"思潮,不断丰富我国东方学思想。该文站在有关东西方四次论争这一学科史焦点,论述了我国东方学研究百年变迁。而在《百年来我国"东方史"建构的国外背景、理论探索与问题》[《安徽大学学报》(哲学社会科学版)2020年第3期]一文中,本着东方史建构这一研究宗旨,回顾了国外已有东方史建构研究,指出当前我国东方史建构进展缓慢,应当突破国别史简单叠加的东方史布局,突破"三大文化圈"之类的拼合结构,建立以中国为重心的东方史,使东方史成为中国史的一种自然延伸。如果上述文章总体而言是关于东方文学和东方理论的总体研究,那么王向远的另一篇文章《近三十年来我国"理论东方学"的主流形态——从"亚细亚生产方式"到"马克思东方社会理论"和"马克思主义东方学"》(《人文杂志》2020年第4期)则从理论建构的细处着手,阐述我国理论东方学建构与马克思东方社会理论之间的关系问题,从东方学术史,对理论东方学的建构进行回顾与评述。

(二) 中日文学比较研究

中日文学比较研究历来是东方比较文学研究的重要内容,其成果数量也比其他国家或地区的文学比较要多一些。中日文学的比较研究主要有三种类型:一是变异研究,二是比较异同点以观文化的共同性与差异性,三是影响研究。其中,备受学者关注的研究对象是日本作家谷崎润一郎的小说与美学思想。

曹顺庆、王熙靓在《〈论语〉"子见南子"在日本作家谷崎润一郎〈麒麟〉中的变异》[《山西师大学报》(社会科学版)2020年第3期]一文中,从比较文学变异学的角度解析日本作家谷崎润一郎取材于中国典籍《史记》《论语》中"子见南子"故事而创作的短篇小说《麒麟》。文章从南子形象的变异、主题的变异以及变异之因三个方面解读小说,为运用变异学理论研究世界文学经典提供了一个解析详细的案例。无独有偶,高洁的《日本近代文学中孔子形象的流变——由小说〈麒麟〉中的"子见南子"说起》(《中国比较文学》2020年第2期)一文同样聚焦谷崎润一郎创作的小说《麒麟》中的"子见南子"故事在日本的流变,只是将研究范围扩展到了中岛敦的小说《弟子》与太宰治的《竹青》中的孔子形象,梳理日本近代文学中的孔子形象重塑轨迹，揭示日本近代以降对孔子及儒学接受与批判轨迹。文章认为，日本近代文学将孔子塑造成为一个“凡人”的亲民形象，成为日本在跻身欧美列强队伍后与其他儒学文化圈国家联结的最佳手段，同时也是唤起日本人对传统精神家园乡愁的装置。

阎嘉同样关注日本作家谷崎润一郎，只是其关注点转向了谷崎润一郎的美学观点，有效推进了中日文艺理论比较研究。在《低调的华美与阴翳的风雅》（《文学评论》2020 年第 2 期）一文中，阎嘉站在东方美学的角度，比较了《诗经》中的“衣锦褧衣”所呈现的“低调的华美”与谷崎润一郎所称颂的“阴翳的风雅”，认为两者之间有着内在精神的联系，有别于西方美学传统。从理论层面进行中日比较的还有郭雪妮的《〈典论·论文〉与九世纪初日本文学诸问题——基于“文章经国”思想的考察》(《文学评论》2020 年第 1 期）一文。该文采用比较文学影响研究模式，详细审视了《典论·论文》在日本的影响、传播媒介与接受模式。文章指出，《典论·论文》中的“文章经国”要义影响了 9 世纪初日本人对文学起源、发展、本质及功用等问题的思考，其带来的深远影响不仅是思想的传入，更是促使日本文人开始思考“文”及“文学”的本质，促进“文”之觉醒。

除对孔子形象海外传播的关注外，还有学者关注《韩非子》的日本流传情况。孙亚鹏在《追根寻源：〈韩非子〉海外传播“经过路径”中的放送者研究》（《中国比较文学》2020 年第 2 期）一文中，站在比较文学媒介学中的“放送者”的角度，从比较文学法国学派代表人物梵·第根提出的“经过路线”概念切入，考察日本在《韩非子》西传过程中的特殊地位，探究《韩非子》译介的“创世纪”和东亚地区在 19 世纪后期的维新思潮和社会转型之间的关系，以期将放送者、媒介、接受者三点勾连成线，试图还原《韩非子》的整个译介史。文章指出，日本在其中不只是充当了东学西传的“桥梁”角色，中日两国并行不悖共同构成了《韩非子》传播过程中的东亚性。此外，也有学者从形象学的视角比较中国人物形象在中日文本笔下的差异化书写。寇淑婷、曹顺庆的《郑成功的身份认定与挪位——以中日文人的不同书写为中心》［《河南大学学报》（社会科学版）2020 年第 1 期］一文就详细梳理了中国历史人物郑成功在日本历代文人笔下所经历的身份不断被建构和改写的过程，认为对郑成功在日本的书写与改写的梳理一方面有助于我们深入认识郑成功；另一方面有助于审视自江户时代至今的日本人对中国文化的接受与拒斥等复杂民族心态问题。

除期刊论文之外，还有相关学术专著聚焦中日比较文学，尤其是两者之间的交流与对话关系。孟庆枢出版《回声·镜鉴·对话——中日文化与文学》（福建教育出版社 2020 年版）一书，从比较文学研究的角度切入，详细考察夏目漱石、芥川龙之介、谷崎润一郎、川端康成等日本知名作家作品中的中国元素，梳理中日文化与文学交流的过程。该专著的出版无疑为比较文学影响研究，尤其是中日比较文学研究提供了研究范例。此外，2020 年还出版了《从长安到日本：都城空间与文学考古》（郭雪妮著）、《近时世中国与日本汉文学》（张淘著）等专著，丰富了中日文学比较研究内容。

（三）中朝、中韩文学比较研究

相较于中国与其他东方国家或地区的文学比较研究，2020年度国内有关中朝、中韩文学比较研究成果蔚为大观，主要得益于中韩、中朝文学比较研究重镇延边大学金柄珉主持的国家社会科学基金重大项目“中韩近现代文学交流史文献整理与研究”（16ZDA189）产生的成果以及中国比较文学学会学刊《中国比较文学学会》的助推。

《中国比较文学》杂志2020年第1期推出“中国与周边：中韩文学交流的历史转型与现代价值”专栏。该专栏由延边大学金柄珉主持，共六篇文章，分别是：金柄珉的《中国与周边：中韩近现代文学交流的历史转型与价值重建——兼论韩国近现代文学的主体性与现代性建构》、朴银淑的《流亡与书写：殖民地时期来华韩国作家的上海想象》、崔昌笏的《论卜乃夫〈荒漠里的人〉对李范奭口述“自我民族志”的改写》、金哲的《旅居与传播：金光洲对中国现代文学的译介》、王艳丽的《亲切感与疏离感之间——朝鲜半岛诗人白石的“满洲”体验与书写》、崔雄权的《传承与变异：韩国“归去来”图题画诗文的文化美学阐释》。此专栏主要围绕中韩近现代文学交流史展开，但各有侧重。

金柄珉在《中国与周边：中韩近现代文学交流的历史转型与价值重建——兼论韩国近现代文学的主体性与现代性建构》（《中国比较文学》2020年第1期）一文中，总结出中韩近现代文学交流过程与阶段性特征，认为中韩近现代文学交流历经重新审视与相互认知、交叉互动与多样化发展、共同话语与深度合作等三个发展阶段，最终实现了历史转型与价值重建，完善了主体性与现代性建构，并认为中韩近现代文学的跨界书写，尤以抗日书写为代表，体现了共同的价值追求与精神。国内学者还将研究视点聚焦于中韩两者之间的译介关系。朴银淑的《流亡与书写：殖民地时期来华韩国作家的上海想象》、崔昌笏的《论卜乃夫〈荒漠里的人〉对李范奭口述“自我民族志”的改写》、王艳丽的《亲切感与疏离感之间——朝鲜半岛诗人白石的“满洲”体验与书写》则以具体文学文本为基础，聚焦文本主题书写或改写。《流亡与书写：殖民地时期来华韩国作家的上海想象》聚焦来华韩国作家的作品中的上海书写，运用后殖民主义理论和形象学理论，解读朱耀燮、沈勳、金光洲等来华韩国作家的20世纪20—30年代上海题材小说及李光洙、上海寓客等的印象记等共15篇文本，揭示了当时韩国文人力图通过上海想象以表达祖国解放与国家现代建设的愿景。《论卜乃夫〈荒漠里的人〉对李范奭口述“自我民族志”的改写》则基于中国现代作家卜乃夫创作的长篇小说《荒漠里的人》中刻画的人物形象韩国政治家、独立运动家李范奭，对带有“自我民族志”色彩的李范奭自传与卜乃夫对李范奭口述的改写文本《荒漠里的人》进行比较研究，具体从主题意蕴、叙事手法、人物塑造三方面进行互文性解读，阐发中韩双向跨界叙事文本的意义生产机制和价值，指出《荒漠里的人》与李范奭自我民族志的差异性与互补性，以及由此产生的两个叙事主体的交互主体性，是边缘跨界书写的价值与意义。《亲切感与疏离感之间——朝鲜半岛诗人白石的“满洲”体验与书写》一文则聚焦朝鲜20

世纪三四十年代最重要的诗人之一白石，解析白石作品中的“满洲”体验，结合白石在“满洲”的生活轨迹，试图勾勒殖民地出身的“移民/流散者/他者”身份对白石“满洲”生活轨迹与作品世界的影响，以探究白石“满洲”体验与书写区别于其他同时代朝鲜文人的特点。除上述研究视角外，一些学者还采用比较文学变异学的研究方法，审视中国文学或文化在韩国的传播与变异。金哲在《旅居与传播：金光洲对中国现代文学的译介》一文中，同样从中国文学的译介与传播这一角度，聚焦韩国学者对中国文学的译介问题。文章详细分析了韩国现代翻译家、作家金光洲对中国现代文学的译介与评论，认为金光洲以域外视角译介中国现代文学，通过有意误读与改写，为中国现代文学作品赋予新的文化价值，同时为中韩文学与文化交流做出贡献。这是典型的比较文学变异学研究。崔雄权的《传承与变异：韩国“归去来”图题画诗文的文化美学阐释》一文则从当前国内学界偏重的中韩近现代文学关系史转向中国古代文学艺术在朝鲜、韩国的传播。该文从传播与变异的角度审视中国宋代由陶渊明《归去来兮辞》衍生而来的《归去来图》在韩国的传播与变异现象，认为“归去来”系列题画诗文在韩国在主题、风格、形式上均发生了变异：主题上生发出了忠君内涵，风格上浸润了哀伤的韩国古代美学风格，形式上摒弃题画诗文中的“兮”字。

在中韩文学译介方面，张乃禹在《东亚视野与译学互动——论韩国汉学家朴宰雨的中国文学译介》（《中国翻译》2020年第5期）一文中，指出中国文学外译研究除关注西方的中国文学译介问题，还应关注同质文化圈的韩国甚至东亚译介问题。该文聚焦韩国汉学家朴宰雨的中国文学译介与中国文学批评活动，阐释其如何在中西聚合的多元视角与东亚视野的交互作用中审视中国文学外译问题。

（四）中印文学比较研究

2020年度，国内学界有关中印文学比较研究的成果较少，主要聚焦于印度汉学家的中国史、中印文学比较研究综述、中印关系等主题上。

尹锡南在《当代印度汉学家的中国历史研究》（《国际汉学》2020年第2期）一文中，聚焦中印文化关系史，首先梳理了半个多世纪以来包括谭中（Tan Chung）、雷易（Haraprasad Ray）、玛妲玉（Madhavi Thamp）、嘉玛希（Kamal Sheel）、狄伯杰（B. R. Deepak）、沈丹森（Tansen Sen）在内的当代印度汉学家的中国历史研究，以期引起国内学界对此研究领域的关注，从而为“一带一路”建设背景下中印人文交流做出贡献。《中印文学比较研究回顾与展望》（《中国社会科学报》2020年10月20日）一文则通过访谈北京大学外国语学院的姜景奎与贾岩，回顾当前中印文学比较研究的现状，并对未来的研究进行展望。文章从中印文学比较研究各个阶段的特征、中印文学交流的双向态势、译介、关注语种方面进行回顾与展望，指出译介方面需关注印译中国文学的多层次性，重视印地语文学在研究中的地位，加强更具问题导向和批判意识的中印文学互译史的研究，考察翻译之后的文本阅读、评价和改编情况，认为未来中印文学比较研究的着力点在于推动中印文学比较研究兼具学术价值与现实意义。而郁龙余、黄蓉在

《推动印度学研究为中印关系发展服务》（《中国社会科学报》2020年10月20日）一文中，肯定了近年来我国印度学研究在哲学、宗教、历史、文化、艺术、医学等方面的拓展与显著成绩，同时指出其不足：研究领域和内容不全面、思想和方法受限、对印度实地考察研究不足。同时，该文提出了解决方案，为国内印度学研究指明方向：加大对佛经文学研译、两大史诗研译、泰戈尔文学研译、普列姆昌德文学研译、印度英语文学研译、印度诗学研译；加强印度文学文化的弱项研究；注重印度文学的学术史研究。

值得注意的是，王邦维教授在2020年出版了《交流与互鉴：佛教与中印文化关系论集》一书，共收录10篇文章，内容涉及印度和中国的佛教语言、文献和历史，即与古代中印文化的交流相关。王艳凤等出版的《蒙古族史诗与印度史诗比较研究》，从史诗的文学发生、史诗主题与民族精神、史诗与宗教的关系、史诗的文学功能、史诗的原始思维特征、史诗审美、史诗人物以及史诗诗学方面对蒙古史诗与印度史诗进行了比较研究。该书的出版无疑进一步丰富了中印诗学比较，尤其是少数民族诗学比较研究。

（五）中国与越南、泰国文学比较研究

当前，国内有关中国与越南、泰国等东南亚国家之间的文学比较研究成果十分缺乏。其中一个客观原因就是懂越南语、泰语的学者少，而从事此方面文学研究的学者就更少了。

越南社会科学院研究员、南京大学博士后吴越环的《20世纪中越两国文论现代转型进程的比较研究》［《国际比较文学（中英文）》2020年第4期］一文算得上近几年来为数不多的中越文论比较中的优秀之作。该文通过对中越两国文学、文论在20世纪的文论体系现代化转型以及作为核心价值观的马克思主义文论在当代中越的发展进行比较研究，指出中越文论在历史中的演变历程、发展特征、发展异同，从而为研究东方文论史，尤其是为中越文学比较研究提供理论依据与实际参考价值。

值得注意的是，2020年度有关中越文学与艺术的比较研究以艺术方面的研究表现突出。危瑛的《中越跨界民歌艺术比较研究》（《艺术评鉴》2020年第23期）、裴龙的《“一带一路”背景下中越跨境京族民歌文化研究》（《艺术评鉴》2020年第18期）等均以“一带一路”倡议为研究背景，聚焦中越民歌比较研究。前者在中越跨界民歌艺术的基础上，对京族、壮族布傣民歌艺术特色进行比较，并通过经典中越民歌《过桥风吹》案例分析，研究中越两国民族艺术的异同点。后者则更加具体，聚焦中越边境的跨境京族的民歌，并与越南本土的民歌进行比较，分析其传播至中国后的流变情况。尽管上述两篇文章的关注点是艺术的比较，但从中所涉中越两国文化的异同点比较，同样对我国中越文学比较研究有着一定的借鉴意义。

2020年度中泰文学的比较研究主要有两种类型：一是中国文学经典及形象在泰国的传播，二是从比较艺术学的层面审视泰国艺术中的中国元素。韩江华的《鲁迅作品在泰国：传播与影响》（《鲁迅研究月刊》2020年第7期）一文追踪鲁迅在泰国的译介、接受与传播过程，梳理出三个传播阶段，并分析出鲁迅在泰国的70余年传播史对

泰国产生了广泛影响：鼓舞了二战后泰国民众“反对独裁，争取民主、自由”的斗志；促进泰国“艺术为人生”文学思潮的发展；促进泰华文学的发展。《从神话观窥探〈西游记〉中神仙人物称谓的泰译研究》[《宁夏大学学报》（人文社会科学版）2020年第6期]一文则从乃鼎翻译的《西游记》中神仙人物称谓着手，分析泰译《西游记》中神仙称谓的变异情况及其背后的原因。文章指出，译者的神话观明显影响了译者对这类称谓的翻译，背后的原因要归根于中泰宗教文化的差异。而《泰国曼谷王朝壁画刍议——以巴森苏塔瓦寺的中国元素为中心》（《中外艺术研究》2020年第3期）一文则从比较艺术学、文化研究方面探析泰国曼谷王朝壁画的中国元素，从而解析中国文化在泰国传播的深度与广度，审视泰国大众对中国文化的接受与认同情况。

（六）中国与阿拉伯、伊朗文学比较研究

2020年度，中国与阿拉伯文学比较研究成果数量相比之下还比较可观，主要呈现出两种研究视域：一是解析阿拉伯文学与艺术中的中国元素或形象，二是中国文学在阿拉伯文化中的译介与传播。

林丰民的《阿拉丁是个中国人——〈一千零一夜〉的中国形象与文化误读》（《国外文学》2020年第4期）一文聚焦古代阿拉伯民间故事集《一千零一夜》，通过解析其总体框架故事、卡麦尔·扎曼与布杜尔公的故事、阿拉丁神灯的故事，认为这几个故事中的中国与中国形象总体是积极和善的、正面的，背后的原因与双方政治友好、古代中国国富民丰不无关系，同时也存在一定的文化误读与想象，反映了阿拉伯自我对中国他者的一种投射。而母仕洪的《古代阿拉伯著作家笔下的中国形象——以〈中国印度见闻录〉为中心的考察》（《回族研究》2020年第4期）一文，同样基于跨文化形象学，解析阿拉伯作品中的中国形象。该文基于公元9—10世纪阿拉伯人阿布·赛义德撰写的游记作品《中国印度见闻录》，分析阿拉伯著作家塑造的兼具真实性与想象性的中国形象：繁荣富庶、文明昌盛的东方大国形象，生活富足的王道乐土形象，崇信偶像的异域文化形象，并由此分析阿拉伯著作家中国形象的生成机制。该文采用了形象学的研究范式进行分析，认为古代阿拉伯人的中国形象是在中国历史文化和社会现实的基础之上，通过不断想象、加工和裁剪而成的，是中阿文明交流互动的产物，同时是中阿两大民族睦邻友好对外观念的结果，有助于“一带一路”背景下中阿“和而不同”“和谐共生”地交往。

除跨文化形象学研究之外，国内学界还关注到中国作品在阿拉伯文化圈的译介与传播。何明星的《毛泽东著作阿拉伯文版的翻译、出版与发行》（《中国出版》2020年第17期）一文梳理了20世纪50—70年代阿拉伯文版毛泽东著作的翻译、出版与发行历程，总结出当前毛泽东著作阿拉伯文版的发行、传播主要集中在埃及、叙利亚、伊拉克、阿尔及利亚等西亚北非地区，以及信仰伊斯兰教的阿拉伯国家为主，分为中方的翻译本与外方翻译本，其传播的成功经验有以下三点：这是中国书刊在阿拉伯世界的第一次成功传播，开创了历史记录；毛泽东著作在西亚、非洲的广泛传播，再次诠释了跨文

化传播的成功因素是思想、价值观的共鸣；21世纪重新评估毛泽东著作传播效果的同时，也需要进一步改进我国的对外书刊发行工作。郭筠的《中世纪阿拉伯地理古籍中的“中国”称谓考辨》（《宁夏社会科学》2020年第1期）一文则以文化考古的方式，通过翻译、梳理卷帙浩繁的中世纪阿拉伯地理古籍中的“中国”称谓的不同使用情况，包括“隋尼”“隋尼依”“隋尼娅”“隋尼隋尼”，结合中文古籍对“中国”称谓，分析其使用特点以及称谓背后所体现的“中国”形象的认知与认同，认为“中国”称谓背后所体现的中国形象，从神话到现实，从模糊到清晰，体现了持续的善意与美好。

有关中国与波斯文学的比较研究在2020年度基本没有出现相应成果，但在比较艺术学方面有所推进，尤以14世纪伊利汗王朝时期编撰的波斯语书籍《史集》（*Jami' al-Tawarikh*）中的细密画分析为主。《史集》内容丰富，包括了中世纪世界各国、各民族的历史，其包括的14世纪初以前的蒙古族历史对于我国而言有着极高的史料价值。近年来，学界诸多学者关注《史集》，涵盖文献学研究、民族志研究、校本研究、与《玛纳斯》史诗的比较研究等。《〈史集·中国史〉中帝王肖像的底本、图像误读及其成因》（《美术研究》2020年第1期）一文比较分析了《史集》中中国帝王肖像画与中国宋元版画，结合伊利汗时期抄本的制作情况，对《史集》中对中国传统帝王肖像的图像误读及其成因进行解读，认为这种图像误读反映了波斯细密画发展与东西交流史上的艺术交流图景，乃综合了伊斯兰细密画传统与佛教编年体史集或有佛教渊源的类书和蒙书的元代刻本而成。值得注意的是，2020年度国内学界还发表了一篇由伊朗美术研究中心的纳思霖·达斯坦（Zahra Dastan）所撰写的中文文章《伊朗细密画中的中国绘画元素——以〈史集〉为中心》（《国际汉学》2020年第4期）。该文同样聚焦《史集》，通过解析《史集》插图中的中国绘画元素，研究中国与伊朗文化艺术交流与互相影响关系。两篇文章均以中世纪世界通史《史集》为研究对象，均关注其中的中国元素或中国现象，探析中国与伊朗文化艺术交流与发展情况，有助于国内学界探讨中国与西亚北非的文学艺术交流史。

五　2020年度翻译文学研究综述

辜佳丽

翻译是跨文化和跨语言文学交流的重要途径，翻译文学已然成为比较文学中自成体系又不可或缺的重要组成部分。2020年，翻译文学研究界依然围绕着翻译文学的理论问题和翻译文学史等问题进行探讨。本文从以上两个方面对本年度翻译文学领域中的研究进行考察和综述。

（一）翻译文学的理论问题研究

本年度对于翻译文学基本理论问题的探讨，包括翻译的性质、目的、任务等本体问题，以及翻译的标准、技巧、批判等问题。

首先引人注目的是谢天振的专著《译介学概论》（商务印书馆2020年版）和《译入与译出：谢天振学术论文暨序跋选》（商务印书馆2020年版）。其中，《译介学概论》一书总结和提炼了作者的译介学思想，以“创造性叛逆”作为译介学的理论基础和出发点，从译者、读者和接受环境等方面对这一命题进行了详细的阐发，在该命题框架内进一步讨论了翻译的本质、翻译的使命、翻译中的“忠实观”、译者的隐身与现身等一系列问题。提出“翻译文学史”实际上也同时是一部文学交流史、文学影响史、文学接受史，大大拓展和丰富了翻译文学史的研究价值与编撰意义。《译入与译出：谢天振学术论文暨序跋选》一书中关于文化外译（译出）的思考，体现出中国学界对于中国文学文化如何切实有效地“走出去”问题的深切反思。近几年来，王向远教授提出的“译文学”在学界引发了一定反响。“译文学”立足于对译介学的重新阐释与批评，主张以“译文”为中心的翻译研究新范式，其理论前提是，以往的翻译学和译介学都没有很好地关注“译文”，“译文”自身的本体理论亟待建构。梁新军的《论“译文学”的理论实质及其意义》（《中国翻译》2020年第4期）聚焦“译文学”的理论前提和概念体系，对其展开考辨，澄清其理论实质，就其学术意义做出结论，以期对翻译学的理论建设提供镜鉴。此外，胡安江的《从文本到受众：翻译与文化研究论集》（科学出版社2020年版）一书也值得关注。全书分为六章，从翻译学、比较文学与跨文化研究、历史学、文化史、思想史、传播学等多维学科视角出发，不仅探讨了传统翻译批评话语框架下的诸多经典命题，而且对当下中外翻译话语场域中的某些前沿话题也进行了深度考察。

翻译的本体问题是翻译文学中的基本问题。曹明伦的专著《翻译研究论集》（科学出版社2020年版），主要研究翻译的本体问题和翻译批评、翻译技巧。针对翻译学界的现状，结合翻译活动和文化传播活动的实际进行深入研究的结果，首次提出了翻译的“文本目的”和“非文本目的”这对概念，首次区分了翻译的“文本行为”和“非文本行为”，首次明确了译介学和翻译学各自的学科概念及其学科范畴，首次指出了对外文化传播不等于对外翻译，等等。包通法、喻旭东的《中国译学研究的诗意哲思构式》（《上海翻译》2020年第6期）一文将翻译所涉及的一般问题，包括中华典籍外译所涉及的问题，纳入中国诗意哲学的义理和问题框架内，提出中国译学研究的知性构式与体系。陈历明的《庞德的诗歌翻译及其文体创新》（《文艺理论研究》2020年第1期）一文纵观其诗歌翻译与创作，关注庞德在意象诗歌创作、翻译和诗学中的文体创新。

文学翻译标准，是翻译文学研究中的一个重要方面。王美华等主编的《文学翻译比较与实践教程》（中国纺织出版社有限公司2020年版）一书指出，在中英文翻译过程中，中西方语言的对等词只有一半，译者的译文要与原文相符，甚至要优于原文。那么，在文学翻译实践过程中，应一直围绕继承性和民族性、原创性和时代性、系统性和专业性这几方面展开具体工作。文学翻译比较时，应当接受目的语社会的价值取向和读者的阅读兴趣，从这两点出发，促进中外文化的交流。积极打造翻译人才队伍，注重翻译人才的培养，建立翻译人才储备库。郑熙青《影视作品字幕翻译中的译者可见度与社群性》（《文艺研究》2020年第3期）认为对比影院字幕的强制性和霸权性，字幕组翻译的异质性与民主性是两者之间基础区别的真正标志。并指出院线电影字幕翻译和网络字幕组的翻译的根本差异不在于风格，而在于其不同的接受语境和选择自由度；翻译是一种建立在观看社群上的行为，其优劣和可接受度是由不同的情境和观看期待塑造的。

关于翻译技巧和策略的讨论，赵红娟的《小说·历史·文学翻译——白亚仁教授访谈录》（《文艺研究》2020年第9期）一文中白亚仁教授谈翻译余华小说的策略和方法时指出一位译者也必须是一位敏感和警觉的聆听者，只有这样，译者才不会将原文直接、机械地翻译出来，而能发掘对象语言的内涵，充分表达原著的意思，并重新创造原著带给读者的种种感受。王东风《诗学效果与诗学翻译》（《上海翻译》2020年第4期）从诗学的角度出发，聚焦文学作品中诗学效果的形成，探讨再现原文诗学效果的翻译对策。姚达兑《“世界诗歌”事件及其理论启示》（《中国比较文学》2020年第1期）讨论一种“恶托邦”——在全球化时代民族文学要获得“世界”（西方）承认的本土焦虑所牵涉的种种复杂问题。

关于翻译与传播的问题，也有论者进行论述和探讨。由高明乐编著的学术集刊《翻译与传播》（社会科学文献出版社2020年版），设有语言学研究、翻译研究、外国文学研究、外语教学与研究、翻译与中国文化“走出去”、新书评介、学术会议综述等栏目，致力于探讨语言学理论、语言教学与实践，评介外语教学与科研图书资料，从而反映国内外学术前沿、展示外国语言文学最新研究成果、促进中国外语教学与科研水平的提高。旨在思考和探索一套科学的翻译与传播理论，提出适合中国文化典籍的翻译策略和高质量的传播方式。顾文艳《德语文学机制与中国现当代文学的德译传播》（《南方文坛》2020年第1期）一文，勾勒中国现当代文学在德语地区异文化文学机制中得到传播的基础条件，探讨20世纪后半叶以来中国文学“产品”进入德语文学机制的表现形态。刘宏伟、王湘玲的《“人己通”外译模式与中国传统文化对外传播研究》（《湖南大学学报》2020年第4期）一文指出中国传统文化有着丰富的人类共同体思想，即人类是一个相互关联的整体，彼此之间负有责任和义务。文章力图融合传播学、哲学与比较文化学等相关理论，在提出“人己通”理念基础上，参照“5W”模式，结合其他经典传播模式优点，构建中国传统文化典籍对外译介新模式，并以《论语》英译为例，提出应用该模式促进中国传统文化对外传播应遵循的原则。

对于中国文化典籍外译的相关问题，已经成为近年来翻译研究中的热点问题。韩子满的《英语世界与世界眼光：中国文化外译研究中的一个误区》（《上海翻译》2020年第5期）一文全面考察英译中国文化传播的现实，有必要将“英语世界”的范围扩展至亚非拉的英语国家和地区，这样的扩展具有明显的现实和学术意义。罗莹《“中学西传”在新世纪的回顾与思考——评〈20世纪中国古代文化经典域外传播研究书系〉》（《中国翻译》2020年第4期）重点围绕《域外书系》编写的理念框架及其对“中译外”翻译理论、实践的总结，予以点评并附上个人的一些思考。此外，何同彬、张博《“果实是盲目的，树木方能远望”——关于当代诗歌翻译及创作的对谈》（《文艺争鸣》2020年第11期）一文指出没有翻译、译介就没有汉语和汉语文学的今天，我们在翻译中获益也深受翻译的困扰。文中探讨如何面对翻译的过去、当下、未来，如何理解译者工作的特点、难度等问题。刘早的《当代俄国文学中的潜文本翻译问题》（《文艺争鸣》2020年第12期）一文，以当代俄国文学翻译为例，从潜文本的种类、特征、功能入手，阐述潜文本翻译的若干原则，以及基于此原则上的潜文本翻译策略和翻译方法。覃江华的《马悦然与中国文学在海外的译介和经典化》（《中国翻译》2020年第1期）对马悦然70余年的学术研究和翻译活动进行考察，总结和评价这位汉学家译者的历史贡献，为当下中译外实践及翻译理论话语建构提供借鉴。

翻译文学研究对西方文学理论的借鉴与运用，成了近年来翻译文学研究中的突出现象。许多专著和论文都选取了从西方文学理论，从不同的理论视角对翻译文学理论进行研究。

如将阐释学和接受美学理论运用到翻译文学研究中。如王大来的《翻译与文化缺省补偿策略：文学的视角》（中央编译出版社2020年版）一书，引入伊瑟尔的美学反应理论阐释读者阅读文本获得美学价值享受的过程，以探讨文学翻译的美学价值取向。在文学翻译中，译者应尽力保留原作含蓄的美学效果，尊重原文作者的艺术创造，努力使译文读者获得原作美学价值的享受。赖文斌、温湘频的《“理”屈且词穷：麦格基与第一部朱子文献英译本》（《中国翻译》2020年第3期）借用诠释学视角，翻检和考察朱子“理”学本义及其早期英译，在当前中国文化“走出去”的大背景下具有理论和现实意义。叙事视角下的翻译作为一种复叙，是译者利用建构策略在社会现实中斡旋的一种行为。在《翻译与冲突——叙事性阐释》一书中谈到叙事是“我们所认同并引导我们行为的公共的和个人的‘故事’”。这一理论使我们在“故事”阐述中审视翻译发挥作用的方式。陈钰的《叙事重构三维译控论——以戴乃迭英译〈沉重的翅膀〉为例》（《同济大学学报》2020 年第 4 期）以人工智能三维触控理念为切入点，以戴乃迭英译《沉重的翅膀》为例，研究探索时空“译”象、性别“译”识、文本“译”图的三维译控认知潜能范畴，将原作从原语时空转入译语时空进行跨文化再叙事。宋晓春的《“中国阐释学”义理与典籍翻译中的多元阐译》［《湖南大学学报》（社会科学版）2020 年第 3 期］从中国阐释学的相关义理出发，选取了“完全从中国文化中开拓出来”的《中国阐释学》专著中所提炼出的“存在境遇”论、“存在张力”论、“境遇虚化”观、“中国时论”、“虚心”论等义理，以典籍《中庸》翻译为例，对典籍翻译中多元阐释的生成机制、公共性、典籍翻译阐释的界等命题进行探讨，以期为翻译研究的阐释学路径提供一个本土的视角。

近年来，越来越多的国内学者从符号学的视角开展了翻译跨学科研究。如贾洪伟编著的《翻译符号学初探：格雷论文选析》（南开大学出版社 2020 年版），以荷兰学者格雷的代表性论文为切入点，以案例分析为手段，以微观层面的翻译符号学思想，构建翻译符号学的宏观框架。再如王洪林的《符号学视角下的跨界翻译研究》（浙江大学出版社 2020 年版），从符号学视角切入，对翻译研究中的核心问题展开讨论，涉及从符号表意视角探寻翻译意义再生的特点与规律、从文化符号学标出性视角考察翻译伦理和译者伦理问题、从跨学科视角对核心翻译问题进行再解读，对符号学和多模态视角的最新翻译研究成果进行评价，对跨界翻译研究进行回顾与前瞻。廖七一的《弗兰金仙的译介与民族象征符号》（《中国翻译》2020 年第 5 期）一文指出在“民族国家”的构建中，弗兰金仙（Frankenstein）通过曾纪泽、严复和梁启超等在中国的译介、演绎和改写，演变成睡狮（醒狮）的民族象征符号，强化了中华民族的集体认同和情感联系，推动了民族国家的想象与民族话语的建构。

法国叙事学理论家热拉尔·热奈特系统提出副文本概念，提到术语“广义文本性”。在其著作《广义文本之导论》中，热奈特认为广义文本无所不在：存在于文本之上、之下、周边，文本只有从这里或那里将自身与广义文本之网联系在一起才能编织文本网络。此外，书中还使用了其他几个相关术语，如“文本的超验性”（跨文本性）、文本间性等。陈卫斌的《〈红楼梦〉英译副文本比较与翻译接受》（《中国比较文学》2020 年第 2 期）一文透过热奈特副文本的视角来看《红楼梦》及其英译本。

20 世纪 80 年代以来，人文学科的传统、现代、后现代研究同时存在已是公认的事实，翻译研究也不例外。后现代翻译研究主要学派有后殖民、女性、解构等。如宋美华的《后现代翻译研究：后殖民、女性、解构》（《中国翻译》2020 年第 2 期）一文把后殖民、性别（主要是女性）和解构翻译研究放在后现代背景下考察：分析后现代翻译研究产生的哲学背景，厘清后现代、后结构、解构之间的关系；梳理后殖民、女性、解构翻译研究的发展特点与关系，从而更好地理解或利用后现代翻译研究理念，帮助从宏观上把握翻译研究发展的问题及趋势。

还有从功能语言学视角的文艺翻译研究，如徐玉凤《中国农耕文化的翻译与传播研究——以李绅的〈悯农二首〉为例》（《上海翻译》2020 年第 6 期）翻译者所选择的词语和语法结构都是意义驱动的，遵循的是“形式是意义的体现”的功能语言学思想。诗歌翻译不仅要传“诗意”，还要有“诗味”。从生态翻译学视角的文艺翻译研究，如王家根的《〈天演论〉译名的生态述评与思考》（《上海翻译》2020 年第 3 期）一文结合生态翻译学研究范式来探讨《天演论》中的译名，剖析严复在译名生成和创制方面的选择与取舍，反思严复译名的去留及其经验教训，能够为今天的译名研究、术语规范化使用等方面提供历史参照。

（二）翻译文学史研究

总体而言，翻译文学领域在本年度有不少值得注意的学科史研究成果，可以分为三个方面：一是“外译中”学科史研究，二是“中译外”学科史研究，三是其他专题研究。不同研究对象、不同研究视角和不同的研究专题，共同推进中国翻译文学史的发展。

1.“外译中”方面

2020 年度一些国内学者关注到《圣经》的翻译研究。如刘云的《白话、文言与方言：19 世纪中期官话〈圣经〉译本的诞生》（《中国比较文学》2020 年第 2 期）一文梳理了 19 世纪中期南京官话译本的诞生过程，将之还原于晚清的历史语境中，探究作为译者的传教士和作为主要赞助人的大英圣书公会，分别是在何种情境之下、怀抱着什么样的目的，共同推动了官话译本的翻译计划。研究“官话”在晚清《圣经》汉译史上被逐步确认为“通用语”的过程，将帮助我们对清末民初语文变革获得更深入和全面的理解。

莎士比亚作品的翻译研究是翻译文学“外译中”研究的重点之一。李伟民《〈暴风雨〉五言诗体中译——民国时期莎剧经典化的尝试》（《外国文学研究》2020 年第 3 期）一文提出余楠秋与王淑瑛的五言诗体《暴风雨》译本问世，表明在民国时期有些莎译虽然影响有限，却是中国诸多翻译家尝试多种莎剧翻译形式的可贵探索中不容忽视的一环，认为译本的出版本身彰显出中国人以更加民族化的文体和语言形式，主动参与到莎氏经典化过程中。

还有一些关注外国文学理论和文学作品中译的论文。其中，苏宏斌的《论克罗齐美学思想的发展过程——兼谈朱光潜对克罗齐美学的误译和误解》（《文学评论》2020 年第 4 期）一文指出国内学界对克罗齐的美学思想存在一种广泛的误解，需要重新考察和分析克罗齐美学思想的发展和演变过程，把关于直观与表达具有同一性这一洞见重新凸显出来，从而揭示出其美学思想的现代意义，并认为其早期著作《美学理论》所倡导的就是一种表现论美学。陈巍《〈浮士德〉在我国的译介考辨（1903—2019）》（《中国翻译》2020 年第 4 期）一文概述了德国近年出版的《浮士德》研究和注释版，按年代顺序考证了《浮士德》汉译本的真伪，评述我国若干代表性译者的译学思想及其译本价值。黄若泽《古典的现代诠释——郑振铎对希腊神话的三次翻译》（《中国比较文学》2020 年第 4 期）选取郑振铎从 20 世纪 20 年代至 30 年代对希腊神话的三次翻译展开讨论。董小希《国家、种族、阶级：〈黑人文学〉与“哈莱姆文艺复兴”在中国的早期译介》（《中国比较文学》2020 年第 3 期）从《黑人文学》入手，结合文中提及的非裔美国文学和史料的源文本，进行比较研究。郝田虎的《弥尔顿〈失乐园〉中译回顾与展望：为何需要重译?》［《浙江大学学报》（人文社会科学版）2020 年第 6 期］提出重译弥尔顿经典作品，以此促进中西文学和文化交流。梁艳的《从有意“误译”到“平等译介”——以哥尔多尼〈女店主〉的翻译史为中心》（《当代文坛》2020 年第 2 期）从译作的生产史呈现出一个从有意“误译”到“平等译介”的发展过程，并探究这一译作生产方式变迁的背后更为深刻的社会动因。周婷的《卡尔维诺作品在中国的译介与接受（1955—2019）》（《中国翻译》2020 年第 5 期）一文从翻译学的角度来探讨卡尔维诺作品在中国的译介与接受。通过对这一过程进行考察、梳理与分析，看其作品在中国的译介如何反映社会变化与社会经济发展走向。

关于鲁迅的文学翻译研究，在本年度研究也有不少成果。李冬木的《“狂人”的越境之旅——从周树人与“狂人”相遇到他的〈狂人日记〉》（《文学评论》2020 年第 5 期）一文认为周树人通过翻译，实现了超越跨语际意义的“狂人”之“境”的移植。彭勇穗的《〈域外小说集〉：复古作启蒙》（《文学评论》2020 年第 6 期）中周氏兄弟以文学为启蒙手段，发掘“诗言志”文学精神并与西方启蒙思想结合，形成启蒙文学。启蒙翻译文学兼具翻译和启蒙双属性，以启蒙为主导，文学启蒙并非说教，而是以陌生化技巧启发读者。《域外小说集》之文字复古，既以转移补偿策略模仿原作陌生化技巧，又以朴正、质朴、讷涩等特征挑战本土不同名人译作风格，激发读者反思文化帝国主义、封建道德和资本主义改良方案。王家平的《创作与翻译的互文性研究——以鲁迅作、译美学风格的对话为中心》（《文艺争鸣》2020 年第 7 期）一文借助互文性理论，以鲁迅的作、译美学风格对话研究为典型个案，开展中国现代创作文学与翻译文学的互文性研究。从四个层面入手阐述鲁迅创作与译作在慷慨激越、颓废阴冷、刚健野性、优雅婉转等美学风格上的互文、对话关系，展现鲁迅为革新中国审美传统、建构现代新型美学所做的探索。除此之外，于明清的《鲁迅〈野草〉之俄译》（《中国现代文学研究丛刊》2020 年第 8 期）指出《野草》是整个中国现代文学在俄罗斯影响最大、接受度最高的一部作品，并重点关注其接受和被阐释的方式。米亚宁的《鲁迅短篇小说翻译中的社会性特征——评莱尔译〈阿 Q 正传〉主体间视域融合》（《中国翻译》2020 年第 6 期）一文从译者的个人背景、社会文化历史背景等角度考察莱译本中译者视域与原始文本视域的融合情况。谢淼《“世界文学”中的〈阿 Q 正传〉早期译介》（《中国文学研究》2020 年第 4 期）以《阿 Q 正传》外译展开最早的法、英、俄语早期译介与域外传播为考察对象，从译介者、接受者和源文本创作者三个方面进行研究，并通过对以英译、法译为代表的市场接受导向和以俄译为代表的意识形态接受导向的对比分析，探讨《阿 Q 正传》早期译介中的“世界文学”发生机制。

除此之外，还有对翻译文学史上的其他重要翻译家的研究。如刘全国撰写的《林语堂翻译书写研究》（高等教育出版社 2020 年版）是一部系统、全面、翔实研究林语堂翻译书写的专著。全书分为上、中、下三篇，上篇从林语堂的哲学观、文化观、文学观和审美观四个维度审视了林语堂翻译书写的思想渊源和生成语境。中篇立足于林语堂的翻译文本、编译文本、著译文本探究了林语堂翻译思想、翻译书写的文本选择、文化传播、审美再现、策略选择和语言特点，并进行了识解与剖析。下篇是文本个案部分，采用了理论框架、研究问题和翻译文本相互映射的研究架构，从文本分析的微观层面剖析了林语堂的翻译书写。再如，对严复的文学翻译研究，王风的《严复“信达雅”爰及“所谓文字上的一种洁癖”》（《文艺争鸣》2020年第4期）一文提出严复的“信达雅”，可以说是现代中国最成功的理论——不只是指翻译界，而是笼括整个学界而言。“信达雅”既是一个缺乏明确阐述的理论，也因此成为一个生产力极为旺盛的体系，它在很大程度上构建了中国现代翻译史影响所及又非翻译史所能笼罩。陶磊的《严复的中西文化观及其翻译实践》（《复旦学报》2020年第1期）厘清严复对于中西文化关系的认知，观察这一认知方式与严复的翻译活动有着怎样的关联。黄元军的《卞之琳与穆旦诗歌翻译思想辨异——从〈译诗艺术的成年〉对穆旦的批评谈起》（《中国翻译》2020年第4期）以《译诗艺术的成年》一文的重新阐发为契机，重估卞之琳对穆旦的评价，探究两人诗歌翻译思想泾渭之分的实质，展现中国诗歌翻译史上两大主流派别有关内容与形式孰重孰轻的论争。胡全章《梁启超与晚清文学翻译》（《文学评论》2020年第3期）一文谈到梁启超以卓有号召力的理论倡导和极具示范效应的文学翻译活动，赋予小说翻译输入文明、改良群治的历史使命，创设稿酬制度，大力提升小说（翻译）家的社会文化和文学地位，认为梁启超之于晚清小说翻译界的最大贡献，不在于其翻译实绩，而在于其具有全局意义和战略眼光的理论倡导之功、翻译示范意义与精神引领作用。马晓冬的《李健吾的翻译观及其伦理内涵》（《中国社会科学院研究生院学报》2020年第1期）系统考察和讨论中国现代著名翻译家李健吾在翻译生涯不同时期写下的诸多谈论翻译问题的文字中蕴含的翻译观念及其伦理内涵。

在法国文学的翻译研究上，韩亮的《从〈碧丽蒂斯之歌〉到〈古希腊恋歌〉——论李金发对法国象征主义的一次无意识接受》（《文艺研究》2020年第5期）集中关注李金发唯一完整翻译过的法语诗集《古希腊恋歌》；在《重塑一种语言——论李金发〈古希腊恋歌〉的译诗修改》（《文艺争鸣》2020年第11期）一文中指出李金发在《古希腊恋歌》的修改定本中改变翻译路线，嵌入鲜明的个人风格，强化自己的风格印记，刻意让翻译语言与创作语言保持高度的一致性，进而为自己制造“象征资本”并捍卫言说的合法性。陈嘉琨、刘云虹的《选择、互动与探索——雷威安与中国文学法译》（《中国翻译》2020年第4期）一文从翻译文本的选择、翻译方法的运用等角度多方位考察雷威安的翻译活动。

在俄苏文学的翻译研究上，邹理的《周立波俄苏文学翻译研究》（《文艺争鸣》2020年第5期）一文指出周立波所有的译介作品中，俄苏文学的翻译和介绍文字最多，占他翻译总量的一半以上。他最重要的三部翻译作品《秘密的中国》、《复仇艳遇》和《被开垦的处女地》，在中国产生的影响较大。除了翻译文学作品，周立波发表评论文章向中国读者介绍俄苏作家及其作品，在促进俄苏文学在中国的传播方面起到了重要的作用。王树福的文章《当代俄罗斯戏剧的英译接受》（《当代外国文学》2020年第3期），积极关注了当代俄罗斯戏剧英译接受。值得注意的是，陈洁的《草婴先生的翻译人生和翻译艺术》(《上海翻译》2020年第5期)一文谈到草婴先生70年不同寻常的翻译人生，致力于抗击法西斯的侵略、国家建设及民族文化交流。他在俄苏文学翻译领域取得巨大成就，成为中华人民共和国成立后翻译高峰的代表人物，其成果受到国内外专家、学者的高度评价，对中国翻译事业和中外文化交流做出了杰出贡献。

在中日文学的翻译研究上，苏辛欣的《中日经典文学作品的传播与翻译探究》(四川大学出版社2020年版)双向考察了中日文学的影响关系，一方面从中国文学在日本的传播溯源，考察中国文学经典在日本的传播，涉及《诗经》、《论语》、《楚辞》、唐诗宋词、《聊斋志异》的翻译和传播研究。另一方面，按时间线索探讨日本文学在中国的传播，重点梳理了《今昔物语集》《源氏物语》在中国的翻译和传播。另外，李雪、冯英华的《作家的诞生与翻译——周氏兄弟日本文学译介研究》(南京大学出版社2020年版)以1923年商务印书馆出版的《现代日本小说集》为主要研究对象，围绕两人的合译文集，以收录的日本文学翻译文本为个案，旨在新文学运动时期这一丰富复杂的文化语境中，从多视角对翻译与创作的对话关系进行深入研究。对于作家兼翻译家的周氏兄弟如何在翻译中体现并确立个人身份、如何借翻译促动文学创作、如何借翻译曲折表达个人的文学主张与审美诉求等问题进行细致考察和深入阐述。宋丹的《井波律子中国古典文学翻译的守成与创新》(《中国翻译》2020年第6期)一文以井波律子独自全译的四部作品为主，探讨其如何守成与创新。张楠的《末松谦澄的〈源氏物语〉英译与近代日本文化外交》(《国外文学》2020年第4期)考察了末松英译《源氏物语》采取的文化手段与政治策略，探究其背后隐含的历史语境，分析其与建构近代日本国家形象的关系，重新审视了《源氏物语》在日本文学史上的地位及在近代日本外交上的作用。

2. “中译外”方面

在翻译文学研究中译外方面，中国文化典籍的英译研究成果引人注目。

雷鸣《新巧别致的〈诗经〉译本——海伦·沃德尔的〈中国抒情诗〉述评》(《中国翻译》2020年第1期)一文从讲述沃德尔翻译《诗经》的缘起开始，全面介绍《中国抒情诗》这部《诗经》选译集，并详细分析沃德尔译诗的特色。游贤育的《再论理雅各之“合儒”与柯大卫之“攻儒”——以〈孟子〉译本为例》(《中国翻译》2020年第6期)选取备受批判的“攻儒”者之典型柯大卫与其进行译本对比研究，探讨“攻儒”“合儒”的本质与异同。戴俊霞、阮玉慧的《〈庄子〉文学的跨文化研究》(光明日报出版社2020年版)，基于描写翻译学和比较文学相关理论与方法，对《庄子》文学特征在跨文化翻译中的体现或失落等进行考察，揭示其海外表达形态；发掘整理以英语国家为代表的西方《庄子》文学研究成果，探讨其与中国本土研究间的差异性和互补性。梁端俊的《〈庄子〉文化承载词英译中的信息还原》(《上海翻译》2020年第4期)以翟理斯、理雅各、华兹生、林语堂和汪榕培的五个英译本中几个特殊概念的翻译为例，来讨论文化信息还原的有效方法。钟书能、严雅銮的《论中华典籍翻译中的文化自洽对应策略——中华文化典籍英译探微之八》(《上海翻译》2020年第4期)以李天辰和吴国珍两位译者的《论语》英语版本作为中华典籍翻译研究目标，从中摘取了多个语段并从“礼”“史实”“人物形象”“社会背景”等四个方面进行分析、对比，探讨典籍翻译中的文化自洽对应策略。路斯琪、高方的文章《儒莲法译〈道德经〉的经典生成路径及呈现》（《中国翻译》2020年第1期）以经典生成的动态视角考察译本强大生命力的成因，既有助于把握翻译与历史的互动关系，还能从中发掘出不同文化之间所具有的对话性和互补性，进而探寻译本生命意蕴所在，深化理解翻译的本质。

刘松《理雅各〈墨子〉译介成因钩沉》（《中国翻译》2020年第4期）厘清了理雅各译介《墨子》的动机，全面观照理译《中国经典》，同时揭示出在晚清多种文化夹生语境下，儒、墨、耶三种不同文化碰撞与融合的复杂图景。

关于中国文化典籍的英译研究成果，还包括冯俊的文章《百年来英译〈离骚〉中屈原形象的误读、调适与趋同》（《南京社会科学》2020年第12期），其梳理《离骚》的多种英译本中呈现出屈原形象的不同面相，提出屈原形象经历了误读、调适与还原的过程，探究这一形象变迁的过程、特征与原因。以讲好中国故事为着力点，对加强对外文化交流和多层次文明对话具有积极意义。而张婷、姚靖《霍译〈楚辞〉之“深度翻译”描述研究》（《中国外语》2020年第2期）以副文本为表现形式的“深度翻译”现象作为基础，探寻霍克思《楚辞》“深度翻译”所折射出的翻译理念和翻译追求。谈宏慧的文章《基于〈天问〉译本的典籍考证、翻译策略与质量研究》（《上海翻译》2020年第5期），则以《天问》五种英译本为研究对象，通过译本的副文本来考察译者语内和语际翻译过程，并通过国内外读者的译评比较，分析探寻高质量的典籍翻译应遵循的翻译规范。朱振武、黎智林的《同史不同译，个中藏玄机——〈史记〉英译的策略异同比勘和文化立场审视》（《上海翻译》2020年第5期）一文指出美国的华译本和倪译本两个《史记》经典英译本，是不同社会语境下的典型案例，分别以普通读者和专业人士为读者对象，分清大众化翻译和学术化翻译，正确理解不同时期不同译本的翻译发生及其动机和目的，根据具体文本和具体目的在归化与异化间寻求有机平衡。

诗词的外译研究是中国文学外译研究中的一个重点。洪越的《七个译本，两种形象：王维诗在美国》（《文学评论》2020年第1期）在美国现代诗的发展和汉学研究这两条脉络中勾勒出王维诗的英译和研究状况：一方面，美国诗人在挣脱英国欧洲文化传统的束缚、推动诗歌观念和形式变革的过程中，将王维的山水隐逸诗看作中国诗的典范。另一方面，汉学家则试图“纠正”美国读者对王维诗的片面认识，在研究中揭示王维人和诗的复杂性、丰富性。文章所梳理的王维诗在美国的翻译研究状况和王维形象的历史变化，有助于我们思考文学跨地域传播中的取舍、误读和创造性转化，以及传播、阐释和接受地的文学创作、文学运动和文化思潮间的复杂互动关系。谢云开的《论宇文所安对杜甫诗的译介与研究》（《中国比较文学》2020年第3期）一文以宇文所安的《杜甫诗》及其相关研究著作为对象，从比较诗学的视野出发，结合中国文学传统对杜诗的阐释，对跨文化语境下宇文所安的杜诗译介与研究进行讨论。其他关于宇文所安与中国文学英译的研究还有陈婷婷的《中国古典诗歌英译的探索者——宇文所安的诗歌译介路径与特质》（《中国翻译》2020年第3期）从翻译家的翻译动机出发，结合“选择什么文本来翻译”和“采取怎样的翻译策略”这两个翻译学的根本问题，探析宇文所安中国古典诗歌翻译的独特翻译路径和特质。

此外还有许多、冯全功主编的《中国文学四大名著译介与传播研究》（浙江大学出版社2020年版），将四大文学名著外译、传播的历史与基本问题进行梳理和探索，展现中国四大文学名著在国外的译介与传播历程，揭示文学翻译的丰富性与复杂性，探讨中国文学外译的基本问题与路径，具有重要学术价值。全书分为上、下两编，其中上编聚焦中国文学四大名著译介与传播史，宏观上为读者描绘较为完整的译介图谱；下编则侧重中国文学四大名著译介的个案与特征，从微观视角为中国文学四大名著的译介与传播研究提供参照。李鹏辉、高明乐的《三国戏的译介与译者行为阶段性特征研究》（《中国翻译》2020年第3期）依托史料，还原了翻译史实的本来面目，挖掘译介在特定历史条件下的实际价值，以“译者行为批评理论”为研究工具，从翻译内外探索译者与戏剧文学之间的互动关系，从语言层面和社会层面探讨译本生成过程中译者行为形成的内因和外因，有助于更深刻地认识中西戏剧文学跨文化交流史。彭倩的《西方〈聊斋志异〉全译本肇始——意大利儒拉珍本研究》（《中国翻译》2020年第6期）关注《聊斋志异》在西方世界的首个全译本，1955年米兰蒙达多利出版社推出了儒拉翻译的《聊斋志异》全译本。王菁的《“译者视野”下翻译立场的确立——陈季同法译本〈聊斋志异〉研究》（《中国翻译》2020年第2期）一文从“译者视野”出发，分析《中国故事》“意译”立场的确立及其原因，探讨译者在这一立场下隐藏的文学理念和折射出的历史影响。宇文刚、安秀梅、张添羽的《文化回译下的自译研究——以〈狄仁杰奇案〉为例》（《中国翻译》2020年第2期）从“文化回译下的自译行为”角度，重点探讨《狄》自译本的自译规律，归纳总结其“译中有写”的文化回译策略和译者主体痕迹规律，从而为进一步探讨自译行为过程中“译”“写”互动关系加以有益补充。栾雪梅、卞建华的《译底与译心——从〈朱门〉行香子词的回译看中国经典的回归》（《中国翻译》2020年第1期）以《朱门》第七章中行香子词的回译为切入点，分析两个译本在回译过程中所采取的不同翻译方法及其优缺点。

关于中国现当代作品外译情况的讨论，其成果包括：昊燕的《经典回归的策略与实践——评〈四世同堂〉两种回译本的得失》（《文艺研究》2020年第4期），选取了东方出版中心与人民文学出版社分别出版的两部回译本《四世同堂》进行对比研究，就两位译者的翻译策略探讨和思考回译本重新进入本土文化与原有作品嵌合的可能性与最佳途径。王建国的《论汉英语用差异对翻译的影响——基于对〈边城〉四译本的对比分析》（《中国翻译》2020年第3期），从《边城》的四个译本着手，结合汉英语用取向差异，分析译者母语的语用取向对翻译的影响。张敏的《世界文学语境中贾平凹作品外译研究——以〈高兴〉英译为例》（《小说评论》2020年第3期）以贾平凹作品《高兴》的英译为研究对象，以作品特质、译介历程、译文特点三个维度为视角，以作品与译文的中英文语言对比为切入点，借助文化比较与文学传播等文学理论分析和比较作品与译文的差异、讨论和评价作品的传播效果及读者反馈，在世界文学场域下，立足原作，聚焦译文，探索中国文学“走向世界”的可行路径与效果评价。徐雪英、张菁的《从金庸〈射雕英雄传〉英译看中国文化如何走向世界》（《浙江学刊》2020年第3期）一文，从翻译缘起、翻译目的和策略、译者的角色、跨越中西文化差异等角度关注金庸《射雕英雄传》的英译。洪捷的《文类视角下的武侠小说英译研究》（《中国翻译》2020 年第 2 期）一文尝试采用文类视角探讨中国武侠小说的英译，提出以文类为导向的翻译模式，旨在促进中国武侠小说的跨文化传播，为翻译研究提供新的思路。邵璐、李伟的《刘震云小说在英语世界的翻译与接受》（《南方文坛》2020 年第 6 期）一文探索刘震云小说的英译历程，考察其在英语世界的接受现状，进而对刘震云小说在英语世界的传播过程展开综合分析，以期从一侧面反映中国当代文学在英语世界的翻译与接受实况，为今后相关研究提供参考。2015 年，刘慈欣凭借《三体》荣膺世界科幻大奖“雨果奖”，孙国亮、陈悦《刘慈欣小说在德国的译介与接受研究》（《南方文坛》2020 年第 6 期）一文展示出对中国科幻小说在德译方面受到的关注。

3. 其他专题研究

2020 年度的翻译文学史研究，还包括若干其他专题研究成果。

胡安江《海关官员/走私者：晚清译者的文化身份和文化立场研究》（《上海翻译》2020 年第 5 期）中对于林纾等人作为译者角色的讨论，反映出文化吸收融合的艰难、矛盾和冲突。文章提出译者因语体选择、翻译选材、遣词造句、话语立场、思想塑造、价值认同而招致的各种人生际遇，是文化传统和民族心理的具体缩影。李震的《晚清翻译小说凡例：不容忽视的伴随文本》（《中国比较文学》2020 年第 1 期）通过对晚清翻译小说凡例材料的钩稽与整理，考察其“旧形新质”的特点，加深对翻译文本生成机制和过程的认知和了解，进而探究晚清译者在域外小说语言、章法、主题等方面的翻译方式和策略，以进一步考察译者翻译思想的演变图景。翟猛《〈青年进步〉刊程小青汉译小说考》（《新文学史料》2020 年第 2 期）以《青年进步》所刊载的程小青汉译小说作品为主要研究对象，结合小说文本，就其出版与翻译情况做简要探析的基础上，考察程小青的翻译实践与《青年进步》杂志、个人宗教信仰等方面的关联，并对程小青的翻译旨趣进行探索，从而深入理解程小青的译作实践与文学史形象。王建丰撰写的《福州大学哲学社会科学文库　上海沦陷时期报刊翻译文学研究》（复旦大学出版社 2020 年版）以上海沦陷时期报刊刊载的翻译文学作品为研究对象，以“话语”作为关键词进入研究视野，聚焦于话语在社会和文化变迁中的影响力，从社会变化的语言痕迹切入社会文化批评，关注话语的意识形态功能、话语隐含的权力关系、话语的历史性、话语对社会文化的建构等，展现学术研究对社会问题的关怀。刘红娟、傅修海《翻译“论争”与“论战”——瞿秋白与鲁迅文学交往的思想史考察》（《学术研究》2020 年第 5 期）一文重点考察鲁迅和梁实秋前后长达八年之久的翻译论争。李雪伊的《爱丽丝形象中文译介史——回溯中国儿童文学之儿童形象嬗变》（《当代作家评论》2020 年第 6 期）一文探索爱丽丝形象的中文译介历史，回溯它的生成、演变和传播情况，以此对照考察中国原创儿童文学作品中儿童形象的发展之路，探寻翻译形象和原创形象之间的关联与影响。修文乔的《中国当代儿童读物英译出版与传播（2000—2019）》（《上海翻译》2020 年第 5 期）对中国当代儿童读物在英语国家的译介、出版与接受进行考察，从翻译选材与译介主题、翻译主体与翻译方法、出版方式与读者接受等三大方面进行分析，并对中国当代儿童读物译介和出版提出建议。

对少数民族文学的翻译研究，翻译界有不断的思考。邵璐的《少数民族典籍英译的本原性研究——基于〈格萨尔王〉现代版英译本的语篇性考察》（《上海翻译》2020年第2期）一文选取《格萨尔王》现代版第三部分《雄狮归天》中的《伽国消息》及对应的葛浩文和林丽君英译文为例，从衔接和信息性两个维度进行考察，分析译文的语篇性，探究小说英译本在保持原作本原性方面的优势与不足，尝试提出可行的原则性翻译策略，以期对少数民族典籍英译乃至中国典籍外译有所启发。马士奎《传统藏戏英译研究》（《上海翻译》2020年第2期）从先后出版的藏戏英语译本入手，梳理传统藏戏在英语世界翻译的历史，考察翻译主体背景及其翻译动因和翻译理念，分析不同背景下产生的藏戏译本的特征，总结藏戏英译和传播过程中存在的主要问题，为中国少数民族文化"走出去"提供借鉴。罗宗宇、言孟也的《少数民族文学的译介及启示——〈人民文学〉英文版〈路灯〉（2011—2018）》（《南方文坛》2020年第4期）指出《路灯》作为中国当代文学英译与海外传播的重要平台，它对少数民族文学的译介与多民族中国文学"走出去"的具体实施起到了重要作用，它讲述传播了多民族中国故事，构建了多民族中国形象，从而让世界更好地了解了中国的多民族文学和文化。孙国亮、高鸽的《中国少数民族文学在德语国家的译介与接受》（《民族文学研究》2020年第3期）一文着力挖掘中国现当代少数民族作家老舍、沈从文、阿来、吉狄马加、扎西达娃，以及王小妮、王朔等作品在德语国家的译介与接受概况。

地域特点依然是翻译研究的一个特定视角，董琇的《江南文化的英文书写策略研究》（《上海翻译》2020年第5期）一文分析西方媒体展示江南形象的手段，从搜集到的一手资料中条分缕析，运用形象学理论透视美国媒体在1978年以来对江南文化的报道，讨论美国媒体笔下的中国江南文化书写策略。

梳理中国翻译文学史，有助于翻译文学的学科发展。陈莉、段峰的《一部翻译研究学科史的力作——〈现代翻译知识史：源头、概念和影响〉述评》（《中国比较文学》2020年第3期）一文重点推介的《现代翻译知识史：源头、概念和影响》在业已出版的诸多翻译研究百科全书、指南、手册、读本、选集、翻译史、翻译理论史、翻译思想史等著作中，以翻译知识史为名，独树一帜，一经出版便引起学界广泛注意。此外，每两年举办一次的"中国翻译史国际研讨会"，显示出学者们对中国翻译史研究的重视与关注。王宏志主编的《翻译史研究》（复旦大学出版社2020年版），作为香港中文大学翻译研究中心的学术论文集，以"翻译史研究"为主题，收录了众多学者在该方面的最新成果。

Ⅱ 重要论文摘要

一　比较文学学科理论论文摘要

刘　颖　杨溢雅

《中国文学史的世界文学起源——基于德国19世纪以来世界文学史书写的系统论考察》

摘要

19世纪德国的精神史传统中，世界文学史书写和德国文学史书写受到同样重视，在世界文学史中呈现普遍的文学精神成为文学史家的理想。在这些世界文学史中，开始出现对中国文学的历时性描述，成为汉学家书写中国文学史的准备。世界文学史家充分利用欧洲汉学对中国文学的有限了解，结合通行的文学观念，第一次给出了中国文学的基本结构。这对于文学理论的启示首先是，文学史不是简单的历史记录，而是让文学意义实现的阐释工具；其次，世界文学史是国别文学史的母概念，文学自治系统的构建依赖文学比较。但如果世界文学史最初是一个先验概念，就必然给它孕育的中国文学史打上烙印，让后者也成为某种脱离实证的结构，为各种幻想和偏见提供土壤。

核心观点

文章首先提出浪漫派的（世界）文学史书写是绝对物的自我显现，而非文学经验的归纳总结，并且在浪漫派理念性的世界结构中，“东方”具有专门功能。其次，文章对“世界文学史精神结构中的中国进行论述”，认为“中庸”一词代表了世界文学史家对中国文化性质的普遍看法。再次，文章集中论述了在世界文学史的形式里中国文学框架的特点：一是找到作为原型的符码来呈现精神，例如以孔子代表中国的文学理想；二是认为古代的命运是走向没落，为现代文明所取代，这注定了中国在文学史叙述中从古代高峰衰落的趋势；三是将中国文学史分三期，经常是以《诗经》代表古代，李杜代表近代，小说、戏曲代表新时代；四是由精神概念推导中国文学的特性。除此之外，文章还对世界文学史家以及汉学家的关系进行了探讨，重点论述了世界文学史家鲍姆伽特纳和汉学家顾路柏的联系。最后，文章更是提出了世界文学史在精神与文化上的悖论——对中国文学的既纳入又排斥，并且指出20世纪以来世界文学史书写的新变化。

精彩段落一

不难看出，19 世纪德国的世界文学史中，中国的“中庸”被悄然转化为世界的“中庸”，即价值等级刻度上的“世界之中”。中庸本为儒家至德，旨在与天地和谐，而到了世界文学史那里，中庸不仅意指平庸，且标明了中国在世界的中间位置：中国人和野蛮人相比是有教化的，但和真正的教化民族相比则是平庸的。欧洲人对中国文化的诋毁自孟德斯鸠、赫尔德以来已成传统，在世界文学的“中庸”图式下，中国人虽然也是理性民族，但只有乏味的实用理性，感伤和迷信就是这一准理性实现自我超越的方式。“中庸”概念的世界化，终于吞噬了浪漫派心目中东方作为原初统一的所有正面意义。对整个文化来说，上不能达到主观、下不能达到客观的中间状态，排除了作为主客观斗争的精神运动的可能。

精彩段落二

诗歌是中国文学的核心，卡里耶的世界文学史对中国诗的描述可谓集各类范畴之大全：

> 抒情诗是情感的直接倾诉，中国民间诗通过理性的感知方式，获得了教训的色彩，通过从自然图像出发，获得了描述性和直观性特征。启迪它的基本情感是孝敬；温柔的献身、细微的触动全然压倒了激烈和行动欲；明朗的愉悦和怨诉的感伤相交替。

引文中并没有贬义词，但每一句都是无具体作品支持的范畴的自行展开。中国文学是“抒情诗”和“民间诗”，“理性”一词连接了“教训”，而“描述性”“直观性”代表了和自然相交融的面向。这就是罗森克兰茨讲的基于孝敬的中国诗的双重特征：感伤和理性。从固定图式出发，自然得出千篇一律的结论，并转化为对象本身的千篇一律，这就塑造了凝固而单调的中国文学。

范劲，原载于《文艺研究》2020 年第 2 期

《起源误识与拨正：歌德“世界文学”概念的历史语义》

摘要

歌德晚年在20处说过“世界文学”。他的世界文学概念与今人的大多数想象完全不同，既非当时所知的所有文学，亦非各种民族文学的经典文本，而是种现象，一种态度，一种行为。歌德对于“世界文学”并无系统设想，但从他的几乎所有“世界文学”用词中能够见出，它属于事情范畴和行为范畴。在他那里，世界文学方案的运作形式是创办文化刊物、从事翻译工作和广交文友等，“世界文学”是各种行为。从这个歌德概念的生成语境和具体含义来看，世界文学行为是他喜用的“精神贸易”，也就是今人常

说的对外交流，开展国际文学活动。在当代国际比较文学领先学者的一些新颖论说中，歌德的思想遗产也是显而易见的。

核心观点

文章认为，在歌德之前，赫尔德对于跨民族文学感受的开放态度，还有施莱格尔兄弟在这方面的结构性思考，都是与世界文学相关的概念。在此基础上，文章进一步指出，歌德的几乎所有“世界文学”用词基本上不是指作品本身，而是一种“现象”，一种“态度”，一种“行为”，指涉的是今人常说的对外交流、开展国际文学活动。除此之外，文章还详细论述了歌德的世界文学概念与《艺术与古代》、文学期刊、文学翻译、斯达尔夫人之间的联系。

精彩段落

歌德在说出“世界文学”时，想到的并不只是德国的洪堡兄弟那样的老友，以及海涅那样的年轻作家，还有许多拜访过他的异域来客，如卡拉季奇（Vuk Stepanowic Karadzic）、库赞（Victor Cousin）、安培尔（Jean-Jacques Ampere）、德昂热、罗宾森（Henry Crabb Robinson）、密茨凯维奇（Adam Mickiewicz）、萨克雷（William Makepiece Thackeray）。歌德从人文精神出发，突出不同文化民族之间对彼此优长的认识，从而获得思想和审美的裨益以及和平相处的好处。在他眼里，世界文学思想和交流是实现人性社会的理想行为，即他所倡导的“普世养成”（universelle Bildung），并把促进世界文学的发展看作每个文学家和思想家的道德使命。

方维规，原载于《文艺研究》2020 年第 8 期

《变异学与他国化：走出东方文论“失语症”的思考》

核心观点

此文章是对《文艺争鸣》1996 年第 2 期发表《文论失语症与文化病态》一文的进一步深入探讨。

文章首先指出“失语症”不仅仅是中国一个国家的现象，更是一个世界性现象，不仅仅是“中国文论失语”，更是“东方文论失语”。为此我们需要破除“西方中心主义”、走出西方对“东方”的建构，以及重新释义与界定“东方”、构建属于东方的“东方文学史”。而在这一方面，国内学者已经做出了一定的尝试和努力，东方古代文艺理论话语体系的构建，如今正朝着在还原东方文论多元性面貌基础上构建起东方共通诗学的“东方学模式”前进。

其次，文章提出“变异学”是重建东方文论话语体系的方法论基础。东方内部也存在着“差异”，并呈现出繁荣多样的面貌。东方古代文论话语体系构建的前提是承认“异质性”的存在、理解“异质性”的内涵，其所构建出来的“同”，也必然包含着“异”。

最后，文章指出了“他国化”对东方古代文论重要范畴发展创新的影响。构建东方古代文论话语体系，除了要在纵向上梳理清文论的发展脉络，还要在横向上把握好文论之间的联系互动与文化交流。对横向变异现象进行研究，并且在此基础上进一步探讨横向变异对文论纵向创新发展的影响，才能理解和总结各地域文论的更新发展与内涵扩展。

精彩段落

东方古代文论话语体系的构建，首先要走出“西方话语”对“东方”的想象和建构，重建起属于东方的“东方”概念；其次是要把“变异学”作为方法论基础，尊重各文化圈、各地域的文化异质性，探究文化传播、交流过程中出现的横向变异现象；再次，“他国化”作为比较文学变异学的核心理论，是研究东方各地域文化、文学变异的重要方法，可以从文化结构变异的层面重新审视外来文化本土化对一国文化、文学的影响。从禅宗思想的日本化对日本古典文艺理论重要范畴的影响可以看出，“他国化”是横向变异的结果，同时也推进了一国文论的纵向变异和发展，从而给一国文论的重要范畴带来创新。

曹顺庆、夏　甜，原载于《文艺争鸣》2020 年第 12 期

《“构建人类命运共同体”理念对跨文化研究的启示》

摘要

习近平在党的十九大报告中呼吁各国人民同心协力，构建人类命运共同体，建设持久和平、普遍安全、共同繁荣、开放包容、清洁美丽的世界。在“构建人类命运共同体”理念的指导下，本文试从以下方面探讨跨文化研究：首先，跨文化研究要秉持包容理念；其次，跨文化研究要彰显文化自信；同时，跨文化研究还要注重文化交流互鉴。

核心观点

首先，跨文化研究要秉持包容理念。这要求我们正确认知文明的多样性，跨越傲慢与偏见，把不同文化思想看作互相联系互相影响的整体。

其次，跨文化研究要彰显文化自信。在跨文化研究中，我们要培养深刻的洞察力，既要了解传统文化的优秀品质，也要了解其历史局限性和地域局限性。

同时，跨文化研究要注重文化交流互鉴。构建人类命运共同体，建立和谐共生的文化基础，不能唯我独尊，不能做井底之蛙，要有开阔的眼界和胸襟，要注重文化交流互鉴，学习和吸收世界各国人民的优秀文化。

精彩段落

全球化的今天，信息技术高度发达，在给跨文化交流提供了极大便利的同时，也带

来了挑战。身处这瞬息万变的世界，面对层出不穷的新思想、新技术、新潮流的冲击，我们应该如何对待传统文化，又应该如何对待他国文化？笔者认为，“构建人类命运共同体”的理念给我们提供了指导方向。我们在进行跨文化研究的过程中，要彰显文化自信，秉持包容理念，注重文化交流互鉴。还应该在继承的基础上推陈出新、发展创新，将当代中国价值观、主旋律贯穿于研究的方方面面，以海纳百川的胸襟，积极参与全球文化的对话交流，比较、对照、批判地去学习和借鉴人类文明的一切优秀成果，推进研究的创新性转化、创新性发展；以构建人类命运共同体为奋斗目标，努力探索关系人类前途命运的重大问题，为人类文化的繁荣兴盛贡献更多中国智慧，为人类发展的崇高事业贡献更多中国力量。

郑燕虹，原载于《中国比较文学》2020 年第 1 期

《说不尽的“拉奥孔”——文学与其他艺术关系史的一个考察》

摘要

拉奥孔在美学和文学理论中是一个反复提及讨论的话题，涉及文学与其他艺术的复杂关系。本文聚焦拉奥孔的三个经典文本，分别解析了拉奥孔讨论中的三种不同话语，即莱辛《拉奥孔》中“诗画分界”的古典话语，白璧德《新拉奥孔》中各门艺术融合的浪漫主义话语，以及格林伯格“走向更新的拉奥孔”中“告别文学”的现代主义话语。莱辛的古典话语是一种文学优越论的理论，白璧德的浪漫主义话语则在各门艺术平等关系中凸显音乐至上说，而格林伯格的现代主义话语则彰显了“视觉转向”中抽象表现主义绘画主导论。文学在西方美学和文学理论话语中是从中心走向平等的一员，也反映出各门艺术复杂的关系史，以及社会文化变迁对理解各门艺术及其关系的影响。

核心观点

文章认为文学在各门艺术的比较中总是处于中心地位，这使得“拉奥孔”反复出现在西方美学和文学理论批评的历史文脉中。其中，莱辛就以“拉奥孔”为题，历史地奠定了比较各门艺术的基本观念和方法论，其古典主义话语中文学具有无可取代的优越地位。而白璧德《新拉奥孔》则讨论了浪漫主义艺术的三种不同类型的融合：“词—画”“标题音乐”“色彩—听觉”。最后，格林伯格的“走向更新的拉奥孔”，更是合法化了现代主义中抽象表现主义绘画的形式主义美学。

精彩段落一

至此，拉奥孔作为一个话题，从莱辛古典式的诗画分界，到白璧德的浪漫主义艺术融合，再到格林伯格强调绘画与文学决裂，这三个以拉奥孔说事的经典文本，恰好描述了从文学与艺术不同关系形态的三个阶段。拉奥孔作为一个关于艺术交互关系的美学母题，也经历了模仿文学、融合文学和告别文学的三段式。从古典主义的拉奥孔，到浪漫

主义的新拉奥孔，再到现代主义更新的拉奥孔，这一演化进程逼真地再现了文学在艺术体系中由“老大”到姊妹中平等一员再到退回自身的历史。

精彩段落二

假设莱辛、白璧德和格林伯格还活着，面对今天的文化景观，恐怕他都会写出各自的“更更新的拉奥孔”，他们今天的想法一定与当年的感想和观念相去甚远。不管文学将来如何嬗变，也不管文学是否会终结，有一点是可以肯定的，那就是文学总是随时代而变。王国维说“一代有一代之文学”，这一论断还只限于对文体的考察，其实文学的历史演变乃是全方位的、整体性的。因此，研究文学不能就文学谈文学，有必要跳出文学的圈子，从文学与其他艺术复杂的交互关系角度来审视文学。正是在这个意义上，拉奥孔乃是一个说不尽的话题！

周　宪，原载于《中国比较文学》2020 年第 3 期

《走向世界文学的国际比较文学中国学派》

摘要

20 世纪 90 年代外国文学研究界关注的两个热点对今天的比较文学与外国文学研究仍然具有重要意义：揭示“越是民族的越是世界的”这一“伪命题”背后的“真历史”，可以厘清走向世界文学的国际比较文学中国学派的学术空间；借“外国文学研究方向与方法探讨”专题可以梳理我国比较文学与外国文学的发展并界定“三个阶段”的划分及其意义，明晰“第三阶段”中国比较文学的使命及其困境；由此可以进一步明晰民族文学、外国文学、比较文学、世界文学诸种概念之间的关系及它们在新时代面临的诸多挑战。在当今世界，国际比较文学的重心已经开始发散并呈现出鲜明的多元竞艳格局。作为一种方法/一门学科，当今全球—地方化的国际比较文学中国学派，必定会直面“世界文学难题”，并在文化间性的游走中激发出有益于国际比较文学发展、真正有价值的问题意识与独特的研究方法。

核心观点

文章认为“越是民族的越是世界的”其实是一个“伪命题”，它裹挟着近代以来我国积极融入世界却又渴望固守本位的复杂心态。我国的外国文学与比较文学研究方向与方法的探讨有三个阶段：第一阶段是中华人民共和国成立后的第一个 30 年，为发展初期；第二阶段是中华人民共和国成立后的第二个 30 年，为“黄金时代”；第三阶段是 2010 年迄今的“发现中国”阶段。文章进一步指出，在第三阶段的当今，文化创新已经到了关键的转折点上，我们中国学派要做到“不偏心”，既不盲目拔高自己（自己专攻的学问以及自己国家的传统），又不随意贬抑他人（他人专攻的学问以及其他国家的文化），直面“世界文学难题”。

精彩段落

我们需要扪心自问一句：这些“走出去”的中国文化是西方社会真正需要的吗？因为冷战结束后，异质文化交流的主要模式还是按需所取。中国文化当然必须要“走出去”。然而我们如此这般急切，似乎有些颠倒了“弘扬创新中国文化”与“走出去”的先后顺序。顺序一经颠倒，其效果截然不同。其背后暴露的，还是百年来所累积的文化不自信与民族性焦虑，再度陷入“越是民族的越是世界的”泥淖而不自觉。在鉴真东渡这一中华文化请出去的范例映照之下，“越是民族的越是世界的”反而成了一个众说纷纭的“伪命题”。其一经产生，旋即被解构，化身成蝶，消解于百年来中华民族的既渴望融入世界又冀望固守本位的无边旋涡之中。

纪建勋，原载于《社会科学战线》2020 年第 7 期

《比较文学变异学与世界文学史新建构主义》

摘要

近年来，以哈佛大学丹穆若什为代表的诸多学者重新阐释世界文学，并逐渐形成一种新的思潮——世界文学史新建构主义。一方面对歌德提出的传统世界文学观进行反思、检视和批判；另一方面又试图打破西方中心主义结构版图，重构全球化、差异化、多元化的世界文学体系，诸如莫莱蒂“远程阅读”、斯皮瓦克“星球文学”等。中国学者提出的比较文学变异学，由于在“跨文明”“异质性”“变异性”等基本理念上与世界文学新建构思潮异曲同工，继而引起国际学界的高度共鸣，从“独唱”变为“合唱”，比较文学中国话语逐渐得到更多的世界认同。

核心观点

文章认为歌德的世界文学有三个特征：他国文学的本土译介与民族文学共同构成世界文学；各民族文学的“同”与“异”共同构成世界文学；以古希腊为典范的博采众长才能构成世界文学。丹穆若什的“新世界文学”对歌德的定义进行了转向：从“世界文学”到“民族文学”的主体转向；从“单向反射”到“椭圆折射”的路径转向；从“一元中心”到“交互主体”的结构转向。而变异学正为“新”世界文学的建构提供了重要的研究视角：变异学将跨文明异质性作为可比性，为世界文学赋予“新”的结构版图；变异学将文学交流与阐释中的变异性作为可比性，为世界文学赋予“新”的生成路径。

精彩段落

对跨文明的畏惧、对异质性的遮蔽以及对变异性的忽视，不仅导致了比较文学之死，也导致了歌德传统世界文学的失效。21 世纪以来，中国比较文学研究群体提出的比较文学变异学，与当今国际学界所涌现的世界文学史新建构思潮，都聚焦跨文明比

较、异质性与变异性等关键问题。之前的世界文学以牺牲民族性来实现世界性，但是当前的新世界文学，恰恰是以世界性的眼光来打量民族文学的异质性和变异性。丹穆若什在各种文献中反复强调世界文学核心特征是变异性，并且在给曹顺庆教授的信中还认为这种变异性还应当拓展到民族文学之间。也就是说，既有不同民族文学之间的异质性变异，也有民族文学内部的同质性变异，这是一种更加宏阔的普遍变异学思想。因此，东西方比较文学在这个问题上不谋而合、异曲同工，弥补了影响研究与平行研究存在的理论缺憾，为比较文学与世界文学注入新的活力。

王　超，原载于《西南民族大学学报》（人文社会科学版）2020 年第 3 期

《宽泛的学科界定难有精细的术语辨析——从译文学看译介学的范畴界定并答谢天振先生》

摘要

谢天振先生《“创造性叛逆”：本意与误释——兼与王向远教授商榷》一文，在“创造性叛逆”者究竟指的是“译者”还是“译文”、译介学所处理的是“广义上的翻译”还是“狭义上的翻译”等概念术语的表述上含混不清。站在“译文学”立场看，这与译介学学科范畴界定过于宽泛有关，在等同于“翻译学”、“翻译研究”乃至“外国文学”等广阔学术领域的“译介学”界定中，对相关术语概念的辨析势必难以精细精确，也容易引发误解与争论。而译介学的核心概念“创造性叛逆”之所以引起很多的误解误用，原因也在于缺乏精细的界定，以致有人试图拿这个词解释翻译的一切问题。实际上，译介学既然是一个学科概念，就不可能无所不包，以一个“创造性叛逆”作为核心概念，也不可能有效地解释翻译的所有方面尤其是译文方面的问题。译介学本质上属于文化翻译模式，它与译文学不应是相互排斥的关系，而应相辅相成，各从其独特方面贡献于中国的翻译研究与翻译理论建构。

核心观点

文章对《译文学》一书中的重要观点进行重申：埃斯卡皮所谓的“创造性叛逆”，其“叛逆”者，应该是指“译文”，而不能是“译者”；“广义上的翻译”是“作为阅读理解的‘翻译’”；“狭义上的翻译”，“包括作为翻译过程行为的‘文学翻译’与翻译之结果的‘翻译文学’两个方面”。文章进一步指出“译介学”与“译文学”的区别：“译介学”只是“研究译文在译入语境中的接受、传播、影响”，并在这个文化学的意义上解释翻译及翻译文学的本质；但是，这毕竟不是“译文”的研究而是作为文化交流之媒介的翻译的研究，它毕竟不同于“译文学”的“文”即“译文”的本体研究。文章也认为“译文学”可以与“译介学”相辅相成。

精彩段落

在学术问题上，有两句箴言堪称真理。一句是“学术乃天下公器”；另一句是“科

学是分科之学”，这两句话相反相成。“学术乃天下公器”，就是说学术研究格局要大，不能太有“领地”意识、“禁脔”意识。另一方面，“科学是分科之学”，不分科，就没有科学可言，也没有学术可言。就翻译研究及翻译文学研究而言，这是巨大的研究领域。各国图书馆的藏书中，翻译书籍与本国典籍都很多；就中国传统翻译而言，只是汉译佛经的上亿字数，就是一个巨大的文化遗产，需要我们去研究、去评论、去评价、去阐发，然后将这些翻译作品向本土文化不断地加以吸收转化。这就要求翻译研究有多种范型或模式，需要有尽可能丰富的研究方法。就中国翻译研究而言，仅仅靠一个“文化翻译”模式远远不够。30 多年来的学术研究的历史现状已经证明，文化翻译的研究模式只能描述、解决和解释外围的翻译文化问题；靠一个从文化翻译脱胎而来的“译介学”也不够，因为它不能很好地、有效地对译文做出分析评价；靠一个译介学极力推崇的“创造性叛逆”的概念更不够，因为它无法全面揭示翻译的性质与本质。所以，有了“译介学”还不够，还要有“译文学”，将来还会出现超越“译文学”的其他研究模式，也未可知。只是从这次的商榷文章来看，天振先生现在似乎并未看到“译文学”可以与“译介学”相辅相成，也未意识到“译文学”可烘托、映衬、旁证“译介学”的学科特色、学科功能与学术价值。

王向远，原载于《中国社会科学评价》2020 年第 1 期

《变异学：中国本土话语的世界性意义》

摘要

变异学是中国学者立足《周易》“变异”所提出的具有世界性意义的普适性的比较文学学科理论，也是比较文学中中国学者对于学科理论话语建设新的反思与实践。本文论述了变异学作为本土化话语的建构，理论渊源及学理依据、概览文学变异学的理论构成。变异学将比较文学的视野真正回归至世界文学，回归至世界文学交流平台的学科身份；同时，此一理论在新的研究热潮与危机论的境况下，激发着比较文学学科新的研究方向，把握住更具有价值的跨文明创生因子，进一步加固、完善了比较文学学科理论大厦的基础，变异学作为中国学者提出的本土化新话语，在国际上已经产生了重要影响。

核心观点

文章认为变异学是在弥补前理论缺陷的基础上提出的，具有东西方较为全面的理论资源，能发挥出巨大的理论优势。韦斯坦因、叶维廉等国内外学者对东西文学的异质性与变异性都有所认识、探讨和论述；变异学也恰当地吸收了文学审美接受理论中的养分，将文学流传终端接受者的作用纳入比较文学研究领域；文学变异学也汲取了翻译研究中显著的变异性因素，同时扩展了翻译的文本局限。变异学中有文化过滤、文化误读、他国化等重要因素需要注意。

精彩段落

变异学的提出是中国学者在长达数十年的学科理论建设和反思中作出的对整个比较

文学学科的补充和调整。在一开始跨越语际、文化、文明的视野中观照文学文本、事件，在世界流传中的变异及变异因子的探寻。正是由于变异学最初所携带的跨越性、文学性、世界性特质使得此理论在实践过程中有极强的普适性和启发性。中国学者以跨文化的学术身份提出变异学，正如佛克玛所言同一文明圈内也存在变异，故而变异学同样适用于同质文明圈内的同源文化现象变异研究。中国作为东方文明古国，其历史资源和文学经验的积淀是远远未为西方文化圈所了解的，东方在现在一直以“他者”的身份呈现在“主体”——西方的印象中。然而，他者不再是主体眼中的他者而是与主体一样拥有“主体性”的他者。在审视作为“他者”的东方，无论是译本，还是图片、音像等各种信息，文学变异学将提供一种“具了解之同情”的态度。文学变异学同样将长期隐伏的“文化模子”提出水面，有时往往背景式的知识却往往被忽略，在文化的深层结构中决定着文化圈的话语言说方式，接受者无意中造成的信息错落等文化过滤，接受者因主体性和文化构成造成的文学误读以及更深层次的话语规划改变——他国化。变异前后的文学现象很少能完整地将信息重叠或接受，失真性造成的误解常常存在，对于他国形象或他国人民的认识也将出现不符事实的曲解，文化的多元性在口号中兴盛而在实践中消失，文学变异学不仅是在学科方法上提供借鉴之处，更是在认知方式上有着哲学性的启发。

曹顺庆、刘诗诗，原载于《济南大学学报》（社会科学版）2020 年第 1 期

《论比较文学跨学科研究的问题与可能路径》

摘要

比较文学跨学科研究作为影响研究与平行研究之外的第三个领域和方法，在 20 世纪后半叶被越来越广泛地应用，为比较文学拓展了研究领域，推动了比较文学的重大进步。但比较文学跨学科研究也出现了边界不清、聚焦模糊、研究泛化等问题。因此，梳理比较文学跨学科研究的发展过程，探讨比较文学跨学科研究在具体领域的实践成果与问题，强调通过“聚焦文学问题”和“注重整体思维”来实现这一领域的原理把握和实践运用十分必要。

核心观点

文章认为比较文学跨学科研究的提出不仅呈现了对法国学派研究与美国学派研究的兼容与拓展，而且呈现出了文学研究的必然趋势。由于定义本身的模糊和理论建构的不足，比较文学的跨学科研究呈现出了各种问题：跨学科研究是否应该以文学为中心；跨学科研究是否应该同时“跨文化”；如何进行比较文学的“跨学科”研究。对于这些问题，文章指出比较文学的跨学科研究必须以文学为中心，必须是跨文化的文学研究，与文学相比较的学科必须是系统的、独立连贯的，必须从学科的角度出发，来探讨其他学科对文学本质特征、艺术本体构成和艺术技巧形成等的影响。

精彩段落

迄今为止，比较文学的跨学科研究还未能完全得到人们的认同，一部分学者甚至对它抱着极大的误解，将比较文学的跨学科研究视为投机取巧的手段而予以极端的蔑视。明确比较文学跨学科研究的对象与范围，有利于人们更好地理解比较文学跨学科研究的本质，也更利于学者们理清思路，更好地探索文学的奥秘。未来，当学科发展到一定程度的时候，我们也许也可以试着如宋德发所说，从全人类的角度出发，从“学科立场”走向“问题立场”，致力于解决人的问题。通过找到人与人之间、国家与国家之间最大的契合点，寻求人类文明的共通。因此，从比较文学的跨学科研究出发，从学科研究的规范开始，致力于更好更透彻的比较文学研究，从而走向比较文化，实现全人类更好的沟通与交流，是比较文学发展的必然要求，也是比较文学跨学科研究的出路与未来。

江玉琴、周小玲，原载于《江西科技师范大学学报》2020 年第 1 期

《文化自信与比较文学中国学派的创建》

摘要

创建比较文学中国学派既是学科自身发展的需要，又是历史逻辑的必然，代表着一个国家的学术创新能力和文化自觉程度，体现了中国学者为世界学术做出贡献的远大志向。对跨文化研究和阐发研究等核心问题的争论，是中国比较文学发展进程中最引人注目、最持久的焦点。其突出特征表明，中国学派理论的形成、发展与创新都是在激烈争论中实现的，彰显了比较文学学科建设的内涵、意义及其深层次的文化自信诉求。客观辩证地审视跨文化研究和阐发研究，正视已取得的成就和存在的不足，既有利于中国学派可持续健康发展，又对其他人文社会科学学科的建设与发展具有重要的借鉴意义。

核心观点

文章回顾了比较文学中国学派的缘起，并将其发展划分为三个阶段：第一阶段（1979—1994 年）是学派的初创或奠基期；第二阶段（1995—2004 年）为学派理论的自觉构建期；第三阶段（2005 年至今）是学派理论继续推进并不断有所收获的时期。文章对跨文化研究和阐发研究等核心问题进行探讨，认为从整体上看，在强调差异性、异质性的基础上，将跨文化研究作为中国学派的基本理论特征是言之成理的，而且从目前来看，阐发研究仍不失为中国比较文学研究的一种行之有效的基本方法，在跨文化沟通、互释、扩大比较认知等方面依然起着十分重要的桥梁作用。文章进一步指出中国学者对关注“差异性”的跨文化研究这一鲜明特征的认定无疑是准确的，而建立中国学派首先是看能否开辟、拓展出属于自己的新的特色研究领域，并不一定要刻意提供出独特的方法，能够同时创新研究方法自然更好。比较文学中国学派对其他人文社会科学学科的建设与发展具有重要的借鉴意义：学派是国际学术影响力的表征；民族性是走向世界性的基础；广纳与创新是文化自信的根本。

精彩段落

就已有的比较文学发展历史看，方法是通用的，关键还是大胆拿来，为我所用，辟出新天地。实证方法并非始于法国，也不为法国学派所独有。中国源远流长的文献注疏传统以及后来出现的乾嘉学派即考据派，都是考证方法的重要实践。法国学派之所以能产生公认的世界性影响，是因为它强调实证关系研究，并在实证思维的统摄下贡献出了流传学、渊源学、媒介学、形象学等具体研究领域以及与之相配套的方法模式。这是法国学派魅力独具的地方，也是它取得成功的逻辑起点。而挑战法国学派美国学派所倡导的平行研究和跨学科研究，从方法论创新角度看，也并非始于自己的原创。因为平行研究的主张至少早在法国启蒙运动领袖、著名作家伏尔泰的《论史诗》中就已提出，他认为“一个研究文学的人考察一下产生于互不联系的各个时代和国家的不同类型的史诗，这不仅能得到很多乐趣，而且也会得到很大的好处”。至于跨学科研究，其历史更为久远。亚里士多德在《诗学》中就曾将文学与哲学、历史加以比较阐发。文艺复兴时期英国著名诗人锡德尼在《为诗辩护》中也专门探讨过文学与哲学的关系。法国著名文学批评家、文学史家朗松在1895年也发表了《文学与科学》的长文，提出文学与科学的跨学科关系问题，指出“近三百年以前，文学发展就因科学发展而有所改变”，并以古典主义文学和自然主义文学为例，深入探究了科学对文学的影响。所以，美国的跨学科研究不仅不是首创，而且也根本没有摆脱影响研究的实证方法，实际上是一种跨学科的影响研究。它所强调的审美批评也仅仅是针对法国学派的实证方法而言，同样不具有批评领域的独特性。但是，美国学派同样获得了世界性声誉，其重要学术贡献主要不在于方法创新，而在于划定了有别于法国学派的属于自己的研究领地，即把被法国学派排除在影响研究范围外的平行研究和跨学科研究正式归入比较文学研究领域，极大地拓展了比较文学研究的疆域，并获得广泛认同。

因此，一个拥有自己独到研究领域的学派若要得到广泛承认，就不应该拒绝采纳国际的研究方法，这种国际的研究方法是“可以应用于全世界的方法”，“人类有能力使用可以在世界其他地方得到认可的研究方法”。李达三当年谈及中国学派使用的方法时，就曾建议运用复合性的研究方法，博采众长。从法国学派和美国学派的经验看，采纳通用的方法不影响建立、发展中国学派，关键还是首先用好现有的方法。方法创新与学术研究一样，离不开对既有传统的承续和借鉴，不可能全部另起炉灶，推倒重来，应该接着使用，在已有基础上对问题进行深入、细致、独到的剖析探讨和出彩解答，才有可能完成方法的创新，并最终贡献具有自己特色的话语方式。这是一个研究实践经验不断积累、总结而又自然而然水到渠成的过程。就此而言，我们仍然走在创建中国学派的路上。

李伟昉，原载于《中国社会科学》2020年第9期

《数字人文视阈下的比较文学可视化研究》

摘要与核心观点

随着大数据技术的不断扩展，数据技术与人文学科的深度交流催生数字人文的诞

生。比较文学在长期发展中主要采用定性研究方法，较少使用定量方法。大数据技术支撑下，数字人文在比较文学中应用的可能性已得到充分的验证，数据分析、可视化等方法的引入将为研究提供新的视角。鉴于此，可引入数字人文对比较文学领域展开研究，对研究主题、研究人员、研究机构、研究成果进行分析，并以可视化方法展示结果。研究结果表明：比较文学领域研究主题呈现大致以文学翻译、现代主义、比较研究为三大核心领域扩展延伸；研究热点以比较文学这一主题为发轫，文本批评、互文性、民族主义、文学融合等系列新热点以时间线性方式逐步演化产生；领域作者之间关系紧密，具有明确的核心作者群；重要文献具有不断突破欧洲中心主义、侧重翻译与世界文学的特点；国际力量上，重镇仍在美国，同时波兰、罗马尼亚、斯洛伐克等新兴国家也发展迅速；国际合作上，美国、中国、巴西国际合作态势明显，新兴研究国家仍主要以国内作者合作为主。

精彩段落

在对国际比较文学可视化的研究中，通过中外对比，可以发现当前我国比较文学研究中存在的问题，如：在国际领域影响力仍需进一步提升，尚未出现中国国籍的重要作者及以我国机构的研究者为作者的重要文献；大部分国内研究者不倾向对外扩张，国际合作以输出为主，但输入合作不足。后续研究中，笔者将进一步关注中外特定领域的对比，挖掘数字人文视角下国际国内发展的区别，推动产生具有实践意义的相关成果。需要说明的，比较文学的量化研究是一种新的研究视角，这种视角是对传统的比较文学的影响研究和平行研究方法的有效补充。本文所实证采用的方法和其他相关方法在比较文学中的应用值得讨论和更深入的研究。

冉从敬、何梦婷、黄海瑛，原载于《厦门大学学报》（哲学社会科学版）2020 年第 5 期

《数字人文时代四川比较文学：学科动态及发展前景》

摘要

比较文学经历了一个从摸索尝试到理论创新的成长过程。比较文学与数字人文具有相似性：前者能够为数字人文提供学科建构的经验，二者的交叉融合也为比较文学在数字时代的发展带来了转型与突破的可能性。数字人文是具有广阔发展空间的知识领域，对于比较文学来说仍是一块亟待开拓的新大陆。四川的比较文学研究者已开始重视本学科与数字人文的交叉对话，这将为四川省比较文学乃至中国比较文学的发展注入新的活力。

核心观点

文章指出四川文学研究团队关于数字人文的讨论进入了活跃期，不再是由学者单独思考个别文化现象组成，而是展开了规模较大、影响较广的学术会议和学术活动。不仅

如此，四川比较文学队伍也积极利用数字时代海量的信息存储系统和快捷的信息传播途径，对学术研究方式和学科教学建设进行了改进。四川比较文学也面对大数据时代的信息社会，对文化现象进行了问题剖析：变异学启发了学者根据此理论进行有关数字人文的思考；数字人文与符号学也有很深的关联。四川比较文学研究者也关注到了人文知识学科的数字化转向，对电子智能时代中人文学科的命运进行了多方面、多层次的探讨，这为四川比较文学注入了新活力。

精彩段落

比较文学始终以追求跨越性为学科特色，具有极强的包容性和开放性，因此在不断扩张自身领域的同时，也吸引了众多其他学科的渗透与融合。面对数字化这一席卷各行各业的热潮和数字人文这一具有广阔前景的新兴学科，比较文学若对此置之不问，忽视社会总体文化意识形态的变化，必然又会再次陷入学科危机。因此，始终站在国内学术前沿的四川比较文学学者开始思考本学科在数字时代的价值重构问题。学者们首先从一些具体的文学现象入手，去探讨比较文学在大数据形态下要如何保证并强化自身的学术影响力。然而，学科边界的模糊性始终是比较文学存在的问题，面对跨越性更广、包容性更强、规模更为宏大的数字人文学科，比较文学研究者更要警惕二者在交叉对话中出现无边蔓延的现象，避免比较文学在包罗万象的数字人文洪流中丧失了自身的学科特性和立足点。

赵渭绒、叶诗嘉，原载于《中外文化与文论》第45辑

《数字时代的比较文学与文化》

（为主持稿，全文较短，原文如下）

无可否认，我们当前已经进入以“数字”为表征的时代。无论是人们的日常生活还是人文社科各个领域都面临着数字化不断加剧的形势。具体到比较文学与文化，进入数字时代意味着文本的生成、传播、消费、研究等环节已经发生根本性的质变。我们欣喜地看到以下六篇文章围绕数字化问题从不同的角度展开讨论，这些研究的出现有力地推进了比较文学与文化的结构化转型。王超的《数字媒介与比较文学变异学之传播变异》一文，从比较文学变异学角度较深刻地解释了超链接、媒介场、次文本、遍历性、元叙事、共叙事、线性结构、播散结构等数字话语范畴，并从媒介变异、文本变异和阐释变异三个方面论证了变异学的传播变异，对数字时代的比较文学理论创新有一定参考意义。杨清的《英语世界数字人文莎士比亚研究》一文，从数字人文的角度对英语世界莎士比亚研究进行梳理，强调了其对世界莎学研究的意义，对中国数字人文的研究亦具有启发意义。高小珺的《数据主义时代下“智人”与人文主义的困境》一文，以《未来简史》为例，尝试对数据主义语境下形成的“后人文主义”世界观、“智人”认知革命、主体性身份以及由此引发的人文主义危机等话题展开讨论。陈思宇的《数字时代的超文本文学研究》一文，从具体个案入手，结合叙述学理论，解构超文本文学的叙事格局与时空关系，反思超文本技术带来的利与弊。赵渭绒、叶诗嘉的《数字人

文时代四川比较文学：学科动态及发展前景》一文，考察了21世纪以来四川比较文学在数字人文领域的学术成果，并对数字化语境中比较文学研究的转型和发展进行了学术反思与展望。熊璨的《论人工智能翻译的可能性——从翻译的三个层次看非文学与文学翻译》一文，探讨了人工智能如何应对文学翻译的问题，从翻译策略、翻译理论、译者的生成空间等方面对人工智能对文学翻译造成的影响进行了总体思考。

曹顺庆，原载于《中外文化与文论》第45辑

《比较：文在多元样态中——比较文学散论》

摘要

比较文学这一学科经历了两百年的发展，蔚为大观。今日之学科、学术、学者遇到了历史上从未有过的大幅度“震荡性”转型，理念更新、知识更新、方法更新皆时不待我。四川省比较文学学会经历了30年风雨，可喜可贺。借此时机，以比较为名，以学科发展、学理逻辑为经纬，专稿以就教于学术界。

核心观点

文章认为从古至今，人类的认知、表述都无法脱离比较的特性，“比较”之命名并没有遮蔽名下之认知表述的基本属性和原初样态。文化人类学以族群为叙事单位，无形中将文学的叙事扩展到一个更加广阔的空间，也将比较性延伸到了更为多元、多样、多维的语境之中。比较文学在尝试一种全新的表述方式，其既表现为研究视野上对传统表述多样性的反思原则，也表现为对表述方式的“多重考据”。除此之外，比较文学同时以一种全新的整合性方式进行表述的实践。

精彩段落一

文化的生产与延续是一种社会关系的延伸，其中，比较无论是一种关系还是一种认知，抑或是一种方式，皆融化其中。与比较文学相同，文化人类学也具有比较的特性，只是不予标榜而已。大致上说，文化人类学在四个层面上凸显比较的意义。一是整体（holistic）。人类学是一个讲求整体的学科，整体研究包含着对各个部件的参照和比较。二是整合（integration）。人类学也是一门整合的学科，一方面讲究对人类不同“属性”的比较研究，包括体质的和文化的；另一方面强调多元“声音”的“社会对话”。三是他文化（other culture，也译为“异文化”）。“他文化”分明嵌着比较性，即以“我者/他者”“主位/客位”为基本单元和视角的多元文化对话与交流。这种对他文化的质性研究，建立在人类学者的深度体验和隐性比较的基础之上。四是田野作业（fieldwork）。要做到对他文化的了解与体认，田野作业必不可少与其他学科相比，它成了文化人类学标签式的方法，而就方法论而言，田野作业也具有比较性。

精彩段落二

族群存续的基本特性之一正是比较性。因为任何一个族群对“我们的历史”都有

一个朝向一致的认同，一方面建立自己的谱系；另一方面区别“他者的历史”。这也成为人类学建构族群单位的一条倾向于文化的边界（boundaries）。巴斯认为：“族群认同的最重要价值与族群内部相关的一些活动联系在一起，而建立其上的社会组织同样受到来自族群内部活动的限制另一方面，复合的多族群系统，其价值也是建立在多种族群不同的社会活动之上。”换言之，族群的单位边界更重要的任务是依靠族群之间认知、表述存续的社会文化关系确立族群认同。

彭兆荣，原载于《中外文化与文论》第45辑

《中国与世界：从比较文学到世界文学——张隆溪先生访谈录》

摘要与核心观点

张隆溪在访谈中指出，现在中西方比较在国际上越来越受到重视，中国比较文学研究充满了挑战与机遇，我们需要努力把握住。比较文学的研究是开放的，也有自己的独立性，它的特点就是以不同语言的文学比较为中心的文学研究，要有具体的文本作为证据，要从细节出发，不要空对空地从概念到概念。中西比较的共通性是客观存在的，但客观存在的东西同样需要阐发；阐发的过程中不能将这种共通性或差异性绝对化，持论要全面和客观，一旦把一个本来有道理的话推到极端，把命题绝对化之后就没有道理了。“世界文学”不是纯粹外来的观念，中国现代文学本身就融入世界文学之中，变成世界文学的一部分，而世界文学现在也为我们提供了一个很好的机会，中国文学的经典也能成为世界文学经典的组成部分。要从中国学者的立场，以中国自己的学术传统作为根基，从中国文学的事实中去发现一些理论的问题，要和西方平等对话，既要避免仰视西方的心态，也要避免简单的民族主义倾向。

精彩段落一

其次，就是文学。比较文学的研究对象是文学，而不是其他的事物。比较文学作为人文学科要打通不同文化、不同文学传统，它是通过文学了解不同文化的价值和传统，通过文学比较认识不同传统、不同价值之间的异同。这是比较文学的任务和特性。比较文学必须研究不同文学传统，其更深层次就是通过文学来看思想观念的变迁，所以，不是以文学作为研究对象的话，比较文学就会失去它的特点。西方的文学研究有走极端的毛病，当代的文学理论本来是帮助我们更深入地去理解、鉴赏和研究文学作品，但后来文学理论的发展却越来越脱离了文学，越来越抽象虚玄，由此出现了所谓“理论的衰落”。所以现在有一个重新回归文学的诉求。比较文学的特性是以不同语言和不同传统的文学为研究对象，脱离开文学，就没有比较文学研究。这就是比较文学学科的特点和独立性，而在美国和西方许多大学里，比较文学系往往有文化研究取代文学研究的趋向，于是有所谓“比较文学已死”的说法，产生了所谓人文学科的危机。

精彩段落二

这两者不是一个矛盾的关系。共通性当然是客观存在的，但客观存在的东西如果不

经过阐发，人们不见得就能清楚地认识到。就像科学发现一样，科学发现的真理本来就是物理世界中本身就有的，不是物理学家造出来的。可是没有通过望远镜、放大镜或各种实验，你不见得就能够发现这种物理、化学现象。文学的研究也是一样的，文学的观念、价值的共通性不见得是浮在表面上的。差异反而是表面上的。比如中国人和西方人长相、语言不一样，地理环境也不一样，中国在亚洲，希腊在欧洲。我跟于连说："差异性的比较算不得是什么大学问吧？你老是说中国和希腊不一样，当然希腊在欧洲，中国在亚洲，希腊人说希腊话，中国人说中国话，这是不需要什么大学问就能知道的事情。这本来就是摆在表面上、一目了然的差异。"但是做学问却是一种发现。在表面看来相同之处去发现其间细微的差别，也在差异下面发现一些隐然的共通方面。这种共通性虽然是发现出来的，但却不是我们生造出来的。

张隆溪、刘泰然，原载于《吉首大学学报》（社会科学版）2020 年第 1 期

二　比较诗学论文摘要

王一平　金书妍

（一）数字人文研究

《文艺研究需要“数字”吗?》

在数字时代汹涌而来的今天，学界需要重审这一问题：当下的文艺研究需要“数字”吗？通过爬梳学界数字人文研究中有关文艺研究的议题，我们可以从以下三方面来开展讨论：其一，研究对象与数字文献问题；其二，呈现方式和可视化问题；其三，理论方法与技术手段问题。

古籍因其稀有和借阅不便，特别受到数字化工作者的关照。而20世纪以来公开发表的文献，特别是天然具有数字形态的网络原生文献在数字化方面存在明显的缺位和不足。文艺研究对象特别是现当代文献亟待“数字”化，借以衔接古籍数字文献与当代原生电子文献，以打通中国从传统到现代的文献研究。

在数字化交互的世界成长起来的年轻一代对信息的接受与阐释也有改变；数据可视化作为一种方法，有益于拓展文艺研究的视野。21世纪以来，“数字人文”的提法代替“计算人文”逐渐为学界所接受。莫莱蒂提出的“远读”理论常常被数字人文学者征引，这与大数据等新技术的优势不谋而合；莫莱蒂对《哈姆雷特》人物关系网络的可视化分析实践，也与“数字人文”的另一个重要研究方法相联系——借助数字方法发掘和呈现的“社会网络”研究。数字技术还带来了研究对象和范畴的改变，比如对“数字艺术概念史”的考察。

“数字”为文艺研究提供了多样的可能性。当然，相比于运用技术解决问题的能力，更重要的是依赖人文积累提出问题的眼光。数字技术可以辅助人文学者拥有新的视野，提出过去不曾有过的问题。数字技术引入文艺研究不仅必要，而且在这过程中亦当推动文艺研究理论与方法的进步。

严　程，原载于《文艺理论与批评》2020年第2期

《从人文计算到可视化——数字人文的发展脉络梳理》

本文收集了数字人文领域规模最大的国际会议“国际数字人文大会”2016—2018年三年间所收录的各种形式的会议论文约1700篇，统计了这1700篇论文的标题和文摘中的关键词词频，发现排在第一位的是“可视化”。

数字人文的前身是“人文计算”，一种简单地以统计文本中关键词为手段的研究方法，起初只能作为人文研究的辅助工具。由于当代研究面临文本过多，无法用传统细读方式进行研究的问题，因此而产生了数字人文，即用计算机来处理全体文学文本。而“远读”则是计算机将文本集合数据化之后，执行统计、分类、查询等操作，但“远读”并未理解文本的内容，其结果仍然需要人的阅读、理解。当然，数字人文技术不仅提供新的工具和方法，更重要的还是有可能赋予我们提出新问题的能力。

数字人文的“可视化”为人文语料提供了一个全局图景，这个图景本质上是一个更多特征维度、更细知识粒度的目录和索引。“远读”是数字文本的可视化目录，描述了文档集合的全局特征，使研究人员对超大数据集拥有整体认知。这种可视化的价值在于帮助我们在海量的数字媒体环境下，筛选应当关注的学术问题和有必要细读的文本。

王　军，原载于《文艺理论与批评》2020年第2期

《数字人文视域下翻译研究：特征、领域与意义》

数字人文视域下的翻译研究滥觞于数字人文研究与实证翻译研究的有机融合，因此兼具数字人文研究和实证翻译研究的特征，其研究领域包括翻译文本研究、译者研究、翻译史研究和翻译教学研究等。数字人文视域下翻译研究的问世不仅导致翻译研究方法发生重要变革，而且在很大程度上拓展并深化了翻译研究。

翻译研究经历了四次研究范式的转变，即语文学范式、语言学范式、文化研究范式和包括语料库研究范式在内的数字人文视域下翻译研究范式。数字人文视域下的翻译研究之前的研究范式要么重视翻译内部研究，要么关注翻译外部研究。而数字人文视域下的翻译研究范式同时注重这两者。这种范式具有三方面的优势，其一是基于大量翻译事实和数据统计，归纳翻译文本语言特征和翻译过程的规律性特征，研究结论较为客观、科学。其二是既注重翻译共性和翻译规范等共性特征的分析，也关注翻译的创造性和译者风格等个性特征的研究。其三是将翻译内部研究与翻译外部研究融为一体，突破翻译内部与外部之间的樊篱。

数字人文视域下的翻译研究具有数字化、实证性、文本数据挖掘技术的应用、微观描写和宏观解释并重的特点。目前，数字人文视域下翻译研究的主要领域有：（一）翻译文本研究，包括了翻译文本语言特征研究、翻译文本比较研究及传播和接受研究；（二）数字人文视域下译者研究，包括了译者或译者群体的翻译风格研究、翻译策略与方法研究、译者的翻译创造性研究、译者或译者群体的翻译思想研究；（三）数字人文视域下翻译史研究；（四）数字人文视域下翻译教学研究，侧重于探讨语料库和文本数据挖掘技术在翻译教学中的具体运用。数字人文视域下的翻译研究拓展了翻译学研究的

外延，丰富了翻译研究的内涵，翻译研究方法也因此发生了深刻变化。

胡开宝、黑　黟，原载于《中国翻译》2020 年第 2 期

《数字人文在古代文学研究中的初步实践及学术意义》

古代文学研究目前存在着资料离散和时空分离两大难题。文献资料的离散分为“同类异处”和“异类分隔”两种状态。时空分离体现在观念意识层面，是时间意识强烈而空间意识薄弱；在实践操作层面，文学史和文学编年史的呈现只能是单向呈现，而不能多向呈现。简言之，如果以时间为轴心，空间秩序就被割裂；如果以空间为轴心，时间序列就被打断。

数字人文技术如何解决资料离散和时空分离这两大难题呢？如运用数字人文技术开发的唐宋文学编年地图平台，就试图实现文献资料的集成化和文学编年史的时空一体化。唐宋作家作品编年地图平台是一个集成性地囊括历年来有关唐宋作家作品编年的成果信息，包括年谱、别集笺注、考订论文等。要让计算机能够识别处理这些编年文献资料，使得它们在地图中可视化呈现，需要经过数据建模、数据转化、数据关联和呈现三个阶段。数据关联融合后，文学编年地图平台就能可视化地呈现作家行迹。文学编年地图平台由此解决了文献资料分散的难题，也在一定范围内解决了时空分离的难题。

数字人文技术不仅可以解决以往文学研究中的具体问题，也可以促进古代文学研究更新观念、改变方法、转换范式。数字人文技术对古代文学研究至少有五个方面的意义。第一是改变文献资料的查询方式——从分词检索到分类获取。第二是改编作品文本形态——从静态固定到动态可变。第三是改变文学史观——从选择性分析到整体性还原。第四是改变文学时空的认知角度和方法——从一维转向多维。第五是改变作家年谱和文学编年史的书写范式。

除了解决资料分散和时空分离的两大难题以外，数字人文对古代文学研究还有两点学术意义。一是数字人文技术可以自动比对识别作品之间的互文关系，从而为古代文学接受史研究带来新的突破。二是可以重建古代文学的历史现场，提供古代文学阅读欣赏的崭新体验，拓展古代文学研究的全新领域。但必须要指出，数字人文不会影响或替代我们文学研究主体的文本解读、审美感知。

王兆鹏、邵大为，原载于《中国社会科学》2020 年第 8 期

《“数字人文”取向的中国现代文学研究：问题与方法》

“数字人文”正在蓬勃发展，但“数字人文”在现代文学研究等领域的应用才刚开始。学界需要尊重“数字人文”在现代文学研究领域才开始试验的事实，并使之尽快从理论设想落地，走向实操，发展出真正的实证、经验研究，进而形成新的理论思考，走向对现代文学整体图景的新解、别解。

本文设想的研究路径分为“数字文献学”和“数字现代文学”两脉。数字文献逐渐发展出了不同于纸质文献的独特形式，持续地影响我们的阅读、思考、写作及日常生活。“数

字文献学”是在实物文献学的基础上的大发展，两者的异质性超过同一性。而“数字现代文学”研究有七个方面：其一是传统的文献史料研究，其二是作家群体生平传记的统计、测量和分析，其三是文学社团、思潮、流派的时空网络及其生成谱系的研究，其四是文学思想史、观念史的统计分析与量化研究，其五是文学文本的文体学（风格学）、修辞学、语言学测量和情感分析等，其六是文学研究数据可视化及相关分析，其七是以现代文学（史）为主体的跨学科、跨地域、跨族裔、跨语言的比较与综合研究。

在“数字现代文学”研究中，文学研究数据的可视化及相关分析的应用，在目前及今后相当长一段时间内或将成为一个重要的发展趋势，值得专门讨论。关于“可视化”需要澄清两点：第一，可视化不等于可视；第二，“数字人文”中的可视化是提取和聚合研究中的数据，将其按照一定的形式和结构予以设计和展示，它是一种能够提出问题、解决问题的研究方法。

在文学和历史研究领域，已经有许多成熟的可视化成果，如布朗大学数字学术中心的“加里波第与意大利统一运动档案”、斯坦福大学的“人文＋设计”团队开发的从伊拉斯姆斯时代到富兰克林时代的早期现代文坛网络图、文学实验室团队开发的维多利亚时代伦敦的情感地图、耶鲁大学的约翰·阿什贝利故居线上游项目等。尽管可视化可能处于“数字人文”取向的现代文学研究的优先或中心位置，但其他七个方面也很有发展潜力。此外，我们也需要警惕在“数字人文”研究中可能出现的过度理论化的倾向。

王　贺，原载于《文艺理论与批评》2020年第2期

《作为“计算批评”的“远读”——以网络小说“升级文”中的节奏与情绪为例》

莫莱蒂的“远读”是以牺牲阅读中细节的丰富性为代价而获得一种对系统的整体理解的。尽管“远读”概念潜藏着对文本细读方法的颠覆性挑战，但“远读”也被赋予了超出其自身能力的方法论革命的意义。从命名上说，莫莱蒂认为“数字人文”这一术语不如“计算批评”更加准确。“计算批评”或“计算研究”是始终在“历史末端”保持着开放性的文学批评和研究传统，并且能够有效缓解研究者有限的精力与几乎无穷的文本之间的矛盾。

网络文学因为低成本的文本数字化特点，成为实践文本“远读”的可能样本。本文选取了网络男频“升级文”从2005—2019年的升级节奏为对象，探究节奏变化背后的“情绪结构”及其变动。本文选取“一叶故事荟”平台，采用关键词分布与关系的方法，通过计算机搜索和标记出同时出现在同一段文字中的关联关键词，定位出小说主角每一次升级所处的文本位置和每一次升级所间隔的文本空间，并以可视化的方式呈现主角的升级节奏。

“升级文”让读者代入主角角色，在不断的升级过程中得到快乐。而升级节奏的快慢决定了“升级文”之间的差异。总体而言，2005—2008年升级节奏较慢，2009年之后节奏大大加快，2018—2019年升级节奏再度慢了下来，这背后的根本原因是社会氛围和大众心理的变动。慢节奏的“升级文”通过“升级”，不仅完成了人物的位置移动，还完成了对世界的全景展现，即一个时代乃至一个文明的全貌；快节奏的“升级

文”体现出勇猛精进的节奏，在中国经济的高速增长期在青少年男性读者群体中获得了巨大的共鸣。也有特别的升级文的升级情节几乎没有完成，其调动的是读者的情感而非“爽感”，这挑战了玄幻小说读者的阅读习惯和期待心理，体现出中国网络文学生态的丰富性。

吉云飞，原载于《中国现代文学研究丛刊》2020年第8期

（二）世界文学研究

《哈罗德·布鲁姆的“世界文学”观》

美国当代著名文学批评家哈罗德·布鲁姆并未明确提出他的“世界文学”的概念，但其理论和批评等方面的实践，反映出了他的世界文学观。首先，在作品/文本层面，布鲁姆从泛文本和经典性的角度来看待“世界文学”，不仅以异质多元的角度看待不同国家和民族的文学作品，也包含了“批评家”、“理论家”和“文学史”这样的主题文本，丰富了世界文学的内涵和种类。其次，在模式/机制层面，他从误读理论出发的“影响诗学”，已构成世界文学批评中的一个重要范式；在后期的经典普及和大众美育中，他对于经典的普及事业使得世界文学文本的“世界文学性”得到了进一步的加强；此外，布鲁姆非常重视翻译对于世界文学的作用，肯定译本对于世界文学的生成。

但是，本文通过对布鲁姆的世界文学文本目录和话语分析，确证其“世界文学”观具有突出的西方中心主义倾向。他论及“世界文学”及相关概念时使用的词语有：cosmos、western、universe、world等。他在一套丛书系列中使用了“cosmos”一词，表现出文学中的一个等级序列，这个等级序列中没有东方文学的影子；其次，英、美文学是这个“宇宙”的核心，英、美、德、法四个国家是中心。同时，在其名著《西方正典》中，其列举的东方经典基本上都是古代的作品，表现出了他对东方文学发展的潜在的悲观认识。本文借用达姆罗什的“超经典”、“反经典”和“影子经典”的划分，表现布鲁姆对莎士比亚等西方作家的神化，揭露出他的世界文学观背后以西方为首的意识形态和后殖民色彩。布鲁姆具有等级性和不平等性的世界文学谱系具有种种消极影响：第一，这种西方中心主义的世界文学观破坏了文化的多样共生，容易产生一种经典权威的压制，使得原本异质发展的文学样貌转向一种西方的单一审美模式；第二，这种中心论忽视了世界文学发展中的双向互动性。

总之，“美国”“美学”“莎士比亚”构成了布鲁姆世界文学观的核心和架构。对于布鲁姆含而未露的“世界文学”观，我们既要意识到其开放积极的意识，又要批判地看待其中隐含的以西方为中心的思维定式。同时，将布鲁姆的影响诗学和达姆罗什的世界文学观、经典观相比较，以及考察他的翻译观在今天的作用等，可以发掘出宝贵的思想资源，充实和丰富当下的世界文学理论。

曾洪伟，原载于《外国文学研究》2020年第1期

《“世界诗歌”事件及其理论启示》

本文重新梳理了20世纪90年代的“世界诗歌”事件，对宇文所安批评英译北岛诗集背后蕴含的当代文学现象及其文化逻辑进行分析。宇文所安针对北岛的英译诗集发表了名为《全球性影响的焦虑：什么是世界诗歌?》一文，引发了备受关注的“世界诗歌”事件。奚密、周蕾、黄运特、达姆罗什和安德鲁·琼斯等学者都参与了世界诗歌事件的大讨论。该事件覆盖了与“世界文学”和“世界文学理论与中国文学研究”两项议题相关的各种问题和关键词，如“世界性的文类”（比如“世界诗歌”）、国际性大奖（比如诺贝尔文学奖）、全球化时代边缘文化的焦虑、世界体系、文化中心主义、经典化（或去经典化）、翻译研究（尤其是原作与译作的关系）、通用语与文化霸权、民族文学与世界文学、国际性（世界性）与本土性之间的关系，甚至是汉语传统诗歌（以及网络旧体诗）与新诗（欧化诗）的关系和矛盾，以及世界文学文本的流通、翻译、变形和读者接受情况这一重要现象。

宇文所安批评北岛诗歌缺乏中国传统文化根源，这与中国现代新诗破旧立新，反传统而借鉴西方诗歌发展的道路有关；宇文所安认为北岛的诗歌创作从表达到意象都太过于欧化，且书写刻意迎合西方人的想象，所以容易被杜博妮翻译成易读的英文；并指出北岛希望借求于西方文学圈的认可来得到本国的声名。作家创作中预设读者当然不可避免，也几乎不存在无功利的写作，但宇文批评了第三世界诗人出于自利目的而投机地创作满足西方读者期待的诗歌。这背后仍是当今世界文化政治体系不平等的问题——西方文化的霸权地位给第三世界的作者带来的影响和焦虑。宇文所安认为北岛诗歌是对欧美诗歌模仿的一次再翻译，在质量上无法和欧美本土诗歌相比。在“世界文学”的背景下，世界性与民族性的矛盾交织是个重要问题，民族性有时会被偷换为满足西方想象的民族“代表性”，即在西方人所设定的世界图谱中找寻到自己的代表性位置，有时这其实是第三世界作家的一种自我殖民化。

本文针对宇文所安兼具洞见与偏见的“世界诗歌”问题，主要引述奚密和周蕾两位批评家的回答，从中西二元绝对划分、宇文所安的东方主义及其对中国古典诗歌的“忧郁”心理等方面进行批驳，指出了宇文所安逻辑背后的场域二元化问题。

“世界诗歌”事件今天依然具有启示性。在全球化时代讨论世界文学和翻译，我们必须考虑如下三种要素：欧美文化或政治势力的影响、本土文学的焦虑、世界文学作品的类似命运。这一事件也提示我们思考与世界文学相关的一种普遍现象：文学文本的跨国界流通，并存在于他者文化体系当中的在场的、复杂的情况；而翻译往往并非透明的、对等的。

姚达兑，原载于《中国比较文学》2020年第1期

《论莫莱蒂的远读及其影响》

自2000年莫莱蒂在其论文“世界文学的猜想”中提出“远读”这一概念以来，“远读”就引起了学术界的广泛讨论。本文从莫莱蒂的世界文学观入手，对莫莱蒂为什

么提出“远读”的方法、其主要贡献是什么、在哪些地方引发了争议，以及目前“远读”在数字人文领域的发展状况等方面进行评析。

首先，莫莱蒂的“世界文学”观中，存在“进化论”和“世界体系理论”的两种“世界文学”。前者产生于19世纪以前，由相对独立、多样的民族文学组成，通过偏离和分化产生新的文学形式；后者则基于伊曼纽尔·沃勒斯坦的世界经济体系理论。其次，对于世界文学的研究方法，莫莱蒂认为传统的文本细读已经无法胜任研究，他在“关于世界文学的猜想”中强调世界文学不是对象而是问题，从而提出“远读”的概念，分析那些比文本更小或更大的单位的演变过程。他认为构成文学史的力量是形式而不是文本，并以进化论、文化地理和形式主义作为研究的三种主要工具，进行定量的宏观分析。

对于莫莱蒂的“远读”观点，有学者不赞同其使用社会历史和进化论观点作为其阐释框架。关于研究方法，哈罗德·布鲁姆指出莫莱蒂的定量分析是荒谬的，斯皮瓦克也认为文学史并非事实性数据的罗列。但数据的分析和阐释的介入并不意味着细读和宏观视野的对立。而关于“远读”与细读这两种文学研究方法的关系，许多学者认为莫莱蒂主张放弃对单一文本的阅读是只见“森林”不见“树木”的做法，他们担心远读会取代文本细读的乐趣。本文认为“细读”和“远读”这两种研究方法各有优劣。而在“远读”的适用性方面，尽管莫莱蒂宣称要尽可能完整地展示文学的世界体系，但有些学者认为莫莱蒂并未做到这一点。

在莫莱蒂提出“远读”之后，随着文学研究的科学性转向，数字技术也被应用到了文学研究当中，形成了跨学科的数字人文研究。“远读”在数字人文领域更多地指对数字形式的文本信息的计算机加工，主要使用计算机分析将实证发现加以可视化。莫莱蒂早期的“远读”并没有涉及建模、算法等计算机分析，但他提出的“远读”概念突破了传统文学研究方法的窠臼，引领和推动了对文学的宏观分析，无疑具有重要的开拓性意义。

都岚岚，原载于《中国比较文学》2020年第3期

《远程阅读时代诗学对话的方法论建构》

针对传统文学研究的“封闭阅读”方法只关注于少数经典，莫莱蒂在《漫谈世界文学》中提出的“远程阅读”，即充分利用小说外部的数据资料等“二手文献”来解释“经典”形成的原因和“形式要素”的变化轨迹。有较多学者认为这一方法过于宏观与化约，是对作品“灵韵”的亵渎。本文的重点并不在于对莫莱蒂的“远读”进行评议，而是借由这个概念来探讨如何在“远程阅读”时代去思考跨文化诗学对话之知识汲取、加工、生产与传播的关系。

“后印刷品主导的时代”的数字人文给人文学术研究带来了重大的变化。首先，数字人文提供的强大数据库和储存能力等使得研究者可以方便、快捷、大量地获取资料；其次，数字人文给传统的学术格局带来了根本性的重塑，原来的文献学和古典学中烦琐艰难的训诂、版本、目录校勘等工作，由于数字技术的介入而大大地简化了。技术带来

的资料获取是方便的，而日后研究中研究者的思想观念和学术个性将会越来越重要。

远程阅读时代之“数字人文”的强大能量，将对学术格局造成根本性的秩序重塑，学界理应对这一学术境况进行新的阅读伦理及其方法论层面的建构。在“远程阅读”时代，不同国家、民族间的诗学问题已处于“面对面”的境遇中。本文在较为赞同弗朗索瓦·朱利安克服框架模式“比较”的“非客观性”的“vis-à-vis”：首先秉持“不比较”原则，将自我与他者的关系变成内生性、属于一个空间整体的互动关系；其次，他者对于自我的内在意义不再单单被视为一种“否定性的迂回”；最后，不在自我和他者这两者之间寻求一种统一性。而根据朱利安为避免“比较”而建构的“vis-à-vis”方法，将欧洲的他者指定为中国，从而回避西方内部的先在偏向性等问题，是对现有中西文学文化比较研究及其方法论的一个有力推进。

刘耘华，原载于《华东师范大学学报》（哲学社会科学版）2020 年第 2 期

《地理批评与世界文学——2018 年的一次讲演》

世界文学在当今全球化背景下备受关注，然而由于一些地区的文化在全球占有相对主导的地位，导致目前所讨论的世界文学具有以个别文化、语言为中心的特点，无法真正覆盖到全球范围。而世界文学无法也不应被穿上整齐划一的制服。对此，维持一种全球范围的异质性有助于消除普遍主义对世界文学的破坏。若要让来自世界各个角落的文学都发出声音同时避免陷入种族中心主义，则须上升到更宏观的层面看待他者文化，这意味着交叉视角和去中心化。

地理批评的越界性能够为学者提供工具，帮助他们从某些虚构的表征中观察和归纳去领域化的迹象与进程。地理批评思想主张将文化的多样性阐释为多重聚焦，提倡以跨越边界的态度消解空间的壁垒，通过与各自的文化身份保持适度距离而达到去中心化，从而化解以欧美语言、文化为中心的局面。

地理批评的主要目标有两个：一是要明晰通过这样的交叉研究能够获得怎样的新知识；二是要了解在开放化和去中心化的背景下，地理批评能够开拓怎样的新视野。此外，地理批评一直秉持着跨学科的思想，因而在文学与地理的结合中，本文作者也不断地尝试将对地图的解读融入其中，尤其是一些当代艺术家有意而为之的艺术地图。当代视觉艺术中千变万化的艺术地图反映着对世界格局的隐喻，文学与地理学以及地图绘制学的交叉视角也能够为世界文学研究带来新的启发。

贝尔唐·韦斯特法尔、乔　溪，原载于《复旦学报》（社会科学版）2020 年第 2 期

（三）变异学研究

《变异学：中国本土话语的世界性意义》

随着我国综合国力的不断增强与中外文化交流的不断深化，“中国话语”不但成为

学界关注的焦点，更成为国家人文社会科学的重要发展战略。变异学是中国学者立足《周易》"变异"所提出的具有世界性意义的、普适性的比较文学学科理论，也是比较文学中中国学者对于学科理论话语建设的新反思与实践。《周易》构建了"变易、简易、不易"三位一体的意义生成系统，"变易"强调变、"不易"强调不变、"简易"强调变与不变之间的基本关联。这种思辨化的变异模式与西方的哲学思想不同，而其作为比较文学学科理论话语的建构基础，既有学科属性上的意义，又代表中国文化软实力的增强。

本文论述了变异学作为本土化学术话语的理论缘起、学理依据、理论构成等。在法国学派影响研究以及美国学派平行研究的理论基础上，中国学者从文学作品的跨文化、跨语际角度，发现了西方比较文学学科理论所忽略的异质性因素，并追求"同中之异"，注重在有同源性和类同性的文学现象的基础之上找出异质性和变异性。

美国学者韦斯坦因在其著作《比较文学与文学理论》中已经触碰到了变异问题；萨义德提出的"理论旅行"亦对以"跨越性"为特征的比较文学跨文化研究有所启示；中国学者叶维廉1975年在《东西比较文学中"模子"的应用》中提出了"文化模子"的概念；等等。在此基础上，变异学吸收接受美学、译介学的学理性内容，试图从全球化背景下的文学传播中获得研究的新思路，关注文化交流中的异质因子，进而提出"文化过滤"、"文学误读"和"他国化"三种变异现象，进一步加固、完善了比较文学学科理论大厦的基础。变异学是中国学者在长达数十年的学科理论建设和反思中作出的对整个比较文学学科的补充和调整，其已经在国际上获得了重要反响，实现了"打造易于为国际社会所理解和接受的新概念、新范畴、新表述，引导国际学术界展开研究和讨论"的构想。

曹顺庆、刘诗诗，原载于《济南大学学报》（社会科学版）2020年第1期

《从"不可译"到变异学》

2013年，艾米莉·阿普特出版了《反世界文学：不可译原则》，书中发展了一种新的世界文学方法，即"认识到不翻译、误译、不可比和不可译的重要性"。《反世界文学：不可译原则》围绕认识到差异性及其衍生的"不可译"的重要性，展开了针对"共同性"宗旨的质疑与批判，特别是对亚洲现代性问题的思考引起了在当下如何对待以及进行差异研究的思考。本文认为，阿普特对民族品牌的竞相树立热潮的担忧，实则是出于避免沦为文化产品流水线的廉价品而挣扎。

阿普特在《反世界文学：不可译原则》中介绍了布尔迪厄的"翻译区"构想。"翻译区"试图创造一个中立的空间来安置差异性，但"翻译区"里的对话终究只是一种基本言语互动的纯粹外显形式，这并不能解决在多元同时交流的语境中言语接受的架构里多民族语言或混语言描述的"不可译"问题，其必然的结果便是需要投入或者自行建立一种"元语言"。本文认为，在此福柯"知识/权力"的构型依然奏效，去政治化仍然是一种难以达到的目标。阿普特本人也从未给出一种行之有效的方法论指导来解决此种困境，她始终强调"不可译"是一种"认识"而非实践指导。阿普特本人的思想

逐渐滑向弗雷德里克·詹姆森的反乌托邦理论体系，最终凝结为弗洛伊德所描述的“忧郁症”，“不可译”最终在阿普特身上走向低谷。

这一切揭示了各界对文化多元主义的不信任来源正是差异研究的失范，因此试图泯灭价值来断绝资本同质化扩张的阿普特感到力不从心。然而，历史叙事的文本性启发了对曹顺庆的变异学的引入——立足于跨越性和文学性两个支点，认识到差异的恒存和变异的必然，以历史动态的眼光看待差异和研究变异，完成对“求同”的立场颠覆——这将为饱受攻击的文化多元主义带来新的希望。变异学的研究，有助于启发我们摆脱思维的困境，明确“本土文学的民族性并没有在文学变异过程中彻底流失，而是在与他国文学进行对话与交融的过程中以变异的形式形成了新的文学话语血液，并因此取得了崭新的发展”。

李安斌、盛国诚，原载于《中外文化与文论》第45辑

《比较文学变异学：少数民族文学外译研究新视角——以壮文学外译为例》

比较文学变异学关注不同国家、不同文明的文学相互阐发中出现的变异现象，突出异质文化之间的跨国变异、跨语际变异和跨文化变异等，这与少数民族文学外译研究有着天然的共通之处。本文以比较文学变异学为理论指导，以壮族文学外译文本为具体对象，探讨少数民族文学外译中遭遇的变异现象，寻求少数民族文学翻译变异的背后原因及有效的翻译途径和策略。

少数民族文学外译是中国对外翻译研究中不可忽视的重要一环，涉及跨国际的翻译问题。少数民族的对外交流与传播大多需要从少数民族语言转换到汉语语言，再经由汉语转换到国际通用的外语，这样的少数民族文学外译是一种独特的三语跨国际外译活动。在三语外译中，比较文学变异学强调聚焦文学比较中出现的变异，突出同质文学上的差异存在，为少数民族文学外译提出了一个新角度。

因此在跨国际的变异与翻译过程中，需要关注各国民族文学之间的差异，允许差异的存在，允许翻译的变异；不拘泥于语言文字符号的束缚，才有可能实现民族文学之间的翻译。在跨语际的变异与翻译过程中，需要充分展现民族文化中的意象，如对于壮族的《布洛陀史诗》，对布洛陀的英文名的选择以及其身份的标识，都需要最大程度保留少数民族文学的味道，以展现民族文学的原本风味。在跨文化的变异与翻译过程中，通过翻译进行的不同民族文学之间的交流，也存在变异的可能性，如在《布洛陀史诗》中的“请众神”一节中，“神”既不同于汉文化中的神祇，也不同于西方文化中的神祇，而是壮族文化所特有的，因此在翻译过程中可适当变异、采用独特的逐字逐句直译的策略，展示壮族万物有灵的信仰，更好地展示壮民族文学的内涵与文化。

从列举的翻译案例分析可以看出，具体的翻译策略不是少数民族外译要重点关注的问题。少数民族文学的外译更多的是要深入具体文学文化内涵，聚焦不同民族之间不同的文学表达和不同的文化展现，允许翻译的变异处理，实现少数民族文学的真正外译和对外传播，而不是一味地遵守所谓传统或经典翻译原则，阉割民族文化，迎合翻译对应

或者是西方的读者期待。

关熔珍、麦红宇，原载于《文化与传播》2020 年第 1 期

（四） 阐释学研究

《谈谈阐释学中的几个常用概念》

通常认为，被认知的东西是什么样子，跟我们怎样认知它无关。但“文本”这类东西并非如此，对文本的认知既改变认知者也改变被认知者。近代阐释学发展出来的一些核心观念，例如文本解释的对话性质，须从这种双向牵连来理解。这些新观念拓展了阐释学的范围，加深了阐释学的内涵，但也带来了对相关概念的混淆和误用。在阐释学发展的当今阶段，应让阐释、对话、误读等概念各归本己。

本文认为，近代阐释学倾向于把概念从它们从前比较确定的用法那里松解开来。例如，揭示阐释的对话性质有助于我们看到，聆听文本之际，听者并不是完全被动的，而是积极参与到文本的言说之中。这场对话把文本和阐释者双方都卷入其中，形成一个共同的活动场所。然而，有些论者听说了这些洞见，立刻把阐释等同于对话，把对话等同于读后感，沧海横流，反而掩盖了原始洞见。然而，形形色色的参与并不都可以适当地称作阐释。阐释的目标是帮助读者理解原文本，质疑、反驳、生发新论，这些都可能帮助我们更好地理解原文本，然而，这不是它们的目标。阐释具有对话性质，但阐释不同于面对面的对谈。避免这种种混淆并不难，那就是把阐释叫阐释，把阐发叫阐发，把对话叫对话，让诠注、阐释、对话、误读这些概念各归本己。概念思考的一项任务是在一个概念之中揭示出它与其他概念的紧密的然而却隐秘的联系。这无疑让人兴奋。然而，只有当一个概念限制在它自身的意义之中得到使用，这些联系才会富有活力。

陈嘉映，原载于《哲学研究》2020 年第 4 期

《抽离了社会历史范畴的 π 还有效吗——与张江教授对话》

张江的《论阐释的有限与无限——从 π 到正态分布的说明》采用正态分布描述各种阐释观点获得接受的概率，以 π 表示阐释中的无限性。张江首先从理论上肯定了这种可能：阐释的无限。阐释对象锁定之后，他列举了种种可能出现的状况：不同的时间与空间可能使同一阐释主体对于文本产生相异的理解；不同的阐释主体也可能对于文本产生相异的理解；时间与空间的无限、阐释主体的无限以及各种状况的叠加重合必然形成阐释的无限。该理论模型从各个方面协调文本与阐释之间的多种张力，从而构想了一幅既稳定同时又富于弹性的理论图像。本文认为，构想这一幅理论图像的时候，张江教授保持了理性主义的稳重。尽管阐释的无限占据了充分的理论空间，但是他显然倾向于站在“阐释的有限”这一边。张江教授认为独立主体的阐释目的是确定的，文本的意义由作者创造。然而在本文作者看来，阐释主体远非如此自由。从“新批评”

的“意图谬误”角度来看，作者不过是语言结构自我展示的平台，读者的历史身份决定了他们对于文本进行阐释的空间和角度。

《论阐释的有限与无限——从 π 到正态分布的说明》引用圆周率 π 和正态分布分别形容阐释之中的“诠”与“阐”。引入数学语言的目的是追求一种精确的、逻辑的理性主义再现，但这个设想并未成功，π 仅仅是一个不那么精确的隐喻。此外，对于张江教授信赖的“公共理性”，本文认为在约束阐释主体的意义上，“公共理性”这个概念的重点是“公共”而非“理性”——某些时候，公共关系的基础并非理性。很大程度上，正态分布肯定的概率默认了公共理性的前提。然而，数学语言的抽象性滤掉了社会历史范畴——数学语言擅长的是表述各种超历史的现象，但概率无法说明为什么一些偏执的文本阐释可能在特定的时间与空间突如其来地成为正统，并且形成特殊的效应，例如清朝的某些“文字狱”。

现代阐释表现为阐释的狂欢，作者的意图、文本的本义、完整的交流模式被抛开了，令人眼花缭乱的解读、误读、曲解、夸张的想象或者犀利、深邃然而牵强生硬的阐释成为时髦。而在中国阐释学的语境下，垄断式的文本阐释已经撤走，阐释主体可能对于同一文本提出不同的理解，但仍然需要面对公共、理性、有效边界、从历史语境提取真实的含义等问题。

南　帆，原载于《探索与争鸣》2020 年第 1 期

《作为阐释学根据的公共理性》

在《论阐释的有限与无限——从 π 到正态分布的说明》一文中，张江提出文学阐释学可以被置于西方“语言学转向”的思潮中来理解，即从对阐释意义的讨论转向阐释本身规则的探索。在阐释行为中普遍存在着有限与无限两种不同的理路——诠之有限性和确定性，与阐之无限性与不确定性，构成了阐释学的内在张力；而如何解决这一张力是问题的关键。本文认为，张文最值得注意的努力是如何从一般性的辩证关系的描述中超越出来，探究对阐释有限与无限关系更为精确和确定的界说。张文最具创新性的地方正在于引入科学的原则和公式，具体清晰地楬橥阐释的有限性与无限性之关系，使限于语言层面的说明得到精确化的科学阐释。借助库恩的范式理论，可以发现阐释学“公共”概念包括了文学研究的学科或学术共同体以及一般文学读者公众。同时，这种“公共性”也涉及了理性的推理与逻辑。

在张江的讨论中，“公共理性”是一个极为关键的环节。赫什把批评家努力重现作者的逻辑、态度和文化传承当作文学批评的理性原则，意在强调批评阐释的有限性和确定性。他赓续了维特根斯坦的理念：阐释的目标不是认识言者说了什么，而是要搞清在“公共语言规范”所认可的意义是什么。赛尔认为文献阐释最重要的是阐释者需要某种“阐释背景”，一个知识、信念、欲望等构成的复杂网络。卡勒提出了“惯例和期待系统”；本文认为，首先存在着文学的“惯例和期待系统”，文学阐释者或批评家熟知这些惯例与期待，并深谙如何通过语言的诗意用法与历史的和现有的惯例对接，并通过惯例的创造而形成种种文学的期待。文学文本的意义和价值正是在这样的惯例和期待中生

成的。而对文学的这些惯例与期待的研究，必然发展出文学研究中对文本意义阐释的“惯例与期待系统”。这些理论的和哲学的惯例与期待，往往以学术共同体的共识或协商的形式呈现出来，成为介入文学研究领域的学者们的共同的游戏规则。文学阐释所基于展开的推理或逻辑，在相当程度上就是这些阐释的惯例与期待。以科学哲学家库恩的范式理论解释，共有一个范式的人能够组成一个科学共同体，四个层面的同一能够确定一个范式，分别是符号概括即学科自己特殊的符号、定律和公式；范式的形而上学部分，即共同体成员共同的信念；价值层面的同一；各组研究范例。

回归到阐释学所根据的公共理性，此处的“公共”首先应意指文学研究的学科或学术共同体，还应包括一般文学读者公众，因为文学文本的阐释不仅是给学术共同体看的，亦包括普通读者，此乃文学批评之所以重要的原因所在。理性基于的推理与逻辑，也就是库恩所说的四个层面。当然，人文学科与自然科学有所不同，其学科知识所要求的理性或许还包含了更多的内容。

周　宪，原载于《探索与争鸣》2020 年第 1 期

《视域融合、形式建构与阐释的当下性》

一　阐释的冲突：合理破除人文与科学的研究方法樊篱

张江指出，他的《论阐释的有限与无限——从 π 到正态分布的说明》尝试借鉴自然科学中的理论与方法，探讨在当代阐释学理论和实践中阐释本身是否开放的问题，对阐释的有限与无限这一精神科学领域的问题进行说明。其观点可概括为四句话：第一，文本本身的意义是有限的，如果一个文本的意义无限，便不再需要其他的文本出现。第二，人的阐释是无限的，阐释者可以对文本进行无限阐释。第三，阐释不一定有效。第四，阐释的有效与否由公共理性决定，而公共理性的发展和变化也决定其未来有效与否。为了表达好阐释有限与无限的关系，他分别借用数学和物理的方法对上面四句话的含义做出了具体说明。

周宪指出，自然科学与精神科学或人文科学的关系问题，一直是学界热议的难题。目前，科学对人文学科产生着非常大的影响，甚至是革命性的影响。第一，自然科学的原理和研究方法是针对自然现象而出现的，转到人文学科领域中是否适用就是一个问题，因为研究对象有很大差异。在对阐释有限和无限关系问题讨论时，引入数学的一些原理和方法，这对于改变人文学科学者讨论该问题的惯性思维和模糊描述，是具有明显功效的，它以另一种精确描述的方式重新界定了有限与无限的复杂关系。第二，我们要重视自然科学与人文学科之间存在的根本差异是对自身学术传统的不同态度。自然科学追求唯一正确的最新答案，而人文学科则由于学科研究对象和观念方法的多元性，并不存在着科学那样的唯一正确的答案，这就导致了人文学科阐释的多元性和复杂性。另外，提出假设也好，阐释的多样性也好，阐释的冲突也好，如何来规范而不至于变成臆想和呓语，对阐释边界、范式和理性的研究就变得十分重要。在这方面，引入一些自然科学的原理和方法来说明是有效的。第三，人文学科区别于自然科学的最重要的特质在于它关心的焦点问题是意义，生命的意义、历史的意义、文本的意义等。人文学科是关

于价值的讨论，是一门规范性的学科，而不是自然科学那样经验的或描述的科学。人文学科的学者对科技文明带来的问题，尤其是负面影响的问题非常敏感，而且往往采取反思性和批判性的立场。

朱立元认为，张江分别借用数学和物理的方法对文本和阐释的有限与无限的关系做出了比较明晰的说明，基本上站得住，就阐释学来说，有所突破，值得肯定。但是这种对自然科学方法的借鉴，大致上还是一种不同问题域之间的类比，其意义和适用范围比较有限，似不具备可推广的普遍性。自然科学的方法可以借鉴，可以在有限范围内有条件地应用，但是应用于人文学科和社会科学（包括阐释学）时应该谨慎。有不少人文领域的问题，特别是精神现象，包括许多思想、文化领域的现象，只能做定性的分析，很难做数学化的定量分析。而张江提出的“公共理性”的问题应该有更为深入、全面的分析和阐释。公共理性有不同的层次与范围，不同时间或时代的公共理性都存在区别。有些公共理性从人类进入文明时代或有人际交流时便已产生；不同时代的公共理性也在发展、变化。有时公共理性也是有限度的，这个限度主要是指不同时期（时代）不同利益或范围的群体或共同体，公共理性的内涵是不同的。同一时代的不同共同体，或者不同范围的共同体，其公共理性也不会完全一样，这就是在大的公共理性下许多较小群体的公共理性及其对某些问题的阐释存在差异甚至对立、冲突的原因。不承认公共理性则阐释学立不起来，但是承认这一点要有条件，需要对不同时期、不同层次、不同群体（共同体）的公共理性做进一步的分析。这也与阐释学中使用自然科学方法的有限性有密切关系。比如，当今国内外许多极为错综复杂、瞬息万变的社会现象、文化现象，就很难简单地用自然科学的方法加以解释，即使使用抽样调查、数据分析等社会科学方法也很难奏效。所以，朱立元不反对阐释学有条件地引进自然科学方法，但认为对此应持谨慎态度。

二 寻找共识：中国阐释学如何阐释分裂的现实世界

丁帆提出，谁也没有预料到2020年会发生如此巨大的人类灾难，这一灾难带来了人类意识形态的剧烈动荡和分裂。他认为，重新考虑“当代性”内涵和外延的建构，让阐释学以一种新的姿态进入当下文学批评，使其更有普适性和更适用于中国国情，应该成为重新厘定与思考“当代性”价值理念的一个前提，同时也是建构一个属于自己的新批评与阐释体系的归宿。他以为，倘若阐释学仅仅成为一种空悬的理论模式，而不能积极地参与到当下的文学活动中来，具体指导和实践文学文本的解析，就是一台废弃的机器而已。因此，第一，批评与阐释必须在明白易懂的语言表述下才能进入接受美学的语境，不能用“名词轰炸”吓唬人。第二，批评与阐释应该追求个人的“艺术趣味”和“审美情趣”。第三，“批评”与“阐释”的本质就在于它是建立在哲学层面上对文学的审视。一个没有哲学思考与创见的文本与图像艺术分析和阐释，不属于真正的学术批评与阐释。第四，消除以作家论说为批评与阐释中心的低端文本图像艺术解析，是当下批评与阐释的一项重要任务。第五，批评的属性是用真理去公允地阐释文本，使其朝着人类精神健康发展的道路前行，这虽然只是一个常识，但却是一个由不同价值观的批评家掌控的文学艺术阐释学的要害问题，谁来发言，如何发言，是批评与阐释的关键问题。

邓安庆表示，伽达默尔创立的哲学阐释学奠定在存在论的基础之上，这是我们在创建中国阐释学时必须特别重视的。首先，一个经典文本具有理解与阐释的“需要”意味着时代（存在）提出了有待解决的“问题”，带着这个时代的“问题”我们向经典文本的“作者”提问，要求他/她来“解答”，于是在“作者”与“读者”（阐释者）之间形成“阐释学对话”。如果在“对话”中能达成“共识”，那么文本的“意义”就“生成”出来，产生有效的效果，意味着对时代的“问题”给出了有意义的回答。因此，这种效果意义既不是我们主观阐释的效果，也不完全是作者文本的原意，而是文本蕴含的“无限”意义在当下的“呈现”（达在），因而是以“有限”、“有效”且“确定”的形式实现其自身意义生成的存在方式。文本之空洞的“无限意义”不断地在每一个时代产生其“确定的”有意义影响，就构成经典本身的“效果历史”，即其“精神”意义的发生史，这也就是阐释的有效性要求的存在论基础。而讨论自然科学和精神科学的关系非常重要。直接借用自然科学的方法来规定阐释学时，必须十分谨慎。阐释学作为哲学有其自身的使命，它的方法论是基于存在论之上，而不是基于实验科学给出的“经验事实”。文本和阐释的有限性与无限性，都是指语言所表达的既有限也无限的意义。而语言共同体，本质上是一个精神共同体。其塑造着具有共识性的理解和阐释。伽达默尔反对阐释学是纯粹主观的阐释，因为单纯主观的阐释是无限多样的，要证明主观阐释的有效性，需要一个精神共同体就某一主观阐释是否能解答时代问题达成一致。如果达成了相互理解，任何阐释的意义就一定是在某种精神共同体中实现的，也只有在精神共同体中达成的相互承认的意义理解，才具有规范的有效性。这就是公共理性的基础。我们理解任何一个文本都要有一个“问题史”的梳理，找到其意义变化的有效性，从而解决今天的问题。有了问题意识、问题史的标准，就能解决个人理解的自我确证性和多样性阐释的冲突与矛盾。伽达默尔强调在阐释学活动中，不单要重视说出来的语言及其意义，更要倾听语言背后未说出来的意义，所以，他更强调阐释学是倾听的艺术。我们要相互理解、相互承认，解决不同阐释间的冲突，只有借助对问题本身的理解，才有可能获得确定性的意义。

三　构建当代中国阐释学的核心问题与关键思路

曾军认为，在缺乏明确的内涵性定义的情况下，我们可以先给“阐释”做一个描述性定义，以便圈定讨论问题的范围。他把阐释首先描述为“人对意义的一种追求活动”——这里面包含了三个概念，一个是意义，一个是人，一个是活动。或者说，“阐释”涉及对这三个核心问题的解释。构建当代中国阐释学，他的建议思路是：首先需要有一个直面阐释问题本身，超越不同类型阐释的“元阐释学”的基本判断；其次可以进一步扩展不同类型的阐释学，比如“哲学阐释学”“文学阐释学”“历史阐释学”等，这可能成为中国阐释学的一个骨架。我们需要立足于作为社会关系总和的人，同时兼顾作为个体的人和作为民族、种族意义上的人的不同层面，进入人类意义阐释的一个历史公共性、具体性和文明复杂性的过程中进行讨论。在方法和手段上，科技和人文并不排斥，而是相互融合。

成祖明指出，由于过于关注后现代的背景，学界忽视了西方现代阐释学的科学认识论背景，这就造成了在讨论时往往在起点上就脱落了现代阐释学对科学原则的追求。自从笛卡尔发现主体自身自明性，以此作为通向客体、认识客体的根据，康德在此根据上建立了主体认识客体的路径、原则与界限，西方现代哲学一直围绕着科学认识论展开和演进。现代阐释学从一开始就是现代科学认识论的一部分。虽然阐释学重点在对意义的理解，而自然科学研究方法的重点在对规律的说明，但在主体科学意识、起点和原则上则是相通的，都是主体从寻求一个自明或坚实起点出发对对象或存在的科学认知和阐释活动。事实上，无论“现代”还是“后现代”，都存在着一个现代科学意识和原则，只不过后现代是对现代体系、自明性等过分的确信提出了反思、质疑和批判。但是，当后现代否定一切现代的时候，也就否定了自己，走向了一种虚无主义。因为人存在着主体间性，我们彼此之间是可以理解的，这就提供了公共性的坚实基础。阐释被公共理性接受的同时又受到公共理性的制约，就产生了阐释的边界和限度，而在边界限度内阐释则表现出开放性和无限性。历史阐释追求真相和客观性，虽然可能不能达及真相，但能够接近真相或呈现真相的一些面相，在这些面相中呈现真相的丰富性和开放性。科学性原则更容易被公共理性接受，并将公共理性自身扩展。尽管存在复杂的情境，按照科学原则发展建立阐释学方法和理论依然是现代阐释学的应有之义。未来的中国阐释学就是一个从中国视域出发，遵循科学原则，不断创新，多学科共建的阐释科学理论体系。

李红岩表示，在阐释学讨论过程中，我们必须始终明确阐释学的属性，即阐释学是一种思想形式研究，不是思想内容研究。张江近年所从事的阐释学研究与建构，始终坚持的就是思想形式研究的方向与路径，也就是在揭示思维规律的基础上，试图确立当代中国阐释学的形式规则。过去，在直接反映论影响下，我们对于历史认识过程中主体的作用关注不够，对历史客观性问题的复杂性认识不足，因而对于主客之间的关系、主体间性的意蕴、主体内部的种种关系，都带有机械唯物主义的特征，从而导致了历史认识论方面的简单化倾向。但反映论本身并没有错，坚持历史的客观性、历史认识的确定性同样没有错。人类的创造同样是历史的客观性内容。而历史唯物主义对于人类创造历史的积极性、主动性、目的性，同样给予充分肯定和揭示。马克思和恩格斯在区分自然史和人类史的同时，特别强调两者的相互联系和彼此制约。我们从事历史阐释研究，离不开上述大框架；只有从上述大框架出发，才能达到对历史客观性真实而又辩证的认识。

张　江、周　宪、朱立元、丁　帆、邓安庆、曾　军、成祖明、李红岩，原载于《探索与争鸣》2020 年第 12 期

（五）中国问题与中国学派研究

《“文艺理论的中国问题”笔谈》

“文明互鉴与对话：文艺理论的中国问题”学术研讨会于 2019 年在武汉大学召开。会议邀请了文学、思想史、媒介研究等领域的学者参加，其目标是从文艺理论领域出发，追问思想史、大历史、现代性以及普世理念与特殊论诸问题。批判与反思的目的是发现中国问题的缘起、症候、表征及其后果，其反思本身就是理论的中国问题及其具体实践。“中国问题”（China Question）既是研究的内容也是一种解释的方法，既是外

在（西方）的也是内在（中国的学科史与思想史）的学术议题。会议了邀请杜克大学刘康教授、上海交通大学王宁教授、武汉大学李松教授等学者围绕会议议题展开深入对话，组成一组笔谈，其中包括刘康的《对话与反思：理论的中国问题》，王宁的《西方文论的幽灵：中国文论话语建构之我见》，李松、吴婧的《华语语系文学：后殖民主义的中国问题》，期望推动学界对相关问题的思考和研究。

刘康具体梳理了众多学者围绕会议主题展开的讨论：西方理论与中国的关系、中国古代文论的现代转换问题，并认为理论（或西方理论）的中国问题这个学术命题，其目的是以文明互鉴与对话作为方法，考察世界中的中国与世界中的其他文明传统的融合与互动关系。而从思想史的分析方法、学术范式的反思出发，有助于超越中西二元模式的思维定式。在分析框架上，将中国视为“世界的中国”的互动模式而非“世界与中国”的对立关系，将有助于在追问思想史、大历史、现代性诸问题的基础上进一步思考普世理念与特殊论等更广泛的问题。王宁认为，五四运动以来中国现代文学和理论逐步形成了自己的新的传统，这一新传统既可以与自己固有的传统进行对话，又可以与西方的文学和文化理论进行对话。西方文学理论和各种现当代文化思潮犹如幽灵已经渗入中国人文学科各相关学科的理论话语中。中国当代文论在世界文论版图上处于相对“边缘”的地位。中国的人文学术国际化要经历“跟着别人说”“和别人一起说”“和别人对着说”“带领大家一起说”这四个阶段。李松、吴婧提出，在华语语系文学的相关研究中，文学的地理身份和语言身份是界定这一概念的方法论依据，但这种划分方式仍然无法避免概念边界的模糊性。同时，这种界定策略也造成了华语语系文学概念的内部焦虑，忽视了中国文学在全球华文文学版图中的主导性地位。海外学者提出的华语语系文学论述实际上复制的是西方后殖民主义的思维逻辑，并以此来抵制中国中心的立场。走出后殖民主义理论宰制的出路在于树立“文学中国”的理论正当性与批评实践的可行性。如果抛弃简单的分类学视角回归文学本身，可以发现“文学中国”的书写实践在国际上已经有了越来越多元化的存在方式。“文学中国”的边界具有开放性、多元化、流动性的特点，因而以此为观察视角可以发现中国文学与华文文学之间的交融与互动，并且摆脱认同政治与解构话语的纠缠所导致的论述困境。

刘　康、王　宁、李　松、吴　婧，原载于《湖北大学学报》（哲学社会科学版）2020 年第 3 期

《西方理论的中国问题：中国文艺理论与政策的谱系学思考》

西方文艺理论与中国、中国文艺理论的关系一直是学界讨论的热门问题。“西方理论的中国问题”以文艺理论为出发点，力图超越中西二元划分思维，把中国置身于世界的大环境中思考问题。中国的文艺理论与近现代以来中国研究的“西方话语——中国问题”脉络紧密相连，而今天提出“西方理论的中国问题”，旨在重新发掘这一历史线索：首先把中国问题视为西方理论之中的内在问题；其次，在全球民族主义情绪高涨的时刻，强调“世界的中国”这一不可分隔之关系——这是对种种民族主义、排外主义情绪背后的一元决定、二元对立思维逻辑的反思和批判，也是对各种本质论、普世论

和真理观的理论预设的质疑；最后，在方法上，强调历史和元批评的角度，不仅思考西方理论的中国问题的角度，也强调自我反思的角度。

本文认为，从“理论与政治的关系”这个角度来重读、重置中国马克思主义文艺理论，或许对于“理论与实践”“文艺与政治”等中国问题有一些与以往不同的认识。西方启蒙运动以来将自身的理论看作普遍理性和真理观的代名词、现代性思想的基石，从而产生了“西方理论的中国化”这一单向的传播与接受。但“西方理论的中国问题”这个命题就是要质疑“（西方）理论”所蕴含的本质论、普世论和真理观的基本预设，包括种种内在与外在、内容（对象）与形式（方法）的关系。

阿尔都塞、福柯、德勒兹、巴赫金等基本上是西方马克思主义在西方后学中的主要脉络。以之为代表的西方文艺理论成为中国文艺学和现当代文学批评中的流行，但热闹与喧嚣背后依然透露出知识理解的单薄与思想探索的缺乏。本文提出，学界认为西方文论的流行与中国文论界的失语症、强迫症等各种“阐释的焦虑”有着因果关联，而对西方文论大加讨伐，这是21世纪来中国学界西方理论话语流行的一体两面的另一面。不过这种讨伐的学理支撑堪疑，多有焦虑情绪宣泄与政治表态性质。但是在文学学界之外，中国马克思主义理论研究、哲学和思想史等学科近年来有许多深入研究上述思想的专著和论文问世。

曾军、杨建刚、李玮的一组文章围绕着中国马克思主义文论的脉络展开。曾军讨论的是西方马克思主义在中华人民共和国成立初期的理论旅行及其引发的理论问题。杨建刚的主题是新中国政治话语、政策宣示之中的文艺问题。李玮重读毛泽东在延安时期对于“民族形式”的思考和阐述，将之重置于中国革命与世界革命的语境中，提出了“重新发明中国”的命题。理论的中国问题之一是西方理论与中国问题双向重读和重置；国际思想界知识界对其中不断涌现的大量问题充满兴趣，中国学者更应当仁不让地思考这些问题，与国际知识界展开对话。

刘　康，原载于《文艺争鸣》2020年第5期

《中国现代文学研究的范式危机：美国学界的论争及其反思》

20世纪80年代以来，欧洲和北美学界在人文与社会科学领域掀起的理论革命强烈冲击了原有的文学研究模式，深刻影响了人文学术的版图以及学术体制的变革。1993年刘康等学者在美国《近代中国》杂志发起关于中国现代文学研究范式危机的论争，集中反映了美国的中国学内部关于文学研究的方法论冲突以及人文学科之间的断裂与调整。该论争的主要话题是：中国马克思主义文艺批评与西方左翼的比较研究、文学的政治属性、西方文论的中国问题、人文学科关系的断裂、批评理论与新批评的矛盾以及文学研究与理论的关系。本文回顾与反思美国的现代中国文学研究的内在逻辑及其分歧，可以为国内的文学研究者打开国际对话的窗口，并且在新的历史条件下和新的思想语境中继续深化有关核心命题的探索。

本文认为，全球化背景下亟须被重新确定本质的中国现代文学及其与西方理论话语的关系，构成了这场争论的张力和焦点。阐释中国文学的焦虑以及运用何种西方理论进

行阐释的困惑，始终萦绕在美国的中国现代文学研究者的心头。杜迈克、林培瑞、张隆溪等学者围绕理论和文学的本质问题、“第三世界的文学和理论”等问题的讨论充满着困惑和焦虑，而他们关心的问题在今天依然需要被正视并重新解决，如文学批评与个人体验、林培瑞对批评理论的反思与批判等值得关注。

李　松，原载于《武汉大学学报》（哲学社会科学版）2020 年第 5 期

《对中国百年文学理论两道褶痕的理论思考》

中国百年文学理论在其展开过程中出现了历史的顿挫——辛亥革命推翻帝制引发的文学理论否定传统的事件与 20 世纪 70 年代的文学理论与社会政治划分域界的事件。本文认为，这两道褶痕都由与族体、国体命运密切相关的社会政治事件引发，这表明中国文论界群体性的政治依附心态，这是一个重要的群体性的理论建构特点。这个群体也具有取鉴西方而图新的历史心态。两道褶痕的理论启示在于，对传统的否定往往造成族体与国体的理论性否定，由此形成的理论自体褶痕是西论得以律中的理论原因。

本文认为，中国传统文论拥有自己严密的体系性。就思维而言，中国传统文论思维以人伦为主干，以圣人之言为根据，以天人合一为哲学，以象意言为表述方式，以取譬连类的范畴流动为脉络，以情感体验为逻辑，以含蓄蕴藉为趣味，以重实尚用为取向，以评议阐发为体式。这套思维至大至微，至生至化，玄奥精妙，意蕴深远，又极具普遍性。然而两道褶痕却从理论自体中将这种体系性弱化了，以至直到 20 世纪末，第二道褶痕进入由反而合的路径时，传统文论如何当下转化的问题竟作为令文论界困惑并争论不已的尖锐问题而提出。由于传统理论自体的弱化，一系列活力尚存的自体范畴也被忽视，中国文学理论在一些否定传统的学者那里便成为无体之论。而对传统的批判否定不能是丢弃传统，而应是积极延续传统。本文认为第一道褶痕中的社会政治一体化，第二道褶痕中的去社会政治一体化，均强化了文学理论的实用主义倾向，并导致了理论形而上属性的弱化。

高　楠，原载于《中国文学研究》2020 年第 4 期

《文学理论与中国现当代文学研究》

文学理论和中国现当代文学分属于“文学”这一学科，两者之间既有对象上的区别，又有互涉的关系在里面。从概述来说，文学理论主要从理论上研究抽象的文学问题，而中国现当代文学则研究具体的作家作品、文学潮流以及文学史的发展变化等问题。两者表面上独立，但在学术实践中往往难以分开。从理论和实践的角度来说，两者属于辩证统一的关系。中国的现当代文学，几乎可以说是在外国文学的影响下发生的，比如说抒情小说、象征主义诗歌、朦胧诗潮、美文等，背后无一不对应着西方的文学理论。所以，在本文强调的文学理论对中国现当代文学研究的工具性和方法论反面，主要是西方的文学理论。

文学史根本上来说是历史，而每一种历史叙述的背后都有某些思想或理论作为支

撑。纵观中国现当代文学学科的历史，我们可以看到学科研究的突破几乎每一次都和西方理论的引入有关。以鲁迅为例，早期的鲁迅研究大多从政治学和社会学的角度作为范式，而20世纪80年代之后，思想解放带来的新风气也给鲁迅研究带来了新的气象。

21世纪以来，中国现当代文学研究中的文学理论越来越弱化，而史料的发掘和甄别等现实材料的搜集整理问题得到了越来越多的重视。虽然在运用西方理论的过程中确实产生了不少问题，比如理论先行使得文学文本变成了理论的印证，并且中国现当代文学的研究确实应该从材料出发，但对于理论的摒弃同样给学术研究带来诸多问题。当下这种不重视理论的研究，因缺少哲学、历史、文化学等方面的理论深度，而变得越来越平面化，成了大量现象的描述、资料的堆叠、内容的集成，观点上却是没有新内涵的老调重弹。所以，不管是从大的一级学科还是小的二级学科之间的互涉来说，其他学科理论的引入都能给中国现当代文学的研究带来新的活力，产生的新的文学理论是对旧理论的一种扬弃。但我们在意识到文学理论重要性的同时，也要注意它泥沙俱下的一面。

高　玉，原载于《社会科学》2020年第2期

《中国文论话语创新：从话语体裁到知识生态》

文学理论不仅要对研究对象进行理性思考，同时也要对自身进行反思。20世纪学术界的“话语转向”使得语言学的研究从静态的结构转向动态的社会，如巴赫金和托尼·本尼特的言语体裁研究。同时，中国文论中也非常注重体裁这一问题，这在《文心雕龙》和《四库全书总目提要》等著作中都有论述。然而今天的文论研究着眼点基本在于理论文本和社会现象，很少对于文论自身的文体学问题进行反思，本文是这一尝试的初步探索。

本文作者将文论的文体分为：论文体、论著体、项目体、教材体、书评体、综述体、史论体、词典体、提要体、译介体、讲说体、对话体、辩驳体、召议体、诗文体这15类。其中论文、论著、史论、项目是目前最重要的四种文体；教材体文论的建设今天还需要加强，作为研究者写出的教材往往学究气十足且缺乏读者意识，忽略了具有创新性的教材给文论话语带来的影响力；书评、综述、史论、词典、提要、译介等作为二次文献分析的文论体，是学术研究的重要基础，今天它们各自都面临着时代发展带来的问题；讲说、对话、论辩、召议这类问题注重的是文论的话语实践功能，比较注重交际性、对话性和社会性，更为鲜明地表达出研究者的思想观点；诗文体则是最见学者性情的文体，因其较强的个人色彩，难以融入学科评价体系当中，同时受到科学中心主义的冲击，这种具有中国特色的文论话语可以说发展缓慢。

当代中国文论普遍强调创新，但创新的话语方式却非常单一。本文通过对文论话语体裁的梳理，探讨了文论知识生态本身所遭遇的危机，其意在表明，中国文论创新需要有一个话语机制的反思。上述的文体划分并非绝对的，其内部的丰富性和交叉性仍值得继续探讨。面对中国当代文论不断强调创新却单一的话语，本文对于文论话语体裁的分类提供了一个新方面的思考。从今天的学术界的样貌，我们可以看到这样多元的文论话语如何被单一化。为了促进当下文论话语生态的良好发展，我们需要对文论自身体裁有

进一步清晰且深刻的了解。

时胜勋，原载于《文艺争鸣》2020 年第 7 期

《70 年来我国比较诗学研究的得与失》

从 1949 年中华人民共和国成立至 2019 年，中国比较诗学经历了 70 年的岁月。本文认为，这 70 年大致可以分为前学科时期、学科创立时期、巩固时期、拓展时期与深化时期。

1949—1978 年可以看作中国比较诗学的前学科时期，它是在西学东渐的中西文化碰撞中产生的。虽然前有王国维、鲁迅、朱光潜学者的研究，但这时期大陆学界沉寂，处于苏联文艺理论的支配下。同时，香港、台湾与海外华人学者的比较诗学研究填补了一定的空白，如刘若愚的《中国诗学》、叶维廉的《东西比较文学中“模子”的运用》等。1979—1989 年间比较诗学学科进入其创立期。1979 年钱钟书《管锥编》的出版，标志着中国比较文学的复兴。1988 年，曹顺庆的《中西比较诗学》中第一次明确提出了“中西比较诗学”的概念，对中西文论中的概念和术语进行梳理和比较阐发。在中西文化的开放交流中，中国比较诗学研究走入了学科建设的自觉。同时，刘若愚、叶维廉等港台及海外华人学者在中西比较诗学上的建树使得中国文学理论走向世界。1990—1999 年，中国比较诗学学科的建设越发具有体系性。黄药眠和童庆炳主编的《中西比较诗学体系》（1991）是 20 世纪 90 年代问世的第一部比较诗学专著，乐黛云、叶朗和倪培耕主编的《世界诗学大辞典》是中国比较诗学史上第一部辞书，甚至也可以说是世界诗学史上第一部较完整的诗学大辞典。此外，这一时期在比较诗学学科的研究视角、研究模式和格局、范围上都取得了丰富的研究成果。进入 21 世纪后（2000—2009 年），中国比较诗学研究呈现出百家争鸣、百花齐放的局面。饶芃子《比较文学》（2000）中的 25 篇论文涵盖了中西比较戏剧学、中西比较诗学和海外华文文学研究等多方面，旨在在中国传统诗学基础上建立中国文学理论。曹顺庆的《中西比较诗学史》（2008）从学科史的层面梳理了中西比较诗学学科各阶段的研究特点，并针对全球化的语境提出了诸多建设性的问题。这一时期，中国诗学话语的主体性显著增强，全球化语境下“共同诗学”的视野，以及跨文明研究中的“异质性”问题等，都成了中西比较诗学学科关注的重点。在 2010—2019 年的深化时期中，中国比较诗学学科的学科化和体系化日益明显，不断提出新视角与新问题。同时，中国诗学学科也在国际上发出更大的声音。王宁在 2014 年学术会议上提出的“世界诗学”的构想；少数民族的诗学比较是该时期的一大亮点，比较诗学在东方文论领域的拓展也越发深入；而对于建设中国独特文论的声音越发高昂，如通过“西方文论中国化”等途径重建中国文论。

当然在当下中国比较诗学的研究中仍存在一些缺失：一是平行类比研究多而诗学“影响关系”研究少。西方的比较诗学研究是从美国学派开始兴起的，中国学者也多从此入手，但在比较文学研究中重要的“影响研究”较少进入诗学研究的视野，且均侧重西方对中国的影响。二是比较诗学片面求同，缺乏对差异和变异的关注。

曹顺庆、陈思宇，原载于《英语研究》2020 年第 1 期

（六）中外诗学与汉学研究

《从“文章整体”到“语言形式”——中国古代文体观的日本接受及语义转化》

从中国古代文论概念发展演变的历史来看，汉末魏时期成熟的“文体”概念是在先秦两汉普遍使用的“文”（或“文章”）概念的基础上产生的。先秦两汉之“文”自身的本体性存在并未得到自觉彰显，被关注和突出的始终是“文”相对于事物本体的外部修饰属性。汉魏时期出现的以“体”论文现象和“文体”概念，与东汉后期人物评鉴风气的个体化转向，意味着“文体”观念的自觉和文体论的产生，标志着论文重点开始从文章的外在功用转向文章自身，转向文章的内部关系。但在古代文体论的现代阐释中，出现了多种误读和“偏差”，一是未能把握文章整体存在的内涵，二是误把整体性的“体”概念切分成“体裁”和“风格”，三是把文体特征和构成因素当作“文体”本身。

在古代汉语中，“文体”概念是对“文”概念的进一步发展，从“文”到“文体”，蕴含着一个从偏重符号、形式等外饰功能到文章本体自觉的观念发展过程。因此在汉语中，从“文”概念发展到“文体”概念，经历的是一个形式符号的本体化过程。而在日语中，“文体”被还原为“文”的内涵，使得本体重新符号化、形式化。在日语中发生语义之变的还有“文章”“文学”“文法”等词，它们变化的共同特征是“语义还原”，即从文学作品本体回到语言形式符号这样一个共同路径。这种特征可以借助汉字进入日本语言系统的路径来理解，日本文化在借鉴中国文化时更加关注可借鉴的语言形式、文字符号等工具性因素。

Style 的基本内涵是“具有各种特征的语言表达方式”，日本学界普遍以“文体”译 style。已经形式化、符号化和工具化的日语“文体”概念与同样以“语言表达方式”为基本规定的西方 style 概念在内涵上高度契合；源自汉语的“文体”一词的语义由此完成了第二次形式化、符号化和工具化。在日本近代以“言文一致”为目标的“文体改良”运动中，日语“文体”一词获得了更加本土化的运用，并成为其中各种理论话语的核心概念。

日语化的“文体”一词在明治以后日本近代西学引进和“国语”建构过程中，使用非常广泛，成为相关理论话语的一个基本概念。无论是作为 style 的日语译词用以表示不同类型、具有不同特征的语言表达方式，还是用来指称日语中存在的具有不同来源的多种形式的语言文字，日语“文体”一词的基本内涵都与一般文章或文学作品的语言形式紧密相关，成为一个描述语言形式及其特征的理论范畴，失去了其在传统汉语中的基本语义。

姚爱斌，原载于《文学评论》2020 年第 3 期

《陆机〈文赋〉在美国的流传与影响》

自 20 世纪四五十年代以来，海外汉学界对《文赋》投入了相当精力，并取得了可

观的成就。1948年，执教于加州大学伯克莱分校东方语言文学系的陈世骧对《文赋》进行了英译，标题为“文学作为对抗黑暗之光：陆机《文赋》及其生平、中古时期中国史和现代批评观念的关系，并附全文的韵文翻译”。译本分为三部分，第一部分考察创作时间，第二部分辨析术语意义，第三部分进行英译。陈世骧高度赞颂了陆机的儒者人格，他对陆机的描述具有非常强烈的存在主义意味。陈世骧评价《文赋》为中国文学批评的发端。

1951年，在加利福尼亚大学任教的修中诚出版了《文赋》的另一个英译本，由瑞恰兹作序。在1951—1954年间出现了方志彤、麦克利什、海陶玮和刘若愚等人的书评。1951年出版的另一个《文赋》英译本为哈佛大学东亚系的方志彤所作，刊登在《哈佛亚洲研究学报》。方志彤的英译本包括背景介绍、翻译和附录三部分。方志彤在翻译中分别列出每句的原文，再进行英译。在上述三个文本中，陈世骧和方志彤的英译本受到海外学界的关注和认可。德国学者布尔克哈特根据陈世骧的英译本翻译和出版了德译本《文赋》。麦克利什在其著作《诗歌与经验》中，以方志彤翻译的《文赋》作为重要的理论参照，阐发诗歌创作经验。此外，《文赋》被理解的过程也渗透于现代主义诗人对中国文化的思考，如从麦克利什的评论可以看出他其实是以意象主义的方式解读《文赋》。总之，当代美国诗人往往选择《文赋》的一些观念作为其诗歌的内容，显示他们汲取中国文化的愿望和动力。

美国汉学界对《文赋》进行理论阐释，尝试通过中西比较的方法对《文赋》所蕴含的理论价值进行研究。陈世骧、刘若愚和宇文所安分别提出中国抒情传统、悖论诗学和非虚构传统的概念，试图概括中国诗学传统，以实现他们的理论建构。虽然陈世骧、刘若愚和宇文所安对中国文论整体的描述和阐发涉及众多文本，但他们在建构其理论时都把《文赋》作为重要的文献和佐证。而美国汉学界以“中国抒情传统”、“悖论诗学”和“非虚构传统”三种阐释方式解读《文赋》，这与20世纪下半期以来的“平行研究”潮流直接相关。但是，阐释学方法在比较研究中运用二分法以彰显“中国性”，遮蔽了中国问题的复杂性，以非虚构传统概括中国文学，在一定程度上忽视了中国文学向着艺术自律所进行的理论建构，其实中国古代文论中并不缺乏这方面的成就。

闫月珍，原载于《江西社会科学》2020年第5期

《阐释的记忆与技艺——〈文心雕龙〉在美国汉学界的“中国性”与“世界性”问题》

本文从比较研究阐释学的角度，将《文心雕龙》在美国的传播与研究，理解为中国文学理论由民族性走向世界性、并在世界文学理论空间中获享“世界性”经典身份的重要步骤。本文讨论的问题为：其一，美国汉学界如何对《文心雕龙》文本进行阐释学意义上的互视与互释，以肯认其区别于世界文学批评的“中国性”身份？其二，美国汉学界如何阐释《文心雕龙》文本在当代的“世界性”价值，并将这种“世界性”价值读进世界文学批评的内在脉络？

美国在20世纪50年代后逐渐成为国际汉学的研究中心，美国文学研究在四五十年

代后逐渐强化"世界文学"的价值身份，美国文学批评在20世纪60年代后对阐释学的格外倚重，都为《文心雕龙》在美国重建自我身份提供了新的阐释契机。美国汉学发生了由"早期汉学"到20世纪上半叶的"中国学"或"中国研究"的转变，传统的以语文学和文献考证为特色的"汉学"基础研究，逐渐让位于以社会科学为主的综合研究与实用研究，即"中国学"或"中国研究"。《文心雕龙》作为边缘文学文本于50年代正式进入美国文学批评空间，实际也是美国文学通过"非我"的交流肯诺，建构异域空间的"经典"自我，获得象征性的"经典"身份表达的结果。此外，《文心雕龙》在70年代后能够持续受到美国文学批评界的关注，亦是美国文学批评建构"世界文学批评"的需要。美国文学批评为强化其作为世界文学批评空间的"中心"地位，吸纳了部分尚处于世界文学批评空间边缘、但具有"文学创新"价值的"少数"文学批评。

与美国文学批评"世界性"身份建构相伴的是从60年代起，人们将美国文学批评置于阐释学的基础上，将文学文本的理解置于文本的历史语境中，强调回到文本发生现场。受此影响，美国汉学家也在研究取向上转而强调汉学文本的历史语境与文学现场。汉学家首先通过对《文心雕龙》作者刘勰所处文学空间的阐释记忆，重置刘勰在中国文学批评中的"经典"身份地位。其次，汉学界通过语境还原与互文诠证，重建《文心雕龙》的"中国性"文学身份。而《文心雕龙》"世界性"身份建构，则是通过将《文心雕龙》置于美国当代的现实文学批评空间中，通过抹平阐释者与源文本的时空间距，实现源文本与美国文学批评的互文阐释，从而开启《文心雕龙》的"世界性"身份。

本文认为，其一，文本阐释中的记忆常以语境回溯的形式出现，正是通过语境回溯，《文心雕龙》才崭露了其尘封的文本记忆；而与之对应的文本意义，也并不取决于过去，而是取决于将来。其二，文本阐释的技艺，其意义也并不在于它在多大程度上符合文本本义，而在于技艺行为本身产生多大的超文本意义。本文认为，当一部分美籍汉学家综合诸说，利用现代西方文学批评的研究框架与阐释技艺来阐释《文心雕龙》进行，不能简单理解为后殖民主义式的削足适履、西方中心主义的强制修辞策略，而应理解为本土文本在跨文化传播中进行身份重估与经典重构的必要技艺，理解为中国文学经典重新走向世界的一种阐释学遭遇。

谷鹏飞，原载于《文学评论》2020年第1期

《论汉学家之于英美现代主义运动的意义——以阿瑟·韦利为例》

在汉学家与英美现代主义者之间的互动关联被低估的背景下，本文以20世纪英国汉学家阿瑟·韦利为中心，探讨其汉学译介对英美现代主义运动的助推作用。韦利的翻译理念和实践与西方反思启蒙现代性的美学现代性相互依存，体现出鲜明的革新色彩和现代特征，因而其汉学研究既深受英美现代主义影响，又为其发展提供了来自异域的鲜活资源。与启蒙时代的作家与思想家对儒家学说的趋之若鹜形成对比，道家经典在历经数个世纪的冷遇与误解之后，终于在19世纪后期到20世纪初迎来了在西方翻译与研究

的辉煌。韦利对中国道家哲学的重视，对中国诗文中人与自然和谐境界的赞美，促进了英美现代主义运动在价值层面的新追求。其次，美学现代主义除了从道家、佛教禅宗等观念中汲取滋养以强调感性的回归、天性的舒展，努力将主体从现代社会的异化状态中拯救出来的价值取向之外，还高度强调艺术审美的独立性。现代主义者的形式美学追求，是美学现代性追求的自然延伸。这一方面其同样在韦利的汉学译介中获得了滋养。

韦利在《伯灵顿杂志》上推出了《中国艺术哲学》系列文章，囊括了谢赫、王维、张彦远、郭熙、董其昌等艺术家、艺术理论家的观点和成就，细致梳理并介绍了重要的中国艺术理论。韦利重点阐释的是公元6世纪中国南朝齐梁之间的画家兼理论家谢赫在《画品》中提出的绘画“六法”。“六法”之首法为“气韵生动”，要求作品和作品中刻画的形象具有一种生动的气度韵致，饱含生命的律动感，体现出主客体的交融。这一写意原则不仅成为宋代之后中国文人画的追求目标，亦成为中国古典美学的理论核心。通过对“气韵生动”美学原则的阐发，韦利推崇并强调了“精神”（spirit）在文学艺术中的核心地位，认为唯有精神方能使世界物象发生变化，如同竖琴演奏者撩拨琴弦一样，通过“精神的运作”以产生“生命的律动”。韦利对中国艺术美学的阐发，为弗莱的现代主义美学探索提供了重要的理论支持，对“布鲁姆斯伯里团体”成员摒弃物质主义的精神主义追求，亦形成了强大的声援。

杨莉馨、白薇臻，原载于《中国比较文学》2020年第4期

《他者视野下的两部域外中国文学史书写——〈哥伦比亚中国文学史〉与〈剑桥中国文学史〉对比研究》

《哥伦比亚中国文学史》和《剑桥中国文学史》（简称《哥史》《剑史》）是欧美学界对中国文学史进行域外书写的代表之作。《哥史》与《剑史》的里程碑意义表现在二史在域外中国文学书写史上的特殊地位：第一，具有时段通史性。一般的中国文学史都限定在古典文学时段，对现当代文学往往予以标明而单列成书，二史则打通文学时段，不以古典/现代区分中国文学。第二，具有文类并包性。有些文学史侧重于诗歌、散文、小说、戏剧等主要文类而忽视边缘文类，有些文学史单独叙述某一文类，二史则兼容并蓄，除主流文类外，还将口头文学、通俗文学、说唱文学、民间文学一并纳入加以探讨。第三，具有接受普及性。二史知识体系建构深入浅出，既适用于专业学者的研究，也能激发普通读者的阅读兴趣，在欧美高等院校的东亚系多被列为主要教材和参考书，且二史都有中译本，回流到中文学界再度引起关注。

本文从编者学养、读者受众、文化视野、历史细节、解构精神、多元聚焦等方面考察二史的中国文学史观，反思《哥史》和《剑史》暴露出的一些问题。第一，尽管声称要“以超越时间和文类的全新棱镜来审视中国文学史”，《哥史》仍然以文类为纲，基本按照诗歌、散文、小说、戏剧、注疏（批评与解释）、民间及周边文学六个版块结合时代或主题加以论述，由于文类优势的历史现实决定这样的分类在论述上存在篇幅难以统一的问题，每一文类都要经历一次时间上的回溯和梳理。《剑史》则坚持以时代为纲，并在某种程度上逆转了文学史书写重古轻近的传统思维模式，把帝国晚期文学提升

到一个比较公允的地位进行评价；而说唱文学也被置于口头文学的发展脉络中予以了独立考察。第二，《哥史》团队有多达45位学者，绝大部分是美国学者，部分成员来自加拿大，风格难以统一。《剑史》团队精简，在沟通上显得较为通畅，撰稿人在写作过程中不断地互相参照，所以在连贯性上读起来更像文学史。第三，《哥史》对中国文学传统的把握略显落伍，如在出版的时候依然沿用威妥玛拼音来拼写中国文学的专名和术语，《剑史》则相对积极地把握了海外中国研究的发展趋势，全书采用汉语拼音拼写中国文学专名术语。

周　睿，原载于《国际汉学》2020年第2期

（七）跨学科研究

《跨学科互涉与文学研究方法创新》

近来的文学研究中表现出对跨学科研究的热衷，背后反映出来的是对文学研究方法创新的渴望。“文学”一词最早出现在孔子的《论语·先进》中，泛指一切文本上的内容。从五四到20世纪70年代末，我国的文学研究强调文学之思想政治内容及社会功能。直到改革开放之后，对于审美现象和“方法论热”的追捧，使得中国的文学研究打开了新的局面，也给文学跨学科研究带来了新的生机。文学研究的“方法论”热给文学跨学科研究带来的影响大致有以下三点：一、文学研究方法由单一社会学向美学、心理学、人类学、历史学等多元层面拓展；二、除了人文学科之间的跨学科互动，自然科学对于文学研究的影响也正在逐步显现；三、比较文学研究的兴起加速了跨学科研究的发展。

同时，我们也要看到跨学科互涉给文学学科带来的危机。部分学者过度运用非文学学科的理论来研究文学，从而丧失了文学研究的自我立场，文学研究被“异化”后蜕变为非文学的研究，这种所谓的跨学科研究把文学研究引入了“非本质主义”的误区。国际学界的“理论热”或新的“方法论热”中的诸多理论虽然不无新见与价值，但它们明显存在着理论与文学/文本“脱节”的弊端，有“非本质主义”的倾向。

而文学研究的本质属性除了审美意义上的“文学性”之外，还包括学科知识的包容性与统摄性，因为文学本身就具有与生俱来的对人类活动和知识蕴含的无所不包之特性。文学研究要坚守审美意义上的“文学性”，但不应因此囿于审美性的规设而无视文学与其他学科之间存在的“学科间性”，拒斥多学科互涉与对话。即便是在现代学术体制背景下学科分工愈趋细致、完善的条件下，文学研究也应该依旧坚守知识生产的多学科综合性和研究方法的丰富多样性，同时又不失其固有的文学性和审美性。文学研究不仅永远离不开学科间性基础上的跨学科互涉与对话，而且这种跨学科乃至“超学科”研究的不断提升、拓展与深化，正是“网络化—全球化”时代中外文学研究观念与方法创新的一种重要途径。

蒋承勇，原载于《外国文学研究》2020年第3期

《比较文学视域中的跨媒介研究——美国比较文学的一个文献学考察》

中国对于比较文学美国学派的关注，往往集中在“平行研究”上，但忽略了他们的另一个突出贡献，即文学与其他艺术之间的关系的研究。美国学派的代表人物韦勒克在和沃伦合著的《文学理论》中便专辟了“文学与其他艺术”一章，该议题奠定了美国学派比较艺术研究的基石。就文学与其他艺术关系的研究而言，法国学派已经注意到了文学与音乐之间的关系，研究民族文学和民间歌谣之间的关系。其次，在美国学派建立之前，美国已经有学者对于这种关系进行研究了，比如卡尔文·S. 布朗的跨艺术媒介研究。

从美国比较文学三大重要专业期刊《比较文学》（*Comparative Literature*）、《比较文学研究》（*Comparative Literature Studies*）、《比较文学家》（*The Comparatist*）等所发表的文章来看，文学与其他艺术的比较研究主要表现在文学与音乐、“艺格敷词”专题、文学与绘画、文学与建筑、文学与电影、文学与多种视觉艺术等方面。其中文学与音乐、绘画的比较研究出现时间最早，关注度也一直很高；此外，文学与多种视觉艺术或其他多门艺术的综合比较也占了相当的比重，并且突破了单一对比的比较模式，进入多元领域，从而带来方法论、视野以及理论上的突破。本文认为本土的比较文学知识生产中对该研究领域有所忽略。事实上中国传统文学和艺术理论以及美学中，存在着大量的跨媒介艺术研究的资源，诗书画印不分家是中国艺术的特质，我们可以在这一领域中为中国比较文学做出新贡献。

詹悦兰，原载于《中国比较文学》2020 年第 3 期

《论艺术学理论学科与文学、美学学科的关系》

本文旨在讨论艺术学理论作为一级学科建制之后的知识领域和知识体系构想。艺术学学科门类独立后，处理好自身与文学、美学的关系，是艺术学理论学科建设的关键问题之一。艺术学理论理应更加注重探寻艺术的特殊性质和规律，注意自身与美学和传统文学理论的区分，但文学与其他艺术门类之间有着悠久而深刻的内在联系，且中外美学理论都把文学归入艺术范畴，这是不容否认的事实。

由于文学在艺术各门类中处于特殊、重要的位置，研究艺术史，特别是研究中国艺术史，需要文学视角和文学修养。艺术学科门类、艺术学理论如果与文学“划清界限”，将是非常不合适、也非常不可能的。整个艺术学门类都应该与文学学科保持必要而适度的联系。而作为艺术学门类一级学科的艺术学理论，与美学的关系同样十分密切。我们与其吃力不讨好地把艺术学理论与美学分开，还不如借鉴我国文艺学已经取得阶段性丰硕成果的建设路径，把美学与艺术学理论相融合。

本文强调艺术范畴包含文学，列举文学与其他门类艺术的内在联系，阐述百余年来中国文学艺术研究与美学的深刻联系，就是试图阐明在艺术学学科门类特别是艺术学理论学科所对应的知识领域中应当包括文学，艺术学理论学科与文艺学和美学应当是一种相互包含的关系。这并不是要求我国艺术学学科门类要把文学也列入其中，更无意否定

艺术学理论独立设置的合理性和必要性。但如果僵硬地固守学科，一味强调学科的独立性，很可能会丢弃学科最本质的东西，即知识领域和知识体系，会影响人才培养与科研工作的灵活性和社会适应性，最终阻碍学科自身的建设发展。实际上，艺术学学科门类的独立设置，并不意味着艺术学学科内部完全不与其他学科有任何重叠。

本文认为，艺术学理论学科的独立设置不一定要切断与美学的各种联系。学科可以独立建制，知识领域和知识体系却是割不断的。一本以“艺术概论”命名的教材如果不讲艺术的审美性质和审美价值，在介绍各类艺术时也不讲作为语言艺术的文学，显然是不完善的。艺术学理论学科应该同时可以授予艺术学和文学学位，这才合理且符合目前我国艺术学理论学科建设的现状，更加有利于人才的培养。

杜　卫，原载于《文艺研究》2020 年第 11 期

三　中西比较文学论文摘要

梁　昭　曹　敏

《从中西文学艺术看人与自然之关系》

人类自产生语言文字开始，逐步建立和发展起城市文明，才脱离身处洪荒旷野的原始状态，而当城市文明发展到相当阶段，才可能以审美的距离去观照自然，产生自然美的观念，并作艺术的表现。所以，无论在中国还是在西方，相比于人物画，独立描绘自然的山水画和风景画都出现得较晚。中西画风各异，中国山水画山大人小，西方风景画则往往有人物宫室占据中心。有论者认为这说明中国人有“天人合一”观念，人融入自然，达于“无我”之境界，而西方则以人为中心，主张征服自然，甚至造成环境污染等人类当前面临的严重问题，这种把中西文化绝然对立的观念在学理上毫无根据。考察董仲舒《春秋繁露》，可知所谓“天人合一”绝非与自然交朋友，而是以人近于天而高于万物。中国山水画表达人之意、气、神，绝非“无我”而是“代山川而言”。无论中国或西方，文学艺术中表现的自然都是人化的自然，“有我”与“无我”也是共存互补的，我们应该以开放的眼光和开阔的胸怀去认识和鉴赏中西文艺，促进不同文化的相互理解。

无论东方还是西方，在描绘山水自然的诗文中，在山水画和风景画中，都往往把自然理想化，使之代表与城市文明很不相同的纯朴与真诚，而城市则往往是虚伪、腐化、阴谋、欺诈的场所。本文开头所引《淮南子》（高诱注），说文字的发明将使人脱离自然之本朴而产生“诈伪”，就是这种观念比较早的表现，而自然与文明、田园与都会、乡村与城市之对比，在文学艺术中历来都是一个普遍的、永不会枯竭的主题。这种对比当然不是单向的，因为乡村与城市相比，也可能代表落后和愚昧。英国学者雷蒙·威廉斯说得很对：“乡村集中代表一种自然生活方式的观念：代表和平、天真和单纯的美德。城市则集中代表一种人取得了成功之中心的观念：代表学识、交往和光明。两者之间也产生了强有力的互相敌对的相关联想：城市是充满喧嚣、市俗和野心之地；而乡村则是落后、愚昧和非常局限的地方。”我们在前面已经说过，文学艺术之产生首先有赖于人与自然有一定物理和审美的距离，是人脱离开真实之自然而对自然产生美的感觉时，才通过想象，把作者心中的主观意念与自然的水光山色相融合，在描摹山水自然的诗文和绘画作品中，抒发作者的思想感情。因此文艺当中表现的自然，不是实际的自然，也不是科学研究的自然，而是人化的自然，也往往是理想化的自然。

张隆溪，原载于《文艺研究》2020 年第 8 期

《基于同情的浪漫认同——论雪莱传记在 20 世纪 20—40 年代中国的接受》

19 世纪英国浪漫主义诗人雪莱在民国时期曾被文学青年视作偶像，徐志摩、吴宓、于赓虞、沈从文等作家都曾被放置在“像雪莱”的人物谱系中。这一现象与 20 世纪 20 年代起开始倡导的自然主义批评观对传记研究的关注紧密相连。法国传记作家莫洛亚的《爱俪儿：雪莱传》影响最广，对这部传记的关注与译介也处于对西方新传记作品和理论的译介潮流中。雪莱偶像化契合了五四知识人希望摆脱传统婚姻制度的束缚、追求自由恋爱的理想。雪莱传记所塑造的爱情观代表着一种普遍存在于浪漫主义者身上的特质，新文学作家对雪莱浪漫形象的认同，其实暗含着一种自我认同。

莫洛亚的《雪莱传》在中国流传甚广，诗人被看作可资效仿的浪漫偶像，一位不顾世俗与道德习俗的牵绊而不懈追求浪漫爱情的诗人。然而，莫洛亚却曾坦承，传记中对雪莱的浪漫塑造有讽刺和嘲笑的成分。他将此解释为针对自己，要去除自己心中的浪漫。这一点在之前的中国译介者和读者眼中一直被忽略，而身处战时中国的魏华灼也许正和经历过“一战”的莫洛亚有相通之处，他指出了传记中流露出的嘲讽：“我们读着这本书，为什么这样的受感动呢？固然也因为雪莱的生活富于诗意，可是我们又何忍忽视了作者雕琢这件艺术品的辛苦和才力呵！他的笔下，时刻带着轻微的讽刺，和深切的同情，这正是雪莱那种不切实际的生活所必然激起来的反应。”这段本是赞美传记作者的话，仔细读来却意味深长。译者看到了传记中的浪漫生活是“不切实际”的，也看到了传记作者在其过度渲染出的雪莱与道德背道而驰的爱情中包含着讽刺的味道。

张　静，原载于《文艺研究》2020 年第 5 期

《从〈碧丽蒂斯之歌〉到〈古希腊恋歌〉——论李金发对法国象征主义的一次无意识接受》

《古希腊恋歌》是李金发唯一完整翻译过的法语诗集，但长期受到学界忽视。这部原名“碧丽蒂斯之歌”、由 19 世纪末法国诗人皮埃尔·路伊斯托名虚构的古希腊女诗人碧丽蒂斯创作的诗集，让李金发在误以为它是古希腊作品的情况下，一方面受惠于其淳朴自然的美学格调；另一方面不自觉地被其“当代性”吸引。在翻译中，李金发深受法国象征主义体察感官世界、书写肉身欲望的影响。这表明他与法国象征主义之间存在着一种隐秘的联系，这条线索与学界过去理解的“波德莱尔—魏尔伦—李金发”这样的影响关系有所不同。《碧丽蒂斯之歌》对女性身体和欲望的赞美也影响了李金发编选《岭东恋歌》的思路，两者在感官诗学、欲望书写等方面不乏相互应和的因素。

在李金发的同期诗歌创作中，与《古希腊恋歌》较为相近的作品大多是田园牧歌式的，如《小乡村》（1925）、《晨》（1927）、从《碧丽蒂斯之歌》到《古希腊恋歌》

《琴声》(1927)等，鲜见情欲飞扬之作。在学界分析李金发与法国象征主义的关系时，亦无人从肉身欲望这一角度入手。这表明李金发虽然更喜爱《碧丽蒂斯之歌》中那些更具肉欲、更加大胆的作品，但他的诗歌创作却刻意回避这类主题。不过，这类作品并非当真在李金发的文学世界中彻底缺席。有一部同样在此前的研究中被长期忽略的作品在这方面表现得相当突出，它就是李金发编纂的民歌集《岭东恋歌》。

韩 亮，原载于《文艺研究》2020 年第 5 期

《中国文学史的世界文学起源——基于德国 19 世纪以来世界文学史书写的系统论考察》

19 世纪德国的精神史传统中，世界文学史书写和德国文学史书写受到同样重视，在世界文学史中呈现普遍的文学精神成为文学史家的理想。在这些世界文学史中，开始出现对中国文学的历时性描述，成为汉学家书写中国文学史的准备。世界文学史家充分利用欧洲汉学对中国文学的有限了解，结合通行的文学观念，第一次给出了中国文学的基本结构。这对于文学理论的启示首先是，文学史不是简单的历史记录，而是让文学意义实现的阐释工具；其次，世界文学史是国别文学史的母概念，文学自治系统的构建依赖文学比较。但如果世界文学史最初是一个先验概念，就必然给它孕育的中国文学史打上烙印，让后者也成为某种脱离实证的结构，为各种幻想和偏见提供土壤。

顾路柏对中国的定义是："一段还活着的古代。"中国文学的最大特点是传统的延续，但对于民族的精神发展来说，连续性绝非福音，欧洲读者在读中国小说时会感到"不同面具下是同一个感知的心胸"。他说，中国诗歌的母题、意象单调，想象力贫乏。中国散文是一种象牙雕刻般的艺术形式，只有美的形式而无内容。中国小说则只铺陈外部事件，不顾及性格刻画，人物的特征是缺乏"自由的自我规定"。他还批评说，"要在中国戏剧中找到那种我们理解为性格发展的东西，纯属徒劳"。停滞的中国精神同样可以归咎于宗教，顾路柏认为，中国人缺乏一种"实证宗教"，朱熹用"实证礼学"取而代之，填补了这一空白，却让中国文化精神跌入中国文学史的世界文学起源万劫不复之地。这些起到支撑作用的偏见，可以在各类世界文学史中找到，显示了汉学和一个更大的知识系统的关联。

范 劲，原载于《文艺研究》2020 年第 2 期

《"兴"是象征？——从葛兰言的〈诗经〉研究说起》

摘要

法国 20 世纪最重要的汉学家之一葛兰言在 1919 年出版的《古代中国的节庆和歌谣》里对《诗经》"兴"的追溯和还原几乎没有被学界讨论过。事实上，"兴"正是葛兰言建构理论的起点：他通过还原"中国传统象征体系"将兴剥离儒家诗教传统，再嵌入法国社会学派的理论体系里。这种嵌入一方面开启了以人类学和民俗学解读《诗

经》的全新道路；另一方面也带出了不少误读和悖论，故同时在文化的两边提出了异质文化间的可译性和可理解性的问题。

对葛兰言来说，“兴”不单是寓意或比较，更是一种象征手法。因此他对儒家传统注释的批评就转为对儒家象征体系（symbolisme）的批评：“我遵循着那些注释者的解释，但小心翼翼地避免把他们的评论加到我的行文当中。要是留心去读，即便在这样简单的一首诗里，这些象征学说的解释也会遇到很多困难。”葛兰言不仅质疑历代儒家学者摆脱不了“象征体系”的注释法，还对西方学者从来不曾以系统的方式去理解《诗经》颇有微词。他提出要“超越简单的文学解释与象征体系学说的解释，去发现这些诗歌的原初含义”。

当葛兰言说要超越儒家传统象征体系时，已经预设了一个象征体系的存在。他将儒家道德教化的诠释视为象征体系，将“兴”视为一种象征手法，一种基于类比的对应。象征（symbole）的希腊语词源 σύμβολον，其含义为“分开”再“放到一起”使其吻合。就词源学来说，象征是一种辨认的手段，是基于相似或类比逻辑去推导、寻找对应关系。象征也和相似有关。莫斯指出巫术有相邻、相似和对立三种控制法则，相似是三种法则的核心，指观念的相似，即一种约定俗成和抽象的相似性是通过意象来体现的，当这基于约定俗成的意象在集体中被推广时就变成了象征。

萧盈盈，原载《文学评论》2020 年第 6 期

《青年鲁迅与德语“世界文学”——〈域外小说集〉材源考》

鲁迅在留学期间，不仅借助日语书刊汲取新知，也深受德语读物影响。《域外小说集》就是他吸收转化德语“世界文学”资源的典范之作。就整体构思而言，鲁迅得到《来自外国语》的启发。他借鉴这份世界文学杂志的思想理念、新颖编排、广博视野与精心设计，又针对晚清语境作出调整。就具体篇目而言，鲁迅极为倚重“雷克拉姆万有文库”等德语世界文学丛书。他不仅拣取三篇小说译成中文，更从中选定《域外小说集》近半数篇目，展现出独特的文学趣味，超越了明治与晚清文坛的视界。由此可见，《域外小说集》主要出自鲁迅的构想，可谓中国文学史上建构“世界文学”的首度尝试。

就此而言，德语世界文学丛书理应为鲁迅编纂《域外小说集》提供极为丰富的材源：一方面，丛书规模宏大，鲁迅可以拣选到足够数量的小说，用来填充依据《来自外国语》确定的框架；另一方面，丛书涵盖各国文学，能够兼顾“名副其实”与“偏至”的两重“世界文学”视野。但是问题在于，学界公认书中仅有《谩》《默》《四日》三篇由鲁迅从德语译出，其余 13 篇均由周作人据英文翻译，那么德语世界文学丛书对《域外小说集》的影响岂非极为有限？在笔者看来，之所以存在上述矛盾，主要在于以往的研究过于关注鲁迅翻译了哪些篇目。我们如果转换视角，分析鲁迅挑选了哪些篇目，就能够重新衡量德语译本扮演的角色。因此，下文的讨论同样兼顾已刊篇目（16 篇）与待译篇目（18 篇），剔除重复的 3 篇，合计 31 篇。

崔文东，原载于《文学评论》2020 年第 6 期

《“物诗”与抒情主体的位置——以冯至、郑敏与里尔克的差异为中心》

里尔克中期的“物诗”启发了中国现代诗人对外部世界的客观描摹，但这一影响止于技法层面，既有的研究也多关注其间的相似性。然而，里尔克“物诗”更大的变革在于诗中的抒情主体，主体需要首先摒弃自身的先验观念，进入与物象共处的“敞开域”中，并捕捉物象与主体相触动的瞬间。但冯至诗中的对话、祈祷语调以及推己及人的结构，均以主体为中心；郑敏诗中偶见里尔克式的静观，但主体意志终究凌驾并更改了物象。两位诗人与里尔克的差异，除了对主体性的认知不同之外，与20世纪40年代的战时语境，以及彼时新诗理论试图矫正抒情泛滥的针对性均不无关联。

在写人物的几首诗中，与里尔克写陌生人的瞬间状态不同，冯至所写大多为名人。这带来的一个差异就在于，里尔克写陌生人大多着重在某种外部状态的描摹，即便涉及内质，也多是基于人类共有的天性来想象，如将走在城市中的盲人写成是“幽暗的裂痕穿过明亮的/杯盏”（《盲人》），但冯至所着力书写的，则是特定名人的精神品质：蔡元培启明星般给青年带来的力量与重建文化的作用，鲁迅为时代所背负的文化责任，杜甫在穷苦中的吟唱……这些都带有特定的文化意义和价值内涵，并非得自诗人的“观察”和“发现”，而是带有一定意向性地试图传递人类文明的价值，而这些价值，又大多与文明的存续、文化的重建、人的觉醒、对苍生苦难的体察等相关，这些无一不与冯至所身处的20世纪40年代的中国关联紧密。正如几十年后，冯至在《外来的养分》一文中所述：“我把我崇敬的古代和现代的人物与眼前的树木、花草、虫鸟并列，因为他们和它们同样给我以教育或启示。”

李倩冉，原载于《文学评论》2020年第4期

《巴赞〈元代〉及其文学史学史价值》

法国汉学家巴赞所著《元代》不仅对元代典籍进行了细致的整理与著录，而且融通中西文学观念，既充分借鉴了中国传统目录的著录方法，又依循西方的文学观，将小说戏曲作为元代最精华的文学作品加以著录和译介；同时，对元代作家进行了较为全面的介绍，有利于形成对于元代作家的全景式印象。此外，巴赞《元代》是目前所知最早的中国文学史著作，其对《四库全书总目》的依傍，对小说戏曲的重视以及译介经典作品的做法，为之后的文学史著作所采纳，并初步建立起以文献、文体、文本为三大要素的中国古代文学的研究体系。巴赞《元代》在中国文学史学史上无疑具有筚路蓝缕之功。

巴赞《元代》不仅对元代典籍进行了系统的整理与著录，将小说戏曲作为元代最精华的文学作品加以译介；而且对元代作家做出较为全面的介绍，并建立了相对完备的元代作家谱录（Notices Biographiques sur les auteurs）。巴赞《元代》按照拼音顺序，著录了1260—1368年间主要的元代作家，共载有沙图穆苏、夏文彦、熊朋来、许衡等124位元代作家。其中，剧作家有尚忠贤、石子章、范子安、花李郎、康进之、乔孟符、宫大用、关汉卿、李好古、李致远、马致远、孟汉卿、吴昌龄、白仁甫、孙仲章、

戴善夫、张寿卿、郑德辉、郑廷玉、秦简夫、曾端卿、王实甫、王仲文、武汉臣、杨显之、杨景贤、岳伯川、石君宝、高文秀、纪君祥、贾仲名（明）、谷子敬、李寿卿、李行道、李直夫、李文蔚、张国宾、赵明镜、王子一与杨文奎等40人；小说家有施耐庵、刘祁与罗贯中3人；诗人有戴表元、张翥2人；注释家批评家有敖继公、王元杰等23人；地理学家有陆有仁、袁桷等9人；收藏家有许谦、潘昂霄等10人；辞典汇编家有马端临、阴时夫等6人；其他则包括医学家、历史学家、修辞学家、航海家、经济学家、考古学家、天文学家等31人。

宋丽娟，原载于《文学评论》2020年第3期

《威廉·莫里斯与田汉的思想转向》

关于田汉的左转，学界普遍聚焦于《我们的自己批判》，对1929年出版的《穆理斯之艺术的社会主义》鲜有关注。笔者认为，田汉译述的《穆理斯之艺术的社会主义》一书揭示了他政治转向前的某种心路历程。该书深入分析了威廉·莫里斯（William Morris，1834—1896）的艺术社会主义思想。莫里斯倡导“劳动快乐化”，基本解决了困扰田汉多年的劳动内在动力问题。通过深入剖析莫里斯成为社会主义者的原因和必然性，田汉重申了“人格就是诗”——真的诗人视劳动为艺术，因而就是真的社会主义者，从而实现自我转向逻辑上的圆满。田汉的自传小说《上海》前三章与后四章发表时间间隔约一年半，而《穆理斯之艺术的社会主义》恰成书于此时。田汉对莫里斯的深入研究，似造成了小说前后主题和叙事方式上的断裂，其中生动地再现了田汉思想转向的过程。

文章体现了田汉与莫里斯诗人人格和气质的高度契合，充盈了将莫里斯引为同道的冲动。《穆理斯之艺术的社会主义》通畅婉转的行文和理解之同情与《诗人与劳动问题》的艰涩文风和囫囵吞枣的“主义”拼接形成强烈对照，从中可窥见田汉思想成长的历程。如何改造社会，实现劳动艺术化？唯有否定夺走劳动之快乐的“现代资本主义文明”。田汉何去何从，似已见端倪。

张　锐，原载于《文学评论》2020年第1期

《七个译本，两种形象：王维诗在美国》

本文在美国现代诗的发展和汉学研究这两个脉络中勾勒王维诗的英译和研究状况。一方面，美国诗人在挣脱英国欧洲文化传统的束缚，推动诗歌观念和形式变革，以异质的中国古典诗作为资源的过程中，将王维的山水隐逸诗看作中国诗的典范。另一方面，以深入了解中国文学为目标的汉学家则试图“纠正”美国读者对王维诗的片面认识，在研究中揭示王维人和诗的复杂性、丰富性。了解王维诗在美国的翻译研究状况和王维形象的历史变化，有助于我们思考文学跨地域传播中的取舍、误读和创造性转化，以及传播、阐释和接受地的文学创作、文学运动和文化思潮间的复杂互动关系。

“纠正”的第三个方面涉及中西诗学比较。叶维廉把王维诗的特点扩展为中国诗的

普遍原则，在这个基础上概括中西诗学观念和审美意识的不同。一些汉学家反对从中国诗和英语诗中各自选择一种类型比较、以此为基础概括中西诗歌差异的做法。宇文所安认为，叶维廉的理论以偏概全，以一种唐诗代表中国诗，用一种阅读方式作为“中国诗的普遍原则”，是把丰富的中国诗简化成了单调的、千篇一律的诗。余宝琳从另一个角度反对笼统比较中西诗歌。她提出，中国诗和欧美诗固然有差异，但也有相通的地方。比如，中国的形而上诗学和欧洲象征派诗学都强调，为使读者感知万物，诗需要用具体形象表现，而不是用逻辑语言论证说明；而现象主义诗学和中国形而上诗学都追求创作中主客体的融合，认为诗人需要忘掉自我，将自己融入现象世界，才能写出好作品。这种寻找中西诗学共同点的做法打破了用王维诗代表中国诗学，再与西方诗学对照寻找差异的比较模式。用一位汉学家的话说，余宝琳的研究“将彻底消除妨碍我们真正欣赏王维诗的那种以‘东方神秘主义’肤浅曲解王维诗的一贯做法”。

洪　越，原载于《文学评论》2020 年第 1 期

《中国古代“小说”概念的中西对接》

“小说”为中国原有的术语，历史悠久，内涵复杂。中国古代小说 18 世纪开始在西方传播，“小说”一词由此进入西方学术话语系统，并根据西方知识谱系被重新定义。西人通过对小说进行逻辑分层，并运用多种术语对应小说的诸多亚文类来实现二者的中西对接。经过中西融通，“小说”的边界有所延伸，包含了白话小说、文言小说和翻译的西方小说，“小说”一词则演变为用散文写作的虚构性叙事文类的通称。清末民初，“小说”一词被日本学者借用与西方术语对译，又经晚清学人移植重建、古今转换，生成为现代学术新语。从 20 世纪初开始，小说研究逐渐成为中国古典文学研究之“显学”，其学术研究体系正是以作为现代文学术语的“小说”为核心，以其现代内涵为基础加以构筑的。

但是，随着汉学的发展，西人在对中国小说的理解上，也出现了一种会通中西小说观念的趋势，这首先表现为把文言小说重新纳入“小说”范畴。伟烈亚力虽然强调白话小说的文学地位，但他仍然遵循《四库全书总目》的四部分类体例，在《汉籍解题》“子部・小说家”收录了百余种文言小说，这些文言小说的解题也是以《四库全书总目》为基础摘录而成的。1897 年，丁义华（Edward Waite Thwing）《中国小说》一文中，列举了“十才子”“四大奇书”，及《聊斋志异》《东周列国》《今古奇观》《红楼梦》《列女传》《智囊》《子不语》《搜神记》等数十种小说。在这份驳杂的书单中，文言小说与白话小说兼收并蓄。美国学者费正清（John King Fairbank）曾说：“外国思想的翻译常常接近于汉化。正像为了适应现代需要而把印欧语系加以现代化那样，中国也创造了新名词，许多是从日文吸收的，用以表达新的意义。可是古代汉字用于新的词组时，并不能完全摆脱它们积累起来的涵意。”“小说”一词为中国原有的术语，虽然在中西对接过程中被旧词新用，但其原有含义经过甄别有所保留。

宋莉华，原载于《文学评论》2020 年第 1 期

《凡尔纳东游记：〈十五小豪杰〉的政治书写》

凡尔纳小说《两年假期》出版后很快便有四个英译本，随后出现了据英译本转译的日译本，梁启超和罗普又合作将日译本转译为《十五小豪杰》。梁罗译本与原书、英日译本相比，删去了殖民话语，加入了大量的政治话语。通过对比，可以发现《十五小豪杰》的政治话语有些源自日译本，有些则是梁启超和罗普的创造。罗普改写部分颇具文学性，显示出高超的翻译能力和独特的审美旨趣。《两年假期》一书在东亚的翻译、流通和重写，可以看出世界文学的跨国流通、变形和本土化的复杂情况。

日译本将“chief”一词转写为“太守”，然而日文中“太守”一词，在明治维新后已被废弃不用。其时日本政府首脑已是内阁总理大臣，无论如何都与“太守”没有关系，故而森田所用的“太守”其实并不适宜。有趣的是，梁启超在这里特意选用了汉语词语“总统”来对译日语“太守”一词。后文罗普续文也一样，在第十二回中岛上小豪杰还进行了一场“全民投票选举”，武安以最高票当任总统——这一情节为汉译文所独有。这种全民选举出来的领导，肯定更与太守搭不上关系，只能使用“总统”一词。清末各种救亡思想风起云涌，“总统”作为西方政治制度的代表词语传入中国，是一个在现实中早就存在甚至超前于社会转型而被人接受的词语。《辞海》中“总统”的解释是：“共和国的国家元首名称之一。由选举产生，有一定任期。”不论是法语原文、英译文还是日译文，都没有将这种选举行为看成和民主政体选举总统相似的举动，而梁罗译本有意将其作了关联，甚至后文还增设了“全民选举”情节。在这种世界文学的跨国流通过程中，词汇的转写由法语至英语至日语而最终至汉语，被译者在本土语境中赋予了新的意义——在这里便是梁氏所倡导的政治理念。在这个文本里，梁启超一改此前中国应采取君主立宪制度的主张，而大加推崇一种全民选举、总统领导的共和制度。这些都可看作1902年梁启超思想转变的一部分，可见出近代知识分子如何艰难探索中国的未来道路。

姚达兑，原载于《文学评论》2020年第1期

《“道德惯例”的文学挑战：德语文坛争议中的莫言》

莫言在德语世界的文学接受历程当中，得到“文学性”肯定的一个关键性事件是2012年获得诺贝尔文学奖。按照莫言德译研究者崔涛涛的说法，最迟在2013年初德国汉泽尔出版社同译者郝慕天（Martina Hasse）合作，在莫言获奖的第四个月发行了小说《蛙》德语版，莫言在德国文坛的身份认同基本完成。然而，应当注意的是，《蛙》之所以能够在德语批评界备受褒扬并为作者“正名”，除了有诺贝尔文学奖认可的前提，其关键性因素仍在于这本小说主题上对社会政治问题的关注和人性化道德伦理的文学融入。

顾彬在2012年因莫言获奖而多有争议的德语文坛公开发表的这番意见过滤了不少他在其他公共场合发表论说时夸大性的偏激用语，实际却和他对中国现当代文学向来根据个人艺术感觉和审美取向的评判方式完全一致。熟悉顾彬学术路径的读者不会忘记他在《二十世纪中国文学史》中就已开宗明义总结好的三个标准：“语言驾驭力、形式塑造力和个性精神的穿透力。”顾彬在上述《时代》周报中对莫言的批评正是从这三种

"习惯性"美学标准出发的评说：莫言没有足够驾驭语言的能力（没有像北岛的诗歌语言那样对中国文学语言具有革新意义，也没有王安忆的语言那样精巧独特），运用的文学形式俗陈老套，叙事庞杂冗长（延续甚至模仿各种写实主义传统衍生的形式，以讲故事为主，篇幅过长），有批判力但没有个性（主要是在照搬鲁迅）。依循这三个看似具体客观，实则需要通过个人主观感受来把握的美学标准对莫言的评定背后分明是顾彬个人作为诗人惯常的，并且带有鲜明西方精英文学意识的美学理想："诗歌"语言的至上、"现代性"形式（叙事节制性）的推崇和思想深度的追求。因此，顾彬对莫言的"美学"质疑其实无异于他从文学史书写中对曾朴《孽海花》没有"约束"的叙事笔法的否定，一直到对余华、贾平凹等当代文学叙事大家过于"传统"冗杂故事的连声抱怨——与此相反的则是追求语言革新和文学使命、在当代以北岛为代表的精英文学传统。顾彬反对莫言，反对的并不是莫言代表的中国现当代文学中的民间叙事美学传统，而是这个传统强大的延续过程中，以西方现代文学为参照的五四精英文学传统及其审美表现的消亡。

顾文艳，原载于《文艺争鸣》2020 年第 12 期

《佛学既昌，新意杂陈——德国早期中国文学史纂中的佛教影响论说》

葛禄博（Wilhelm Grube，又名顾威廉等，1855—1908）在其《中国文学史》（1902）的"导论"中讨论中国文化特征时，论及佛教传入中国说。在他看来，中国文化所特有的魅力，与其说其历史悠久，毋宁说在于其独特性和独立性，它确实自成一类（sui generis）。针对西方学界曾经怀疑中国文化原生性的长期讨论，葛氏认为以往将中国文化追溯至苏美尔—阿卡得的外来影响的一切尝试，均属失败之举。中国礼俗源于本土，并靠自己的力量达到其应有的高度。中国历史上唯有佛教之外来影响，发挥过持久而广泛的作用。佛教不仅对雕塑、绘画和庙宇建筑产生了巨大影响。

卫礼贤在其《中国文学》中，亦相信充满神话色彩的汉明帝求法的故事，认为此前当有佛教在民间流传。他还在其他论文中论及佛教传入问题："事实上，对佛教思想的逐渐认识还可以追溯到更早时代，而官方对佛教的承认则晚得多。"西人常将佛教传入的年代问题与中西早期交往联系在一起。卫礼贤甚至认为，周代末年与北方文化相融合的南方文化中，"无疑包含着大量涉及大海和印度的神话与童话。我们恐怕不得不承认，中印之间早在佛教传入之前就已发生了关系。《道德经》与《奥义书》之间的一些惊人一致表明了这一点"，而"与西方国家的直接联系肯定是从后来的汉代开始的。经由横贯亚洲的两条丝绸之路而频繁发生的贸易往来自然不只输出中国的商品，也从外国向中国输入商品和文化财富。张骞出使西域的目的就在于扩大这类影响。不要忘记，那时正是古希腊诸侯盘踞着巴克特里亚地区［今阿富汗东北部地区］，［……］在汉代，不仅这些古希腊的影响已初见端倪，而且北方游牧民族也对中原产生了影响，比如中原人原来不熟悉骑马，一些曲牌和乐器如二胡，也是从那些地区传到中原的"。

方维规，原载于《文艺争鸣》2020 年第 10 期

四　东方比较文学论文摘要

杨　清　王熙靓

（一）东方文学总体研究及学科史研究

《“味”论与东方共同诗学》

从世界文学与世界诗学的角度看，世界古典诗歌宜分为四大体系，一是以中国为中心的东亚诗歌，二是以印度梵语诗为主体的南亚诗歌，三是以阿拉伯和波斯诗为主体的西亚诗歌，四是欧洲诗歌。其中，前三个诗歌体系存在于东方，可总称为“东方诗歌”。

要确认“东方诗学”的存在，就要首先确认“东方诗歌”的内在联系性，要确认“东方诗学”的内在联系性，就要分析“东方诗学”内在结构，就要去发掘、发现它们所共有的基本诗学范畴。通过以上分析我们可以看到，是“庄严”与“韵意”的概念构成了南亚诗学的轴心，是“风”与“气”及“风”“气”概念群使东亚各国诗学连为一体，是“对比”与“律动”构成了西亚诗学的特色与根基。而从味觉转化来的诗学审美概念“味”，作为东方诗学共有的概念，使南亚、东亚、西亚三个区域诗学气味相通，充分显示了东方诗学的“诗性”智慧与敏锐的“通感”。而由以上条件所形成的“东方诗学”，也足以与“西方诗学”相对踮、相颉颃。在此基础上，真正的“东西方比较诗学”才能成立，“人类共同诗学”的探求才有了可靠的途径与方法。

王向远，原载于《社会科学研究》2020年第2期

《近三十年来我国“理论东方学”的主流形态——从“亚细亚生产方式”到“马克思东方社会理论”和“马克思主义东方学”》

近三十多年来，我国学界在探讨“亚细亚生产方式”问题时强化了“东方学”的意识，更注意东方认同与东西方之间的辨异，从晚年马克思关于东方社会的一系列论述的研究中，提炼出“马克思东方社会理论”这一概念，探讨“东方社会非资本主义发

展”问题，又在此基础上尝试建构“马克思主义东方学”，从而对东方及中国社会的独特发展道路做出理论阐释与学术探索。从“亚细亚生产方式”到“马克思东方社会理论”和“马克思主义东方学”，形成了近30年来我国“理论东方学”的主流形态。

东方学是关于东方研究的一整套思想体系与知识体系。东方学的学术理论、学科理论或曰“理论东方学”也是我国东方学的重要组成部分。“理论东方学”所关心的，是东方西方之间的认同与辨异、共通性与差异性、东方区域性与世界性的关系等基本问题。近百年来，针对这些基本问题，我国学术理论界展开过东西方文化优劣消长的四次论争，进行“亚细亚生产方式”及其定性定位问题的讨论，还围绕当代美国学者萨义德提出的“东方学”，形成了关于“东方主义”以及“汉学主义”的争论。本文所要论述的，是我国的理论东方学建构与马克思东方社会理论之间的关系问题。20世纪90年代后的30年来，学者们以马克思关于东方社会的理论见解为依据，着力于阐释“亚细亚生产方式”及晚年马克思所揭示的东方社会的特性，并且将当代中国的思想资源与理论实践纳入“东方学”层面加以阐发研究，探讨东方及中国社会独特的发展道路，使“亚细亚生产方式”的理论探讨发展到“马克思东方社会理论”的研究，再发展到总体的“马克思主义东方学”的建构。现在，我们从东方学学术史，特别是理论东方学的角度，对这一理论过程加以回顾评述，当具有一定的思想理论价值与学术价值。

综上，从中国的东方学学术史上看，从20世纪20年代发轫的“亚细亚生产方式”问题的争论与研究，到20世纪末展开的“马克思东方社会理论”的研究，再到21世纪20年代初的“马克思主义东方学”的建构，前后正好经历了一百年。相关的学术研讨折射出不同历史阶段中国学术思想界的心态、立场与观点的变化。早年关于“亚细亚生产方式”究竟属于“原始社会—奴隶社会—封建社会”哪种社会类型的研究与讨论，反映出中国主流知识分子不甘置身于“世界”“世界历史”之外，而欲把中国纳入亚洲、把亚洲置于世界、把自己的社会历史纳入“人类历史”之中的“走向世界”的强烈意欲；20世纪90年代后展开的“马克思东方社会理论”的研究，则体现着中国学界对民族振兴、国家道路的自信，表现出对“东方”的反顾、反思之后的认同与回归意识；而近年来“马克思主义东方学”的建构，将马克思、恩格斯的东方社会理论拓展为“马克思主义”的“东方学”，将当代中国的思想资源与理论实践纳入“东方学”学科范畴中加以系统、全面地观照和阐发，一定程度地达成了意识形态建构与东方学学科建构的统一。“马克思东方社会理论”及“马克思主义东方学”的研究与建构，构成了当代中国东方学理论或曰“理论东方学”的主流形态，使得中国的东方学达到了历史研究与现实研究相衔接、人文科学与社会科学相交叉的学科新境界。

王向远，原载于《人文杂志》2020年第4期

《从东方学史看百年来我国东西方文化问题的四次论争》

在20世纪初中国的东西方文化异同优劣的论争中，明确了“东洋文明—西洋文明”的划分依据及其根本差异，意识到了中国属于“东方”并且是东方文化的重要代表，对东西方文化的优劣进行了初步的比较分析，也探讨了文化互补与融合的可能性，

初步建立起了现代的“东方—西方”观念。到了20世纪末，在新的历史条件下，“东方—西方”论争再次兴起。关于“河东—河西”的论争对21世纪文化世界走向做出了不同判断；围绕贡德·弗兰克《白银资本：重视经济全球化中的东方》一书展开的论争不仅涉及“东方—西方”价值观的判断，也涉及东西方观念与人文社会科学相关学科的关系；而由此衍生的对古希腊文明乃至西方古典文化的真实性加以质疑和否定的“疑西”思潮，则是对以往“西方中心论”的反逆。这些都从不同层面丰富了中国的“东方学”思想，成为中国“理论东方学”的重要构件。

“理论东方学”是中国东方学的重要形态之一，始自20世纪初并一直持续至今的关于东西方文化问题的论争，是“理论东方学”的一种主要建构方式。最重要的论争有四场：第一场论争是20世纪初关于东方文明与西方文明的分野、各自特点、性质及长短优劣的论争；第二场是20世纪末至21世纪初关于东西方文明盛衰交替问题的“三十年河东、三十年河西”论及其争论（可简称为“河东—河西”论争）；第三场论争是21世纪初围绕德国学者安德烈·贡德·弗兰克（Andre Gunder Frank，1929—2005）的《白银资本：重视经济全球化中的东方》（*ReOrient*：*Global Economy in the Asian Age*）一书所进行的讨论争鸣，主要涉及如何从经济学及世界经济史的视角看待近500年来的东西方关系；第四场是同时由对《白银资本：重视经济全球化中的东方》的讨论而引发的“疑西”思潮及其争论。从东方学学术史的角度看，100多年间的这四场论争，作为中国“理论东方学”的重要组成部分，从文化理论、历史哲学、经济史论等不同的层面，推动了人们对东方学相关理论问题的思考与探索，值得认真加以评述总结。

王向远，原载于《山东社会科学》2020年第4期

《国史研究范围的延伸扩大与中国“东方学”的形成》

在日本“东洋学”及欧美各国的东方学的成果刺激下，20世纪初中国的国学及国史研究的观念与方法发生了转型，封闭的国史研究走向了以中国为中心的四裔研究，即中国与周边各民族交流史的实证研究，亦即东方区域研究；在研究模式上，形成了中华与四裔的“华化—胡化”的模式，然后又由物质性的有形的“交通史”模式，发展为更广泛的“关系史”模式，到20世纪末更聚焦以中国为出发点、以中国为主导的“丝绸之路研究”这一国际性学科领域，循着这样的路径，中国的国史研究逐渐扩展为区域性的东方研究，传统国学自然延伸为中国的东方学。

20世纪初，随着中国学界对外开放姿态的形成，在西方与日本学界的影响下，传统国学的封闭与保守状态逐渐被打破。中国学界认识到，当本国问题成为他国学者的研究对象，而且他国学者的研究在某些方面又胜出一筹的时候，本国学者的学术文化的表述权也将受到削弱和遮蔽，而在当时恰恰发生了这种情况。照理说，研究中国的历史文化问题，中国学者是最有立场、最有优势、最有话语权的。但是在某些问题的研究上，日本与欧洲的学者却走在了我们前面，究其原因，主要在于传统的国史研究眼光受限，缺乏区域历史整体化的观念，更缺乏世界史的眼光，因而也就难有现代意义上的整体史观与理论体系的构建。一旦意识到这一问题，中国学者便勇敢调整姿态，奋起追赶，取

长补短，努力使封闭的国学成为开放的国学，使封闭的国史研究成为开放的国史研究，于是传统的国学自然延伸到了周边国家与地区，国学研究自然发展延伸为一种以中国为中心的区域性的研究模式——东方学。中国的东方学意识开始自觉，东方学由此发轫。

王向远，原载于《学术界》2020年第1期

《百年来我国“东方史”建构的国外背景、理论探索与问题》

“东方史”是东方学中的综合性总体性的基础学科，需要丰富的东方学各分支学科的基础积累和体系性的理论建构，具有相当大的难度。在这方面，近百年来国外已有的东方史建构可以为中国的东方史建构提供借鉴。日本学者最早提出“东洋史”建构设想，相关著作最多，对中国影响最大。欧美的东方史建构开始于东方古代史，而东方通史往往被包含在世界史的框架内，这种模式在中国也有译介和影响。出于种种原因，迄今中国东方史的建构进展缓慢，同时也为今后的研究预留了广阔的空间。中国特色的东方史建构应该突破国别史简单相加的东方史布局，突破“三大文化圈”之类的拼合结构，尝试建立以中国为重心的东方史，使东方史成为中国史的一种自然延伸，并通过东方史的建构，确认中国的东方大国的地缘属性与文化属性。

所谓“东方学”，若不是建立在东方历史的共通性、联系性之上，是难以成立的。而要建构“东方学”就必须以“东方史”的建构为基础。严格地说，关于东方的各个方面、各个领域的研究都是过去时的研究，都属于广义“东方史”的范畴。但是，我们在这里所说的“东方史”，是指历史学中的一个特定领域，它与“西方史”相对而言，是世界史的两个组成部分之一，它是区域性历史文化的综合研究模式而非分科的研究。东方学的分支学科——如东方哲学、东方宗教、东方文学等——的研究，最终都可以贡献于综合性的“东方史”的研究。但是，在分支学科研究中，若没有“东方史”的综合视域，难免趋于偏狭；另外，在关于东方学各个分支学科的研究还没有足够积累的时候，“东方史”的建构就失去了条件，这种相互制约贯穿整个东方学学术史。

无论在日本还是欧美，“东方史”既是一种学术建构，其实也是一种民族国家的意识形态建构，西方以“东方史”的建构宣扬西方中心主义，或雅利安中心主义，日本人用“东方史”来宣扬大亚细亚主义、日本主义及日本文化优越性。中国的东方史建构要有中国特色，也必须在科学的学术品位与民族意识形态建构之间找到平衡，在史料与史识方面达成一种辩证的统一。上述侯传文的《东方文化通论》，是建立在四大文明、三大文化圈的基础之上的。东方三大文化圈的主张，是西方人、日本人最早提出来，后来中国的梁漱溟、季羡林先生都有类似的表述，但是这种理论是建立在多元文化理论基础上的，它不是一种建构，而是一种客观描述。我们今后有必要在此基础上，进一步探索以中国为重心的东方史的新构建。在这方面，20世纪初日本的“东洋史”建构已经做出了相当的成果，日本“东洋史”以中国为中心，以中国为重心的历史撰著建构，符合东方世界及东方历史的实际情形，我们应该很好地加以参考借鉴。日本与欧洲的东方史的那种国别史简单相加的结构布局应该放弃，“三大文化圈”之类的三合一

的拼合结构也应该超越，由此转换为以中国为重心的放射型结构。这样建构的“东洋史”，就会成为中国史的一种由近及远的自然延伸，所侧重记述的是东方区域性的历史事件，既要注意东方各国的历史事件对中国的影响，更要看历史上中国的政治、军事、经济、贸易、民族、宗教、文化、文学、艺术等，与东方哪些地方有了关联而那些关联之处就是我们建构“东方史”的视域。今后很有必要通过这样的“东方史”建构，来确认中国作为“东方大国”的地缘属性与文化属性，并能克服“国史”的局限，在东洋史的框架中为中国定位和定性。当然，要做到这一点非常不容易，但也完全可以期望于后来者。

王向远，原载于《安徽大学学报》（哲学社会科学版）2020 年第 3 期

《东方文学研究的新动向（2018—2020）》

本文总结和论述 2018 年以来我国东方文学研究的特点和走向，尤其注重日本和韩（朝）文学之外的成果，认为东方文学学科意识增强、注重原典研究、拓展了研究领域、恰当运用了一些新的研究方法是这期间东方文学研究的主要新动向。

2018 年以来东方文学研究极为重要的一个学术动向是我国东方文学界重新整体思考东方文学学科。这一动向以 2014 年以来的三个国家社会科学基金重大项目为代表，分别是王向远主持的“‘东方学’体系建构与中国的东方学研究”（2014）、穆宏燕主持的“新世纪东方区域文学年谱整理与研究（2000—2020）”（2017）和黎跃进主持的“丝路文化视域下的东方文学与东方文学学科体系建构”（2019）。

经典作家作品研究是东方文学研究的重点，也是研究成果最为集中的领域。2018—2020 年的研究中，传统的重点研究对象如泰戈尔、川端康成、大江健三郎、索因卡、库切、夏目漱石、村上春树等依旧是研究焦点，前数者代表了以诺贝尔文学奖为导向的研究取向，后两者以语种文学自身评价体系为准则。

2018—2020 年的东方文学研究，较之以往有更突出的学科意识、中国学者的主体意识也日益突显，研究中强调语种文献的原典阅读，拓展了研究领域，并出现了不少在研究方法上具有创新的学术成果。在一批国家社科项目的促进下，东方文学新的研究队伍迅速成长。应该说“一带一路”倡议的提出，为沿线各语种文学的研究提供了新的契机，我国东方文学研究正值发展的良好时机。未来的研究可继续开掘各语种文学本土资源，运用恰当的理论研究工具，深化和开拓文学思潮、文论、诗学、美学等思想理论研究范畴，注重文学的多边交往与交流，加强语种文学研究之间的交流与合作，在中国、东方和世界的整体视野下展开研究。

曾　琼，原载于《国际比较文学（中英文）》2020 年第 4 期

《翻译野蛮——科学小说〈铁世界〉中的东亚文明观》

对凡尔纳（Jules Verne）的科学小说《印度贵妇的五亿法郎》（*Les Cinq Cents Millions de la Bégum*）的翻译，是近代东亚三国知识人科学技术观形成的来源。自 1887 年

日人森田思轩以《铁世界》为题译述凡尔纳的小说之后，包天笑和李海朝相继从事了中文（1903）和韩文（1908）的翻译。从序文的重点来看，森田的日译倾向于展示科学材料的崭新性；包氏的中译则展现了科学救国的责任。李氏的韩译则缺少了序文，只留了正文内容。尽管序文的主旨不同，正文的细节亦有差异，但三个译本都表现出了近代知识人对科学技术的恐惧。通过翻译科学小说，东亚知识人预警了一种以人种主义为中心的近代野蛮，指明科学技术的应用和发展必须要伴随道德和精神上的反思。

凡尔纳的《铁世界》在东亚传播时，最明显的变异表现在序文上。法文原作和英译本中没有序文，但森田思轩（Morita Shiken，1861—1897）将之从英译本翻成日文时增添了序文；之后，中译者包天笑（1876—1973），又通过“译述”，改动了序文。这些改动，表现了两位知识人截然不同的关注点，虽然他们都自觉到科学是东亚近代化的必需品。

科学小说的译者，是想借翻译来批判近代文明对历史暴力的推波助澜吗？而且，凸显从森田开始的种族主义，是为了警示日本未来会有走向帝国主义的危险吗？对图谋文化改良的东亚文人而言，通过输入科学来启蒙救亡，固然是一方面，但是另一方面，他们也认识到了科学技术里盘踞着帝国主义的野蛮属性。因而用对科技的惊羡来评价他们的翻译工作，失之偏颇。凡尔纳取时新的科学题材行文，不仅是为了彰显科技的能量，同时也注意到了其幽暗面目，故而在法国和德国之间做了明显的善恶二分。他进而主张，法国因为思想上的良善，故而有资格保有破坏性武器。森田从《铁世界》看到了奇异的题材和话题；包天笑则关注法国人的爱国心和中国的痛苦现实，甚至即将来临的恐怖的战争；朝鲜的李海朝洞悉了想要参与殖民地竞争的日本帝国主义的野心。另外，立于近代化潮头的三位东亚知识分子，都深知科学技术就是近代文明的核心。但同时，他们并没有忽视近代文明也可能正是野蛮的来源。就这一点而言，东亚文人的文明观其实有其辩证、复杂的一面。

徐维辰，原载于《中国比较文学》2020年第1期

（二）中日文学比较研究

《〈论语〉“子见南子”在日本作家谷崎润一郎〈麒麟〉中的变异》

变异学是笔者提出的比较文学创新理论。变异学认为，文学交流变异，是文学创新的一个重要动因，世界文学经典往往是因文学变异而形成的。谷崎润一郎的文学创作就是一个典型案例。谷崎一直在东西方文化间摆渡，他的创作不仅深受西方唯美主义的影响，同时谷崎具有高超的汉文学素养，他也创作了一系列中国题材的中短篇小说。《麒麟》是他第一部直接取材于中国典籍而创作的短篇小说，主要以《史记》和《论语》中“子见南子”的故事为核心。然而作为谷崎唯美主义文学观念的早期代表作，《麒麟》在“子见南子”故事的基础上发生了变异，并成为日本文学经典。本文将从南子形象的变异、主题的变异以及发生变异的原因三个方面来进行案例性分析。

中国文学典籍里的南子形象在谷崎笔下发生了变异，谷崎舍弃了史实中南子舞权弄政或淫荡的性格特征，而将她彻底地恶魔化，倾注了谷崎唯美主义美学观念的南子成了谷崎后续文学中“娼妇型”女性的代表人物。

《麒麟》的主题从“子见南子”中以孔子及其本人的传道为宗旨，变异成精神与肉体、道德与官能之间的斗争，最后以象征着肉体和官能美的南子的获胜消解了儒家道德主义的思想。谷崎旧瓶装新酒，在保留了“子见南子”的故事框架及汉文古体古典雅致的意蕴后，对南子的形象和故事主题进行大胆的变异处理，在小说中巧妙地注入了自己独特的美学观念和文艺思想，使得《麒麟》成了他早期唯美主义风格的代表作，与《刺青》一起为谷崎接下来的文学生涯打下了夯实的基础。

《麒麟》虽然取材于汉学典籍“子见南子”的故事，但是谷崎并不是单纯地翻译了这个故事。从南子形象的变异到故事主题的变异，可以看出谷崎在史实的基础上注入了自己的文学观念和美学理想，最终在汉学儒家的故事上变异出了象征着谷崎“恶魔主义”理想的文学经典，南子也因此成了谷崎后续文学中一系列“妖妇”女性形象的开端。

曹顺庆、王熙靓，原载于《山西师大学报》（社会科学版）2020年第3期

《日本近代文学中孔子形象的流变——由小说〈麒麟〉中的“子见南子”说起》

日本作家谷崎润一郎在小说《麒麟》中，借“子见南子”的故事塑造了邪恶美丽的强者——南子，相形之下孔子的形象显得悲壮无力。在中岛敦的小说《弟子》中，子路虽然崇敬孔子，但对儒家的礼乐道德不能释然。在日本近代文学涉及孔子的这些文本中，对于儒学及其鼻祖孔子并非是单一的崇拜或者批判，而是将孔子作为一个“凡人”来表象，力图呈现出一个“亲民”的孔子形象。与中国现代新文化运动对儒教与孔子的彻底批判不同，日本近世以来，儒学虽然不断受到批评，但是从未有过要彻底否定儒学的社会风气，而《教育敕语》“忠君爱国”儒教道德的推崇，使之甚至成为官方意识形态的一环，更是在太平洋战争中达到极致。

日本在明治维新之后，为了摆脱成为欧美列强殖民地的危机，积极推进文明开化、富国强兵之策，急于加入欧美列强的队伍，社会上一时兴起欧化之风。文明开化论者大力宣扬进化论推演出来的“西方优于东方”，同时，统治阶层又把儒教道德中有利于国民统合的“忠君爱国”等条目，通过国民教育的实施加以弘扬。这一抑一扬的操作，使得对于儒学及其鼻祖孔子的接受与批评呈现出复杂的样态。在日本近代文学涉及孔子的文本中，不再呈现出对于儒学及其鼻祖孔子单一的崇拜，而是将孔子作为一个“凡人”来表象，力图呈现出一个“亲民”的孔子形象。儒学及其圣人孔子不再如德川时代一样高高在上，在某种意义上，他成为日本成功跻身欧美列强的队伍后，显示与其他儒学文化圈国家连带意识的最佳手段，成为唤起日本人对传统精神家园乡愁的装置。

高　洁，原载于《中国比较文学》2020年第2期

《低调的华美与阴翳的风雅》

源出于《诗经》的“衣锦褧衣”代表了古代中国的另一种美感或审美理想，即“低调的华美”；它表明了有意遮掩令人炫目的华美和高雅，透露出一种内在的动人之美。“低调的华美”与谷崎润一郎所称颂的“阴翳的风雅”之美有着内在精神的联系，彰显了古代中国和东方美学迥异于西方美学的独特传统。“低调的华美”的美感包含着浑然不可离析的物质性、感受性、精神性、历史感和存在的价值感等诸多意涵，表明古代中国人的美感始终都与人的现实生存的重要关切分不开，绝非无关功利。

对于古代中国贵族妇女的审美意识和审美理想，要区别对待，不能一概而论；其中纵有崇尚金碧辉煌、雕琢浮华之美的媚俗，但也有崇尚内在高雅、外表朴素之“低调的华美”的风尚。大体说来，后者多为注重内在道德情操修炼和有文化涵养之贵族妇女所推崇。

无独有偶，多年前读到日本著名唯美作家谷崎润一郎（1886—1965）以优美淡雅的文笔撰写的随笔集《阴翳礼赞》，深深地被他对东方美学特质的眷念和坚守打动，不禁从他的述说联想到了古代中国美学所追求的“低调的华美”。

进一步思考，“低调的华美”首先表现为一种视觉感受，然后由视觉感受进入内心的体悟和精神、道德层面；“阴翳之美”在于感于物而入于心和精神愉悦。就这两者来说，细腻入微的五官感受和体察至关重要。这种将五官感受、生活体验、物质对象、精神意义融为一体的审美感受方式，既是古代中国美学传统的内涵之一，同时也表征着以古代中国美学为代表的东方美学迥异于西方美学的独特性，值得我们重视。

阎　嘉，原载于《文学评论》2020 年第 2 期

《“观照”概念的现代转化与近代日本美学的东方传统》

“观照”是东方佛学术语，也是东方传统美学的重要概念。近代日本文艺理论家、美学家较早使用“观照”来阐发自己的美学理念，其中岛村抱月提出“观照的艺术”是“为人生的艺术”，是艺术的“大乘之境”，强调“观照”所具有的“东洋趣味”；长谷川天溪站在现代社会“幻象破灭”与“幻象重建”的角度阐述“观照”美学，提出了“幻象观照”和“自我静观”论。同时，有评论家用“观照”论评论夏目漱石的作品，也有美学家用“观照”来对译西洋“aesthetic”（审美）一词，其中竹内敏雄把东方“观照”与西方“审美”加以融合，冈崎义惠在“感动”与“观照”的概念关联中阐发“观照”的东方特性。由此种种，“观照”在日本现代美学中完成了由传统东方美学概念向现代美学概念的转化。

“观照”这个词及其词根“观”，既是东方佛学术语，也是东方传统美学的一个核心概念。在美学作为一个近代人文学科尚未独立形成之前，特别是在西式美学概念传入东方之前，“观”“观照”及其相关的理论阐述实际上就是东方传统美学的核心内容。到了近代，日本美学家森鸥外在《审美论》（1892—1893）与《审美纲领》（1899）中，最早把德文和英文的“Anschauung”（意为观点、观念、见解、观察）这个词译为“观

相”；美学家高山樗牛在《近世美学》（1900）一书中，较早使用“观照”一词翻译“Anschauung”一词。后来“观照”这个词被收入日本的各种哲学大词典、文艺大词典等工具书乃至百科词典如《广辞苑》，也被用来释译西方的相关概念。“观照”首先在日本现代美学家那里较为普遍地使用，成为一个重要概念，并在东西方美学的互照中得到阐发，“观照”的内涵也在现代美学的理论框架中得以改造和充实。

要对“观”及“观照”美学做进一步探究，若仅仅局限于日本传统的文学与美学的材料显然是不够的，必须上溯到印度与中国的“观”与“观照”，必须有明确的“东方美学”学科视域的自觉。因为归根到底，“观”与“观照”的美学是在东方道家美学、儒学美学及佛学中完成的，而日本美学中的“观照”论率先将这一美学传统做了现代转换，并在现代美学体系中将“观照”予以概念化，从而使日本现代美学流贯着东方美学的传统。对于这一点，我们应该给予应有的重视与评价。但是，这种转换至今并没有彻底完成，应该在“东方现代美学”的语境中，特别在中国古代美学与现代美学相连通的语境中，将“观照”美学的研究进一步展开与深化，使“观照”作为“东方现代美学”的一个特色，得到进一步强化与凸显。

王向远，原载于《西南民族大学学报》（人文社会科学版）2020 年第 9 期

《郑成功的身份认定与挪位——以中日文人的不同书写为中心》

历史一方面是真实发生的事件及其序列；另一方面也是他人的不断建构和改写。中国历史人物郑成功在日本历代文人的笔下便经历了一个其身份不断被建构和改写的过程：江户时代，日本文人将郑成功界定为“吾大东日本之人”，体现了郑成功身份的日本文化属性；近代日本，郑成功的身份被认定为具有日本人特征的“日本种子发出的芽”，体现了郑成功身份的中日文化交融属性；现代日本，日本文人从郑成功身份的中国文化属性出发，认定郑成功为“东亚大英雄”。与此相参照，中国对郑成功的身份认定也是随时代而变迁：南明时期，郑成功被封为“延平郡王”；清朝时期则实现了从认定郑成功为“乱臣贼子”到“明季遗臣”再到承认其“延平郡王”身份的转变；抗战时期，郑成功被尊为“民族英雄”；二战以降，在全球化的背景下，郑成功又被赋予“海洋英雄”“东亚英雄”的称号。研究郑成功身份的书写史，不仅是深入认识郑成功本人的关键，也是揭示自江户时代至今日本人对中国文化的接受与拒斥等复杂民族心态的突破口。

郑成功是关涉中国大陆及台湾地区、日本等国家和地区关系的重要历史人物。中日两国文人在不同的历史语境中，对郑成功赋予了不同的时代意义，由此，对郑成功的身份认定也表现出了极大的不同，甚至产生了对郑成功的身份挪位现象。厘清中日两国对郑成功的身份认定与挪位不仅是深入认识郑成功身份的关键，也是揭示自江户时代至今日本人对中国文化的接受与拒斥等复杂民族心态的突破口；然而，中日学界对这一问题却鲜有论述。本文以中日文人对郑成功的不同书写为研究对象，分析中日两国对郑成功的身份认定与挪位的变迁及特点，以期为面向未来的中日关系以及海峡两岸关系提供参考。在论述的过程中，本文以日本为立足点，以同一时期中国的相关论述为参照，所

以，在时期划分上以日本的时代变迁作为标准。

中日两国对郑成功的身份认定具有不同的时代性特点。日本对郑成功的身份认定与挪位，可谓一条日本民族主义发展演进的路径，尤其是近代日本对郑成功为“日本种子发出的芽”等一系列话语建构，通过强调郑成功为日本人的豪杰、英雄，从而达到日据台湾时期对台湾进行文化殖民统治正当化及同化台湾民众的目的。与日本相比，中国对郑成功的身份认定也走过了漫长的道路。在今天，中国在认定郑成功为民族英雄的同时，也尊崇其为“海洋英雄”“东亚英雄”，体现了对郑成功身份认定的多元性。作为“东亚英雄”的郑成功，凝聚着东亚地区的中国和日本两国的共同历史记忆，是东亚整体性的一个象征，这对于面向未来的海峡两岸关系以及中日关系的发展具有一定的借鉴意义。

寇淑婷、曹顺庆，原载于《河南大学学报》（社会科学版）2020 年第 1 期

《美国东方学与唐纳德·金日本文学研究的立场方法》

日本研究及日本文学研究是美国东方学研究的重要组成部分，在立场方法上取决于美国东方学的总体学术氛围和学术传统。唐纳德·金的日本研究是当代美国东方学的产物，有着美国人的“外位”的立场，但由于他长期在日本生活并且大量翻译日本文化典籍与文学作品，得以走进日本文化内部并对日本人的生活特别是审美生活进行切身体验，形成了一种“参与者”的姿态与立场，也没有一般美国学者对东方国家所持有的那种“东方主义”的傲慢与偏见，是一种“非东方主义”的东方学，并以此形成了自己鲜明的学术研究特色。

唐纳德·金（Donald Keene，1922—2019）在美国的东方学特别是日本研究史上具有非常重要的地位，被公认为“美国日本文学研究的第一人”。他既是二战时期成长起来的“美国日本学学者群”中的一员，又是与众不同的一员。与其他美国学者相比，唐纳德·金更痴迷东方文化，尤其是日本文化及日本文学，长期居住在日本，深入日本文化的中心，晚年还加入了日本国籍，给自己取名“鬼怒鸣门”。结合美国东方学和美国日本文学研究的背景与传统，对这样一位颇具特点的东方学家及日本文学学者加以研究，考察其日本文学研究的立场与方法，具有重要的学术价值。

美国文化的熏陶是唐纳德·金成长的底色，也是他翻译日本文化典籍、研究日本文学的根基所在。他首先是以美国人的身份和学养来接触日本文化、研究日本文学的。20 世纪初叶之后美国文化的氛围和美国东方学的大背景是他出发的基点，也是他为什么持有一种“外位”立场、对日本文学进行研究的根源。

体验性的研究是唐纳德·金研究日本文化、日本文学的最为鲜明的特点。唐纳德·金的这种体验的研究在很大程度上根源于他青年时期的学习背景、战时的特殊经历和战后对日本社会生活的深度参与。

唐纳德·金对日本文化和文学的外位的研究与高度参与性的、具有独特体验的研究形成了自己鲜明的特色。他没有一般美国学者对东方国家所持有的那种“东方主义”的傲慢与偏见，他的研究是一种“非东方主义”的东方学。这也使他的研究作为“东

方学”和“日本学”学科成果在国内和国际上产生了很大的反响。

冯新华，原载于《社会科学研究》2020 年第 2 期

《〈典论·论文〉与九世纪初日本文学诸问题——基于“文章经国”思想的考察》

古代日本人最早接触《典论·论文》是通过李善注《文选》，这就意味着审察《典论·论文》在日本的影响首先不能忽视唐代“文选学”所起到的媒介作用。曹丕对“文”的自觉与唐人驰逐文华之风习互为明暗，共同影响了 9 世纪初日本接受《典论·论文》的方法——以“文章经国”为要义。《典论·论文》既是“文章经国”思想的元文本，又是中国文学批评史上第一部专论，其对“文”之自觉及论“文”范式，潜移默化影响了 9 世纪初日本人对文学起源、发展及本质、功用等问题的思考。《经国集》序对中国文学所做的判断就是基于这种思考的最初成果。在这层意义上，《典论·论文》不仅是中国文论之嚆矢，亦可视为日本文论之渊薮。

一种文学理论命题的提出，必有其历史原因。用“文章经国”衡之于平安初期文学史、政治史，实有着足资佐证的根据。它不惟在理论表述上不是一种孤立现象，而且在东亚政治舞台上都不可或缺。9 世纪初日本朝廷标榜的“文章经国”，从表面上看是取自曹丕《典论》，实则是在日本全面导入唐朝文化制度、沿袭唐朝崇尚文华的国际语境中实现的。汉诗文在东亚外交中发挥着重要作用，各国使臣通过竞聘文华夸饰自国文化的优越性，“文章经国”思想由是为东亚各国所共有。但随着唐帝国的衰落，东亚政治格局迎来巨变，汉诗文丧失了赖以生存的外交舞台，而演变为一种知识、修养甚至余技，“文章经国”思想的基础也就变得不那么牢靠了。然而，曹丕《典论》之于 9 世纪日本的意义，与其说是提供了“文章经国”的口号，毋宁说是促使日本文人开始思考“文”及“文学”的本质与功用，从理论上开启了日本汉文学的鼎盛时期。

郭雪妮，原载于《文学评论》2020 年第 1 期

《论与谢野晶子的中国缘与中国观》

在考察近代中日文化交流史的过程中，与谢野晶子是一位不容忽视的典型人物。她不仅是最早被译介到中国的日本文人之一，也是 20 世纪 20 年代来华旅游的为数不多的日本女性。与谢野晶子撰写过多篇涉华评论文章，其中体现了颇具时代特色的中国观。通过探讨与谢野晶子的中国缘与中国观，既可发现她“被译介”“被邀请”等被动事实，亦可看出她关心中日局势、关注日本在华利益的主动姿态，最终梳理出她与中国之间“被动”与“主动”相互叠加与彼此交错的复杂关系。

与谢野晶子（1878—1942）一生贯穿日本近代的明治、大正、昭和三个时期，自 1901 年第一部和歌集《乱发》问世以来，她在日本的报纸杂志上不断发表和歌、感想文、社会评论文等作品，陆续出版了多部和歌集、评论集、古典名著现代文译本、童话及小说集，曾担任《万朝报》《读新闻》《东京二六新报》等多家报社的和歌评选人、文化学院的讲师等工作。长年活跃于日本文化界的与谢野晶子，与中国之间亦存在着千

丝万缕的关系。本文将从“与谢野晶子在中国的译介”“与谢野晶子的中国行”“与谢野晶子的中国观”三个层面来具体梳理她的中国缘与中国观。

不论是周作人还是张娴，与中国社会现状的关联度成了他们译介晶子时最核心的选择标准，这也使得进入中国读者视野的晶子的文章并没有太多“日本特色”，而是近乎成了女性解放思想的一种“载体”。尽管周作人在《日本的诗歌》（1921.5）、《日本的小诗歌》（1923.4）等文章中对晶子在和歌方面的成就做过简单介绍，还翻译过晶子的三首和歌，并在《爱的创作》等书评中提到晶子“最有名的还是她的短歌，在现代歌坛上仍占据着第一流的位置”。但在当时的中国，晶子作为“文学者”的身份几乎被“女性问题评论家”覆盖。

日本在华的殖民活动以及中日之间剑拔弩张的紧张关系，是始终笼罩着旅程的外部要素，这使得晶子的“满蒙之旅”超出了纯粹的旅行范畴，而被赋予了浓厚的时代色彩及政治意义。

在晶子与中国的关系之中，既有“被译介”“被争论”“被邀请”“被偶遇”的被动事实，也有她积极关注中日局势、关心日本在华利益的主动姿态。晶子在中国的“被译介”与“被争论”，可以说是中国新文化运动时期对日本思想吸收借鉴的典型事例；晶子的“被邀请”及“被偶遇”，既体现了日本在华实施侵略扩张活动的重要文化策略，亦展现出中日势力在东北一带相互勾结彼此利用的政治局势；而晶子对中国的主动关注，又因为始终不忘“日本人的立场”而被卷入了历史洪流之中，并最终与日本帝国主义侵略达成了共识。总之，在这种“被动”与“主动”的相互叠加与彼此混杂中，晶子与近代中国形成了交错葛藤的复杂关系，而她也成了研究中日近现代文化交流过程中不容忽略的典型人物之一。

李　炜，原载于《东疆学刊》2020年第1期

《试论中日人文交流的演变、特征及发展趋势》

在全球化背景下，人文交流是发展国家间关系，构建人类命运共同体的重要手段。中华人民共和国成立以来，中日人文交流经历了初期开创、全面发展、深化认知三个历史变迁阶段，2019年中日高级别人文交流磋商机制的构建，带领双边关系步入新时期。中日之间国家关系与人文交流恰如一枚硬币两个面，国家间的矛盾将会引起人文交流起伏波动，反之，持续的人文交流对于国家关系的恢复和发展同样具有累积调控效应。各个领域的人文交流“量”的积累最终会带动国家关系“质”的飞跃。因此，要重构中日关系，除了“要超越现代化”的矛盾，还要寻求中日之间长期人文交流的“共同文化遗产”。

人文交流具有持续性、变迁性与先导性的特征。中日邦交正常化之前，中日民间人文交流为两国关系的正常化注入了源源不断的活力，也为今日中日高级别人文交流磋商机制的建立奠定了坚实的基础。中日人文交流在不同的历史时期，呈现出各自的发展脉络，其历史变迁可分为初始时期、全面发展、波动起伏三个阶段。

2017年以来，中日关系出现良好的发展势头，人文交流日益增多。2018年是《中

日和平友好条约》缔结40周年，中日领导人实现高级别会谈，两国关系从竞争转向协调，重新回归稳定发展轨道，进入全面恢复阶段。2019年，中华人民共和国成立70周年，日本德仁天皇5月1日即位，开启了令和时代，中日关系也从全面恢复走向快速提升，中日两国人文交流步入新的时代。

面对逆全球化的消极影响，未来中日双边关系出现积极改善的势头，正如习近平总书记关于中日关系8个论断所指出的“中日应该共同担负起国际责任，在涉及两国关系政治基础的重大问题上，不能打任何折扣，更不能有一丝倒退”。中日人文交流表现出不同历史时期的特征，蕴含着未来发展的潜能。

尹允镇、李文娇，原载于《东北亚论坛》2020年第3期

《再论鲁迅〈药〉中的“乌鸦”——以夏目漱石与森鸥外的小说为线索》

关于鲁迅小说《药》结尾处的“乌鸦”意象，有学者提出可能是出自鲁迅对刘半农译安特莱夫《默然》中增译部分的戏仿，本文则尝试提出另一种可能性。在日本作家夏目漱石的小说《我是猫》中，“俳剧”主角以及小说叙述者描述乌鸦的视角与《药》中两位老妇人观察乌鸦的视角一致。此外，鲁迅译森鸥外《沉默之塔》不仅在人物设定与主题上与《药》皆有相似之处，而且两篇小说的结尾处都出现了乌鸦。如果《药》中的“乌鸦”部分借鉴自《沉默之塔》，那么鲁迅将《沉默之塔》中乌鸦啄食尸体的描述改写为乌鸦飞走的构思或许体现了鲁迅当时“不主张消极”的创作理念。总之，夏目漱石与森鸥外的小说或许也是鲁迅创作《药》时的参考，鲁迅文学的世界性也因此得到体现。

对照来看，《药》的第四部分与这出短小精悍的“俳剧”在风格上颇有相近之处，如果将《药》的结尾作为一出舞台剧来表演，那么最后一幕将是两位老妇人望向从树上飞走的乌鸦，正如漱石虚构的“俳剧”的落幕——虚子望向树上的乌鸦。

如果我们以一种寻找“乌鸦”的视角去读这几篇译作，一定会被鲁迅译森鸥外《沉默之塔》吸引。如果说鲁迅可能从夏目漱石《我是猫》中借鉴了“乌鸦”的外在形象，那么鲁迅《药》中“乌鸦”的内涵与象征意义则可能部分源自森鸥外《沉默之塔》中啄食革命党人尸体的“乌鸦”。

笔者并非否定《药》中的“乌鸦”或许源于鲁迅对刘半农译安特莱夫《默然》的戏仿，也不认为鲁迅仅仅借鉴了夏目漱石与森鸥外的作品，而是认为相对于刘半农译作中高声鸣叫的杜鹃，森鸥外《沉默之塔》中的“乌鸦”与《药》中的“乌鸦”在内涵或象征意义等方面也许更具关联性。

边明江，原载于《文学评论》2020年第6期

《幕末日本的“类宋”感怀与苏轼受容——以〈东坡策〉为中心》

以“黑船来航”为标志的海防威胁，以及德川幕府积习已久的重重内患，在幕末日本催生出一股“类宋”感怀思潮。围绕《东坡策》而展开的书籍文化活动是“类

宋”史观的产物，它承载着幕末日人借苏轼进策干预时政的现实诉求。作为古文的《东坡策》具有双重属性，一方面它呼应社会变革；另一方面它又是“文章学”的典范，从而造成评点上重“史眼”与重“文心”的不同取向；它激励着幕末日人在海防问题上的士气与文风，在结构、立意、遣词造句等方面影响《海防备论》的军事思想与写作方式；它彰显出中国传统古文曾以不同的面相影响日本的近代化进程，富有启示性。

《东坡策》在幕末日本的出现及出版热潮，绝非偶然。它反映出在此激荡变化的历史时期，日人对苏轼策文自觉、主动的接受与运用。笔者认为，促成这一历史关合的一个重要机缘，是当时流行于日本知识人群体中的“类宋”感怀。

《东坡策》因“类宋”而生，它承载着幕末日人借苏轼进策干预时政的现实诉求，那么面对具体的文本信息，时人又如何将这一时代感怀融入其中？本节将通过对比吉田松荫《东坡策批评》和藤森大雅《东坡策辑评》两种评点文本，探讨评点者的现世关怀及其与古典传统之间的复杂关系。

《东坡策》对幕末日本的影响，不仅体现在以之为媒介的各种书籍文化活动之中，它还直接影响当时知识群体对海防问题的讨论与写作，在一定程度上，具有振奋士风、文风的意义，正如林钧所言：“右《东坡策辑评》……议时务、策海防，而草茅危言之徒亦相继并起，慷慨感愤，以张正气于一时。”本节以藤森大雅所著《海防备论》为例，结合时政局势和文本对读，论述《东坡策》对幕末日本海防策论文写作的具体影响。

中国文学传统中的古文往往秉持双重特性：一方面它联系着政治与社会变革，如中唐韩柳倡导的“古文运动”就与“政治上的改革活动与革新思潮相呼应”，北宋欧苏的“古文革新运动”也应乎当时改革政治的期望；另一方面它又是科举制文的典范，影响、规范后人的古文观念与创作。《东坡策》所收的二十五篇进策从它诞生之日起，就兼具这双重面目——它既是苏轼应“贤良方正能直言极谏”的制科文，也是作者深刻阐述治国之策的政论文。不过，出于个人及历史原因，在后代，这批策文作为举文典范的一面不断被强化，而其解决时政问题的思想火花则或有意或无意地为人所淡漠。幕末日本，内忧外患、风起云涌。在中下层知识群体中兴起的“类宋”感怀，使他们将目光投向宋朝，并期望从中寻求政治经验，以纾国难。《东坡策》正是这一时代思潮的产物，它重拾起苏轼进策的政论品格，并赋予它新的时代意义（当然，此过程仍不免“制科文”的影响，如藤森大雅重文法的评点倾向）。一言以蔽之，上述内容可总结为：作为古文的苏轼进策以《东坡策》的方式在异域（日本）的复活与运用。

黄小珠，原载于《文学评论》2020年第5期

《追根寻源：〈韩非子〉海外传播“经过路径”中的放送者研究》

如果将《韩非子》这部法家典籍的“西传”放到一个更为宏大的历史和政治背景中考量，那么其传播的发生与东亚地区在19世纪后期的维新思潮和社会转型是合拍共鸣的。从放送者的角度观察，这种同频共振更为明显：在国内表现为“子学复兴”和“新法家运动”对《韩非子》译介的发生起了催化作用；在国外表现为日本在《韩非子》“经过路线”中的特殊地位——日本在其中不只是扮演“桥梁”的作用，中日两国

并行不悖、相辅相成，共同构成了《韩非子》传播过程中的东亚性。

《韩非子》是先秦法家思想集大成的经典作品，在中华思想史上占有重要地位。西方对《韩非子》的译介始于1865年英国传教士伟烈亚力（Alexander Wylie，1815—1887）在其编著的《中国典籍文献提要》（*Notes on Chinese Literature with Introductory Remarks on the Progressive Advancement of the Art*；*And a List of Translations from the Chinese into Various European Languages*）中对《韩非子》概况进行的英语书写。一个半世纪以来，中西方学者如翟理思（Herbert A. Giles）、胡适、冯友兰、林语堂、吴国桢、廖文奎、亚瑟·韦利（Arthur Waley）、华兹生（Burton Watson）、史华慈（Benjamin I. Schwartz）、葛瑞汉（A. C. Graham）、顾立雅（Herrlee G. Creel）、龙德（Bertil Lundahl）、金鹏程（Paul R. Goldin）等，均涉足对《韩非子》的译介。他们从文学、哲学、史学、政治学等多角度进行观察，使得西方学界《韩非子》研究的全面性、系统性得以初步成形，也产出了一批视角新颖的研究成果。然而殊为可惜的是，国内学者对《韩非子》在海外的译介状况少人问津，这方面的文章也是寥若晨星。尽管对于这样一个相对“空白”的领域，可研究的角度很多，但是让我们暂且搁置对译本、译者和接受效果等方面的“近景”研究，而借用法国学派梵·第根（Paul Van Tieghem，1871—1948）提出的“经过路线”概念，在一个更为宏大的历史和政治背景中还原整个译介史。梵·第根曾在《比较文学论》中指出：“整个比较文学研究的目的，是在于刻画出‘经过路线’”（梵·第根：《比较文学论》，戴望舒译，商务印书馆1937年版，第65页）。在此基础上，比较研究媒介学又将“经过路线”细化为放送者、接受者和媒介者三个要素。本文从“放送者”入手，在客观史料的基础上，探究《韩非子》译介的“创世纪”和东亚地区在19世纪后期的维新思潮和社会转型之间的关系，以期将放送者、媒介、接受者三点连线，勾勒出一个半世纪以来的《韩非子》从东方到西方的“经过路线”。

孙亚鹏，原载于《中国比较文学》2020年第2期

（三）中朝、中韩文学比较研究

《中国与周边：中韩近现代文学交流的历史转型与价值重建——兼论韩国近现代文学的主体性与现代性建构》

中韩近现代文学交流历经重新审视与相互认知、交叉互动与多样化发展、共同话语与深度合作等三个不同发展阶段，通过跨界对话与深度交流，实现了历史转型与价值重建，并不断完善主体性与现代性建构。其相互译介实践，在主体与文学需求、译介路径与形式、译介倾向与影响等方面，体现了从古代到近代、从近代到现代的过渡性样态，其为共享文学理念和资源、互鉴现代性价值、推进共同发展起到重要作用。中韩近现代文学的跨界书写，包括同一主题共同书写和以跨界体验为主的相互书写，充分表现了跨越边界和超越文化的现代意识，已经成为中韩乃至东亚近现代文学交流中的一道风景

线，尤其是以抗日为主题的中韩跨界书写，体现了中韩共同反对强权、超克帝国、实现人类和平的20世纪上半期的东亚精神，并对还原历史现场、激活历史记忆、重估东亚精神具有重要的历史价值。

具有3000年悠久历史的中韩文学交流，为东亚汉文化圈的形成与发展做出了重要贡献。古代中韩两国的文学交流呈现“天朝礼治体系”大框架下的人文交流性质，具体体现为中心与周边共同发展模式、官方与民间交流并行的发展机制、资源共享与合作发展途径等总体特征［金柄珉、李存光：《文明对话：中韩人文交流的历史与展望》，《中山大学报》（社会科学版）2019年第4期］。纵观几千年中韩文学交流的历史，中国文学始终发挥以辐射、张力、渗透为特征的创新性价值，韩国文学则体现着以吸纳、变异、融汇为特征的本土化价值。至近现代，中韩文学交流关系面临重大历史转型与价值重建，中韩关系从中心与边缘关系演变为边缘对边缘关系，经历史新阶段的碰撞、摩擦和调整，建立起了互为主体、平行多元的新型文学交流关系。两者通过互动对话、相互译介、跨界书写等多层面文学交流，开拓了两国文学发展的新局面，尤其是韩国文学不断地发现自我与他者的边界，进而促进了主体性与现代性的建构。

综上所述，韩国文学的现代化进程是复杂的，其内容也呈多重性结构，既有启蒙现代性的建构，又有克服现代性的后现代性的探索。中韩近现代文学交流为两国文学的现代性建构提供了互动与对话的平台，而中国语境是对韩国文学现代性建构的有效促进。韩国文学在通过与中国文人乃至中国文学的对话发现自我—主体的同时，也发现了他者—主体，进而树立互为主体、双重主体乃至共生共存的中韩合作意识。通过中韩文学交流，尤其是韩国文人通过中国的体验，发现了中国的现代精神和价值，并从中发现了东亚的曙光。同时，韩国文学的社会现代性——国家想象同中国的语境有着直接的关联，尽管这种关系是复杂而多重的，既有资本主义，也有社会主义，还有无政府主义，但对于韩国人来说，民族独立、光复祖国是第一目标。中韩文学交流为韩国文学的现代性建构提供了最广阔的平台。梁启超、鲁迅的文学精神和创作实践对韩国近现代文学的发展给予了重要的影响。同时，通过韩国文学的发展也可以重新发现中国文学的现代精神，包括梁启超、鲁迅精神的东亚价值和历史意义。资源共享和跨界书写为中韩现代性建构提供了独一无二的平台，以共同书写和相互书写为特征的跨界书写是为实现多方合作、超克帝国强权、建构命运共同体的革命性书写。通过中韩近现代文学交流中的人际对话、相互译介、跨界书写而获得的韩国文学的主体性、国家想象以及现实主义文学精神等，无疑是韩国近现代文学的现代性表征，又是韩国文学现代性建构的途径和模式。

金柄珉，原载于《中国比较文学》2020年第1期

《旅居与传播：金光洲对中国现代文学的译介》

20世纪三四十年代，韩国现代翻译家、作家金光洲曾在上海、东北地区留学和生活近15年。他基于在华政治、文化体验从事进步文学创作，并密切关注中国现代文学的发展，评论中国文学，译介鲁迅、曹禺等作家作品，为中国现代文学在韩传播做出重要贡献。他以域外视角深度了解、把握中国现代文学，并通过翻译实现了两国文学的转

换与融合，特别通过有意误读与改写，为中国现代文学作品赋予了崭新的文化价值。

作为从韩国来到中国的“异邦人”，金光洲选择译介作品时没有拘泥于某一流派或思潮。他关注左翼文学，但并非一味地支持左翼文学。他着重学习和译介中国现代文学，但对西方文学的了解也颇为广泛。金光洲对中国现代文学的译介经历了从“普罗”文艺到人本主义再到现实主义的变化，所翻译的作品多基于人本主义或现实主义的立场，能够代表特定时期的文艺思潮。从翻译作品的选择和接受来看，金光洲的译介具有明显的倾向性。

金光洲凭借对中国文学和文化的独特理解，通过对作品的误读展示了创造性的变异和改写能力。他对源文本的“误读”大部分是有意识的“误读”。这些“误读”和变异，将源文本转化成了新的、更有价值的“翻译文本”。在充斥重译和抄译的韩国文坛，金光洲直接将中文原文译为韩国语，代表了中国文学翻译事业的新高度。

金光洲作为旅居中国的文人，始终关注中国现代文学的发展，通过对中国现代文学的译介活动，为中韩现代文学交流做出重要的贡献。在这一过程中，他深刻地意识到中国现代文学的重要性和文化价值。他一方面根据自身的体验和认知，参与中国文学的批评以及西方文艺在中国的译介；另一方面，出于对民族文学发展的愿景，积极从事中国现代文学在韩国的译介活动。他的翻译文学作品立足于“自身文化”的误读和变异，从而体现了翻译主体的文化认知与语境选择。鲁迅的小说和曹禺的戏剧为韩国读者所青睐，得益于金光洲出色的译介。通过金光洲对鲁迅小说的翻译和评论，韩国对中国现代文学的翻译和评论出现明显的变化，即呈现现代性价值。并且，通过金光洲的翻译和评论，曹禺的戏剧在韩国戏剧界受到极大的关注，进而被搬上了韩国的戏剧舞台。金光洲运用中韩两种文字进行书写与翻译活动，他是通过接受中国的教育和体验走上文学道路的殖民地时期来华的韩国文人，中国体验、中国语境始终对他产生积极的影响，所以他积极主动地为中韩文学与文化交流做出贡献。金光洲的在华文学活动，尤其是其译介活动为当今的中韩文学与文化交流提供了有益的启示。

金　哲，原载于《中国比较文学》2020年第1期

《传承与变异：韩国“归去来”图题画诗文的文化美学阐释》

中国宋代由陶渊明《归去来兮辞》衍生而来的《归去来图》在高丽末朝鲜朝初传入了韩国，其文人竞相唱和，创作了大量的题画诗文。在中国，《归去来图》表现了陶渊明在《归去来兮辞》中所传达出来的洁身自好的追求、隐逸田园的喜悦等操守与品格。但是在韩国，“归去来”系列题画诗文在传承陶渊明以及中国绘画作品意涵的同时，还呈现出了强烈的忠君观念，浸染了淡淡哀伤的韩国古代美学风格，形成了将“归去来”与“武陵桃源”理想相结合的独特模式；在形式上，其题画诗文中“兮”字脱落，且通常不直接题写在画作上。

中国文化在东亚范围内的影响力与主导性是长时间积累的结果，也是中国历代无数作家作品不断浸润的结果，而任何一国文学在另一国的传播与流衍都面临着与本国不同的解读环境、民族情感与政治文化等因素，并在传播过程中发生意涵的增值、承转与变

异等问题。陶渊明及其文学作品在韩国的影响极其深远，且这种影响不仅表现在陶渊明的人格精神，以及相关的文学作品上，还表现在由陶渊明及其文学作品所衍生出来的其他文艺形式或文学作品当中。例如，从李仁老开始，韩国古代文人对于陶渊明《和归去来辞》的酬和之作竟达到了400多篇（南润秀49）。在东亚的文化圈中最具综合性的艺术形式则当属题画诗，所以从题画诗的角度可以有效地考察中国文学艺术作品在东亚范围内的传播形态，探讨其在传播过程中所发生的变异情况。在这里，本人主要以由《归去来兮辞》衍生出来的“归去来图”系列题画诗文为研究对象，探讨其在古代韩国的发生、传承及其变异情况。

韩国文人在接受并解读《归去来图》的过程中，一方面保留了其中对于“归去”的恬淡生活的向往，保留了对归去目的地美好风光的颂扬与理想化色彩；另一方面，在朝鲜朝统治者的倡导推动和“规训”下，“归去来图”题画诗文又拥有了忠君、忠于朝廷的内涵，显示了韩国文人对于现有政权的“附和”与顺服。同时，韩国古代文人还常常在“归去来图”题画诗文中表达身在樊笼、心慕桃源的“归不得”之情，其中体现了他们对于政治及其权力的恋恋不舍，所以也就没有陶渊明对于世事决绝的彻底，进而表现了韩国文人内在极度矛盾的心态。就美学风格而言，韩国古代“归去来图”系列题画诗文秉承了朝鲜民族文学的传统审美特征，浸润了崔致远以来的哀伤之美，且将其与“桃花源”意象结合在一起，使之成为有别于中国的复杂的意识综合体。在表现形式上，朝鲜半岛的“归去来图”题画诗文也受到自身语言特点的影响，省略了“兮”。

崔雄权，原载于《中国比较文学》2020年第1期

《论卜乃夫〈荒漠里的人〉对李范奭口述“自我民族志”的改写》

卜乃夫的《荒漠里的人》是一部以1929—1931年间韩国爱国志士李范奭在中蒙边界地区的流亡生活为原型创作的长篇小说，其主要情节和人物活动行迹在李范奭的自传《篝火》和《篝火后篇：铁骥李范奭自传》中亦有相似描述。本文从主题意蕴、叙事“自我民族志”手法、人物刻画等三个方面入手，探讨了卜乃夫小说对李范奭的改写及其跨界性特征，旨在通过揭示从爱国主义到生命普世价值、从记录经验事实到创造审美世界、从刻画传记人物到塑造交互主体性人物的叙事转换，阐发中韩跨界叙事的价值生产机制和多重意义。

作为跨界叙事文本，《荒漠里的人》代表的是在东亚现代进程中两个国族之间的跨境和从自我民族志到小说的文体越界。在华流亡的韩人爱国志士李范奭的爱国情怀唤醒了卜乃夫对个体生命的关注，使其走向了探索生命本相的普适性主题；李范奭在大兴安岭所经历的狩猎经验亦激发出卜乃夫的创作欲望和想象力，使其从动荡灰暗的东亚现实中创造出了治愈心灵的崭新的审美世界；而李范奭身上的命运感和悲壮感，启迪了卜乃夫，使其超越时空，认同其内在精神力量，从而塑造出诸多以共情为基础的交互主体性人物。

不同于常见的中心对边缘的跨界叙事，作为边缘国族之间的跨界文本，《荒漠里的人》不带有任何本民族中心主义思想和优越感，它更多的是对生命觉悟和交互价值的

探索，正如金耀东所说："人类都是地球母亲的子女！大自然的平等子民！"（无名氏111—112）这一生命意识对卜乃夫的后期创作也产生了重要影响，在《无名书》中，他依然对生命的终极原理进行着孜孜不倦的探索，"《无名书》的真正的描写对象是生命文化现象的本相"（陈思和7）。

一直游走于异国他乡的李范奭始终都在向往回归祖国，而游历经验不多的卜乃夫则一心向往走向人类的普适性价值。李范奭的故事发生在韩国丧失国权有20年之久的1929—1931年间，小说的创作则是在中日战争爆发后的20世纪40年代初，一个流亡韩人爱国志士和中国青年作家为战胜和超越现代东亚惨淡现实和精神困境，不断进行交感与跨界，最终诞生出了超越时代和文化场域的新的叙事主体。卜乃夫曾表露心迹说："结识范奭，是我文学生涯一个重要转折点。若不是和他深交，我在写作过程上不会变化得那么快"（卜宁：《无名书的因缘——纪念〈无名书〉六卷全部出版》，《在生命的光环上跳舞》，人民文学出版社2006年版，第164页）。也许，《荒漠里的人》与李范奭自我民族志的差异性与互补性，以及由此产生的两个叙事主体的交互主体性，才是边缘间跨界叙事的真正价值和意义。

崔昌笏，原载于《中国比较文学》2020年第1期

《亲切感与疏离感之间——朝鲜半岛诗人白石的"满洲"体验与书写》

"满洲"朝鲜人文学是20世纪大规模登场的"移民/离散文学"的组成部分之一。移民、离散者的"双重外在性"在当时移居的朝鲜文人作品中都有不同程度的"满洲"体现。作为朝鲜半岛20世纪三四十年代最重要的诗人之一，白石的"满洲"书写与其"满洲"自身经历、个人性格、价值取向等因素息息相关。白石"满洲"体验与书写的最大特点是始终怀有乌托邦式的幻想与牧歌式诗人情怀，其视角超越了眼前的伪满洲国，却停留在对古代中国和圣贤的想象中，因此，诗人的情感世界始终在亲切感与疏离感之间彷徨。

米兰·昆德拉（Milan Kundera）把移民作家大体分为三类：（1）无法与移居地通话，有强烈的文化精神的隔离感、孤独感；（2）虽已融入当地社会，却难以割舍故土文化的根基；（3）彻底融入当地社会，并从故国文化中拔出了根。不过，白石却很难简单地归入以上三种。作为一个厌倦国内环境、移居异域的"离散者"，一个充满乌托邦式幻想和牧歌式浪漫主义情怀的诗人，他与母国社会始终处于"不和"状态中，但又融不进移居地（即伪满洲国）社会，处于无处着落的无根状态。白石的这种状态与其他"在满朝鲜人"具有一定的共性。但同时，其天生的诗人品性（敏感、孤傲、特立独行）和价值取向（对表面繁华热闹的近代化风景无甚兴趣，对中国古代圣贤不慕权贵、超脱高洁的精神充满憧憬），也让他的"满洲"经验与书写充满了独特性。

萨义德认为：与多数人只了解一种文化相比，移民（流亡者）至少了解两种文化，这样的多元视域给人一种"对立"意识，有了这种意识，后殖民作家中的"流亡人士"将成功地扮演后殖民知识分子中最有代表性的代言人（转引自杨林18）。正如本文前面所论述的那样，在白石的"满洲"诗篇中，我们看不到日本帝国主义设计和操纵的伪

满洲国意识形态的表露，也找不到作为“移民/离散他者”对异域主体（中国人）的戒备和批判，甚至没有对自己同胞所经历的“满洲”生活的描述。相反，他以牧歌式的浪漫视角、乌托邦式的想象，努力从眼前的镜像去寻找自己梦想中的世界，但这一过程却充满了痛苦和挫折。不过，虽然白石的“满洲”行是一种彻头彻尾的无头绪逃离经验、无对策的冒险行为，虽然他的浪漫主义情怀在当时的大环境下是一种脱离现实的表现，但也正是这样的经历和情怀才促成了他与众不同的“满洲”书写，为朝鲜半岛文坛留下了多篇不朽名作。当然，也为我们探寻异域他者眼中的中国形象时提供了一个不同的视角，一个饶有兴味的个例。

王艳丽，原载于《中国比较文学》2020年第1期

《东亚视野与译学互动——论韩国汉学家朴宰雨的中国文学译介》

全球化语境下的中国文学外译，应该面向剔除东西方差异的整个世界。但在当下中国文学外译研究中，译学界相对偏重西方和英语世界的中国文学译介问题，而对同质文化圈的韩国乃至东亚译介状况的探讨，欠缺应有的重视。朴宰雨作为韩国知名汉学家和中国文学的主力译者，可视为东亚场域内汉学与翻译的耦合互动中推进中国文学外译的典型个案。他善于将文学译介和学术交流紧密粘连，从“东亚文化共同体”的宏阔视野和中国文学世界化的高度，深度透视译介对象、译介方法等翻译伦理问题。本文拟从东亚视角切入，结合朴宰雨汉学与翻译互融并进中的东亚整体观念和译介矩阵意识，阐析其如何在中西聚合的多元视角与“东亚视野”的交互作用中审视中国文学外译问题，以期对中国译界有所启发。

中国文学和文化外译，面向的是全世界。无论西方还是东方，无论异质文化圈还是同质文化圈，只要对中国文化保持关注和尊重，都应被视为译介传播的目的区域。鉴于当前学界和译界存在相对侧重西方和英语世界中国文学译介的研究倾向，对同质文化圈的韩国乃至东亚译介状况的探讨，显得尤为必要。朴宰雨作为韩国汉学家和中国文学的主力译者，在汉学研究与中国文学翻译融合并进方面所取得的成就值得称道，可视为东亚场域内推进中国文学外译的典型案例。

朴宰雨肩负汉学家与翻译家的双重角色，同时还在东亚范围内的文学互译和学术交流中，发挥着重要的融通和协调作用。东亚整体观念和译介矩阵意识，作为汉学与翻译耦合互动的惯性表征，或是作为文学翻译所追求的崇高境界，在朴宰雨身上固化为某种独特个性，既广泛隐含于他的学术主攻方向——鲁迅系列研究的成果之中，也普遍渗透于他的中国文学和学术译介中。他在中国当代文学译介方面成果丰赡，而其突出之处，正在于他始终未将中国文学的译介和研究仅仅局限在中韩之间，而是将文学翻译和学术交流紧密粘连，从东亚乃至世界化的宏阔视野和中国文化“走出去”的高度，深度透视和审度译介对象、翻译方法等翻译伦理问题的抉择。朴宰雨积极运用自身的中文素养和学术话语权，充分发挥了“中国专家”的作用，通过翻译实践和研究批评的交融互进，拓展了译作的接受深度和广度，有效推进了中国文学走向世界的进程。而其学术理念和译介意识中暗含的“东亚视野”以及由此生发出的中国文学的世界化旨归，必然

给中国译学界以深刻启示。

张乃禹，原载于《中国翻译》2020 年第 5 期

《朝鲜族诗人石华诗歌中的“延边意象”》

石华是朝鲜族文坛的中坚诗人。文章从自我的确立与超越、延边意象与民族文化、时代变革与现实焦虑等三个方面分析石华诗歌的思想内容，并通过分析以“延边”命名的系列诗歌中的部分文本用典和戏仿的情况，阐述石华诗歌的艺术特色。石华的诗歌以深刻的思想内容和独特的艺术手法开启了朝鲜族诗歌发展的新时代。

石华初期的代表性诗作有：《我的葬礼》（1982）、《我就是我》（1985）、《赤裸裸，方成美酒》（1997）等。这些作品表现着诗人独特的自我否定与超越精神，由于诗歌具有深刻的思想内容与独特的艺术手法，在朝鲜族文坛引起强烈的反响。

石华生在延边，成长在延边，对延边有着浓厚的故土情怀，深沉地爱恋着家乡的每一条河、每一座山，对延边意象塑造是诗人创作的主题之一，而具有浓厚的民族文化气息的延边意象诗歌又呈现着“混杂性”文化特质。延边意象诗歌可以分为对“混杂性”事物的诗化及对边境空间与多民族和谐共存的诗化。前者主要通过“长白山”和“苹果梨”这两个自然事物加以体现，而后者则是以汉朝两个民族和谐共存主题来体现。

石华在其诗歌中也表现出对延边未来的深切忧虑，进而折射出面对时代大变革的现实焦虑。《延边·4—延边在行进》表现了诗人对故乡发展的忧患意识。伴随着市场经济、都市化潮流以及中韩建交以后的赴韩打工潮，延边的情况有所转变。

从改革开放初期开始，石华凭借其聪明才智和独特的实验精神，努力探索新的诗歌主题。他基于东西方文化艺术的丰富知识和诗歌素养，创造出用典和仿拟的美学，体现出朝鲜族诗人的双重文化优势。无论是自我的反思和超越，还是“延边”意象的塑造以及用典与仿拟，都呈现出对传统的解构与重构，而这既有对大变革时代的时间、历史、世界、身份认同等的质疑、置换和消解，同时又担当起重构的责任。

金虎雄，原载于《民族文学研究》2020 年第 6 期

《民族想象与日本殖民末期韩国文学中的伪满洲国形象》

日本殖民末期韩国文学中的伪满洲国形象是殖民地作家通过跨界体验和跨界想象获得的异国形象，是东亚现代跨界叙事中具有代表性的个案。本文试图通过分析“受难地”“北乡”“多民族国家”等一系列场所意义的演变，揭示来华部分韩国人作家在日殖末期采取的乌托邦建构、文明与野蛮的二元对立、排斥和改造内部他者等多种叙事策略。本文认为，韩国文学中的伪满洲国形象是作为流散族群作家复杂的身份意识以及内化在他们身上的殖民意识形态投射在伪满洲国独特的语境而形成的虚幻的“民族想象”。

伪满洲国是多个族群和不同利益集团曾相遇、交织和冲突在一起的、实际存在过的边界（boundaries）。在侵略与反侵略、殖民与被殖民、依附与反抗的交错过程中，尚在形成中的现代民族国家观念极易出现扭曲乃至变异。对于韩国人而言，伪满洲国具有双

重的意义：一方面是主动或被动地参与日本殖民统治及其话语策略的场所；另一方面又是拒绝殖民地“亡国奴”身份而去想象新的乌托邦和建构“民族”。

因此，来华部分韩国人作家身上顺从和抗拒这两种相反的态度错综复杂地交织在一起，很难清晰地一分为二。受难之地、“北乡”、“多民族国家”等伪满洲国形象的多重蕴含正源于此。以韩国农民与中国农民之间的矛盾去掩盖日本的侵略行径；用水田耕作与旱田耕作两种生产方式之间的冲突置换生产关系的矛盾；用文明与野蛮的二分法代替殖民与被殖民的对立关系，一些韩国作家采用的这些叙事策略，无疑是对帝国主义、殖民主义的顺应和依附。但是若将其置于帝国日本、殖民地韩国、半殖民地伪满洲国等纵横交错的历史语境中，从中可以读出他们试图利用“满洲”这一边界或夹缝来想象一个既不是帝国，也不是殖民地的“民族共同体”的现代性规划（modern planning）。

毋庸置疑，这类民族想象，天生具有脆弱性。由于伪满洲国实质上是日本的殖民地，以伪满洲国为依据的“国家想象”，无法获得合法性和现实基础。历史证明，多民族和谐共存的国家的建设只有通过各民族坚持不懈的浴血奋战、实现民族解放和恢复主权之后才得以实现。同理，如果与姜敬爱等作家的反映日殖时期“满洲”，反日斗争的文学作品相比较依托（半）殖民地伪满洲国的“民族想象”，其脆弱性可谓暴露无遗。而其脆弱性所映射的正是殖民主义话语的虚假性和危害性。

崔　一、朴惠珍，原载于《中国比较文学》2020 年第 4 期

《流亡与书写：殖民地时期来华韩国作家的上海想象》

殖民地时期来华韩国文人的上海书写是从域外人的视觉描述中国现代社会发展的重要文本。与同期以中国东北为背景的韩国文学作品相比较，上海书写作品反映出韩国独立运动家通过辛亥革命重新认识了中国，进而怀揣着渴望祖国解放和建设近代国家的希望，在上海进行艰苦卓绝的革命斗争。他们把他者——上海的认知与想象，主要描述为作为独立运动和革命的城市、具有近代文明城市的两面性——文明与黑暗的城市及殖民地城市形象，并在作品中对此进行了真实反映与犀利批判。韩国文人对上海的想象，验证了当时中韩两国作为命运共同体相互扶助的连带意识，展示了韩国知识分子对祖国解放道路的探索，及对韩国近代化的深刻思考，证实了中国对韩国独立运动的帮助和支持，扩宽和丰富了韩国现代文学的范围和主题。

上海临时政府非常重视对世界和中国的舆论宣传，他们通过大韩民国临时政府机关报《独立新闻》、申采浩主编的《新大韩》和申圭植创刊的《震坛》，揭露日帝的野蛮行径，呼吁对韩国独立运动的声援，提示民族前行的方向，并批判北洋军阀政府，为当时中韩两国交流起到了媒介作用。中国有志之士对《震坛》的创刊与发行鼎力相助，使得它在国内外产生了广泛影响。

韩国有志之士在上海的独立活动和中韩文人的交流活动等对来华韩国文人的文学创作产生了巨大影响。本文将在上海题材作品已有研究文献的基础上，运用后殖民主义理论和形象学理论，对朱耀燮、沈勲、金光洲等来华韩国作家的 20 世纪 20—30 年代上海题材小说及李光洙、上海寓客等的印象记等共 15 篇文本进行分析。在结论部分与中国作家茅盾

的长篇小说《子夜》进行比较，探讨来华韩国作家上海题材作品的特征及其价值。

殖民地时期来华韩国作家的上海题材作品具有独特的意义和价值。首先，韩国作家通过上海的体验和对中国革命的了解和认识，对当时韩国的独立运动和近代化过程有了更加深刻的认识。这对韩国光复后政治体制选择也给予了重大影响。其次，韩国作家的上海题材作品，在描写革命主题时，由于与当时中国历史社会环境的关系，或主张民主主义路线，或探索社会主义革命路线。同时，他们描写了上海韩国独立运动及中国对韩国独立运动的理解与支持，再现了中韩两国共同对抗日本帝国主义的历史，因此有着证言文学的积极意义。再次，来华韩国作家的上海题材作品与殖民地时期中国东北题材的韩国文学作品一道，扩宽和丰富了韩国现代文学内容，为韩国现代文学增添了韩国国内题材作品中所没有的色彩和特点。

朴银淑，原载于《中国比较文学》2020 年第 1 期

《〈三国遗事〉：中朝韩先民的天人合一理念与动物崇拜文化》

《三国遗事》记叙了中朝韩先民的思维轨迹，记载了中朝韩先民万物有灵、天人合一理念与动物崇拜、原始宗教、巫术等神话故事和传说，以及其在当时的重要价值。在神话故事、传说中发掘中朝韩先民天地万物为一体的天人合一思想内涵，揭示动物崇拜现象的历史局限性与社会发展连续性的辩证统一的规律。研究《三国遗事》所体现出的中朝韩先民的信仰现象与思想理念，既是对中朝韩传统文化的传承与发展，也是滋养中朝韩传统文化共同体之根，使其枝叶更加繁茂，果实更加丰硕，惠及当今的中朝韩人民。

近些年来，中朝韩俄日等国的有关专家学者，从佛学、野史、文学角度对《三国遗事》的研究成果颇多，但是从文化学角度去研究的还是少之又少的。本文在国内外学者诸多研究成果的基础上，希望能够激活其文化学的价值，让古籍文献活在当代。此文仅从神话和传说切入，探讨中朝韩先民万物有灵、天人合一的思想理念与原始母系氏族社会出现的动物崇拜现象；动物崇拜与原始“物魅”、巫术和原始宗教信仰的联系；动物崇拜与原始母系氏族社会意识形态的联系。研究先民天人合一思想理念以及动物崇拜现象发展的逻辑规律，对于今天弘扬优秀传统文化，强化中朝韩传统文化圈的文化自觉，激发中朝韩民族精神，深化文明交流互鉴，共铸东北亚命运共同体，具有重要的现实意义。

在当今探讨中朝韩传统文化的天人合一理念与动物崇拜文化的象征意义远远大于现实意义。习近平主席指出：“文明永续发展，既需要薪火相传、代代守护，更需要顺时应势、推陈出新。”现今或未来，我们对中朝韩原始先民天人合一理念与动物崇拜文化的研究与探索，是激活传统文化的源头活水，不断创新出跨越时空、富有永恒魅力的文明成果。中朝韩在开掘古代文化之源中，汇流时代浩瀚之江河，滋养着中朝韩文化共同体，激发中朝韩磅礴的民族力量，筑牢东北亚文化的根基，构建东北亚命运共同体，为构建多元文明、和谐共生的国际新秩序，提供属于东方的智慧和文化的力量。

李官福、穆禹含，原载于《北京联合大学学报》（人文社会科学版）2020 年第 1 期

（四）中印文学比较研究

《“五天竺”“国—城—村”概念与中国古代的印度社会研究》

“五天竺”或“五印度”不是印度人的固有概念，而是中国古代求法僧所创制的一个独特的区域概念。法显《佛国记》、玄奘《大唐西域记》都用“国”“城”“村”这样的汉语概念来分析“五天竺”各国的社会结构层面，成为我国古代印度社会研究的基本概念，并且在此基础上形成了以佛学为中心的独特的古代印度研究。在“印度人无历史”的情况下，中国求法僧以其真实可靠的观察记述填补了公元5—7世纪印度历史记述的空白，作为信史的价值远远超过此前希腊人的那些道听途说、走马观花的印度记述。以“五天竺”及“国”、“城”、“村”概念对印度社会加以分析，至今仍不失其社会学方法论上的价值。

唐代慧超在《往天竺五国传》中也用“五天竺”指称全印度，此后“五天竺”“五印度”的概念一直被沿用，作为中国人创制的一个区域观念，从边界漠然的“西域”概念中，见出一个文化统一体，并以“五天竺”或“五印度”来命名，不仅具有地理学史上的意义，而且在中国的东方学史上，也有重要的价值。正是因为有了“五天竺”的区域概念，中国才有了研究五天竺的学问，形成了以佛学为中心的独特的古代印度研究。

我们说“五天竺”或“五印度”是古代中国求法僧创制的一个区域概念，也就意味着它不是通常意义上、现代意义上的国家的称谓，不是独立的政治性的实体。因为在“五天竺”的概念之下，还有“国”的概念，所谓的“国”则是五天竺中的基本地理与政治单元。中国求法僧们对于这些社会结构单元及其称谓，并没有使用音译的方法，而是使用了汉语中“国”、“城”（“城邑”）、“村”这样的词来释译，这当中也包含了中国人对印度社会的对位理解。

以上从“五天竺”及“国”、“城”、“村”四个层面入手，对晋唐中国求法僧的印度游记进行分析研究，可以见出求法僧对印度社会的独特观察、把握与表述。虽然他们对印度的记载要比希腊人晚，但其真实性可靠性是之前希腊人的那些道听途说、走马观花的记述所不能比的。晋唐求法僧的游记作为世界上最早的印度社会的考察记录，其信史价值为后来的地上文物、考古发掘以及后人的考察记述所反复佐证、印证，在公元5—7世纪的印度历史的可信史料极为匮乏的情况下，晋唐求法僧的印度游记对印度社会的观察记述堪称信史，对那段印度历史的书写与建构，具有无与伦比、无可替代的作用与价值。而且，以“五天竺”及“国”、“城”、“村”概念对印度社会加以分析，就社会学研究而言，至今仍不失其方法论的价值。

王向远，原载于《兰州大学学报》（社会科学版）2020年第6期

《当代印度汉学家的中国历史研究》

半个多世纪以来，印度汉学家高度关注中国历史研究，并产出许多质量上乘的著作

与论文。他们的观察和思考涉及中印近现代关系史、中印古代文化交流史、佛教史等不同领域。本文先简介当代印度汉学家的中国历史研究概况，再对谭中、雷易、玛妲玉、嘉玛希、狄伯杰、沈丹森等代表人物的研究进行重点分析。中印学界应以了解印度汉学研究为契机，促进和深化中印学术对话。

1962 年中印边境冲突以后的半个多世纪以来，印度汉学界的中国研究发生了很大的变化，此前关注中印古代文化交流的学者如师觉月（Prabodh Chandra Bagchi，1898—1956）已经仙逝，其他学者大多沉寂下来，或改换研究领域。随着中印关系逐渐改善，印度学者对中国历史、中印文化交流史的研究出现了很多新的情况。因此，观察、思考 20 世纪 60 年代至今印度学界的中国历史研究，特别是分析印度汉学界部分代表人物的中国历史研究，关注当代印度汉学家的成就，有利于加深国内学界对当代印度中国学研究的了解和认识。

尹锡南，原载于《国际汉学》2020 年第 2 期

《中印文学比较研究回顾与展望》

通过访谈北京大学外国语学院的姜景奎与贾岩，回顾当前中印文学比较研究的现状，并对未来的研究进行展望。文章从中印文学比较研究各个阶段的特征、中印文学交流的双向态势、译介、关注语种方面进行回顾与展望，指出译介方面需关注印译中国文学的多层次性，重视印地语文学在研究中的地位，加强更具问题导向和批判意识的中印文学互译史的研究，考察翻译之后的文本阅读、评价和改编情况，认为未来中印文学比较研究的着力点在于推动中印文学比较研究兼具学术价值与现实意义。

李永杰、张清俐，原载于《中国社会科学报》2020 年 10 月 20 日

《推动印度学研究为中印关系发展服务》

该文肯定了近年来我国印度学研究在哲学、宗教、历史、文化、艺术、医学等方面的拓展与显著成绩，同时指出其不足：研究领域和内容不全面、思想和方法受限、对印度实地考察研究不足。同时，该文提出了解决方案，为国内印度学研究指明方向：加大对佛经文学研译、两大史诗研译、泰戈尔文学研译、普列姆昌德文学研译、印度英语文学研译、印度诗学研译；加强印度文学文化的弱项研究；注重印度文学的学术史研究。

郁龙余、黄　蓉，原载于《中国社会科学报》2020 年 10 月 20 日

（五）中国与越南、泰国文学与艺术比较研究

《20 世纪中越两国文论现代转型进程的比较研究》

20 世纪是中越两国文学、文论的重要发展阶段。回顾东方文论体系，中越两国文

论通过接受西方文艺理论并不断本土化的过程，成功地实现了现代转型，其获得的成就无论在中国还是在越南都非常丰硕，为中越两国文学踏上现代化历程打好了基础。本文选择20世纪中越文论最为核心的两大问题——中越两国文论的现代化转型及马克思主义文论在中越两国的接受与发展——进行探索，希望通过比较研究指出中越文论在形态及历史演变上的相同与不同之处，从而重新认识中越两国文论关系及各国文论的民族特色。

研究中越文学、文论关系时，越南学者常强调在中国文学深刻的影响背景下，越南文学如何超越现有体系以实现现代转型及建设具有民族特色的新文学体系的问题。回顾越南文学的运动与发展历程可以看出，近千年的越南古典文学几乎都以汉字与喃字为主要创作文字，且在创作思路、审美观点、创作题材及用典等方面，中国文化元素的体现十分明显。甚至1945年后当国语字成为越南全国范围的官方文字后，现代国语字中来源于汉语的词语比例仍非常高。不过作为“儒家文化圈”的成员国之一，中越文化紧密相连，中国文学辐射越南文化的现象是可以理解的。毕竟，在朝、韩、日本等其他“儒家文化圈”成员国的文学中，儒家思想和中国古典文化的影响和越南一样深刻。本文通过对中越两国文学、文论在20世纪的文论体系现代化转型，以及作为核心价值观的中越两国的马克思主义文论在当代的发展两大问题进行全面深入的讨论。从而指出中越文论在历史中的演变历程、发展特征、发展异同，为研究东方文论史（特别是中越文学比较研究）提供理论依据和实际参考价值。

马克思主义文艺理论在中国乃至越南都具有非常重要的历史地位。作为中越两国社会主义核心价值观，马克思主义理论体系不仅成了中越两国的建国指导思想，在文艺领域上也发挥重大作用，甚至完全改变了中越两国在前期所建造的文论体系。从20世纪初多元化的文论体系，中越文论开始走进单一化文论体系。马克思主义文艺理论几乎全面、彻底地影响了两国的文艺生活及文论体系建构。

中越两国山水相连，文化相通，在文学交流方面因此有着密切和悠久的关系。处于东方文明之中心地位的中国文化，尤其是儒家思想对周边国家产生了深刻影响。中国古典文学题材、体裁、表达方式等曾被越南先贤积极地承接、并在其基础上创造属于自己的文学体系。因此在20世纪之前，中越文学、文论关系表现出越南文学主动接受中国文学的精髓并在本国文化和人文情怀的基础上进行创新和创作的状态。而自20世纪初开始，随着两国社会政治生活发生的巨变，中越两国文论从纯粹的传统东方文论体系日渐转换为现代文论体系。如果单纯从发展阶段及形态来看，两国文论在现代转型进程中，马克思主义文论思想在中越两国的译介与传播的历史演变较为相似，但如果所两者放在一起就具体问题进行比较研究会发现还存在具体的差异。而这些差异正好反映了中国和越南文论体系的民族意识和民族特色。

吴越环，原载于《国际比较文学（中英文）》2020年第4期

《越南汉文学中的“兴道大王”形象及其与陈兴道信仰的互动》

16世纪以来的越南汉文学作品较为完整地呈现了越南陈朝抗元将领兴道大王陈国

在英美的意象主义诗歌运动也不例外。作为其中的发起者和主将，庞德更是殚精竭虑，在意象诗歌创作、翻译和诗学等几个主要方面倾力而为，表现出良好的文体意识和高超的文体策略，留下了众多可供后人思考、借鉴与继承的遗产。纵观其诗歌翻译与创作，其文体创新主要体现在以下几个方面：一、英语俳句组诗；二、表意文字法的陌生化或前景化；三、拼贴文体、翻译与音律实验以及互文性等。本文将主要关注前三个方面。

陈历明，原载于《文艺理论研究》2020 年第 1 期

《“人己通”外译模式与中国传统文化对外传播研究》

随着中国国际地位不断提高与对外交往事业不断发展，弘扬并对外传播中华文化是增强国家文化软实力、提升国际竞争力的必然选择。中国传统文化是中华文化最重要组成部分，不仅对铸造中国人特有的道德品质和民族精神发挥了重要作用，也曾深刻影响了世界历史发展进程。进入新时代，危机与挑战增多，如何建立新的道德伦理秩序已引起世界全国高度关注。中国传统文化博大精深，理应为建设世界新道德伦理秩序，构建人类命运共同体做出重要贡献。为此，在当前“一带一路”背景下，如何利用中译外，推动中国传统文化“走出去”，为世界发展贡献“中国智慧”，是一个值得深入探讨的课题。

典籍英译是我国对外传播传统文化的主要途径。《论语》是最具代表性的中国传统文化典籍，也是最早译成英文的中国典籍之一。它蕴含着丰富的传统文化思想精髓，其中“仁爱”“忠恕”“孝道”“和谐”等核心思想精华，具有超地域与超时代性，对当代中西方社会道德建设及人类文明进步与发展仍具有重要现实价值。随着中国传统文化日益受到重视，《论语》英译已成学界研究热点，众多学者纷纷撰写著作或论文，结合相关理论从不同视角对其进行探讨。如王勇从转喻视角对《论语》英译进行了历时对比分析；黄国文以理雅各等译本为例，论证了典籍英译须经语内翻译和语际翻译两个过程；姜哲探究了新教传教士对《论语》书名及“孔子”称谓的翻译与解释；等等。然而，现有研究从语言微观层面探讨其译本质量居多，从文化宏观层面对其在国外译介传播的研究偏少。

翻译不仅限于语言转换层面，其实质也是一种跨文化思想传播。目前，汪庆华等学者借鉴西方传播学理论或模式，开始探究中国文学的英译与传播。鲍晓英以译介学理论为支撑，参照“5W”传播模式，探索了中国文学“走出去”的译介模式。谢柯、张晓基于传播学理论提出了中国当代文学的“三阶段译传模式”。但文献研究发现，当前研究集中于运用“5W”传播模式对文学外译的探讨，结合其他经典模式，如“7W”模式、香农—韦弗模式及施拉姆模式等探讨文学文化外译的研究极少。“5W”模式是一种线性模式，具有一定缺陷，如忽略了“反馈”要素，缺乏各主体之间的互动性、共通性而无法评估传播实际效果等。本研究认为中国传统文化有着丰富的人类共同体思想，即人类是一个相互关联的整体，彼此之间负有责任和义务。主体主动承担对他者的责任和义务，这是当下解决很多危机的关键所在。有鉴于此，本研究力图融合传播学、哲学与比较文化学等相关理论，在提出“人己通”理念基础上，参照“5W”模式，结

合其他经典传播模式优点，构建中国传统文化典籍对外译介新模式，并以《论语》英译为例，提出应用该模式促进中国传统文化对外传播应遵循的原则。

刘宏伟、王湘玲，原载于《湖南大学学报》2020 年第 4 期

《少数民族文学的译介及启示——〈人民文学〉英文版〈路灯〉(2011—2018)》

《人民文学》英文版《路灯》（英文名 *Pathlight*）于 2011 年 12 月创刊，从创刊到 2018 年上半年，《人民文学》杂志共出版 21 期《路灯》，据笔者统计，其译介作品总数为 758 篇，其中少数民族文学作品 55 篇且全部是当代少数民族作家作品。《路灯》已成为目前国内重要的对外译介中国文学的平台，它推动了多民族中国文学向英语世界的传播，为世界了解中国当代文学尤其是当代少数民族文学提供了一个窗口，是中英文学交流道路上的一盏灯。

中国与世界正在构建人类命运共同体，人类文明的相互交流是其重要实现途径。《路灯》作为中国当代文学英译与海外传播的重要平台，它对少数民族文学的译介，是多民族中国文学“走出去”的具体实施，它讲述传播了多民族中国故事，构建了多民族中国形象，让世界更好地了解了中国的多民族文学和文化。在大国崛起和民族复兴的时代背景下，《人民文学》英文版《路灯》对少数民族文学的译介为多民族中国文学“走出去”提供了多样化的经验启示，这些经验启示对于更有效地实现多民族中国文学的海外传播，增强世界对中国文学与文化的了解和认同，最终实现中国文学从“走出去”到“走进去”的历史跨越具有重要意义。

罗宗宇、言孟也，原载于《南方文坛》2020 年第 4 期

《世界文学语境中贾平凹作品外译研究——以〈高兴〉英译为例》

翻译是助推全人类文化交流与对话的主要形式，也是比较文学研究的主干。它不仅延续原作生命，也拓展其生存场域，使之与更广泛的读者进行全新层面的交流。没有翻译，世界文学就无法界定其概念和边界。没有翻译，一个民族的文学作品只能在其他文化与文学中处于“边缘”状态。如果说中国文学研究曾一度仅注重考察研究中国现当代文学如何受西方文学的影响逐步成长，那么当下及未来则正聚焦和探寻借助翻译走向世界、展现自身独特风貌的必然途径。中国现当代文学如何“延续生命、拓展场域”，赢得来自“人类命运共同体”各成员的普遍关注与尊重，已成为国内学界最迫切要研究的课题。

学者许钧指出，世界文学视角下的文学翻译研究须注重“异”的传译及外部世界对其的接受、影响及“异”所产生的后果。站在世界文学的高度，只有贴近并深入研究比较原作文本与译文文本，才能真正全面考察作品本体。本文以贾平凹作品《高兴》的英译为研究对象，以作品特质、译介历程、译文特点三个维度为视角，以作品与译文的中英文语言对比为切入点，借助文化比较与文学传播等文学理论分析和比较作品与译文的差异、讨论和评价作品的传播效果及读者反馈，在世界文学场域下，立足原作，聚

焦译文，探索中国文学“走向世界”的可行路径与效果评价。

张　敏，原载于《小说评论》2020 年第 3 期

《同史不同译，个中藏玄机——〈史记〉英译的策略异同比勘和文化立场审视》

在多个《史记》外译本中，美国的华译本和倪译本两个英译本是不同社会语境下的典型案例，分别以普通读者和专业人士为读者对象，因此其迻译策略和所取得的社会功能及接受效果也明显不同。文化经典要想在异国他乡得到接受认可并落地开花，忠实的迻译必不可少，中外合作也是迫切需求，但一定要弄清目标读者和目标语的社会语境及其阅读市场，分清大众化翻译和学术化翻译，正确理解不同时期不同译本的翻译发生及其动机和目的，弄清其工作主旨和工作重心，走出单一的对与错的评判误区，理性对待译介中的舛误和瑕疵，根据具体文本和具体目的在归化与异化间寻求有机平衡。这是《史记》两个经典英译本给我们文化“走出去”带来的重要启示。

朱振武、黎智林，原载于《上海翻译》2020 年第 5 期

《文类视角下的武侠小说英译研究》

2018 年初和 2019 年初，英国麦克莱霍斯出版社（MacLehose）分别推出了《射雕英雄传》英译本第一卷《英雄诞生》和第二卷《未竟之约》，并计划把“射雕三部曲”翻译成一个完整系列（*Legends of Condor Heroes Series*），每年推出一卷，预计共 12 卷。而且，《英雄诞生》出版首月就加印到第 7 次，美国知名圣马丁出版社（St. Martin's Press）高价购得英译本版权，计划 2019 年内推出美国版。这些消息被《泰晤士报》《卫报》《经济学人》《纽约客》等世界性媒体争相报道。其实，中国武侠小说的英译节选早就出现在西方有关中国文学的期刊或文集里，不过真正的武侠小说英语全译本于 1993 年才出现，是香港中文大学出版社出版的《雪山飞狐》英译本，之后陆续有《鹿鼎记》英译本、《书剑恩仇录》英译本和《萧十一郎》英译本。

中国武侠小说历史悠久，然而武侠小说翻译还在起步摸索阶段，武侠小说翻译的研究呈现方兴未艾的态势。译者和学者都面临同一个问题——如何翻译中国武侠小说？有学者从语言学视角考察翻译策略的选择；有学者从社会学视角探究英语世界主流意识形态对原著的改写；有学者从译介学视角分析武侠小说在东西方的翻译差异。但很少学者从文类学视角切入翻译研究，以至包含武侠小说在内的文学翻译研究停留在叙事文学、抒情文学和戏剧文学等宽泛的层级。鉴于此，本文尝试采用文类视角探讨中国武侠小说的英译，提出以文类为导向的翻译模式，旨在促进中国武侠小说的跨文化传播，为翻译研究提供新的思路。

洪　捷，原载于《中国翻译》2020 年第 2 期

《严复的中西文化观及其翻译实践》

作为“介绍西洋近世思想的第一人”，严复的中西文化观和他的西学翻译历来备受关

注，积累了丰硕的研究成果，但也不乏值得进一步探讨的问题。比如周振甫曾把严复一生的文化取向分成“全盘西化”、“中西折衷”和“反本复古”三个阶段，王栻也作过类似的分期；而史华慈却指出1898年正式发行的《天演论》已经显示出严复“赞许传统思想的某些成分的倾向”，刘桂生等也不赞同“三分法”。翻译方面，严复提出的“信、达、雅”确立了现代翻译规范的基础，至今仍被许多译者奉为圭臬；然而严复的翻译思想并非“信、达、雅”三字所能囊括，尤其是他的翻译实践并不和他的理论主张若合符契。

假如我们同意翻译不仅是两种语言之间的转换，更涉及文化之间的调适，那么译者看待译出语文化和译入语文化的态度势必对其翻译实践产生影响。因此，把握严复看待中西方文化的态度，对于深入认识其西学翻译活动具有关键性的意义，而这是以往的严复翻译研究较少注意的部分。本文尝试厘清严复对于中西文化关系的认知，观察这一认知方式与严复的翻译活动有着怎样的关联。

严复认为，18、19世纪的西方新知识和中国古代（特别是先秦两汉）典籍中的某些观点相符，所以西学可以用来“识古”，西学的输入因而有利于传统文化的繁荣。这一立场在严复各时期的言论——包括公开论著和往来书信中，都可以得到印证。受此观念影响，严复用“汉以前字法、句法”书写译文，以便更好地表达与汉以前思想相通的西学知识。他相信西方的“艰大名义”一定能在中国古书里找到意义相当的词来对应，所以有意识地检索故籍，甄选译词；又接受吴汝纶的建议，给《天演论》中的每一篇都增补了典雅考究的词语作为标题，接续先秦以来的“诸子旧例”。他甚至把中国古人的言论和典故“植入”译文，为读者提供了一个带有传统痕迹的西学译本。更进一步看，严复的译介活动——乃至全部的学术活动皆服务于一个终极目标，即打破“中国”和“西方”、“传统”与“现代”的隔阂，探寻人类文化发展的“公例”。

陶　磊，原载于《复旦学报》2020年第1期

《“译者视野”下翻译立场的确立——陈季同法译本〈聊斋志异〉研究》

清末外交家陈季同出版于1889年的《中国故事》（*Contes chinois*）是现知首部《聊斋志异》的法译节本。在这部译作中，陈氏一改往日倡导的“直译”主张而采取“意译”立场，对涉及中国现实的内容进行了一定程度的改译。法国翻译理论家安托瓦纳·贝尔曼提出“翻译立场”这一概念，指译者对其从事的翻译活动持有某种“概念”或“感觉”，但译者实际持有的立场与其宣称的主张未必一致，因为翻译立场不仅受制于个人策略，更受到一系列决定译者感受和行为的历史文化参数即“译者视野”的支配。本文即从“译者视野”出发，分析《中国故事》“意译”立场的确立及其原因，探讨译者在这一立场下隐藏的文学理念和折射出的历史影响。

王　菁，原载于《中国翻译》2020年第2期

《英语世界与世界眼光：中国文化外译研究中的一个误区》

“英语世界”是中国文化外译研究的高频关键词，在不同学者笔下有至少六种不同

的含义，这与英语作为文学文化语言以及中国文化英译传播的现实都不符合。但这些不同且不准确的用法却符合国际惯例，之所以如此也有客观原因。为全面考察英译中国文化传播的现实，有必要将“英语世界”的范围扩展至亚非拉的英语国家和地区，这样的扩展具有明显的现实意义和学术意义。

中国文化在“英语世界”的传播与接受情况已成为学者们研究的重点。有大量的专著、期刊论文和学位论文都对此进行了研究，相关的科研项目也逐年增多。不过，多数学者都将“英语世界”作为一个现成的术语使用，并不加以定义，尽管其所指从文中不难推断，只有少数学者专门作了解释，但所指和解释各不相同，有些还差异较大。这对于文化“走出去”的实践和研究必将产生消极的影响，有必要加以分析讨论。

韩子满，原载于《上海翻译》2020 年第 5 期

《“中国阐释学”义理与典籍翻译中的多元阐译》

阐释性翻译是典籍翻译的共相，同一典籍在翻译时为何会出现多种阐译？何为翻译阐释的确定性和相对性？阐释主体的主体性如何规约？这些问题都是翻译研究阐释学流派所着力回答的问题，针对上述核心命题，现有对阐释性翻译研究的论著几乎覆盖了方法论阐释学、哲学阐释学、阐释人类学等西方主要阐释学流派的观点。具体来说，现有研究借鉴普遍阐释学思想，从阐释的方法出发对翻译阐释性行为进行解释的研究有施莱尔马赫（1813）“论翻译的方法”、袁锦翔（1987）《一种新的翻译文体——阐译》等；亦有相当数量借助于西方哲学阐释学义理进行的研究，如斯坦纳（1975/1992/1998）、杨武能（1997）、蔡新乐和郁占东（1998）、朱健平（2003/2007/2009）、张德让（2001/2005）等学者的论著；也有借鉴阐释人类学思想的研究如阿皮亚（1993）的“深度翻译”、赫曼斯（2003）的“作为深度翻译的跨文化翻译研究”等；另外还有指出翻译阐释性本质的研究如德利尔的《翻译：一种阐释的方法》，论证翻译理论中的阐释学传统的研究如勒内（1989）的《阐释：语言和翻译——从西塞罗到泰特勒》和郭建中的《当代美国翻译理论》中“阐释学与翻译研究”相关章节，等等。以上研究深度揭示了翻译的阐释本质、翻译阐释的方法，译者前见、历史视域等对译本阐释性翻译面相生成的影响等，为厘清翻译中的诸多核心命题提供了极具说服力的解释。

我国有着丰富的阐释学传统，先秦诸子论道辩名、两汉诸儒宗经正纬、魏晋名士谈玄辩理、隋唐高僧译经讲义、两宋文人谈禅说诗中无不透露出鲜明的阐释理论或方法，形成了“断章取义”“知人论世”“诗无达诂”“得意忘言”“见仁见智”等诸多文本阅读和批评的思想，这些思想完全可以和西方由圣经诠释发展起来的阐释学传统相媲美。然而现有对翻译阐释的研究却鲜有从中国本土视角切入的，仅有的论文如卓振英、杨秋菊（2005），卢艳丽、余富斌（2004）等，前者涉及了典籍英译中的考辨，后者仅在结尾处对朱熹关于诠释的目的层次论略有涉及，并未就此深入展开。

诚然，阐释学作为一门学科首先建立于西方，我国阐释学学科的确立是晚近之事，因而翻译研究中一边倒地采用西方阐释学理论来研究，这本无可厚非，而且为深度理解翻译现象提供了宝贵的借鉴。但阐释总是与其文化传统密不可分，因而仅从西方的窗口

来看中国典籍的翻译阐释，并不能看尽其中的阐释学风景，因此本文拟从中国阐释学的相关义理出发，尤其选取了“完全从中国文化中开拓出来”的《中国阐释学》专著中所提炼出的“存在境遇”论、“存在张力”论、“境遇虚化”观、“中国时论”、“虚心”论等义理，以典籍《中庸》翻译为例，对典籍翻译中多元阐释的生成机制、公共性、典籍翻译阐释的边界等命题进行探讨，以期为翻译研究的阐释学路径提供一个本土的视角。

宋晓春，原载于《湖南大学学报》（社会科学版）2020 年第 3 期

《中国当代儿童读物英译出版与传播（2000—2019）》

21 世纪以来，基于童心童趣写作的当代中国儿童文学蓬勃发展，原创童书的品种和质量都取得了重大突破，中国正从儿童文学大国向儿童文学强国迈进。从数量上看，原创童书在童书排行榜上逐渐代替引进童书成为主打力量；从质量上看，中国图画书、小说、童话不断获得国际大奖，包括国际插画“金苹果奖”、博洛尼亚插画奖、国际安徒生奖。与此同时，中国童书近年也开启了走向国际童书市场的步伐，版权输出品种日渐增多，输出对象也从发展中国家进入美、法、英、德、意等欧美主流国家的童书市场。但是与引进相比，中国童书向国外译介的规模还非常有限，英译版中国绘本缺位明显。“走出去”大军更多地着力于成人文学，中国儿童文学作品屈指可数。即使被翻译成多种语言，汇入世界儿童文学的艺术版图，许多在国内享有声望的中国儿童文学作品在海外也是不温不火。

本文对中国当代儿童读物在英语国家的译介、出版与接受进行考察，从翻译选材与译介主题、翻译主体与翻译方法、出版方式与读者接受等三大方面进行分析，并对中国当代儿童读物译介和出版提出三点建议。

修文乔，原载于《上海翻译》2020 年第 5 期

Ⅲ　重要论著简介及要目

一　比较文学学科理论论著简介

刘　颖　杨溢雅

《中西文学艺术思潮及跨界思考——文学与美术、音乐、戏剧、电影的对话》

本书共分为五个部分，即文学、美术、音乐、戏剧、电影，集结了学者们就21世纪以来各个学科出现的交叉融合现象进行讨论的成果。学者们在比较文学的学科视域下，致力于实现中西文化的跨越与整合，同时拓展学科边界，打破学科壁垒，围绕着文学与艺术各门类的跨界问题进行深入的探讨与交流。研究面向涉及文学、哲学、书法、美术、音乐、戏剧、电影等多重维度。

本书的论题大致可分为以下五个方面：

1. 跨界对话中的书法文化与诗学理论
2. 文学与戏剧的交集关系
3. 语言与哲学维度下的音乐文化思考
4. 从古典到当代：视觉艺术及其文化的社会性
5. 从文学到电影：中国电影的历史与文化批评

要目：

文学

导言　真正的思考是以在精神上背井离乡作为前提的

语图互仿的顺势和逆势

话语现象与文艺美学

文学与思想：以海德格尔为中心的一个纵深考察

川端康成的文学与中国宋元美术

中国当代文学中国家形象构建的三个问题

美术

导言　专业细分的死胡同与难得的跨学科对话

“开物成务”：《周易》的设计思想初探

国学深度决定书法高度

民间艺术在当代语境中的美学价值重建——国家级非遗传承人王桂英的剪纸及其文

化人类学的田野调查

临济宗与“无声诗”：博物学视域下的《观音·猿·鹤图》寻义

当代艺术的三个危机

中国当代艺术年鉴2016年卷导论

……

杨乃乔主编，复旦大学出版社2020年版

《无边界文本：文学与全球化》

本书为比较文学领域学术研究译著，分为“文学视野下的全球化”和“全球化视野下的文学”两大部分，论述了当地文学与世界文学的转换关系，进而归纳出文学的动态性与普遍性，主张翻译文学不是原文的附属，而是融入了译者灵感的文学呈现，指向更广阔的世界。

我们如何及为何在全球化文化背景下利用不断发展的媒体阅读文学作品？“全球化”这一词汇现今已成为包含诸多含义的流行语，我们除了借助它来描述全球化的现实，有时还用它来表达对不断变化世界的赞赏或轻蔑的态度，而其他时候它只是浮现于我们日常交流的言语中。但与此同时，“全球化”这一词语在经济、政治及其他领域中又具有严格的定义。它与我们生活的方方面面非常紧密地联系在一起，因此不能简单地将其囿于特定专业领域。全球化的概念目前还是无限开放的，等待着人们将其具体化，以更接近我们的日常生活。正是此种无限开放性使得文学参与进来，而这也是本书的一大贡献。

笔者希望借此书告诉人们，文学不只展现世界各地机场的文学和柜台形象，它不仅是发展中国家的文档小说，还是那充当抗议运动的社会戏剧，因此深度参与全球化文化进程。当然，现今文学总是鼓吹世界热点问题：无限被边缘化的人民、由此及彼的旅行、财政闹剧、恐怖活动、媒体权力以及宗教冲突等，并且很多文学作品公开批判全球化的权力游戏价值崩塌、战争与贫穷以及人类社区的变化。

然而，首先，文学不单呈现全球化的方方面面更涉及人们对于全球化的感受经历。虽然所有地方的人们都能感受到这些经历，但方式却各不相同。不然全球化就只能是当地或区域性的，而非全球性的了。此种经历包括人类文化及生存基本模式的变化，例如时空中人们的空间感、物体感和运动感，以及在文化交流的复杂网络中翻译语言和其他文化系统的压力。同时它也关注修正个人及集体记忆的能力。上述问题深受全球化的即时影响，并且可以组成不同主题群。文学通过思考这些问题，将人类生活及我们放置并投入关于这些问题的强烈情感并融入主题的描写之中。

其次，文学不仅仅包含由时下热点而产生情感号召力的实时话题，它还将全球化经历置于更为宽泛的历史和文化语境之中，而非单纯在当代经济及政治的实用语境中来观照全球化。文学通常在翻译、语言影响、媒体、母题、文类及象征中实现不同文化和语言之间的跨越，它经常傲慢地认为全球化是早已经存在的，犹如一只跨越惯常文化和精神地图边界的文化鸭嘴兽。此种兽类往往前途光明，在我们星球漫长的历史长河中，其寿命超过了恐龙、剑齿虎和欧洲野牛。

要目：

［丹麦］斯文德·埃里克·拉森（Svend Erik Larsen）著，庄佩娜译，四川大学出版社2020年版

《比较文学的当代视野与研究》

《比较文学的当代视野与研究》全面系统地论述了比较文学这一学科，探讨了当前学科发展中的一些理论问题和现实问题。在总结比较文学与世界文学传统理论观念与基本范畴的基础上，反映21世纪以来国际国内比较文学与世界文学研究的新进展。

要目：

张文娟著，辽海出版社 2020 年版

《变异学视域下的中外文学研究新探索》

21 世纪比较文学学科进入了新的发展阶段，比较文学中国学派提出了“变异学”理论。变异学理论不再基于影响研究和平行研究的“求同”，而是基于文明的异质性，建立了“求异”的比较范式。关注“差异”的根本使命就是打破西方传统中心主义一直追求的系统性、统一性和相似性，在文化交流和对外文化输出中抢占先机，建立中国比较文学研究的话语权。本书主要使用比较文学变异学理论对中外文学中的部分经典主题及其作家作品进行分析，以求验证变异学理论的先进性、科学性和普适性。变异研究是对比较文学学科的突破性尝试，是继法国学派实证研究和美国学派平行研究之后的又一学科发展重要阶段。

要目：

龙娟著，知识产权出版社 2020 年版

《二十一世纪的比较文学与世界文学研究》

《二十一世纪的比较文学与世界文学研究》是一本汇集国内十几位著名学者的文学研究论文集，涵盖的主题包括外国文学研究、生态女性主义、马克思主义与文学、全球本土化语境中的中国现当代文学等；同时它又是一份珍贵的生日献礼。文集作者诸如何成洲、陈爱敏、史安斌、郝田虎、陆薇、韦清琦、生安锋等，都曾聆听王宁先生的教诲，此次结集出版，便是他们为王宁老师的六十五岁寿辰献上的一份心意，以感谢他的传道受业之恩。

要目：

生安锋主编，南京大学出版社2020年版

二　比较诗学研究论著简介

王一平

《中学西话：20 世纪西方文论中的中国》

《中学西话：20 世纪西方文论中的中国》分别从“中西文论的方法论反思”、“西方左翼思潮对中国的关注与误读”和“中国传统文化的东学西渐”三个角度展开研究，并从阶段性成果中遴选出有代表性的 15 篇成果。分别对“对话主义研究方法”、“中国文论主体性”，以及本雅明的“誊写美学”、约翰·哈特利等对中国创意产业的看法、德里克对革命中国的阐释、巴迪欧对毛泽东《矛盾论》的借鉴、齐泽克对“中国道路”的误读、德里达的汉字之思、德勒兹和加塔利对中国思想的生成思考、阿恩海姆的“太极图”分析、克里斯蒂娃的汉字和互文性的思考、朱利安的远西对话等，初步呈现了 20 世纪西方文论中的中国知识图景。

要目：

曾军主编，北京大学出版社2020年版

《诗学生成比较研究：以中法近现代诗学为视角》

这是一部中华人民共和国对中法近现代诗学作整体性比较研究的学术性专著。它采用多视域的文化诗学研究范式，史论结合，点面兼顾，对中法近现代诗学生成与发展从文本内到文本外，予以立体式的观照和探寻。本书强调文学及诗学生成离不开民族国家这一现代性追求的大背景，展示和论述了中法近现代诗学演进与追求的特质以及存在着一种异质性同构的关联和位相差异；并且还聚焦主体性与中法诗学生成的多维空间，深描和发现了长期被忽视的两国诗学现代性生成及其文学与艺术之跨界与融合以及审美经验的内在相似性与个性特征，体现出比较文学研究的对话性特质，突破了传统研究的单一模式，具有积极的理论和现实意义。

要目：

侯洪著，中国书籍出版社 2020 年版

《海外汉学与中国文论（东亚卷）》

“海外汉学与中国文论”原属教育部人文社会科学重点研究基地的重大攻关项目，本书是该项目的一部分，主要梳理与研究中国古代文论在日本与韩国的介绍、研究及其影响的状况。由于一千多年以来接受中国文化与文学的影响，日本汉学不仅起源甚早，而且在世界汉学中占有极其重要的地位，韩国的汉学也同样历史悠久、根深叶茂，尤其是自现当代以来学者辈出，成就显著。本书是国内第一次系统梳理日、韩学者中国古代文论研究的著作。在此之前，虽然日本学者的研究成果或是翻译成为了中文，或者是在中国文论的研究中被不断涉及，但大多不够完整，而韩国学界的古代文论研究更是甚少有学者涉足，至今缺乏系统的介绍。就此而言，本书弥补了这一缺憾，并对东亚汉学的研究有所启示。

要目：

（三）“体物密附”：齐梁文学美意识的体现
五　结语
第四章　冈村繁与魏晋南北朝文论研究
一　《典论·论文》研究
（一）冈村繁研究《典论·论文》的动机
（二）关于《典论·论文》与《与杨德祖书》的第一篇文论的争议
（三）作家批评论和文气论、文体论是独创还是继承？
（四）“文章不朽说”中的传统倾向性和文章所指
（五）曹氏兄弟对辞赋价值的认识
二　《文心雕龙》研究
（一）冈村繁与《文心雕龙》
（二）《文心雕龙索引》及其索引方法的研究
（三）《原道》篇中的“自然之道”的思想来源及其特点
（四）文体起源论：对《宗经篇》“文本于五经”的学说批评
（五）《宗经篇》中的“六义”的功用
三　冈村繁魏晋南北朝画论研究
（一）东晋画论中的老庄思想研究
（二）东晋画论中的顾恺之绘画理论研究
四　结语
第五章　兴膳宏与《文心雕龙》研究
一　兴膳宏对《文心雕龙》的理论研究
（一）《文心雕龙》原理论
（二）《文心雕龙》文体论
（三）《文心雕龙》创作论
二　兴膳宏对《文心雕龙》的接受研究
（一）《文心雕龙》对日本文学的影响
（二）日本对《文心雕龙》的接受和研究
（三）兴膳宏的《文心雕龙》译注
三　结语
第六章　韩国学者对中国文论的研究
一　文论研究的开端：从 1945 年解放至 1960 年
（一）李家源的《中国文学思潮史》刊行
（二）车相辕的《中国古典文学理论》
（三）车柱环的《钟嵘〈诗品〉校证》与《刘勰〈文心雕龙〉疏证》
二　20 世纪 70 年代的中国文论研究
（一）文论研究以及整理
（二）文学理论著述的翻译和刊行：《文心雕龙》与《中国诗学》
（三）研究对象的多样化：“公安派”文论、“唐乐”以及“文学史”的刊行

李勇、高贝、[韩] 姜贵仁等著，张哲俊主编，北京大学出版社 2020 年版

三　中西比较文学研究论著简介

梁　昭　曹　敏

《美国汉学家海陶玮对陶渊明的研究和接受》

詹姆斯·罗伯特·海陶玮（James Robert Hightower，1915—2006）生前长期担任美国哈佛大学教授，是美国本土“第一位研究中国文学的学者”，是“美国汉学届的泰斗”和“研究中国文学著名的权威”（康达维，1994）。本书在全面搜集美国哈佛大学、加拿大阿尔伯塔大学所藏档案文献和国内外研究资料的基础上，全面深入地分析海陶玮在陶渊明诗文研究方面的贡献以及对陶渊明思想和生活方式的接受，揭示海陶玮的陶渊明研究在世界陶学史和西方汉学史上的重大影响以及对国内陶学的借鉴启示意义。

要目：

刘丽丽著，中国社会科学出版社2020年版

《〈华裔学志〉研究》

《华裔学志》1935年创立于北京辅仁大学，曾辗转于中国、日本、美国、德国四个国度，至今有85年历史，已经出版了68卷，集合了欧美汉学20世纪以来重要的研究成果，是当今欧洲著名的汉学杂志之一。《华裔学志》主要以西方语言（德语、英语、

法语）发表，其中绝大多数成果至今仍不为中国学界所了解。本书全面介绍了《华裔学志》的历史和学术成果，以及与之相关的《华裔丛书》和《华裔选集》，研究性与资料性相结合，在“汉学”研究和“文明互鉴”成为热点的中国学界，它将受到广泛关注。

作者简介：任大援，1951年12月生于天津市。1969年赴延安插队。1981年研究生毕业于西北大学，师从著名历史学家张岂之教授，从事历史学（中国思想史、文化史、中外关系史）研究。曾任教于西北大学、中国艺术研究院。现为北京外国语大学长青学者、教授，国家社会科学基金重大项目首席专家，《国际汉学》副主编。曾于1988—1989年、1992年、2015年、2019年等多次赴德国华裔学志研究所进行学术交流与访问，担任《华裔学志》中国大陆地区顾问。

要目：

任大援主编，商务印书馆2020年版

四　东方比较文学研究论著简介

杨　清　王熙靓

《交流与互鉴：佛教与中印文化关系论集》

该书是作者过去20余年间发表的学术论文的结集，共收录9篇文章，内容涉及印度和中国的佛教语言、文献和历史，即与古代中印文化的交流相关。其中既有对宏观问题的探讨，如佛经的翻译与文本，又有对具体问题的考证，如大乘《大般涅槃经》的传译、谢灵运《十四音训叙》辑考、“杂藏”考等。作者参考引用了大量中外文献，对学界长期以来富有争议、未能解决的问题，如“鸠摩罗什《通韵》”“洛中无影”等提出了全新的看法，具有较高的学术价值。该书无疑能够加深我们对古代中印文化之间交流与互鉴的认识和了解，有助于我们以更加开放和理性的态度评价中国文化。

要目：

王邦维著，复旦大学出版社2020年版

《日本歌道》

和歌不仅是一种个人的创作活动，也被广泛运用于社交活动，于是由古代的两人对咏，到平安时代后期逐渐成为贵族社会的一种风气，《古今和歌集假名序》被公认为是

“歌道”论的奠基。本书选译纪贯之《古今和歌集假名序》、藤原俊成《古来风体抄》、藤原定家《近代秀歌》《每月抄》、荷田在满《国歌八论》、贺茂真渊《歌意考》等“歌道”论著作18种，卷首附译者所撰导读《日本“歌道”的传统与流变》。

要目：

［日］纪贯之著，王向远选译，复旦大学出版社2020年版

《日本诗味》

日本“诗味”的“诗”，是指日本的汉诗，“诗味”是日本汉诗理论特别是关于汉诗的形成、发展、特色及与中国诗词之关联的理论。包括两类，一是日本人使用汉语书写的汉文的诗话、史论，二是原本用日语书写的诗话诗论。本书精选有关日本古典诗论原典七种，包括《济北诗话》《诗学逢源》《日本诗史》《淇园诗话》《孜孜斋诗话》《淡窗诗话》《侗庵非诗话总论》，对汉文的原典进行校点、注释，对日文的原典加以翻译，以帮助读者理解东亚汉诗、日本之美与传统美学，呈现日本汉诗及汉诗理论独特风味。

要目：

［日］虎关师炼著，王向远选译，复旦大学出版社2020年版

《从长安到日本：都城空间与文学考古》

本书期望从东亚交流史上非常重要的一环——“都城”的研究视域出发，在“东亚都城时代”形成与解体的背景中，发掘长安都城空间在日本的复制与挪用，及其在日本古代文学中引起的连锁性反映。在横向轴上，本书选取了汉诗、日记、说话、绘卷、物语等文类，通过探讨不同文类在表现长安都城上的等级关系，深度剖析了汉文学与假名文学这两种不同书写载体中“长安表述”之差异。在纵向轴上，重点探讨了8—13世纪日本人对长安都市景观的认知流变，指出了宫廷官僚与寺院僧侣等不同阶层对长安的知识储备与传播途径，考察了古代日本人的都城思想与中国观。书稿共分为七章，第一章稽考了《怀风藻》中具有长安体验的诗人及诗作。第二章研究了“敕撰三集”对长安的消极书写。第三章指出了《本朝无题诗》中“长安 = 平安京右京”模式的建立，实际上展现了日本人的都城观——平安京是囊括唐长安、洛阳两大都城的巨大存在。第四章讨论了圆仁《入唐求法巡礼行记》中的长安叙事，如何在日本文学中衍生出了“遣唐使在长安遭受迫害”这一母题。第五、六章分别以《吉备大臣入唐绘卷》和《弘法大师行状绘》为研究对象，考察了中世绘卷中的长安图像。第七章以《松浦宫物语》为研究对象，考察了物语中的长安地名和地理想象问题。

要目：

郭雪妮著，社会科学文献出版社2020年版

《马来西亚、新加坡、印尼华文女作家小说比较研究》

作者在东南亚地区长期从事汉语教学与华文文学研究，具有真切的在地体验与自觉的本土意识，掌握丰富扎实的第一手资料。东南亚华文文学是世界华文文学重镇，在21世纪海上丝绸之路的战略构想下，该区域华文文学的互动研究尤显必要。本书在“马六甲海峡华文文化圈”的区域视野下，对东南亚华文文学黄金三角所属的马来西亚、新加坡与印尼予以总体考察，借助文学史的脉络纵览与跨区域的横向比较，对华文女作家小说的典型个案进行深层的文本细读，并围绕“女性的自我省思”“女性的人文关怀”“女性的社会视野”“女性的叙事维度”等议题展开主题内容与艺术形式的双向探研。通过文本细读与文化研究的结合，对马来西亚、新加坡与印尼华文女作家小说创作的梳理省思与未来建言并重，并在探寻各国的创作特质中建构其异彩纷呈之美，进而为当地华人的社会生态及其现实应对提供切实的历史观瞻。

要目：

绪论
第一章　马六甲海峡华文文化圈
　第一节　区域的历史渊源
　第二节　华人的移民互动
　第三节　跨界的文学交流
第二章　女作家小说概貌
　第一节　女性写作理论与实践
　第二节　马来西亚华文女作家
　第三节　新加坡华文女作家
　第四节　印尼华文女作家
　小结
第三章　女性的自我省思
　第一节　个体诉说：传记书写
　第二节　群体代言：南洋女性
　第三节　姐妹情谊：同性之爱
　第四节　女性之路：两性和谐
　小结
第四章　女性的人文关怀
　第一节　伦理关怀：尊老爱幼的失衡
　第二节　生存关怀：社会底层的眷顾
　第三节　精神关怀：宗教的终极叩问
　第四节　文化关怀：南洋的华人情愫
　小结
第五章　女性的社会视野
　第一节　华文教育：伤痕与反思
　第二节　华族身份：离散与认同
　第三节　族群境遇：婚恋与交往
　第四节　国家忧患：历史与政治
　小结
第六章　女性的叙事维度
　第一节　叙事话语：女性的自觉与阴柔
　第二节　叙事空间；本土与异地的跨界
　第三节　复调叙事：叙述者的多声共鸣
　第四节　叙事流变：从传统、现代到后现代
　小结
第七章　杂论
　　一　回顾、省思、前瞻

马峰著，上海三联书店2020年版

《司马辽太郎研究（东亚题材历史小说创作）》

本书围绕司马辽太郎的东亚观这一研究课题展开，是对司马辽太郎的中国观、朝鲜观、蒙古观等东亚观相关内容的研究。本书所研究内容是一个少有涉及的研究课题，有助于对司马辽太郎的东亚观进行更加深入、细致、科学的研究，有很强的创新性。在司马辽太郎的作品不断被翻译到中国，但是研究成果极其有限的情况下，以上成果对中国读者有很大的参考价值。同时，书中部分研究成果在国内外的研讨会以及各学术期刊得以交流或发表过，在中国、日本等国产生了较大的社会影响。

要目：

第一节　早期摩擦与人物形象塑造
第二节　日俄战争书写
第六章　司马辽太郎的儒学认识与东亚题材创作
第一节　对儒学的思考
第二节　儒家人物形象塑造
第三节　司马辽太郎的儒学批判
第四节　对华夷思想的反思
结语
参考文献
后记

关立丹著，中国社会科学出版社2020年版

《蒙古族史诗与印度史诗比较研究》

蒙古史诗是我国少数民族文学的经典，在世界各地流传范围广，影响大。目前虽然研究成果丰硕，但是，如何准确把握蒙古史诗的独特风格，这就要有参照系，故此我们借邻避之光，将印度史诗与蒙古史诗加以比较研究，这对于我们拓宽对蒙古史诗研究的范围，加深对蒙古史诗内在价值的理解，就具有学术上的价值。本成果主要是从史诗的文学发生、史诗主题与民族精神、史诗与宗教的关系、史诗的文学功能、史诗的原始思维特征、史诗审美、史诗人物以及史诗诗学方面对蒙古史诗与印度史诗进行了比较研究。

要目：

绪论
第一章　蒙古族史诗与印度史诗的文学发生
第一节　独特的地缘环境是史诗发生的土壤
第二节　个体觉醒和社会转型催生了史诗的创作
第三节　民族融合与文化互渗引发了史诗的分化
第四节　神话是史诗形成的文化质料
第五节　史诗的流变加剧了史诗的发展和变异
第二章　蒙古族史诗与印度史诗的宗教文化
第一节　萨满教、婆罗门教与民族文化的关系
第二节　蒙古族史诗与印度史诗的“三界”文化
第三节　蒙古族史诗与印度史诗自然崇拜意识
第四节　史诗人物的宗教文化色彩
第五节　史诗讲唱中的宗教仪式与宗教祭祀
第六节　宗教文化比较之困惑
第三章　蒙古族史诗与印度史诗的文学治疗和禳灾功能
第一节　文学人类学理论与史诗阐释

王艳凤、阿婧斯、吴志旭等著，中国社会科学出版社 2020 年版

《〈虎耳譬喻经〉文本与研究》

《虎耳譬喻经》（简称《虎耳经》），讲述了一个低种姓女子，追求佛弟子阿难，最后为佛陀所度化的故事。在故事中包含了丰富的星占卜内容。这部譬喻经，自公元 3 世纪始出现汉文译本，9 世纪出现藏文译本，从 19 世纪起陆续发现其梵文写本，目前不同版本连同译本存世的共有十余个，这一材料富有文献学价值。本书对《虎耳经》的梵藏汉不同文本中的比较，从中发现不同文本的差异，也能追溯梵本来华的路径，探析印度星占在中印文化交流中的状态。

要目：

周利群著，上海交通大学出版社2020年版

《回声·镜鉴·对话——中日文化与文学》

作者在本书中从比较文学的角度出发，寻中华文化之根，既梳理西方文学理论的来龙去脉，又思考日本在接受西方文化过程中的取舍、改造、反思，以及在此基础上的重新整合；将日本近百年文学研究置于世界文学场域之中，从中、日、西多维互动关系中动态把握，深思日本是如何消化、吸纳西方文化；进而以日本为镜鉴，总结出民族文化、文学交流中一般规律性的东西——固本求新。当下，我国正处在新一轮东西文化交融的高潮之中，自觉、清醒地认识其中的规律，对于建设有中国特色的社会主义文化很具现实意义。

要目：

孟庆枢著，杨乃乔主编，福建教育出版社2020年版

《近世中国与日本汉文学》

本书关注的对象是中国近世文学在日本，尤其是江户时代的传播与影响。既寻找之间的同源性，也追求异质的要素。本书在结构上共分为中世篇与近世篇两大部分，“中世篇”共分为三章，对日本五山时代禅僧的抄物的价值以及禅僧们对宋人典故的捕风捉影产生误用等问题进行介绍和研究。近世篇又分为六部分，从日本独特的社会结构出发，以儒学对文学的影响为重要线索。其中第一部分探讨的是江户中期出现的研究文字语言进而研究文章作法的热潮；第二部分着重探讨了江户后期职业诗人的兴起和发展；第三及第四部分讨论了与汉诗有密切关系的作诗环境的“异动”——诗社、诗会、书画会等问题；第五及第六部分则主要对后期职业诗人的代表大洼诗佛加以具体分析和研究。

要目：

张淘著，复旦大学出版社2020年版

五　翻译文学研究论著简介

辜佳丽　李歆蕤

《福州大学哲学社会科学文库　上海沦陷时期报刊翻译文学研究》

本书的研究对象为上海沦陷时期报刊刊载的翻译文学作品。从时间上来说，指的是从 1941 年 12 月 8 日太平洋战争爆发，到 1945 年 8 月 15 日日本宣布无条件投降。从翻译载体来说，指的是上海沦陷时期出版的报纸和期刊。从翻译方向来说，指的是外译汉，不包括汉译外。

话语作为社会实践，参与社会活动，再现社会事实，建构社会关系及社会身份，在社会发展变革中发挥着重要作用。当“话语”作为关键词进入研究视野，其焦点在于话语在社会和文化变迁中的影响力，从社会变化的语言痕迹切入社会文化批评，关注话语的意识形态功能、话语隐含的权力关系、话语的历史性、话语对社会文化的建构等，展现学术研究对社会问题的深切关怀。跨文化话语研究立足于跨语言、跨文化的视野，探讨不同社会历史语境下文化主体的话语特征及其与思想意识、社会变化的互动关系。

此次由复旦大学出版社出版的“福州大学跨文化话语研究第一系列”八部专著汇集了福州大学跨文化话语研究中心近年来的主要研究成果：潘红《哈葛德小说在晚清：话语意义与西方认知》、钟晓文《近代西方认知中的“中国形象”：〈教务杂志〉关键词之广义修辞学阐释》、林继红《严复译介的文化空间研究》、王建丰《上海沦陷时期报刊翻译文学研究》、沈杏轩《隐喻修辞——〈红楼梦〉语言新视野》、李金云《泰戈尔思想和文学创作中的宗教元素》、殷贝《多丽丝·莱辛“太空小说”中的概念隐喻与新型乌托邦寓言》和叶颖《戏剧主义修辞观之于互联网对外新闻翻译——以“中国上海”门户网站为个案》。这八部专著融合了理论层面的思考和实践层面的分析，展示出各具特色的研究面向，记载着福州大学跨文化话语研究中心的不懈努力和学术成长。

要目：

王建丰著，复旦大学出版社 2020 年版

《翻译与传播》

《翻译与传播》是由中华人民共和国教育部主管、北京语言大学主办、北京语言大学外国语学部（《翻译与传播》期刊编辑部）承办、拟由社会科学文献出版社出版的学术集刊。本刊是专门反映以外国语言专业为主的语言学研究最新成果和动态，探讨语言学理论、语言教学与实践，评介外语教学与科研图书资料的综合性刊物。主要设有语言学研究、翻译研究、外国文学研究、外语教学与研究、翻译与中国文化“走出去”、新书评介、学术会议综述等栏目。同时，本刊根据国家语言战略与教育改革发展需要，不定期设置专栏，为广大学者提供学术交流平台。本刊秉承尊重科学，支持学术争鸣的态度，始终以繁荣学术、探索国内外学术前沿、展示外国语言文学最新研究成果、促进中国外语教学与科研水平的提高为己任。

创办此刊的主要目的有三点：

第一，为翻译与国际传播提供一个交叉学科研究平台。按现有学科设置，翻译和国际传播分别属于两个一级学科。然而，现实中翻译和国际传播之间的关系极为密切。翻译的一个重要任务是实现不同语言之间的文化与信息交流，而文化与信息交流想要跨越

不同语言之间的障碍，自然离不开翻译。传播是翻译的目的，翻译是传播的手段，二者相互依存，不可分割。目前，在国内我们还没有发现把翻译和传播放在一起研究的学术刊物，创办《翻译与传播》是希望能弥补这方面的空白，促进对不同学科相关问题的综合性研究，使研究更加科学，更有现实针对性。

第二，为翻译学提供一个以问题为导向的研究平台。所谓的问题导向，就是针对在翻译实践中经常遇到的具体问题，如语言问题和文化问题，发现翻译中那些最难逾越的鸿沟和障碍，并找到最好的解决方案。我们认为，任何脱离翻译目的、脱离源语言和目标语言、脱离方法和技能的翻译理论，对翻译实践都起不到直接的、实际的指导作用。翻译研究一定要务实，要围绕翻译实践中遇到的具体问题展开。本刊不提倡为研究理论而研究理论，不提倡片面追求理论的宏大和新颖。《翻译与传播》基于翻译的学科特点，呼唤翻译研究回归问题导向，为提升翻译实践能力做出贡献。

第三，为高效率传播中国文化提供一个研究平台。随着社会的发展，国家加大了主动传播中国文化的力度。讲好中国故事，确立中国文化在世界话语体系中的重要位置，提升国家形象，这些新时代的重要使命需要我们对如何有效地传播中国文化进行系统的研究。要研究传播内容、传播方法、传播受众的文化背景和文化心理，同时也要研究文本的选择、诠释、翻译、出版、发行、宣传等各个环节的互动与衔接，让我们的翻译作品能够真正落地生根，广泛流传。《翻译与传播》旨在思考和探索出一套科学的翻译与传播理论，提出适合中国文化典籍的翻译策略和高质量的传播方式。

要目：

高明乐主编，社会科学文献出版社 2020 年版

《翻译研究论集》

本书由科学出版社出版，分为上、下两编。上编主要研究翻译的本体问题，论题主要集中于翻译的性质、翻译的目的、翻译的任务、翻译的标准，以及对近年来中西翻译理论中出现的一些似是而非的论调（如原文没有确定的意义要求译者忠实于原文是勉为其难，译者的任务是为了委托人的最大利益等）的探究。下编是对翻译批评和翻译技巧的研究，包括三类：一类是对翻译理论的经典文本和被翻译的具体文本（如莎士比亚的诗歌）等进行的研究；一类是对译介对象（如爱伦·坡和弗罗斯特）及其在中国的译介史进行的研究；另一类是作者总结的若干行之有效的翻译技巧和文化交流的策略和方法。

当今翻译研究的流派之众、方法之多、视域之广、观点之新、跨度之大、成果之丰，可谓空前未有。但与此同时，翻译研究领域也出现了一些值得反思的现象。有部分学人，因缺乏翻译与跨文化传播的实践历练和理论修养，脱离本土语言文化现实，面对门窗洞开后的景致，竟至目迷五色，把未必读懂、未经消化，甚至本身就未必成理的西方翻译理论和文化理论大量引进，当作放之四海而皆准的真理盲目信奉，发表了一些概念模糊、逻辑混乱、词语歧义、似是而非的“理论文章”；有部分学人，做跨学科研究却对所跨学科不甚了解，徒为标新而立异，发表了一些“玄、空、怪、涩……令人不知其所云”的“科研论文”；还有部分学人，为达量化指标而急功近利，摒弃了中国学人披览群书、弥纶群言、研精一理、言必有据的优良学术传统，发表了一些浅尝辄止、避实就虚、引征不确、真伪莫辨的“学术成果”。这些文章和成果在翻译学界和跨文化传播界造成了一定的思想混乱，使许多翻译课教师和翻译方向的学生感到困惑，令不少翻译和文化传播的实际从业者感到无所适从。

本书汇编的部分文章即针对上述种种现象、结合翻译活动和文化传播活动的实际进行深入研究的结果，其中不乏作者的理论创新，如首次提出了翻译的“文本目的”和“非文本目的”这对概念，首次区分了翻译的“文本行为”和“非文本行为”，首次明确了译介学和翻译学各自的学科概念及其学科范畴，首次指出了对外文化传播不等于对外翻译，等等。

要目：

序

前言

上编：文化传播与翻译研究

论对外文化传播与对外翻译——兼论“自扬其声”需要“借帆出海”

论以忠实为取向的翻译标准——兼论严复的“信达雅”

文本目的：译者的根本目的——兼评德国功能派的目的论和意大利谚语“翻译者即叛逆者”

文本翻译：译者的根本任务——重读本雅明的《译者的任务》

中国译学研究须加强逻辑思维

“翻译暴力”从何而来？——韦努蒂理论术语 violence 探究

曹明伦著，科学出版社 2020 年版

《翻译与文化缺省补偿策略：文学的视角》

文化缺省是指作者在与其意向读者交流时双方共有的相关文化背景知识的省略。本书引入伊瑟尔的美学反应理论阐释读者阅读文本获得美学价值享受的过程，从而探讨文学翻译的美学价值取向。在文学翻译中，译者应尽力保留原作含蓄的美学效果，不要因填满原作的空白而补偿过量，从而剥夺译文读者的想象力。因此，译者应洞察原作文化缺省成分隐含的艺术动机，尊重原文作者的艺术创造，努力使译文读者获得原作美学价值的享受。翻译的困难就在于在源语和目标语之间难以找到对应的表达形式，而译者不得不就选用何种策略来补偿文化缺省做出抉择。通过系统的学术讨论和考察得出结论：文化缺省成分隐含的原文作者的艺术动机、文化因素以及目标语言文化接受语境是文学翻译中决定文化缺省补偿方法的三大策略。

本书借助语言学的图式理论、跨文化交际学的文化功能理论、文学的美学反应理论、翻译学的操纵理论和目的理论等，运用翔实的翻译实例就文学翻译实践中的文化缺省的生成机制与交际价值、文化缺省现象对翻译中的连贯理解所造成的影响、文化缺省的补偿策略与方法等进行系统的学术探讨，把翻译实践中文化缺省补偿的感性经验上升到理论高度加以分析和总结，从而更好地为文学翻译实践服务。

第一部分：引入语言学的图式理论深入探讨文化缺省的生成机制和交际价值。第二部分：引入伊瑟尔的美学反应理论阐释读者通过阅读文本获得美学价值享受的过程，从而探讨文学翻译的美学价值取向。在文学翻译中，译者应努力使译文读者获得原文美学价值的享受。第三部分：论证并提出文学翻译实践中文化缺省补偿的三大策略：（1）在第二部分分析和论证的基础上进一步探讨文化缺省补偿的第一个策略——基于作者艺术动机的补偿策略；（2）运用文化功能理论探讨文化缺省补偿的第二个策略——基于文化因素的补偿策略；（3）借助翻译学的操纵理论和目的理论探讨文化缺省补偿的第三个策略——基于目标语言文化接受语境的补偿策略。第四部分：运用翔实的翻译实例在提出文化缺省补偿的三大策略基础上进一步探讨文学翻译中文化缺省补偿的具体方法并对每一种方法的优点、缺点以及适用范围做出详尽的讨论。

要目：

导言

第一章　文化缺省的生成机制

　第一节　生成机制和交际价值

　第二节　文化缺省补偿的必要性

　第三节　文化缺省和社会文化语境因素

第二章　伊瑟尔美学反应理论：读者美学价值享受的获得

　第一节　美学价值的生成机制

　第二节　文学翻译的美学价值取向

第三章　作者艺术动机：文化缺省补偿策略

　第一节　尊重作者的艺术动机和创作意图

　第二节　文化缺省补偿与美学价值保留的悖论

　第三节　文化缺省补偿方法

　第四节　文学文本的翻译方法探究

　第五节　文学翻译中译者与作者的共生关系

第四章　文化功能理论：文化缺省补偿策略

　第一节　翻译的文化功能

　第二节　文化转型与翻译策略定位

第五章　目标语言文化接受语境：文化缺省补偿策略

王大来著，中央编译出版社 2020 年版

《译介学概论》

《译介学概论》是作者的译介学思想的总结与提炼，共分六章，分别是“译介学：比较文学与翻译研究发展的历史必然”“译介学的理论基石：创造性叛逆”“为翻译文学寻找归宿”“翻译文学史：理论与实践”“译介学与当代文化理论”“译介学与文化外译理论的探索”。

本书以“创造性叛逆”作为译介学的理论基础和出发点，从译者、读者和接受环境等方面对这一命题进行了详细的阐发，在该命题框架内进一步讨论了翻译的本质、翻译的使命、翻译中的“忠实观”、译者的隐身与现身等一系列问题。本书提出，“翻译文学史”实际上也同时是一部文学交流史、文学影响史、文学接受史，大大拓展和丰富了翻译文学史的研究价值与编撰意义。

从目录看，“概论”的结构布局只有六个章节，但其实《译介学》关于翻译文学和翻译文学史的内容、“导论”关于翻译研究与当代文化理论关系的内容等都已收入其中。而不无必要一提的是，在上述内容以外，“概论”还新设了一章《译介学与文化外译理论的探索》，其中的第一、第二两个小节把作者近年来关于文化外译理论的思考也全都囊括进去了。第一节分别对中国佛经翻译史上的成功经验和西方翻译史上传教士成功的外译实践进行了分析。提出在我国的佛经翻译史上曾经有不少“外来和尚”参与并主导了佛经翻译，他们的这种翻译活动从某种意义上而言也是一种“文化外译”，他们的成功经验应该可以为我们当下的文化外译提供借鉴。第二节也先从历史的角度，对中西翻译界的一些基本理念（如“翻译要忠实原文”“原文至上”“信达雅”等）的形成与演变进行了梳理。然后指出，我们当下在从事文化外译时片面地理解了这些建立在“译入”经验基础上的翻译理念，看不到“译入”与“译出”的差异，更认识不到译介学的基本规律，而是急于求成，希望一蹴而就，结果却事与愿违，导致我们文化外译的实际效果至今还不是很理想。

第六章的第三节“三则国际翻译日庆祝主题的启示”分别对 2009 年、2012 年、2015 年国际译联颁布的三则庆祝主题进行了作者独有的解读和阐释。

要目：

谢天振著，商务印书馆2020年版

《译入与译出：谢天振学术论文暨序跋选》

本书共分文化外译探索、卅载回眸、十年一瞥三部分，收录了谢天振教授近几年来发表的关于文学文化外译的论文，30余年来为自己的著译作所写的序跋文章，以及作者为“21世纪中国文学大系”每年编选的一本年度“翻译文学卷”所作前言的汇总。

第一辑“文化外译探索”收入的几篇学术论文集中反映出了谢天振最近几年发表的关于文化外译（译出）的思考，尤其是与中国文学文化如何切实有效地“走出去”问题有关的一些思考。谢天振认为，我们国家尽管在中国文学文化“走出去”方面投入了相当大的人力、物力和财力，但就实际效果而言是不太成功的，其中最主要的原因在于我们看不到译入与译出之间的区别，看不到中西文化交流中的“时间差”和“语言差”问题，看不到文学文化传播的译介学规律。这些观点谢天振在2014年发表于《中国比较文学》杂志上的《中国文学走出去：问题与实质》一文中进行了比较集中深入的阐释，在国内学界产生了较大的影响。

第二辑“卅载回眸”是想借钱先生翻译思想中的“矛盾”来说明，目前我们正好处在翻译史上个从传统译论向现代译论视角转变的时期：一方面是两千余年来的“原文至上”“翻译必须忠实原文”等传统译学观念已经深深地扎根在每个翻译家和翻译研究者的脑海之中；但另一方面，翻译的事实又提示人们传统译论在对翻译的理解和认识上显然有失偏颇，它解释不了当前翻译中出现的一些现象和现实问题。这也就是为什么谢天振要提出我们当前有必要更新我们的翻译理念，同时把我们的翻译理论向现代译论转换。

第三辑“十年一瞥”如上所述，是谢天振自2001年以来为“21世纪中国文学大系”中每年由谢天振负责编选的一本翻译文学年度文选所写的序言汇编。

要目：

《翻译研究新视野》（青岛版）后记
《翻译研究新视野》（福建版）自序
《中国现代翻译文学史（1898—1949）》后记
《译介学导论》（第一版）后记
《译介学导论》（第二版）后记
《当代国外翻译理论导读》前言
《当代国外翻译理论导读》（第二版）后记
“翻译专业必读书系”总序
《中西翻译简史》前言
《比较文学与翻译研究》（复旦版）代序
《比较文学与翻译研究》（复旦版）后记
《海上译谭》前言
《隐身与现身》引言
《隐身与现身》后记
“中国当代翻译研究文库”总序
《超越文本超越翻译》前言
《外国文学译介研究》绪论
《海上杂谈》自序
十年一瞥
《21 世纪中国文学大系 2001 年中国最佳翻译文学》序
《21 世纪中国文学大系 2002 年翻译文学》序
《21 世纪中国文学大系 2003 年翻译文学》序
《21 世纪中国文学大系 2004 年翻译文学》序
《21 世纪中国文学大系 2005 年翻译文学》序
《21 世纪中国文学大系 2006 年翻译文学》序
《21 世纪中国文学大系 2007 年翻译文学》序
《21 世纪中国文学大系 2008 年翻译文学》序
《21 世纪中国文学大系 2009 年翻译文学》序
《21 世纪中国文学大系 2010 年翻译文学》序
《2011 中国年度翻译文学》序

谢天振著，商务印书馆 2020 年版

《中国文学四大名著译介与传播研究》

本书选择对四大文学名著外译与传播的历史与基本问题进行梳理和探索的代表性论文，结集成册。该书展现中国四大文学名著在国外的译介与传播历程，揭示文学翻译的丰富性与复杂性，探讨中国文学外译的基本问题与路径，具有重要学术价值。

在中国文学对外译介的路程中，中国文学四大名著一直占有着十分重要的位置，它们不仅代表了中国古典长篇小说的最高水平，同时也极具中国传统文化代表性。在漫长的译介史中，国外汉学家和中国译者一起，描绘了一幅丰富的中国文学四大名著译介图。虽然在译介和传播过程中遇到了种种困难和障碍，特别是译介的接受之路并不平坦，但无法否认，中国文学四大名著的对外译介，为中国文学和文化“走出去”起到了重要的推动作用。

在文学译介中，除了保证译文语言的准确，译者总是纠结于如何最大化还原原作的风格。不同的语言，不同的文化在无形中对译者提出了非常高的要求。译者能否通过显性的语言，向读者传递文学作品中隐形的文化，是一部译作能否被读者接受的重要因素。文学、文化信息传递中的困难，最终总是要体现在语言文字转换上的。如何选择恰当的词汇，往往困扰着译者。德里达所阐释的不可译，正是基于解构主义所理解的意义不断消散和延伸。然而，造成意义阐释困难的不仅是时间维度，空间的扩展也同样影响着翻译。无论是西学东传还是东学西渐，译者都在极力抹平空间差异对翻译产生的影响。

中国文学的对外译介与接受，最困难的也正是来自空间，即我们通常所说的文化差异。如何让外国读者通过作品准确了解中国文化，需要译者强大的文字把握能力。傅雷所说的形神兼备，许渊冲所追求的三美，虽是译介的最高境界，但翻译之难，恰恰是在大多数情况下，形与神、音形意难以兼得。面对这样的困境，有些译者选择忠实于原文，也有的译者连译带改。连译带改的坏处自是不言而喻，对中国文学的伤害也很大。但值得注意的是，忠实于原文的翻译未必就没有问题，连译带改也未必一无是处。忠实于原文，究竟是忠实于原文的语句，还是忠实于原文的意义取决于译者的翻译观念、翻译目的，自己对原著的理解，以及其期望通过译介所传达给目的语读者的文学与文化价值。连译带改，是毫无原则的胡改乱译，还是基于读者接受和文化接受的创造性阐释，是在评价这些译作时需要考虑的。

本书分为上、下两编，共收录32篇文章。其中上编聚焦中国文学四大名著译介与传播史，希望能在宏观上为读者描绘一幅较为完整的译介图谱。下编则侧重中国文学四大名著译介的个案与特征，希望能从微观视角为中国文学四大名著的译介与传播研究提供参照。

要目：

郭昱｜清末民初《三国演义》英译研究

孙建成、温秀颖、王俊义｜从《水浒传》英译活动看中西文化交流

曹灵美、唐艳芳｜典籍英译中的“中国话语”研究——以赛珍珠《水浒传》英译为例

陈安梅｜《水浒传》在日本的传播

吴晓芳｜《西游记》英译史概述（1854—1949）

朱明胜、范圣宇｜猴王故事在美国的传播与接受——基于对《纽约时报》猴王故事报道的分析

李萍｜《西游记》在日本影视中的传播变异分析

下编　中国文学四大名著译介个案与特征

宋丹｜日藏林语堂《红楼梦》英译原稿考论

王金波、王燕｜被忽视的第一个《红楼梦》120回英文全译本——邦斯尔神父《红楼梦》英译文简介

郭昱｜邓罗对《三国演义》的译介

朱振武｜《三国演义》的英译比较与典籍外译的策略探索

彭文青｜《三国演义》英译重译现象中的自我指涉

许多｜译者身份、文本选择与传播路径——关于《三国演义》英译的思考

郭昱、罗选民｜学术性翻译的典范——《三国演义》罗慕士译本的诞生与接受

王运鸿｜形象学视角下的沙博理英译《水浒传》研究

温秀颖｜翻译目的与登译《水浒传》语言文化知识误译

钟再强｜刍议赛珍珠英译《水浒传》的国外影响

董琇｜赛珍珠以汉语为基础的思维模式——谈赛译《水浒传》

宋健飞｜德译《水浒传》——欧洲最早、最奇、最经典的译本

胡陈尧、刘云虹｜译与变——关于《西游记》海外传播路径的思考

王燕｜德译《中国童话》与《西游记》学术探究

李文婷｜西方修辞学认同论对英译典籍受众意识的观照——以余国藩版《西游记》英文全译本为例

刘珍珍｜译者宗教意识形态与《西游记》译介中的文本重塑

许　多、冯全功主编，浙江大学出版社2020年版

《翻译符号学初探：格雷论文选析》

本书以荷兰自由学者格雷20世纪90年代后的七篇代表性论文为切入点，结合中国的符号思想传统，遵循“史—论—法”相结合的方法论指导思想，依据“宏观—微观—再宏观”的认识规律布局谋篇，即以述史为宏观切入，以批判分析为前提，以案例分析为手段建构微观层面的翻译符号学思想，最终走向翻译符号学的宏观构架。为便于读者索查所涉原文内容，本书每章后附格雷相关论文汉译稿，译文尽量保持作者发表时的基本结构和脉络，只是脚注部分略有增加，或是略做修订，或是批判分析，但均以

“译者注”加以标识。

为便于读者预先了解每篇文章的总思想，现将七篇论文的大致旨趣（以原文本摘要为基础）扼要地阐述如下：

《元创作》探讨的是翻译符号学视域下译本的多元性质。符指间性创生原文本的二次派生创作，称之为语码间性翻译或媒介间元创作。元创作意味着艺术间的变更（互动），创生文化文学、音乐、雕刻、图片等元文本，读者、听众或专业口笔译者将显性和隐性的修改内容和注疏融入其中。

《跨符码翻译：歌剧唱词与配乐》属于三元符号学关系理论在歌剧译介研究中的应用。

《维特根斯坦、翻译与符号学》系以维特根斯坦有关翻译理论与实践为依据，探讨维特根斯坦哲学思想中有关符号转换的思想与三元符号关系理论之间的关联。

《一级符号、二级符号、三级符号与偶然性》探讨三元符号范畴与符号意指之间存在的偶然性，以1896年写作的“科学态度”手稿为切入点，将人分为以情感品质为要的艺术家、以权力为轴心的现实主义者，以及以推理求真为己任的科学研究者，并以此为起点阐述提出的一级符号范畴、二级符号范畴、三级符号范畴的现象学思想。

《歌德的翻译注释》以歌德翻译《东西方合集》实践为据，尝试探索翻译符号学文本的适用范围（文本、附文本与前文本），以及符号范畴升级与退化的机制。

《间隙弥合——古希腊经典翻译之符号学解读》以古希腊经典范围为例阐述翻译符号学的实用性和解释威力，可为中国经典外译研究提供一定的借鉴。从符号学翻译、经典与经典化、文化适应和历时的跨空间翻译四个层次，阐述在文本符号转换过程中，如何依据原作表达原型、交际态度等。

《翻译之黑匣：镜式本质论》从心理学角度探讨以黑匣为隐喻的翻译本质，即符号意指的确定性和不确定性大脑黑匣（the black box）的思维过程，即译者的思维过程，并不能加以直接监控，故只能做实验验证研究。

要目：

贾洪伟编著，南开大学出版社2020年版

《林语堂翻译书写研究》

本书是教育部哲学社会科学研究后期资助重大项目（项目批准号：16JHQ013）的

最终成果。

本书是一部系统、全面、翔实研究林语堂翻译书写的专著。全书分宏观、中观、微观三篇论述了林语堂翻译书写的思想浸淫、翻译书写和文本个案。上篇从林语堂的哲学观、文化观、文学观和审美观四个维度审视了林语堂翻译书写的思想渊源和生成语境。第 1 章从“皈依救赎”“半半哲学”生活哲学”“禅宗思定”四个方面讨论了林语堂思想的基督教伦理、儒家血统、道家基因和佛教灵光，对林语堂人生中的宗教历程进行了梳理，勾勒了林语堂一生与儒、道、释、基督教的疏离与亲近；第 2 章从时空特征、生成来源和人格表征三个方面论述了林语堂的文化观，分析了林语堂文化观的乡土印记和历史传承，追溯了赛珍珠、辜鸿铭、苏东坡对林语堂文化观的生成影响和人格表征；第 3 章从表现主义文学观、性灵文学观、闲适文学观和幽默文学观四个维度透视了林语堂文学观结构，从主体追寻、客体特征及其美学追求解读了林语堂重“真我”“细微”“情趣”的性灵文学观，从中西合璧、诗意人生剖析了林语堂闲适文学观的跨国生成和艺术内涵，同时分析了林氏幽默文学观的人格特征、思想来源和现实关怀；第 4 章聚焦林语堂的审美观，分别阐释了林语堂求真尚美的表现主义美学追求、恬淡自适的自然主义美学情结、近情乐活的人文主义美学表达和贤达并举的女性主义美学阐释。

中篇立足于林语堂的翻译文本、编译文本、著译文本探究了林语堂翻译思想、翻译书写的文本选择、文化传播、审美再现、策略选择和语言特点进行了识解与剖析。第 5 章介绍了林语堂的翻译理论，探究了林语堂的翻译标准、译者责任与伦理担当、美译思想及翻译诗学等理论问题，评述了翻译理论家林语堂在翻译理论上的建树及其意义；第 6 章从翻译、编译、著译三个维度讨论了林语堂翻译书写文本选择的类型，从儒道共生的哲学主题、性灵山水的自然主题、优游人间的生活主题和闺阁昭传的女性主题四个方面对林语堂翻译书写文本选择的主题进行了剖析；第 7 章论述了林语堂对中国文化的海外传播及其海外接受，梳理了林语堂对中国文化的认同嬗变，对中国宗教哲学文化、生活哲学的海外传播等问题；第 8 章从语言形式、意义、修辞等方面论述了林语堂翻译书写的审美再现，同时以《浮生六记》为文本依据，从主人公芸娘之貌、芸娘之才、芸娘之德、芸娘之礼、芸娘之梦、芸娘之教等方面论述了林语堂翻译书写中的格式塔意象审美再造；第 9 章论述了林语堂翻译书写策略选择。首先从归化、异化和杂合三个层面论述了林语堂翻译书写中中西文化的糅合策略，其次从文本改编策略、文本设计策略和文本间性三个维度论述了林语堂翻译书写的文本转换策略，最后论述了林语堂翻译书写的变译策略；第 10 章论述了林语堂翻译书写的语言特点，首先分析了林语堂文白互补的二元中文语言特点，其次剖析了林语堂清顺自然的英文语言特色。

下篇是文本个案部分，采用了理论框架、研究问题和翻译文本相互映射的研究架构，从文本分析的微观层面剖析了林语堂的翻译书写。第 11 章从阐释学视角论述了林译《浮生六记》的译者主体性问题；第 12 章从翻译伦理角度探讨了林译《浮生六记》中的翻译策略运用；第 13 章讨论了林译《浮生六记》中文化负载词的翻译；第 14 章运用梅肖尼克的诗学节奏理论，论述了林译《幽梦影》中节奏的再现与翻译；第 15 章运用生态翻译思想论述了林译《幽梦影》中哲学文化思想的再现；第 16 章运用后殖民翻译理论，论述了林语堂编译的《孔子的智慧》中文化间性的翻译再现。

要目：

第4章　林语堂的审美观
　第1节　求真尚美：林语堂表现主义美学追求
　第2节　恬淡自适：林语堂自然主义美学情结
　第3节　近情乐活：林语堂人文主义美学表达
　第4节　贤达共举：林语堂女性主义美学阐释

中篇　翻译书写
第5章　林语堂的翻译观
　第1节　翻译标准：林语堂翻译思想的本体建构
　第2节　译者三责：林语堂翻译思想的伦理担当
　第3节　美译思想：林语堂翻译思想的美学阐释
　第4节　翻译诗学：林语堂翻译思想的诗学表达
第6章　林语堂翻译书写的文本选择
　第1节　林语堂翻译书写文本选择的类别分析
　　1. 林语堂翻译文本选择
　　2. 林语堂编译文本选择
　　3. 林语堂著译文本选择
　第2节　林语堂翻译书写文本选择的主题分析
　　1. 儒道共生：林语堂翻译书写文本选择的哲学主题
　　2. 性灵山水：林语堂翻译书写文本选择的自然主题
　　3. 优游人间：林语堂翻译书写文本选择的生活主题
　　4. 闺阁昭传：林语堂翻译书写文本选择的女性主题
　第3节　林语堂翻译书写文本选择的生成机制
第7章　林语堂翻译书写的文化传播
　第1节　林语堂对中国文化的海外传播
　　1. 林语堂对中国文化的认同嬗变
　　2. 林语堂对中国宗教哲学文化的海外传播
　　3. 林语堂对中国生活哲学文化的海外传播
　第2节　林语堂文化传播的海外接受
　　1. 林语堂文化传播的海外接受
　　2. 林语堂文化传播的接受分析
第8章　林语堂翻译书写的审美再现
　第1节　林语堂韵文翻译中的形义审美再现
　　1. 林语堂韵文翻译中的形式再现
　　2. 林语堂韵文翻译中的意义再现
　第2节　林语堂翻译书写中的修辞审美再现
　　1. 林语堂翻译书写中的修辞意再现
　　2. 林语堂翻译书写中的修辞语义再现

刘全国著，高等教育出版社 2020 年版

《翻译史研究》

香港中文大学中国文化研究所翻译研究中心成立于 1971 年，致力于向西方读者推介中国文学，自 1973 年起出版《译丛》半年刊，专门刊登中国文学英译作品。近年着力推动中国翻译史研究，除每年举办一次“宋淇翻译研究论文纪念奖”评选活动外，每两年举办一次“中国翻译史国际研讨会”、“书写中国翻译史：中国译学新芽研讨会”及“阅读中国翻译史：中国翻译史研究暑期班”，并出版“翻译史研究论丛”及《翻译史研究》。

本书为香港中文大学翻译研究中心的学术论文集，以“翻译史研究”为主题，收录了众多学者在该方面的最新成果。

要目：

王宏志主编，复旦大学出版社 2020 年版

《〈庄子〉文学的跨文化研究》

本书获国家社会科学基金项目资助，内容主要基于描写翻译学和比较文学相关理论与方法，对《庄子》文学特征在跨文化翻译中的体现或失落等进行考察，揭示其海外表达形态；发掘整理以英语国家为代表的西方《庄子》文学研究成果，探讨其与中国

本土研究间的差异性和互补性。本书的写作特点一是以文学的视角切入海外庄学研究，探寻中西《庄子》文学研究的会通途径，二是将语料库语言学方法引入《庄子》译本分析中，以更客观地展示《庄子》在西方的文本形态。本书主要读者对象为从事典籍翻译研究与实践的学者、翻译专业学生以及其他对中国典籍外译感兴趣的群体。

《庄子》是哲学和文学的高妙结合，《庄子》以其深邃的思想哲理与超绝的艺术魅力对中国文化建构产生了深远影响。随着中国文化的世界传播，《庄子》也在海外流传开来，但西方学者关注的重点是庄子的哲学思想，《庄子》作为文学文本在异质文化中获得了怎样的阐释和表达值得关注。

本课题从当代西方庄学研究中，提取文学相关部分，梳理《庄子》作为文学文本在异质文化中的传播与接受，以深化对海外庄学研究的认识，拓展《庄子》文学研究的视域及内涵。基于跨文化研究参照系设置的需要，首先梳理国内《庄子》文学研究的关注重点及主要成果分析出具有典型意义的《庄子》文学品格。在此基础上，以翻译学的视角，把《庄子》西译作为一种“文化事实”予以观照，对《庄子》文学特征在跨文化翻译中的体现、变形或失落等进行考察，揭示在跨文化传播过程中，中国古典文学在西方文化里的表达形态，为更好地推介《庄子》及类似的文学文本探索有效路径。同时，以比较文学的视角，通过文本分析，发掘整理以英语国家为代表的西方《庄子》文学研究成果，分析其关注重点的特色取向，揭示其与中国本土研究间的差异性和互补性；运用影响研究和跨学科研究的相关方法，揭示《庄子》与西方文学创作、西方后现代文化发展的关联。

要目：

戴俊霞、阮玉慧著，光明日报出版社 2020 年版

《符号学视角下的跨界翻译研究》

近年来，越来越多的国内外翻译界学者从符号学视角开展了翻译跨学科研究。

比如，在集学术研究著作与教材于一身的最新版《换言之：翻译学教程》（*In Other Words: Coursebook on Translation*）中，作者贝克（Baker，2018）采取语言学与符号学双重视角对翻译研究进行了系统性、整合式的跨学科考察，在强调符号对等的同时，对符号学视角的翻译研究成果进行了大量引介，进而对符号对等问题提出了新观点。意大利学者佩特丽莉（2014）则从符号解释项视角出发，对翻译中的符号转换以及原文同译文之间的关系进行了富有创意的解读与阐发，不乏富有新意的观点。国内学者也逐步认识到了符号学对翻译研究的重要性，有学者提出符号学翻译研究的设想并提议建立翻译符号学学科（王铭玉，2015，2016）。随后，贾洪伟（2016a，2018）对翻译符号学的学科概念、符号分类以及符号转换问题展开了较为深入的讨论。有学者借鉴哲学符号学研究的最新成果，比如借鉴认知差概念，结合中国当前翻译研究及翻译实践，探讨中国文化“走出去”的翻译问题（任文，2017b）。也有学者借鉴符号学理论对影视翻译展开讨论。比如，潘琳琳（2018）从翻译符号学视角对《红高粱》的域内、域际以及超域翻译进行了文本阐释。其著作对影视翻译以及多模态翻译研究，乃至跨学科翻译研究都具有借鉴意义。

综上可见，国内外学者进行的跨学科探讨有助于推动翻译研究的健康发展，为翻译研究提供了跨学科视角并拓宽了翻译研究的视野与视界。不过，总体上，翻译研究对符号学研究成果的借鉴远远少于从其他学科（比如语言学）的借鉴。尽管有学者提出建立翻译符号学的设想，也有研究尝试借助符号学与多模态探讨翻译问题，然而，截至目前，符号学视角的翻译研究总体上缺少理论性、系统性、整合式的跨学科研究。

鉴于此，本书从符号学视角切入，对翻译研究中的核心问题展开讨论。主要内容包括从符号表意视角探寻翻译意义再生的特点与规律，从文化符号学标出性视角考察翻译伦理和译者伦理问题，从跨学科视角对核心翻译问题进行再解读，对符号学和多模态视角的最新翻译研究成果进行评价，对跨界翻译研究进行回顾与前瞻，等等。

要目：

王洪林著，浙江大学出版社2020年版

《从文本到受众：翻译与文化研究论集》

本书为四川外国语大学当代国际话语体系研究院重大招标课题“对外话语体系建设中的翻译人才培养研究”（编号：2017S17SUHY005）阶段性成果。

本书从翻译学、比较文学与跨文化研究、历史学、文化史、思想史等多维学科视角出发，不仅探讨了传统翻译批评话语框架下的诸多经典命题，而且对当下中外翻译话语场域中的某些前沿话题也进行了深度考察。笔者紧紧围绕“从文本到受众”这一核心议题展开相关论述，一方面试图从宏观层面阐释翻译研究在研究范式方面的轮转与更替、演进与交织；另一方面则尝试通过多个研究个案从微观层面揭示翻译行为的文本属性与交际属性，以及这些翻译行为背后的思想史和文化史意义。

第一章为“文本·文学·文化”单元，主要从阐释学和翻译美学的相关视角，探讨文学文本的审美效果及审美再现等问题，同时本单元以美国诗人、翻译家加里·斯奈德（Gary Snyder）的翻译诗学与翻译实践为例，讨论在历史、文化和诗学等因素综合制约与操纵下的翻译变异和创造性误读等议题。第二章为“译者·译本·读者”单元。本单元选择了傅雷的译作和《一朵红红的玫瑰》（*A Red, Red Rose*）的两个中译本作为个案研究从外译中的实践视角，以及审美情怀、诗学观念、意识形态、目标受众等理论视角，深入探讨译者的语体选择和翻译策略选择等核心议题。同时，本单元从接受理论出发，就目标受众对翻译行为的操纵和影响进行了分析和阐释。第三章为“批评·话语·

建构”单元。本单元侧重从“误译”和“创译”这两类特殊翻译现象入手，考察中国传统翻译批评模式的理论缺陷和中国当下文学外译的现实借鉴等问题。同时，本单元从语言、翻译和政治的批评视角，探讨了意识形态与译者主体身份建构的互动关系。第四章为“教学·培养·译才”单元。本单元从翻译教学的视角，探讨了翻译人才培养过程中的培养方案、课程设置、专业区分度职业前景等重要议题，其中既讨论了本科翻译人才培养中的痛点与出路，也讨论了研究生翻译人才培养的问题与思路；既有理论层面的观照，又有实践层面的探讨，希望可以为当下的中国翻译教学研究与实践提供部分参考与借鉴。第五章为“译史·方法·路向”单元。本单元从翻译史研究的视角，评析了孔慧怡教授的《重写翻译史》中的治史理念和“从材料出发”的治史实践。同时，本单元从历史学、文化史、思想史等角度，深入探讨了张佩瑶教授致力于推动中外译学界交流与对话的“太极推手”治史方法。第六章为“译介·传播·受众”单元。本单元则结合当下中国文学“走出去”的国家文化战略，从市场、话语、出版、读者目标受众、接受语境等多个理论与现实视角，探讨了中国文学“走出去”面临的问题、取得的成就以及它们背后的深刻反思。

总的来看，各章所涉及的内容都紧紧围绕“从文本到受众”这一核心话题展开。其中有的章节是从文本本身出发来探讨受众的审美体验，有的章节从理论入手剖析文本的意义生成与受众的参与性和可接受性，有的章节从翻译现象层面来阐释受众对翻译文本的影响与制约，有的章节从研究方法和治史方法层面来讨论理论文本与目标受众之间的对话与交流，有的章节从教与学的层面来讨论包括培养方案在内的“大文本”与目标受众的专业能力培养的关系，有的章节则从中国文学对外译介与传播过程中存在的问题层面来探讨翻译文本的建构与目标受众的培育。

要目：

胡安江著，科学出版社 2020 年版

《中日经典文学作品的传播与翻译探究》

在中国和日本文学的发展史上，中日文学都借助外来文学发展自己的民族文学。中日文学之间也相互交流，彼此影响。近代以前主要是中国影响日本，近代以后主要是日本影响中国。日本神话传播就有中国的成分，汉文学成为日本古代文学的重要组成部分，日本江户小说的繁荣是中国明清小说影响的结果。历史上著名的遣唐使既学习中国文学和文化，带来了日本文学和文化。明代有了日本和歌的翻译，明清时期中国出现了日本题材的文学创作。明治维新以后，中国文学在文学观念和理论、文学思潮运动、文学形式和表现技巧等方面都受到了日本文学的影响。

文学是解读一个国家、一个社会的“百科词典”。一个国家的文学是反映该国历史、文化、经济、政治等各个要素的百科学。文学是历史的见证，因此，想要了解和研究中日两国之间的“剪不断，理还乱”的关系，就必须对两国的文学进行研究。基于此，作者撰写了《中日经典文学作品的传播与翻译探究》，本书共分为七章。

第一章研究中国文学在日传播溯源，通过日本现存诗经古写本与当代诗经学、中国文学经典的传播与日本文学的产生、日本文化转型中的中国文学经典的传播、现代传媒与中国文学经典的传播四部分进行具体阐述。第二章则以时间为线索，按照上古时代中国人的日本知识与日本文学的西渐、中近世时代日本文学在中国的传播、中国近现代文学中的日本形象的顺序，追溯日本文学在中国的传播历史。第三章研究《论语》和楚辞的传播与翻译，主要分为《论语》在日本的传播与影响、《论语》的日语翻译、楚辞在日本的传播、青木正儿的楚辞翻译四部分。第四章探讨了唐诗宋词在日本的传播、唐诗的歌译、俳译与唱和以及宋词的日语翻译。第五章的主要内容包括《聊斋志异》在日本的传播与研究、田中贡太郎对《聊斋志异》的翻译、《聊斋志异》日译本的随俗与导俗。第六章基于《今昔物语集》在中国的传播与研究，对《今昔物语集》翻译研究中的俗字问题进行分析。第七章基于《源氏物语》在中国的传播与研究，对《源氏物语》的和歌翻译进行研究。在本书叙述中出现的“支那”“倭人”等带有蔑称性质的词，因为主要是引自原书作者的话语或原著的书名和文章名作为参考内容，并不代表作者观点，加之内容需要，故加上引号后保留，请读者在阅读时加以批判性理解。

要目：

苏辛欣著，四川大学出版社 2020 年版

《作家的诞生与翻译——周氏兄弟日本文学译介研究》

本书以周氏兄弟失和前的合作为起点，以 1923 年商务印书馆出版的《现代日本小说

集》为主要研究对象，围绕两人的合译文集，以收录的日本文学翻译文本为个案，对以下问题进行细致考察和深入阐述：作家兼翻译家的周氏兄弟如何在翻译中体现并确立个人身份，如何借翻译促动文学创作，如何借翻译曲折表达个人的文学主张与审美诉求，旨在新文学运动时期这一丰富复杂的文化语境中，从多视角对翻译与创作的对话关系进行深入研究。本书对鲁迅和周作人的日本文学翻译研究进行多视角的重新审视的同时，着力于对第一手文献料的梳理与解读，并将其与文本分析相结合。本书特别注意到以下几个方面：

1. 脱胎于中华经典《论语》的日本文学作品的汉译，可看作中国文学的“回译”本。

2. 鲁迅的《故乡》等经典小说通过日本作家佐藤春夫和增田涉的翻译首次在日本出版与传播的经过。

3. 特别关注受汉学影响的日本文化和中国传统文化中同根同源因素的存在以及变异的复杂关系。

本研究立足于译介学，从中日比较文学的视角，主要参考了西方当代翻译研究理论学家苏珊·巴斯奈特和安德烈·勒菲弗尔的文化翻译理论和中国译介学研究学者谢天振等的译介学理论，借鉴日本比较文学家井上健（2011）阐述的“作家翻译”这一概念和内涵来探寻作家兼翻译家的形成轨迹。

本书除序章及结章外，主体部分分为六个章节。序章部分重点探讨本书的研究课题，明确研究目的，梳理中日研究者之前对相关课题的研究成果，介绍本书的构成以及各个章节的主要内容。主体部分的六章依次为：第一章《现代日本小说集》概观；第二章周作人“人的文学”的主张与江马修《小小的一个人》；第三章翻译作家的立场鲁迅与森鸥外；第四章在官场与文坛的夹缝中——鲁迅与森鸥外《游戏》；第五章历史的去向——鲁迅对芥川龙之介和菊池宽的历史题材小说的译介；第六章佐藤春夫与周氏兄弟的互译。

要目：

目次

李　雪、冯英华著，南京大学出版社2020年版

Ⅳ　2020 年度中国比较文学大事记

2020 年度中国比较文学大事记

1 月：

厦门大学成立比较文学与跨文化研究中心，以 21 世纪提倡开放多元、求同存异的时代精神为背景，以思考文化交流的问题与挑战、推动比较文学及跨文化研究发展为己任。中心由陆建德教授担任主任及首席专家，以厦门大学外文学院的一批中青年学者为骨干力量，倡议主动思考外语及相关学科的发展如何助力人类命运共同体中不同文明之间的沟通与互鉴。

1 月 29 日，以东西方文化艺术碰撞和互动为主题的“东方遇见西方”中美非文化艺术节、冬季养生文化艺术节文化交流活动在纽约成功举办。活动由联合国网合集团和 ASA 大学共同主办，庆祝中华文化月、亚太裔传统文化节。联合国网合集团颁奖给 ASA 大学，希望更多社会各界人士和文化工作者，青年人能有机会参与世界大同的行列。

4 月：

4 月 15 日，经中国比较文学学会常务理事会研究决定，原定 2020 年 7 月 24—28 日在广西南宁举行的中国比较文学学会第十三届年会暨国际学术研讨会，因新冠肺炎疫情会期顺延一年。

4 月 22 日，中国比较文学学会前副会长、中国比较文学终身成就奖获得者、《中国比较文学》主编、著名比较文学家和翻译理论家、上海外国语大学教授谢天振先生，因病医治无效，在上海华山医院逝世，终年 76 岁。

4 月 30 日，美国著名华文作家、海外华文女作家协会原会长於梨华先生在美国逝世，享年 89 岁。

5 月：

5 月 5 日，湖南师范大学英美诗歌研究中心、外国语学院与美国加州州立大学洛杉矶分校当代诗歌与诗学中心、美国《复调文学》杂志、加州舒尔高中和加州州立大学洛杉矶分校美国社区项目联合举办了“危机中的诗歌”中美线上视频研讨会。由湖南师范大学“潇湘学者”特聘教授卢嫣美（Lauri Scheyer）主持。

5 月 21 日，浙江大学世界文学跨学科研究中心、浙江大学外国语言文化与国际交流学院、中美诗歌诗学协会、北京外国语大学外国文学研究所、《世界文学》杂志社、浙江大学出版社、浙江大学中华译学馆联合举办第四届“求是杯”国际诗歌创作与翻译大赛征文活动。旨在推动高校的校园文化建设，提高学生的文学素养，培养人文情怀，营造爱诗、读诗、写诗、译诗的人文氛围，增进中外学生之间的诗歌交流。

6月：

四川大学国家级重点学科比较文学研究基地正式建立。

6月13—14日，中国外国文学学会英语文学研究分会第四届年会在北京湖北大厦举行。本次会议由中国外国文学学会英语文学研究分会主办，北京外国语大学英语学院承办，《外国文学》杂志、外研社协办，副校长孙有中参加会议并致辞。本次会议吸引了来自北京大学、清华大学、南京大学、复旦大学、中国人民大学、上海外国语大学、香港中文大学、美国马萨诸塞大学、韩国梨花女子大学等国内外154所高校的专家学者、教师和博士生共309人参加。共有280名学者在大会上发言，他们从政治、历史、全球化、种族、性别、阶级等研究视角对英国、美国、加拿大、澳大利亚、印度、南非、尼日利亚等国文学进行了深入研讨。论文的研究领域也涵盖了族裔研究、生态研究、比较研究、文学的跨媒体改编、文学教学等议题。

6月20日，由南京大学《当代外国文学》编辑部和山东财经大学外国语学院共同主办的“新世纪外国文学趋势发展研究”高层论坛通过网络在线方式举行，来自全国有关高校和科研机构的专家学者及外国语学院师生1000余人参加了本次论坛。本次论坛以“新世纪外国文学趋势发展研究”为主题，探讨了新世纪外国文学研究的巨大变化、“现实主义转向”、跨学科趋势、当代外国文学研究、世界文学和比较文学研究的新进展、新世纪美国非裔诗歌的历史书写转向、美国现代主义文学研究的媒介转向、美国小说的主题观照等热点和前沿问题。全国外国文学研究界的9位权威专家：中国社会科学院陈众议研究员、南京大学王守仁教授、浙江大学聂珍钊教授、湖南师范大学曾艳钰教授、上海交通大学刘建军教授、上海外国语大学查明建教授、上海交通大学彭青龙教授、华中师范大学罗良功教授、南京大学杨金才教授作了主旨发言。

6月20日至7月24日，厦门大学比较文学与跨文化研究中心第一季高端系列讲座“美美与共：比较的意义”连续6周开讲。主讲嘉宾及题目分别为：国际比较文学学会荣誉主席、香港城市大学讲座教授、欧洲科学院外籍院士张隆溪教授《尚待发现的世界文学》；中国比较文学学会副会长、北京大学比较文学与比较文化研究所所长张辉教授《尼采的面具——〈查拉图斯特拉如是说〉书名试解》；上海交通大学外国语学院副院长、中国外国文学学会比较文学与跨文化研究分会会长彭青龙教授《比较文学与跨文化研究的机遇与挑战》；中国比较文学学会会长、中国人民大学前副校长杨慧林教授《语言留给我们的哲学问题》；厦门大学外文学院比较文学与跨文化研究中心主任、厦门大学外文学院讲座教授陆建德教授《沙尘暴下的社会思考：重读〈愤怒的葡萄〉有感》；中国外国文学学会会长、中国社会科学院学部委员及外文所所长、西班牙皇家学院外籍院士陈众议教授《“文章合为时而著”与文学的几个问题》。讲座期间，中心还收到了中国比较文学与跨文化研究开拓者、北京大学乐黛云教授发来的亲笔贺词。

7月：

7月5日，中国比较文学文库第二轮征稿启动。“中国比较文学文库”系比较文学与跨文化研究丛书，面向海内外学界，专诚征集中青年学人的优秀汉语学术专著，包括海外留学者的优秀学术成果，以集中而系统地展示中国比较文学学者的最新力作。文库由上海外语教育出版社负责出版。

7 月 12 日，教育部人文社会科学重点研究基地北京大学东方文学研究中心举办北京大学“东方大文学”系列学术工作坊（七）——“泰戈尔学与北京大学”。研讨会通过网络平台举行，分为三个议题：“专家学者学术论坛、刘安武先生追思会和青年学者学术论坛”。来自北京大学、清华大学、北京师范大学、中央党校、同济大学、兰州大学、深圳大学、青岛大学、天津师范大学、山东师范大学等高校科研机构和来自外交部、中国人民对外友好协会、中国广播电视总局、北京大学出版社、《国外文学》等国家部委和新闻出版媒体单位 50 余位专家同人参与了会议。

8 月：

8 月 2 日，由中国英汉语比较研究会话语研究专业委员会和河南师范大学外国语学院联合举办的“批评话语分析新发展”高层论坛将在线上举行，会议旨在加强我国批评话语分析研究专家、学者之间的交流与合作，促进批评话语分析研究理论与实践的发展。

8 月 3—12 日，由教育部人文社会科学重点研究基地北京大学东方文学研究中心、北京大学外国语学院主办，北京第二外国语学院协办的“新丝路 · 新思路”2020 年全国研究生东方文学暑期学校一共举办了 18 场高水平、高质量的专题学术讲座。来自北京大学、北京师范大学、中国社会科学院、上海交通大学、日本早稻田大学、美国加州大学伯克利分校等海内外高等学府和科研机构的专家学者，以东方文学研究为基点，从各自的学术研究领域出发，向学员们展现了广阔的文学、文化视角，提供了多元的研究方法。

8 月 15 日至 9 月 6 日，中国外国文学学会比较文学与跨文化研究会、上海交通大学外国语学院举办“中外文化互鉴、科技人文融合：比较文学与跨文化研究系列专题论坛暨 2020 年首期线上高级研修班”，为了推动外国文学研究者强化中国文化主体意识，更好地融入以科技革新为特征的新时代，邀请国内知名作家、比较文学和外国文学著名学者就该领域的学术研究方法、范式和人才培养等重大问题举办系列讲座。

8 月 18 日，由中国比较文学学会主办，《中国比较文学》杂志与大连外国语大学共同承办的首季中国比较文学学会云讲堂拉开帷幕。开设云讲堂，旨在促进青年学者与知名专家的学术对话，整合海内外优势学术资源，搭建高质量云端交流平台。首季云讲堂安排了叶舒宪、王宁、张隆溪等中外学者 6 场讲座。

8 月 28 日，台湾中国诗歌艺术学会、台湾中庸实践学会和《艺文论坛/青溪新文艺季刊》杂志领导、台港澳暨海外华文文学研究的重要推动者林静助先生在台北逝世。

8 月 29 日，由中国阿拉伯文学研究会主办，北京大学外国语学院阿拉伯语系和北京语言大学阿拉伯研究中心共同承办，教育部人文社会科学重点研究基地北京大学东方文学研究中心和北京大学中东研究中心协办的“艾敏 · 雷哈尼逝世八十周年纪念研讨会”拉开帷幕，来自北京大学、南开大学、中山大学、北京外国语大学、北京语言大学、对外经济贸易大学、上海外国语大学、天津师范大学、中国社会科学院外国文学研究所、黎巴嫩大学、苏丹喀土穆大学等国内外高校和科研单位的 80 名学者和研究生参加了这一场云端的思想盛宴。

8 月 29—30 日，由《外国文学》编辑部和延边大学外国语学院原定在延边大学联合召开的“情感与文学”全国学术研讨会，以线上腾讯会议的形式举行。会议议题包括情感理论模式、情感因素在历史与文明中的发展与转换、文学中的情感表现与操控、情感对于个人身份与文化建构的意义。

9 月：

中华多民族文化凝聚与全球传播省部共建协同创新中心由四川大学牵头，北京大学、中国社会科学院民族文学研究所、中央民族大学、内蒙古大学、西南民族大学、西北民族大学、重庆文理学院等单位联合协同创建，于 2020 年 9 月获批教育部省部共建协同创新中心。以获批省部共建协同创新中心为契机，中心在党和国家关于“铸牢中华民族共同体意识”的新时代要求与重大战略部署下，依据“强强联合、协同创新、多民族共建”的原则，旨在新的理论起点上重新认识、阐发、弘扬中华多民族优秀传统文化、凝聚中华民族共同体意识的历史和现实意义。在省、部、校多方支撑下，中心力争在理论研究、全球传播、服务社会、双一流建设和对策智库建设等方面创新发展，做出示范带动作用。

9 月 10 日，著名外国语言文学专家、原山东大学外国语学院院长、博士生导师郭继德教授因病医治无效，于凌晨 3 时 3 分在济南与世长辞，享年 80 岁。

9 月 15 日，旨在团结联系华文作家、推动繁荣华文创作、搭建中法文学交流桥梁和平台的旅法华文作家组织“法华作家协会”（Association des Ecrivains Chinois de France）在巴黎注册成立。旅法知名作家、诗人、法国国家荣誉军团骑士勋章获得者梁源法担任主席，旅法知名媒体人、作家黄冠杰担任协会第一副主席兼秘书长，旅法知名媒体人、作家唐铁华及旅法著名企业家、作家吴秦担任常务副主席。

9 月 19 日，中国高校外国文学跨学科研究委员会主办的 2020 年中国外国文学跨学科研究高端论坛举行。会议采用线上直播方式进行，王宁、王守仁等 11 名专家作主旨发言，与全国各地 1.5 万余名外国文学研究学者、教师和学生在云端相聚，共享学术盛宴。会议议题包括“新文科”背景下我国外国文学的跨学科研究与教学、外国文学跨学科研究与外语复合型人才培养、新媒体、大数据对外国文学跨学科研究的影响、我国外国文学跨学科研究的回顾与展望、外国文学跨学科研究的理论、方法和路径等。

9 月 19 日，深圳大学外国语学院以实体会议联动线上直播的形式举办“全球大变局语境下的翻译研究高层论坛”。论坛邀请 11 位翻译学界的顶尖学者和青年才俊作专题报告。会议直播实时观看累计近七千人次。

9 月 25—26 日，在鲁迅先生诞辰 139 周年之际，“中韩文学对话会”在浙江绍兴召开，此次活动由鲁迅文化基金会、中国社会科学院文学研究所世界华文文学研究中心、浙江越秀外国语学院、韩中文学比较研究会等共同主办，旨在交流中韩文学的发展，加深两国文化之间的理解、沟通和互鉴。

9 月 26 日，深圳大学外国语学院举办“全球大变局语境下的外国文学研究高层论坛”。此次论坛采取线上直播与线下实体会议联动的形式，陈众议、程巍、杨金才、乔国强、张剑、彭青龙等 11 位来自全国知名大学的外国文学研究学者参与论坛，实时观看累计近七千人次。

9 月 26 日，厦门大学比较文学与跨文化研究中心揭牌仪式暨高峰论坛在厦门大学科艺中心隆重举行。湖南师范大学党委书记蒋洪新，上海外国语大学副校长查明建，中国人民大学学术委员会副主任杨慧林，北京大学比较文学与比较文化研究所所长张辉，北京外国语大学中国语言文学学院院长詹福瑞，《上海交通大学学报》（哲学社会科学版）主编彭青龙，《中国比较文学》常务副主编宋炳辉，中国人民大学“杰出学者”特聘教授郭英剑，福建师范大学外国语学院院长葛桂录，厦门大学党委副书记赖虹凯，厦门大学人事处处长李军，厦门大学比较文学与跨文化研究中心主任陆建德，厦门大学外文学院党委书记陈志伟、院长陈菁出席此次活动。香港城市大学比较文学与翻译讲座教授张隆溪、中国社会科学院学部委员陈众议和清华大学新雅学院讲席教授袁鹤翔线上参加了会议。

9 月 25—26 日，第六届中韩人文学论坛以线下线上方式举行，主办方为韩国教育部、韩国研究财团、中国社会科学院。本届论坛是中韩人文交流领域在疫情发生后举办的首个重要研讨会。论坛主会场分别设在北京和首尔，来自中韩两国的专家学者等共计 100 余人参加了论坛。论坛主题为“人文价值的再发现及新诠释”。论坛还设有共同研讨和四个平行分论坛。共同研讨阶段的主题为“后新冠时代的人文学作用”，分论坛内容涉及文学、历史、哲学和语言教育文化等。

9 月 26 日，第 27 届北京国际图书博览会框架内系列活动之一——“相向而行·俄中文学外交翻译奖”圆桌会议在线举行，来自中俄两国的专家学者围绕“文学外交”的概念、中俄文学交流等话题展开深入讨论，首设中俄文学翻译奖，该奖项评奖委员会由中俄双方的著名学者和翻译家共同组成，其中包括中国教育国际交流协会会长刘利民、北京斯拉夫研究中心首席专家刘文飞、北京外国语大学教授李英男、北京大学外国语学院院长宁琦、首都师范大学外国语学院院长王宗琥、中国文字著作权协会总干事张洪波、俄罗斯科学院俄罗斯文学研究所（普希金之家）巴格诺院士、俄罗斯翻译研究院执行院长列兹尼琴科、项目经理利特维涅茨以及俄罗斯知名汉学家、莫斯科大学副教授谢梅纽克，评委会主席由刘文飞担任，俄出版与大众传媒署副署长弗拉基米尔·格里戈里耶夫担任评委会名誉主席。

9 月 26—27 日，由中国科普作家协会指导，天津科普作家协会、上海科普作家协会等中日双方专业组织及机构主办的“后疫情时代中日 SF 高峰云论坛——科幻与人类文明新希望”在线学术研讨会举行。出席会议的有来自日本科幻创作界、研究界的林让治、林久之、藤井太洋、山本范子、川端裕人、泊功；来自中国科幻创作界的刘慈欣、王晋康、韩松、陈楸帆、张文武等，研究界的孟庆枢、于长敏、秦刚、刘研、姚利芬、刘健、祝力新、韦华等，翻译出版界的姚海军、丁子承、纪建勋等。从科幻作家、科幻创作、科幻产业、科幻政策等视角，探讨中日灾难主题科幻作品、科幻与纯文学之间共同题材的作品研究、科幻衍生产品及向海外推介路径等问题，共议后疫情时代下科幻与人类文明新希望。

10 月：

10 月 11 日，“中国比较文学学会中美比较文化研究会第十二届年会暨学术研讨会”

在金城兰州成功举办。本次会议由中国比较文学学会中美比较文化研究会主办，西北师范大学外国语学院承办。来自中国社会科学院、北京大学、南京大学、广东外语外贸大学以及华中师范大学等高校与科研机构的18名专家学者作了大会主旨发言。在中国特色社会主义进入新时代的关键时期，研讨会以中美文化比较为中心，议题涉及中美文学文化交互影响研究、中美文学文化教学研究及“丝绸之路”与东西方文化交流研究等前沿问题。

10月11日，由中国外国文学学会俄罗斯文学研究分会、中国俄语教学研究会主办，辽宁大学外国语学院承办的“新时代俄罗斯文学研究：问题、方法、意识”学术研讨会通过线上方式在辽宁大学召开。中国外国文学学会秘书长、中国外国文学学会俄罗斯文学研究分会副会长吴晓都教授，中国俄语教学研究会秘书长张冰研究员，辽宁大学副校长杨松教授出席开幕式并致辞，开幕式由辽宁大学外国语学院院长刘熠教授主持。来自全国各高校的近60位教师和300多名研究生通过线上方式参加了此次研讨会。

10月17—18日，由中国中外文艺理论学会文化与传播符号学研究委员会、中国新闻史学会符号传播学研究委员会、四川大学文学与新闻学院主办，西北民族大学新闻传播学院承办的2020年符号学年会在线上举行，本次会议以“民族文化·数字人文·符号学”为主题，探讨民族文化、数字人文与符号学结合研究。

10月19日，上海合作组织大学中方校长办公室、教育部外国语言文学类专业教学指导委员会俄语分委会指导，大连外国语大学主办的“2020中俄文明对话：‘一带一路’人文交流青年领袖大连论坛暨‘第五届大连外国语大学国际教育交流月’开幕式”召开。论坛旨在为促进“一带一路”各国文明开展平等对话、交流互鉴、相互启迪提供一个新的平台。本次论坛共有14位中俄学者，就中俄语言、文化、教育、传媒、文学与社会等领域进行广泛的对话。

10月20—21日，2020数字人文年会主题论坛（DH2020）在上海图书馆召开。本次论坛包括“数字人文与中华文化”“数字人文研究新锐”“数字人文基础设施建设”三场主题论坛以及“数字人文视域下的馆藏资源建设与服务”分论坛。论坛采用现场实时报告与在线直播、视频录播相结合的方式进行，国内外众多专家学者共同探讨和分享数字人文研究领域最新的技术、理念和研究成果。

10月24—25日，第三届外国语言文学与人工智能融合发展研讨会暨认知语言学与跨文化研究青年论坛举办，论坛由广东外语外贸大学外语研究与语言服务协同创新中心、西方语言文化学院及德语国家研究中心共同主办。本次论坛将特别邀请认知语言学与跨文化研究领域知名专家做主旨演讲，并同时开设“德语语言与认知研究”、“话语比较与跨文化研究”和“跨文化视域下的抗疫智能技术认知”三个研讨单元。

10月30日，北京外国语大学欧洲语言文化学院在网上举办第三届“欧洲语言文化论坛”，由北京外国语大学《欧洲语言文化研究》编辑部主办的欧洲语言文化论坛已成功举办了两届，吸引了众多兄弟院校和科研院所的专家和学者参与其中，推动了欧洲非通用语领域的学术交流与合作，提升了《欧洲语言文化研究》学术集刊在学术界的影响力，促进了中欧人文交流与合作。

10月30日，由陕西省社会科学界联合会主办，陕西省外国文学学会、西安外国语大学社会科学界联合会、西安外国语大学研究生院·研究生工作部联合承办的“人类命运共同体视域下的文化交流与融通”博士生学术论坛在西安外国语大学长安校区召开。本次论坛采取线下与线上的方式同时开展，分议题包括外国文学经典作品重读、外国作家研究、人类命运共同体视角下的外国文学、比较文学研究中的本土文化意识、外国文学教学研究、陕西当代作家作品在国外的传播与接受研究、文学的民族性与文化共识等。来自多所高校的相关领域专家学者、教师、博士研究生、硕士研究生等100余人现场参会，同时腾讯会议线上140余人参会。

10月31日，复旦大学生活美学研究中心主办，华东师范大学身体美学中心、佛罗里达大西洋大学身心文化中心、北京大学出版社及安徽教育出版社联合举办的“生活美学与身体行动”高峰论坛暨《通过身体来思考》《金衣人历险记》译书发布会在上海召开。来自中共中央党校、中国社会科学院、复旦大学、华东师范大学、北京师范大学、首都师范大学、暨南大学、扬州大学、同济大学、广州大学、上海大学等高校和科研机构的60多位专家出席本次论坛，专家学者围绕生活美学、身体美学及舒斯特曼《金衣人历险记》《通过身体来思考》等主要议题，为探索当代美学的范式转型，展开了富有启示性意义的研讨。

10月30日至11月1日，浙江大学外语学院中世纪与文艺复兴研究中心承办的“莎士比亚、弥尔顿与欧洲文学传统国际云研讨会”在线上顺利召开。本次会议由浙江大学主办，浙江大学外语学院中世纪与文艺复兴研究中心（CMRS）与国家社会科学基金重大项目“弥尔顿作品集整理、翻译与研究”（19ZDA298）课题组承办。会议吸引了来自英国牛津大学、班戈大学，美国北伊利诺伊大学、维拉诺瓦大学，日本杏林大学，台湾辅仁大学、台湾中正大学、台湾中国文化大学，以及北京大学、清华大学、上海外国语大学、南京大学、北京师范大学、南开大学、中山大学、上海交通大学、上海财经大学、西南大学、河南大学、吉林大学、浙江大学等高校的约50名正式代表，共200多名学者和学生与会参加。

10月30日至11月1日，由中国外国文学学会法语文学研究分会主办，苏州大学外国语学院承办的“2020年全国法国文学研究会年会”在苏州大学召开，会议主题为“法国文学中的人与自然”，具体议题包括法国文学与法语经典文学中的田园叙事传统、法国文学与法语经典文学中的自然书写、法国文学与法语经典文学中的疫病书写、法国文学与法语经典文学中的生态思想、法国作家阿尔贝·加缪研究（加缪逝世60周年纪念）、法国作家让·吉奥诺研究（吉奥诺逝世50周年纪念）。

11月：

11月6—7日，由杭州师范大学外国语学院与美国哈佛大学世界文学研究所、韩国东国大学、韩国国家研究基金会全球研究网（NRF-GRN）和中国外国文学学会比较文学与跨文化研究会共同主办的2020世界文学国际云论坛举行。在全球新冠肺炎疫情蔓延的背景下，本届论坛以“在疫情时代阅读世界文学”为主题，各主办方通过线上会场方式联动举行。国际比较文学学会主席香港城市大学张隆溪教授、美国哈佛大学世界文学研究所所长达姆罗什（David Damrosch）教授、杭州师范大学外国语学院院长欧荣教授、丹麦奥尔胡斯大学汤姆森（Mads Thomsen）教授、哈佛大学世界文学研究所副所长罗马尼亚布加勒斯特大学翁古力亚努（Delia Ungureanu）副教授，杭州师范大学科研院副院长陈礼珍教授、韩国东国大学兼中国杭州师范大学马云基金讲座教席金英敏（Youngmin Kim）教授、韩国延世大学朴炯智（Yungji Park）教授等海内外专家、学者300余人共聚云端，交流思想、启迪智慧

11月7日，由中国人民大学外国语学院主办，中国人民大学重大规划项目“西方后现代主义小说总论”课题组承办的“2020第二届当代英语文学前沿问题研究高端论坛”召开，来自全国17个省89所高校的388名学者通过腾讯会议平台参加了本次学术论坛。

11月7—8日，由上海交通大学外国语学院《当代外语研究》编辑部主办的“大变局视野下的外国语言文学理念创新与发展学术论坛”举行，来自全国40多所高校的百余位专家学者参加了本次论坛，论坛采用线上线下相结合的方式，网上收看人数达到10万人，线上专家与线下观众互动热烈，在学界引发了强烈反响。

11月8—9日，“世界华文文学的诠释视野”学术研讨会在北京召开，会议由中国社会科学院文学研究所20世纪海内外中文文学学科、世界华文文学研究中心主办。来自中国社科院、北京大学、北京师范大学、北京语言大学、首都师范大学、暨南大学、福建师范大学、浙江大学、武汉大学、郑州大学、华中师范大学、河南省社会科学院、四川大学、东南大学等国内多所知名高校和科研机构的50余位学者，就“世界华文文学的思想视野”“文学史的书写与反思”“文学与文化现象研究”“文学与跨媒介研究”“作家作品研究”等议题展开热烈讨论。

11月9—10日，由中国复旦大学、中国云南大学、德国汉堡大学和澳大利亚麦考瑞大学联合主办的“危机时期的语言多样性：新冠疫情下的语言挑战”国际社会语言专题研讨会成功召开。本次会议邀请海内外知名学者汇报了多项实证研究，汇集中西方智慧，会议是一场在疫情时代背景下，以人类命运共同体精神为引导进行多语发声的一场中西方的对话。会议秉承人文主义精神，服务国家语言战略，探讨了疫情期间人类共同面对的语言问题，为推动国际社会语言多样化的进程做出了贡献。

11月10日，四川大学国家级重点学科比较文学研究基地开设“比较文学国际系列讲座”，由基地常务副主任金惠敏教授负责主持筹办，主讲人由基地学者担任，包含四位欧洲科学与艺术院院士——曹顺庆教授、西奥·德汉（Theo D'haen）教授、斯蒂文·托托西（Steven Tötösy de Zepetnek）教授（川大全职外籍教授）、斯文·埃里克·拉森（Svend Erik Larsen）教授；五位国际比较文学界知名教授——伍晓明教授（新西兰籍，川大全职外籍教授）、苏源熙（Haun Saussy）教授、李点教授、西蒙·C.埃斯特克（Simon C. Estok）教授、托马斯·O.比比（Thomas O. Beebee）教授等；七位国内著名学者——张法教授、赵毅衡教授、徐新建教授、阎嘉教授、王晓路教授、金惠敏教授、傅其林教授。该系列讲座共16讲，每月开讲两次，以中外学者搭配、线上云端讲座的形式进行。

11月20—22日，由山东省外国文学学会主办，山东科技大学外国语学院承办的山东省外国文学学会第十二届年会举办，本次会议以“科技与人文的融合”为主题，围绕科技理性与人文关怀在外国文学中的呈现问题，探讨外国文学、比较文学以及外国文

学译介等研究领域的新视野、新方法与新成果。

11月22日上午，北京大学中国语言文学系建系110周年纪念大会在英杰交流中心阳光厅举行。北京大学校长郝平，党委副书记、副校长陈宝剑，校长助理、秘书长孙庆伟，社科院文学所所长刘跃进等兄弟单位领导，校内各院系及职能部门负责人代表，以及中文系师生代表齐聚一堂、共襄盛会。大会由系党委书记贺桂梅主持。

11月25日，欧洲科学与艺术院院士、四川大学曹顺庆教授在国际英文期刊*Comparative Literature：East & West*上发表比较文学变异学最新研究成果《普遍变异学》（*General Variation Theory：A Perspective of Generalized Science*）一文，旨在通过对广义科学的全面审视，提炼出“变异”的知识链，即“广义变异理论”，并从四个密切相关的部分组成——基本变异、自然变异、生命变异和文化变异——进行理论构建与阐述，进一步推动了比较文学理论建设。

11月27—29日，由中国比较文学与深圳大学主办，深圳大学人文学院和当代通俗文化研究所、身体美学研究所承办的“后理论与比较文学跨学科研究”前沿论坛在深圳大学粤海校区（校本部）举办，会议议题包括后殖民理论与比较文学跨学科研究、后人文主义与比较文学跨学科研究、后现代主义与比较文学跨学科研究、后女性主义与比较文学跨学科研究、翻译研究与比较文学跨学科研究、跨学科视野中的科幻文学研究、智能文明理论研究。

11月28日，复旦大学外文学院“跨学科背景下的外国文学研究与学科建设”论坛在上海武东路188号财大豪生酒店举行。

11月28—29日，中国比较文学学会海外汉学研究会2020年年会在四川成都召开。本次年会由中国比较文学学会海外汉学研究会主办，西南交通大学外国语学院承办，北京外国语大学比较文明与人文交流高等研究院、《国际汉学》杂志社协办。来自全国多所高校及科研单位的130余名专家学者和学生代表参加了此次盛会。会议以“全球化背景下的国际汉学与中国经典翻译”为主题，旨在进一步推动国际汉学及中国经典翻译与国际传播，推动中国文化“走出去”，助力国家“一带一路”建设。

12月：

12月4—6日，第二十一次现代汉语语法学术讨论会暨纪念朱德熙先生百年诞辰国际学术视频讨论会以线上视频方式举办。此次会议属于北京大学中文系110周年系庆系列活动之一，由中国社会科学院语言研究所句法语义室、《中国语文》编辑部、北京大学中国语言文学系、北京大学中国语言学研究中心联合主办。来自中国大陆和港澳台地区以及美国、日本、韩国的100多位学者共聚线上报告了自己的研究成果，并进行了热烈讨论和深入交流。

12月4—6日，由福建省台港澳暨海外华文文学研究会、闽南师范大学文学院等承办的福建省社科界2020年学术年会分论坛“国际视野·中国声音·福建书写——闽籍作家与世界华文文学”国际学术研讨会在漳州举行。来自中国社会科学院、北京大学、福建师范大学、中山大学、厦门大学、福建社会科学院等十余所院校和研究机构，以及马来西亚、韩国、日本等国家的100多位学者和作家出席会议。

12月4—6日，“2020美国亚裔文学研究高端论坛”在延边大学召开。该论坛由郭英剑教授所承担的中国人民大学科研基金重大规划项目“美国亚裔文学研究”课题组主办，延边大学外国语学院承办。参加本次论坛的有来自全国17个省、自治区、直辖市的53所高校的80余位专家、学者、研究生。本次论坛集中研讨“疫情之下、变局之中的美国亚裔文学”，与会的专家学者向大家展示了自己的最新研究成果，而与会者也分组讨论了美国亚裔文学中的共同体、乡村、城市以及移民书写的思考等问题。

12月6日上午，“2020欧美现代主义高端论坛”在线上召开。本次高端论坛由浙江大学外语学院外国文学研究所现代主义研究中心主办，进一步推进了中国视野下的外国文学研究。据不完全统计，包括浙江大学、清华大学、北京外国语大学、杭州师范大学等国内诸多高校的360余位专家、老师和同学参加了本次线上会议。

12月10日，西北师范大学中外诗歌比较研究中心成立暨揭牌仪式在西北师大以线上和线下方式举行。西北师范大学党委书记张俊宗教授，甘肃省文联副主席王正茂，读者出版集团有限公司董事、总编辑、甘肃省文艺评论家协会主席马永强，澳门大学姚京明教授，中国社会科学院外国文学研究所陈树才研究员，西北师大相关部门负责人线下参加会议，共同为诗歌中心揭牌。

12月12—13日，江苏省比较文学学会年会在扬州大学隆重召开。此次年会由江苏省比较文学学会主办，扬州大学外国语学院承办，主题是“东方遇见西方：文学文化之互鉴”。

12月11—13日，中国外国文学学会文学理论与比较诗学研究分会第13届年会暨“文学理论跨文化会通与世界文论共同体建构”学术研讨会在线上举行。

12月19日，由北京大学外国语学院南亚学系、教育部人文社会科学重点研究基地北京大学东方文学研究中心共同举办的首届北大南亚青年学者论坛在北京大学外国语学院顺利召开。来自北京大学外国语学院、区域与国别研究院、哲学系/宗教学系等院系的青年学者（含博士后）及博士生参加了本次论坛。

12月20日，《当代外国文学》杂志召开“当代外国文学的生态文明与地理书写”专题研讨会，由河海大学外国语学院、河海大学社科处、河海大学长江保护与绿色发展研究院、江苏长江保护与高质量发展研究基地承办，本专题研讨会以当代外国文学中的生态文明与地理书写为主要议题，邀请相关专家学者围绕生态文学研究领域就风景、环境、河流、健康与疾病等议题各抒己见，从人文社科角度深入探讨当代外国文学所表征的人与河流，人与地理，人与自然环境等关系，以寻求和挖掘文学内蕴的应对环境挑战和生态危机思想特征。

12月26日，北京大学外国语学院世界传记研究中心、医学人文学院、医学部叙事医学研究中心、跨文化研究中心、中外传记文学研究会等单位联合举办了第二十七届中外传记文学研究会年会。来自北京大学、武汉大学、中国社会科学院、中山大学、上海交通大学等高校的百余位学者与中国作家协会特邀嘉宾，郑州第九人民医院、中国科学院大学附属肿瘤医院（浙江省肿瘤医院）的医生代表，以及河南文艺出版社的编辑代表一起，围绕“疫情文学与叙事医学：传记文学的新潮流”主题，进行了在线讨论，共同探索后疫情时代下，疫情文学和叙事医学的交叉和互动。

12月26日，由中国外国文学学会阿拉伯文学研究分会、北京大学外国语学院阿拉伯语系和北京大学东方文学研究中心联合举办的“中国外国文学学会阿拉伯文学研究分会2020年会暨学术研讨会”以线上线下混合的方式召开。本次会议共有来自北京大学、中山大学、对外经济贸易大学、宁夏大学、北京外国语大学、上海外国语大学、北京语言大学、南方科技大学、西北民族大学、西北师范大学、索邦大学文学院（巴黎四大）、威廉·玛丽大学、埃及亚历山大大学、马来西亚苏丹阿都哈林姆阿占沙国际伊斯兰大学和中国社会科学院外国文学研究所等高校和研究机构的100多人参加。开幕式由研究分会副会长、北京外国语大学谢赫扎耶德研究中心主任薛庆国教授主持。

12月27日，中国上海、美国休斯敦、泉城济南、孔孟之乡邹城，同步空中连线，开启了“生命之光”中美华人2021新年云诗汇。本次诗会由山东省当代艺术教育研究中心，山东省济宁市侨办，美国休斯敦华夏中文学校主办，由山东省当代艺术教育研究中心语言艺术专委会，邹城市朗诵艺术协会，美国休斯敦华夏中文学校华夏之声朗诵艺术团承办。

12月28日，《当代外国文学》杂志、南京林业大学中国特色生态文明建设与林业发展研究院主办“环境与人文：当代外国生态文学前沿研究”高层论坛，会议邀请国内生态文学研究领域知名专家做专题报告，具体议题包括“当代生态批评理论前沿与热点研究”“当代外国文学中的生态叙事研究”“当代外国文学中的自然与景观书写”“当代外国文学中的环境史书写”“当代外国文学中的食物与农事书写”“当代外国文学中的生态异托邦书写”“当代外国生态文学中的病疫书写”“中西比较视域下生态批评话语研究与人类命运共同体构建”等。

12月28日晚，“中国比较文学云讲堂”首季收官之讲成功举行，中国比较文学学会会长、上海交通大学人文学院院长王宁带来题为“从比较诗学到世界诗学的理论建构”的讲座。

（收集整理者：辜佳丽、李歆蕤、夏　甜）

四川大学比较文学研究基地系列讲座与论坛

由四川大学杰出教授、欧洲科学与艺术院院士、教育部长江学者、四川大学双一流学科“中国语言文学与中华文化全球传播”首席专家曹顺庆教授领衔的四川大学国家级重点学科比较文学研究基地成立于2020年6月。基地主要成员包括：四川大学文学与新闻学院二级研究员、教育部长江学者金惠敏，教育部长江学者、万人计划教学名师傅其林；欧洲科学与艺术学院院士斯文·埃里克·拉森（Svend Erik Larsen），欧洲科学与艺术学院院士西奥·德汉（Theo D'haen）、托马斯·O. 比比（Thomas O. Beebee）；全职外籍教授、欧洲科学与艺术院院士托托西（Steven Tötösy de Zepetnek），全职外籍教授伍晓明（新西兰籍）；外籍教授、韩国成均馆大学西蒙·C. 埃斯特克（Simon C. Estok）；四川大学著名学者赵毅衡教授、徐新建教授、阎嘉教授、王晓路教授，以及赵渭绒教授、庄佩娜副研究员、寇淑婷副研究员、杨清博士等优秀的中青年学者。基地以增强比较文学中国学派影响力，纵深化推进比较文学学科发展，完善学科体系，构建中国理论话语，促进比较文学国际交流与互鉴为发展目标，精心打造了三大系列研讨活动：比较文学国际系列讲座、四川大学比较文学校友论坛和国际比较文学博士生论坛。

（一）打造“比较文学国际系列讲座”，促进文明交流与互鉴

学术的发展与创新并非闭门造车的结果，而是需要不断进行跨文化对话、相互影响与相互汲取养分，借异质文明因子以激活本民族、本文明中的文化、文论与文学因子，从而创造出文化新质，在真正意义上实现文明互鉴。从实践层面来讲，文明互鉴的关键在于“鉴”，即借“他山之石”来助力本文明的进一步发展。而文明互鉴的更进一层便是话语体系的建设。比较文学这一学科本身就是以比较视域进行研究，势必需要进行跨语言、跨国、跨文化、跨民族甚至跨文明的对话与交流，从而建设中国文论话语体系。

有鉴于此，基地以中外学者搭配的形式打造“比较文学国际系列讲座”，通过打造国际对话平台，促进国内外比较文学研究的碰撞、交流与创新。此系列讲座的主讲人为国际比较文学著名学者，第一期计划每月2讲，共16讲。截至2020年12月，基地共举办4场比较文学国际系列讲座，围绕国内外比较文学热点问题、学术前沿话题进行交流与探讨。

曹顺庆教授以“比较文学变异学”为题，系统论述了比较文学学科理论新话语——

"比较文学变异学"，并指出，变异学首次提出了文学横向发展的比较文学学科理论规律，打造了比较文学中国话语并在国际学界产生影响，其提出变异的可比性弥补了比较文学学科理论缺憾，其提出的"他国化"理论是文化创新的重要路径。西奥·德汉（Theo D'Haen）教授则以"Wording Comparative European Literature"为题，聚焦欧洲文学与世界文学的动态辩证关系，讨论了按照语言划分各地与各民族文学所面临的一些问题，追溯了"民族"文学、"比较"文学和"世界"文学三个概念的起源，并指出，在世界文学思想不断发展的背景下，欧洲文学将会面对面地与世界其他文学进行重新对比与校准。赵毅衡教授以"符号美学的几个基本问题：返回功能主义"为题，从符号美学的基本问题出发，主张应当返回艺术功能主义，并提出了艺术"超脱说"的新定义，把艺术性视为借形式使接收者从庸常达到超脱的符号文本品格。斯文·埃里克·拉森（Svend Erik Larsen）教授则以"文学与文化的相遇：泰戈尔的《家与世界》"为题，基于对泰戈尔小说《家与世界》的分析，探讨了这部作品中"西方"与"东方"在文学和文化上的相遇，并指出文化并非两分，而是在多元的网络中发展起来；文化亦非是一个稳定的系统，而是一个历史过程，并受变化着的标准、价值、习惯以及语言的约束。

国际比较文学系列讲座充分呈现国内外顶尖学者长期深思熟虑并正在拓展的研究成果，具有前沿性、前瞻性。而以中外学者搭配的方式举办讲座，更向世界展示了中国比较文学学者的学术风采，增强了中国比较文学研究的国际学术影响力，让世界听到了比较文学中国学派、中国话语的声音。

（二）开设"比较文学校友论坛"，助力国内学界学科交流互鉴

四川大学国家级重点学科比较文学与世界文学专业在曹顺庆教授的领衔下，不断推动比较文学学科理论建设与学术创新理论，建构中国人文社会科学话语，为我国哲学社会科学事业输送了一批拔尖人才，并产生了一批优秀成果，影响广泛。经多年努力，已培养出浙江省社科联主席、"万人计划"哲学社会科学领军人才、浙江工商大学蒋承勇教授，"万人计划"哲学社会科学教学名师、河南大学文学院院长李伟昉教授，著名人类学研究专家、中国比较文学学会副会长、上海交通大学资深教授叶舒宪教授，湖南女子学院党委书记、"新世纪百千万人才工程"国家级人选罗婷教授，原成都市副市长、西南交通大学外国语学院傅勇林教授，全国模范教师、四川大学王晓路教授，中国文学人类学学会会长、四川大学徐新建教授等，以及年轻一代学者赵渭绒教授、刘颖教授、王一平教授，等等。他们传承师门，并在各自领域创造成果，成为比较文学中国学派的领军人物。

比较文学学科理论与中国学派的建设离不开老中青三结合梯队的共同努力与传承。有鉴于此，基地开设"比较文学校友论坛"，旨在通过邀请由四川大学比较文学与世界文学专业培养出来的各个领域的知名学者围绕比较文学学科发展进行学术讲座，以开放的学术氛围、前沿的学术研究开阔广大比较文学学者的学术视野，培养青年学者包容开阔的学术认知能力，期望以榜样力量激励青年学者立志须高、履践致远。

"比较文学校友论坛"第一期计划举办12场。截至2020年12月，"比较文学校友论坛"成功举办了3场。蒋承勇教授以"无形之边界——文学跨学科研究的理论依据"

为题，围绕文学的跨学科研究展开，追溯“文学”与“文学研究”的历史，回顾了“方法论热”与文学跨学科研究，讨论了跨学科互涉对文学研究的“异化”问题，并指出，跨学科互涉是文学研究的必然属性之一，然而文学跨学科是有无形之边界的，其标志就是文学性与审美性，因此文学跨学科研究应该以阐释文学自身的内涵与规律为目的。李伟昉教授以“汤显祖与澳门”为题，从汤显祖澳门之行发现中西生活方式的差异，到汤显祖发现国外经商生活方式开始影响沿海地区，再到汤显祖流露出对西方天主教的拒斥态度，继而影响了汤显祖创作《牡丹亭》，层层梳理，详细论述了汤显祖与澳门的渊源以及澳门见闻对汤著《牡丹亭》的影响。叶舒宪教授以“中国文化理论建构——文学人类学视角”为题，主要从大传统与文化基因、神话观念支配的编码规则、大传统探寻文化的原编码、文化基因的发现所带来的“整体思维”与“深度认知”四个方面，讨论了中国文化理论的建构问题，并指出通过大传统与文化基因的分析，可以发现“玉”作为中国文化的原型编码，其延伸出的各种观念已渗入中国儒道思想，在华夏民族意识中代代传承。

（三）启动“国际比较文学博士生论坛”，各方才俊共话学术前沿

基地在继续推进国际系列讲座与校友论坛的同时，将于2021年全新启动“国际比较文学博士生论坛”。“国际比较文学博士生论坛”第一期计划每月一讲，共12讲，主讲人包括国内外优秀青年博士。博士生论坛将充分发挥比较文学学科优势，横跨中西，为海内外比较文学学子提供交流的平台，更为广大青年学子带来机遇，以期促进中外比较文学事业的共同发展。

展望未来，基地将立足新起点，砥砺奋进、笃行致远，力图让世界听到比较文学中国学派、中国话语的声音，并在中西交流与互鉴中，将比较文学学科向纵深化推进，进一步完善比较文学学科理论体系。

（整理者：杨　清）

V　文献索引

一　2020 年度期刊论文索引

（一）比较文学学科理论

曹顺庆、夏甜：《变异学与他国化：走出东方文论“失语症”的思考》，《文艺争鸣》2020 年第 12 期。

柴婕、周小玲、周君：《比较文学跨学科研究的黄金时代已经来临——比较文学跨学科研究的全球视野与本土实践：比较文学青年论坛侧记》，《国际比较文学（中英文）》2020 年第 1 期。

陈礼珍、［美］大卫·达姆罗什：《再论中国文学与世界文学：大卫·达姆罗什访谈录（英文）》，《外国文学研究》2020 年第 2 期。

崔文东：《青年鲁迅与德语“世界文学”——〈域外小说集〉材源考》，《文学评论》2020 年第 6 期。

范劲：《中国文学史的世界文学起源——基于德国 19 世纪以来世界文学史书写的系统论考察》，《文艺研究》2020 年第 2 期。

方维规：《起源误识与拨正：歌德“世界文学”概念的历史语义》，《文艺研究》2020 年第 8 期。

高旭东：《走向世界文学的外国文学教学》，《社会科学战线》2020 年第 7 期。

郭西安：《回到什么语文学？——汉学、比较文学与作为功能的语文学》，《中国比较文学》2020 年第 4 期。

黄丽娟、赵践：《诗与远方：世界文学理念与比较文学研究方法》，《沈阳师范大学学报》（社会科学版）2020 年第 6 期。

纪建勋：《走向世界文学的国际比较文学中国学派》，《社会科学战线》2020 年第 7 期。

李锋、［美］麦克·希尔：《跨越现代学科的界限来重塑英语语言文学：麦克·希尔访谈录（英文）》，《外国文学研究》2020 年第 5 期。

李伟昉：《文化自信与比较文学中国学派的创建》，《中国社会科学》2020 年第 9 期。

刘耘华：《跨界论域的多彩景观——评〈中西文学艺术思潮及跨界思考〉》，《中国比较文学》2020 年第 1 期。

彭兆荣：《比较：文在多元样态中——比较文学散论》，《中外文化与文论》第 45 辑。

蒲海丰：《比较儿童文学、世界文学与“普遍童年共和国”——埃莫·奥沙利文〈比较儿童文学〉介评》，《中国比较文学》2020 年第 4 期。
冉从敬、何梦婷、黄海瑛：《数字人文视阈下的比较文学可视化研究》，《厦门大学学报》（哲学社会科学版）2020 年第 5 期。
芮文祥、纪建勋：《引领异质文明间的比较、对话与沟通——“中国礼仪之争与中西礼学”前沿研究首届国际工作坊综述》，《中国比较文学》2020 年第 1 期。
孙凌钰：《姚达兑：〈近代文化交涉与比较文学〉》，《国际比较文学（中英文）》2020 年第 1 期。
陶家俊：《文化全球化视野中瑞查兹的跨文化异位认同研究》，《外国文学研究》2020 年第 5 期。
王超：《比较文学变异学与世界文学史新建构主义》，《西南民族大学学报》（人文社会科学版）2020 年第 3 期。
王宁：《当代马克思主义的世界文学叙事》，《人民论坛·学术前沿》2020 年第 21 期。
王向远：《宽泛的学科界定难有精细的术语辨析——从译文学看译介学的范畴界定并答谢天振先生》，《中国社会科学评价》2020 年第 1 期。
王志希：《本·哈钦森：〈比较文学简论〉》，《国际比较文学（中英文）》2020 年第 4 期。
［奥］维尔纳·沃尔夫：《文学与音乐：对跨媒介领地的一个测绘》，裴亚莉、闪金晴译，《中国比较文学》2020 年第 3 期。
魏琛琳、邓梦芳：《以跨文化视野对文学版图的重新划定——读高旭东〈比较文学与中国文体的现代转型〉》，《中国比较文学》2020 年第 4 期。
姚达兑：《数字人文与世界文学：重释“歌德与世界文学”一案》，《澳门理工学报》（人文社会科学版）2020 年第 3 期。
曾洪伟：《哈罗德·布鲁姆的“世界文学”观》，《外国文学研究》2020 年第 1 期。
詹悦兰：《比较文学视域中的跨媒介研究——美国比较文学的一个文献学考察》，《中国比较文学》2020 年第 3 期。
张法：《艺术—文艺—美学的并置、迭交、缠绕》，《艺术学研究》2020 年第 2 期。
张隆溪、刘泰然：《中国与世界：从比较文学到世界文学——张隆溪先生访谈录》，《吉首大学学报》（社会科学版）2020 年第 1 期。
张墨研：《莫莱蒂“世界文学猜想”再讨论》，《中国比较文学》2020 年第 3 期。
赵冰、张聪、齐马：《批判理论、比较文学及理论对话——齐马访谈录（英文）》，《国际比较文学（中英文）》2020 年第 3 期。
赵男、叶雪怡：《杨慧林（顾问），高旭东（主编）：〈比较文学基本范畴与经典文献丛书〉》，《国际比较文学（中英文）》2020 年第 1 期。
郑燕虹：《“构建人类命运共同体”理念对跨文化研究的启示》，《中国比较文学》2020 年第 1 期。
周宪：《说不尽的“拉奥孔”——文学与其他艺术关系史的一个考察》，《中国比较文学》2020 年第 3 期。
邹建军：《文学地理学的开创性与中外文学研究》，《三峡论坛（三峡文学·理论版）》

2020 年第 5 期。

（二）比较诗学

1. 数字人文研究

陈静：《数字人文视野中的文本与文本性问题反思》，《西南民族大学学报》（人文社会科学版）2020 年第 8 期。

范玉刚：《文化转向与数字人文视域中的美学研究范式重构》，《中国高校社会科学》2020 年第 1 期。

高寒凝：《网络文学研究中的数字人文视野——以晋江文学城积分榜单及“清穿文”为例》，《中国现代文学研究丛刊》2020 年第 8 期。

胡开宝、黑黟：《数字人文视域下翻译研究：特征、领域与意义》，《中国翻译》2020 年第 2 期。

吉云飞：《作为“计算批评”的“远读”——以网络小说“升级文”中的节奏与情绪为例》，《中国现代文学研究丛刊》2020 年第 8 期。

李斌、代晓芳：《数字文学审美理论及其新趋势》，《海南大学学报》（人文社会科学版）2020 年第 6 期。

李斌、王璐、陈小荷、王东波：《数字人文视域下的古文献文本标注与可视化研究——以〈左传〉知识库为例》，《大学图书馆学报》2020 年第 5 期。

李强：《作为数字人文思维的“网文算法”——以“明穿”小说为例》，《中国现代文学研究丛刊》2020 年第 8 期。

李天：《数字人文背景下的文学研究——量化方法在中西文学研究中的比较》，《厦门大学学报》（哲学社会科学版）2020 年第 5 期。

廖声武、谈海亮：《走向计算主义：数据化与网络文学业态的裂变》，《湖北大学学报》（哲学社会科学版）2020 年第 4 期。

刘石：《大数据技术与古代文学经典文本分析研究》，《数字人文》2020 年第 1 期。

刘卫东、范天玉：《创意写作的数字转向：背景、现状与问题》，《山东青年政治学院学报》2020 年第 2 期。

普泽南：《从数字人文的起源看影人年谱与其关系》，《电影艺术》2020 年第 4 期。

邱伟云、严程：《心寄乐园，凝望人间：中唐诗空间方位的数字人文研究》，《西南民族大学学报》（人文社会科学版）2020 年第 8 期。

王贺：《“数字人文”取向的中国现代文学研究：问题与方法》，《文艺理论与批评》2020 年第 2 期。

王军：《从人文计算到可视化——数字人文的发展脉络梳理》，《文艺理论与批评》2020 年第 2 期。

王赟、张政：《翻译研究新路径：数字人文新释》，《外语教学》2020 年第 2 期。

王兆鹏、邵大为：《数字人文在古代文学研究中的初步实践及学术意义》，《中国社会科学》2020 年第 8 期。

项蕾、许婷、谭天、雷宁、蔡翔宇：《数字与文学的对话——“数字人文规范对传统文学研究方法的挑战”研讨会纪要》，《中国现代文学研究丛刊》2020 年第 8 期。

薛冰、向明友：《数字人文视域下〈论语〉英译本的修辞对比研究》，《外语研究》2020 年第 4 期。

严程：《文艺研究需要“数字”吗?》，《文艺理论与批评》2020 年第 2 期。

赵薇：《数字时代的“世界文学”研究：从概念模型到计算批评》，《外国文学动态研究》2020 年第 3 期。

邹常勇：《大数据视域下翻译学数字人文研究》，《西南交通大学学报》（社会科学版）2020 年第 1 期。

2. 世界文学研究

［法］贝尔唐·韦斯特法尔、乔溪：《地理批评与世界文学——2018 年的一次讲演》，《复旦学报》（社会科学版）2020 年第 2 期。

陈礼珍、［美］大卫·达姆罗什：《再论中国文学与世界文学：大卫·达姆罗什访谈录》，《外国文学研究》2020 年第 2 期。

陈众议：《世界文学辨正及其他》，《中国社会科学报》2020 年第 6 期。

成中英：《世界的文学性与文学的世界性》，《深圳大学学报》（人文社会科学版）2020 年第 4 期。

［德］迪特·兰平、王诗齐：《什么是世界文学？——一个概念与它的诸多涵义》，《三峡论坛（三峡文学·理论版）》2020 年第 5 期。

都岚岚：《论莫莱蒂的远读及其影响》，《中国比较文学》2020 年第 3 期。

范劲：《中国文学史的世界文学起源——基于德国 19 世纪以来世界文学史书写的系统论考察》，《文艺研究》2020 年第 2 期。

龚曰心：《卡萨诺瓦的“文学世界”与丹穆若什的“世界文学”》，《福建江夏学院学报》2020 年第 4 期。

黄丽娟、赵践：《诗与远方：世界文学理念与比较文学研究方法》，《沈阳师范大学学报》（社会科学版）2020 年第 6 期。

刘诗环：《亚历山大·比克罗夫特的世界文学理念》，《文学教育（下）》2020 年第 12 期。

刘耘华：《远程阅读时代诗学对话的方法论建构》，《华东师范大学学报》（哲学社会科学版）2020 年第 2 期。

刘志兵：《当代文化视野中的“世界文学”》，《中国社会科学报》2020 年第 3 期。

卢桢：《“世界性”的内在构成——论吉狄马加的诗》，《文艺争鸣》2020 年第 9 期。

蒲海丰：《比较儿童文学、世界文学与“普遍童年共和国”——埃莫·奥沙利文〈比较儿童文学〉介评》，《中国比较文学》2020 年第 4 期。

王妮、向天渊：《全球化语境下的世界文学——从概念演变看评价标准及发展趋势》，《兰州大学学报》（社会科学版）2020 年第 3 期。

王宁：《当代马克思主义的世界文学叙事》，《人民论坛·学术前沿》2020 年第 21 期。

徐勇:《作为"方法"的"世界文学"与中国当代新诗——以〈中国新文学大系〉诗集系列和〈中国新诗总系〉为例》,《江汉论坛》2020 年第 7 期。

姚达兑:《"歌德与世界文学"事件及其理论启示》,《长江学术》2020 年第 3 期。

姚达兑:《"世界诗歌"事件及其理论启示》,《中国比较文学》2020 年第 1 期。

姚达兑:《翻译研究与世界文学理论的建构》,《天津师范大学学报》(社会科学版)2020 年第 6 期。

姚达兑:《诺贝尔文学奖与制造世界文学》,《文艺理论研究》2020 年第 4 期。

曾洪伟:《哈罗德·布鲁姆的"世界文学"观》,《外国文学研究》2020 年第 1 期。

张墨研:《莫莱蒂"世界文学猜想"再讨论》,《中国比较文学》2020 年第 3 期。

张翼飞、崔宏图:《"民族性"与"世界性"的思考:中国当代通俗文学国际传播研究》,《当代作家评论》2020 年第 3 期。

3. 变异学研究

曹顺庆、李甡:《变异学:探究人类文明交流互鉴的规律》,《成都大学学报》(社会科学版)2020 年第 3 期。

曹顺庆、刘诗诗:《变异学:中国本土话语的世界性意义》,《济南大学学报》(社会科学版)2020 年第 1 期。

曹顺庆、王超:《"间距/之间"理论与比较文学变异学》,《西南交通大学学报》(社会科学版)2020 年第 6 期。

曹顺庆、王熙靓:《文学他国化与"变文格义":隋唐佛学中的变异思想》,《暨南学报》(哲学社会科学版)2020 年第 5 期。

陈娟:《变异学视阈下中国文化关键词的翻译与传播研究》,《浙江万里学院学报》2020 年第 5 期。

陈玉平:《翻译还是翻案?近现代"汉诗和译"的变异学考察》,《安康学院学报》2020 年第 4 期。

戴文静:《〈文心雕龙〉元范畴"气"的英译及其变异研究》,《暨南学报》(哲学社会科学版)2020 年第 8 期。

关熔珍、麦红宇:《比较文学变异学:少数民族文学外译研究新视角——以壮文学外译为例》,《文化与传播》2020 年第 1 期。

黄剑、王任坤:《变异学视角下〈红楼梦〉霍译本和杨译本对比研究》,《江西师范大学学报》(哲学社会科学版)2020 年第 2 期。

营娜娜:《借鉴、改写与加工:变异学视野下布莱希特作品中的"中国书写与想象"研究》,《贵州师范大学学报》(社会科学版)2020 年第 2 期。

唐雪:《文学变异学视域下的〈道德经〉德译研究——以"物"为例》,《外语学刊》2020 年第 4 期。

4. 阐释学研究

陈嘉映:《谈谈阐释学中的几个常用概念》,《哲学研究》2020 年第 4 期。

陈其泰:《阐释学视野下公羊学“三世说”的精彩演进》,《探索与争鸣》2020 年第 9 期。
成祖明:《从“六经注我”到“我注六经”——现代经学阐释的限度与公共性展开》,《探索与争鸣》2020 年第 9 期。
程光炜:《文学史研究的公共理性与有效阐释》,《探索与争鸣》2020 年第 6 期。
程乐松:《阐释的双重界限:意蕴预设与有效性判定——兼论“阐释的有限与无限”问题的理论空间》,《探索与争鸣》2020 年第 8 期。
邓安庆:《重提人文科学的真理要求——阐释学如何切中时代“真问题”》,《探索与争鸣》2020 年第 8 期。
丁帆:《“我们的需要就是解释世界的需要”——中国现当代文学批评史中的阐释学现象》,《探索与争鸣》2020 年第 5 期。
段吉方:《冲突与共在:阐释学视域中的有限与无限——对高楠教授一文“接着说”》,《探索与争鸣》2020 年第 4 期。
傅其林:《究竟什么是公共阐释——与周宪教授对话》,《探索与争鸣》2020 年第 3 期。
高建平:《作为阐释活动中预设存在项的作者意图》,《探索与争鸣》2020 年第 4 期。
高楠:《论有限与无限的共时性——重思“阐释”》,《探索与争鸣》2020 年第 1 期。
洪汉鼎:《关于 Hermeneutik 的三个译名:诠释学、解释学与阐释学》,《哲学研究》2020 年第 4 期。
洪治纲:《有效阐释的边界——以 20 世纪 90 年代的“个人化写作”研究为例》,《探索与争鸣》2020 年第 6 期。
江怡:《阐释问题之哲学拓扑学分析》,《探索与争鸣》2020 年第 7 期。
赖大仁:《当代文学阐释论研究中的“本体阐释”问题》,《社会科学辑刊》2020 年第 2 期。
赖锐:《实用主义与中国当代阐释学——以“强制阐释”和“公共阐释”为中心》,《内蒙古社会科学》2020 年第 2 期。
李春青:《从意义的二重性看阐释的辩证法》,《探索与争鸣》2020 年第 3 期。
李帆:《阐释学与历史教科书史的研究》,《探索与争鸣》2020 年第 9 期
李红岩:《从阐释学到历史阐释学:何为历史的“正用”》,《探索与争鸣》2020 年第 11 期。
李宏图:《思想史研究应基于文本的历史性阐释——以约翰·密尔〈论自由〉中文译本为个案》,《探索与争鸣》2020 年第 10 期。
刘成纪:《阐释的无限及限界:以中国经学阐释学为例》,《探索与争鸣》2020 年第 2 期。
刘梁剑:《数学人文:科学抑或人文学——南帆、曾军教授相关讨论引义》,《探索与争鸣》2020 年第 8 期。
南帆:《抽离了社会历史范畴的 π 还有效吗——与张江教授对话》,《探索与争鸣》2020 年第 1 期。
南帆:《数学语言的洞见与盲视——回应曾军教授》,《探索与争鸣》2020 年第 5 期。
孙周兴:《试论一种总体阐释学的任务》,《哲学研究》2020 年第 4 期。
王利红:《浪漫主义阐释学:从方法论到存在论》,《探索与争鸣》2020 年第 10 期。

王宁：《阐释的循环和悖论》，《探索与争鸣》2020年第2期。

王艳丽：《“意图”之辨与学术范式的建构》，《探索与争鸣》2020年第12期。

吴晓明：《绝对精神的瓦解与解释学视域中的有限—无限》，《探索与争鸣》2020年第7期。

肖士英：《解释学的重建：由前见依赖性形态向非前见依赖性形态拓展》，《探索与争鸣》2020年第11期。

曾军：《总体阐释的量化分析是否可能——对南帆教授一文的延伸讨论》，《探索与争鸣》2020年第3期。

张福贵：《文学史学研究中技术分析法的有效性问题》，《探索与争鸣》2020年第5期。

张江、周宪、朱立元、丁帆、邓安庆、曾军、成祖明、李红岩：《视域融合、形式建构与阐释的当下性》，《探索与争鸣》2020年第12期。

张江：《阐释与自证——心理学视域下的阐释本质》，《哲学研究》2020年第10期。

张任之：《“阐释”阐释了什么——兼论作为现象学的“深层阐释学”的可能性》，《探索与争鸣》2020年第6期。

张政文：《阐释逻辑的诠与阐法则——基于思想史与科学史的思考》，《探索与争鸣》2020年第4期。

周宪：《公共理性使有效阐释得以可能——回应傅其林教授》，《探索与争鸣》2020年第5期。

周宪：《作为阐释学根据的公共理性》，《探索与争鸣》2020年第1期。

朱立元：《阐释逻辑中的精神科学与自然科学之辨——与张江先生商榷》，《探索与争鸣》2020年第2期。

卓今：《中国阐释学理论资源整理及现代性转换问题》，《社会科学辑刊》2020年第2期。

5. 中国学派与中国问题研究

摆贵勤、孙宜学：《中国当代文学在“一带一路”何为？为何？——评〈“一带一路”与中国当代文学走出去〉》，《中国比较文学》2020年第4期。

陈德新、沈章明：《中国“文学”世界的阐发与拓展》，《齐齐哈尔大学学报》（哲学社会科学版）2020年第10期。

陈国恩：《论中国现代文学史观的未来性问题》，《福建论坛》（人文社会科学版）2020年第11期。

丁帆：《现代性的延展与中国文论的“当代性”建构》，《中国社会科学》2020年第7期。

董学文：《中国文学理论话语体系的当代构建》，《吉林大学社会科学学报》2020年第6期。

高楠：《对中国百年文学理论两道褶痕的理论思考》，《中国文学研究》2020年第4期。

高玉：《文学理论与中国现当代文学研究》，《社会科学》2020年第2期。

胡友峰：《重建本文诗学：中国文论走出去的路径与方法》，《中国文学批评》2020年第2期。

纪建勋：《走向世界文学的国际比较文学中国学派》，《社会科学战线》2020年第7期。

姜文振：《“理论之后”中国文论的境遇与知识学反思》，《文学评论》2020 年第 4 期。
李松：《中国现代文学研究的范式危机：美国学界的论争及其反思》，《武汉大学学报》（哲学社会科学版）2020 年第 5 期。
李伟昉：《文化自信与比较文学中国学派的创建》，《中国社会科学》2020 年第 9 期。
刘康：《西方理论的中国问题：兼论研究方法、古代文论的现代转换》，《武汉大学学报》（哲学社会科学版）2020 年第 5 期。
刘康：《西方理论的中国问题：中国文艺理论与政策的谱系学思考》，《文艺争鸣》2020 年第 5 期。
刘康、王宁、李松、吴婧：《“文艺理论的中国问题”笔谈》，《湖北大学学报》（哲学社会科学版）2020 年第 3 期。
毛宣国：《“主体性”“失语症”与“强制阐释”——从三次重要论争看 40 年来中国文论的演进》，《文艺争鸣》2020 年第 12 期。
任淑坤：《中国文学“走出去”的传播路径和影响因素》，《河北大学学报》（哲学社会科学版）2020 年第 3 期。
时胜勋：《中国文论话语创新：从话语体裁到知识生态》，《文艺争鸣》2020 年第 7 期。
宋炳辉：《中国当代文学如何面对“世界”？——莫言的中国评价及其理论误区》，《文艺研究》2020 年第 9 期。
苏晖：《比较文学与世界文学理论和方法研究与中国话语建构》，《华中学术》2020 年第 4 期。
陶国山：《从“失语”到“走出去”：中国文论的当代建构与影响》，《中国文学批评》2020 年第 2 期。
王宁：《启示与建构：法国文学和文化理论在中国的接受》，《浙江社会科学》2020 年第 11 期。
徐军义：《新时代中国文学理论的“守正与创新”》，《甘肃社会科学》2020 年第 4 期。
杨辉：《中国当代文学研究中的“古典转向”》，《文艺争鸣》2020 年第 10 期。
杨建刚：《中国当代文论中的政策话语及其批评效应》，《文艺争鸣》2020 年第 5 期。
曾军、汪一辰：《“西方马克思主义”在新中国初期的理论旅行及其引发的理论问题》，《文艺争鸣》2020 年第 5 期。

6. 中外诗学与汉学研究

陈睿琦：《翻案、重写、后现代的同质异构——基于中西比较诗学的考察》，《中北大学学报》（社会科学版）2020 年第 4 期。
戴文静：《现代阐释学视角下中国文论外译研究——以〈文心雕龙〉三个英译本为例》，《北京第二外国语学院学报》2020 年第 6 期。
谷鹏飞：《阐释的记忆与技艺——〈文心雕龙〉在美国汉学界的“中国性”与“世界性”问题》，《文学评论》2020 年第 1 期。
韩晗：《从预设立场到内在超越：海外中国文学研究中“现代性”范式嬗变及多元面向》，《深圳大学学报》（人文社会科学版）2020 年第 6 期。

刘幸：《日本汉学的转轨：谈〈中国文学中的孤独感〉》，《中国图书评论》2020年第10期。

刘耘华：《“意识到”、自发性与关联思维——试论葛瑞汉的汉学方法论》，《浙江学刊》2020年第6期。

钱林森、[法]阿尔诺·维维昂：《艾田蒲〈中国之欧洲〉：中法学者二人谈》，《外国文学研究》2020年第4期。

秦中书：《中国古代文论的英译阐释与中西诗学会通——以〈二十四诗品〉英译研究为例》，《广东外语外贸大学学报》2020年第1期。

沈一帆：《从“文类研究”到“文化政治”：“中国抒情传统”论述的典范建构及话语更迭》，《深圳大学学报》（人文社会科学版）2020年第6期。

宋莉华：《中国古代“小说”概念的中西对接》，《文学评论》2020年第1期。

苏文健：《审美之维与海外华人学者中国现代文学研究的诗学取径》，《深圳大学学报》（人文社会科学版）2020年第6期。

陶家俊：《钱锺书〈谈艺录〉中的中西诗学共同体意识》，《外国语文》2020年第2期。

王向远：《“味”论与东方共同诗学》，《社会科学研究》2020年第2期。

魏国岩：《中西诗学精神的暗合——梁宗岱诗学新论》，《广东外语外贸大学学报》2020年第4期。

吴昌林、丑送：《柏拉图与老子诗学言说模式之比较》，《商丘师范学院学报》2020年第4期。

谢云开：《论宇文所安对杜甫诗的译介与研究》，《中国比较文学》2020年第3期。

闫月珍：《陆机〈文赋〉在美国的流传与影响》，《江西社会科学》2020年第5期。

杨莉馨、白薇臻：《论汉学家之于英美现代主义运动的意义——以阿瑟·韦利为例》，《中国比较文学》2020年第4期。

姚爱斌：《从“文章整体”到“语言形式”——中国古代文体观的日本接受及语义转化》，《文学评论》2020年第3期。

余夏云：《回向原点的发展：海外汉学和华文文学研究双年度报告（2018—2020）》，《国际比较文学（中英文）》2020年第4期。

袁丽梅：《“厚译”厚在哪儿？——对汉学家译者主体性的再思考》，《外语教学》2020年第4期。

张乃禹：《东亚视野与译学互动——论韩国汉学家朴宰雨的中国文学译介》，《中国翻译》2020年第5期。

张源：《美国早期汉学视野中的中国文学观念——从裨治文的〈中国丛报〉到威尔逊的〈中国文学〉》，《北京大学学报》（哲学社会科学版）2020年第6期。

赵洁、杨晓霞：《“兴”与“主题”的互释——基于海外汉学对〈诗经〉的形式研究》，《江苏科技大学学报》（社会科学版）2020年第3期。

周睿：《他者视野下的两部域外中国文学史书写——〈哥伦比亚中国文学史〉与〈剑桥中国文学史〉对比研究》，《国际汉学》2020年第2期。

朱振武、郭然：《中英小说的源起比较与阅读机制的变迁考论》，《上海大学学报》（社会科学版）2020 年第 2 期。

庄佩娜：《文学史分期再思考——从剑桥版〈中国文学史〉谈起》，《社会科学论坛》2020 年第 3 期。

左安秋：《关于顾彬〈二十世纪中国文学史〉若干史实的辨析》，《福建论坛》（人文社会科学版）2020 年第 1 期。

7. 跨学科研究

程朝翔：《免疫、自启免疫与自启免疫共同体：文学理论与跨学科的隐喻》，《社会科学研究》2020 年第 6 期。

杜卫：《论艺术学理论学科与文学、美学学科的关系》，《文艺研究》2020 年第 11 期。

高方、路斯琪：《从文本到世界：一种方法论的探索——贝尔唐·韦斯特法尔〈地理批评：真实、虚构、空间〉评介》，《文艺理论研究》2020 年第 4 期。

韩伟：《论当下人工智能文学的审美困境》，《文艺争鸣》2020 年第 7 期。

黄一：《比较诗学视野中的叶维廉文图关系理论研究》，《中山大学学报》（社会科学版）2020 年第 1 期。

江玉琴、周小玲：《论比较文学跨学科研究的问题与可能路径》，《江西科技师范大学学报》2020 年第 1 期。

蒋承勇：《跨学科互涉与文学研究方法创新》，《外国文学研究》2020 年第 3 期。

李睿：《基于语料的新诗技：机器诗歌美学探源》，《外国文学动态研究》2020 年第 5 期。

李维屏：《论英国文学中的命运共同体表征与跨学科研究》，《外国文学研究》2020 年第 3 期。

刘琼：《艺术与科技的变奏：从机器美学到生物艺术》，《文艺理论研究》2020 年第 4 期。

龙娟：《文学与经济的跨学科整体研究——评〈中国现代文学经济生态〉》，《当代财经》2020 年第 5 期。

聂珍钊：《文学伦理学批评的价值选择与理论建构》，《中国社会科学》2020 年第 10 期。

欧荣：《〈缪斯之艺〉：奥尔布赖特的跨艺术诗学研究》，《外国文学》2020 年第 3 期。

欧荣：《语词博物馆：当代欧美跨艺术诗学概述》，《上海交通大学学报》（哲学社会科学版）2020 年第 4 期。

彭颖：《图像诗：诗与画的跨媒介融合》，《湖北美术学院学报》2020 年第 2 期。

陶锋、刘嘉敏：《文心与机芯：中国古代文论视阈下的人工智能文学》，《文艺争鸣》2020 年第 7 期。

王书婷：《博物诗学：一种现代文学研究的跨学科视角》，《长江文艺》2020 年第 1 期。

王艳：《文学民族志的概念、方法及实践——一个跨学科的文体实验》，《青海社会科学》2020 年第 3 期。

吴翔宇：《百年中国儿童文学跨学科拓展的依据、路径与反思》，《学术月刊》2020 年第 7 期。

曾巍：《跨学科视域下文学—传播学研究的三个维度》，《华中师范大学学报》（人文社会科学版）2020 年第 6 期。

张蔷：《论韦斯特法尔的空间隐喻与世界文学观——从〈子午线的牢笼〉谈起》，《外国文学研究》2020年第2期。

赵炎秋：《图像中的表象与思想——艺术视野下的文字与图像关系研究》，《文艺理论研究》2020年第1期。

钟华、杨宇：《文学与法律：跨学科研究中的困惑、误区及理性回归》，《湘潭大学学报》（哲学社会科学版）2020年第1期。

（三）中西比较文学

边明江：《再论鲁迅〈药〉中的“乌鸦”——以夏目漱石与森鸥外的小说为线索》，《文学评论》2020年第6期。

崔昌笏：《论卜乃夫〈荒漠里的人〉对李范奭口述“自我民族志”的改写》，《中国比较文学》2020年第1期。

杜磊：《重构历史与演述文明——17世纪下半叶英国戏剧之中国书写》，《外国文学研究》2020年第2期。

范劲：《世界文学家孔子：德国文学史系统的孔子塑造》，《社会科学》2020年第6期。

范劲：《中国文学史的世界文学起源——基于德国19世纪以来世界文学史书写的系统论考察》，《文艺研究》2020年第2期。

方维规：《佛学既昌，新意杂陈——德国早期中国文学史纂中的佛教影响论说》，《文艺争鸣》2020年第10期。

费冬梅：《近代日本人游记中的中国形象》，《东吴学术》2020年第4期。

高华鑫：《1960年安保运动与大江健三郎的中国之行》，《外国文学评论》2020年第2期。

高洁：《日本近代文学中孔子形象的流变——由小说〈麒麟〉中的“子见南子”说起》，《中国比较文学》2020年第2期。

谷鹏飞：《阐释的记忆与技艺——〈文心雕龙〉在美国汉学界的“中国性”与“世界性”问题》，《文学评论》2020年第1期。

顾文艳：《“道德惯例”的文学挑战：德语文坛争议中的莫言》，《文艺争鸣》2020年第12期。

黄小珠：《幕末日本的“类宋”感怀与苏轼受容——以〈东坡策〉为中心》，《文学评论》2020年第5期。

李佳蔚：《朝、日首部诗话对杜甫诗学思想的接受差异及成因》，《外国文学研究》2020年第6期。

李倩冉：《“物诗”与抒情主体的位置——以冯至、郑敏与里尔克的差异为中心》，《文学评论》2020年第4期。

李炜：《论与谢野晶子的中国缘与中国观》，《东疆学刊》2020年第1期。

刘剑梅：《“变形”的文学变奏曲》，《中国比较文学》2020年第1期。

逯璐：《元戏剧视角下的〈马尔菲公爵夫人〉》，《外国文学》2020年第1期。

彭倩：《文学场域中的权力与象征资本——莫言在意大利的传播与接受》，《中国比较文学》2020 年第 3 期。

朴银淑：《流亡与书写：殖民地时期来华韩国作家的上海想象》，《中国比较文学》2020 年第 1 期。

齐金花：《魔幻现实主义与幻觉现实主义文学生产肌理的比较——以马尔克斯与莫言为例》，《中国比较文学》2020 年第 1 期。

沈杏培、王雨：《模仿与反模仿：四十年来“文学苏军”接受外国文学资源的策略摭谈》，《文艺争鸣》2020 年第 10 期。

施晔：《柳碟缘：一个中国爱情母题在英国文学中的流变》，《中国比较文学》2020 年第 2 期。

宋丽娟：《巴赞〈元代〉及其文学史学史价值》，《文学评论》2020 年第 3 期。

孙亚鹏：《追根寻源：〈韩非子〉海外传播“经过路径”中的放送者研究》，《中国比较文学》2020 年第 2 期。

涂慧：《罗曼·罗兰思想在民国时期的阐释演变》，《外国文学研究》2020 年第 2 期。

宛小平：《朱光潜与莎士比亚——以英文博士论文〈悲剧心理学〉为中心》，《文艺争鸣》2020 年第 9 期。

王艳丽：《亲切感与疏离感之间——朝鲜半岛诗人白石的“满洲”体验与书写》，《中国比较文学》2020 年第 1 期。

吴伏生：《朝露与戏剧：中、英诗歌中的人生比喻及其诗学与文化意义》，《中国比较文学》2020 年第 3 期。

吴舒洁：《世界的中国：“东方弱小民族”与左翼视野的重构——以胡风译〈山灵〉为中心》，《文学评论》2020 年第 6 期。

项静：《异邦客的“非虚构”写作与中国故事》，《文艺争鸣》2020 年第 9 期。

萧盈盈：《“兴”是象征？——从葛兰言的〈诗经〉研究说起》，《文学评论》2020 年第 6 期。

徐方宇：《越南汉文学中的“兴道大王”形象及其与陈兴道信仰的互动》，《外国文学评论》2020 年第 2 期。

杨国静：《中国之行对 W. H. 奥登中后期诗歌转型的影响》，《中国比较文学》2020 年第 4 期。

杨莉馨、白薇臻：《论汉学家之于英美现代主义运动的意义——以阿瑟·韦利为例》，《中国比较文学》2020 年第 4 期。

张静：《基于同情的浪漫认同——论雪莱传记在 20 世纪 20—40 年代中国的接受》，《文艺研究》2020 年第 5 期。

张隆溪：《从中西文学艺术看人与自然之关系》，《文艺研究》2020 年第 8 期。

张勐：《论“五四”作家对霍普特曼〈沉钟〉的“创造性误读”——以鲁迅、沉钟社为中心》，《文艺研究》2020 年第 5 期。

张锐：《威廉·莫里斯与田汉的思想转向》，《文学评论》2020 年第 1 期。

张旭春：《“以诗证史”与“形而上学的慰藉”——以华兹华斯〈康伯兰的老乞丐〉为

例》,《外国文学研究》2020 年第 2 期。

朱骅:《论 20 世纪前期中美跨国英文书写的审美中心主义倾向》,《中国比较文学》2020 年第 2 期。

(四) 东方比较文学

1. 东方文学总体研究及学科史研究

王向远:《“味”论与东方共同诗学》,《社会科学研究》2020 年第 2 期。

王向远:《百年来我国“东方史”建构的国外背景、理论探索与问题》,《安徽大学学报》(哲学社会科学版)2020 年第 3 期。

王向远:《从东方学史看百年来我国东西方文化问题的四次论争》,《山东社会科学》2020 年第 4 期。

王向远:《国史研究范围的延伸扩大与中国“东方学”的形成》,《学术界》2020 年第 1 期。

王向远:《近三十年来我国“理论东方学”的主流形态——从“亚细亚生产方式”到“马克思东方社会理论”和“马克思主义东方学”》,《人文杂志》2020 年第 4 期。

徐维辰:《翻译野蛮——科学小说〈铁世界〉中的东亚文明观》,《中国比较文学》2020 年第 1 期。

曾琼:《东方文学研究的新动向(2018—2020)》,《国际比较文学(中英文)》2020 年第 4 期。

2. 中日文学比较研究

边明江:《再论鲁迅〈药〉中的“乌鸦”——以夏目漱石与森鸥外的小说为线索》,《文学评论》2020 年第 6 期。

曹顺庆、王熙靓:《〈论语〉“子见南子”在日本作家谷崎润一郎〈麒麟〉中的变异》,《山西师大学报》(社会科学版)2020 年第 3 期。

冯新华:《美国东方学与唐纳德·金日本文学研究的立场方法》,《社会科学研究》2020 年第 2 期。

高洁:《日本近代文学中孔子形象的流变——由小说〈麒麟〉中的“子见南子”说起》,《中国比较文学》2020 年第 2 期。

郭雪妮:《〈典论·论文〉与九世纪初日本文学诸问题——基于“文章经国”思想的考察》,《文学评论》2020 年第 1 期。

黄小珠:《幕末日本的“类宋”感怀与苏轼受容——以〈东坡策〉为中心》,《文学评论》2020 年第 5 期。

寇淑婷、曹顺庆:《郑成功的身份认定与挪位——以中日文人的不同书写为中心》,《河南大学学报》(社会科学版)2020 年第 1 期。

李炜:《论与谢野晶子的中国缘与中国观》,《东疆学刊》2020 年第 1 期。

孙亚鹏：《追根寻源：〈韩非子〉海外传播“经过路径”中的放送者研究》，《中国比较文学》2020 年第 2 期。

王向远：《“观照”概念的现代转化与近代日本美学的东方传统》，《西南民族大学学报》（人文社会科学版）2020 年第 9 期。

阎嘉：《低调的华美与阴翳的风雅》，《文学评论》2020 年第 2 期。

姚爱斌：《从“文章整体”到“语言形式”——中国古代文体观的日本接受及语义转化》，《文学评论》2020 年第 3 期。

3. 中朝、中韩文学比较研究

崔昌竹：《论卜乃夫〈荒漠里的人〉对李范奭口述“自我民族志”的改写》，《中国比较文学》2020 年第 1 期。

崔一、朴惠珍：《民族想象与日本殖民末期韩国文学中的伪满洲国形象》，《中国比较文学》2020 年第 4 期。

金柄珉：《中国与周边：中韩近现代文学交流的历史转型与价值重建——兼论韩国近现代文学的主体性与现代性建构》，《中国比较文学》2020 年第 1 期。

金虎雄：《朝鲜族诗人石华诗歌中的“延边意象”》，《民族文学研究》2020 年第 6 期。

金哲：《旅居与传播：金光洲对中国现代文学的译介》，《中国比较文学》2020 年第 1 期。

李官福、穆禹含：《〈三国遗事〉：中朝韩先民的天人合一理念与动物崇拜文化》，《北京联合大学学报》（人文社会科学版）2020 年第 1 期。

朴银淑：《流亡与书写：殖民地时期来华韩国作家的上海想象》，《中国比较文学》2020 年第 1 期。

王艳丽：《亲切感与疏离感之间——朝鲜半岛诗人白石的“满洲”体验与书写》，《中国比较文学》2020 年第 1 期。

张乃禹：《东亚视野与译学互动——论韩国汉学家朴宰雨的中国文学译介》，《中国翻译》2020 年第 5 期。

4. 中印文学比较研究

李永杰、张清俐：《中印文学比较研究回顾与展望》，《中国社会科学报》2020 年 10 月 20 日。

王向远：《“五天竺”“国—城—村”概念与中国古代的印度社会研究》，《兰州大学学报》（社会科学版）2020 年第 6 期。

尹锡南：《当代印度汉学家的中国历史研究》，《国际汉学》2020 年第 2 期。

郁龙余、黄蓉：《推动印度学研究为中印关系发展服务》，《中国社会科学报》2020 年 10 月 20 日。

5. 中国与越南、泰国文学比较研究

韩江华：《鲁迅作品在泰国：传播与影响》，《鲁迅研究月刊》2020 年第 7 期。

兰英：《从神话观窥探〈西游记〉中神仙人物称谓的泰译研究》，《宁夏大学学报》（人文社会科学版）2020 年第 6 期。

裴龙：《“一带一路”背景下中越跨境京族民歌文化研究》，《艺术评鉴》2020 年第 18 期。

王少杰：《泰国曼谷王朝壁画刍议——以巴森苏塔瓦寺的中国元素为中心》，《中外艺术研究》2020 年第 3 期。

危瑛：《中越跨界民歌艺术比较研究》，《艺术评鉴》2020 年第 23 期。

吴越环：《20 世纪中越两国文论现代转型进程的比较研究》，《国际比较文学（中英文）》2020 年第 4 期。

徐方宇：《越南汉文学中的“兴道大王”形象及其与陈兴道信仰的互动》，《外国文学评论》2020 年第 2 期。

6. 中国与阿拉伯、伊朗文学比较研究

郭筠：《中世纪阿拉伯地理古籍中的“中国”称谓考辨》，《宁夏社会科学》2020 年第 1 期。

何明星：《毛泽东著作阿拉伯文版的翻译、出版与发行》，《中国出版》2020 年第 17 期。

林丰民：《阿拉丁是个中国人——〈一千零一夜〉的中国形象与文化误读》，《国外文学》2020 年第 4 期。

母仕洪：《古代阿拉伯著作家笔下的中国形象——以〈中国印度见闻录〉为中心的考察》，《回族研究》2020 年第 4 期。

［伊朗］纳思霖·达斯坦（Zahra Dastan）：《伊朗细密画中的中国绘画元素——以〈史集〉为中心》，《国际汉学》2020 年第 4 期。

吴戈：《〈史集·中国史〉中帝王肖像的底本、图像误读及其成因》，《美术研究》2020 年第 1 期。

（五）翻译文学

蔡新乐：《求放心以成中庸的英译：以“民鲜（能）久矣”为个案》，《中国比较文学》2020 年第 2 期。

陈嘉琨、刘云虹：《选择、互动与探索——雷威安与中国文学法译》，《中国翻译》2020 年第 4 期。

陈历明：《庞德的诗歌翻译及其文体创新》，《文艺理论研究》2020 年第 1 期。

陈莉、段峰：《一部翻译研究学科史的力作——〈现代翻译知识史：源头、概念和影响〉述评》，《中国比较文学》2020 年第 3 期。

陈平原：《色情小说与翻译研究——关于〈中国近代小说的兴起〉及其他》，《文艺争鸣》2020 年第 9 期。

陈婷婷：《中国古典诗歌英译的探索者——宇文所安的诗歌译介路径与特质》，《中国翻译》2020 年第 3 期。

陈巍：《〈浮士德〉在我国的译介考辨（1903—2019）》，《中国翻译》2020 年第 4 期。

陈卫斌：《〈红楼梦〉英译副文本比较与翻译接受》，《中国比较文学》2020年第2期。
陈钰：《叙事重构三维译控论——以戴乃迭英译〈沉重的翅膀〉为例》，《同济大学学报》2020年第4期。
董小希：《国家、种族、阶级：〈黑人文学〉与“哈莱姆文艺复兴”在中国的早期译介》，《中国比较文学》2020年第3期。
冯俊：《百年来英译〈离骚〉中屈原形象的误读、调适与趋同》，《南京社会科学》2020年第12期。
符杰祥：《鲁迅早期文章的译/作问题与近代翻译的文学政治——从〈斯巴达之魂〉“第一篇”疑案说起》，《文艺争鸣》2020年第11期。
郭西安：《变位与参鉴：“经”的当代英译及其跨语际协商》，《文学评论》2020年第4期。
韩聃：《想象与重生：迟子建作品在日译介与评说》，《当代文坛》2020年第5期。
韩亮：《从〈碧丽蒂斯之歌〉到〈古希腊恋歌〉——论李金发对法国象征主义的一次无意识接受》，《文艺研究》2020年第5期。
韩亮：《重塑一种语言——论李金发〈古希腊恋歌〉的译诗修改》，《文艺争鸣》2020年第11期。
韩子满：《英语世界与世界眼光：中国文化外译研究中的一个误区》，《上海翻译》2020年第5期。
郝田虎：《弥尔顿〈失乐园〉中译回顾与展望：为何需要重译?》，《浙江大学学报》（人文社会科学版）2020年第6期。
何同彬、张博：《“果实是盲目的，树木方能远望”——关于当代诗歌翻译及创作的对谈》，《文艺争鸣》2020年第11期。
洪捷：《文类视角下的武侠小说英译研究》，《中国翻译》2020年第2期。
洪越：《七个译本，两种形象：王维诗在美国》，《文学评论》2020年第1期。
侯松：《〈真腊风土记〉两百年翻译传播及其世界性意义》，《中国翻译》2020年第6期。
胡全章：《梁启超与晚清文学翻译》，《文学评论》2020年第3期。
黄若泽：《古典的现代诠释——郑振铎对希腊神话的三次翻译》，《中国比较文学》2020年第4期。
黄元军：《卞之琳与穆旦诗歌翻译思想辨异——从〈译诗艺术的成年〉对穆旦的批评谈起》，《中国翻译》2020年第4期。
金哲：《旅居与传播：金光洲对中国现代文学的译介》，《中国比较文学》2020年第1期。
赖文斌、温湘频：《“理”屈且词穷：麦格基与第一部朱子文献英译本》，《中国翻译》2020年第3期。
雷鸣：《新巧别致的〈诗经〉译本——海伦·沃德尔的〈中国抒情诗〉述评》，《中国翻译》2020年第1期。
李伟民：《〈暴风雨〉五言诗体中译——民国时期莎剧经典化的尝试》，《外国文学研究》2020年第3期。
李雪伊：《爱丽丝形象中文译介史——回溯中国儿童文学之儿童形象嬗变》，《当代作家评论》2020年第6期。

李震：《晚清翻译小说凡例：不容忽视的伴随文本》，《中国比较文学》2020年第1期。
梁端俊：《〈庄子〉文化承载词英译中的信息还原》，《上海翻译》2020年第4期。
梁新军：《论“译文学”的理论实质及其意义》，《中国翻译》2020年第4期。
梁艳：《从有意“误译”到“平等译介”——以哥尔多尼〈女店主〉的翻译史为中心》，《当代文坛》2020年第2期。
廖七一：《弗兰金仙的译介与民族象征符号》，《中国翻译》2020年第5期。
刘宏伟、王湘玲：《“人己通”外译模式与中国传统文化对外传播研究》，《湖南大学学报》2020年第4期。
刘松：《理雅各〈墨子〉译介成因钩沉》，《中国翻译》2020年第4期。
刘云：《白话、文言与方言：19世纪中期官话〈圣经〉译本的诞生》，《中国比较文学》2020年第2期。
刘早：《当代俄国文学中的潜文本翻译问题》，《文艺争鸣》2020年第12期。
路斯琪、高方：《儒莲法译〈道德经〉的经典生成路径及呈现》，《中国翻译》2020年第1期。
栾雪梅、卞建华：《译底与译心——从〈朱门〉行香子词的回译看中国经典的回归》，《中国翻译》2020年第1期。
罗莹：《“中学西传”在新世纪的回顾与思考——评〈20世纪中国古代文化经典域外传播研究书系〉》，《中国翻译》2020年第4期。
罗宗宇、言孟也：《少数民族文学的译介及启示——〈人民文学〉英文版〈路灯〉（2011—2018）》，《南方文坛》2020年第4期。
马士奎：《传统藏戏英译研究》，《上海翻译》2020年第2期。
米亚宁：《鲁迅短篇小说翻译中的社会性特征——评莱尔译〈阿Q正传〉主体间视域融合》，《中国翻译》2020年第6期。
彭倩：《西方〈聊斋志异〉全译本肇始——意大利儒拉珍本研究》，《中国翻译》2020年第6期。
彭勇穗：《〈域外小说集〉：复古作启蒙》，《文学评论》2020年第6期。
邵璐、李伟：《刘震云小说在英语世界的翻译与接受》，《南方文坛》2020年第6期。
宋美华：《后现代翻译研究：后殖民、女性、解构》，《中国翻译》2020年第2期。
宋晓春：《“中国阐释学”义理与典籍翻译中的多元阐译》，《湖南大学学报》（社会科学版）2020年第3期。
孙国亮、陈悦：《刘慈欣小说在德国的译介与接受研究》，《南方文坛》2020年第6期。
孙国亮、高鸽：《中国少数民族文学在德语国家的译介与接受》，《民族文学研究》2020年第3期。
覃江华：《马悦然与中国文学在海外的译介和经典化》，《中国翻译》2020年第1期。
陶磊：《严复的中西文化观及其翻译实践》，《复旦学报》2020年第1期。
王风：《严复“信达雅”爰及“所谓文字上的一种洁癖”》，《文艺争鸣》2020年第4期。
王家根：《〈天演论〉译名的生态述评与思考》，《上海翻译》2020年第3期。
王家平：《创作与翻译的互文性研究——以鲁迅作、译美学风格的对话为中心》，《文艺争鸣》2020 年第 7 期。
王建国：《论汉英语用差异对翻译的影响——基于对〈边城〉四译本的对比分析》，《中国翻译》2020 年第 3 期。
王菁：《"译者视野"下翻译立场的确立——陈季同法译本〈聊斋志异〉研究》，《中国翻译》2020 年第 2 期。
吴钧：《〈易经〉视野下的敦煌艺术英译研究：以易释艺以易导译》，《中国翻译》2020 年第 3 期。
谢淼：《"世界文学"中的〈阿 Q 正传〉早期译介》，《中国文学研究》2020 年第 4 期。
修文乔：《中国当代儿童读物英译出版与传播（2000—2019）》，《上海翻译》2020 年第 5 期。
徐维辰：《翻译野蛮——科学小说〈铁世界〉中的东亚文明观》，《中国比较文学》2020 年第 1 期。
姚达兑：《凡尔纳东游记：〈十五小豪杰〉的政治书写》，《文学评论》2020 年第 1 期。
游贤育：《再论理雅各之"合儒"与柯大卫之"攻儒"——以〈孟子〉译本为例》，《中国翻译》2020 年第 6 期。
于昊燕：《经典回归的策略与实践——评〈四世同堂〉两种回译本的得失》，《文艺研究》2020 年第 4 期。
于明清：《鲁迅〈野草〉之俄译》，《中国现代文学研究丛刊》2020 年第 8 期。
宇文刚、安秀梅、张添羽：《文化回译下的自译研究——以〈狄仁杰奇案〉为例》，《中国翻译》2020 年第 2 期。
张剑：《从副文本审视佐藤春夫〈车尘集〉的编译意图》，《中国文学研究》2020 年第 2 期。
张敏：《世界文学语境中贾平凹作品外译研究——以〈高兴〉英译为例》，《小说评论》2020 年第 3 期。
张乃禹：《东亚视野与译学互动——论韩国汉学家朴宰雨的中国文学译介》，《中国翻译》2020 年第 5 期。
张楠：《末松谦澄的〈源氏物语〉英译与近代日本文化外交》，《国外文学》2020 年第 4 期。
张婷、姚靖：《霍译〈楚辞〉之"深度翻译"描述研究》，《中国外语》2020 年第 2 期。
赵红娟：《小说·历史·文学翻译——白亚仁教授访谈录》，《文艺研究》2020 年第 9 期。
周婷：《卡尔维诺作品在中国的译介与接受（1955—2019）》，《中国翻译》2020 年第 5 期。
朱振武、黎智林：《同史不同译，个中藏玄机——〈史记〉英译的策略异同比勘和文化立场审视》，《上海翻译》2020 年第 5 期。
邹理：《周立波俄苏文学翻译研究》，《文艺争鸣》2020 年第 5 期。

（收集整理者：刘　颖、王一平、梁　昭、杨　清、辜佳丽、王熙靓、夏　甜、李歆蕤、杨溢雅、曹　敏）

二　2020 年度集刊论文索引

说明：本索引中的所谓“集刊”，指的是“以书代刊”类的连续出版物，按作者名、题名、刊期顺序编排。

[俄] 安·阿·列舍托娃、李新梅：《20 世纪俄罗斯文学对古罗斯文本的接受》，《复旦外国语言文学论丛》2020 年春季号。
安宇光：《19—21 世纪波兰文学在德国的译介》，《欧洲语言文化研究》第 11 辑。
包安若：《从蠢牛尤舍到傻瓜吉姆佩尔——辛格兄弟笔下的流浪作家寓言》，《英美文学研究论丛》第 32 辑。
曹君：《弥尔顿的世界传播地图——评〈论弥尔顿作品的翻译〉》，《中世纪与文艺复兴研究》第 3 辑。
曹顺庆：《数字时代的比较文学与文化》，《中外文化与文论》第 45 辑。
曹顺庆、陈思宇：《70 年来我国比较诗学研究的得与失》，《英语研究》第 11 辑。
曹顺庆、汪立珍、刘建波：《“当前比较文学前沿及少数民族比较文学学科发展”讲座实录》，《中外文化与文论》第 46 辑。
曹顺庆、杨清：《人类世时代西方身体观在中国的变异》，《中外文化与文论》第 44 辑。
曹韵竹：《叙述内外的身份建构——兼评保罗·科布利的〈叙述〉》，《探索与批评》第 3 辑。
查日新：《厄普代克〈天堂制造〉中的历史感》，《探索与批评》第 3 辑。
陈兵：《吉卜林的〈想当国王的人〉与理想英国殖民者的塑造》，《英美文学研究论丛》第 32 辑。
陈海龙：《科学与人文：数字时代的文学人类学研究》，《中外文化与文论》第 45 辑。
陈浩然：《宋词的跨文化翻译：读罗伯特·克罗福德的〈河谷〉》，《英语文学研究》第 4 辑。
陈建华：《改革年代俄苏文学研究的变迁》，《复旦外国语言文学论丛》2020 年春季号。
陈靓：《族裔性的空间建构：〈拉罗斯〉的叙事策略》，《英美文学研究论丛》第 33 辑。
陈俊松：《“感觉再也不会跟以前一样了”：奥康纳〈异乡客〉中的“危机瞬间”》，《英美文学研究论丛》第 33 辑。
陈世丹、陶晓：《多克特罗小说〈拉格泰姆时代〉中的织锦式音乐叙事》，《英语文学研

究》第3辑。

陈思宇：《数字时代的超文本文学研究——以〈十二蓝〉为例》，《中外文化与文论》第45辑。

陈文玉：《玛格丽特·德拉布尔〈黑潮升起〉中杂糅叙事策略的多维度分析》，《英美文学研究论丛》第32辑。

成蕾：《让·列维〈论语〉翻译中的阐释变异》，《中外文化与文论》第44辑。

成立：《论数字化时代的外国文学教学》，《中外文化与文论》第45辑。

程孟利：《朱厄特〈一只白苍鹭〉中的生态自我与自主隐遁》，《英美文学研究论丛》第32辑。

程庆华：《平均种族主义——〈金甲虫〉中爱伦·坡黑人形象建构的中庸之道》，《英美文学研究论丛》第32辑。

程锡麟：《理论"死亡"了吗？——当代西方批评理论的现状与趋势》，《探索与批评》第2辑。

程弋洋：《中国当代类型文学在西班牙语世界——以麦家〈解密〉西译本批评与接受为例》，《复旦外国语言文学论丛》2020年秋季号。

［日］川地美子：《作为日本文化象征的莎士比亚（英文）》，《中世纪与文艺复兴研究》第3辑。

崔丹：《诗画越界、希腊泛神论与人文主义升华：论济慈对弥尔顿的继承与超越》，《英语文学研究》第3辑。

邓瑛瑛：《"棕色语法"的隐喻思考：加里·斯奈德生态智慧的认知解读》，《英美文学研究论丛》第33辑。

邓迎迎：《玻璃的空间意义与建构功能》，《英美文学研究论丛》第33辑。

丁子天：《人本关切和理性释经——论乔治·艾略特对实证主义的接纳》，《探索与批评》第3辑。

董亮：《有"情"之士的无"情"之作：库切的卡鲁情怀与文学生产》，《英美文学研究论丛》第33辑。

董明来：《晚期现代的意识形式与战争经验——对〈达洛维夫人〉的现象学与政治哲学分析》，《英美文学研究论丛》第32辑。

董晓烨：《苏珊·兰瑟的隐含作者观》，《探索与批评》第3辑。

董勋：《顽疾之源：〈解说疾病的人〉叙事中的隐性进程》，《探索与批评》第3辑。

杜海霞：《乔治·爱略特作品中的阶级与无政府状态》，《英语文学研究》第3辑。

杜红艳：《〈新刻绣像批评金瓶梅〉中的"梦叙述"》，《探索与批评》第2辑。

［德］厄尔·杰弗里·理查兹、林振华：《奥尔巴赫与库尔提乌斯——中道而止还是失之交臂的对话?》，《跨文化研究》第8辑。

［德］厄尔·杰弗里·理查兹、王茜：《数字转向后人文学科中的文化概念——计量文体学范式》，《跨文化研究》第8辑。

方红：《杂交柑橘与杂糅身份：林露德传记小说研究》，《英美文学研究论丛》第32辑。

方小莉：《美国黑人女性文学的口述传统研究》，《英美文学研究论丛》第32辑。

伏飞雄、李明芮：《汉语学界“叙述”与“叙事”术语选择再辨析》，《探索与批评》第3辑。

付艳艳：《“中国模式”下的选择性接受——毛姆中国译介的选材与接受偏差》，《复旦外国语言文学论丛》2020年春季号。

付英杰：《从后现代主义传记戏剧到元传记：重读〈戏谑〉与〈歇斯底里〉中的荒诞性》，《英美文学研究论丛》第33辑。

高卫泉：《史蒂文森的唯美主义：从王尔德的三种美学谈起》，《英美文学研究论丛》第33辑。

古文菲：《试论译者主体性在翻译活动中的体现——以林语堂译〈浮生六记〉为例》，《中外文化与文论》第44辑。

顾晓辉：《伊丽莎白·毕晓普诗歌中的种族叙事研究》，《英美文学研究论丛》第32辑。

管南异：《文化分裂与秩序失落：〈好兵〉对英国乡绅文化的反思》，《英美文学研究论丛》第33辑。

郭瑞芝、黄杨：《探析后殖民翻译理论视域下中国文学作品中的文化因素外译》，《跨语言文化研究》第14辑。

郝桂莲：《〈幻影书〉的面具艺术与主体性构建》，《英美文学研究论丛》第32辑。

何敏、王玉莹：《御东风而西行：从刘慈欣作品译介效果观中国文学对外传播》，《中外文化与文论》第45辑。

何宁：《论埃德温·摩根的早期诗歌创作》，《英美文学研究论丛》第32辑。

洪微微：《从关联理论角度分析韩国漫画汉译中的注释——以韩国漫画〈未生〉汉译本为例》，《亚非研究》第15辑。

胡碧媛：《暴力叙事与精神重生：玛丽莲·罗宾逊〈莱拉〉中的自我与共同体》，《英语文学研究》第4辑。

胡江波：《詹姆斯〈螺丝在拧紧〉中的帝国意识与东方主义》，《英语文学研究》第4辑。

胡茂盛：《中国莎士比亚中的孔子：以1914—1964年的中国媒体为例（英文）》，《中世纪与文艺复兴研究》第3辑。

胡鹏：《献祭仪式、医学与新大陆书写：〈泰特斯·安德洛尼克斯〉中食人现象的文化意义》，《英语文学研究》第4辑。

胡志红：《〈力量〉中的狮子书写与跨文化生态对话——建构多元文化生态话语》，《英语研究》第11辑。

胡志红：《多元思想视野下的生态批评与文学》，《中外文化与文论》第45辑。

胡志红：《印第安生态批评对托马斯·杰斐逊的多维拷问》，《中外文化与文论》第45辑。

黄兰花：《〈魔山〉对传统成长小说的颠覆与反思》，《跨文化研究》第8辑。

黄重凤：《“希腊文学是非个人化的文学”：弗吉尼亚·伍尔夫的非个人化理论与实践》，《英语文学研究》第4辑。

姜燕燕：《论戏仿、复调与反讽释义——以小说〈爱无可忍〉和〈使女的故事〉为例》，《探索与批评》第3辑。

蒋承勇：《互联网技术与文学教育：以“外国文学史”课程为例》，《中外文化与文论》

第45辑。

蒋展：《〈为拯救而书：路易斯·提尔档案〉："宏大时间"下的双重时空叙事》，《英美文学研究论丛》第33辑。

解雅楠、程弋洋：《西班牙东方学》，《亚非研究》第15辑。

蓝云春：《共同体视域下〈达·芬奇密码〉中的宽容主题探析》，《英美文学研究论丛》第33辑。

黎清群：《〈弗兰妮与祖伊〉的大学批判与冷战策略》，《英美文学研究论丛》第33辑。

李安斌、盛国诚：《从"不可译"到变异学》，《中外文化与文论》第45辑。

李保杰：《〈幸运之神〉中的"去符号化"话语构建》，《英美文学研究论丛》第32辑。

李斌：《口头传统、口头传播与口头叙事——英语世界口头文学研究及启示》，《复旦外国语言文学论丛》2020年秋季号。

李菲、黄书霞：《从飞车到激光：新中国科幻文学的"科学"想象与意象重构》，《中外文化与文论》第45辑。

李锋：《从〈差分机〉看蒸汽朋克的写作特点与历史观念》，《英美文学研究论丛》第32辑。

李慷：《悲剧意识及其超越：空间理论视角下奥康纳短篇小说解读》，《英美文学研究论丛》第32辑。

李丽华：《"蝴蝶谱系"的多重文本溯源与考辨》，《英美文学研究论丛》第32辑。

李疏桐：《西方文学形象在中国现代文学三十年中的价值演变——论钱理群〈丰富的痛苦：堂吉诃德与哈姆雷特的东移〉的学术范式》，《现代中国文化与文学》第32辑。

李天鹏、杨玉华：《屏幕中心主义：桌面电影的历史、困境与观看机制》，《中外文化与文论》第45辑。

李卫华：《历史叙事的"可信性"与"可靠性"——〈文心雕龙·史传〉的叙事学解读》，《探索与批评》第3辑。

李文革、马春兰：《老舍早期的小说创作与翻译文学：互文性探究》，《跨语言文化研究》第14辑。

李莹：《艾略特〈荒原〉中的启示文学因素》，《跨文化研究》第8辑。

梁昭：《以文学思考"游戏"：网络小说中的"游戏"想象》，《中外文化与文论》第45辑。

林辰：《"爵士戏剧"与神话仪式：T. S. 艾略特〈力士斯威尼〉的仪式化》，《英语文学研究》第3辑。

林鸿雁：《打捞记忆深井里的真相：赫索格的时间人格和创伤修复》，《探索与批评》第2辑。

林萍：《"作为妇女的阅读"：〈法国中尉的女人〉之再审视》，《英语研究》第11辑。

刘桂杰：《诗意的理性：论阿西莫夫机器人小说中的人机伦理》，《英美文学研究论丛》第33辑。

刘锦晖、文军：《李清照词在英语世界的百年译介综论》，《英语研究》第11辑。

刘可：《大数据时代与文学主体的质变》，《中外文化与文论》第45辑。

刘丽娟、郑轶：《数字媒体时代艺术作品文本存在方式的嬗变》，《中外文化与文论》第45辑。
刘茂生：《〈魔鬼的门徒〉的宗教伦理与道德观照》《英美文学研究论丛》第33辑。
刘念：《勋伯格在中国的影响与接受——青主与勋伯格音乐美学思想的跨时空交锋》，《中外文化与文论》第45辑。
刘启君：《萨科—樊塞蒂审判案的艺术再现：评厄普顿·辛克莱的〈波士顿〉》，《英美文学研究论丛》第33辑。
刘庆松：《〈负罪和悲哀〉中华兹华斯对贫穷话语的改写》，《跨语言文化研究》第14辑。
刘须明：《美杜莎的变形：拜厄特作品中的语图叙事》，《英美文学研究论丛》第32辑。
刘艳卉：《"言语"还是"行动"——论〈美国野牛〉与〈拜金一族〉中的戏剧语言》，《英美文学研究论丛》第32辑。
刘一雯：《邢丹文〈墙屋〉的符号学解读》，《探索与批评》第2辑。
刘永志、唐春兰：《数字文学地图平台的教学应用研究》，《中外文化与文论》第45辑。
龙迪勇：《"灵显"与图像——詹姆斯·乔伊斯小说的跨媒介叙事》，《英语研究》第12辑。
吕丽盼：《"真我"与"他我"：〈伊甸园之东〉中华裔"李"的身份问题研究》，《英美文学研究论丛》第33辑。
吕琪：《隐含作者、第二自我与自我的多重性——小议叙事理论中"隐含作者"概念的争议与潜力》，《探索与批评》第3辑。
卢婷：《机器模拟与形神交融：再造身体的跨界比较》，《中外文化与文论》第45辑。
罗益民：《哈姆雷特延宕问题再思考》，《英美文学研究论丛》第33辑。
马冬梅：《周煦良英诗翻译与中国新诗诗体建设》，《复旦外国语言文学论丛》2020年春季号。
马粉英：《解构二元对立的身体审美意识：〈最蓝的眼睛〉中的后殖民叙事》，《英语文学研究》第3辑。
[波兰]马如是·戈布布、[波兰]克里斯托弗·马赫尔、马佳佳：《阐释学和语用学视角下的花园》，《探索与批评》第3辑。
马甜、祝东：《从叙事艺术看冯梦龙对话本小说的改进：以〈蒋兴哥重会珍珠衫〉为例》，《探索与批评》第2辑。
[美]迈克·希尔、王元陆：《文学研究的计算性起源：论亚当·斯密与哲学想象》，《英语文学研究》第4辑。
毛娟：《当代西方空间批评关键词研究述评》，《中外文化与文论》第44辑。
缪羽龙、刘富丽：《石黑一雄〈浮世画家〉的政治启示》，《复旦外国语言文学论丛》2020年春季号。
聂韬：《表现还是再现？——〈王者荣耀〉对游戏角色塑造的解构与反思》，《中外文化与文论》第45辑。
潘纯琳：《"儿童"的发现与发明：作为文化概念的"儿童"对中国现代文学的全面形塑》，《探索与批评》第3辑。

庞好农：《从〈随意敲门〉探析心象叙事之跨时空建构》，《英语研究》第11辑。
彭佳：《试论符号的文化—媒介双重耦合机制：从“鲤”的民俗文本到网络文本》，《探索与批评》第3辑。
彭彤、阳代娟：《文本、事件与交互：数字媒介时代的叙事设计》，《中外文化与文论》第45辑。
彭禹：《论诺里斯〈章鱼〉中的地图意蕴》，《英美文学研究论丛》第33辑。
彭兆荣：《比较：文在多元样态中——比较文学散论》，《中外文化与文论》第45辑。
乔娟：《〈管家〉中“水”意象的权力隐喻》，《英美文学研究论丛》第32辑。
乔媛：《文化认同与翻译动机——翟理斯英译〈聊斋志异〉研究》，《复旦外国语言文学论丛》2020年秋季号。
秦苏珏：《历史书写与文化阐释的困境——以〈在世界的中心相遇〉中的仪式为例》，《中外文化与文论》第45辑。
任光宣：《熟悉而又陌生的果戈理——纪念19世纪俄罗斯作家尼·果戈理诞辰210周年》，《复旦外国语言文学论丛》2020年春季号。
史敬轩：《语文学家的美人鱼：托尔金的学科拯救之路》，《英美文学研究论丛》第33辑。
苏亚兰：《斯蒂芬“良心”的生成与成长：〈一个青年艺术家的肖像〉中主体意识的存在主义解读》，《英美文学研究论丛》第33辑。
孙坚：《〈营利〉的生态批评解读》，《英美文学研究论丛》第33辑。
谭光辉：《小说定义的演变和新探索》，《探索与批评》第2辑。
谭琼琳：《中国禅画在美国现当代诗歌中的调适研究》，《英美文学研究论丛》第33辑。
谭轶操、李官福：《朝鲜朝诗人林悌边塞诗与唐代边塞诗的关联研究》，《韩国研究论丛》第39辑。
唐立新：《英国文学中的文化主题》，《英美文学研究论丛》第32辑。
唐伟胜、傅修延：《叙事学与中国叙事传统——傅修延教授学术思想访谈》，《英语研究》第12辑。
[英] 特里·伊格尔顿、约翰·查德、高艳丽：《“只有死亡才能让我停止”：特里·伊格尔顿访谈录》，《英语文学研究》第3辑。
[美] 提摩太·贝维斯、林振华：《美国小说实验近况》，《跨文化研究》第8辑。
完德加：《科幻与佛学的未来展望》，《中外文化与文论》第45辑。
万晓蒙、李亚飞：《百舸争流，浸明浸昌——2019年度中国叙事学发展报告》，《复旦外国语言文学论丛》2020年秋季号。
汪小玲：《论“美国文学三大奖”获奖小说中的负情感政治》，《英美文学研究论丛》第32辑。
王超：《数字媒介与比较文学变异学之传播变异》，《中外文化与文论》第45辑。
王东风：《诗的节奏与翻译：以英诗汉译为例》，《英语研究》第12辑。
王洁：《麦克尤恩〈儿童法案〉的交往内涵》，《复旦外国语言文学论丛》2020年春季号。
王凯凤：《数字时代的中国古典诗歌传播：国内外网络课程比较》，《中外文化与文论》

第45辑。

王玲、傅利：《谁才是家中的玩偶：门罗〈奥兰治大街溜冰场的月亮〉中的性别角色和性别权力关系》，《英语文学研究》第4辑。

王琦：《后理论时代中国文论的国际化走向：中国比较文学学会会长王宁教授访谈录》，《英美文学研究论丛》第33辑。

王秋生：《走出边缘情境——〈五号屠场〉的存在主义解读》，《英美文学研究论丛》第32辑。

王冉、刘象愚：《抵制父权与西尔维娅·普拉斯"作者身份"的建构》，《英语研究》第12辑。

王世海：《论符号意文的确定与变化——以〈红楼梦〉中贾宝玉为例》，《探索与批评》第3辑。

王抒凡、曲景毅：《中国古典文学传播与汉语国际教育——以〈三国演义〉在泰传播为例》，《古代文学理论研究》第50辑。

王天宇、高方：《小议科幻小说的术语翻译问题——从〈三体〉法译本谈起》，《外国语文研究（辑刊）》2020年。

王彤伟：《高丽李齐贤汉文词对唐宋诗词的接受》，《中外文化与文论》第45辑。

王希玲：《阶级理论视阈下厄德里克〈爱药〉中的工人阶级问题研究》，《英美文学研究论丛》第32辑。

王骁：《对君主问题的再思考——〈李尔王〉的马基雅维利式解读》，《复旦外国语言文学论丛》2020年春季号。

王欣：《英国奥古斯都文学中的公共经验》，《英美文学研究论丛》第33辑。

王艳：《跨媒介叙事——数字时代的〈格萨尔〉史诗》，《中外文化与文论》第45辑。

王怡辰：《性别意识观照下的女性形象——以三篇越战题材短篇小说为例》，《亚非研究》第15辑。

王弋璇：《诺曼·梅勒〈为什么我们在越南?〉中的抗议策略与越战反思》，《英美文学研究论丛》第32辑。

王颖冲：《中国文学外译之再思》，《外国语文研究（辑刊）》2020年。

王苑媛：《算法感性与数字美学——以数字影像为例》，《中外文化与文论》第45辑。

王卓：《"走过同一块地毯"：庞德与詹姆斯美学思想比较研究》，《英美文学研究论丛》第33辑。

王卓：《论扎迪·史密斯新作〈摇摆时光〉中舞蹈的多重隐喻功能》，《复旦外国语言文学论丛》2020年春季号。

吴春英：《国外杰拉德·普林斯叙事理论研究综述》，《英美文学研究论丛》第32辑。

吴晓虹、赵文航：《永无止境的探寻——评汉斯·布鲁门伯格的三部代表作》，《跨文化研究》第8辑。

吴秀龙：《〈梦游之地〉中的魔幻化战争书写——兼论米亚·科托的魔幻现实主义》，《复旦外国语言文学论丛》2020年春季号。

武伟：《历史的维度：D. H. 劳伦斯〈虹〉中的三个空间性隐喻》，《英语文学研究》第

4辑。

武亚男：《可能世界理论下的数字叙事：评张新军〈数字时代的叙事学：玛丽—劳尔·瑞安叙事理论研究〉》，《探索与批评》第2辑。

席卫国：《日本17—19世纪翻译文化考》，《跨语言文化研究》第14辑。

谢梅：《数字时代的文化与创意》，《中外文化与文论》第45辑。

熊璨：《论人工智能翻译的可能性——从翻译的三个层次看非文学与文学翻译》，《中外文化与文论》第45辑。

徐明莺：《〈相当体面的失败〉中善的双重性》，《英美文学研究论丛》第33辑。

徐婉琦、沈文凡：《司空图隐逸文化的韩国接受》，《古代文学理论研究》第51辑。

徐新建：《数智时代的文学与幻想》，《中外文化与文论》第45辑。

徐新建：《文学人类学："反身转向"的新趋势》，《中外文化与文论》第45辑。

徐颖：《托尼·莫里森〈乐园〉中的仪式与创伤叙事》，《英语文学研究》第3辑。

许金菁：《卡尔维诺文学作品在中国：翻译与批评述论》，《欧洲语言文化研究》第11辑。

许钧：《外语、异质与新生命的萌发——关于翻译对异质性的处理》，《外国语文研究（辑刊）》2020年。

闫小芹：《西方空间批评在中国的接受现状及反思》，《中外文化与文论》第44辑。

杨傲霜：《伊迪丝·华顿传记书写述评》，《探索与批评》第2辑。

杨莉：《人性的真相与幻灭：〈年轻人古德曼·布朗〉与〈罗生门〉的主题比较研究》，《英语文学研究》第4辑。

杨清：《英语世界莎士比亚研究：新材料与新方法》，《中外文化与文论》第46辑。

姚君伟：《赛珍珠受到钱钟书斥责原因探析》，《英美文学研究论丛》第33辑。

叶家春：《人文地理学视域下的文学空间批评关键词：地理学想象》，《中外文化与文论》第44辑。

殷贝：《科学与隐喻：莱辛太空科幻姊妹篇中的帝国模型与进化伦理观》，《探索与批评》第2辑。

殷企平：《文化批评的来龙去脉》，《英语研究》第11辑。

虞建华：《〈时间机器〉：文类杂糅的叙事艺术》，《英语研究》第11辑。

[美]约翰·拉姆里奇、伍小玲：《燕卜荪与C. S. 刘易斯：寻求共同点》，《中世纪与文艺复兴研究》第3辑。

曾桂娥：《论〈飞越大西洋〉中的共同体书写》，《英美文学研究论丛》第33辑。

曾虹：《数字影像化的流放叙事和伦理引导：以罗卓瑶的〈秋月〉和〈爱在异乡的季节〉的教学为例》，《中外文化与文论》第45辑。

曾洪伟、陈媛华：《图像化转型：当代西方文论史著书写与编撰的新趋向——以五部图文版西方文论史著为例》，《中外文化与文论》第46辑。

翟赫：《"我为自己造了一首挽歌"：论英国当代诗人杰弗里·希尔的"幸存者精神"》，《英语文学研究》第3辑。

翟乃海：《犹太人的求异思维与哈罗德·布鲁姆的文学批评》，《复旦外国语言文学论丛》2020年春季号。

［澳］詹姆斯·弗朗西斯·沃伦、霍然：《东南亚边缘群体的描写——对人力车夫、娼妓、海盗等群体的研究体会》，《亚非研究》第15辑。
张叉：《英语世界的艾略特经典化过程研究》，《中外文化与文论》第46辑。
张建华：《当代俄罗斯文坛上的“最后一个苏联作家”——波利亚科夫早期小说创作论》，《复旦外国语言文学论丛》2020年春季号。
张健然：《〈磐石上的阴影〉中的食物书写》，《英美文学研究论丛》第33辑。
张俊萍、程榕：《从阶级分化到阶级流动：〈看得见风景的房间〉中的音乐意象》，《英语文学研究》第3辑。
张黎黎：《〈九三年〉的空间意蕴》，《中外文化与文论》第44辑。
张炼：《台湾地区的乔叟接受状况》，《中世纪与文艺复兴研究》第3辑。
张敏：《跨文化传播视阈下〈先知·论孩子〉及其三个译本的分析与浅评》，《跨语言文化研究》第14辑。
张秋子：《皮·骨·心——维多利亚小说中的颅相学叙事》，《复旦外国语言文学论丛》2020年春季号。
张然、戚良德：《从文图理论看〈文心雕龙〉的“神用象通”说》，《人文论丛》第33辑。
张瑞卿：《F. R. 利维斯与剑桥批评传统》，《英语文学研究》第4辑。
张新军：《叙事学的跨媒介转向》，《探索与批评》第2辑。
张旭：《福柯在中国（1989—2019）》，《跨文化研究》第8辑。
张煜：《本生、地狱与志怪——从〈法苑珠林〉看佛教故事的经典化历程》，《古代文学理论研究》第51辑。
张郑波、王小军：《法国汉学家朱利安对中国山水画道的哲学比较阐释》，《中外文化与文论》第46辑。
赵朝永：《“再创作”vs“再阐释”——〈金瓶梅〉英译本语域变异动因分析》，《复旦外国语言文学论丛》2020年春季号。
赵海虹：《乌托邦中的转型迷思与想象共同体——从〈埃瑞璜〉到〈重返埃瑞璜〉》，《探索与批评》第2辑。
赵靓：《“流浪家园”与“移动宇宙”：文学幻想的时空表述》，《中外文化与文论》第45辑。
赵渭绒、叶诗嘉：《数字人文时代四川比较文学：学科动态及发展前景》，《中外文化与文论》第45辑。
赵渭绒、周红麦：《从变异学看〈此恨绵绵〉对〈呼啸山庄〉的改编》，《中国现代文学论丛》第15卷。
赵秀凤：《多模态认知诗学视域下的后现代绘本叙事——以〈臭起司小子爆笑故事大集合〉为例》，《英语研究》第12辑。
赵元：《奥登—卡尔曼歌剧脚本〈酒神的伴侣〉中的“神话方法”》，《英美文学研究论丛》第33辑。
郑伊凡：《英文汉学界的礼学研究综述》，《人文论丛》第33辑。

支宇：《具身观看与自由知觉——数字时代视觉认知的“具身性转向”》，《中外文化与文论》第45辑。

支宇：《数字媒介时代的视觉文本与审美文化》，《中外文化与文论》第45辑。

周洁：《在诗歌创作与诗歌批评之间：德里安·丽斯－琼斯教授访谈录》，《英美文学研究论丛》第33辑。

朱喜奎：《麦尔维尔作品中的世界主义思想》，《英语文学研究》第4辑。

朱新福：《“真理终将崛起于尘泥”——论布莱恩特的自然诗歌》，《英语研究》第12辑。

邹涛：《数字时代的文学与文化教学》，《中外文化与文论》第45辑。

（收集整理者：夏　甜）

三　2020 年度比较文学专题文集及要目索引

王永主编：《俄罗斯文学的多元视角："现当代俄罗斯文学跨学科研究"国际会议论文集》，浙江大学出版社 2020 年版。

序一

序二

张建华：《21 世纪俄罗斯的跨学科文学研究》。

常景玉：《"索尼娅"形象的精神文化内涵》。

冯玉芝：《蒲宁的情感篇章与叙事经纬——以小说集〈林荫幽径〉为例》。

公冶健哲：《成长小说中的"出走少年"形象——以〈带星星的火车票〉与〈寂寞的十七岁〉为例》。

王宗琥：《用碎布头拼接而成的花被罩——评索罗金的新作〈碲钉国〉》。

吴晓都：《高尔基的文学思想与苏联文学初建——纪念高尔基诞辰 150 周年》。

杨丽娜：《贵族庄园的今生与前世——〈果园〉对〈樱桃园〉的继承与革新》。

于立得：《"普希金之家"的谢甫琴科研究》。

郑体武：《象征主义、现代主义和颓废主义》。

郑晓婷：《马雅可夫斯基的浪漫与呐喊》。

姜磊：《文学哈哈镜中的"俄国熊"自画像》。

赵颖：《俄罗斯侨民作家什梅廖夫小说的宗教意蕴》。

董晓：《激进与纯粹：论梅耶荷德对斯坦尼斯拉夫斯基戏剧观的反叛》。

李春雨：《〈战争的非女性面孔〉中的色彩叙事》。

吕天威：《从建构到解构——论电影〈吗啡〉对原著〈年轻医生手记〉的改编》。

温玉霞：《"弹唱诗歌"的艺术风格及其对俄罗斯精英文化的影响》。

张煦：《〈黛西〉中的拼贴艺术》。

王永：《曼德尔施塔姆诗集〈石头〉的"世界文化"网络》。

陈新宇：《李芳萍 2015 年诺贝尔文学奖解读：作为口述史的纪实文学》。

于正荣：《玛丽尼娜的侦探小说创作与女性主义》。

张冰：《"生态平衡"关系中的〈鱼王〉》。

当代中国与世界研究院、法国桥智库编：《文明交流与互鉴：构建人类命运共同体：2019 中法文明对话会论文集》，朝华出版社 2020 年版。

王毅：《让平等、包容、合作的人类文明之光永恒闪耀》。

洛朗・法比尤斯：《中法对话是一种共存方式》。

蒋建国：《汲取文明智慧　促进民心相通　共同向着实现中法梦的目标迈进》。

多米尼克・德维尔潘：《通过必要的文明对话保护我们的人道主义精神》。

伊琳娜・博科娃：《建设以相互尊重多样性、对话和有效多边主义为基础的和平、繁荣世界》。

单霁翔：《文明互鉴与对话：构建人类命运共同体》。

贾斯廷・瓦伊斯：《灿烂文明和全球良好治理》。

张维为：《文明型国家视角下的现代中国》。

迪埃・贝奈姆：《中国艺术家与西方艺术的交锋》。

吴为山：《在对话中构建命运共同体》。

基亚拉・科拉扎：《文明与女性》。

麦家：《我“走出来”的故事和思考》。

埃尔韦・巴尔巴莱：《有生命力的文明和全球博物馆》。

向云驹：《中国文化的极致性与构建人类命运共同体的关系》。

史蒲：《通过历史传播法国文化》。

罗国祥：《中国—法国：伟大思想总相逢》。

黛博拉・弗雷特：《与孔子一起漫步时空》。

刘烨：《爱让我们同行》。

菲利普・巴莱：《中国小说在法国》。

韩毓海：《“初心”与文明的“世界价值”》。

让－克里斯托弗・巴斯：《文明与文化：国际政治的基本价值》。

蒙曼：《文化多样与文明共享》。

赵晓星：《论多元民主与多元文明的共存》。

艾曼纽埃尔・德比：《共同守护人类的敦煌》。

亚历山大・德尔・佩鲁贾：《我们的文明对话构成一个主体》。

沈坚：《中法历史文化研讨班的实践与中法文明交流》。

刘少文：《深化网路空间交流推动文明交流互鉴》。

艾玛纽埃尔・林科：《文明与多极化》。

冯英：《邀您一道在“美美与共”的共同道路上相扶而行》。

让－弗朗索瓦・迪・梅利奥：《与中国文化的全部元素进行对话》。

袁民：《科技向善助力文明多样性发展》。

弗朗索瓦・冈坦：《企业面对文化多样性的挑战》。

中法文明对话会 2019・巴黎共识。

克里斯托弗·瑞格：《从福克纳到莫里森：两位诺贝尔奖美国作家作品研究文集》，中央编译出版社 2020 年版。

［美］约翰·N. 杜瓦尔：《莫里森与福克纳式的黑暗小说之屋》，康毅译。

［美］特里萨·M. 陶纳：《成千上万人的消失：〈去吧，摩西〉和〈恩惠〉中的新兴殖民地白人性研究》，白晶回春译。

［美］泰德·阿肯森：《挑战〈押沙龙，押沙龙！〉和〈所罗门之歌〉中的南方例外主义文化逻辑》，康毅译。

［美］丽萨·赫瑞森：《鬼之魅：〈我弥留之际〉和〈宠儿〉中的记忆与巫术思维》，康毅译。

［法］弗朗索·瓦布伊松：《〈最蓝的眼睛〉〈喧哗与骚动〉和希腊古瓮：福克纳与莫里森》，康毅译。

［美］罗瑞·沃特金斯：《对美的探求不同的老福克纳式歌舞：托妮·莫里森〈宠儿〉中的孤独》，王丽丽译。

［美］莱斯利·比克福德：《界限转移：作为霸权意识形态象征的查尔斯·邦和宠儿》，张毅译。

［日］松冈信哉：《寻找福克纳和莫里森的文化杂合》，郝红玲译。

［美］格瑞辰·马丁：《福克纳和莫里森作品中致命的慈悲》，王丽丽译。

［美］塔拉·塔特尔：《隐喻的力量：福克纳和莫里森对〈创世记〉1—3 章的运用》，叶晓燕译。

［美］亚当·朗：《“我们都在那里”：莫里森〈宠儿〉和福克纳〈去吧，摩西〉中集体身份的建构》，王丽丽译。

［美］克莱尔·克雷布特里：《福克纳的〈熊〉和莫里森的〈宠儿〉中神圣的、被玷污的土地》，王丽丽译。

［美］伊登·威尔斯·福里德曼：《“我出事了！”：见证福克纳〈圣殿〉中的创伤》，白晶译。

［美］安吉莉·艾琳·欧莉芙：《从边缘到中心：杜威·德尔的实用主义还原——〈我弥留之际〉中的女儿》，岳铁艳译。

［中］何文敬：《托妮·莫里森〈宠儿〉和〈恩惠〉中的后殖民美学审视》，王丽丽译。

［中］杨金才：《托妮·莫里森在中国的批评与接受》，王丽丽译。

季进、吴雨平主编：《比较文学与世界文学研究论集》，苏州大学出版社 2020 年版。

季进：《论世界文学语境下的海外汉学研究》。

吴雨平、方汉文：《“文学世界体系”观念评骘》。

季进：《作为世界文学的中国文学——以当代文学的英译与传播为例》。

秦烨：《虚构与实质——论〈现代中国文学 9 文化〉中的当代小说研究》。

季进、臧晴：《论海外“〈解密〉热”现象》。

秦烨：《麦家与世界文学中的符码叙事》。

王敏：《回溯与预言交叠下的悲歌——〈日光流年〉的史诗性叙事研究》。

季进：《多元文学史的书写》。

臧晴：《21 世纪以来北美地区的中国古代通俗文学研究》。

朱玲：《中国昆剧英译的现状、问题与对策》。

吴雨平：《唐诗选本的日本化阐释及其对中晚期日本汉诗创作的影响》。

倪祥妍：《佐藤春夫与郁达夫交恶缘由之考察》。

王胜宇：《小泉八云对中国故事的二次加工及其创作理念的转变》。

孙连五：《夏济安、宋淇与亨利·詹姆斯》。

王耘：《德性的东方实践——韩国古代文人美学的人文范式》。

吴雨：《〈和汉朗咏集〉文学主体意识论析》。

倪祥妍：《串联式的人物安排多样化的叙事方法——评角田光代的〈小熊〉》。

王耘：《论〈创世记〉中的动植物》。

朱玲：《五种符码交织的乐章——从罗兰·巴特五种符码解读〈纪念爱米丽的一朵玫瑰花〉》。

秦烨：《末世·危机·救赎——〈五号屠场〉〈世界末日之战〉与虚构叙事的伦理关怀》。

周雯、陈亦水主编：《赛博文化与数字人文》，中国文联出版社 2020 年版。

丁妮、何威：《面向新时代：赛博文化与数字人文（代前言）》。

陈彦蓉：《昨日重现：动画纪录片对创伤记忆的建构——以纪录片〈与巴什尔跳华尔兹〉为例》。

陈亦水：《数字媒体影像时代的未来书写——中美科幻电影的赛博空间与赛博格身体的文化想象》。

方丽：《数字奇观中的生态诗学——电影〈阿凡达〉中的生态美学观探析》。

孔菁华：《新闻行业中的机器人应用研究》。

蒯光武、陈顺意：《赛博文化中的广州美食意象》。

施畅：《弥漫的界面：理解增强现实》。

涂俊仪：《科技革命与电影中的后人类景观》。

王海波：《现代电影美学语境下的现实主义浅析》。

王亚玲：《“善”与“恶”：社交媒体中“鸡汤文”的情感工具化》。

魏然：《“不得其所”与“安适其位”——移动媒介对城市地方感的重构分析》。

杨苗：《侵害隐私之因：异化的网购消费空间》。

《数字时代景观符号的建构》。

《Kyma 系统在交互式电子音乐作品的应用》。

《数字时代的权力博弈——2017 年数字媒体年会圆桌会议记录》。

施小炜主编：《谷崎润一郎中国题材作品研究》，华东理工大学出版社 2020 年版。

艾菁：《紀行小説における〈虚〉と〈実〉—「西湖の月」と「天鵞絨の夢」を

めぐって》。

高洁:《〈苏州纪行〉〈秦淮之夜〉〈西湖之月〉的“非东方主义”解读》。

郭勇:《谷崎潤一郎と竹枝詞ー「蘇州紀行」めぐって》。

堀誠:《谷崎潤一郎「鮫人」の中日比較文学的考察》。

林茜茜:《西洋芸術と東洋芸術との統合の試みー谷崎潤一郎「鮫人」における〈浅草オペラ〉》。

千葉俊二:《谷崎文学と中国古典ー「麒麟」をめぐって》。

銭暁波:《東西文化の衝突と融合ー「人魚の嘆き」を中心にー》。

山本幸正:《〈画舫〉の記号学ー中国を題材にした谷崎潤一郎の作品をめぐって》。

施小煒:《文化の、文化による、文化のための謀殺。あるいは、幻想の殺人ー「鶴唳」論》。

篠崎美生子:《「陰翳礼讃」ー「われわれ」とは誰か》。

鄒波:《旅のまなざしー「秦淮の夜」を中心に》。

曹顺庆主编:《中外文化与文论》,四川大学出版社2020年版。

曹顺庆、李采真:《纪念杨明照先生110周年诞辰访谈录》。

蔡宗齐:《纪念杨明照先生》。

蔡宗齐、张晓慧:“The Making of a Chinese Critical System: Liu Xie's Wen Xin Diao Long”。

卜松山:“In the Memory of Yang Mingzhao”。

卜松山:《宇宙规律与文学样式——试论刘勰的〈文心雕龙〉》。

威尔·白金汉:“Appreciating Yang Mingzhao”。

威尔·白金汉:“Intricacies: What Liu Xie Taught Me About Writing”。

幸佳丽:《杨明照先生与川大学派》。

高小珺:《师者遗珍:杨明照先生未刊讲义初探》。

刘诗诗:《杨明照先生〈文心雕龙〉研究始末考——基于新发现手稿的分析》。

杨玉华:《一生心力在“子书”——略论杨明照先生的“子书”研究》。

张瑞瑶:《杨明照先生和他的学生们》。

李建中、罗柠:《世纪“龙学”的四大名著及理论范式》。

戚良德:《〈文心雕龙〉的性质及其结构体系》。

涂光社:《刘勰著述思想理论研究汇评》。

马建智:《原道论与神谕说:汉藏不同的文学起源发生论》。

汪洪章:《〈文心雕龙〉中的主体意识批评》。

李瑞卿:《刘勰“数”论》。

吴中胜:《〈文心雕龙〉与中国文论成熟期文学人生话语的建构》。

董首一:《构建“隐秀—张力”论的诗歌本体观》。

王万洪:《〈序志〉篇及〈文心雕龙〉对“文学自觉”的理论自觉》。

于化龙:《经学的象征还是文学的隐喻?——刘勰之“兴”新论》。

张帅东：《由〈文心雕龙〉谈中国士大夫的不朽观》。

刘朝谦：《刘勰的文章美学本质论》。

刘颖：《〈文心雕龙〉英译六十年：生成、传播与经典化》。

寇淑婷：《近代日本中国文学史著中的〈文心雕龙〉》。

唐雪：《德语世界的〈文心雕龙〉研究》。

尹锡南：《〈舞论〉与〈文心雕龙〉比较研究》。

赵渭绒、车宇凡：《当代中国学界对美国“龙学”研究的接受》。

王超：《比较文学变异学视野中的〈文心雕龙〉》。

王彤伟：《利用朝鲜半岛古代汉籍校释〈文心雕龙〉三则》。

曹顺庆：《文学交流的变异与世界文学经典的形成》。

庄佩娜、祁伟伟：《经典的变异——以英文版〈中国文学史〉中〈诗经〉为例》。

国威、李娟：《原生语境下古代文论的体与用——以目录学为中心的考察》。

金柄珉、朴雪梅：《朝鲜朝著名作家朴趾源文学思想的本土化价值》。

莫俊伦：《〈喧哗与骚动〉在中国批评趋势的变异》。

郭旭东：《一个反形而上学家的“自我批判”——从〈悲剧的诞生〉看尼采前后期思想变异》。

刘洪涛：《直面异质性：从文学论争看中国当代文学的全球发展与变异》。

陈思宇：《比较文学变异学：开辟海明威研究的新领域》。

刘勇、胡静、旦知肖：《当代化审视下关于民族民间口传文化的特性认知——以藏族口传文化为例》。

石文婷：《比较文学变异学与中国哲学“格物致知”的变异思想》。

曹顺庆、石文婷：《超越文化研究：我国学界与国外学界斯图亚特·霍尔研究的对比与思考》。

魏向清、刘润泽、时闻主编：《术语·知识·话语：跨学科视阈下的术语翻译研究新探索》，南京大学出版社 2020 年版。

郑述谱：《术语翻译之我见》。

Marie-Claude L'Homme，“Frame Semantics for Multilingual Terminology：Application to the Domain of the Environment”.

Wei Xiangqing，“Conceptualization and Theorization of Terminology Translation in Humanities and Social Sciences：Some Reflections on NU Term Bank Development”.

Rita Temmerman，“How Multilingual Primary Neologisms and Multilingual Secondary Neologisms Shape European Culture”.

孙寰：《基于术语学理论构建面向翻译的多语种专业术语库——以哈尔滨工程大学“三海一核”中英俄专业术语库建设为例》。

Ye Qisong，“Some Basic Aspects of the Cultural Attribute of Terminology and the Culturological Terminology”.

李曙光：《医学术语翻译中的伦理问题——以 autism 的汉译为例》。

刘玲、成凤圣：《由认知域解读军事术语的语义翻译路径——以air的翻译为例》。

王一多：《时空旅行与解释之上的理解》。

齐熠、都立澜、李晓莉：《试论中医术语翻译中的翻译单位问题》。

刘润泽、郭启新：《学科史视阈下汉语史学术语系统的源流之变》。

时闻：《中国当代新闻传播学术话语体系的构建与传播——基于NUTERM术语库的系统考察与初步反思》。

殷健：《试论术语翻译批评的综合路径——以NUTERM管理学术语英译为例》。

Feng Zhiwei, "Teminology in China".

屈文生：《早期中文法律术语的英译研究——以马礼逊〈五车韵府〉（1819）为考察对象》。

王秀文：《基于语料库的中国古代哲学术语翻译研究》。

陈德用、张瑞娥：《从〈全唐文〉透视唐朝翻译话语体系中的术语》。

赵晓瑞：《〈政府工作报告〉中"战略"术语翻译的历时研究（2000—2016）》。

龚琪峰：《"经济"回溯——本体论视角下的中国近代术语翻译》。

王琳、刘伍颖：《国内译介研究术语演化分析》。

伍青、陆孙男、奚洋、高圣兵：《傅兰雅化学术语翻译的研究》。

苏正隆：《理想的术语翻译》。

李亚舒、徐树德：《剖析术语误译，兼论"找译译法》。

王雷、王厚峰：《面向自动翻译的英汉术语的多重词缀特征》。

杨海乐、陈家宽：《术语翻译中"形象理据性"的困难及其处理》。

Annett Hillers-Chen, "Coming to Terms with Practice: Insights from Training Gestalt Therapists in Mainland China".

都立澜、叶若舟、沙珊珊：《中医四字格术语英译对比研究：以心肺病机术语中的主谓宾结构为例》。

冷冰冰：《科普翻译中术语的"恰当性"问题》。

吴云涛：《框架语义学视角下航空英语半技术词一词多义现象及汉译策略探究》。

杨娜、谢子晗、韩静：《基于NUTERM术语库的心理学术语英译现状分析》。

乔丽婷、邵继荣：《基于NUTERM术语库的社会学术语英译现状调查》。

赵连振、尹婵杰：《基于NUTERM术语库的中国艺术学术语系统英译研究——术语翻译的系统经济律视角》。

张溟：《浅析俄语军事领域术语的翻译》。

王永胜、李艳：《"回译"术语探索》。

Pan Wenguo, "Translation of Chinese Cultural Terminology in an Era of New Globalization".

彭萍：《社会网络理论视角下中国术语翻译的问题与对策：以京剧术语为例》。

黄金葵：《中国传统旅游景观命名中的情景关联加工机制研究——以"潇湘八景"翻译实践为例》。

刘珍珍：《〈西游记〉道教文化术语的翻译研究》。

柳菁：《"一带一路"背景下的敦煌文化术语翻译问题与对策研究》。

戴拥军:《〈商君书〉“奸民”英译研究》。

黄鑫宇:《中华思想文化术语的名与实探讨——术语学视角》。

艾红华:《如何诠释和传译艺术品评术语 disegno 与 grazia? ——以曼德尔〈画家之书〉为例》。

Christian Galinski, “Role of Terminology and Standardization in eCommerce and eBusiness (eC & eB) From an Internet of Things (IoT) and ‘Content Interoperability’ Perspective”.

Georgeta Ciobanu, “European Perspective on Qualification and Certification for Terminology and Translation Management”.

B. Stella Giraldo-Pérez, “Terminology: An Asset for the Didactics of Language for Special Purposes (LSP)”.

Mɑ́rta Fischer, “Terminology Competence for Translators——A Market—driven Perspective”.

Jean Quirion, “Professional Terminology in Canada”.

杜家利、Christina Alexandris, “Research on the Terminology Management for European Urlion and Its Members”.

刘翚、宁海霖:《大型机构术语管理的方法和意义——以欧盟 IATE 术语库为例》。

王华树、王少爽:《翻译场景下的术语管理:流程、工具与趋势》。

黎斌:《面向翻译的术语教学模式研究——以 FIDIC 合同为例》。

杨福义:《基于英汉平行语料库的术语组块自动抽取》。

张克亮、李勇:《多语种军事术语及知识在线查询系统的设计与实现》。

陈国华:《中文最小有意义单位及其相关语言学和辞典学术语》。

Gao Yongwei, “Lexicographical description of Technical Terms in the Late Qing Dynasty”.

王红、李咏梅、朱研、陈晓棠:《俄英医学同义术语的类型划分及英俄、汉俄医学词典编纂启示》。

魏星:《术语系统性原则在海峡两岸辞书编纂中的应用——以航空、航天学科为例》。

王琪:《浅谈 concrete 的译名及造字问题》。

才磊:《关于〈现代汉语词典〉中元素及元素周期表的几点建议》。

孙文龙、赵连振:《试论“外向型词典”与“内向型词典”术语的英译现状》。

石云涛主编:《比较文学与比较文化论丛　第 2 辑》,中国商务出版社 2020 年版。

张明娟:《美国“荒野”概念内涵及翻译》。

刘海英:《日志 · 传记 · 诗稿——友人布朗对济慈作家形象的建构》。

全红霞:《〈永别了,武器〉在美国》。

牛志娟:《论虹影小说中的女性经验与地方依附》。

陈畠:《谁的英雄? ——迪斯尼动画〈花木兰〉(MULAN)木兰形象的跨文化书写》。

梁鹏:《〈真腊风土记〉英文、德文译本研究》。

张开媛:《〈金刚经〉宣教中之有宗化转向探究》。

赵季玉:《“唐土”憧憬与“渡天竺”》。

［日］朱红军：《东亚视野中的赤山明神》。

吕小蓬、张力：《越南使臣潘辉泳的〈骃程随笔〉研究》。

代乌日瀚：《论鸟居龙藏〈蒙古旅行〉中的日本式东方主义》。

王雪秋：《韩国诗话中的“李杜优劣论”》。

胡戟、宁义辉、温翠芳：《隋唐丝绸之路的贸易环境和运行》。

王慕尧、石云涛：《“历史书写”中的隋代中西交通》。

石云涛：《唐诗与丝绸之路的因缘》。

马宝记：《唐诗“玉门关”意象的文化内涵近四十年中国大陆〈经行记〉》。

姚俊娜：《研究综述（1980—2019）》。

宋琼、韩中华：《敦煌悬泉置汉简的会计书写》。

［哈萨克斯坦］К. М. Байпаков：《哈萨克斯坦中部、东部和西部的古城》，迪丽娜·米来提、石云涛译。

［美］康达维：《先唐选集及其编选》，韩中华译。

张义宏：《儒家思想观照下的〈金瓶梅〉创作主旨解读——以美国汉学为中心》。

［美］安敏成：《学者帽子里的蝎子——〈儒林外史〉中的礼仪、记忆和欲望（节译）》，曹文刚译。

管宇：《作为教育家的博晨光》。

郑豪：《唐史亡于墓志？——读李鸿宾师〈墓志所见唐朝的胡汉关系与文化认同问题〉》。

周维：《从墨西哥到中国的路——格鲁金斯基与〈鹰与龙〉》。

顾钧：《“洋泾浜英语”的意义——读〈近代中英语言接触与文化交涉〉》。

王杰主编：《当代美学与人类学》，上海人民出版社2020年版。

王杰、王真：《当代中国时尚中的民族精神问题——以两部当代中国电影为例》。

［俄］彼得罗夫·维克多罗维奇·亚历山大：《俄罗斯的文化全球化、消费社会与时尚产业：一种新的社会趋势》。

［德］佩特拉·洛伊特纳：《论服饰与时尚的美学》。

［德］杰尔曼·吉尔－居里尔：《舞动着的悲剧：亚历山大·麦昆的表演美学》。

［斯洛文尼亚］阿列西·艾尔雅维奇：《时尚记忆和意识形态》。

［德］布丽吉特·比尔－米萨尔：《作为工具和灵感的美学——文化创意时代的审美资本主义研究与时尚》。

［爱尔兰］阿米达·德·拉·加尔萨：《博物馆中的艺术与时装：弗里达·卡罗的例子》。

方李莉：《传统手工艺的复兴与新的中国时尚》。

单世联：《消费主义、消费文化与“后物质主义价值观”》。

李咏吟：《先锋与时尚：全球化时代影像艺术的美学原则》。

王小平：《后现代美学与20世纪的时尚文化》。

赵建军：《时尚价值：生命形式与社会本质——马克思主义美学与时尚价值理论》。

杨向荣：《新奇的同时也是刹那的魅惑——时尚的现代性审美话语建构及其反思》。
肖琼：《时尚与品味：当代审美教育的两个面向》。
杨光：《时尚与晚期现代性的美学困境》。
杨华：《时尚文化的哲学本源研究——以其反叛性维度为例》。
姜图图：《从布尔迪厄场域理论看法国时尚及其制度结构》。
洪晓：《当代大众文化的审美趣味演变——以春晚为个案》。
梁劲芸：《当代文化语境下时尚从事者与艺术家身份之间的关联与选择》。
李河成：《牛仔时尚、民彝及其行动教养》。
强东红：《从西方民歌的复兴谈陕北民歌的发展》。
何艳珊：《悲剧精神与圆融智慧——中西音乐文化的审美差异与共同基础》。
苏东晓：《从边缘出发：民族文化遗产现代转化与时尚生成运作的同构问题》。
熊亦冉：《重塑想象：中国时尚的民族主义形式》。
何志钧、王青：《新世纪中国“草根”文艺透视》。
卢幸妮：《从小白鞋到老爹鞋——当代时尚特征的再探讨》。
雀宁：《论周边民族对傈僳族服饰时尚潮流的影响——以云南维西地区为考察中心》。
李佩仑：《论文化创意时代的审美资本》。

高明乐主编：《翻译与传播》，社会科学文献出版社 2020 年版。

潘文国：《〈老子〉第一章的理解与英译》。
赵彦春：《对安乐哲中国典籍英译的学理反证》。
朱建平：《中医外传与术语规范外译》。
吴松林：《中文诗词创作与英译物理音律研究》。
李正栓、王心：《西藏格言诗翻译与传播研究（1959—2019）》。
姚培生：《对外传播国学典籍是译介工作者应负的使命》。
刘林军：《从语言传播的动因看汉语在全球的推广》。
黄忠廉、张潇：《舍词传曲：歌曲对外变译探幽——以〈一无所有〉汉英翻唱为例》。
何自然、李冬梅、莫爱屏：《公示语得体性及其语用翻译策略》。
林巍：《中国元素的文学性译述——首届中国当代优秀作品国际翻译大赛部分英译文评析》。
张立新、董小双：《论清末的法律翻译》。

杨乃乔主编：《中西文学艺术思潮及跨界思考：文学与美术、音乐、戏剧、电影的对话》，复旦大学出版社 2020 年版。

文学
导言　真正的思考是以在精神上背井离乡作为前提的
语图互仿的顺势和逆势
话语现象与文艺美学
文学与思想：以海德格尔为中心的一个纵深考察

川端康成的文学与中国宋元美术

中国当代文学中国家形象构建的三个问题

美术

导言　专业细分的死胡同与难得的跨学科对话

"开物成务":《周易》的设计思想初探

国学深度决定书法高度

民间艺术在当代语境中的美学价值重建——国家级非遗传承人王桂英的剪纸及其文化人类学的田野调查

临济宗与"无声诗":博物学视域下的《观音·猿·鹤图》寻义

当代艺术的三个危机

中国当代艺术年鉴2016年卷导论

……

许多、冯全功主编:《中国文学四大名著译介与传播研究》,浙江大学出版社2020年版。

上编　中国文学四大名著译介与传播史

唐均:《〈红楼梦〉译介世界地图》。

赵长江、付天军:《〈红楼梦〉英译与中国文化传递》。

郭玉梅:《〈红楼梦〉在法国的传播与研究》。

姚军玲:《〈红楼梦〉在19世纪德国的译介和批评》。

程弋洋:《〈红楼梦〉在西班牙语世界的翻译与评介》。

李锦霞、孙斌:《别求新声于异邦——〈红楼梦〉俄译事业的历时研究》。

宋丹:《〈红楼梦〉在日本的翻译与影响研究》。

唐均:《北欧日耳曼语〈红楼梦〉迻译巡礼》。

陈淑梅:《跨语际文学接受的典型样本——早期来华传教士〈三国演义〉评介研究》。

郭昱:《清末民初〈三国演义〉英译研究》。

孙建成、温秀颖、王俊义:《从〈水浒传〉英译活动看中西文化交流》。

曹灵美、唐艳芳:《典籍英译中的"中国话语"研究——以赛珍珠〈水浒传〉英译为例》。

陈安梅:《〈水浒传〉在日本的传播》。

吴晓芳:《〈西游记〉英译史概述(1854—1949)》。

朱明胜、范圣宇:《猴王故事在美国的传播与接受——基于对〈纽约时报〉猴王故事报道的分析》。

李萍:《〈西游记〉在日本影视中的传播变异分析》。

下编　中国文学四大名著译介个案与特征

宋丹:《日藏林语堂〈红楼梦〉英译原稿考论》。

王金波、王燕:《被忽视的第一个〈红楼梦〉120回英文全译本——邦斯尔神父

〈红楼梦〉英译文简介》。

郭昱：《邓罗对〈三国演义〉的译介》。

朱振武：《〈三国演义〉的英译比较与典籍外译的策略探索》。

彭文青：《〈三国演义〉英译重译现象中的自我指涉》。

许多：《译者身份、文本选择与传播路径——关于〈三国演义〉英译的思考》。

郭昱、罗选民：《学术性翻译的典范——〈三国演义〉罗慕士译本的诞生与接受》。

王运鸿：《形象学视角下的沙博理英译〈水浒传〉研究》。

温秀颖：《翻译目的与登译〈水浒传〉语言文化知识误译》。

钟再强：《刍议赛珍珠英译〈水浒传〉的国外影响》。

董琇：《赛珍珠以汉语为基础的思维模式——谈赛译〈水浒传〉》。

宋健飞：《德译〈水浒传〉——欧洲最早、最奇、最经典的译本》。

胡陈尧、刘云虹：《译与变——关于〈西游记〉海外传播路径的思考》。

王燕：《德译〈中国童话〉与〈西游记〉学术探究》。

李文婷：《西方修辞学认同论对英译典籍受众意识的观照——以余国藩版〈西游记〉英文全译本为例》。

刘珍珍：《译者宗教意识形态与〈西游记〉译介中的文本重塑》。

王宏志主编：《翻译史研究》，复旦大学出版社2020年版。

要目：

徐光台：《明末耶稣会士翻译西方自然知识语词的调适与转换：以〈崇祯历书〉与〈重刻历体略〉中的“恒星”为例》。

王宏志：《马戛尔尼使团的译员》。

叶霭云：《“消失”的译员：通事阿周与嘉道时期广州十三行的困局》。

唐欣玉：《“乞灵于异族”：张坤德翻译活动研究》。

沈国威：《赫胥黎在日本》。

黄克武：《天演与佛法：〈天演论〉对清末民初佛学思想的冲击》。

译学新芽

赵家琦：《翻译中国·再现“五四”：张爱玲的文化翻译及其“Stale Mates”的现代中国书写》。

外国翻译史论文选译

傅熊：《费之迈（1808—1887）和他的中国诗歌翻译》，陈媛媛译。

生安锋主编：《二十一世纪的比较文学与世界文学研究》，南京大学出版社2020年版。（已在专著索引中出现）

何成洲：《中国当代文学走进西方世界之挑战》。

廖望：《新中国成立后国内世界文学研究流变与王宁教授的世界文学研究》。

陈爱敏：《都市戏剧与空间正义——三部美国族裔戏剧中的政治考量》。

都岚岚：《经典马克思主义与世界文学的事件性》。

韦清琦:《生态女性主义在国内批评实践中的问题探究》。

张晓红:《全球本土化语境中的世界文学和世界主义》。

郝田虎:《作为教育家和思想家的弥尔顿》。

陆薇:《作为文学批评的翻译文学：以小说〈长恨歌〉英译本为例》。

宋丽丽:《文明转型与生态批评反思》。

王刚:《现实与虚幻交织的全球圆形流散——论莫迪亚诺〈青春咖啡馆〉的主题》。

任大援主编:《〈华裔学志〉研究》, 商务印书馆 2020 年版。

任大援:《华裔学志：历史、方法与视角（代序)》。

［波兰］马雷凯（Roman Malek):《华裔学志五十年（1935—1985)》, 石天然、李莹莹译。

［捷］柯慕安（Miroslav Kollár):《〈华裔学志〉创办者鲍润生神父的生平及其成就》, 查岱山译。

［波兰］马雷凯（Roman Malek):《怀念卜恩礼神父》, 罗莹译。

王德蓉:《〈华裔学志〉在北平时期的历史考察（1935—1948)》。

谢沁霓:《20 世纪 50 到 70 年代的〈华裔学志〉》。

［德］巴佩兰（Barbara Hoster):《〈华裔学志〉及其研究所对西方汉学的贡献》, 谢惠英译。

［波兰］顾孝永（Piotr Adamek):《马雷凯博士的汉学研究及其对〈华裔学志〉的贡献》。

任大援:《中国学者对〈华裔学志〉的影响与贡献》。

任大援:《陈垣先生对汉学的贡献》。

附录

　附录一　《华裔学志》目录（第 1—66 卷)

　附录二　《华裔学志丛书》目录（1937—2019)

　附录三　《华裔选集》目录（1964—2019)

曾军主编:《中学西话: 20 世纪西方文论中的中国》, 北京大学出版社 2020 年版。(已在专著索引中出现)

曾军:《序》。

第一篇　中西文论对话的方法论反思

曾军:《中学西话的“对话主义”研究视野》。

乔国强:《西方文论“中国问题”的研究方法》。

苗田:《中西文论交流与对话的主体性建基》。

吴攸:《中西对话“多元共生”的文化理想》。

第二篇　《矛盾论》与西方左翼思潮中的“毛泽东美学”

曾军:《西方左翼思潮中的毛泽东美学》。

马欣:《布莱希特对毛泽东〈矛盾论〉的美学转化》。

吴娱玉：《西方左翼话语怎样阐释中国马克思主义：德里克对〈矛盾论〉的解读》。

蓝江：《不平衡矛盾与一分为二：巴迪欧论毛泽东的〈矛盾论〉》。

第三篇　中国汉字与法国后结构主义

曾军：《德里达思考汉字的方法》。

姜宇辉：《从“替补之链”到“书写剧场”：经由德里达重思汉字起源之谜》。

张颖：《汉字与“互文性”：克里斯蒂娃后结构主义理论的中国维度》。

周海天：《符号系统等级论与颠倒的“言象意”等级之内在理路辨析》。

第四篇　政治诗学对文化中国的重新发现

马欣：《本雅明“手工复制时代”的誊写美学》。

韩振江：《蝴蝶：齐泽克的古代中国镜像》。

第五篇　中国思想的西学转换

张冰：《“语言学诗学”视野中的民间文化问题》。

庄桂成：《查瓦茨卡娅的〈中国古代绘画美学问题〉：俄国文论里的中国画论关键词》。

喻宛婷：《阿恩海姆的“太极图”：格式塔艺术心理学中的中国图形》。

（收集整理者：王熙靓）

四　2020年度比较文学专著索引

曹明伦：《翻译研究论集》，科学出版社2020年版。
戴俊霞、阮玉慧：《〈庄子〉文学的跨文化研究》，光明日报出版社2020年版。
高明乐：《翻译与传播》，社会科学文献出版社2020年版。
关立丹：《司马辽太郎研究（东亚题材历史小说研究）》，中国社会科学出版社2020年版。
郭雪妮：《从长安到日本：都城空间与文学考古》，社会科学文献出版社2020年版。
侯洪：《诗学生成比较研究：以中法近现代诗学为视角》，中国书籍出版社2020年版。
胡安江：《从文本到受众：翻译与文化研究论集》，科学出版社2020年版。
［日］虎关师炼：《日本诗味》，王向远选译，复旦大学出版社2020年版。
［日］纪贯之：《日本歌道》，王向远选译，复旦大学出版社2020年版。
贾洪伟：《翻译符号学初探：格雷论文选析》，南开大学出版社2020年版。
李雪、冯英华：《作家的诞生与翻译——周氏兄弟日本文学译介研究》，南京大学出版社2020年版。
李勇、高贝、［韩］姜贵仁等著，张哲俊主编：《海外汉学与中国文论（东亚卷）》，北京大学出版社2020年版。
刘丽丽：《美国汉学家海陶玮对陶渊明的研究和接受》，中国社会科学出版社2020年版。
刘全国：《林语堂翻译书写研究》，高等教育出版社2020年版。
龙娟：《变异学视域下的中外文学研究新探索》，知识产权出版社2020年版。
马峰：《马来西亚、新加坡、印尼华文女作家小说比较研究》，上海三联书店2020年版。
孟庆枢著，杨乃乔主编：《回声·镜鉴·对话——中日文化与文学》，福建教育出版社2020年版。
生安锋主编：《二十一世纪的比较文学与世界文学研究》，南京大学出版社2020年版。
［丹麦］斯文德·埃里克·拉森（Svend Erik Larsen）：《无边界文本：文学与全球化》，庄佩娜译，四川大学出版社2020年版。
苏辛欣：《中日经典文学作品的传播与翻译探究》，四川大学出版社2020年版。
王邦维：《交流与互鉴：佛教与中印文化关系论集》，复旦大学出版社2020年版。
王大来：《翻译与文化缺省补偿策略：文学的视角》，中央编译出版社2020年版。
王洪林：《符号学视角下的跨界翻译研究》，浙江大学出版社2020年版。
王建丰：《福州大学哲学社会科学文库　上海沦陷时期报刊翻译文学研究》，复旦大学出版社 2020 年版。
王艳凤、阿婧斯、吴志旭等：《蒙古族史诗与印度史诗比较研究》，中国社会科学出版社 2020 年版。
谢天振：《译介学概论》，商务印书馆 2020 年版。
谢天振：《译入与译出：谢天振学术论文暨序跋选》，商务印书馆 2020 年版。
张淘：《近世中国与日本汉文学》，复旦大学出版社 2020 年版。
张文娟：《比较文学的当代视野与研究》，辽海出版社 2020 年版。
周利群：《〈虎耳譬喻经〉文本与研究》，上海交通大学出版社 2020 年版。

（收集整理者：刘　颖、王一平、梁　昭、杨　清、辜佳丽、王熙靓、夏　甜、李歆蕤、杨溢雅、曹　敏）

五　2020年度中国各主要大学比较文学博士、硕士学位论文索引

说明：

1. 该论文索引的资料数据主要来自中国知网中国博士学位论文全文数据库、中国优秀硕士学位论文全文数据库、万方中国学位论文文摘数据库、国家图书馆硕博士学位论文库等高校学位论文库。

2. 该索引原则上只收入“比较文学与世界文学”学科的比较文学类博士（硕士）学位论文，也酌情收入其他学科方向（诸如文艺学、中国现当代文学、中国古典文学、外国语言文学等）的比较文学类论文，所有学科方向的比较文学类选题论文，一律在括号中加以注明。

3. 本索引的论文主要以作者毕业学校为单位，按照大学顺序排列，每行按照“作者名（导师名）论文名//毕业学校及所在专业（只注出非比较文学专业）”的格式，学校之间按照拼音排序，同毕业学校之间论文排名不分先后。

4. 因为时限等原因一些2020年的博士、硕士学位论文并未被上述的几个数据库以及国家图书馆的硕博学位论文库收录，再加上收集整理者学力水平限制，该索引定有错漏之处，敬请读者批评补正。

（一）博士学位论文索引

陈燕萍、王晓路：《论艾朗诺的北宋作家作品研究》，四川大学（比较文学与世界文学）。

范小青、吴雨平：《石黑一雄的“世界文学”写作》，苏州大学（比较文学与世界文学）。

高静、张志庆：《艾丽丝·门罗短篇小说的创作机制研究》，山东大学（比较文学与世界文学）。

郝曦光、尹允镇：《朝鲜朝女性汉诗研究》，吉林大学（比较文学与世界文学）。

姜剑、沈弘：《英国来华传教士高葆真的文化传播研究》，浙江大学（英语语言文学）。

李书、靳明全：《托妮·莫里森与美华女性作家小说比较研究》，四川大学（比较文学与世界文学）。

李小刚、亢西民：《尤金·奥尼尔戏剧在现当代中国的接受和影响》，陕西师范大学

（戏剧与影视学）。

李颖娜、马汉广：《金斯伯格与反文化运动》，黑龙江大学（比较文学与世界文学）。

林何、曹顺庆：《英语世纪李白译介与接受研究》，四川大学（比较文学与世界文学）。

刘宏、黄振定：《西奥·赫曼斯翻译理论研究》，湖南师范大学（英语语言文学）。

刘垣菲、杨冬：《别林斯基文学民族性理论研究》，吉林大学（比较文学与世界文学）。

吕芳、蔡新乐：《儒学“关键词”英译研究——以〈孔子诗论〉为中心》，南京大学（英语语言文学）。

玛依努尔·玉奴斯、黎跃进：《尼扎米·甘吉维与中国文学——〈五卷诗〉为中心的考察》，天津师范大学（比较文学与世界文学）。

秦轩、乔国强：《迈克尔·夏邦幻想小说中的犹太历史重构》，上海外国语大学（英语语言文学）。

任伟、赵毅衡：《翻译符号学和先秦典籍英译》，四川大学（比较文学与世界文学）。

阮玉明（Nguyen Ngoc Minh）、李遇春：《中国现当代作家作品在越南的传播与接受研究》，华中师范大学（中国现当代文学）。

申育娟、王丽亚：《“狄更斯改写小说”与文化记忆——澳大利亚的国族身份重构》，北京外国语大学（英语语言文学）。

石文婷、曹顺庆：《英美学界的斯图亚特·霍尔研究：新材料与新视角》，四川大学（比较文学与世界文学）。

田语、杨遇青：《薛爱华的汉学研究》，西北大学（中国古代文学）。

王净华、李俄宪：《战争语境下坂口安吾小说主题研究》，华中师范大学（比较文学与世界文学）。

王鹏、谭好哲：《明清时期西方绘画在中国的传播及影响研究》，山东大学（文艺学）。

王伟、宋炳辉：《〈哈利·波特〉在中国的译介研究》，上海外国语大学（翻译学）。

王杨、尹允镇：《韩国罗末丽初汉诗与中国文学的关联研究》，吉林大学（比较文学与世界文学）。

向洁茹、汪树东：《现代性视角下陀思妥耶夫斯基小说的空间书写研究》，武汉大学（比较文学与世界文学）。

杨安文、傅勇林：《柏桦诗歌在海外的译介与接受研究》，西南交通大学（译介学）。

叶宁、朱晓映：《本土化的家——20世纪80年代以来澳大利亚戏剧中的世界主义》，华东师范大学（英语语言文学）。

张帆、刘华文：《宋明理学英译的译释研究》，上海交通大学（外国语言文学）。

张磊、仵从巨：《库切小说互文性研究》，山东大学（比较文学与世界文学）。

张美娟、黎跃进：《泰国当代作家格莎娜·阿素信小说的创作研究》，天津师范大学（比较文学与世界文学）。

张明、高玉：《西方现代主义小说空间问题研究》，浙江师范大学（比较文学与世界文学）。

张书圣、刘耘华：《保罗·利科的“我能”诗学》，上海师范大学（比较文学与世界文学）。

张秀仿、罗益民：《英国新古典主义时期莎士比亚批评研究》，西南大学（英语语言文学）。

郑佩铃、郝岚：《中国〈白蛇传〉在泰国的传播及其本土“那伽”蛇文化研究》，天津师范大学。

朱福芳、王化学：《罗伯特·路易斯·斯蒂文森与英国“新浪漫主义”》，山东师范大学（比较文学与世界文学）。

（二）硕士学位论文索引

KOLODEZNIKOVA ELENA、金铖：《〈大师与玛格丽特〉的人物形象及其神秘主义探源》，吉林大学（比较文学与世界文学）。

Sarah Stefan、胡翠娥：《西游记：亚瑟韦利和余国藩的英译本》，南开大学（翻译硕士）。

Tuchapskaya Yuliya Fedorovna（莜莉雅）、吴笛：《米哈伊尔·布尔加科夫作品〈大师与玛格丽特〉中的巫术书写》，浙江大学（比较文学与世界文学）。

阿瑚德、刘方政：《西方戏剧影响下的中埃话剧比较研究——以曹禺〈雷雨〉与哈基姆〈洞中人〉为例》，山东大学（中国现当代文学）。

艾安珂、蔡平：《〈道连·葛雷的画像〉中陌生化的汉译研究——以荣如德译本为例》，湖南师范大学（英语语言文学）。

安梦媛、何辉斌：《心智解读视域下〈宠儿〉的叙事进程》，浙江大学（英语语言文学）。

安世洁、孙丙堂：《兰斯顿·休斯诗歌中民族性的建构研究》，天津科技大学（英语语言文学）。

敖红艳、初一：《卡尔维诺小说的童话特征研究》，内蒙古师范大学（比较文学与世界文学）。

白蕾、钱程：《从萨特存在主义视角解读〈无声告白〉》，南京师范大学（英语语言文学）。

白学新、黄巍：《荣格人格理论关照下克里斯蒂小说人格发展与成长主题研究》，杭州电子科技大学（英语语言文学）。

包萌萌、杨荣：《精神分析视角下〈心灵的焦灼〉中人物的焦虑心理研究》，西南民族大学（比较文学与世界文学）。

鲍颖萍、唐利群：《严歌苓笔下的中国形象》，北京外国语大学（比较文学与世界文学）。

边莉霞、马粉英：《欧茨小说中的病态社会性格研究——以〈奇境〉〈他们〉〈掘墓人的女儿〉为例》，西北师范大学（比较文学与世界文学）。

边雅妮、芮欣：《安贝托·艾柯的“影响（influence）”观念探析》，山东大学（比较文学与世界文学）。

蔡德馨、高方：《贝诗娜译介张爱玲研究——以〈第一炉香〉和〈倾城之恋〉为例》，南京大学（法语语言文学）。

蔡汶谕、蒋承勇：《库切小说中的城市书写与身份认同——以作品〈耻〉、〈青春〉和〈耶稣的童年〉为例》，浙江工商大学（比较文学与世界文学）。

曹莫然、杨靖：《追寻与认同——论黑塞小说主人公的身份建构》，南京师范大学（比较文学与世界文学）。

曹琦、罗庆春：《文学人类学视野下纳西族“时本授”情歌意象研究》，西南民族大学（比较文学与世界文学）。

曹雅雯、李玉良：《闵福德〈聊斋志异〉英译本中的“非东方主义”形象构建》，青岛科技大学（外国语言学及应用语言学）。

柴华朋、张晓青：《林小发德译本〈西游记〉中的中国文化元素的翻译策略》，郑州大学（德语语言文学）。

常菁、杨建：《〈凯利帮真史〉的复调叙事研究》，华中师范大学（比较文学与世界文学）。

常婧、梅启波：《没有人是天使：〈名士风流〉中波伏瓦的男性书写》，郑州大学（比较文学与世界文学）。

常卓群、雷武锋：《博尔赫斯小说中的时空体研究》，西北大学（比较文学与世界文学）。

车安、刘艳萍：《比较文学形象学视域下骆宾基小说创作中的朝鲜形象》，延边大学（比较文学与世界文学）。

陈琛、杨黎红：《论〈莎乐美〉中的暴力书写》，山东师范大学（比较文学与世界文学）。

陈芳、平洪：《形象学视角下〈浮生六记〉四译本的中国形象研究》，广东外语外贸大学（翻译学）。

陈昊、张天佑：《卡洛斯·富恩特斯小说中的知识分子与革命问题研究》，西北民族大学（比较文学与世界文学）。

陈景、程丽蓉：《刹那即永恒——王尔德〈莎乐美〉中的瞬时审美研究》，浙江工商大学。

陈莉、高波：《1949 年以来外国儿童文学理论在中国的译介与影响》，新疆大学（文艺学）。

陈立伦、刘耘华：《克努特·汉姆生小说中的自然观念研究》，上海师范大学（比较文学与世界文学）。

陈琳琳、苏晖：《“丽南镇三部曲”中的身份认同与伦理困境》，华中师范大学（比较文学与世界文学）。

陈玲、宋炳辉：《大母神变形记——原型批评视域下尤金·奥尼尔与张爱玲大母神形象分析》，上海外国语大学（比较文学与世界文学）。

陈玲、祖国颂：《马尔克斯小说爱情母题表现特征研究》，闽南师范大学（比较文学与世界文学）。

陈镠霏、黄文溥：《江户时期至明治时期〈论语〉日译本的变化及其原因探讨》，华侨大学（日语笔译）。

陈琪、宋慧玲：《束缚中的挣扎——作者理论视角下苏珊·格莱斯佩尔女性主义戏剧研究》，河北师范大学（英语语言文学）。

陈倩、刘炳范：《桑塔格小说〈恩主〉与美国左翼文学的变化》，曲阜师范大学（比较文学与世界文学）。

陈巧玉、田洪敏：《二叶亭四迷的屠格涅夫译介研究》，上海师范大学（比较文学与世界文学）。

陈珊珊、信慧敏：《论〈微光闪烁世界的继承者〉中的女性叙事》，南京航空航天大学（英语语言文学）。
陈曙蕊、祁晓冰：《从〈洪堡的礼物〉中看犹太知识分子的生存困境》，伊犁师范大学（比较文学与世界文学）。
陈思睿、黎敏：《外国民间故事译介中的时代选择探析——基于 1950—1966 年〈民间文艺集刊〉与〈民间文学〉译作的考察》，北京外国语大学（比较文学与世界文学）。
陈素、吕洪灵：《阿莉·史密斯〈饭店世界〉的空间叙事》，南京师范大学（英语语言文学）。
陈添乐、谭福民：《社会符号学视阈下葛译〈呼兰河传〉的创造性叛逆研究》，湖南师范大学（英语语言文学）。
陈文娇、徐晗：《福斯特短篇小说的反异化主题研究》，云南师范大学（比较文学与世界文学）。
陈午童、皇甫伟：《生态翻译学视角下〈牡丹亭〉两英译本中典故翻译研究》，华北电力大学（北京）（外国语言学及应用语言学）。
陈晓茹、牛军：《宇文所安〈中国文学思想读本〉研究》，河北师范大学（文艺学）。
陈昕、艾士薇：《玛格丽特·尤瑟纳尔小说中的欲望机制研究》，武汉大学（比较文学与世界文学）。
陈雪琳、王同坤：《库尔特·冯内古特小说〈五号屠场〉的空间叙事研究》，山东大学（比较文学与世界文学）。
陈妍君（Elliot Chen）、纪建勋：《明清“天学诗”初探》，上海师范大学（比较文学与世界文学）。
陈颜、王光林：《从视觉性角度看〈美生华人〉中的华裔主体性再现》，上海外国语大学（英语语言文学）。
陈瑶、魏兰：《〈到灯塔去〉中的空间叙事研究》，南京师范大学（比较文学与世界文学）。
陈志圣、曹春茹：《李民宬汉诗研究》，曲阜师范大学（比较文学与世界文学）。
陈志瞳、黄汉平：《卡夫卡小说中的不安全感》，暨南大学（比较文学与世界文学）。
承雯珊、方凡：《论科伦·麦凯恩〈转吧，这伟大的世界〉中的和解》，浙江大学（英语语言文学）。
程琪、孟湘：《卡里尔·丘吉尔戏剧作品的生态女性主义解读》，山西师范大学（比较文学与世界文学）。
程蕊、金哲：《西方生态主义文论对中国当代生态文学的影响研究》，哈尔滨师范大学（文艺学）。
程莹莹、黄怀军：《黄遵宪诗歌中的日本书写》，湖南师范大学（比较文学与世界文学）。
程竹慧、亢西民：《雷蒙德·卡佛小说创作的孤独书写研究》，山西师范大学（比较文学与世界文学）。
丛妍华、毕兆明：《14、17 世纪西班牙、葡萄牙纪行文学中的中国形象研究》，内蒙古民族大学（文艺学）。
崔佳雯、江志全：《游走于“刀锋”之上——试论毛姆小说创作的“游戏”精神》，山

东大学（比较文学与世界文学）。

崔落梅、车明明：《文化诗学视角下贾平凹小说〈高兴〉的英译研究——以尼基哈曼（韩斌）的英译本为例》，西安理工大学（外国语言文学）。

戴舒怡、杨莉馨：《“正反乌托邦”：玛格丽特·阿特伍德推想小说研究》，南京师范大学（比较文学与世界文学）。

邓春菲、赵静蓉：《伊恩·麦克尤恩小说中的书信功能研究》，暨南大学（比较文学与世界文学）。

邓涵月、胡志红：《〈寂静的房子〉中的孤儿形象研究》，四川师范大学（比较文学与世界文学）。

邓梦雪、欧震：《论卡彭铁尔小说的音乐性》，四川师范大学（比较文学与世界文学）。

邓璇、谈宏慧：《〈天问〉英译语篇衔接比较研究——以许渊冲译本与苏古柏译本为例》，长江大学（翻译）。

丁柯欣、王同坤：《〈革命之路〉：从小说到电影的转型》，山东大学（比较文学与世界文学）。

丁荫娟、刘长华：《非理性：先锋文学创作接受英美哥特文学传统影响的契机》，湖南师范大学（中国现当代文学）。

丁明月、林玮生：《西顿动物小说的原型分析》，广东外语外贸大学（比较文学与世界文学）。

丁璇、张磊：《〈1Q84〉中的双重世界》，安徽师范大学（比较文学与世界文学）。

董宁宁、易国定：《论多和田叶子小说的解构主义特征》，辽宁师范大学（比较文学与世界文学）。

董婷、康孝云：《〈杀死一只知更鸟〉中的种族书写》，西北师范大学（比较文学与世界文学）。

董旭、王嘉军：《“共谋性批判”与“历史崇高”：翁贝托·埃科历史元小说中的反讽书写——以〈玫瑰的名字〉与〈波多里诺〉为研究对象》，华东师范大学（比较文学与世界文学）。

窦雪、邱静娟：《卡森·麦卡勒斯三部小说中的青少年形象研究》，安徽师范大学（比较文学与世界文学）。

杜家宝、金铖：《莎士比亚戏剧中的“伪装”现象研究》，吉林大学（比较文学与世界文学）。

杜娟、雷武锋：《论米兰·昆德拉对刻奇的书写》，西北大学（比较文学与世界文学）。

杜平、王晓英：《〈云雀之歌〉的成长主题研究》，南京师范大学（英语语言文学）。

杜什悦、赵小琪：《米涅·渥特丝推理小说的怪诞书写》，武汉大学（比较文学与世界文学）。

杜真、郭晓霞：《论约翰·黑伍德戏剧中的愚人形象》，浙江师范大学（比较文学与世界文学）。

樊艳梅、王青松：《论埃德加·李·马斯特斯〈匙河集〉的主题和结构》，上海师范大学（比较文学与世界文学）。

范晶、赵琨：《成长小说视域下的〈奥吉·马奇历险记〉成长主题研究》，辽宁师范大学（比较文学与世界文学）。

方兰（Fatima Zohra GASMI）、曹波：《五位当代阿拉伯美籍女作家文学中的身份困境与互惠》，湖南师范大学（英语语言文学）。

方燕、范景兰：《文学地理学批评视域下的威塞克斯小说研究》，青海师范大学（比较文学与世界文学）。

冯静雯、李包靖：《第二人称叙述的再阐释》，温州大学（比较文学与世界文学）。

冯丽珠、康孝云：《消费社会与人的精神困境——乔纳森·弗兰岑小说〈纠正〉〈自由〉的主题研究》，西北师范大学（比较文学与世界文学）。

冯祥君、卢明玉：《布迪厄社会学视角下〈社会通诠〉严复译本研究》，北京交通大学（外国语言文学）。

冯颖、廉运杰：《从生态女性主义角度解读〈亲爱的生活〉》，辽宁大学（英语语言文学）。

符滨、蓝红军：《中国传统文论话语"道"、"气"、"味"译介研究——基于〈文心雕龙〉四译本的对比》，广东外语外贸大学（翻译学）。

付马佳莹、陈志华：《唐帕纳尔〈时间调校研究所〉中的时间观念与民族身份认同》，江西师范大学（比较文学与世界文学）。

付欣桐、孙丙堂：《从〈我所知道的中国〉阐释赛珍珠的中国文化观》，天津科技大学（英语语言文学）。

付玉莹、高建华：《存在主义视域下的苔菲小说研究》，哈尔滨师范大学（比较文学与世界文学）。

傅丽婷、朱琳：《基于语料库的〈浮生六记〉四个英译本叙事研究》，华侨大学（翻译）。

高哈尔·吾斯汗、齐雪艳：《意象视角下达芙妮·杜穆里埃小说的两性观研究——以〈蝴蝶梦〉〈浮生梦〉为例》，伊犁师范大学（比较文学与世界文学）。

高嘉仪、齐雪艳：《麦克尤恩小说中的女性形象研究》，伊犁师范大学（比较文学与世界文学）。

高思雨、茹克叶（Rukiya）、汪军：《接受美学理论视角下〈动物农场〉两个汉译本的对比研究》，中国地质大学（北京）（英语笔译）。

高卫华、吴庆军：《〈城南旧事〉英译本中京味语言的再现》，外交学院（外国语言学及应用语言学）。

高昕、白春香：《牛郎织女与俄耳甫斯神话比较研究》，山西大学（比较文学与世界文学）。

高一杲、乔琦：《论兰斯顿·休斯诗歌的音乐》，西安外国语大学（比较文学与世界文学）。

高一莹、乔莉萍：《个体生存找寻的痛苦呐喊——从需要层次理论透视〈小岛〉》，辽宁师范大学（比较文学与世界文学）。

高莹莹、裴丹莹：《论茨威格自传中的死亡意识》，东北师范大学（比较文学与世界文学）。

高妤、侯传文：《中印古典诗学风格论比较研究》，青岛大学（比较文学与世界文学）。

高征、唐利群：《虹影小说中的凝视与反凝视》，北京外国语大学（比较文学与世界文学）。

郜航、哈旭娴：《菲利普·罗斯的自传性书写研究》，南京师范大学（比较文学与世界文学）。

格根珠拉、额尔敦哈达：《汉古典文学批评对哈斯宝文艺观的影响》，内蒙古民族大学（文艺学）。

葛欢欢、杨志平：《试论蒙古族题材电影〈黑骏马〉与〈狼图腾〉的文化内涵》，西北民族大学（比较文学与世界文学）。

葛梦婷、虞又铭：《疾病与〈包法利夫人〉的叙事》，华东师范大学（比较文学与世界文学）。

葛天昱、吴刚：《文化研究视角下的戏剧 *Lady Windermere's Fan* 汉译本研究》，上海外国语大学（翻译学）。

葛星星、刘小平：《论奥斯卡·王尔德的神秘书写》，广东外语外贸大学（比较文学与世界文学）。

葛悠然、姜礼福：《论保罗·巴奇加卢皮〈水刀〉中的共同体思想》，南京航空航天大学（英语语言文学）。

龚文秀、高超：《论〈霍夫曼博士的魔鬼欲望机器〉对理性的解构》，山西师范大学（比较文学与世界文学）。

辜琼瑶、王嘉军：《奥斯维辛、文学与理性有限性——普里莫·莱维的见证文学研究》，华东师范大学（比较文学与世界文学）。

顾蕾、贝文力：《符号学意义观视角下的译者主体性——以〈死魂灵〉三个汉译本为例》，华东师范大学（俄语语言文学）。

顾蒙、吕洪灵：《〈拉纳克：四书一生〉中的后人类变形》，南京师范大学（英语语言文学）。

顾知秋、王莉娜：《中国科幻小说翻译的语篇语言学视角——以〈三体〉英译研究为例》，上海财经大学（英语语言文学）。

关琳琳、汤素兰：《论 1920 年代周作人对蔼理斯的接受与转化》，湖南师范大学（中国现当代文学）。

关晓茵、宋莉华：《19 世纪中期英国文学的中国书写》，上海师范大学（比较文学与世界文学）。

郭晨燕、张瑞华：《论约瑟夫·奥尼尔〈地之国〉中的阈限性》，南京师范大学（英语语言文学）。

郭国祥、蔡勇庆：《查尔斯·西米克诗歌中的泛灵论思想研究》，广西民族大学（比较文学与世界文学）。

郭竞文、姜桂华：《意识建构困境的探寻——〈方舟〉与〈强盗新娘〉比较研究》，沈阳师范大学（比较文学与世界文学）。

郭润、王艳凤：《杰弗逊·侯波与栋居弘一良复仇心理比较研究》，内蒙古师范大学（比较文学与世界文学）。

郭思航、张智宏：《〈马丁·伊登〉的神话原型解读》，黑龙江大学（英语语言文学）。
郭苏苏、张隆海：《奥尼尔晚期戏剧创作中的日本能剧元素研究》，曲阜师范大学（比较文学与世界文学）。
郭晓雪、赵炎秋：《赫塔·米勒小说“集中营”书写研究》，湖南师范大学（比较文学与世界文学）。
郭肖君、李树欣：《消费主义视角下的菲茨杰拉德小说研究》，哈尔滨师范大学（比较文学与世界文学）。
郭亚楠、陈召荣：《弗拉迪斯拉夫·莱蒙特〈农夫〉伦理研究》，西北民族大学（比较文学与世界文学）。
郭玉杨、刘铁：《近现代中美水利文学比较研究》，辽宁大学（比较文学与世界文学）。
韩佳彤、金铖：《巴尔扎克小说中的“公寓故事”研究》，吉林大学（比较文学与世界文学）。
韩香、范劲：《身份、情感与战争——石黑一雄小说的记忆研究》，华东师范大学（比较文学与世界文学）。
韩新宇、苏忱：《论石黑一雄〈上海孤儿〉的遗忘》，浙江大学（英语语言文学）。
韩政锋、石嵩：《男性气质视域下的谭恩美〈喜福会〉中的男性形象》，中央民族大学（比较文学与世界文学）。
杭鹰、张霖：《忧郁症的隐喻——郁达夫〈沉沦〉集再解读》，北京外国语大学（比较文学与世界文学）。
郝敬、刘云：《高利克中国现代文学研究中的比较文学方法论》，安徽大学（文艺学）。
郝山山、罗莹：《柯大卫〈大学〉英译本的跨文化解读》，北京外国语大学（比较文学与跨文化研究）。
何朝辉、王小林：《五四时期美国文学在中国的传播》，湖南师范大学（比较文学与世界文学）。
何风、刘耘华：《〈玉台新咏〉爱情诗中的性别表演研究》，上海师范大学（比较文学与世界文学）。
何航宇、龚芬：《从文学文体学看鲁迅〈呐喊〉三个英译本中的假象等值》，上海外国语大学（英语语言文学）。
贺潇雨、汪树东：《空间视阈下科塔萨尔小说研究》，武汉大学（比较文学与世界文学）。
侯宝昆、吴珺如：《巴赫金对话理论视角下的散文翻译主体间性研究——以〈瓦尔登湖〉徐迟译本为例》，上海外国语大学（英语语言文学）。
侯瑾、许诗焱：《“品特式”风格初探》，南京师范大学（比较文学与世界文学）。
胡明珠、谷婷婷：《空间理论视野下库切小说中的社会关系流变》，安徽大学（英语语言文学）。
胡斯乐、哈斯巴特尔：《蒙古国小品研究——以“新时代”组合为例》，内蒙古大学（比较文学与世界文学）。
胡松杰、高玉秋：《〈霍华德庄园〉中的空间与英国性研究》，东北师范大学（比较文学与世界文学）。

胡婷：《从勒菲弗尔诗学视角看中国唐诗英译——以翟理斯和许渊冲的英译对比研究为例》，北京外国语大学（比较文学与世界文学）。

胡雪杨、王晓英：《纷乱中迷失的爱——〈最后死亡的是心脏〉的伦理叙事》，南京师范大学（英语语言文学）。

胡扬、谢淼：《张大春对加西亚·马尔克斯的接受》，湖南师范大学（比较文学与世界文学）。

胡怡、涂险峰：《莫里亚克小说中的凝视与反凝视》，武汉大学（比较文学与世界文学）。

胡雨晴、刘文瑾：《东方主义的主观反叛与潜在迎合——论大西克礼“美学范畴论”中的政治》，华东师范大学（比较文学与世界文学）。

华丽娜、亢西民：《约瑟夫·海勒〈最后一幕〉的空间政治研究》，山西师范大学（比较文学与世界文学）。

黄丹榕、吴泽庆：《约翰·阿什贝利诗歌时空体研究》，中央民族大学（比较文学与世界文学）。

黄惠婷、褚东伟：《石黑一雄 *A Pale View of Hills* 汉译本中的意象翻译》，广东外语外贸大学（翻译学）。

黄嘉佳、肖锦龙：《大卫·格罗斯曼〈证之于：爱〉中的身体书写》，南京大学（比较文学与世界文学）。

黄洁、刘萍：《论哈代短篇小说的现代性》，安徽师范大学（比较文学与世界文学）。

黄金、肖四新：《“无言”和“言无”——贝克特小说三部曲中的“作者之死”研究》，广东外语外贸大学（比较文学与世界文学）。

黄静、方锡球：《父权制下女性的欲望及其幻灭——以福楼拜长篇小说女主人公爱玛和萨朗波为例》，安庆师范大学（比较文学与世界文学）。

黄璐瑶、田洪敏：《列斯科夫小说中的古罗斯文学传统元素》，上海师范大学（比较文学与世界文学）。

黄茜、卢婧：《艾丽丝·门罗小说的叙事艺术》，南京师范大学（比较文学与世界文学）。

黄晴、曾洪伟：《中西比较视域中的文学地理学批评研究》，西华师范大学（比较文学与世界文学）。

黄思琪、黎巧萍：《译介学视角下苏童小说越译研究——以〈妻妾成群〉和〈河岸〉》，广西民族大学（亚非语言文学）。

黄文蕾、胡志红：《论尤瑟纳尔小说的自我探索》，四川师范大学（比较文学与世界文学）。

黄曦、吕洪灵：《拉康主体建构理论视阈下的〈布罗迪小姐的青春〉》，南京师范大学（英语语言文学）。

黄曦、赵炎秋：《苏曼殊对拜伦的接受研究》，湖南师范大学（比较文学与世界文学）。

黄乙蔓、张莹：《译介学视阈下汉学家马瑞志的译者权衡——以其〈世说新语〉英文全译本为例》，上海外国语大学（翻译学）。

黄雨晨、余斌：《论玛格丽特·阿特伍德〈使女的故事〉中的身体政治》，南京大学（比较文学与世界文学）。

黄元军、蒋洪新：《整体翻译论视阈下的袁可嘉翻译研究》，湖南师范大学（英语语言文学）。

惠慧、温玉霞：《戏仿视域下佩列文和库切小说之比较》，西安外国语大学（比较文学与世界文学）。

纪晓桐、吕超：《菲利普·迪克科幻小说中的后人类身份问题研究》，天津师范大学（比较文学与世界文学）。

季英、郑日男：《崔致远对〈诗经〉词汇、诗句、诗旨的借鉴研究》，延边大学（比较文学与世界文学）。

贾愫娟、张蕾：《〈少年维特之烦恼〉与二三十年代中国文坛》，苏州大学（中国现当代文学），广西师范大学（外国语言文学）。

贾晓玉、陈丽：《新经济批评视角下对〈一位女士的画像〉中食利文化的探析》，华东理工大学（英语语言文学）。

姜慧、马玉凤：《约翰·邓恩诗歌与T. S. 艾略特诗歌的互文性解读》，辽宁大学（英语语言文学）。

姜济若、李克：《庞德〈诗经〉英译的空间叙事特征》，山东大学（英语语言文学）。

姜斯佳、金英淑：《日本能乐的现代改革——以三岛由纪夫的〈邯郸〉为例》，山东大学（比较文学与世界文学）。

姜欣言、柳扬：《日本战后派作家安部公房个体本位倾向研究——论〈砂女〉对存在主义的诠释》，沈阳师范大学（比较文学与世界文学）。

蒋寒寒、殷书林：《〈浮世画家〉中的伪翻译与虚构的日本》，上海外国语大学（英语语言文学）。

蒋玲燕、顾毅：《接受美学视角下蒋彝对中国书法的译介研究》，天津科技大学（英语语言文学）。

蒋雯倩、常留英：《戴乃迭〈边城〉英译本的审美再现研究》，江苏科技大学（外国语言学及应用语言学）。

蒋云云、许庆红：《美国华裔女性的共同体追寻之路——以谭恩美的〈喜福会〉与〈奇幻山谷〉为例》，安徽大学（英语语言文学）。

蒋芸娜、庞焱：《有关译者创造性叛逆的分析——以〈哥儿〉刘振瀛译本为例》，广东外语外贸大学（日语语言文学）。

焦茭、高玉秋：《混沌理论视角下的〈奥斯卡与露辛达〉研究》，东北师范大学（比较文学与世界文学）。

焦茜茜、王鹏：《论〈河童〉中芥川龙之介的思想困境》，河南大学（比较文学与世界文学）。

焦婷、冯梅：《从文学伦理学角度解读〈福尔赛世家〉》，河北师范大学（英语语言文学）。

焦玉山、于冬云：《海明威"尼克·亚当斯"系列小说研究》，山东师范大学（比较文学与世界文学）。

金美仙、禹尚烈：《中朝抗日叙事比较研究——以中国的〈狼牙山五壮士〉与朝鲜的〈游击队五兄弟〉为中心》，延边大学（比较文学与世界文学）。

金梦、刘文瑾：《回归之途——试论〈奥斯特利茨〉中对照片的使用》，华东师范大学（比较文学与世界文学）。

金妍青、禹尚烈、申哲镐：《禹光勋小说与存在主义关联研究——以萨特存在主义哲学理论为中心》，延边大学（比较文学与世界文学）。

金伊敏、马识途：《翻译美学视角下葛译〈四十一炮〉中陌生化的再现》，湘潭大学（英语语言文学）。

靳莹晖、陈士部：《奇幻旅行中的异域形象》，淮北师范大学（比较文学与世界文学）。

康健、王倩：《古希腊神话中的动物形象研究》，淮北师范大学（比较文学与世界文学）。

孔慧贞、范学新：《赫尔曼·黑塞小说主题研究》，伊犁师范大学（比较文学与世界文学）。

匡晓妮、孙丙堂：《从创伤角度解析〈盲刺客〉中创伤人物的重生》，天津科技大学（英语语言文学）。

冷芳宇、陈志华：《耶利内克〈钢琴教师〉的音乐叙事研究》，江西师范大学（比较文学与世界文学）。

黎楠、李美芹：《〈瓦解〉和〈再也不得安宁〉中阿契贝的多元文化观》，浙江工商大学（英语语言文学）。

黎巧利、蒋丽：《〈百年孤独〉与〈红楼梦〉空间叙事比较研究》，陕西理工大学（比较文学与世界文学）。

李冰然、刘迎春：《翻译规范理论视角下的〈西游记〉余国藩英译本研究》，大连海事大学（英语语言文学）。

李辰洋、魏崇新：《〈乞力马扎罗的雪〉中译本研究——以死亡情境的不同翻译呈现为中心》，北京外国语大学（比较文学与世界文学）。

李春静、赵春秋：《太宰治与莫言“人格冲突”创作之比较》，辽宁大学（比较文学与世界文学）。

李芳芷、于丽萍：《中日网络文学中女频小说的比较研究》，辽宁大学（比较文学与世界文学）。

李菡烨、王旭峰：《拉尔夫·埃里森小说中的黑人身份问题研究》，南京大学（比较文学与世界文学）。

李昊玥、王晓英：《安·泰勒〈呼吸呼吸〉的空间叙事研究》，南京师范大学（英语语言文学）。

李红燕、热孜婉·阿瓦穆斯林：《创造性叛逆翻译视角下〈家〉的维译研究》，新疆师范大学（中国少数民族语言文学）。

李欢欢、雷武锋：《阿里斯托芬喜剧中的柔和政治研究》，西北大学（比较文学与世界文学）。

李黄花、师彦灵：《〈他们携带之物〉中的精神流亡》，兰州大学（英语语言文学）。

李慧雯、李安：《论〈权力与荣耀〉中神圣与世俗的关系》，广东外语外贸大学（比较文学与世界文学）。

李佳静、于雷：《论 D. H. 劳伦斯和多丽丝·莱辛作品中的双性同体观》，北京外国语大学（英语语言文学）。

李金璐、田全金：《论阿兰达蒂·洛伊〈微物之神〉中的越界书写与身份认同》，华东师范大学（比较文学与世界文学）。

李静、马识途：《接受美学视角下金庸武侠小说的翻译策略研究——以郝玉青译本〈英雄的诞生〉为例》，湘潭大学（英语语言文学）。

李莉莉、董晓：《论菲茨杰拉德小说中的房子》，南京大学（比较文学与世界文学）。

李黎、苏永前：《莫里哀在中国的早期译介研究（1886—1949）》，西安外国语大学（比较文学与世界文学）。

李理卯、赵山奎：《卡夫卡与失眠症》，浙江师范大学（比较文学与世界文学）。

李丽、刘华：《〈骆驼祥子〉与〈无名的裘德〉中"乡土性"的比较研究》，广西民族大学（比较文学与世界文学）。

李璐名、萧盈盈：《莫迪亚诺小说的影像叙事研究》，南京师范大学（比较文学与世界文学）。

李妞、程小娟：《〈雅歌〉中的空间意象——"园"研究》，河南大学（比较文学与世界文学）。

李佩阳、王欣：《哥尔兹华绥·洛斯·狄更森笔下的理想化中国形象》，上海外国语大学（英语语言文学）。

李倩倩、赵艳花：《艾丽丝·门罗短篇小说中的不确定叙事与复杂人性分析》，郑州大学（比较文学与世界文学）。

李倩瑜、孟湘：《论西恩·奥凯西"悲喜剧"艺术——以"都柏林三部曲"、〈给我红玫瑰〉、〈主教的篝火〉为中心》，山西师范大学（比较文学与世界文学）。

李清、吕洪灵：《詹尼斯·加洛韦〈窍门是保持呼吸〉中的空间关系》，南京师范大学（比较文学与世界文学）。

李任浩、王晓英：《阿尔都塞意识形态理论视阈下的〈思家小馆的晚餐〉研究》，南京师范大学（英语语言文学）。

李荣、刘旭光：《白璧德"新人文主义"文艺观及其与中国文化之关系研究》，上海师范大学（文艺学）。

李若琳、刘兮颖：《伊恩·麦克尤恩〈儿童法案〉中的空间表征与身份问题》，华中师范大学（比较文学与世界文学）。

李诗婷、李志峰：《安部公房小说中的都市书写》，广西大学（比较文学与世界文学）。

李腾飞、高超：《纳丁·戈迪默后种族隔离时期小说的三重伦理解读——以〈无人伴随我〉〈偶遇者〉〈新生〉为中心》，山西师范大学（比较文学与世界文学）。

李婷、卢婧：《A. S. 拜厄特历史小说中的女性形象》，南京师范大学（比较文学与世界文学）。

李小歌、李正栓：《文学伦理学批评视阈下邓恩世界观的研究》，河北师范大学（英语语言文学）。

李晓凡、李伟昉：《〈理查三世〉中的王权理论研究》，河南大学（比较文学与世界文学）。

李馨、张海燕：《自体心理学视域下的〈苍狼〉研究》，喀什大学（比较文学与世界文学）。

李雪莹、吕超：《论朱利安·巴恩斯小说的互文性》，天津师范大学（比较文学与世界文学）。

李亚茹、刘铁：《新世纪以来中日历史题材电视剧中的真实度比较研究》，辽宁大学（比较文学与世界文学）。

李彦、严志军：《马克·吐温幽默背后的创伤——以〈哈克贝利·费恩历险记〉为例》，南京师范大学（英语语言文学）。

李扬眉、隋红升：《〈高文爵士与绿衣骑士〉中的骑士阶级男性气概》，浙江大学（英语语言文学）。

李阳、王霞：《毛姆短篇小说中的种族意识研究》，云南师范大学（比较文学与世界文学）。

李一婷、杨荣：《精神分析视域下杜拉斯"情人"系列小说主要人物形象研究》，西南民族大学（比较文学与世界文学）。

李雨春、赵明：《迈克尔·翁达杰小说叙事策略研究》，宁夏大学（比较文学与世界文学）。

李玉璞、金晶：《石黑一雄小说"文学空间"书写的后殖民批评研究》，陕西理工大学（比较文学与世界文学）。

李昱萱、赵沛林：《远藤周作〈沉默〉的长崎形象建构》，东北师范大学（比较文学与世界文学）。

李渊、张利萍：《成长视域下〈儿子与情人〉与〈人性的枷锁〉之比较研究》，内蒙古师范大学。

李月欣、王立宏：《格拉夫顿小说的叙事策略研究》，牡丹江师范学院（比较文学与世界文学）。

李卓凌、袁先来：《清末民初（1890—1919）译介热点中的"法国革命"思辨研究》，东北师范大学（比较文学与世界文学）。

李紫焱、曾景婷：《〈好逑传〉首译本的副文本与中国形象建构研究》，江苏科技大学（外国语言学及应用语言学）。

栗佳、汪树东：《埃里希·弗洛姆占有与存在两种生存方式研究——以〈福尔赛世家〉为例》，武汉大学（比较文学与世界文学）。

连涛、刘华：《〈喧哗与骚动〉中的时间建构及文本呈现》，广西民族大学（比较文学与世界文学）。

廉云平、董晓：《后人文主义视角下的〈大闪蝶尤金尼亚〉》，南京大学（比较文学与世界文学）。

梁锦涛、韩子满：《冯唐译〈飞鸟集〉对原作风格的偏离》，上海外国语大学（英语语言文学）。

梁芹、欧震：《论丹尼洛·契斯的"想象的现实主义"写作——以三部短篇小说集为例》，四川师范大学（比较文学与世界文学）。

梁琼、甘丽娟：《尤金·奥尼尔剧作中的水手形象研究》，天津师范大学（比较文学与世界文学）。

梁祖福、袁斌业：《接受美学理论视角下莎士比亚四大悲剧中的典故汉译研究——以朱生豪译本为例》，广西师范大学（比较文学与世界文学）。

廖连、魏兰：《〈大地〉对20世纪美国读者期待视野的重构》，南京师范大学（英语语言文学）。

林倩、朱桃香：《对〈米德尔马契〉叙述者干预的叙事学分析》，暨南大学（英语语言文学）。

林淑咏、许双如：《创伤与叙事治疗——任璧莲小说〈爱妾〉叙事心理学解读》，暨南大学（英语语言文学）。

林天祎、杜萌若：《帕慕克的“伊斯坦布尔书写”》，黑龙江大学（比较文学与世界文学）。

林溪滢、吴青：《海外汉学翻译中的叙事框定——以孔飞力〈叫魂〉及其汉译本为例》，北京外国语大学（英语笔译）。

林星宇、王丽亚：《纳丁·戈迪默〈七月的人民〉中的身份危机》，北京外国语大学（英语语言文学）。

林玉、陈历明：《庞德音乐美学思想在其〈诗经〉译本中的体现》，华侨大学（英语语言文学）。

林转、赵志义：《乔纳森·萨福兰·福厄〈特别响，非常近〉中的创伤叙事》，浙江大学（英语语言文学）。

刘超颖、刘文：《〈远山淡影〉中游牧主体的精神困境》，中国矿业大学（英语语言文学）。

刘晨、金雯：《弥赛亚与新国民——论传教士译汉文小说中儿童观念的兴起与变化（1912—1931）》，华东师范大学（比较文学与世界文学）。

刘菲菲、吴金涛：《20世纪西方人兽变形文学研究》，陕西理工大学（比较文学与世界文学）。

刘津竹、寇振锋：《马里奥·普佐〈教父〉系列与张成功〈黑色〉系列比较研究》，辽宁大学（比较文学与世界文学）。

刘璐璐、高永：《“印度三部曲”中奈保尔游记创作的转向》，河北大学（比较文学与世界文学）。

刘善强、姜智芹：《托马斯·品钦小说中的追寻者形象》，山东师范大学（比较文学与世界文学）。

刘殊、叶杨曦：《恩古吉后殖民创作中的身体书写》，山东大学（比较文学与世界文学）。

刘帅、纪建勋：《萨满神歌与文学——以尼席本〈萨满神歌〉为中心》，上海师范大学（比较文学与世界文学）。

刘思彤、肖四新：《谭恩美长篇小说的命运观研究》，广东外语外贸大学（比较文学与世界文学）。

刘思晓、王文华：《卡里尔·邱吉尔戏剧中的魔幻叙事——以〈优异女子〉〈食鸟〉〈妖女〉为例》，河北师范大学（比较文学与世界文学）。

刘天赐、李红叶：《松居直图画书理论及其对中国图画书的影响》，湖南师范大学（比较文学与世界文学）。

刘婉莹、余斌：《让·热内小说创作中的性别倒错与权力对峙》，南京大学（比较文学与世界文学）。

刘霞、欧阳灿灿：《石黑一雄小说中的日本形象研究》，杭州师范大学（比较文学与世界文学）。

刘相廷、哈旭娴：《路易丝·厄德里克“正义三部曲”的文化，政治叙事研究》，南京师范大学（比较文学与世界文学）。

刘小丹、刘建军：《都市牛仔的旅程——钱德勒〈漫长的告别〉中菲利普·马洛形象分析》，东北师范大学（比较文学与世界文学）。

刘小毓、张玫玫：《赛珍珠、比尔·波特到彼得·海斯勒作品的中国形象研究》，吉林大学（英语语言文学）。

刘晓旭、刘立善、赵春秋：《张悦然与青山七惠“后小资文学”比较研究》，辽宁大学（比较文学与世界文学）。

刘笑、甘丽娟：《电影〈一个陌生女人的来信〉中的女性意识——兼与茨威格小说比较》，天津师范大学（比较文学与世界文学）。

刘雪、李会芳：《〈又来了，爱情〉中的中老年女性困境》，河北师范大学（英语语言文学）。

刘雅琳、查明建：《当代世界文学视野中石黑一雄的文学意义》，上海外国语大学（比较文学与世界文学）。

刘洋、徐文培：《单向度理论下〈柏油娃娃〉中科技异化研究》，黑龙江大学（英语语言文学）。

刘洋帆、吴金涛：《马克·吐温小说中的民主思想及其艺术表达》，陕西理工大学（比较文学与世界文学）。

刘艺、程树华：《框架理论视角下古诗词文化意象翻译研究——以〈长恨歌〉英译本为例》，四川师范大学（外国语言学及应用语言学）。

刘影、刘铁：《中英当代“亚侦探”小说比较研究》，辽宁大学（比较文学与世界文学）。

刘召禄、吴雨平：《〈文镜秘府论·九意〉研究》，苏州大学（比较文学与世界文学）。

刘珍艳、张欣：《论亨利·戴维·梭罗的〈瓦尔登湖〉和瑞克·巴斯的〈一小会儿〉中的动物主体性》，广东外语外贸大学（英语语言文学）。

刘真、张沁文：《〈最蓝的眼睛〉与〈女勇士〉中的身份认同主题比较研究》，陕西理工大学（比较文学与世界文学）。

刘枝叶、苏晖：《〈外国文学研究〉杂志中的俄苏文学评论》，华中师范大学（比较文学与世界文学）。

刘致宁、姜哲：《王小波“未来小说”中的乌托邦身体诗学》，沈阳师范大学（比较文学与世界文学）。

龙慧、张海燕：《生态批评视角下沈从文与哈代比较研究》，喀什大学（比较文学与世界文学）。

娄玉敏、曹春茹：《金驲孙散文对韩愈散文的接受与创新》，曲阜师范大学（比较文学与世界文学）。

卢建飞、邹建军：《政治诉求与文化认同——勒克莱齐奥小说中的身份政治研究》，华中师范大学（比较文学与世界文学）。

卢日东、黄可兴：《〈传奇漫录〉中儒家义士的形象研究》，广西民族大学（比较文学与世界文学）。

卢爽、王鹏飞：《间性视阈下的〈围城〉英译研究》，西南交通大学（翻译硕士）。

卢鑫、苏永前：《莫泊桑在中国的早期接受》，西安外国语大学（比较文学与世界文学）。

卢姚红、赵春雨：《生态翻译学视角下〈阿Q正传〉英译本对比研究》，华东理工大学（英语语言文学）。

鲁梦玲、宋丽娟：《英语中国文学史中的〈聊斋志异〉》，上海师范大学（中国古代文学）。

鲁阳、黄晖：《阿特伍德〈盲刺客〉中的创伤书写与伦理取向》，华中师范大学（比较文学与世界文学）。

陆纯艺、朱振武：《恩古吉·瓦·提安哥长篇小说中的反讽研究》，上海师范大学（比较文学与世界文学）。

陆静、孙艳萍：《A. S. 拜厄特〈孩子们的书〉中的童话改写》，浙江大学（英语语言文学）。

路玮、朱振武：《阿迪契长篇小说中的隐喻手法研究》，上海师范大学（比较文学与世界文学）。

吕芳、蔡新乐：《儒学"关键词"英译研究——以〈孔子诗论〉为中心》，南京大学（英语语言文学）。

吕红莹、傅星寰：《〈沉没的方舟〉中的"彼得堡书写"》，辽宁师范大学（比较文学与世界文学）。

罗晗、赵山奎：《论卡夫卡长篇小说中犹太人的生存困境》，浙江师范大学（比较文学与世界文学）。

罗娇、王林：《〈坠落的人〉创伤叙事策略研究》，中央民族大学（比较文学与世界文学）。

罗静、曹依民：《概念隐喻视角下苏轼词中意象的两译本对比研究》，西北师范大学（英语语言文学）。

罗乐、王菲：《余华作品的日译本研究——从副文本角度》，西南交通大学（日语语言文学）。

马爱媛、张宝林：《论德莱塞在〈目睹的苏俄〉中的苏联形象构建》，西北师范大学（英语语言文学）。

马炅、张海燕：《石黑一雄长篇小说的空间叙事研究——以〈远山淡影〉〈长日将尽〉〈莫失莫忘〉为例》，喀什大学（比较文学与世界文学）。

马哈力麦、杨士虎：《奈保尔小说〈河湾〉中的后殖民文化焦虑与身份认同协商》，兰州大学（英语语言文学）。

马丽、陈红：《伊丽莎白·毕肖普诗歌的色彩表达》，上海师范大学（比较文学与世界文学）。

马龙、张保宁：《〈哈姆雷特〉翻译对中国百年文学的影响》，西安外国语大学（比较文学与世界文学）。

马梦甜、王晓英：《〈别名格雷斯〉的修辞性叙事研究》，南京师范大学（英语语言文学）。

马淑杰、张宝林：《论埃德加·斯诺〈红星照耀中国〉中的“红色中国”形象》，西北师范大学（英语语言文学）。

马婷、杜吉刚：《鲍勃·迪伦的诗歌艺术》，南昌大学（比较文学与世界文学）。

马小林、王艳凤：《纳拉扬文学的后殖民话语书写》，内蒙古师范大学（比较文学与世界文学）。

马颖、甄蕾：《苏·蒙克·基德的小说〈蜜蜂的秘密生活〉的成长主题》，天津师范大学（比较文学与世界文学）。

马元昇、马汉广：《英国反乌托邦小说的空间建构——以〈美丽新世界〉、〈1984〉、〈蝇王〉为例》，黑龙江大学（比较文学与世界文学）。

满彩霞、杨靖：《〈瓦尔登湖〉中的道家思想》，南京师范大学（英语语言文学）。

满亦萌、朱小琳：《规训与反抗：〈道格拉斯生平自述〉的身体叙事研究》，中央民族大学（比较文学与世界文学）。

毛钺、刘兮颖：《约翰·班维尔小说〈海〉中的创伤书写》，华中师范大学（比较文学与世界文学）。

梅倩、敬南菲：《〈卢布林的魔术师〉〈冤家，一个爱情故事〉〈童爱〉的犹太伦理选择》，杭州电子科技大学（英语语言文学）。

蒙婷、高超：《论〈发条女孩〉的反乌托邦思想》，山西师范大学（比较文学与世界文学）。

孟冬冬、傅道彬：《“轴心时代”的中西诗学形态与诗学观念》，哈尔滨师范大学（文艺学）。

孟根柱拉、初一：《艾特玛托夫小说的文化意识研究》，内蒙古师范大学（比较文学与世界文学）。

米小田、张冬梅：《廖一梅与萨拉·凯恩戏剧“先锋性”比较研究》，辽宁大学（比较文学与世界文学）。

娜荷芽、初一：《女性主义视角下的海明威作品中的女性形象研究》，内蒙古师范大学（比较文学与世界文学）。

讷秀玉、陈秀云：《理想化的“误读”：21世纪〈月亮与六便士〉在中国的接受研究》，沈阳师范大学（比较文学与世界文学）。

聂芳、许晓艳：《阐释学视角下〈红高粱家族〉和〈蛙〉英译本中译者主体性的对比研究》，长江大学（翻译研究）。

欧阳子欣、李志峰：《伊恩·麦克尤恩小说的科技诗学研究》，广西大学（比较文学与世界文学）。

潘凤、萧盈盈：《米歇尔·图尼埃小说的寓言性研究》，南京师范大学（比较文学与世界文学）。

潘慧余、张碧：《东方都市中的徘徊与逡巡——论帕慕克小说中的都市漫游者及意义》，西北大学（比较文学与世界文学）。

潘丽云、刘建军：《〈创世记〉1—3章的文学诠释》，东北师范大学（比较文学与世界文学）。

潘炼鑫、弥沙：《庞德诗歌中的中国元素研究》，东北农业大学（英语语言文学）。

潘柔妮、张新颖：《性别和种族的流变—索尼娅·桑切斯剧作的都市空间研究》，杭州电子科技大学（英语语言文学）。

潘尚瑞、朱振武、王青松：《纳丁·戈迪默长篇小说中白人形象的嬗变》，上海师范大学（比较文学与世界文学）。

潘淑露、俞曦霞：《V. S. 奈保尔〈河湾〉生态危机研究》，杭州电子科技大学（英语语言文学）。

庞越、刘林：《论〈冰与火之歌〉边缘人物的多重身份认同》，山东大学（比较文学与世界文学）。

裴杰、张爱玲：《梦渡扶桑——日译〈红楼梦〉元研究（1960—2019）》，上海外国语大学（翻译学）。

裴彦融、亢西民：《〈仿生人会梦见电子羊吗〉的后人类主义解读》，山西师范大学。

彭蓓、张士杰：《困惑、反思与涵容：远藤周作小说的疾病书写》，大连外国语大学（比较文学与世界文学）。

彭玲、黄晖：《本·奥克瑞〈饥饿的路〉的魔幻现实主义解读》，华中师范大学（比较文学与世界文学）。

彭媚芳、魏兰：《解读〈觉醒〉中艾德娜的成长模式》，南京师范大学（英语语言文学）。

彭思琪、郭晓霞：《论芥川龙之介对爱伦坡的接受》，浙江师范大学（比较文学与世界文学）。

彭钰、赵春雨：《生态翻译学视角下〈论语〉英译本对比研究》，华东理工大学（英语语言文学）。

朴美玲、卢雪花：《池莉〈所以〉与尹大宁〈小丑之家〉人物形象比较研究》，延边大学（比较文学与世界文学）。

平青立、金铖：《普罗米修斯神话的浪漫书写：比较珀西·雪莱的〈解放了的普罗米修斯〉与玛丽·雪莱的〈弗兰肯斯坦〉》，吉林大学（比较文学与世界文学）。

戚靖、马汉广：《苏珊·桑塔格的先锋美学研究》，黑龙江大学（比较文学与世界文学）。

戚梦静、张杭萍：《从〈厨房〉〈满月〉的中文译本看异文化传达法——以林少华、张哲俊、李萍、刘子倩译本为中心》，上海师范大学（日语语言文学）。

齐丹阳、陈瑞红：《马洛伊·山多尔作品中的伦理意识》，南京师范大学（比较文学与世界文学）。

骞雨佳、杨莉馨：《自由主义想象——E. M. 福斯特作品中的世界图景》，南京师范大学（比较文学与世界文学）。

钱山丹、初一：《卡尔维诺小说叙事的后现代特征研究》，内蒙古师范大学（比较文学与世界文学）。

乾文馨、傅星寰：《陀思妥耶夫斯基的"彼得堡书写"与王安忆的"上海书写"比较研究》，辽宁师范大学（比较文学与世界文学）。

覃茜茜、王敏：《门罗小说老人形象的叙事伦理研究》，西安外国语大学（比较文学与世界文学)。

秦艾佳、赵霞:《后现代视角下对〈纽约兄弟〉中兰利“替代品理论”的解读》,兰州大学(英语语言文学)。

秦晨岚、韩晓清:《一九四七年以来英语文学中的孟买城市形象研究》,西北民族大学(比较文学与世界文学)。

秦旭红、吕超:《“地海传奇”的叙事策略研究》,天津师范大学(比较文学与世界文学)。

邱宇、蓝红军:《中国古典小说英译中英雄形象的重构——基于对〈中国评论〉(1872—1901)的考察》,广东外语外贸大学(翻译学)。

仇芳慧、谭福民:《布迪厄社会学视角下陈独秀翻译研究》,湖南师范大学(英语语言文学)。

曲慧鑫、王树福:《莎士比亚“罗马剧”中的荣誉观念与伦理选择》,华中师范大学(比较文学与世界文学)。

曲慧钰、郝岚:《大卫·达姆罗什“世界文学”观念的教育制度化》,天津师范大学(比较文学与世界文学)。

曲欣欣、焦玲玲:《金斯利·艾米斯小说中的“反英雄”形象研究》,牡丹江师范学院(比较文学与世界文学)。

冉德君、高建华:《契诃夫小说的象征手法研究》,哈尔滨师范大学(比较文学与世界文学)。

饶小志、尹飞舟:《〈窦娥冤〉在英语世界的翻译传播——以杨译本和时译本为例》,湖南师范大学(英语语言文学)。

任俐蓉、曾琼:《徐梵澄作品中的印度形象研究》,天津外国语大学(比较文学与世界文学)。

任祥辉、伍方斐:《人类共同体的文学想象——“基地系列”与“三体系列”比较研究》,广东外语外贸大学(比较文学与世界文学)。

任霄雅、任淑坤:《郝玉青英译〈射雕英雄传〉中的杂合现象研究》,河北大学(英语语言文学)。

任亚飞、康孝云:《非虚构小说〈寻路中国〉中的乡村与工厂书写》,西北师范大学(比较文学与世界文学)。

芮文祥、纪建勋:《明末清初来华耶稣会士汉语名号及其称谓研究》,上海师范大学(比较文学与世界文学)。

申陈艳、易国定:《论安部公房小说中的自由观》,辽宁师范大学(比较文学与世界文学)。

沈博文、刘研:《鲍勃·迪伦的文学性“突围”》,东北师范大学(比较文学与世界文学)。

沈佳佳、方锡球:《日本私小说影响下的郁达夫小说研究》,安庆师范大学(文艺学)。

沈雅楠、李欣:《论译者惯习对译作的影响——以〈边城〉两译本为例》,上海外国语大学(英语语言文学)。

沈雅倩、李建英:《加缪与史铁生生命书写比较研究》,上海师范大学(比较文学与世界文学)。

师梦琪、王振平：《詹姆斯·乔伊斯〈尤利西斯〉中的精神流浪研究》，天津科技大学（英语语言文学）。

施成群、潘先伟：《主题学视域下中苏农业集体化题材小说比较》，西华师范大学（比较文学与世界文学）。

施景、娜仁图雅：《基于归化和异化翻译策略下的〈家〉的日文译本考察》，华中师范大学（日语笔译）。

施俞辛、杨莉馨：《论拉尔夫·埃利森的融合思想》，南京师范大学（比较文学与世界文学）。

史旭燕、敬南菲：《从迷茫到坚守——索尔·贝娄中短篇小说中的犹太伦理研究》，杭州电子科技大学（英语语言文学）。

司学芹、哈旭娴：《奈保尔的混杂化写作研究》，南京师范大学（比较文学与世界文学）。

宋佳睿、王少娣：《刘宇昆译科幻小说在英语世界的译介》，上海外国语大学（英语语言文学）。

宋爽、刘小刚：《第三持存视阈下的文学文本》，杭州师范大学（比较文学与世界文学）。

宋宛真、董晓：《陀思妥耶夫斯基与存在主义》，南京大学（比较文学与世界文学）。

宋心蕊、刘立善、赵春秋：《谷崎润一郎与波德莱尔唯美主义创作之比较研究》，辽宁大学（比较文学与世界文学）。

宋艳洁、陈瑞红：《彼得·凯里长篇小说的叙事艺术研究》，南京师范大学（比较文学与世界文学）。

宋悦、邵毅：《叙事文体学视阈下余华小说〈第七天〉英译本研究》，上海外国语大学（英语语言文学）。

苏畅、郭秀媛：《萨拉·沃特斯小说中的逃离主题研究》，河北大学（比较文学与世界文学）。

苏学林、杨春：《美国“第三只眼”——陈九小说研究》，北京外国语大学（比较文学与世界文学）。

粟裕、王长才：《论黄锦树小说的空间书写》，西南交通大学（比较文学与世界文学）。

孙艾琳、姜哲：《伍尔夫与朱天文小说中的双性同体诗学》，沈阳师范大学（比较文学与世界文学）。

孙超、程心：《纽曼的十九世纪大旅行——亨利·詹姆斯〈美国人〉中的想象地理》，上海外国语大学（英语语言文学）。

孙浩、王化学：《尤金·奥尼尔戏剧的宗教思想研究》，山东师范大学（比较文学与世界文学）。

孙婧霏、金铖：《论简·奥斯丁〈爱玛〉的叙事艺术》，吉林大学（比较文学与世界文学）。

孙阔、孙会军：《批评译学视角下的译者声音研究——以“熊猫丛书”〈穆斯林的葬礼〉英译本为例》，上海外国语大学（英语语言文学）。

孙沁蕊、肖百容：《林语堂的创作与东方主义》，湖南师范大学（比较文学与世界文学）。

孙一维、刘铁：《中英现当代谍战小说比较研究》，辽宁大学（比较文学与世界文学）。

孙瑛瑕、吕公礼：《多模态视域下儿童绘本的英汉翻译策略研究——以〈奇先生妙小姐〉系列绘本为例》，青岛大学（英语语言文学）。

孙宇、寇振锋：《20世纪以来中英荒岛文学比较研究》，辽宁大学（比较文学与世界文学）。

孙宇晴、王秀杰：《佐拉·尼尔·赫斯顿自传〈道路上的尘迹〉中的母性书写》，杭州电子科技大学（英语语言文学）。

邰瀛、宋莉华：《韩国“文房四友”假传文学研究》，上海师范大学（比较文学与世界文学）。

谭皓月、赵山奎：《爱丽丝·沃克小说创作中的“非洲中心主义”》，浙江师范大学（比较文学与世界文学）。

谭丽欢、傅星寰：《苦难与救赎——〈库科茨基医生的病案〉的“病案”诊断》，辽宁师范大学（比较文学与世界文学）。

谭世芸、肖伟胜：《史蒂文斯战时诗歌的反讽研究》，西南大学（比较文学与世界文学）。

谭玉琳、赵君：《文学伦理学批评视角下曼斯菲尔德短篇小说之家庭伦理研究》，暨南大学（英语语言文学）。

唐新禄、吴其尧：《从文学性、文化观、意识形态角度对比研究〈老人与海〉张爱玲、余光中、吴劳译本的语言风格》，上海外国语大学（英语语言文学）。

陶鑫磊、崔英：《格式塔意象再造视角下的〈楚辞〉霍克斯英译研究》，山东大学（英语语言文学）。

田炳明、Cong Mingcai：《基于多元系统理论的〈浮士德〉的董问樵译本和绿原译本研究》，大连外国语大学。

田嘉辉、雷武铃：《谢默斯·希尼的死亡题材诗歌研究》，河北大学（比较文学与世界文学）。

田艳、马永平：《川端康成小说死亡书写研究——以战后小说为例》，西南民族大学（比较文学与世界文学）。

佟晓歌、寇振锋：《后新时期中日女作家家庭关系书写比较研究》，辽宁大学（比较文学与世界文学）。

汪丹丹、王青松：《分裂·沟通·融合——博比·安·梅森短篇小说主题研究》，上海师范大学（比较文学与世界文学）。

王迪、傅琼：《〈长日留痕〉中管家身份建构的语用分析》，大连外国语大学（英语语言文学）。

王芳、周丹：《论唐·德里罗小说中对媒体与人关系的审视》，南昌大学（比较文学与世界文学）。

王浩宇、赵春秋：《莫泊桑与陈忠实小说创作的影响关系与互文性研究》，辽宁大学（比较文学与世界文学）。

王宏健、郝岚：《“但泽三部曲”中的多重“反抗性书写”》，天津师范大学（比较文学与世界文学）。

王洪羽嘉、李建英：《从诗画关系论兰波与高更的现代派美学》，上海师范大学（比较文学与世界文学）。

王辉欢、孙志刚：《阿特伍德小说中的生态思想研究》，哈尔滨师范大学（比较文学与世界文学）。

王慧莹、牛水莲：《战后日本女作家战争观研究》，郑州大学（比较文学与世界文学）。

王佳丽、杨靖：《逃避自由：〈晃来晃去的人〉与社会的和解》，南京师范大学（英语语言文学）。

王佳薇、陈历明：《戏剧翻译中的格式塔意象再造——〈茶馆〉英译本对比研究》，华侨大学（英语语言文学）。

王嘉诚、岑玮：《〈遥远地球之歌〉和〈死神永生〉中环境主题的比较研究》，山东师范大学（英语语言文学）。

王靓亮、张冬梅：《张洁与夏洛蒂·勃朗特“小说叙事策略”比较研究》，辽宁大学（比较文学与世界文学）。

王凯云、李忠敏：《福克纳小说中的父亲形象与文化隐喻》，广西民族大学（比较文学与世界文学）。

王恺婧、蔡同庆：《石黑一雄小说“异托邦”研究》，扬州大学（比较文学与世界文学）。

王磊、黄晖：《翁贝托·艾柯小说的空间叙事研究》，华中师范大学（比较文学与世界文学）。

王璐娅、陈爱敏：《奥古斯特·威尔逊〈钢琴课〉与〈栅栏〉中的双重共同体研究》，南京师范大学（英语语言文学）。

王梦雅、哈旭娴：《艾丽丝·沃克小说中的身份意识研究》，南京师范大学（比较文学与世界文学）。

王梦雅、姚君伟：《生态女性主义视阈下洛丽塔的悲剧命运研究》，南京师范大学（比较文学与世界文学）。

王明辉、朱振武：《H. P. 洛夫克拉夫特小说中的“祖先罪恶”主题》，上海师范大学（比较文学与世界文学）。

王宁、尹仙花：《基于归化·异化翻译策略下的东野圭吾〈秘密〉中译本的比较分析》，华中师范大学（日语笔译）。

王宁宁、贾卉：《翻译伦理视角下的译本对比研究——以〈边城〉的四个英译本为例》，华东理工大学（英语语言文学）。

王葡儿、王青松：《杜鲁门·卡波特短篇小说的创伤书写研究》，上海师范大学（比较文学与世界文学）。

王擎宇、李亚白：《性叙事文学中性权力叙事的三类模式》，内蒙古师范大学（比较文学与世界文学）。

王瑞、范煜辉：《显现·疏离·回归——论温蒂·华瑟斯坦女性主义戏剧中的犹太性书写》，浙江师范大学（比较文学与世界文学）。

王若凡、沙凯：《空间理论视阈下〈柏油孩子〉中吉丁的身份认知解读》，南京师范大学（英语语言文学）。

王诗言、张瑞华：《石黑一雄〈别让我走〉的创伤主题研究》，南京师范大学（比较文学与世界文学）。

王思涵、马汉广：《“黄金时代”美国科幻小说世界的建构》，黑龙江大学（比较文学与世界文学）。

王思恬、刘全福：《雷蒙德·卡佛短篇小说汉译风格再现研究》，上海外国语大学（英语语言文学）。

王铁丰、高永：《石黑一雄小说中的人性异化》，河北大学（比较文学与世界文学）。

王潇、许庆红：《女性主体性的迷失、重建与消解——里奇女同性恋女性主义理论下的林白小说解读》，安徽大学（比较文学与世界文学）。

王晓雯、裴丹莹：《夏多布里昂创作中的美洲因子》，东北师范大学（比较文学与世界文学）。

王晓燕、秋喜：《〈绿牡丹〉汉蒙文本比较研究》，内蒙古民族大学（比较文学与世界文学）。

王旭辉、曾巍：《从“差异”到“延异”——论狄兰·托马斯诗歌多义性》，华中师范大学（比较文学与世界文学）。

王璇、宋炳辉：《跨文化视域下李安电影〈色｜戒〉与〈断背山〉改编研究》，上海外国语大学（比较文学与世界文学）。

王雪、于冬云：《借鉴与创新：论库切对卡夫卡的接受》，山东师范大学（比较文学与世界文学）。

王艳秋、吴凡：《莫言作品在西班牙的译介》，广东外语外贸大学（西班牙语语言文学）。

王叶丽：《刘震云〈故乡相处流传〉的跨文化互文研究》，辽宁大学（比较文学与世界文学）。

王一迪、王业伟：《分析〈问题的核心〉中的人物—空间关系》，中央民族大学（比较文学与世界文学）。

王一涵、傅星寰：《帕斯捷尔纳克〈日瓦戈医生〉中的“莫斯科书写”》，辽宁师范大学（比较文学与世界文学）。

王胤人、刘耘华：《朱利安中国画论研究中的“真”》，上海师范大学（比较文学与世界文学）。

王永芳、金哲：《俄国形式主义文论对中国当代先锋文学的影响研究》，哈尔滨师范大学（文艺学）。

王泳海、綦甲福：《林小发德译本〈西游记〉互文性研究》，青岛大学（德语语言文学）。

王昱泽、梅启波：《逃离洞穴，上升至善—艾丽丝·默多克小说的道德朝圣》，郑州大学（比较文学与世界文学）。

王远芹、姜智芹：《生态批评视域下的托马斯·哈代小说》，山东师范大学（比较文学与世界文学）。

王昭、张洪波：《『羊をめぐる冒険』中译本研究》，北京外国语大学（比较文学与世界文学）。

王哲、焦玲玲：《论达芙妮·杜穆里埃创作中的双性同体观》，牡丹江师范学院（比较文学与世界文学）。

王知逊、肖锦龙：《论巴恩斯小说中的历史、记忆重写艺术》，南京大学（比较文学与世界文学）。

王志萍、卢婧：《论陀思妥耶夫斯基长篇小说中女性形象的演变》，南京师范大学（比较文学与世界文学）。

王志英、汪凯：《论〈千万别丢下我〉中凯茜的不可靠叙述》，南京师范大学（英语语言文学）。

王卓欢、李志峰：《科尔森·怀特黑德小说黑人抗争书写研究》，广西大学（比较文学与世界文学）。

王梓洁、冯梅：《辛克莱·刘易斯〈大街〉中的移民研究》，河北师范大学（英语语言文学）。

韦杰、朱振武：《无尽的革命之路——理查德·耶茨小说中的失败者形象研究》，上海师范大学（比较文学与世界文学）。

韦喧钧、赵静蓉：《场域理论视角下的〈印度之行〉研究》，暨南大学（比较文学与世界文学）。

卫懿嘉、白春香：《牛郎织女传说的日本受容》，陕西大学（比较文学与世界文学）。

魏丹丹、崔英：《认知诗学视角下的意象翻译——以许渊冲英译李白诗歌为例》，山东大学（英语语言文学）。

魏洪琨、张曼：《凌叔华的英文书写与中国形象异域建构》，上海外国语大学（比较文学与世界文学）。

魏梦恬、孙彩霞：《〈道林·格雷的画像〉身体意识研究》，河南大学（比较文学与世界文学）。

魏同乐、田刚健：《普京时期卫国战争题材电影与国家形象塑造研究》，黑龙江大学。

魏祥林、泽拥：《朱诺·迪亚斯小说中美国多米尼加移民群体书写研究》，四川师范大学（比较文学与世界文学）。

翁迪洋、田全金：《“少年”与现代性——论陀思妥耶夫斯基〈少年〉中的成长叙事》，华东师范大学（比较文学与世界文学）。

乌博林、赵琨：《“循此苦旅，以达天际”——尤金·奥尼尔戏剧“哲学无政府主义思想”研究》，辽宁师范大学（比较文学与世界文学）。

乌日柴呼、额尔很巴雅尔：《哈斯宝与金圣叹创作论比较——基于〈新译红楼梦〉与〈第五才子书水浒传〉评点》，内蒙古民族大学（文艺学）。

乌日汉、额尔很巴雅尔：《哈斯宝、毛宗岗人物塑造理论比较研究》，内蒙古大学（比较文学与世界文学）。

吴佳、朱义华：《语境视域下的〈女勇士〉回译对比研究》，江南大学（英语语言文学）。

吴静、陈令君：《及物性视角下王维诗歌及其英译本的生态家园意识探析》，郑州大学（外国语言学及应用语言学）。

吴俊芳、禹尚烈：《金圣钟与日本推理小说关联研究——以金圣钟的〈最后的证人〉与松本清张的〈零的焦点〉为中心》，延边大学（比较文学与世界文学）。

吴丽伟、谭杉杉：《多丽丝·莱辛小说中的“边缘人”研究——以80年代中后期创作为中心》，华中科技大学（比较文学与世界文学）。

吴敏、谭业升：《认知文体学框架下的戏剧翻译研究——以〈茶馆〉两英译本为例》，上海外国语大学（英语语言文学）。

吴木提剑·胡安、贺元秀：《石黑一雄长篇小说人物形象的跨文化研究》，伊犁师范大学（比较文学与世界文学）。

吴鹏、黎跃进：《村上春树小说中的战争书写研究——以〈寻羊冒险记〉等为中心》，天津师范大学（比较文学与世界文学）。

吴琦、李官福：《郁达夫与李光洙小说的疾病书写比较研究》，延边大学（比较文学与世界文学）。

吴倩莹、刘小平：《论杜鲁门·卡波特小说中的孤独者形象》，广东外语外贸大学（比较文学与世界文学）。

吴双、张冬梅：《论石黑一雄作品中的孤独主题》，哈尔滨师范大学（比较文学与世界文学）。

吴素菁、杜娟：《女性谱系与女性成长："那不勒斯四部曲"中的母女关系研究》，华中师范大学（比较文学与世界文学）。

吴欣、王欣：《笛福眼中的自我和他者——〈鲁滨逊漂流记续集〉之中国形象管窥》，郑州大学（英语语言文学）。

吴秀峰、张恒军：《论老舍小说的文化间性——以〈二马〉为中心》，大连外国语大学。

吴雪、胡荣：《康熙时期〈燕行录〉中的中国——以〈老峰燕行记〉〈老稼斋燕行日记〉〈庚子燕行杂识〉为中心》，上海外国语大学（比较文学与世界文学）。

吴玉鹏、谭惠娟：《意识·选择·困境——论赫伯特·阿普特克美国黑人历史书写中的写作伦理》，杭州电子科技大学（英语语言文学）。

武茜佳、栗永清：《福柯的生存美学思想在中国的接受研究》，山西师范大学（文艺学）。

武耀萍、高红霞：《重构大屠杀：〈苏菲的选择〉的新历史主义解读》，兰州大学（英语语言文学）。

席凤玲、陈永春：《〈羌胡传〉文本比较研究》，内蒙古民族大学（比较文学与世界文学）。

冼诗茵、查明建：《林语堂的中西文化观及其中国叙事策略》，上海外国语大学（比较文学与世界文学）。

向俊丞、韩振华：《梁志英小说的重复叙述探究》，北京外国语大学（比较文学与世界文学）。

肖立川、万文斌：《后殖民视域下彼得·凯里小说澳大利亚主题研究》，南昌大学（比较文学与世界文学）。

肖扬、徐晗：《科幻小说〈你一生的故事〉电影改编研究》，云南师范大学（比较文学与世界文学）。

解绘锦、王春景：《安妮塔·奈尔小说的自我实现主题》，河北师范大学（比较文学与世界文学）。

解毅楠、白凤欣：《后殖民主义视角下毛姆短篇小说研究》，河北师范大学（英语语言文学）。

谢慧娟、张弛：《〈东方杂志〉对现代派戏剧的译介与传播（1920—1929）》，湖南师范大学（中国现当代文学）。

谢赛赛、程小娟：《〈希伯来圣经〉中雅各故事的叙事艺术研究》，河南大学（比较文学与世界文学）。

谢胜男、张公善：《论辛波斯卡诗歌的整体性》，安徽师范大学（比较文学与世界文学）。

谢雨君、黄文凯：《阿摩司·奥兹小说对话性研究》，广西大学（比较文学与世界文学）。

邢丹、蒋承勇：《〈修道士〉：伦理秩序的破裂与回归》，浙江工商大学（比较文学与世界文学）。

邢雯、甄蕾：《儿童文学中的海盗故事——以20世纪初英国儿童文学为例》，天津师范大学（比较文学与世界文学）。

徐江涛、刘文：《自我欺骗、自我否定与自我重建：〈浮世画家〉中作为拟像的记忆》，中国矿业大学（英语语言文学）。

徐晶雯、惠继东：《20世纪美国科幻小说中的后人类书写》，宁夏大学（比较文学与世界文学）。

徐靖姗、杜萌若：《约翰·厄普代克"兔子四部曲"的当代美国"新史诗"建构》，黑龙江大学（比较文学与世界文学）。

徐敏、唐军：《穿越幻象迷局．建构华人主体——以严歌苓〈扶桑〉和谭恩美〈灶神之妻〉为例》，合肥工业大学（英语语言文学）。

徐珮瑗、郭西安：《"〈毛诗〉之外"：当代北美汉学对〈诗经〉多元样态的探析》，上海师范大学（比较文学与世界文学）。

徐宛思、张青：《论扎迪·史密斯"伦敦三部曲"的空间书写》，西北大学（比较文学与世界文学）。

徐晓旭、卢艳玲：《萨拉·沃特斯"维多利亚三部曲"中的性别操演与身份建构》，牡丹江师范学院（比较文学与世界文学）。

徐星、陈爱敏：《代际创伤与伦理困境——〈八月：奥塞奇县〉研究》，南京师范大学（英语语言文学）。

徐炀妍、王秀杰：《〈马尔科姆·X的自传〉中马尔科姆·X的男性气质研究》，杭州电子科技大学（英语语言文学）。

许诗怡、谭佳：《早期中国信仰研究反思——以"玉教"理论为中心》，中国社会科学院研究生院（比较文学与世界文学）。

薛丹艳、朱振宇：《迷狂与启示——柯尔律治的想象理论研究》，浙江大学（英语语言文学）。

薛瑞强、曾艳兵：《"祖克曼系列"小说中的犹太性反思》，天津师范大学（比较文学与世界文学）。

薛亚亚、马粉英：《东野圭吾〈白夜行〉的空间叙事研究》，西北师范大学（比较文学与世界文学）。

闫国清、冯梅：《伊恩·麦克尤恩〈水泥花园〉的象征解读》，河北师范大学（英语语言文学）。

严春媚、赵君：《论伍尔夫意识流小说〈雅各布之屋〉中的二元对立之解构》，暨南大学（英语语言文学）。

颜奇、顿官刚：《可表演性原则视角下中国古典戏剧英译的研究——以白之〈牡丹亭〉英译本为例》，湖南师范大学（英语语言文学）。

晏阳红、俞森林：《吴伏生和格林鹿山合译本〈阮籍诗选〉中游仙诗英译的意象转换与重构》，西南交通大学（外国语言文学）。

杨碧如、赵建常：《什克洛夫斯基的〈列夫·托尔斯泰传〉研究》，山西大学（比较文学与世界文学）。

杨帆、杨江平：《陀思妥耶夫斯基笔下"白痴"的文化隐喻——以梅什金公爵为例》，山东师范大学。

杨芳靓、李光贞：《〈聊斋志异〉在日本的传播》，山东师范大学（日语语言文学）。

杨佳、原一川：《探索完整自我——弗洛伊德精神分析视阈下的〈白孔雀〉人物人格研究》，云南师范大学（英语语言文学）。

杨苗苗、辛雅敏：《18至19世纪英国莎士比亚戏剧女演员研究》，郑州大学（比较文学与世界文学）。

杨楠、乔莉萍：《反叛与重构——德勒兹理论视阈下的〈麦克白〉》，辽宁师范大学（比较文学与世界文学）。

杨巧、李美敏：《阿兰达蒂·洛伊小说中的庶民问题研究》，江西师范大学（比较文学与世界文学）。

杨硕、冯智强：《〈射雕英雄传〉英译本中武侠精神的翻译与传播研究》，天津外国语大学（英语语言文学）。

杨莹、苏晖：《卡里尔·邱吉尔剧作中的性别伦理危机与重构》，华中师范大学（比较文学与世界文学）。

杨羽瞳、于丽萍：《汪曾祺与水上勉乡土小说中的"寻根"主题比较研究》，辽宁大学（比较文学与世界文学）。

杨云帆、马晓俐：《论〈小夜曲：音乐与黄昏五故事集〉中的音乐书写》，浙江大学（英语语言文学）。

姚成、于元元：《美国非裔创伤的治愈之路——以沃克作品〈格兰奇·科普兰的第三次生命〉和〈紫色〉为例》，安徽大学（英语语言文学）。

姚凯舟、刘柳：《目的论视角下〈牡丹亭〉西班牙语译本的归化与异化》，广东外语外贸大学（西班牙语语言文学）。

姚璐、孙洛丹：《德富芦花〈不如归〉的帝国主义话语建构》，东北师范大学（比较文学与世界文学）。

姚梦婕、张青：《论黑塞〈荒原狼〉中的思想者形象》，西北大学（比较文学与世界文学）。

叶燕婷、林玮生：《〈哈利·波特〉中"病"的喻指分析》，广东外语外贸大学（比较文学与世界文学）。

叶伊婷、王建国：《基于语料库的〈骆驼祥子〉三个英译本的译者风格研究》，华东理工大学（英语语言文学）。

叶雨、徐红：《伦理与欲望的冲突，格雷厄姆·斯威夫特作品的文学伦理学解读》，杭州电子科技大学（英语语言文学）。

伊高钰晨、陈瑞红：《伊恩·麦克尤恩小说的创伤书写研究》，南京师范大学（比较文学与世界文学）。

易丹恒、梁斌：《刘宓庆翻译美学视角下〈浮生六记〉两英译本对比研究》，湖南师范大学（英语语言文学）。

尹诗卉、雒海宁：《福斯特人物理论在中国的接受与传播》，青海师范大学（文艺学）。

尹永珍、黎跃进：《泰戈尔"审美现代性"初探》，天津师范大学（比较文学与世界文学）。

于晴晴、袁祺：《日本明治时期来华游记中的中国形象》，扬州大学（比较文学与世界文学）。

于韡航、马晓冬：《性与性别：伊恩·麦克尤恩早期作品中男性身份问题》，北京外国语大学（比较文学与世界文学）。

于馨妮、刘云雁：《从蒙娜·贝克叙事理论看〈家〉沙译本中的叙事建构策略》，湖南师范大学（英语语言文学）。

于莹、汪介之：《戴维·洛奇小说中的旅行书写》，南京师范大学（比较文学与世界文学）。

余杨帆、姚君伟：《科尔森·怀特黑德〈地下铁道〉的福柯式解读》，南京师范大学（英语语言文学）。

俞美兰、金明淑：《韩国现代小说中的丝绸之路书写研究》，中央民族大学（比较文学与世界文学）。

郁莹、刘亚律：《中西叙事理论中的作者观比较研究》，江西师范大学（比较文学与世界文学）。

喻天琦、徐晗：《安吉拉·卡特短篇小说中的女性成长主题研究》，云南师范大学（比较文学与世界文学）。

员含笑、徐晗：《格雷厄姆·格林短篇小说研究》，云南师范大学（比较文学与世界文学）。

袁姣、陈秋红：《〈追忆似水年华〉的轻逸之维》，青岛大学（比较文学与世界文学）。

袁俊霞、胡作友：《接受美学视域下译者介入研究——以宇文所安〈文心雕龙〉英译本为例》，合肥工业大学（外国语言学及应用语言学）。

袁露、张玲：《翻译美学视角下中国古典戏剧的英译研究——以汪榕培英译〈南柯记〉为例》，苏州大学（翻译学）。

袁美钰、王钢：《文化记忆视阈下的福克纳战争小说研究》，吉林师范大学（比较文学与世界文学）。

袁媛、赵小琪：《论加华作家陈河的华商小说中的"陌生人"》，武汉大学（比较文学与世界文学）。

袁月、陈会亮：《〈耶利米书〉中列邦审判神谕研究》，河南大学（比较文学与世界文学）。

原烨、陈义海：《20世纪西方现代派中“地下室”意象研究——以卡夫卡和哈罗德·品特的作品为例》，青海师范大学（比较文学与世界文学）。

查艳红、凤媛：《〈小孩月报〉的文体探索与晚清书面语变革（1875—1881）》，华东师范大学（中国现当代文学）。

曾迪、张金凤：《后殖民视域下〈微物之神〉中印度精英的模拟现象研究》，浙江工商大学（英语语言文学）。

曾涛、黄怀军：《吴宓与马修·阿诺德》，湖南师范大学（比较文学与世界文学）。

曾子倩、泽拥：《美国华裔女性文学中母女关系主题的承继与嬗变》，四川师范大学（比较文学与世界文学）。

翟登蕊、赵苗：《竹添进一郎〈栈云峡雨诗草〉研究》，北京外国语大学（比较文学与世界文学）。

翟慎药、杨春：《黎紫书〈告别的年代〉研究》，北京外国语大学（比较文学与世界文学）。

詹可、张雯：《松尾芭蕉俳句的汉译比较研究》，山东大学（日语笔译）。

占志燕、陈静：《简·奥斯丁小说中的日常生活叙事研究》，江西师范大学（比较文学与世界文学）。

张丹、周小娟：《生态女性主义视域下路易斯·厄德里克小说研究——以〈爱药〉和“公正三部曲”为例》，西北师范大学（比较文学与世界文学）。

张豆豆、傅礼军：《库切〈福〉中的女性话语研究》，山东大学（比较文学与世界文学）。

张方、惠继东：《洛夫克拉夫特“克苏鲁神话”的叙事特色研究》，宁夏大学（比较文学与世界文学）。

张海新、王立宏：《乔纳森·弗兰岑〈自由〉的空间叙事解读》，牡丹江师范学院（比较文学与世界文学）。

张翮、严志军：《文学伦理学批评视角下的美国大萧条文学与次贷危机文学对比研究——以〈愤怒的葡萄〉和〈大空头〉为例》，南京师范大学（比较文学与世界文学）。

张红红、刘萍：《“道”与“幻想”的相交——厄休拉·勒奎恩对道家思想的重构》，安徽师范大学（比较文学与世界文学）。

张欢、金哲：《新历史主义对90年代以来中国当代文学的影响研究》，哈尔滨师范大学（文艺学）。

张慧、李媛：《〈文赋〉在英语世界的译介与阐释研究》，西华师范大学（文艺学）。

张佳颖、宋莉华：《早期中国古典小说西译编年及其研究》，上海师范大学（中国古代文学）。

张家丽、蒋翃遐：《从归因理论看〈爱无可忍〉中乔的身份建构》，兰州大学（英语语言文学）。

张家起、张雪：《压迫与反抗，福柯权力话语视阈下〈温室〉的解读》，大连外国语大学（英语语言文学）。

张瑾、李文军：《海明威与杰克·伦敦生命主题作品的对比研究》，内蒙古师范大学

（比较文学与世界文学）。

张俊杰、雷武铃：《蒲宁小说中的死亡主题》，河北大学（比较文学与世界文学）。

张乐、庞红蕊：《从未来叙事到现代启示——玛格丽特·阿特伍德科幻小说研究》，河北师范大学（比较文学与世界文学）。

张丽君、谭惠娟：《H. C. 博斯曼文学作品中的“混杂性”研究》，杭州电子科技大学（英语语言文学）。

张灵雪、裴丹莹：《回顾·转型——作为哈代精神自传的〈意中人〉》，东北师范大学（比较文学与世界文学）。

张露洋、吴金涛：《流散视域下汤亭亭作品中的华人形象研究》，陕西理工大学（比较文学与世界文学）。

张曼琳、虞又铭：《重置的新世界——论罗伯－格里耶的小说与电影》，华东师范大学（比较文学与世界文学）。

张萌、王春：《读者接受视角下李继宏文学经典复译研究——以〈月亮和六便士〉为例》，大连外国语大学（英语语言文学）。

张梦楠、朱维：《薇拉·凯瑟〈我的安东妮亚〉“内布拉斯加书写”》，河北师范大学（比较文学与世界文学）。

张咪、黄秀敏：《〈人与天使〉中母亲形象的研究》，天津理工大学（英语语言文学）。

张倩雯、李大可：《论泰戈尔〈戈拉〉中的女性形象》，山东师范大学。

张三珍、刘季春：《后殖民视角下林太乙英译〈镜花缘〉改译现象研究》，广东外语外贸大学（翻译学）。

张帅、张高杰：《〈罗摩衍那〉在我国藏区的译介与接受研究》，战略支援部队信息工程大学（比较文学与世界文学）。

张苏婉、刘云虹：《〈兄弟〉法译本中的风格再现研究》，南京大学（法语语言文学）。

张天馨、王桂妹：《〈京华烟云接受史研究》，吉林大学（中国现当代文学）。

张天宇、孙洛丹：《辛克莱〈100%：爱国者的故事〉中日译介研究》，东北师范大学（比较文学与世界文学）。

张惟喻、吴金涛：《尤金·奥尼尔悲剧的酒神精神研究》，陕西理工大学（比较文学与世界文学）。

张文艳、蓝红军：《英语戏剧汉译中女性形象的嬗变——基于对 *Lady Windemere's Fan* 三汉译本的对比》，广东外语外贸大学（翻译学）。

张夕、王金安：《布迪厄社会学视角下许渊冲〈论语〉英译研究》，江南大学（英语语言文学）。

张晓一、隋桂岚：《创造性叛逆视角下译者主体性研究——以〈射雕英雄传〉英译本为例》，大连海事大学（英语语言文学）。

张心蕊、袁先来：《查尔斯·布朗〈威兰〉中的政治话语研究》，东北师范大学（比较文学与世界文学）。

张馨月、南健翀：《作为方法的“格拉斯家族”：神性的发扬与精神危机的出路》，西安外国语大学（比较文学与世界文学）。

张星月、刘研：《论艾丽丝·门罗〈幸福过了头〉中的错位叙事》，东北师范大学（比较文学与世界文学）。

张旭瑞、张曼：《英译残雪小说在美国“热”的原因探析》，上海外国语大学（英语语言文学）。

张雪琪、马晓华：《从精神生态的视角解读〈一个人的朝圣〉》，内蒙古师范大学（比较文学与世界文学）。

张雅倩、张森：《儒勒·凡尔纳与刘慈欣科幻小说比较研究》，湖南师范大学（中国现当代文学）。

张亦芹、刘林：《酷儿理论视阈下〈人间天堂〉的男性同性社交关系探究》，山东大学（比较文学与世界文学）。

张樱、陈召荣：《乔斯坦·贾德小说神秘叙事研究》，西北民族大学（比较文学与世界文学）。

张钰洁、杜娟：《论〈华氏451〉中的感性觉醒与审美乌托邦建构》，华中师范大学（比较文学与世界文学）。

张钰婷、陈佑松：《中西比较视域下弗朗索瓦·朱利安的文艺思想研究》，四川师范大学（文艺学）。

张圆圆、姜哲：《苏童早期“成长小说”对塞林格的接受》，辽宁大学（比较文学与世界文学）。

张媛、张利萍：《埃德加·爱伦·坡的〈神秘幻想故事集〉与吉莉安·弗琳的〈利器〉之比较研究》，内蒙古师范大学。

张悦、姜哲：《〈高老庄〉与〈尤利西斯〉的跨文化互文关系研究》，沈阳师范大学（比较文学与世界文学）。

张运悦、江帆：《纪伯伦〈先知〉冰心译本经典化研究》，上海外国语大学（翻译学）。

张肇甜、戚良德：《从〈镜与灯〉看六朝文论的表现说》，山东大学（文艺学）。

张执遥、宋炳辉：《晚清周作人文学翻译语言的考察》，上海外国语大学（比较文学与世界文学）。

张宗、马玉凤：《新历史主义视域下〈群山回唱〉的解读》，辽宁大学（英语语言文学）。

章力、吴泽庆：《记忆与创伤：新历史主义视域下〈地下铁道〉的历史书写》，中央民族大学（比较文学与世界文学）。

章玲萍、傅修延：《毛姆长篇小说“三部曲”的空间叙事研究》，江西师范大学（比较文学与世界文学）。

赵丹娅、黄汉平：《论马丁·艾米斯小说中“文明的野蛮人”形象——以〈死婴〉、〈金钱：绝命书〉、〈伦敦场地〉为例》，暨南大学（比较文学与世界文学）。

赵海云、袁霞：《身份追寻：从成长小说的角度解读伊丁·罗宾逊的〈猴滩〉》，南京师范大学（英语语言文学）。

赵江姗、刘群：《西方唯美主义与中国古典文学的交汇——以周作人和邵洵美的创作实践为例》，青岛大学（比较文学与世界文学）。

赵璐、王业伟：《论伊丽莎白·卡里〈玛丽亚姆悲剧〉和〈爱德华二世王朝史〉中的友爱观》，中央民族大学（比较文学与世界文学）。

赵明昕、孙洛丹：《杰克·伦敦的“黄祸”想象和书写》，东北师范大学（比较文学与世界文学）。

赵田园、谢劲秋：《田园与牧歌：鲁枢元生态主义视角下陶渊明与华兹华斯诗歌对比研究》，安徽师范大学（比较文学与世界文学）。

赵婷婷、张洪波：《〈使女的故事〉：从小说到美剧的改编研究》，北京外国语大学（比较文学与世界文学）。

赵文苏、李美敏：《寻根之旅：裘帕·拉希莉小说中的家园意识研究》，江西师范大学（比较文学与世界文学）。

赵栩、郭西安：《中国古代文学史的北美书写——以〈哥伦比亚中国文学史〉和〈剑桥中国文学史〉为中心》，上海师范大学（比较文学与世界文学）。

赵严、傅礼军：《奈保尔非虚构写作的双重性》，山东大学（比较文学与世界文学）。

赵莹、郭国良：《论扬·马特尔〈标本师的魔幻剧本〉中的沉默》，浙江大学（英语语言文学）。

赵郁芸、韦清琦：《马瑞戴尔·勒苏尔左翼书写的生态女性主义解读》，南京师范大学（英语语言文学）。

赵云、杨振：《儒莲中英对照本〈三字经〉研究》，上海师范大学（语文教育学）。

赵峥嵘、周乐诗：《〈海上奇书〉文图关系研究》，上海外国语大学（比较文学与世界文学）。

甄奕畅、康孝云：《契诃夫与中国九十年代以来短篇小说创作关系研究——以石舒清、李洱、阎连科等作家为例》，西北师范大学（比较文学与世界文学）。

郑朝然、郭景红：《“三王”系列作品在英语世界的传播和研究》，北京外国语大学（比较文学与跨文化研究）。

郑慧、胡健：《阈限理论视域下的〈奇幻山谷〉移民成长主题探析》，安徽大学（比较文学与世界文学）。

郑加、马月兰：《托尼·莫里森〈上帝救助孩子〉的文学伦理学研究》，河北师范大学（英语语言文学）。

郑兰、李应志：《石黑一雄小说的空间书写》，西南大学（比较文学与世界文学）。

郑荃、袁先来：《查尔斯·布朗哥特小说中的社群建构研究》，东北师范大学（比较文学与世界文学）。

郑雅坤、杨建：《〈孩子们的书〉成长主题研究》，华中师范大学（比较文学与世界文学）。

郑艳、黄学军：《阿兰达蒂·洛伊的知识分子书写——基于萨义德的“知识分子论”的分析》，宁夏大学（比较文学与世界文学）。

智丽、孟湘：《女性视角下的身体写作研究——以〈病态，又名现代女性〉为例》，山西师范大学（比较文学与世界文学）。

周辰芮、陆钰明：《李商隐诗歌意象特征及其英译研究》，华东师范大学（语言学及应用语言学）。

周铖、李志峰：《洛夫克拉夫特小说中的“异质性”恐怖书写》，广西大学（比较文学与世界文学）。

周菲菲、袁祺：《论赛珍珠自传写作中的自我身份建构》，扬州大学（比较文学与世界文学）。

周芬、陈爱敏：《创伤与复原：兰福德·威尔逊塔利三部曲研究》，南京师范大学（英语语言文学）。

周婧于、张利萍：《〈追风筝的人〉与〈赎罪〉中圣经原型之比较研究》，内蒙古师范大学（比较文学与世界文学）。

周可可：《布莱希特间离理论与反思主体的建构——以〈四川好人〉为中心》，华东师范大学（比较文学与世界文学）。

周丽娅、查明建：《〈愤怒的葡萄〉与〈天堂蒜薹之歌〉的底层叙事比较研究》，上海外国语大学（英语语言文学）。

周梦玫、汪剑钊：《虚构的真实——迈克尔·翁达杰小说中的历史书写》，北京外国语大学（比较文学与世界文学）。

周颖、石嵩：《德里克·马洪诗歌中的景观研究》，中央民族大学（比较文学与世界文学）。

周昱彤、刘秀玉：《生态女性主义视角下〈小镇畸人〉异化主题解读》，辽宁大学（英语语言文学）。

朱丹、张振羽：《从〈摩罗诗力说〉看“摩罗诗派”对鲁迅的影响》，湖北民族大学（文艺学）。

朱芬、曾繁亭：《论〈土生子〉中的罪犯形象》，浙江工商大学（比较文学与世界文学）。

朱琳茜、耿海英：《一个人的圣书——洛扎诺夫〈落叶〉研究》，上海大学（比较文学与世界文学）。

朱鹏君、韦清琦：《试论芙蕾雅·马修斯对〈白苍鹭〉的诠释性改写》，南京师范大学（英语语言文学）。

朱雅笛、马汉广：《后人类主义视域下的阿特伍德小说创作研究》，黑龙江大学（比较文学与世界文学）。

朱印：《翻译美学视角下译者主体性研究——以〈吹小号的天鹅〉汉译本为例》，大连海事大学（英语语言文学）。

朱玉杰、曹春茹：《论美国华裔作家伍绮诗小说创作中的二元对立》，曲阜师范大学（比较文学与世界文学）。

邹蕙鸾、苏桂宁：《韩素音自传中的中国形象书写（1938—1948 年）》，暨南大学（文艺学）。

邹妙童、张军平：《改写理论关照下文学作品“误译”现象研究——以〈彩色的面纱〉汉译为例》，郑州大学（英语语言文学）。

邹月、孙志祥：《庞德译〈诗经·国风〉中的水意象重构研究》，江南大学（英语语言文学）。

左杨、王春景：《安妮塔·拉奥·巴达米小说的女性家族叙事》，河北师范大学（比较文学与世界文学）。

（收集整理者：曹 敏）

六　2020年度港澳台期刊论文论著博硕论文索引

说明：本索引中期刊论文里的每类文章均按照姓名拼音顺序排列，每条索引则依照作者名（或译者名）、题名、刊名、期刊所在地、期号的顺序进行编排。

博硕学位论文方面，博士学位论文在前，硕士学位论文在后，并按照作者首字母音序进行排序，各条索引又以作者名、题名、毕业学校（个别包括专业或院所）的方式编排。

所有资料主要来源于华艺台湾学术文献资料库、台湾博硕学位论文加值系统等资料库。因为资料存放位置受限以及港澳台地区论文对外开放程度不一，所以不免有遗漏或错误的地方，还请读者批评指正。

（一）期刊论文

1. 比较文学学科建设与理论

蔡明烨、罗达菲、程念慈：《伦敦大学亚非学院台湾研究中心与〈台湾研究国际学刊〉及欧洲台湾研究协会的现况介绍》，《汉学研究通讯》（台湾）2020年第2期。

陈赟：《亨廷顿“文明冲突论”的深层逻辑》，《南国学术》（澳门）2020年第2期。

胡星灿：《技法·现实·文学理想：马华科幻文学的创作动机考察（1957—2015）》，《香港文学》（香港）2020年第430期。

李鸿琼等：《“杨牧之於比较文学”纪念论坛》，《中外文学》（台湾）2020年第4期。

马峰：《〈香港文学〉对东南亚华文文学的学理建构》，《香港文学》（香港）2020年第430期。

彭琪庭：《北美台湾研究学会与北美的台湾研究》，《汉学研究通讯》（台湾）2020年第2期。

沈湘平：《走向“我—他—你”：文化认同新模式》，《南国学术》（澳门）2020年第2期。

王一川：《基于文化间性的“美美异和”——中国现代美学家的异文化互通意识》，《南国学术》（澳门）2020年第1期。

王雨辰：《生态文明理论的普遍与特殊、全球与地方维度》，《南国学术》（澳门）2020年第3期。

杨妍、王昌伟：《南洋潮起——新加坡国立大学云茂潮中华文化研究中心简介》，《汉学研究通讯》（台湾）2020年第2期。

游俊豪：《离散范式：新加坡华文文学与文化》，《香港文学》（香港）2020年第430期。

张俐璇：《北美台湾文学研究的发展：以“台湾文学研究会”与〈台湾文学英译丛刊〉为例》，《台湾文学研究集刊》（台湾）2020年第23期。

赵倞：《神圣与日常—国际比较文学协会第二十二届大会“比较文学与宗教研究”圆桌论坛综述》，《基督教文化学刊》（台湾）2020年第43期。

钟秩维：《抒情与本土——“世界中”的台湾文学及其时空关系》，《台湾文学研究学报》（台湾）2020年第30期。

周睿：《近二十年北欧学界的中国文学研究及翻译现状与发展述略》，《东华汉学》（台湾）2020年第31期。

周宪：《文化引领权：从地方性到全球性——关于中国话语的世界建构》，《南国学术》（澳门）2020年第1期。

2. 比较诗学

蔡祝青：《盐谷温来台讲学考述——兼论其文学史论述的建构与增衍》，《台大中文学报》（台湾）2020年第68期。

察应坤、邵瑞：《文化主体意识的充分醒觉——狄培理“把中国自由传统带入世界”》，《汉学研究通讯》（台湾）2020年第1期。

陈永宝：《从朱利安的功效论谈朱熹的“兴”观念》，《哲学与文化》（台湾）2020年第47卷第9期。

丁威仁：《认同或是除魅：张我军“新文学”理论的破与立》，《当代诗学》（台湾）2020年第14期。

江宝钗：《中西书写伦理的差异与冲突——以宋代为中心的考察》，《南国学术》（澳门）2020年第2期。

廖栋梁、钱玮东：《“文如其人”、“风格即人”与李长之的“传记批评”》，《人文中国学报》（香港）2020年第29期。

廖钦彬：《亚里斯多德〈灵魂论〉在日本——戈麦斯与出隆的灵魂观》，《哲学与文化》（台湾）2020年第12期。

吕宗麟：《当代宗教中佛学诠释学初探—由西方哲学诠释学论起》，《宗教哲学》（台湾）2020年第92期。

姚莺歌：《近现代中西交融视域下的〈大学〉新诠——以马相伯为例》，《哲学与文化》（台湾）2020年第9期。

张法：《中、西、印思想的本体论比较——以“道”“Being”“Brahmam”为例》，《南国学术》（澳门）2020年第2期。

张文朝：《明治、大正时期的经学研究：以京都帝国大学文科大学为说》，《汉学研究通讯》（台湾）2020 年第 3 期。

3. 中西比较文学

长谷部刚：《从〈费诺洛萨笔记〉看森槐南的李白诗解释》，《人文中国学报》（香港）2020 年第 29 期。

高祯临：《等待救赎或自我救赎——当代传奇剧场〈等待果陀〉的文化转译》，《东海中文学报》（台湾）2020 年第 40 期。

黄渼婷：《中华文化语境下的天主教文学：从明清时期至当代》，《哲学与文化》（台湾）2020 年第 10 期。

卢敏芝：《论洪深对萧伯纳的接受及其与中国现代戏剧史的关系》，《人文中国学报》（香港）2020 年第 31 期。

罗仕龙：《如何“导演”中国？——以一八三〇年代法国演出的〈少康〉和〈成吉思汗〉为例》，《戏剧研究》（台湾）2020 年第 26 期。

罗秀美：《吕碧城英伦之旅的文化景观——兼及灵异/灵学叙事与宗教修行的因缘》，《兴大中文学报》（台湾）2020 年第 47 期。

庞乃明：《因袭·混同·夷狄化——拂菻在古代中国的三个面相》，《南国学术》（澳门）2020 年第 3 期。

奚密：《镌琢之名：杨牧诗中的希腊与罗马》，《台湾文学学报》（台湾）2020 年第 37 期。

叶公平、魏汉茂：《德国汉学家魏汉茂先生访谈录》，《汉学研究通讯》（台湾）2020 年第 4 期。

翟彦君：《比较〈都柏林人〉与〈台北人〉中的色彩隐喻》，《香港文学》（香港）2020 年第 429 期。

张雅媚：《马礼逊〈字典〉中的俗文学、经典与诗》，《汉学研究集刊》（台湾）2020 年第 30 期。

郑印君：《互文中的书写与信仰界域：远藤周作〈沉默〉与格雷安·葛林〈权力与荣耀〉之互文性叙事研究》，《哲学与文化》（台湾）2020 年第 10 期。

周大鸣：《欧洲人类学对中国的研究》，《南国学术》（澳门）2020 年第 1 期。

4. 东方比较文学

白春燕：《文学跨域：日治时期在台日本人作家保坂泷雄研究》，《文史台湾学报》（台湾）2020 年第 14 期。

陈益源：《清代越南使节于中国刻诗立碑的新发现：山东济宁仲夫子庙》，《成大中文学报》（台湾）2020 年第 70 期。

陈允元：《纪弦、覃子豪的东京经验及战后在台诗歌活动潜藏的日本路径》，《台湾文学研究学报》（台湾）2020 年第 31 期。

戴劲：《东方学视域下的〈上座部佛教研究中已取和未取的道路〉评析》，《宗教哲学》（台湾）2020 年第 93 期。

黄咏光：《亚洲之间思想遭遇的负面性转移：瞿秋白与泰戈尔，1924》，《中外文学》（台湾）2020 年第 4 期。

简韦樵：《在诗意的节奏中漫舞〈银河铁道之夜〉——浅探宫泽贤治的佛理哲学与能祖将夫演绎美学间的接轨处》，《剧说戏言》（台湾）2020 年第 8 期。

蓝日昌：《笔谈：同文异音下的东亚文化交流》，《中正汉学研究》（台湾）2020 年第 35 期。

李奉范、林筱慈：《冷战及两个中国：1950—1960 年代韩国对“中国”与“中国文学”的认知与介绍》，《台湾文学学报》（台湾）2020 年第 36 期。

林和君：《昆剧与日本传统戏曲的当代跨剧种展演：以 1998 年至 2018 年的日本演出为例》，《民俗曲艺》（台湾）2020 年第 209 期。

林以衡：《跨界的和魂：〈台湾日日新报〉上汉文通俗小说对“武士道”的引介与再现》，《成大中文学报》（台湾）2020 年第 68 期。

卢秀满：《日本汉文小说〈贤乎己〉一书及其创作意旨研究》，《中国学术年刊》（台湾）2020 年第 1 期。

潘筱蒨：《古今死亡对歌：挽歌之死亡主题的流变》，《台北大学中文学报》（台湾）2020 年第 27 期。

钱南秀：《建构妇女道德空间：〈列女传〉图像在东亚汉文化圈的传衍》，《中正汉学研究》（台湾）2020 年第 36 期。

张明明：《东亚汉诗的艳情传统—以琉球诗人蔡大鼎为例》，《人文中国学报》（香港）2020 年第 29 期。

张诗勤：《1920 年代台湾“新”诗人——王宗英的日文口语自由诗之路》，《台湾文学研究学报》（台湾）2020 年第 30 期。

钟怡雯：《多重文化视域下的新疆汉语散文》，《中国现代文学》（台湾）2020 年第 37 期。

5. 翻译文学

蔡新乐：《“闻一知二”的子贡跨文化英译形象的原理初探》，《譒》（台湾）2020 年第 1 期。

陈荣彬：《异化与归化之间：论〈最后的猎人〉的英译》，《编译论丛》（台湾）2020 年第 2 期。

冯志弘：《林译〈巴黎茶花女遗事〉笔下的基督宗教：兼论林纾的畏天与鬼神论》，《中正汉学研究》（台湾）2020 年第 35 期。

高婉瑜：《从“布施”与“檀越”看译词的历时之变》，《人文中国学报》（香港）2020 年第 29 期。

古孟玄、吴敏琦：《西班牙黄金时期钜作〈羊泉村〉之惯用语中译分析》，《淡江外语论丛》（台湾）2020 年第 34 期。

胡翠娥、任东升：《翻译“人性”——利玛窦〈天主实义〉中的人性论和修德说》，《譒》（台湾）2020 年第 1 期。

李波：《同志文学翻译之叙事建构：以白先勇作品〈孽子〉的英译为例》，《人文中国学报》（香港）2020 年第 29 期。

李佳奇：《侈言与迻译：郭嵩焘〈使西纪程〉的西文史料稽考》，《中国文化研究所学报》（香港）2020 年第 71 期。

李圆圆：《认知诗学与翻译研究》，《华文文学与文化》（台湾）2020 年第 9 期。

廖诗文：《数位人文视野下的天主教文学与翻译：张秀亚译作的文本探勘分析》，《哲学与文化》（台湾）2020 年第 12 期。

刘威志：《流人、诗社与禅堂：作为文本的〈冰天社诗〉》，《清华学报》（台湾）2020 年第 1 期。

刘训茜：《五四时期“新青年丛书”对罗素著作的译介——以〈哲学问题〉与〈到自由之路〉为例》，《哲学与文化》（台湾）2020 年第 11 期。

庞秀成：《思想文本的创造性翻译：基于“五谓”的诠释学进路》，《譒》（台湾）2020 年第 1 期。

苏恒毅：《翻译之外：论宫崎繁吉〈支那戏曲小说文钞释〉所收〈红楼梦〉译本之多重诠释》，《东华汉学》（台湾）2020 年第 32 期。

苏恒毅：《“新译”如何新？——论岸春风楼〈新译红楼梦〉的翻译策略及其经典化意义》，《汉学研究集刊》（台湾）2020 年第 30 期。

万壹遵：《〈织工〉的方言问题与翻译策略》，《譒》（台湾）2020 年第 1 期。

王惠珍：《邱永汉文学在台翻译的政治性——以译作〈浊水溪：邱永汉短篇小说选〉为考察对象》，《台湾文学研究学报》（台湾）2020 年第 31 期。

王惠珍：《译写之间：论战后第二代省籍作家郑清文的翻译阅读与实践》，《东华汉学》（台湾）2020 年第 31 期。

王慧宇：《现存最早的欧洲语言〈大学〉译本析论》，《哲学与文化》（台湾）2020 年第 9 期。

许书惠：《重探〈台湾风俗志〉中的台湾戏剧章节——比较中译本与原著的差别》，《戏剧学刊》（台湾）2020 年第 31 期。

曾泰元：《洋芋擦擦？浆水鱼鱼？英文怎么翻?》，《譒》（台湾）2020 年第 1 期。

郑惠雯：《微关系：后人类时代翻译研究的大方向》，《譒》（台湾）2020 年第 1 期。

6. 数字人文与跨学科研究

黄士元：《文字与图像的活现生动：关于莱辛的〈拉奥孔〉》，《东吴外语学报》（台湾）2020 年第 49 期。

李顺兴：《当文学和 AR 相遇——AR 应用于文学传播与创作的初步观察》，《台湾文学研究学报》（台湾）2020 年第 30 期。

林富士：《数位考证：人文学者的新素养》，《数位典藏与数位人文》（台湾）2020 年第 5 期。

刘苑如、罗佩瑄、邱琬淳：《历代僧传疾病叙述的数位研究——从僧人寿考谈起》，《中国文哲研究通讯》（台湾）2020 年第 2 期。

邱伟云：《中国近代天道概念的形成与演变——基于数位人文视野》，《中国文哲研究通讯》（台湾）2020年第2期。

萧驰：《中古汉语名词与山水大象——一个语言学/诗学的跨学科研究》，《汉学研究》（台湾）2020年第4期。

徐力恒：《华文学界的数位人文探索：一种“史前史”的观察角度》，《中国文哲研究通讯》（台湾）2020年第2期。

（二）博硕学位论文

1. 博士学位论文

陈致宏：《三种西方〈道德经〉学术诠释中“道”的“厚实翻译”——文本、副文本、脉络》，“国立”台湾师范大学博士学位论文（翻译研究所）。

杜孝捷：《良师亦友：论鲁本·达利欧对希梅聂兹诗学影响之比较研究》，辅仁大学博士学位论文（跨文化研究所比较文学与跨文化研究博士班）。

黄月银：《1949以后民国文学在东南亚的流动》，“国立”政治大学博士学位论文（中国文学系）。

江晓辉：《“西学东渐”与晚清诗之新变》，“国立”清华大学博士论文（中国文学系）

钟秩维：《抒情与本土：战后台湾文学的自我、共同体和世界图像》，“国立”台湾大学博士学位论文（台湾文学研究所）。

2. 硕士学位论文

蔡文婷：《〈哈利波特：神秘的魔法石〉彭倩文译本中主角哈利话语的翻译策略：功能翻译理论之视角》，长荣大学硕士学位论文（翻译学系硕士班）。

陈静茵：《香港作家陈浩基〈13.67〉日译本与英译本的文化翻译策略研究》，辅仁大学硕士学位论文（跨文化研究所翻译学硕士班）。

陈子巧：《台法文学中的妓女形象：以〈羊脂球〉与〈看海的日子〉为例》，淡江大学硕士学位论文（法国语文学系硕士班）。

贺于虹：《夏衍的日本普罗文学翻译研究初探（1928—1935）》，“国立”彰化师范大学硕士学位论文（国文学系）。

胡睿慈：《“空华集”中的中国诗文受容——“梦”的表现》，台湾大学硕士学位论文（日本语文学研究所）。

可莉：《夏洛特·罗奇“潮湿地带”：在跨文化翻译中的附文本与其功能分析》，“国立”台湾师范大学硕士学位论文（翻译研究所）。

雷慧媛：《娘惹认同与跨国华人联姻：张福英〈娘惹回忆录〉、棉兰张家与闽台林本源家族》，“国立”台湾大学硕士学位论文（中国文学研究所）。

连诗镱：《唐人小说反映的域外文化——以〈册府元龟·外臣部·朝贡〉记载之唐代南蛮贡品描写为参照核心》，“国立”暨南国际大学硕士学位论文（中国语文学系）。

林靖微：《小说文化词汇西译策略分析——以〈倾城之恋〉为例》，淡江大学硕士学位论文（西班牙语文学系硕士班）。

林俊宇：《论“过度翻译”和“翻译不足”——从村上春树『ノルウェイの森』和『騎士団長殺し』的中文翻译本探究》，辅仁大学硕士学位论文（跨文化研究所翻译学硕士班）。

林书维：《探讨〈撒哈拉岁月〉文本中动词、形容词和副词重迭式的西文翻译》，淡江大学硕士学位论文（西班牙语文学系硕士班）。

林蔚然：《中国少数民族灰姑娘类型故事比较研究》，“国立”台湾师范大学硕士学位论文（国文学系）。

林玉珉：《日治时期台湾汉文报刊小说的间谍叙事研究》，“国立”中兴大学硕士学位论文（台湾文学与跨国文化研究所）。

卢亚屏：《村上春树进入全球文学市场之过程——以美国市场的成功与价值为探讨对象》，淡江大学硕士学位论文（日本语文学系硕士班）。

孟人玉：《〈四书〉满文译本研究》，“国立”台湾大学硕士学位论文（中国文学研究所）。

粘正颖：《以共同体作为人性之绽放：乔治·欧威尔〈巴黎伦敦落魄记〉与蔡明亮〈郊游〉之比较》，“国立”台湾师范大学硕士学位论文（英语学系）。

阮翠薇：《中文翻译成越南文的偏误研究，以台湾公家机关提供的翻译文本为研究范围》，“国立”成功大学硕士学位论文。

申芝贤：《中韩民间故事中狐形象比较研究》，“国立”政治大学硕士学位论文（中国文学系）。

苏荷文：《〈暮光之城〉系列两个中译本之比较研究：以“翻译质量评量模式”分析》，长荣大学硕士学位论文（翻译研究所在职专班）。

苏婷：《西方诗歌传统与新月派诗人作品比较研究——以十四行诗为例》，“国立”台湾师范大学硕士学位论文（国文学系）。

苏怡祯：《对位大航海：朱和之〈逐鹿之海：一六六一台湾之战〉、巴代〈白鹿之爱〉与 *Joyce Bergvelt's Lord of Formosa* 的跨种族战争书写比较》，“国立”中兴大学硕士学位论文（台湾文学与跨国文化研究所）。

涂小蝶：《后藤新平的汉诗创作及其活动——以台湾相关书写为观察核心》，“国立”中兴大学硕士学位论文（台湾文学与跨国文化研究所）。

王广瑜：《汤显祖〈牡丹亭〉的改写与翻译：分析青春版〈牡丹亭〉》，“国立”台湾师范大学硕士学位论文（翻译研究所）。

王佑平：《探讨高行健〈灵山〉中内心独白之翻译策略》，“国立”彰化师范大学硕士论文（翻译研究所）。

吴盈慧：《初探〈圣经·马太福音〉熟语中译对中文的影响》，“国立”台湾师范大学硕士学位论文（翻译研究所）。

吴侑达：《翻译与规范：陈柏苍〈湖滨散记〉译本中的梭罗再现》，“国立”台湾大学硕士学位论文（翻译硕士学位学程）。

伍慧汝：《金庸武侠小说文化词之翻译策略：以〈射雕英雄传〉英译本为例》，“国立”

彰化师范大学硕士学位论文（翻译研究所）。

谢琬湞：《在翻译中：〈战争交响曲〉〈色｜戒〉与〈粉红色噪音〉的翻译与不翻译》，“国立”中兴大学硕士学位论文（台湾文学与跨国文化研究所）。

徐千茹：《从寒山到垮世代：盖瑞·斯奈德的翻译之旅》，“国立”暨南国际大学硕士学位论文（外国语文学系）。

杨婷婷：《台日民间流传之少年英雄故事的力量表现研究》，“国立”中兴大学硕士学位论文（中国文学系）。

张传良：《〈红字〉两中译本之翻译研究》，“国立”彰化师范大学硕士学位论文（英语学系）。

张嘉娟：《唐传奇〈虬髯客传〉与韩国〈洪吉童传〉故事研究——以两则故事为探讨文本》，淡江大学硕士学位论文（中国文学系）。

张懿：《日韩古代文学中死后世界之探讨——以〈钵里公主〉及〈古事记〉为中心》，韩国国立政治大学硕士学位论文（韩国语文学系硕士班）。

郑惟心：《廖辉英〈爱杀19岁〉女性形象研究——以渡边淳一〈失乐园〉、台湾外遇小说之比较为考察中心》，“国立”云林科技大学硕士学位论文（汉学应用研究所）。

（三）论著

陈佳彬：《古典新诠：雨果与李渔》，（台北）翰芦图书出版有限公司2020年版。

董崇选：《中英翻译：从理论到实践》，（台北）秀威经典2020年版。

何洵怡：《跨国界阅读：翻译文学的教与学》，（香港）香港大学出版社2020年版。

河野龙也、张文薰、陈允元编：《文豪曾经来过：佐藤春夫与百年前的台湾》，（新北）卫城2020年版。

黄美娥：《世界中的台湾文学》，（台北）国立台湾大学出版社2020年版。

梁楠：《韩国华人华文文学论》，（台北）秀威资讯科技股份有限公司2020年版。

沈海燕：《社会　作家　文本：南来文人的香港书写》，（香港）中华书局（香港）有限公司2020年版。

王慧珍：《译者再现：台湾作家在东亚跨语越境的翻译实践》，（台北）联经出版社2020年版。

徐静波：《困惑与感应：近代日本作家的中国图像（1918—1945）》，（香港）港中和出版有限公司2020年版。

张历君：《瞿秋白与跨文化现代性》，（香港）香港中文大学出版社2020年版。

（四）2020年度港澳台相关会议提交的比较文学论文

说明：此部分所列举的港澳台地区的会议不全是比较文学的会议，但从提交的论文性质来看，很多论文具有比较文学（包括翻译文学）的特色，所以在此列举出来供读者参考。提交论文以会议为单位，会议又按照召开时间进行编排。

2020年语言、文学暨文化国际学术研讨会（台中，2020.6.30—2020.7.1）
张清泉：《英国汉学发展概述》。
从《全台诗》到全台诗国际学术研讨会（台南，2020.7.24—2020.7.25）
申翼澈：《18—19世纪韩国和台湾竹枝词创作考》。
第十三届辞章章法学暨文创设计学术研讨会（台北，2020.7.25）
颜智英：《论古典诗中基隆和平岛“八尺门”的意象——从台湾文士到日本文士》。
第二届《群书治要》国际学术研讨会——《左传》学之多元诠释（台南，2020.9.11—2020.9.12）
平势隆郎：《日本〈左传〉学与秋山玉山》。
金光一：《〈群书治要〉东渡日本》。
42届全国比较文学会议：微关系（新北，2020.9.19）
苏子中：《巴迪乌“对真实的热情”与20世纪戏剧和剧场的微关系》。
张君玫：《共生与批判：一个分子女性主义的探讨》。
吴建亨：《政治面面“关”：无关系关系和微关系的政治与其外》。
姜翠芬：《仿生人和电子羊教我的一课：菲利普·狄克〈银翼杀手〉中的物人关系》。
陈建龙：《〈爱、死亡、机械人〉：科技泛灵与机械之心》。
苏俞文：《同理心的缺陷：〈科学怪人〉情动联结间的微关系》。
曾瑞华：《我们与神的距离：邱常婷〈新神〉中的微神/人》。
张懿仁：《人即人/人即非人：论伊恩·麦克伊旺〈像我的机器〉中的人与仿生人》。
杨志伟：《微关/观人与自然非人：吴明益的〈苦雨之地〉》。
杨佳娴：《历史震荡与记忆政治：论外省籍女性自传中的“一九四九”书写》。
陈国伟：《妖怪身体如何作为历史记忆的装置》。
金儒农：《一种基于物而产生的时代叙事：记忆外部化与历史书写》。
刘素勋：《英译台湾/中国文学的交混——论其在〈哥伦比亚现代中文文学选集〉里的微关系》。
邵毓娟：《牵连的主体：试析〈单车失窃记〉中的感性体制与微关系想象》。
曹钧杰：《台湾文学的跨国联盟：张贵兴〈猴杯〉的疗愈中介》。
龚绍明：《“与难民的微关系”：莫辛·哈密〈奔向西方〉的全球难民危机与人权论述反思》。
钟淑玫：《论〈金盏花大酒店〉中英籍旅客与印度庶民之间的微关系》。
陈佩甄：《Unhappy Future：台韩战后女工文学中的情感政治》。
林建光：《文明与野蛮的辩证：〈红色海洋〉中的“现代”》。
杨乃女：《陈楸帆科幻小说中“受苦的赛博格”与中国的“后—后人类时代”》。
林介如：《与“废物”共生：陈楸帆〈荒潮〉的科技狂想与生态灾难》。
李馥名：《“我是人!”：从早期恐怖片〈夜半歌声〉看中国现代性里的后人类想象》。
赖佩暄：《后人类情境中的失城香港：科幻小说集〈暗流体〉的现实创伤与未来考古》。

黄国华:《流动与变异:论后冷战时期华文小说中“流变为鱼”的想象》。
林嘉鸿:《歧异/奇译:澎湖蔡廷兰之外国漂流跨域微观》。
周寅彰:《微整形的残酷乐观:利瓦伊菁的少女学小说》。
钟昀珊:《后人类忧郁——洪兹盈〈墟行者〉》。
王念英:《在世纪末的城市边缘:〈南国再见,南国〉与〈千禧曼波〉的声音新浪潮》。
周郁文:《科幻、机器与末世预言——德国电影〈大都会〉中的未来世界》。
刘彦良:《以“微观”之“非女性主义”论述:超越“宏观”之性别研究的可能》。
陈宛利:《攸关语言:新麦士蒂索人的跨界/(媒)介》。
蔡志彦:《包括在外的微关系:翻译盖娅的后自然写作观之商榷》。
杨小滨:《作为鬼怪的文字与笔墨:论丁成的诗与画》。
高嘉励:《日治时期日人新诗中新风土的微自然关系》。

2020华裔学志国际会议基督宗教与道家/道教的会遇:经典、诠释与对话暨青年学者论坛(新北,2020.9.23—2020.9.25)

江日新:《翻译中老子〈道德经〉的读解兴趣——一个概观》。
沈国明:《台湾近代戏剧对外传播——以马来西亚为例》。
李松骏:《通过“承认”而思——〈荀子〉礼治论的跨文化解读》。
张明仁:《〈庄子〉的“真人”说与艾克哈的“神元神秘主义”之间有其相通之处》。
谢嘉文:《涩泽荣一〈论语讲义〉研究——体现“知行合一”的现代价值》。

《2020基督教宣教士文史国际学术研讨会》(彰化,2020.9.24—2020.9.25)

韩振华:《“比较”乎?“比附”乎?——理雅各布〈道德经〉解读摭谈》。
刘铭纬:《“在地如在天”19世纪晚期基督帝国的中国显象》。
蒋记刚:《怀约翰(John Whitehorn)宣教士在排湾族的宣教与排湾语圣经翻译》。
范俊铭:《圣经翻译的时代对比:以新约恢复译本与和合译本为比较探讨》。

第四届文化流动与知识传播:台湾文学的断裂与蔓生国际学术研讨会(台北,2020.9.26—2020.9.27)

孔思文:《众声喧哗文学语言的展演、转译与蔓生:以〈玫瑰玫瑰我爱你〉之英译本为例》。
郑芳婷:《华语酷儿与海岛台湾》。
刘文:《酷儿台湾的“非西方”、“亚洲”或“中美冷战结构”?酷儿研究的跨境地域政治困境》。
陈佩甄:《女性主义在台湾(文学)的断裂与蔓生》。
陈允元:《作为现代主义触媒的南方殖民地:论黑木讴子〈南方的果树园〉中的殖民现代性与在台日人的南方忧郁》。
高嘉励:《黑木讴子诗集中台湾殖民地自然的断裂与现代重组》。

想象2010年代台湾文学史:2020台湾文学学会年度学术研讨会(台中,2020.10.17—2020.10.18)

林芳玫:《从地方史到东亚史与世界史:巴代历史小说的跨文化与跨种族视野》。
侯建州:《HALOHALO哈露哈露:试论菲华诗人谢馨的文化身份认同》。

2020 年宋明清儒学的类型与发展Ⅶ学术研讨会（桃园，2020. 10. 22—2020. 10. 23）
张文朝：《日本〈诗经〉学》。
2020 第七届屏东文学国际学术研讨会：在地全球化的新视域（屏东，2020. 10. 30）
朴南用：《东亚地方文学的互相交流和研究》。
魏月萍：《马华地方文学的建与跨界——以大山脚的文学结社为例》。
廖振富、江宝钗、高嘉谦：《地方文史与在地全球化的新视域》。
2020 汉学研究国际学术研讨会（云林，2020. 10. 30）
佐藤将之：《利己快乐主义者杨朱的诞生：明治时期日本杨朱相关论述的展开》。
邱彩韵：《马来西亚华社研究中心所藏峇峇文〈杨文广征南蛮〉的翻译与研究》。
第十四届唐代文化国际学术研讨会（新北，2020. 11. 27—2020. 11. 28）
白若思：《唐代讲唱文学的题材与目连故事图像在东亚传播演变（10—17 世纪）》。
吴琦幸：《从文本解读到综合研究：北美唐代文学研究概述》。
台湾社会的多元发展与融合学术研讨会（台北，2020. 11. 28—2020. 11. 29）
朱弘道：《对现代中西哲学比较的反思》。
日照高山：东亚文化意象与华文文学青年学者论坛（新竹、台北，2020. 12. 11—2020. 12. 12）。
游腾达：《韩儒「以图论理」之模式探析——以朱子「中和」思想之图像化为例》。
侯汶尚：《跨域与越境 ：论合信〈博物新编〉》。
吴旻陵：《试炼与修练：〈杜子春〉、〈南宫先生传〉的书写主题及其差异》。
李华雨：《日本汉诗中对香文化的描写》。
孙欲容：《清代琉球知识与文人网络——以使臣为中心的讨论》。
庄秋君：《19 世纪越南燕行文献中对西方事物的纪录与观察》。
袁明嵘：《隐士之国被隐藏的翻译交流史——韩末金救济〈小说丛书〉对晚清〈说部丛书〉的模仿与创生》。
刘亚惟：《想象东方之极：利玛窦世界地图中的「狗国」研究》。
徐雨霁：《裸女图、火车与笔谈：晚清知识分子对明治日本的误读——以〈郑孝胥日记〉为例》。
冯春祥：《晚清文人的东京生活——〈大河内文书〉王治本、阿彬的异国结合经验为例》。
罗圣堡：《17、18 世纪中日〈诗经〉名物学的博物学要素——以草木类为例》。
第十八届“社会与文化”国际学术研讨会（新北，2020. 12. 18）
胡倩茹：《从西游记到花游记——韩剧对中国名著的创新》。

（收集整理者：杨溢雅）

七　2020年度海外学者发表在中国刊物上的中文论文索引

［俄］H. C. 阿芙托诺莫娃：《洛特曼与雅各布森：在“功课”和“考试”之间》，许金秋译，《社会科学战线》2020年第3期。

［俄］阿·波尔沙科娃：《俄罗斯诗学关键词：原型》，夏忠宪译，《俄罗斯文艺》2020年第1期。

［俄］阿·波尔沙科娃：《俄罗斯诗学关键词：作为原型的乡村》，孙雪森译，《俄罗斯文艺》2020年第4期。

［吉尔吉斯斯坦］阿布德克里姆·穆拉托夫著，梁坤校：《〈白轮船〉中“鹿母”传说的生态道德与民族教育观念》，王孝冉译，《外国文学研究》2020年第1期。

［德］阿尔弗雷德·霍农：《传记智识与叙事医学：创造跨越国界的自我》，王莹译，《中国社会科学院研究生院学报》2020年第4期。

［蒙古国］阿丽玛·阿尤西扎布：《蒙古民间文学与现代诗歌中的自然与生态书写》，阿丽雅译，《外国文学研究》2020年第1期。

［法］包世潭著，郭丽娜译注：《维克多·谢阁兰的〈古今碑录〉：一部汉法双语的“现代诗”集》，《中山大学学报》2020年第6期。

［法］贝尔唐·韦斯特法尔：《地理批评与世界文学——2018年的一次讲演》，乔溪译，《复旦学报》2020年第2期。

［法］布里吉特·尼古拉著，郭丽娜译注：《“安菲特利特号”与18世纪法国的“中国器物热”和“中国风”》，《中山大学学报》2020年第6期。

［美］菲利斯·本特利：《赛珍珠的小说艺术》，董琇译，《江苏大学学报》2020年第4期。

［美］费佳兰：《邂逅密敌：汪曾祺的〈复仇〉》，潘莉译，《当代作家评论》2020年第1期。

［法］弗朗索瓦·穆罗：《比中国人更像中国人：17—18世纪在华耶稣会士》，桑瑞译，程曾厚校，《中山大学学报》2020年第6期。

［日］工藤贵正：《李汉俊与表现主义：围绕与俄罗斯未来派的关系以及翻译意义（上）》，［日］吉田阳子译，《上海鲁迅研究》2020年第3期。

［日］工藤贵正：《李汉俊与表现主义：作为无产阶级文艺表现手法的可能性（下）》，

［日］吉田阳子译，《上海鲁迅研究》2020 年第 4 期。

［澳］贺大卫：《〈罕王〉的平行式：广西中西部壮族史诗》，李扬、陆慧玲（壮族）译，《民族文学研究》2020 年第 3 期。

［德］君特·菲加尔：《中心化与去中心化的现代性——反思云格尔、海德格尔及其他理解现代性的可能》，石磊译，《同济大学学报》2020 年第 1 期。

［智利］拉蒙·迪亚斯·埃特罗维奇：《莫言与历史的伤痕》，范童心译，《小说评论》2020 年第 3 期。

［日］濑户宏：《雷曼的 *Postdramatisches Theater* 在中国和日本》，《戏剧艺术》2020 年第 1 期。

［美］理查德·波尔特：《持续跳跃入一个崭新开端——海德格尔的〈存在与时间〉持续批注》，杨汐译，《同济大学学报》2020 年第 1 期。

［美］列文森：《革命与世界主义：中西舞台之间》，何吉贤译，《中国现代文学研究丛刊》2020 年第 4 期。

［美］琳达·沃：《雅各布森著述的对话性——作为语言基础与科学工作基础之对话》，刘丹译，《社会科学战线》2020 年第 3 期。

［日］铃木正夫：《促使鲁迅弃医从文的照片为三船敏郎之父所摄——对鲁迅文学转向的再探讨》，赵陕君译，《中国现代文学研究丛刊》2020 年第 1 期。

［美］罗伯特·塔利：《文学空间研究：起源、发展和前景》，方英译，《复旦学报》2020 年第 6 期。

［美］迈克尔·斯洛特：《自然自主性、双重德性与阴阳》，郦平译，《社会科学战线》2020 年第 6 期。

［俄］帕·福金：《苏联散文（1941—1945）中的胜利概念》，韩万舟译，《俄罗斯文艺》2020 年第 3 期。

［法］皮埃尔·布吕奈尔：《兰波：古代与现代的结合》，高佳华译，《外国文学研究》2020 年第 6 期。

［日］森平崇文：《滑稽戏、戏单、漫画——以滑稽戏〈活菩萨〉及大公滑稽剧团为例》，张哲瑄译，《戏曲研究》2020 年第 1 期。

［日］山口守：《巴金在台湾》，《现代中国文化与文学》2020 年第 2 期。

［日］松浦恒雄：《说明书、无线电和越剧戏考》，《戏曲研究》2020 年第 1 期。

［日］藤野真子：《连台本戏〈封神榜〉与特刊》，《戏曲研究》2020 年第 1 期。

［美］田晓菲：《从经国大业到吃时下饭：文选、文话、文运》，刘倩译，《清华大学学报》2020 年第 6 期。

［德］维尔纳·沃尔夫：《文学与音乐：对跨媒介领地的一个测绘》，裴亚莉、闪金晴译，《中国比较文学》2020 年第 3 期。

［俄］伊·叶甫兰皮耶夫：《关于个人在历史上的作用的争论：托尔斯泰小说〈战争与和平〉和陀思妥耶夫斯基小说〈少年〉》，张百春译，《俄罗斯文艺》2020 年第 4 期。

［日］中里见敬：《滨一卫的三次访华及其观剧活动——兼滨文库所藏戏单考察与整理》，《戏曲研究》2020 年第 1 期。

［德］佐尔坦·西蒙：《批判的后人类主义与技术后人类：两种后人类未来的文化讨论》，张峻译，《社会科学战线》2020 年第 8 期。

［美］埃里克·尼尔森：《海德格尔、米施和哲学的起源》，张国杰译，《社会科学战线》2020 年第 11 期。

［德］卜松山：《宇宙规律与文学样式——试论刘勰的〈文心雕龙〉》，向开译，《中国的美学和文学理论》，华东师范大学出版社 2010 年版。

［美］初金一：《俄国文学批评传统中的“奇幻”》，《俄罗斯文艺》2020 年第 4 期。

梁喆（回族）、［俄］弗拉基米尔·列昂尼多维奇·柯廖斯：《额尔古纳河右岸俄罗斯族口头文学的流变：基于“俄狄浦斯故事”的考察》，《民族文学研究》2020 年第 3 期。

茅银辉、［波兰］托·米泽尔凯维奇：《奥尔加·托卡尔丘克效应——2019 年波兰文学综述》，《外国文学动态研究》2020 年第 4 期。

（收集整理者：李歆蕤）

编者后记

《中国比较文学年鉴》理应是中国比较文学学界应有的资料性专著。遗憾的是，国内始终未能出版连续性的年鉴，缺乏全面总结、集中呈现中国比较文学研究概况与成果的资料。有鉴于此，四川大学曹顺庆教授提出承续当前已出版的杨周翰、乐黛云主编，张文定编撰的《中国比较文学年鉴（1986）》（北京大学出版社 1987 年版），曹顺庆和王向远编撰的《中国比较文学年鉴（2008）》（中国社会科学出版社 2010 年版），继续进行比较文学年鉴的整理与回溯，厘清比较文学多年来的发展脉络，充分发挥国内比较文学影响力，为比较文学学术史研究贡献力量。《中国比较文学年鉴（2020）》由四川大学曹顺庆教授主持，四川大学杨清博士协助完成，由四川大学双一流学科“中国语言文学与中华文化全球传播”、四川大学国家级重点学科比较文学研究基地经费资助。

年鉴的编撰岂是一件易事。单就选文定篇就是一件需反复琢磨的任务：选什么？怎么选？为什么这么选？只有把这三个问题思考清楚了才会呈现完整、全面而又极具代表性的研究成果。而对这三个问题的把握离不开我们编撰《中国比较文学年鉴》的初衷：为读者系统全面地提供和保存中国比较文学的信息资料。因此，凡是能够代表中国比较文学研究的成果均选入其中，并按照分支学科分类进行整理。这一过程是一个对年度比较文学界成果特征从模糊到清晰、从笼统到具体、从个别到整体的过程。这也有赖于参与编撰工作的学者、博士生、硕士生的努力，半年多以来不辞辛劳、齐心协力、认真负责，为促进我国比较文学事业的发展添砖加瓦。在此，我对各位付出的心血与努力，表示由衷的感谢。

《中国比较文学年鉴 2020》初稿由四川大学比较文学专业博士生夏甜汇总整理，由副主编杨清对全书各部分加以修改，并最终定稿。本书是我们时隔 11 年后再次尝试编纂，经验有所不足，恐有不当之处，难免挂一漏万，也请学界批评指正，以便我们不断积累经验，再接再厉，为我国比较文学事业的繁荣发展尽应尽的那一份责任。

曹顺庆

2021 年 8 月 24 日